LAS SIETE DINASTÍAS

LAS SIETE DINASTÍAS

Matteo Strukul

Traducción de
Ana Ciurans Ferrándiz

Papel certificado por el Forest Stewardship Council'

MIXTO
Papel procedente de
fuentes responsables
FSC® C117695

Penguin
Random House
Grupo Editorial

Título original: *Le sette dinastie*

Primera edición: abril de 2021

© 2019, Newton Compton editori s.r.l., Roma
Publicado por acuerdo especial con Newton Compton editori s.r.l.,
junto con The Ella Sher Literary Agent www.ellasher.com y
con su agente debidamente designado MalaTesta Lit. Ag., Milano
© 2021, Penguin Random House Grupo Editorial, S. A. U.
Travessera de Gràcia, 47-49. 08021 Barcelona
© 2021, Ana Ciurans Ferrándiz, por la traducción

Printed in Spain – Impreso en España

ISBN: 978-84-666-6881-1
Depósito legal: B-2.611-2021

Compuesto en Comptex&Ass., S. L.
Impreso en Domingo Encuadernaciones, S. L.

BS 6 8 8 1 1

A Silvia, mi amor, mi inspiración

Desde lo alto del castillo, como el águila desde su nido ensangrentado, el salvaje señor dominaba a su alrededor todo el espacio donde pie humano podía posarse, y nunca veía a nadie por encima de él, ni más arriba.

ALESSANDRO MANZONI, *Los novios*

El cálculo frío y exacto de todos los medios, que ningún príncipe fuera de Italia conocía entonces, unido al poder casi absoluto dentro de los límites del Estado, hizo surgir hombres y turbas políticas nada especiales.

JACOB BURCKHARDT, *La cultura del Renacimiento en Italia*

Las dinastías

Milán (Visconti-Sforza)

FILIPPO MARIA VISCONTI: duque de Milán.

AGNESE DEL MAINO: amante y favorita de Filippo Maria Visconti.

MARÍA DE SABOYA: esposa de Filippo Maria Visconti y duquesa de Milán.

PIER CANDIDO DECEMBRIO: consejero de Filippo Maria Visconti.

FRANCESCO SFORZA: condotiero y duque de Milán.

BIANCA MARIA VISCONTI: duquesa de Milán, hija de Filippo Maria Visconti y Agnese del Maino.

CICCO SIMONETTA: consejero de Francesco Sforza.

BRACCIO SPEZZATO: lugarteniente de Francesco Sforza.

MICHELE DA BESOZZO: pintor milanés.

GASPARE DA VIMERCATE: lugarteniente de Francesco Sforza.

GALEAZZO MARIA SFORZA: duque de Milán, hijo de Francesco Sforza y Bianca Maria Visconti.

LUDOVICO MARIA SFORZA, llamado EL MORO: duque de Milán, hermano de Galeazzo Maria Sforza e hijo de Francesco Sforza y Bianca Maria Visconti.

LUCRECIA LANDRIANI: amante y favorita de Galeazzo Maria Sforza.

BONA DE SABOYA: esposa de Galeazzo Maria Sforza y duquesa de Milán.

CATERINA SFORZA: hija de Galeazzo Maria Sforza y Lucrecia Landriani.

LUCIA MARLIANI: amante y favorita de Galeazzo Maria Sforza.

LUCRECIA ALIPRANDI: dama de compañía de Agnese del Maino.

GABOR SZYLAGI: sicario de Bianca Maria Visconti.

Venecia (Condulmer)

GABRIELE CONDULMER: patricio veneciano conocido con el nombre papal de Eugenio IV.

POLISSENA CONDULMER: patricia veneciana, hermana de Gabriele Condulmer.

NICCOLÒ BARBO: aristócrata veneciano, esposo de Polissena Condulmer, miembro del Consejo de los Diez.

PIETRO BARBO: hijo de Niccolò Barbo y Polissena Condulmer conocido con el nombre papal de Pablo II.

ANTONIO CONDULMER: embajador veneciano en la corte de Francia.

ANTONIO CORRER: primo de Gabriele Condulmer, cardenal de Bolonia.

FRANCESCO BUSSONE, llamado EL CARMAGNOLA: capitán general del ejército de Terraferma de la Serenísima República de Venecia.

Ferrara (Este)

LEONELLO DE ESTE: marqués de Ferrara, hijo de Niccolò III de
Este y Stella de' Tolomei.

GUARINO GUARINI: *magister*, titular de la cátedra de Elocuencia y Literatura Latina y Griega en el *Studium* de Ferrara.

BORSO DE ESTE: duque de Ferrara, hijo de Niccolò III de Este
y Stella de' Tolomei.

ERCOLE I DE ESTE: duque de Ferrara, hermanastro de Borso de
Este.

Florencia (Médici)

COSIMO DE MÉDICI, llamado EL VIEJO: señor de Florencia.

PAOLO DI DONO, llamado PAOLO UCCELLO: pintor florentino.

PIERO DE MÉDICI, llamado EL GOTOSO: señor de Florencia,
hijo de Cosimo de Médici y Contessina de Bardi.

LORENZO DE MÉDICI, conocido como EL MAGNÍFICO: señor de
Florencia, hijo de Piero de Médici y Lucrecia Tornabuoni.

BRACCIO MARTELLI: aristócrata florentino, amigo de Lorenzo
de Médici.

Roma (Colonna y Borgia)

ANTONIO COLONNA: aristócrata romano, príncipe de Salerno,
señor de la rama de Genazzano.

ODOARDO COLONNA: aristócrata romano, hermano de Antonio y Prospero Colonna Prospero Colonna: aristócrata
romano, hermano de Antonio y Odoardo Colonna, cardenal.

STEFANO COLONNA: aristócrata romano, señor de la rama de Palestrina.

SVEVA ORSINI: aristócrata romana, esposa de Stefano Colonna.

CHIARINA CONTI: aristócrata romana, madre de Stefano Colonna.

IMPERIALE COLONNA: aristócrata romana, hija de Stefano Colonna y Sveva Orsini, esposa de Antonio Colonna.

SALVATORE COLONNA: aristócrata romano.

ALFONSO DE BORGIA: aristócrata español, elegido papa con el nombre de Calixto III.

Nápoles (aragoneses)

EL REY ALFONSO V de Aragón, llamado EL MAGNÁNIMO: rey de Aragón, soberano del reino de Nápoles.

DON RAFAEL COSSIN RUBIO: hidalgo de Medina del Campo, capitán del ejército aragonés.

FERNANDO I DE ARAGÓN, también llamado FERRANTE: rey de Aragón, soberano del reino de Nápoles, hijo de Alfonso V de Aragón y de Gueraldona Carlino.

ISABEL DE CLERMONT: reina de Nápoles, esposa de Fernando I de Aragón.

FILOMENA: plebeya napolitana.

ANIELLO FERRARO: pocero napolitano.

ÍÑIGO DE GUEVARA: capitán del ejército aragonés.

PRIMERA PARTE

Prólogo

Ducado de Milán, castillo de Binasco, 1418

Quería subir a lo alto de la torre. Sabía que tardaría una eternidad, pero se juró que lo lograría. Había fulminado con la mirada a un soldado que se había ofrecido a ayudarlo.

Empujaba con los bastones contra cada peldaño. Hacía fuerza con los brazos. No era ninguna novedad. Sus piernas delgadas, raquíticas, subían despacio, con dificultad. Avanzaba con paso inseguro, renegando y mascullando maldiciones contra sí mismo y aún más contra sus padres, que lo habían relegado a ese infierno de dolor y de inutilidad desde su más tierna infancia.

Cuando finalmente superó el último escalón, estaba empapado en sudor. Casi le temblaban los brazos por el esfuerzo sobrehumano. Se apoyó en las almenas de la muralla, las abrazó y dejó caer al suelo los bastones.

La torre se erguía contra el cielo, alta y maciza. Se alzaba en la esquina del castillo, dominando la vista. El aire empezaba a cambiar de dirección, soplaba hacia el rojo de la aurora. El viento frío del invierno le levantó la capa y la dejó caer hasta que otra ráfaga la hizo revoletear de nuevo. Filippo Maria se arrebujó con ella; el cuello de piel de lobo le rozó las mejillas como una caricia suave.

Binasco. Estaba casi a mitad de camino entre Milán y Pavía. ¿No era ese el lugar perfecto para llevar a cabo su plan? ¿Acaso no había sacrificado toda su vida por esas dos ciudades?

Miró abajo. Vio el foso profundo que se abría a sus pies. Al otro lado, árboles de ramas desnudas y retorcidas, casi yertos por el frío. Más allá, casuchas en ruinas, casas de labranza. Se dio la vuelta y dirigió la vista al patio del castillo, allí donde el patíbulo recibiría a la víctima. Vio destellar las llamas de las antorchas en el aire rosado de la mañana.

Odiaba a Beatrice en lo más profundo de su alma. Se había casado con ella porque Facino Cane lo había obligado. Facino Cane quería ponerla a salvo, protegerla. Lo había susurrado con la boca llena de flema y sangre en su lecho de muerte: «¡Cuidad de Beatrice!». ¡Por supuesto! Y él la había soportado durante seis años. ¡Seis largos años! Había consentido que lo tratara como a un criado, un inferior, un mocoso. ¡A él, que tenía veinte años menos que ella y era el único heredero legítimo al ducado de Milán! Había estado a sus órdenes, había soportado sus caprichos, las muchas humillaciones que le había infligido. Había escuchado pacientemente, sonriendo, las reglas que imponía, dócil como un cachorro de feria, mientras alimentaba la ira que albergaba. A despecho de los moralistas de la corte, que estaban convencidos de que lo hacía para mantener la estabilidad, por amor a la patria y respeto a los muertos. Beatrice, como la perra que era, hizo honor a su apellido y le sirvió: aportó como dote cuatrocientos mil ducados y los territorios de Alessandria, Tortona, Casale, Novara, Vigevano, Biandrate, Varese y toda la Brianza. Había actuado por interés y oportunismo. Y así, en una sola jugada, había recogido para el ducado, su ducado, tierras, hombres y bienes.

Pero ni por un momento se le pasó por la cabeza vivir con ella. Cierto era que a pesar de haber cumplido los cuarenta todavía era hermosa y sabía cómo complacer a un hombre, incluso demasiado, pero él no era el objeto de su atención. Jamás lo fue. Siempre supo que lo engañaba, pero nunca había podido demostrarlo. La muy puta era astuta, por eso le repugnaba. Pero en la sombra, contando los días, tragando hiel, había esperado el momento oportuno. Había crecido durante esos seis años. Y aunque no se hubiera puesto más fuerte, a pesar de que sus piernas inútiles no se hubieran curado, de que le hubiera salido barriga y ahora fuese un hombre feo y tullido, había conseguido lo único que contaba, lo que borraba de un plumazo la invalidez, las bromas de la naturaleza: se había convertido en el duque de Milán. Y hacía honor a su cargo. Había conocido a sus enemigos, los declarados y los más peligrosos que urdían conjuras contra él mientras le sonreían y le hablaban con voz aflautada. Había aprendido a desconfiar de todos y reprimir el resentimiento, fingiendo ser un joven juicioso, sumiso y obediente que aceptaba de buen grado las decisiones del Consejo de los Sabios y ponía en práctica los consejos de los políticos de la corte, cuales lecciones de vida. Mientras tanto, la desconfianza y la ira echaban raíces en su corazón negro, duro como la roca oscura de las montañas.

Mientras todos seguían tratándolo con condescendencia y paternalismo, subestimando su rabia, él había afilado las armas poco a poco durante esos seis años.

Además, la situación había cambiado: había conocido a la dama de compañía de Beatrice. Era mucho más hermosa que ella. Se llamaba Agnese del Maino. Tenía el cabello largo y rubio y los ojos azules como el cielo que ahora había cambiado de color y se había liberado de las últimas llamas de la aurora. ¿Cómo iba a renunciar a la criatura fogosa y apasionada que era Agnese? ¿Él, que cuando la miraba sentía hervir la sangre en las venas? Cuando comprendió que Agnese sabía ver más allá de las apariencias, que era ambiciosa y estaba dispuesta a formar parte de su vida para reinar con él algún día, le ofreció todo lo que poseía. Ella lo estrechó entre sus muslos firmes y fuertes y lo amó con locura. Y en las noches de sexo y frenesí, de placer y tormento, cuando la poseía y por fin se sentía un hombre, ella le hablaba al oído y le susurraba frases que, poco a poco, maduraron un plan ingenioso y perverso.

Y al final lo ejecutaron juntos.

Acusó a Beatrice de fornicar con un criado llamado Michele Orombelli. Ella negó y él la llamó perjura y adúltera. La culpó de mostrarse indiferente a la descendencia de su duque y la condenó sin vacilar. Mandó torturar a Orombelli y, tras un juicio farsa, los guardias lo descuartizaron delante de Beatrice. Después arrojó sus restos a los perros. Por último, ordenó que condujeran a Beatrice al castillo de Binasco a la espera de ser ejecutada.

Y allí estaban ahora.

Observó el horizonte. Después, miró con contrariedad la escalera y se decidió a afrontarla. Hizo un gran esfuerzo para agacharse a recoger los bastones. Escupió. Y se enfrentó al tormento de la bajada.

Cuando sacaron a Beatrice reinaba un silencio absoluto. No había ninguna multitud esperando, solo el patio vacío, salpicado de nieve sucia y barro. Sus soldados habían construido un tablado de madera pequeño que hacía las veces de patíbulo. El verdugo esperaba empuñando un hacha enorme. Francesco Bussone, conocido como el Carmagnola, capitán del ejército milanés, controlaba que todo procediera sin contratiempos.

Era alto, de largos cabellos castaños y bigote fino. Un hombre despiadado y fiel que estaba dispuesto a todo con tal de reconquistar las tierras que el ducado había perdido.

Filippo Maria vio a Beatrice igual que siempre: arrogante, incluso en el instante supremo de la muerte, con aquella mirada altanera, orgullosa, dura como el acero. Buscó sus ojos y sintió satisfacción al sostenerle la mirada. Sonrió. Ella no se dignó a dirigirle la palabra. No trató de forcejear, ni siquiera intentó protestar cuando los dos soldados que la sujetaban por los brazos la arrojaron a los pies del verdugo.

Este la aferró sin miramientos y le empujó la cabeza contra un barril. Después la sujetó a él con dos vueltas de cuerda.

El sol hirió las nubes.

Los débiles rayos invernales difundieron una luz lechosa en el patio. Beatrice seguía mirando a su esposo, sin decir palabra, pero sin apartar sus ojos de los de él, es más, encadenándolos a los suyos.

El verdugo levantó el hacha gigantesca sobre su cabeza.

Ni siquiera le había concedido el honor de ser ejecutada con la espada. Filippo Maria había ordenado al verdugo que usara la hoja de un hacha, reservada a los cerdos y a las perras como ella.

El duque de Milán se agarró a sus bastones de fresno y los clavó en la tierra del patio. Observó la escena con voluptuosidad.

Había esperado tanto ese momento que ahora no tenía ninguna intención de perderse un solo instante de la ejecución.

El verdugo bajó el hacha y la hoja cortó el cuello de un golpe. Un chorro de sangre oscura estalló en una lluvia roja. La cabeza, separada del tronco, casi salió disparada; rodó sobre las tablas del patíbulo, cayó abajo y se detuvo entre la nieve sucia y el barro que cubrían el patio.

Filippo Maria se acercó a la cabeza cortada de Beatrice. Vio los ojos fuera de las órbitas y la lengua violácea entre los labios. Tiró al suelo uno de sus bastones y con la mano libre agarró por el pelo la cabeza sanguinolenta. Se dirigió a la pocilga dejando un rastro escarlata tras de sí.

1

Un nido de avispas

Ducado de Milán, Maclodio, 1427

—No estoy de acuerdo —observó Angelo della Pergola con ojos brillantes—, no creo que el Carmagnola ataque inmediatamente.

—¿Por qué estáis tan seguro? —preguntó Francesco Sforza. Su mirada no delataba la más mínima emoción. Pero su pregunta denotaba una cierta curiosidad, como si estuviera sinceramente interesado en conocer la opinión del viejo condotiero.

—Porque después de ganar la batalla de Sommo se ha guardado muy bien de cruzar el Oglio y ha retrocedido —subrayó Angelo della Pergola con satisfacción.

Sforza, mucho más joven que él, sacudió la cabeza, decepcionado.

Angelo della Pergola odiaba a Francesco Sforza. Hizo un gran esfuerzo para contener su cólera. El comportamiento de ese joven capitán era insoportable. Poseía la arrogancia de la juventud mitigada por un envidiable dominio de sí mismo, que sabía transformar en frialdad. Usaba ese don para provocar continuamente al cabeza loca de Carlo Malatesta, recién nombrado capitán general de las tropas milanesas, que en ese momento los escuchaba divertido.

Pero él no había luchado en la nieve y el barro durante todos esos años para convertirse en la marioneta de dos muchachos que no veían la hora de saquear y hacerse con el botín.

—Pero ¿no os dais cuenta —dijo, dirigiéndose a ambos— de que las condiciones no podrían ser más adversas? ¡Estamos en una planicie cubierta por ciénagas, entre canales de agua helada, y nos enfrentamos, en el peor terreno posible, a un hombre con los antecedentes del Carmagnola, que tiene todos los motivos para no querer combatir!

—Precisamente por eso creo, en cambio, que sería fácil derrotarlo. Si nuestro adversario vacila, ¡mejor que mejor! ¡Acabemos con sus hombres y conquistemos una victoria segura para Filippo Maria Visconti! —tronó Malatesta—. ¿A qué deberíamos esperar, según vos? —preguntó con desdén.

Angelo della Pergola no daba crédito a lo que escuchaba. Ahí estaban: dos mocosos incapaces de razonar. ¡Él, en cambio, lleno de achaques, de heridas mal cicatrizadas y de golpes de los que aún se resentía, había visto de todo a sus cincuenta y dos años! En ese momento se encontraban en la clásica situación expectante en que ninguna de las partes movía ficha contra la otra. Pero la primera en atacar se destruiría con sus propias manos. Si hubiera sabido escribir, habría podido llenar dos tomos enteros con precedentes ejemplarizantes. Aunque se empeñaba en hacerlos razonar, estaba claro que su desconfianza y su reticencia eran tan firmes que todos los intentos de persuadirlos serían inútiles.

—¿Tenéis miedo, capitán? —lo apremió Carlo Malatesta—. Porque lo comprendería. Estáis cansado, a vuestra edad es normal que no deseéis participar en otra batalla campal...

Angelo della Pergola echó chispas por los ojos antes de desenfundar el puñal del cinto y clavarlo con un solo gesto ágil en la mesa que había en el centro de la habitación. Fue tan rápido que Malatesta apenas tuvo tiempo de llevarse la mano a la empuñadura de la espada.

Francesco Sforza, en cambio, parecía mantener una envidiable sangre fría. Carlo Malatesta también lo odiaba. Siempre tan seguro de sí mismo. Frío, distante, capaz de decir lo apropiado en el momento apropiado. Elegante, de cabello suave y maravillosamente cuidado. ¡Un figurín! Le habría puesto las manos encima de buena gana con tal de borrarle la sonrisa de la cara.

Pero en esa ocasión, por lo menos compartía su punto de vista.

—No le tengo miedo a nadie ni a nada —gritó el viejo—. ¡Solo quiero que por una vez tratéis de razonar!

—¿Osáis levantarme la voz?

—No intentéis impresionarme, Malatesta. ¡Que el duque os haya nombrado comandante supremo de su ejército no os da derecho a insultarme! —gruñó el viejo capitán—. ¿De verdad creéis que tengo miedo? ¡No, en absoluto! Pero creo que antes de seguirle la corriente al Carmagnola deberíamos sopesar atentamente la situación. Tuvo la oportunidad de aplastarnos después de la victoria de Sommo y no lo hizo. Está enfadado porque el señor por quien sacrificó toda su vida lo ha abandonado. Pero quizá también esté decepcionado y cansado. Poneos de una vez en su lugar: lleva diez años luchando bajo el estandarte del *Biscione*, ha reconquistado tierras y ciudades para Filippo Maria Visconti, que lo nombró señor de Génova... Y de repente, lo ponen de patitas en la calle. Debe de haber sido una sorpresa muy amarga. Pero a pesar del desengaño, no es capaz de odiar a Milán. Y a pesar del oro que los venecianos le meten en los bolsillos, el Carmagnola vacila. Puede que haya una posibilidad de llegar a un acuerdo con él y, si así fuera, de evitar un inútil derramamiento de sangre.

—Yo digo en cambio que tenéis miedo, capitán. ¡He escuchado vuestras objeciones y sigo pensando que el verdadero motivo que os empuja a repetir hasta el agotamiento que debemos ser prudentes es el temor a enfrentaros con el Carmagnola en el campo de batalla! Pues bien, ¡para mí no es un problema en absoluto! No le tengo miedo, somos mucho más fuertes, estamos mejor equipados y contamos con ocho bombardas. Si no queréis luchar, quedaos aquí, ¡nadie os exige que pongáis en peligro vuestro viejo y valioso pellejo! —explotó Malatesta, apuntando con el dedo índice a Angelo della Pergola.

—Vamos, comandante —intervino Sforza—, tratemos de no perder...

—¡No me pidáis que no pierda la calma! —lo interrumpió Malatesta—. ¿Tenemos realmente intención de dejar ganar esta batalla a esos cuatro gatos de laguna?

Mientras Malatesta, completamente fuera de sus casillas, dejaba caer esta última pregunta alguien se asomó por la entrada de la tienda.

—Comandante —dijo Guido Torelli dirigiéndose a Carlo Malatesta—, ¡el ejército del Carmagnola se ha puesto en marcha!

—¿Dónde? ¿En qué punto del campo de batalla?

Torelli titubeó:

—Eso es justo lo que no entiendo. La caballería va derecha al camino de Urago. Niccolò da Tolentino está al mando de los venecianos. El Piccinino los aguarda y está listo para atacar. Solo espera vuestras órdenes.

—Señores —concluyó Carlo Malatesta—, la suerte está echada. Uníos a vuestros hombres. Presidiad el camino de Orci Novi. Por mi parte, voy a prestar ayuda al Piccinino. Y a resolver esta ridícula contienda.

2

Maclodio

Ducado de Milán, Maclodio

El camino dividía en dos la ciénaga. Era una cinta brillante de lluvia y limo que discurría recta entre los canales y los aguazales. Del cielo caían gotas grandes como monedas de plata. Niccolò Piccinino y su columna de caballeros e infantes ocupaba toda la calzada. La lluvia repiqueteaba sobre los yelmos de acero y los escudos de armas, empapaba las gualdrapas de los caballos, inundaba el camino y lo volvía resbaladizo e insidioso.

Piccinino vio avanzar un puñado de caballeros venecianos. El león de San Marcos se agitaba contra el cielo plomizo; parecía que iba a rugir de un momento a otro.

En ese mismo instante oyó un estruendo de cascos detrás de él. Vio a un caballero que avanzaba gallardo e insolente entre las filas de sus soldados. Montaba un destrero grande y negro como el carbón que lucía gualdrapa con hileras ajedrezadas de oro y gules alternadas con otras de plata, los colores de los Malatesta. El capitán general del ejército de los Visconti llevaba la visera del yelmo levantada: el rostro, de mandíbula pronunciada, bien afeitado, estaba salpicado de gotas de lluvia.

Levantó la mano cubierta por el guantelete.

—Así que ha llegado la hora, Niccolò. No vamos a conceder a ese puñado de venecianos el honor del primer asalto, ¿verdad?

—Capitán —dijo Piccinino—, precisamente por eso no las tengo todas conmigo y aconsejo prudencia. ¿Cómo es posible que Venecia y Florencia hayan enviado tan pocos hombres a enfrentarse con nosotros? Mis espías dicen que nuestros enemigos cuentan con numerosos caballeros y regimientos de infantería.

—¿Insinuáis que debemos esperar, Niccolò? ¿Por qué? ¡Sería una cobardía! Escuchadme bien: debemos mantener el núcleo de la artillería en el camino y desplegar la infantería en dos alas. Avanzarán a través de la ciénaga para atacar al enemigo por los flancos. Con este movimiento de pinza ganaremos a esos necios del Carmagnola, de Niccolò da Tolentino y de sus hombres.

—Pero...

—No hay pero que valga —cortó Carlo II Malatesta. Y sin añadir nada más, dio orden de que la infantería y los escuderos se desperdigaran a los lados del camino y avanzaran cruzando los canales y el terreno pantanoso.

—Y ahora —prosiguió— ha llegado la hora de atacar. —Se bajó la visera del yelmo y, blandiendo el mangual, puso el caballo al galope sin demora.

Electrizados al ver a su capitán dispuesto a desafiar a la muerte sin temor alguno, los demás caballeros se lanzaron como un solo hombre contra el enemigo, que había empezado a avanzar contra Malatesta y sus soldados.

Infantes y escuderos echaron a andar por la pendiente del margen; les costaba mantenerse a los lados de la columna de caballeros y se las arreglaban como podían para avanzar entre canales y aguazales.

El Carmagnola sonrió. Desde la altura en que estaba vio que Carlo II Malatesta se había tragado el anzuelo. Su plan funcionaba. Hizo una mueca, saboreando el principio de aquella tarde desapacible pero prometedora.

—Qué amargas son las sorpresas en la batalla, ¿verdad, Giovanni?

El muchacho, ayudante de campo y escudero personal del Carmagnola, asintió. Sus ojos claros brillaron divertidos.

—Malatesta se abalanzará sobre los pocos caballeros que le he puesto delante, pero todavía no sabe lo que se le viene encima. Ah, Giovanni, ¡cuánto lamento jugar esta mala pasada a mi querida Milán! Pero ¡Filippo Maria Visconti se lo ha buscado! Ese tullido es un ingrato. Tenía envidia de los triunfos que recogía para él y me aisló para después renegar de mí, ¿qué te parece? ¡Renegar de mí! ¡El condotiero más grande de todos los tiempos!

Giovanni volvió a asentir, la mirada fija en Francesco Bussone, conde de Castelnuovo Scrivia, los ojos brillantes de admiración.

—Conquisté para él Brescia, Orci Novi, Cremona, Palazzolo y hasta Bellinzona y Altdorf, ¡donde rechacé a los temibles suizos! ¿Y cómo me recompensó? Apartándome. ¡El muy necio! —tronó de nuevo el Carmagnola.

—¡Capitán! —dijo una voz que interrumpió el monólogo con el que Francesco Bussone parecía querer superar la decepción y la amargura que le había causado la traición de Filippo Maria Visconti.

—¿Qué ocurre? —respondió el Carmagnola, contrariado—. Le contaba mis peripecias a Giovanni, que demostraba interés en conocerlas. Como siempre, por otra parte.

El hombre que acababa de llegar a la cima de la colina desde donde el capitán vislumbraba la batalla era un caballero de aspecto gallardo. Su armadura, finamente cincelada, estaba tan reluciente que parecía inmune al barro y a la lluvia.

—¿Cómo lo sabéis —preguntó el recién llegado—, teniendo en cuenta que es mudo? —Y, como queriendo subrayar la paradoja, rio maliciosamente.

La impertinencia provocó al Carmagnola un acceso de tos.

—Vos, Gonzaga —gruñó—, ¡preocupaos por cumplir con vuestro cometido! En cuanto a Giovanni, ¡dice con los ojos mucho más de lo que otros expresan con las palabras! Decidme, ¿los hombres están preparados? ¿Sabéis lo que tenéis que hacer?

—Por supuesto. Los ballesteros ocupan sus posiciones, mimetizados entre el barro y los aguazales, y están listos para aniquilar al enemigo, atacándolo por las alas.

—¡Muy bien, pues! No perdáis el tiempo con bromas necias. Bajad al camino y dad la señal. Cuando los ballesteros hayan diezmado la infantería y debilitado la columna de caballería de Malatesta, cargad con el grueso de nuestro ejército y romped la línea. Si logramos dispersar a los milaneses, acosándolos y obligándolos a huir a la derecha de la formación, los alejaremos de la otra ala formada en el camino de Orci Novi, gobernada por Sforza. ¡Romperemos su ejército en dos y lo convertiremos en carne de cañón! ¿Me explico?

—Perfectamente.

—Apresuraos, pues. Haced lo que os he dicho.

—A sus órdenes, mi capitán. —Gianfrancesco Gonzaga dio la vuelta al caballo sin añadir nada más y empezó a bajar la colina.

El Carmagnola sacudió la cabeza.

—Puaj —dijo—. ¡Tengo que hacerlo todo solo! Menos mal que te tengo a ti, Giovanni.

Apenas alcanzó la formación adversaria, Carlo II Malatesta blandió el mangual y, un instante después, lo abatió sobre el escudo de un enemigo veneciano. El estrépito fue ensordecedor. El fuerte impacto hizo que el hombre perdiera el equilibrio y se inclinara hacia un lado; Carlo, con notable rapidez, le asestó otro golpe titánico que lo cogió por sorpresa. La bola de púas abrió la hombrera y penetró el cuero hasta hundirse en la carne. El veneciano lanzó un grito inhumano mientras regueros de sangre surcaban la chapa de hierro desfondada.

Al tirar del mangual, Malatesta arrancó lo que quedaba de la hombrera y de las correas de cuero y dejó al descubierto el brazo del enemigo. Vio esquirlas de hierro clavadas en la carne. Comprendió que era el momento decisivo para dar el golpe de gracia y blandiendo de nuevo el mangual lo dejó caer por tercera vez, en el costado.

El hombre cayó del caballo con la armadura devorada por las púas de hierro.

Carlo soltó el mangual sin arrancarlo de su víctima. Las púas se habían hundido tan profundamente en la armadura que habría sido peligroso recuperar el arma. Era un instrumento destructivo, pero difícil de usar. A pesar de que le había dado problemas más de una vez, no lograba renunciar a él porque, sobre todo en el primer asalto, le proporcionaba una rapidez que aterrorizaba al enemigo.

Desenvainó la espada mientras el veneciano caía sobre el barro, en un charco de sangre y lluvia. Tiró de las riendas. El caballo se levantó de manos. Quería infundir miedo, esperaba que se difundiera como la lepra entre las filas enemigas.

Pero mientras su destrero volvía a caer en el barro con las cuatro patas, vio algo que lo aterrorizó a él.

3

Las obsesiones de un duque

Ducado de Milán, castillo de Porta Giovia

—¿Debería, pues, aceptar vuestra decisión sin rechistar? He velado por vos cada día. He luchado como una fiera para protegeros. Os ayudé a concebir y a llevar a cabo el plan gracias al cual os habéis desembarazado de Beatrice. Os he dado una hija sana y hermosa, y, si no la hubiera perdido, el año pasado os habría dado otra. Todo lo que he hecho y he soportado ha sido por vos, alteza, ¡porque os amo más que a mi vida! —Los ojos de Agnese parecieron relampaguear mientras lo decía.

¡Qué hermosa era! Dulce y altanera al mismo tiempo, es decir, irresistible. Agnese del Maino se había arrancado la cofia de encaje blanco y su largo cabello rubio se esparcía sobre sus hombros en luminosos mechones de oro. Las perlas habían ido a parar al suelo y rodaban bajo las butacas tapizadas de terciopelo y la mesa finamente tallada.

Si hubiera podido la habría poseído en ese mismo instante, pero Filippo Maria Visconti sabía que si osaba tocarla, Agnese era capaz de hacer una locura. Debía tratar de apaciguarla y exponerle con calma el plan que había concebido.

—Amor mío, no seáis tan severa conmigo —dijo con dulzura calculada—, os reconozco todos los méritos que habéis enunciado y muchos más. Sin embargo, debéis comprender que este matrimonio es fundamental para el ducado. Ahora que un hombre como el Carmagnola se ha rebelado contra mí, la alianza con Amadeo VIII de Saboya es más necesaria que nunca. Por eso me casaré con María. Pero no temáis, nada me alejará de vos, la única mujer a la que amo.

El duque había pronunciado esas palabras con toda la sinceridad de que fue capaz. No obstante, Agnese no se daba por satisfecha.

—¡Eso decís ahora! Pero dentro de unos meses, cuando tengáis a la novia entre los brazos, temo que se os trastorne el juicio. Además, ¿qué será de Bianca? ¿Qué pensará de vos cuando le cuente que nos abandonasteis?

Filippo Maria sacudió la cabeza. Suspiró, sentado en su sillón preferido. Debía tener paciencia, se repitió. Se puso de pie apoyándose en los bastones, haciendo fuerza con los brazos. Se arrastró penosamente por todo el salón y buscó refugio junto al fuego de la chimenea. Malditas piernas, pensó. Se habría conformado con tener un cuerpo normal. Contuvo un grito de desesperación. Se agarró a la repisa de la gran chimenea con la mano derecha y alargó la otra hacia el hogar, esperando que el calor le sugiriera las palabras adecuadas. Los bastones cayeron al suelo.

Pero había notado un cambio de actitud: el tono de voz de Agnese, que antes era cortante, se había suavizado un poco, y su mirada ardiente y combativa parecía haber languidecido; el hecho de que hubiera dejado de fruncir el entrecejo hacía visible su cambio repentino.

Agnese aprovechó su silencio y continuó:

—Soy capaz de comprender las razones que os empujan a

dar este paso, pero vos debéis comprender las mías. Bianca y yo os veneramos como a un dios, pero nuestros enemigos, amor mío, solo esperan el momento oportuno para separarnos. Y a pesar de que Amadeo de Saboya se proclama hoy vuestro aliado y amigo, parece como si ya sentara las premisas para convertirse algún día en vuestro enemigo. El hecho mismo de que no dote a vuestra futura esposa con un solo ducado es poco menos que insólito.

Agnese tuvo la astucia de acompañar estas últimas palabras con un suspiro trémulo, casi sensual.

Filippo Maria se dio cuenta. Pensó que callando obtendría mucho más que hablando y contradiciéndola. Conocía bien el temperamento de Agnese y sabía que en momentos como ese necesitaba desahogarse, contar sus preocupaciones, como si expresándolas pudiera solucionarlas. Pero tampoco podía callar para siempre, porque a la larga provocaría el efecto contrario al que pretendía conseguir.

—Agnese —dijo girándose hacia ella—, me doy perfecta cuenta de lo que decís, es más, lo apruebo. Sin embargo, os pido que confiéis en mí. ¿Acaso os he engañado alguna vez desde que estamos juntos? ¿Os he dado motivos para dudar de mí?

Mientras le hacía esta última pregunta le dirigió una mirada firme, decidida.

—No, amor mío.

—¡Pues tranquilizaos! —prosiguió en voz alta pero sin agresividad—. Hago esto por un solo motivo: asegurarnos un aliado poderoso. Gracias a esta unión, Amadeo VIII de Saboya proporcionará soldados y recursos para contribuir a la defensa de Milán. ¡Esta guerra me cuesta cuarenta y nueve mil florines al mes! Considerando que nuestras entradas mensuales no superan los cincuenta y cuatro mil a pesar de los impuestos asfixiantes que imponemos a la población, ¡calculad los modestos recursos de que disponemos para todo lo demás! Así que, ¡os lo ruego, Agnese! Tratad de comprender. Este matrimonio es el precio que pago a Amadeo VIII por proteger nuestras posesiones. Venecia, Florencia, ¡todos están en mi contra!

—Os entiendo, Filippo —dijo Agnese. Se acercó, lo hizo volverse hacia ella y le cogió las manos—. ¿Cómo no iba a entenderos? ¿Creéis que no me doy cuenta de que la Serenísima es tan insaciable que hasta os ha robado a vuestro mejor hombre, llenándole los bolsillos de dinero? Sin embargo, y os ruego que no me malinterpretéis, ¿acaso no fuisteis vos quien echó de la corte al Carmagnola? Lo llamasteis para que se presentara ante vos, lo hicisteis esperar y al final no lo recibisteis. Conozco vuestros motivos, pero debéis entender que al dar la espalda a los que os fueron fieles alimentáis un resentimiento hacia vos que tarde o temprano se convierte en rabia y en deseo de revancha, sentimientos más peligrosos que la codicia que temíais al principio. —Agnese apretó con más fuerza las manos del duque mientras lo decía.

—Lo sé. Por otra parte, ¿qué más podía hacer? —preguntó Filippo Maria, interrogándola—. Lo había nombrado gobernador de Génova —prosiguió— para darle riquezas y honores y a la vez mantenerlo alejado. ¡Y me recompensa de esta manera! Por el contrario, temo que soy demasiado generoso con mis capitanes. ¡Recordaréis que fueron precisamente ellos, y no los aristócratas, sino meros hombres de armas proclives a la violación y a la rudeza, quienes hincaron el diente en Milán e intentaron quitármela hasta el final! ¡Solo la muerte hizo flaquear a Facino Cane! Y ahora está Francesco Sforza, que a pesar de su juventud es la estrella naciente de los guerreros más destacados. Sin embargo, él también estará combatiendo, ¡y es probable que mientras hablamos nuestro ejército esté luchando hasta la última gota de sangre contra los cabrones del Carmagnola! Quién sabe lo que ocurrirá.

—¡No debéis perder la esperanza, Filippo!

—¿Esperanza? —exclamó el duque—. La esperanza no me ayudará a ganar esta guerra sin fin, sino el cálculo y la traición. Debo ser más despiadado que mis enemigos. Por eso necesito una alianza con Amadeo VIII. No me queda nada. Cada día les pregunto a Decembrio y a Riccio cuánto queda en las arcas. El Consejo de los Sabios ha convocado al Consejo General. Estamos a un paso de la caída, Agnese. Por eso os suplico que no me pidáis lo imposible. Me caso con la Saboya con el único objetivo de asegurar nuestra salvación.

Este último llamamiento surtió el efecto deseado. La mirada de Agnese languideció, sus manos blancas y hermosas acariciaron el rostro cansado del duque. La bella dama lo ayudó después a sentarse frente a la chimenea y retomó la conversación:

—De acuerdo, amor mío. No os angustiaré más. Permitidme solo que os diga que en esta contienda vuestros enemigos tienen un punto débil.

—¿Cuál es? —preguntó Filippo Maria, repentinamente intrigado.

—Admitiréis que hasta ahora el Carmagnola no ha sido todo lo duro que habría podido ser. Tras la victoria de Sommo prácticamente se ha quedado quieto, como si después de todo todavía sintiera afecto por vos y por Milán. El dinero no lo compra todo, ¿no es cierto? El Carmagnola es un gran condotiero y no cabe duda de que las gestas alcanzadas bajo vuestra bandera son las que más le complacen. Gracias a ellas alcanzó la fama imperecedera. Y para un condotiero no hay nada más importante que la fama. Al fin y al cabo, Venecia lo recibió con los brazos abiertos gracias a la gloria que alcanzó bajo vuestro estandarte.

—Sin duda, pero no entiendo adónde queréis ir a parar.

—Perdonad si insisto, amor mío —dijo Agnese, poniéndose el índice sobre los labios para pedirle al duque de la manera más sensual posible que permaneciera en silencio—. Lo que quiero decir es que si enviarais a un mensajero para comunicarle vuestra voluntad y sugerirle una conducta más prudente y menos hostil con Milán, aun sin comprometerse de manera explícita ante Venecia, quizá podríais obtener mediante este ardid, como a vos place, lo que vuestras armas y vuestros hombres no han conseguido.

El duque sonrió. De repente, le pareció ver una luz.

—¡Claro! —exclamó—. No puedo darle dinero, pero sí prometerle tierras y dominios para que vuelva a ponerse de nuestro lado.

—De este modo, contaréis con la alianza de los Saboya y también lograréis contener a Venecia. Y con un poco de suerte dejaréis a la Serenísima sin su mejor hombre.

—Ya —concluyó el duque—, es lo único que tengo.

—Ah, eso no es cierto —dijo Agnese, la voz ronca y pasional—, tenéis mucho más —susurró con complicidad al oído de su señor—. Y creedme cuando os digo que ansío que llegue la noche para recibiros en mi alcoba.

Al oír esas palabras, Filippo Maria sintió que un escalofrío de placer le recorría la espalda. La manera en que Agnese deslizaba alusiones, tan directas que incluso eran descaradas, todavía lo sorprendía. Pero su descaro y su agresividad eran precisamente lo que la hacía tan excitante e irresistible.

Hundió las manos en los mechones de oro, después miró fijamente ese rostro tan hermoso y naufragó en la mirada azul que tenía delante. Agnese apretó sus labios rojos y turgentes contra los de él. Después buscó la lengua del duque. Filippo Maria sintió que el deseo crecía en su pecho y se difundía hacia el vientre.

Estaba a punto de quitarse la ropa cuando alguien llamó insistentemente a la puerta.

—Perdonadme, alteza —graznó una voz de timbre áspero y pedante—, pero traigo noticias del campo de batalla.

—Qué inoportuno —gruñó en voz baja Filippo Maria, que ya saboreaba las dulces caricias de aquella mujer que todavía le hacía perder la cabeza.

Se aclaró la voz, inspiró profundamente y, apenas Agnese se recompuso, lo hizo pasar.

Un instante después, hacía su entrada Pier Candido Decembrio, funcionario ducal y consejero de confianza de Filippo Maria Visconti.

Tras presentar sus respetos al duque y su favorita con una larga reverencia que contenía una punta de desprecio por esta última, Decembrio levantó la mirada.

—Vuestra gracia, tengo la obligación de informaros que nuestro ejército y el veneciano se han encontrado frente a frente cerca de Maclodio. Y que en este momento seguramente se está librando una batalla sangrienta y encarnizada.

4

Lluvia de hierro

Ducado de Milán, Maclodio

Una lluvia de hierro caía del cielo.

Las saetas teñían el aire de negro, cortaban la bóveda celeste con silbidos mortales y segaban la vida de los infantes milaneses. Los hombres avanzaban con dificultad, trataban de permanecer en pie mientras se arrastraban por el barro resbaladizo. La primera descarga de flechas los sorprendió por el costado y batió mortalmente su flanco.

Se desató el infierno.

Mientras los venecianos se retiraban al camino principal, Carlo II Malatesta permaneció plantado sobre los estribos durante un instante, en un silencio irreal, sin que nadie se atreviera a romper esa suspensión del tiempo y el espacio.

Un momento después, el capitán se dejó caer en la silla y comprendió lo que estaba ocurriendo. Y también que era demasiado tarde.

En lugar de lanzar un ataque, los hombres del Carmagnola le habían tendido la trampa más sencilla y letal que se puede concebir. Él y sus hombres se habían aventurado en un movimiento de pinza del que difícilmente saldrían. Lo supo cuando divisó a los ballesteros emergiendo del barro de los aguazales y de las sombras de los cañaverales mucho más allá de la línea de los infantes milaneses. Circundaban y atacaban a los hombres a pie, que caían como moscas.

El aire se llenó de gritos monstruosos. Vio a un hombre llevarse las manos al cuello cuando una flecha se lo atravesó de parte a parte. Otro, alcanzado por una sarta de saetas, se desplomó en el agua sucia de un canal. Y un tercero abrió los brazos mientras el pecho se le llenaba de flechas que parecían alfileres infernales.

Mientras abatían uno tras otro a sus soldados, los caballeros también empezaron a caer. Los corceles heridos relinchaban y se desplomaban en el barro en un revuelo de gualdrapas desgarradas, en medio del estrépito de las puntas de hierro clavándose en las corazas.

Un caballero trató de tranquilizar a su destrero encabritado, las crines húmedas por la lluvia, los cascos rasgando el aire. Como no lo conseguía, probó a detenerlo tirando de las riendas, pero el animal lo desarzonó, y cuando cayó en el barro lo arrolló un alazán sin jinete que huía de la masacre.

Sus hombres iban a la deriva. Sorprendidos por el ataque imprevisto, desbaratados por el barro y diezmados por los rallones de las ballestas, estaban a punto de romper filas y darse a una fuga desordenada e ingobernable que anunciaba una derrota aplastante.

A esas alturas, era una locura acosar al enemigo. Por añadidura, cuando Carlo quiso retroceder, una congerie de caballos tendidos en el suelo, hombres heridos gritando, estandartes perdidos y gualdrapas desgarradas le bloqueaba el paso y le impedía volver a la línea de defensa, si es que aún existía. Carlo lo puso en duda mientras las saetas silbaban a su alrededor. Después, un par de flechas debieron de alcanzar a su montura, porque notó que se le aflojaban las patas y se desplomaba en el suelo del lado derecho del margen.

Fue a parar al fondo de la hondonada, cubierto de barro. Hizo un gran esfuerzo y logró ponerse a cuatro patas mientras veía a los hombres caer boca abajo en los canales. Ahora los infantes y los escuderos enemigos habían sustituido a los ballesteros y cargaban contra sus hombres, partiéndoles la espalda con mazos y hachas.

Su ejército había sido aplastado. Volvió en sí cuando unas manos enguantadas lo agarraron. Desenvainó la espada y rebanó algo con ella. Un grito bestial se impuso sobre el sonido sordo e indistinto de espadas y corazas chocando entre sí. Vio a un soldado veneciano con un muñón de color rojo vomitando sangre copiosamente. Debía de ser su agresor. Pero no tuvo tiempo de pensar. Lo dejó atrás, empujándolo en el barro. Era difícil orientarse en aquella algarabía, pero lo intentó. Oyó otro grito. Se dio la vuelta. Un caballero herido de muerte rodó con su caballo por la pendiente del margen. El aire se saturó de hierro y sangre, los gritos golpearon sus oídos como martillos palpitantes. Los hombres que se arrastraban por el suelo parecían gusanos que intentaban huir desesperadamente de ese infierno.

Algo le golpeó el costado y lo arrojó de nuevo al barro.

Se le cortó la respiración. Trató de levantarse, pero fue imposible. Era como si le hubieran clavado las piernas en la tierra. Hizo un esfuerzo sobrehumano para volver a intentarlo, pero alguien o algo volvió a empujarlo al suelo. Notó que le arrancaban el yelmo. Tenía el pelo embadurnado de sudor y sangre. La lluvia gélida le dio una momentánea y absurda sensación de alivio.

Francesco Sforza estaba preocupado. Presidiaba el camino de Orci Novi con sus hombres, pero nada ni nadie daba señales de vida. Tenían listas las bombardas, cargadas con clavos y piedras, y los hombres estaban impacientes por arrojar esos proyectiles mortales contra los enemigos, pero no había ningún adversario al que atacar. Solo la lluvia rompía el silencio irreal de aquella tarde. Las gotas repicaban sobre los yelmos en una letanía que no vaticinaba nada bueno.

De repente vio aparecer, por el flanco derecho, a un soldado cubierto de barro y sangre. Estaba a punto de dar la orden de abrir fuego cuando se percató de que era de los suyos.

Un soldado de los Visconti.

Levantó la mano para que nadie se atreviera a mover un dedo.

—¡Ayudadlo! —tronó, plantando los pies en los estribos y poniéndose completamente de pie—. ¿No veis que es uno de los nuestros?

En cuanto oyeron la orden, un par de ballesteros salieron disparados de las filas para ayudar al soldado, que avanzaba con dificultad. Se colocaron a un lado y al otro y prácticamente lo llevaron en volandas para ir más deprisa. Al final, llegaron ante Francesco Sforza, que seguía de pie en la silla, erguido sobre su bayo gigantesco.

El hombre cayó de rodillas ante su capitán. Se quitó el yelmo, que parecía ahogarlo. Lo arrojó lejos en un arranque de rabia.

—Habla —lo acució Francesco Sforza—, ¿qué ha ocurrido?

El hombre contó lo sucedido con un hilo de voz.

—Lo hemos perdido todo —dijo—. Han aplastado a Piccinino y a sus hombres.

—¿Qué? —preguntó Sforza, incrédulo.

Mientras tanto, su caballo empezó a girar sobre sí mismo,

como si notara la rabia que, gélida y silenciosa, crecía en el pecho de su amo.

El soldado no sabía adónde mirar. Sus palabras sonaron como una condena.

—El Carmagnola nos ha tendido la peor de las trampas —dijo—. Yo estoy vivo de milagro.

Francesco Sforza encaró inmediatamente el caballo con sus filas y dio la espalda al pobre desgraciado, que, agotado, se dejó caer en el barro.

—¡Soldados! —gritó el capitán—. ¡Seguidme! ¡El capitán Malatesta y el capitán Piccinino necesitan nuestra ayuda!

Los gritos de guerra de los hombres estallaron en un estruendo ensordecedor. Sforza lanzó su caballo al galope sin vacilar. Tenía la esperanza de que no fuera demasiado tarde para ayudar al ejército de los Visconti.

5

Las aguas de la laguna

República de Venecia, Ca' Barbo

Miró a su hermano, a quien quería más que a su vida. Se sentó en la butaca de terciopelo de color langosta y Gabriele se acercó a ella en busca de afecto. Acababa de volver de Roma. Llevaba el hábito cardenalicio rojo púrpura.

Niccolò, su marido, y su primo, Antonio Correr, que también era cardenal, estaban con ellos en la biblioteca.

Polissena podía sentir el nerviosismo de su hermano. Había venido a visitarla y ahora se encontraba en el ojo del huracán de un asunto político complicado.

—Los Diez apoyarán nuestro plan, Gabriele —confirmó Niccolò—. Lo comentaba con Venier y Morosini justo hoy. El dogo desea vuestra subida al solio pontificio. Los Colonna tienen los días contados.

—¡Por supuesto! Lo tenéis todo planeado, ¿no? —respondió Gabriele sin resentimiento. Su voz delataba más bien una mezcla de fatalismo y divertida resignación—. Sigo preguntándome por qué creéis que puedo conseguirlo. ¡Por qué no Antonio, entonces!

—Ya hemos hablado de eso, primo —intervino este último—. Porque mi tío Angelo ya fue pontífice. Y antes de que digáis que también era vuestro tío, me adelanto para haceros notar que el apellido que llevaba era idéntico al mío, no al vuestro, lo cual reduce mis posibilidades. Como sabéis, no causa buena impresión volver a proponer una dinastía, y un nombre, para el pontificado.

—No podía explicarse mejor —observó Niccolò, alisándose la barba rala con la mano abierta—. En cambio vos, Gabriele, sois perfecto. Poseéis el prestigio necesario y procedéis de una familia que a pesar de ser acomodada no tiene fama de codiciosa ni de ambiciosa en las tertulias romanas, lo cual es de agradecer. Sois el candidato ideal. Y aunque el pontífice actual esté vivito y coleando debemos prepararnos.

—Ya —le hizo eco Antonio Correr—. Venecia está en la cumbre de su prestigio. Si, como parece, el Carmagnola derrota a Filippo Maria Visconti, tenemos motivos para esperar que nuestra esfera de influencia aumente. Pero la Serenísima necesita un papa amigo para consolidar su poder en tierra firme, y a juzgar por lo que está ocurriendo ahora no lo tiene.

—¿Os referís a la reciente visita de Martín V al duque de Milán? —preguntó Gabriele.

—Precisamente —convino Antonio mientras se sentaba frente a Polissena. Se atusó el cabello negro, brillante como la seda—. Por otra parte, la fundación de la Congregación de Canónigos Regulares de San Giorgio in Alga está dando frutos con el paso de los años. Surgen muchos otros centros religiosos siguiendo nuestro ejemplo: San Giacomo en Monselice, San Giovanni Decollato en Padua, Sant'Agostino en Vicenza, San Giorgio in Braida en Verona. Es un éxito sorprendente, pero innegable.

—Los hombres de buena voluntad tienen necesidad de reunirse en estas congregaciones para volver a descubrir los valores religiosos —dijo Gabriele con sencillez.

—Por supuesto, hermano —intervino Polissena—, pero está claro que una difusión a esta escala también comporta un mayor peso político de nuestra área de pertenencia.

—¿Tú también, hermana? —añadió Gabriele mientras levantaba la ceja y fruncía los labios sonriendo.

Polissena iba a responder, pero Antonio se adelantó:

—Tengo la sensación de que hay algo que os turba, primo. Abridnos vuestro corazón y decidnos qué os preocupa.

Gabriele fue al grano. Era un hombre sincero que decía exactamente lo que pensaba. Eso podía ser un inconveniente, pero, según Polissena y también a juicio de Antonio, hacía de él un hombre nuevo, perfecto para la Iglesia de Roma.

—A decir verdad, me siento como un peón en un juego que me supera. Podría salir bien, ya que es muy probable que todos lo seamos, pero quisiera que al menos me previnieran.

Niccolò Barbo apenas pudo contenerse:

—Lo comprendemos, Gabriele, pero os estamos adelantando ahora, *apertis verbis*, que Venecia apoyará con todos los medios a su alcance vuestra subida al trono de Pedro. Comprendo que no lo habéis elegido, pero todos confiamos en que os mantengáis fiel a vuestro deber y no traicionéis la República a la que todos nos debemos.

Polissena fulminó con la mirada a su marido. Comprendía su punto de vista, pero atacando a Gabriele solo obtendría su rechazo. Su hermano era obstinado y si lo ponían entre la espada y la pared podía ser capaz de desbaratar sus planes.

—Perdonad la impetuosidad de mi marido, hermano —se apresuró a decir—. Sin embargo, aunque con maneras bruscas, Niccolò ha dado en el blanco.

—Soy tan consciente, Polissena, que apruebo su argumentación, y, ya que está muy claro lo que pedís, permitidme que os diga que no tengo ninguna intención de eludir mis obligaciones para con la República. Me doy perfecta cuenta de lo estratégica que es Roma para Venecia.

—E incluso Bolonia, Gabriele —lo presionó Antonio—. Ferrara y los Este impartirán consejos mucho más moderados en cuanto tengan que elegir entre nuestro ejército de Terraferma y el pontificio. Y esta es solo una de las ventajas que podrían derivarse de vuestra elección.

—Sin contar con el hecho de que vos ya sois cardenal de Bolonia —bromeó Polissena.

—¡Ya! En fin, todo está decidido. En cuanto Martín V pase a mejor vida, bastará con ser elegido, ¿no? Pero no será fácil en absoluto —prosiguió Gabriele.

Sin embargo, había cambiado imperceptiblemente de actitud. Si hasta entonces su reticencia parecía sincera, ahora era como si ocultara su deseo de ser papa por miedo a que mostrarlo abiertamente fuera de mal agüero.

—Quizá. Pero tenemos la certeza de que los Orsini harán piña contra los Colonna. No son lo bastante fuertes para proponer a su propio candidato, así que Giordano Orsini apoyará vuestra elección. Lo mismo puede decirse de Antonio Panciera. Y de mí. En fin, ya tenéis tres votos a vuestro favor, ¿no?

—Necesitaremos muchos más.

—No os preocupéis por eso, yo me ocuparé de proporcionaros las preferencias necesarias. Seréis papa, Gabriele, lo creáis o no —concluyó triunfante Antonio Correr.

Niccolò lo miró a los ojos.

Polissena hizo lo mismo. Después, como si quisiera sellar un pacto, dejó escapar tres palabras:

—No podemos fracasar.

Su determinación heló la sangre a Gabriele.

6

Derrota

Ducado de Milán, Maclodio

Giró el caballo y se lanzó por el camino de Urago sin pensarlo dos veces. Sus hombres lo siguieron como si el diablo en persona les pisara los talones. No tenían tiempo de llevarse las bombardas y dejó a un contingente en el lugar para que las desmontaran y las transportaran a la otra orilla del Adda, en dirección a Milán. Lo seguían sus seiscientos mejores caballeros. No sabía lo que iban a encontrar, pero debía darse prisa. Tenía la esperanza de llegar a tiempo.

El Carmagnola había luchado con inteligencia. Había concentrado gran parte de su ejército contra las fuerzas de Malatesta y Piccinino en los puntos donde estaba el grueso del ejército de los Visconti y había atacado el cuerpo central, rompiendo en dos la formación y dejando a sus hombres fuera de la batalla.

Cuando llegó a medio a camino entre Maclodio y Urago, se dio cuenta de la situación. La calzada se convertía en una cinta de barro delimitada por los dos márgenes que daban a una vasta depresión de aguazales y ciénagas. Le pareció vislumbrar insectos pululando a lo lejos.

En cuanto se acercó, vio los restos de la batalla: cuerpos

mutilados, en pedazos, rostros transfigurados por el dolor, bocas abiertas que pedían a gritos el golpe de gracia. A Francesco le costaba avanzar. Los cadáveres amontonados obstruían el paso. Los estandartes de los Visconti yacían en el barro. Había armaduras destrozadas, yelmos aplastados, escudos abollados y espadas abandonadas por doquier.

Francesco Sforza se hizo la señal de la cruz. Tras aquella visión apocalíptica, por fin oyó algo, un estrépito de espadas chocando en la lejanía, hacia Urago, como si alguien se empeñara en seguir combatiendo.

Espoleó a su caballo y, superando la masacre, se dirigió al lugar de donde procedía el sonido. Sus hombres lo siguieron. Pero si hasta ese momento habían proferido gritos de guerra y de incitación, ahora los caballeros surcaban el aire frío de la noche en silencio.

El cielo se había hecho de plomo. Se levantaba una niebla húmeda que parecía envolver como un sudario la planicie inundada de charcas. Los cascos de los caballos repiqueteaban con un sonido siniestro, un rimbombo de muerte. Francesco Sforza oía cada vez más cercano el canto violento de las espadas. Un instante después, vio a unos pocos hombres del ejército de los Visconti resistiendo a los asaltos de un grupo de caballeros venecianos. Desenvainó la espada, se giró hacia sus hombres, la levantó y la bajó de repente indicando al enemigo, dando orden de atacar.

Los arrollaron.

Sforza golpeó al primer hombre que se le puso por delante con todo el ímpetu de que fue capaz. El caballero veneciano vio como su brazo se doblaba de manera innatural cediendo a la fuerza increíble de Sforza. Gritó, pero no pudo retomar la posición sobre la silla. El capitán, envalentonado por la debilidad del adversario, le asestó inmediatamente otro mandoble que el veneciano no logró parar. En cuanto tocó el barro, uno de los infantes de los Visconti se aproximó y le plantó la pica en el pecho. Sforza siguió atacando y derribó a otro enemigo con un par de mandobles. En poco tiempo, sus hombres se impusieron sobre los venecianos, que, derrotados, se dieron a la fuga.

—¡Adelante, capitán! —gritó uno de sus soldados. Agitaba el brazo izquierdo en dirección de Urago y con el derecho sujetaba el estandarte como si fuera una tabla de salvación. Las enseñas de la culebra azul y el águila negra imperial estaban manchadas de sangre y barro—. ¡Niccolò Piccinino está al doblar esa curva!

Francesco Sforza se limitó a asentir y espoleó a su caballo. Por lo menos no se iría con las manos vacías. Piccinino era un gran condotiero y, aunque había subestimado al Carmagnola, merecía salvar el pellejo. Sforza atravesó aquella maraña roja y neblinosa con la espada en la mano. Su caballo —los ollares humeantes, los músculos en tensión, crispados por la carrera— temblaba bajo su peso y devoraba la distancia animado por una rabia creciente.

Cuando dobló la curva, vio, a la derecha del camino, a un grupo de infantes y caballeros a pie que ponían todo su empeño en quitarse la vida unos a otros. Los soldados estaban agotados y se atacaban con tal lentitud y sufrimiento que parecían luchar porque no les quedaba otra, como si ninguna de las partes pudiera eludir lo que se esperaba de ellos.

Francesco Sforza hizo bajar a su caballo por el margen derecho, sin perder tiempo, pero con cuidado para que no se rompiera una pata. A pesar de que la tierra húmeda, empapada de agua, cedía bajo el peso de los cascos, el capitán se las arregló para llegar a la planicie pantanosa. Allí, por suerte, el terreno se hacía más compacto. Sforza y sus hombres cargaron contra el nutrido pero agotado grupo de soldados venecianos, levantando a su paso una lluvia de barro. En medio de ellos, flanqueado por algunos de sus fieles compañeros, resistía, herido, Niccolò Piccinino. Apenas se aguantaba de pie, pero seguía rechazando al adversario. Tenía la armadura manchada de sangre y debía de estar herido en el hombro, pues había perdido el guardabrazo y la hombrera.

Cuando lo vio llegar en su ayuda, Piccinino multiplicó sus esfuerzos. «¡Valor, caballeros! ¡El capitán Francesco Sforza ha venido en nuestra ayuda!» Y mientras lo decía, asestó un mandoble brutal a su adversario y lo derribó. Después, con un brinco dictado por el deseo desesperado de salvarse, saltó como un gato sobre el caballo que los hombres de Francesco Sforza habían traído para él. Mientras tanto, el capitán del ejército de los Visconti y sus hombres hacían trizas a los enemigos.

Piccinino vio a un veneciano que abría los brazos y miraba al cielo mientras un milanés le abría la espalda de un tajo. A otro desplomarse bajo un golpe de mangual. Y a un tercero traspasado de parte a parte durante la carga de los partidarios de Sforza.

Fue una masacre. Mientras los venecianos caían como moscas, Niccolò Piccinino trató de imponer su voz sobre el estruendo de las armas y le gritó al capitán:

—¿Y ahora qué hacemos?

Francesco Sforza se levantó la visera del yelmo. Lo miró fijamente a los ojos y, exhibiendo una de sus miradas frías y cortantes, respondió:

—¿Qué ha sido de vuestro ejército y de Carlo Malatesta?

—El Carmagnola ha acabado con él.

—¿Lograsteis diezmar al ejército veneciano?

—Poco. Si avanzamos en dirección de Urago, el grueso de las compañías de la Serenísima se nos pegará a los talones. Estamos vivos de milagro.

—¿Y los demás? —preguntó Sforza, dudando de lo que había visto con sus propios ojos.

—Muertos o prisioneros.

—¿Malatesta?

—O lo uno o lo otro.

Francesco Sforza miró a Piccinino y sacudió la cabeza.

—¡Retirada! Ya he perdido a muchos hombres. Vista la situación, es mejor evitar que suframos más pérdidas.

Giró el caballo y retomó el camino de Orci Novi con Piccinino y los hombres de ambos. Debían alejarse antes de que el Carmagnola y sus capitanes se abatieran sobre ellos como las alas del demonio.

7

San Nicolò dei Mendicoli

República de Venecia, San Nicolò dei Mendicoli

Polissena había llegado a San Nicolò dei Mendicoli al rayar el alba. Brillaba un sol pálido, otoñal, que filtraba sus rayos a través de una capa fina de nubes y transformaba la laguna en una losa líquida de color esmeralda. Polissena sabía que estaba en uno de los barrios con peor fama de Venecia, poblado por pescadores y bandidos, pero a pesar de la miseria y la suciedad de sus calles aquella iglesia refulgente de ladrillo rojo con adornos de piedra blanca se recortaba sencilla y magnífica en el centro de la plaza. Se erguía, en efecto, sobre una franja de tierra que se alargaba hacia Fusina y aprisionaba un espejo de agua verde y estancada que se encrespaba de tanto en tanto, cuando pasaban indolentes sandoli, bragozzi y barcos de pesca atestados de mercancía. Se levantó una brisa cortante y Polissena se apartó un mechón que rozaba la comisura de su boca de coral. Parecía haber escapado de la gruesa trenza negra adornada con sartas de perlas en que había recogido su cabello, pero en verdad era un rasgo de coquetería con el que pretendía mostrarse más atractiva a los ojos de su cita. A pesar de haber dejado atrás la plena juventud, todavía era muy hermosa. El vestido de terciopelo adamascado, que le ceñía el pecho y se ensanchaba de cintura para abajo, la estilizaba sobremanera. La piel de alabastro de su rostro casi brillaba iluminada por dos grandes ojos azules. Una capa larga ribeteada de pieles, sujeta con un broche de oro y piedras preciosas, la protegía del frío de aquella gélida mañana y al mismo tiempo ocultaba púdicamente cualquier indicio de sensualidad.

Sin embargo, Polissena no dudaría en exhibir su exuberante belleza si era necesario, pues a pesar de que iba a encontrarse con un eclesiástico, este tenía fama de apreciar los encantos femeninos. Eso era, cuando menos, lo que le había dicho su primo Antonio. Y aquel encuentro era tan determinante para el futuro que no podía permitirse fracasar. Por eso Antonio había insistido para que fuera ella quien se reuniera con el patriarca de Aquilea. Había que intentarlo todo, le había dicho guiñando los ojos vivísimos con complicidad.

Y ella había aceptado. Llegaba con el corazón en un puño porque temía toparse con alguno de los trotacalles que merodeaban por aquella zona de la ciudad; con los Nicolotti, sin ir más lejos, la facción popular que vivía allí y que rivalizaba desde siempre con los Castellani.

Ella, por descontado, no tenía nada que ver con ninguna de las dos, pero era innegable que en ese momento corría un gran peligro. Por eso tanto su marido como su hermano se habían opuesto al plan de Antonio desde el principio. Pero ella, haciendo valer su voluntad de hierro, había insistido tanto que tuvieron que rendirse, aunque le impusieron como condición que la acompañara uno de los criados de los Barbo. Este último era un hombretón de piernas robustas y hombros anchos y fuertes, corpulento como un toro. Polissena se había sentido segura con él, pero ahora que estaba a punto de entrar sola en la iglesia para no levantar sospechas un escalofrío le recorrió la espalda.

Apenas se adentró entre las sencillas columnas de la nave de la derecha, vio a un hombre oculto en la penumbra de una hornacina; sin duda, la persona con quien debía encontrarse. Avanzó con decisión mientras se decía que todo iba a salir bien. Sus pasos resonaron en la iglesia aparentemente desierta. Confiaba en que san Nicolás y la profunda espiritualidad del aquel lugar sagrado la protegieran, pero por si acaso llevaba un estilete en el bolsillo interno de la capa.

Cuando Polissena estuvo cerca, el hombre salió de la penumbra. Puso al descubierto un rostro marcado por las arrugas, pero poseedor de unos ojos azul claro que parecían gotas de agua y le conferían una mirada magnética y penetrante. Polissena tuvo la sensación de ver reflejada en ellos su propia alma. Por lo demás, el cardenal Antonio Panciera era un hombre corriente, de estatura común, de unos setenta años. Tenía la frente ancha y el pelo ralo y blanco, que asomaba por detrás de las orejas. La nariz grande y la mandíbula pronunciada no eran suficientes para poder definirlo como guapo. Sin embargo, Polissena tuvo que admitir que tenía algo que capturaba a quien se atreviera a mirarlo a los ojos.

Vestía el hábito abacial; la gruesa cogulla negra con capucha resaltaba la intensidad de la luz clara de sus ojos. La sobriedad del hábito demostraba la extrema prudencia y cautela del cardenal.

Apenas la tuvo cerca, Antonio Panciera le tendió la mano. Polissena se la llevó a los labios y amagó una reverencia para evitar dar la sensación de querer homenajear excesivamente la autoridad que el cardenal había querido disimular tan oportunamente.

—Aquí estamos, *madonna*, en la nave de una de las iglesias más antiguas de Venecia —dijo plácidamente Panciera.

—¿Estamos solos, vuestra gracia? —susurró Polissena Condulmer.

El cardenal asintió.

—Los pobres frailes de San Nicolò in Mendicoli están en aprietos, como atestiguan las columnas y las paredes desnudas de esta iglesia. Han aceptado de buen grado mi pequeña oferta y me han asegurado la máxima discreción. Como veis, no hay nada que temer. Hablad libremente. Si no me equivoco, vuestro primo Antonio ha insistido mucho para que nos reuniéramos.

Polissena sabía que debía ser prudente. No podía hablar abiertamente, pero tenía que formular una petición clara. Empezó dando un rodeo.

—Vuestra gracia, os preguntaréis el motivo de este encuentro. Por otra parte, no se os habrá pasado por alto que pertenezco a una familia que, por muchos motivos, ha sabido cultivar a lo largo del tiempo una sensibilidad especial y una vocación auténtica por la fe y la espiritualidad.

—¿Quién no conoce a vuestro tío, Angelo Correr? Fue un papa extraordinario y un gran hombre de Iglesia.

—Naturalmente, eminencia. Supo reunir a su alrededor la gran energía de la nobleza con la finalidad de renovar de manera determinante los valores y los ideales de la vida cristiana.

—Supongo que os referís a la Congregación de San Giorgio in Alga.

—Precisamente.

—Conozco perfectamente la orden y todos los días agradezco a vuestro tío y a vuestro hermano lo mucho que se prodigaron para hacer posible su fundación y lo que siguen haciendo por una institución tan virtuosa. Por otra parte, lo confieso, nunca he ocultado mi sincera admiración por vuestra familia, que se extiende a vuestro primo Antonio, así que os pregunto: ¿por qué habéis querido enfatizar este hecho? ¿Acaso os referís a él para hacerme partícipe de otra cosa que, en este caso concreto, os importa especialmente?

Mientras hacía esta pregunta, el cardenal Antonio Panciera dobló imperceptiblemente la cabeza y observó de reojo a su hermosa interlocutora.

Polissena entendió al vuelo que su gracia le estaba ofreciendo explícitamente la posibilidad de confiarse, y, agradecida por su sinceridad, aprovechó la oportunidad.

—Su eminencia sabe muy bien que nuestra amada Venecia está recibiendo ataques de todo tipo por parte de enemigos despiadados. Mientras hablamos, Milán ha vuelto a hacer armas contra la Serenísima. Florencia vacila, Ferrara y Mantua se complacen, y el pontífice, con toda la razón, que quede claro, tiene otras cosas en que pensar. La reconstrucción de Roma es lo más sagrado que hay, pero, y perdonadme, eminencia, parece que en esta obra de recuperación el santo padre solo quiere favorecer a su familia.

El cardenal Antonio Panciera asintió, confirmando tácitamente las palabras de Polissena.

La aristócrata prosiguió:

—Y aún hay más. Me refiero a la bendición de la catedral de Milán. Si por una parte fue una etapa lógica y casi obligada de su viaje de regreso de Constanza a Roma, por otra lo acercó al enemigo más acérrimo de Venecia. Y por añadidura no se detuvo en ninguna de las ciudades de nuestra amada Serenísima. Hace solo dos años se puso en manos de Francesco Sforza para librarse de Braccio da Montone durante la guerra de L'Aquila, el mismo Francesco Sforza que ahora es nuestro enemigo declarado y lucha bajo la bandera de los Visconti. ¿Por qué os digo todo esto? Porque, aunque deseo al pontífice una vida larga, fructuosa y feliz, me pregunto y os pregunto qué pasará el día en que Martín V llegue al final de su pontificado.

Panciera sonrió.

—Ahora me queda todo claro. Vuestra pregunta es legítima.

—Es la que se hacen las personas a quienes represento.

—¿Eso significa que habláis en nombre del dogo? —la provocó el cardenal con una punta de jovial sagacidad.

—Hablo en nombre de la aristocracia veneciana, que elige a su dogo mediante un sistema electoral muy complicado, naturalmente. Y que hoy, eminencia, se pregunta con preocupación qué futuro le espera si el próximo papa pertenece una vez más a la familia Colonna.

Inspirado por un paternalismo cómplice, el cardenal Panciera tomó las manos de Polissena entre las suyas.

—Querida, no temáis, como hijo predilecto de la Serenísima os aseguro que a partir de ahora trabajaré para que eso no llegue a ocurrir.

Polissena había logrado llevar a su terreno al cardenal. Pero para ponerlo a buen recaudo, fingió trajinar con el broche de la capa con el fin de que a su gracia le diera tiempo de echar un vistazo a su escote mientras suspiraba para aumentar el efecto.

Los ojos del cardenal, capturados por el vaivén de su pecho al respirar, brillaron de puro placer.

Polissena, consciente de tener al cardenal en sus manos, se cubrió y retomó la conversación.

—Así pues, ¿creéis que sería posible, en un futuro muy lejano y deseándole al papa lo mejor, que en un eventual cónclave vuestro voto sea para mi hermano?

—Tenéis mi palabra. ¿Debo dar por supuesto que a cambio contaría con vuestra gratitud?

—Faltaría más.

—Si permitís, *madonna*...

—Decidme, eminencia.

—Imagino que el cardenal Giordano Orsini también se uniría a nuestra causa.

—Decís bien. Tanto es así que mi primo, el cardenal Antonio Correr, se prodiga en este sentido.

—Magnífico. Pues cuando llegue el momento alcanzaremos la mayoría.

—Eminencia, como veis no soy yo quien lo pide, sino...

—Venecia. Cierto, *madonna,* me ha quedado claro. Ahora, si permitís —prosiguió el cardenal—, creo que ha llegado la hora de que nos despidamos. Llega alguien. —Antonio Panciera levantó la cabeza y señaló rápidamente las últimas filas de los bancos.

8

Cástor y Pólux

Ducado de Milán, castillo de Porta Giovia

El castillo surgía en correspondencia de la antigua Porta Giovia. Lo había mandado construir Galeazzo II Visconti hacía sesenta años. Era un edificio imponente y sombrío. Reflejaba el encanto oscuro de la dinastía que había afirmado su poder sobre Milán bajo la insignia del *Biscione*. Los colosales muros de piedra sostenían, en sus cuatro esquinas, otras tantas torres de planta cuadrada; las dos que daban a la ciudad eran aún más ciclópeas que las contiguas al inmenso coto de caza. A Galeazzo Maria primero y a sus descendientes después les gustaba pasar allí gran parte de su tiempo.

Pero a diferencia de sus antepasados, para Filippo Maria el castillo de Porta Giovia no era solo una obra defensiva, sino la sede de su corte. Tras sus muros impenetrables el duque se sentía protegido e invencible.

Adentrarse en su interior significaba ponerse a su merced.

Angelo Barbieri sudaba frío mientras entregaba su caballo al mozo de cuadra que se ocuparía de él. Como todos los mercenarios, tenía un nombre de batalla: el Heraldo. Se lo habían puesto porque al parecer gozaba del don de ser prácticamente inviolable y salía ileso incluso en las circunstancias más desfavorables. Aunque sabía manejar las armas, no era especialmente valiente o diestro en la batalla, pero en parte porque tenía suerte y en parte porque intuía cuándo debía eludir un duelo, siempre salía airoso. En eso recordaba precisamente a los heraldos: expertos en blasones, en registros de la nobleza y en armas para las fiestas de caballería, es decir, en la forma más que en el fondo. En opinión general, debía su buena estrella a que se guardaba muy bien de exponerse a acciones temerarias. Sus batallas, en definitiva, no eran más que patrañas. Pero su conocimiento de los escudos, de los colores y de los símbolos que identificaban a las unidades le permitía adelantarse a las acciones y colocarse siempre en el lado correcto del campo de batalla, en el menos arriesgado, donde el peligro era, sin duda, menor. Precisamente como solo un heraldo sabía hacerlo.

Pero en aquella circunstancia, Maclodio se había revelado una derrota para los milaneses, es decir, para el duque; su buena suerte se estaba agotando rápidamente.

Se hallaba con Piccinino en el camino de Urago cuando los venecianos aplastaron a los milaneses y comprendió que esa vez iban a perder el pellejo. Después llegó Francesco Sforza, que salvó por los pelos a su capitán y a los pocos soldados que habían quedado. Él estaba entre ellos. Pero cuando, aquella misma tarde, lograron llegar a Orci Novi y Sforza le pidió a Niccolò Piccinino que le indicara a su mejor caballero, este lo señaló a él sin dudarlo. Con mayor motivo, porque tenía el nombre perfecto. ¿Quién mejor que un heraldo podía hacer de mensajero? Francesco Sforza le encargó que anunciara al duque la derrota y lo acompañó personalmente hasta su caballo. Cabalgando a matacaballo hasta el anochecer, el Heraldo recorrió la distancia entre Orci Novi y Milán lo más rápido que pudo, a tal punto que vislumbró el castillo al rayar el alba, cuando el cielo diáfano difundía su luz de ópalo sobre las grandes torres angulares.

Y ahora estaba allí, escoltado por dos soldados que lo conducían a las habitaciones del duque.

Filippo Maria estaba nervioso. Como siempre. Prácticamente no dormía desde que Decembrio le había comunicado, sin tener ni idea de cuál sería el resultado, que se estaba librando una batalla. Toda esa noche y el día siguiente con su noche. Sabía muy bien que no pegaría ojo mientras esperaba noticias de la batalla y se había entretenido bebiendo vino y arrojando huesos a sus perros favoritos, dos mastines llamados Cástor y Pólux. A diferencia del género humano, nunca lo habían traicionado. No lo juzgaban. Le eran incondicionalmente fieles. Los adoraba. Estaba, como de costumbre, en la sala de la Paloma, que tomaba su nombre del tapiz de gran tamaño que cubría casi por completo una de sus paredes: representaba una paloma blanca en el centro de una corona radiada que extendía sus rayos amarillos sobre un cielo rojo sangre. Recibía el nombre de Radia Magna.

El centro de la habitación estaba dominado por una mesa imponente cubierta de bandejas que rebosaban de pasteles sobrantes y caza casi intacta rechazada por comensales con poco apetito, fruteros atestados y jarras de vino. Filippo Maria lanzaba huesos a Cástor, el mastín negro, y esperaba a que el perro se los devolviera. Pólux, el mastín gris, miraba fijamente a su amo con los ojos entornados y la lengua fuera de la boca con un gesto de ternura que contrastaba con su tamaño impresionante.

—Vamos, Cástor —ordenó el duque con una copa de vino en la mano—, pórtate bien y tráeme el hueso.

El mastín obedeció al instante; galopó torpemente hacia su dueño y depositó a sus pies un codillo de cerdo brillante.

Filippo Maria, sentado en el suelo, extendió la mano derecha para cogerlo y acarició al perro debajo de la oreja. El mastín gimió de placer.

—Ven, Pólux —ordenó Filippo Maria con dulzura.

El mastín gris acudió de un brinco a la llamada de su amo. El duque lanzó el hueso distraídamente y Cástor salió disparado para aferrarlo al vuelo, intentando no resbalar. No lo logró. El duque se echó a reír.

—Te he engañado, granuja —gritó con entusiasmo mientras acariciaba la nuca de Pólux, que emitió un quedo gruñido de satisfacción.

Pero, como todo lo bueno, la diversión duró poco.

Alguien llamó a la puerta. Filippo Maria dio permiso a aquel incordio para que entrara y vio que se trataba de dos soldados. Con ellos venía un hombre cubierto de barro que, saltaba a la vista, había reventado a su caballo para llegar hasta allí. A pesar de eso, no le agradaba especialmente que lo molestaran tan temprano.

—¿Qué demonios queréis? ¿Quién es este hombre? ¿Cómo osáis molestar a vuestro señor a estas horas? ¿No veis que estoy ocupado? —protestó Filippo Maria con una mueca divertida. En ocasiones como aquella disfrutaba poniendo a prueba a sus hombres, vejándolos todo lo que podía.

—Alteza —dijo uno de los soldados—, escoltamos a un hombre que llega directamente del campo de batalla de Maclodio.

Al oír la palabra batalla, Filippo Maria hizo un gesto de rabia.

—¡Hablad, pues! ¿Qué hacéis ahí plantado? ¿Acaso necesitáis una invitación escrita? —Cástor gruñó amenazadoramente al intuir la ira creciente de su amo. Pólux levantó el morro y lo imitó.

—Mi señor, me llamo Angelo Barbieri —se presentó el mensajero—, soy un soldado de la compañía de Niccolò Piccinino, pero todos me conocen con el nombre del Heraldo.

—El Heraldo —dijo Filippo Maria Visconti, levantando una ceja—. Bueno, teniendo que elegir un nombre, ese os encaja a la perfección, pero ¡no estamos aquí para hablar de tonterías! —exclamó enfadándose de repente, lo cual demostraba sus bruscos cambios de humor—. Sea como sea, por las vueltas que le dais tengo la impresión de que queréis ganar tiempo. Y eso no suele anunciar nada bueno. ¿Acaso me equivoco?

El hombre lo miró sin saber qué decir.

—¿A qué esperáis? ¡Habladme de la batalla!

El Heraldo sacudió la cabeza.

—Por desgracia, no traigo buenas noticias.

—¡Ya me había dado cuenta, Heraldo! —Filippo Maria Visconti pronunció esa palabra como si fuera el peor de los insultos—. ¿Qué significa? —lo acosó mientras se agarraba penosamente al borde de la mesa para ponerse en pie. Cuando por fin lo logró, la golpeó con el puño, lleno de rabia y resentimiento. Las copas de vino, llenas hasta el borde, se tambalearon y mancharon de rojo el mantel.

—El Carmagnola nos tendió una trampa. Malatesta había decidido atacar frontalmente, pero... —el Heraldo se interrumpió.

—¿Pero? —gritó Filippo Maria Visconti fuera de sí.

—Los hombres del Carmagnola se retiraron tras haber atraído a las unidades de Piccinino y Malatesta hacia el camino de Urago para atacar después a infantes y a caballeros, sorprendiéndolos por los flancos con ráfagas de saetas. Nos rodearon.

—¿Os rodearon? —repitió el duque.

—El terreno era un infierno de barro, no podíamos movernos, fue una masacre —prosiguió el Heraldo—. Si no hubiera sido por Francesco Sforza, ni siquiera yo estaría aquí para contarlo.

—Ah, ¿sí? —gritó el duque poniéndose en pie—. ¿Sabéis lo que me importa? ¡Me importa un bledo! ¡Y también Sforza! ¡Sois un hatajo de inútiles! —tronó Filippo Maria Visconti mientras daba manotazos en el aire. Golpeó un par de copas de cristal que cayeron al suelo y se hicieron añicos.

El barullo hizo gruñir a los mastines.

9

La fuga

República de Venecia, San Nicolò dei Mendicoli

Polissena se dio la vuelta y vio que su criado había entrado en la iglesia. Estaba a punto de preguntarle por qué había osado interrumpir la conversación cuando Barnabo, así se llamaba, se le acercó para decirle con voz fría y grave:

—Perdonad la intromisión, *madonna*, pero creo que tenemos que irnos inmediatamente, antes de que sea demasiado tarde.

Polissena no comprendió el motivo de su petición y lo fulminó con la mirada.

—¿Qué queréis decir?

—Que un grupo de Nicolotti se está concentrando en las calles cercanas y pronto estará aquí, en la iglesia.

—¿Con qué fin?

—Robaros y mataros. Simple y llanamente porque vos sois una mujer rica y ellos no.

Polissena se quedó sin respiración.

—¿Creéis que osarían violar un lugar sagrado? —preguntó el cardenal dirigiéndose a Barnabo.

—No me cabe la menor duda. Pero sí dudo de que los pobres frailes puedan hacer algo.

—En ese caso —prosiguió Panciera con admirable sangre fría—, mi barca podría ser providencial. Está amarrada justo aquí afuera, lista para zarpar.

—Vuestra gracia —dijo Polissena reaccionando y apelando a todas sus fuerzas—, me veo obligada a pediros ayuda.

—Faltaría más. Ya os la estaba ofreciendo. Y ahora, querida, creo que será mejor que sigamos las instrucciones de vuestro criado.

Se dirigieron a la salida sin demora.

Apenas la puerta se cerró a sus espaldas, Barnabo sintió el aire frío de las primeras horas de la mañana. Y vio lo que temía. Un grupo de andrajosos avanzaba por la calle de enfrente en dirección a la iglesia. Empuñaban bastones y cuchillos, y, a juzgar por sus caras, traían malas intenciones.

—Deprisa, *madonna*, ¡id hacia la barca! —dijo.

—Barnabo... —respondió Polissena con voz ahogada.

—¡Marchaos! —insistió él.

—¿Tú qué vas a hacer?

—Trataré de detenerlos.

—Vuestro criado tiene razón, *madonna*, huyamos. —El anciano cardenal no se demoró. Cogió a Polissena por el brazo y echó a correr para conducirla a su peata, amarrada más adelante.

»Rápido, Niccolò, ¡suelta amarras, que nos matan! —gritó el cardenal al capitán de la barca.

Mientras Panciera tiraba de ella por la muñeca, Polissena vio que los Nicolotti, sucios y hambrientos, avanzaban hacia ellos. Algunos habían empezado a arrojar piedras, que al principio caían lejos, pero que ahora aterrizaban peligrosamente cerca de Barnabo, que había desenvainado su puñal.

Llegaron al muelle justo cuando los marineros soltaban amarras. Mientras dos hombres ayudaban a la dama a subir a bordo, el cardenal tronó contrariado:

—¿A qué esperáis? ¿No querréis dejar solo a ese pobre desgraciado? Está bajo mi protección y si le pasa algo consideraré responsables a mis guardias. Valor, acudid en su ayuda.

Al oír sus palabras, tres hombres armados de ballestas saltaron la amurada de la barca. Dieron unos pasos adelante y dispararon los primeros rallones.

Las saetas volaron en el aire frío. Surcaron la brisa que soplaba ligera y cortante y cayeron como una lluvia de hierro sobre los harapientos. Dos no dieron en el blanco, pero el tercero alcanzó a un hombre en el brazo. El maleante gritó. Los que estaban a su alrededor vacilaron. Alguno retrocedió. Un muchacho dejó caer la piedra que tenía en la mano.

Mientras tanto, Barnabo aprovechó el momento de indecisión y salió corriendo hacia la peata del cardenal.

Los ballesteros retrocedieron lentamente, manteniendo las armas a la vista.

Intimidados por lo sucedido, los Nicolotti se quedaron quietos. Lo que creían una agresión fácil estaba a punto de transformarse en un enfrentamiento sangriento y ninguno de ellos tenía ganas de medirse con soldados profesionales.

Mientras aquel hatajo de delincuentes sopesaba la situación, la peata había empezado a avanzar por el canal y abandonaba Campo San Nicolò dei Mendicoli.

Polissena se apoyó en la amurada y siguió mirándolos: sus rostros manchados de carbón, sus dientes negros y rotos le provocaron un escalofrío. El encuentro con el cardenal se había revelado muy peligroso.

Como si adivinara su preocupación, Antonio Panciera le puso una mano en el hombro.

—No temáis, *madonna*, nuestro primer encuentro presagia satisfacciones para todos.

Polissena quiso creerlo con todas sus fuerzas.

10

El Heraldo

Ducado de Milán, castillo de Porta Giovia

Así que era verdad, pensó Filippo Maria Visconti. Su ejército había sido derrotado en Maclodio. Y ninguno de sus capitanes había tenido agallas para ir a decírselo. Habían enviado al Heraldo a contárselo. Y él estaba obligado a tragarse las excusas ridículas de ese medio hombre que era un insulto para los Visconti.

Los mastines gruñeron más fuerte.

En un segundo tuvo claro lo que iba a pasar.

Despidió a los soldados y les ordenó que cerraran la puerta.

Después miró al Heraldo de manera rara.

Angelo Barbieri temió comprender lo que pasaba por la cabeza del duque. Era precisamente lo que de alguna manera había imaginado desde el momento en que montó sobre aquel maldito caballo para llevar la noticia de la derrota.

La extravagante crueldad de Filippo Maria Visconti era tan legendaria como su manía persecutoria. Por esa razón permanecía encerrado en su castillo con los mastines a sus pies. No se atrevía a salir, obsesionado con la idea de que lo hirieran, o peor todavía, de morir a manos de sus enemigos. Eran muchos los que en Milán lo consideraban un loco estrafalario, el más enajenado de todos. Le tenían miedo. Y de ese miedo nacía un odio atávico que se transmitía de generación en generación y aniquilaba cualquier otro sentimiento. Milán era un cuenco que rebosaba rabia en aquellos días de dolor y muerte, y Filippo Maria Visconti urdía, haciendo caso omiso, su trama nefasta, confinado en el limbo del castillo de Porta Giovia. El duque maduraba día tras día un rencor paciente y frío que destilaba como la baba de las fauces de una araña, alimentando una red inextricable de espías. Estos le contaban al oído hasta el detalle más insignificante, y su mente envenenada por la sospecha y el tormento era proclive a conjeturar complots, casi siempre sin fundamento.

El Heraldo sonrió con amargura. Qué irónica y grotesca era su suerte. Francesco Sforza lo había salvado de una batalla en la que casi todos sus compañeros habían perecido o habían sido hechos prisioneros y ahora estaba solo ante el peor tirano que se podía concebir.

Filippo Maria Visconti hizo un gesto: bajó la mano con desgana. Estaba seguro de que al menos sus mastines lo obedecerían.

Sucedió en un instante.

Cástor y Pólux mostraron las encías moradas y desnudaron los colmillos. Después, sus gruñidos llenaron el aire de la sala.

Angelo Barbieri agonizaba. El duque extendió la mano hacia una campanilla de plata, hizo una mueca por el esfuerzo, y finalmente la agitó de manera nerviosa.

Inmediatamente se presentaron los soldados, que, conociendo a su señor, se habían guardado de alejarse mucho.

—Que venga alguien a limpiar esta pocilga —tronó indicando con un gesto de la cabeza el cadáver del mensajero devorado por los perros. Después cogió los bastones que había apoyado en la mesa y se puso de pie—. Ahora me retiraré a mis aposentos —prosiguió—. Que laven a los mastines. Dentro de un par de días iré a cazar y quiero llevarlos conmigo. Matar inútiles les abre el apetito.

Los soldados asintieron sin rechistar.

Filippo Maria Visconti se dirigió a la puerta arrastrando los pies. Los bastones parecían repicar en el suelo un ritmo de muerte.

Cuando dejó atrás a los soldados, se detuvo dándoles la espalda.

—Una cosa más —añadió—. Ahora descansaré hasta tarde porque he pasado la noche en blanco. Despertadme antes de cenar, ¿entendido?

—Sí, mi señor —se apresuró a confirmar uno de los soldados.

—¡Bien! ¡Pues que vengan a limpiar! —dijo señalando el cadáver de Angelo Barbieri con uno de los bastones—. Heraldo de pacotilla, después de todo no era intocable, por lo menos para mí —concluyó el duque con una punta de amargura, como si aquel acto de pura maldad hubiera sido necesario, inevitable.

Acto seguido, se dirigió a sus aposentos sin más demora, dejando atónitos a los dos hombres.

11

La muerte del papa

Estados Pontificios, palacio Colonna, 1431

Martín V había fallecido y, como era lícito esperar, Roma se había precipitado en el caos. Era como si, muerto el pontífice, la ciudad se hubiera detenido y todos sus habitantes, independientemente de su riqueza o sus creencias, contuvieran la respiración. Daba igual si eran ricos o pobres. Porque era innegable que el papa no solo representaba la guía espiritual, sino que era, a todos los efectos, el soberano temporal de aquella ciudad.

Pero si hubiese sido posible sobrevolar las plazas, los palacios, las iglesias y los castillos y posarse sobre las almenas de piedra de un formidable palacio fortaleza ubicado entre via Biberatica y la basílica de los Santos Apóstoles, se habría visto que para una familia en especial ese hecho era poco menos que una catástrofe. El fin de una era.

Se trataba de los Colonna de la rama de Genazzano. Y en particular los hermanos Antonio y Odoardo, que tantos beneficios, tierras y propiedades habían recibido de su tío Oddone. Y que ahora, en una de las innumerables salas del palacio, se miraban con ojos incrédulos, sopesando la próxima jugada. Un halo de fatalidad parecía envolver al hermano mayor, Antonio, que jugaba con la hoja de un puñal y tastaba el filo como si fuera a plantarlo de un momento a otro en el pecho de un enemigo invisible.

El hermano menor, Odoardo, no tenía la más remota idea de lo que le esperaba. Tras haber pasado media vida acumulando dinero, cargos y títulos sin mérito alguno, temía perderlo todo de la noche a la mañana. Sus ojos oscuros brillaban de incertidumbre y preocupación.

—¿Y ahora qué, hermano? ¿Qué vamos a hacer? ¿Esperar a que todo se desmorone? ¿Creéis que podemos confiar en que otro pariente nuestro sea nombrado pontífice? —preguntó con voz quebrada, delatando la escasa convicción que tenía en esa posibilidad.

Como si quisiera confirmar el peor pronóstico, Antonio sacudió la cabeza. Los largos cabellos veteados de blanco cayeron sobre su rostro. Acababa de volver de Salerno, donde pasaba los fríos y cortos días invernales dejando que la brisa tibia que soplaba del mar le acariciara la cara. Estaba empapado en sudor. Envainó el puñal y se atusó los mechones rebeldes.

—Lo descarto tajantemente —respondió, y aquellas pocas palabras sacudieron su rostro de manera repentina—, puesto que nuestro tío nos ha favorecido a tal punto que nos hemos granjeado el resentimiento de todas las familias aristocráticas, no solo de Roma, sino también de otros ducados y repúblicas. Milán, Venecia y Florencia rivalizarán para enterrar el apellido Colonna bajo los escombros en cuanto desmonten, pieza a pieza, la construcción de feudos y tierras que ha representado hasta hoy la mayor garantía de nuestro poder. Quitaos de la cabeza que un Colonna pueda volver a sentarse en el solio de Pedro, hermano.

—Pero entonces —insistió Odoardo, trastornado—, ¿qué vamos a hacer para ponernos a salvo de la violencia de nuestros enemigos?

Los ojos de Antonio destellaron.

—Tenemos que permanecer unidos contra todo y contra todos. Por desgracia —agregó suspirando— no va a ser fácil. La envidia y el rencor echan raíces en nuestra propia familia y en este preciso momento, mientras hablamos, juraría, Odoardo, que nuestros primos, Stefano por un lado, Lorenzo y Salvatore por otro, nunca nos perdonarán las últimas ganancias.

—¿No creéis que nuestro hermano Prospero podría reunir el consenso necesario para imponerse en la inminente elección o por lo menos evitar que se nombre a un papa abiertamente hostil a nuestra familia? —insistió Odoardo, impaciente.

Antonio soltó una carcajada grosera que no tenía nada de gracioso.

—Temo que sobrevaloráis a nuestro hermano. Prospero no es más que un joven cardenal diácono, nombrado, además, en consistorio secreto por nuestro tío. ¿Acaso debo recordaros que Oddone tuvo la desfachatez de no hacer público su nombramiento hasta el año pasado? No, Odoardo, no hay nada que podamos hacer. Y os diré más, temo por nuestra seguridad. No es un misterio que Stefano, Lorenzo y Salvatore se sienten defraudados por lo sucedido durante estos años. Los cardenales venecianos, milaneses, florentinos y genoveses no son los únicos que harán todo lo posible para quitarnos el poder; serán nuestros propios primos quienes irán en nuestra contra. Por eso tengo intención de pedir ayuda a nuestros aliados.

—¿Bromeáis?

—¡En absoluto! Los Conti, los Caetani y los Savelli nos son fieles, y gracias al sistema de fortalezas que he aprestado en estos años estaremos bien protegidos. El que más miedo me da es Stefano.

—¿Por qué?

—¡Porque está casado con una Orsini! ¡Nuestros enemigos

más acérrimos! —gritó Antonio con voz histérica—. Pero ¿no lo entendéis?

—¿Creéis realmente que preferiría aliarse con ellos que apoyarnos? —preguntó Odoardo, desconcertado.

—¡No estoy seguro! Pero no puedo descartarlo.

Odoardo se sentó o, mejor dicho, se dejó caer sobre una silla de madera de respaldo finamente tallado. Desesperado, ocultó el rostro entre las manos.

—Todo está perdido —murmuró con un hilo de voz.

—Ya veremos... —lo animó su hermano.

—¿En qué estáis pensando? —lo interrumpió Odoardo. Su mirada parecía albergar ahora una brizna de esperanza.

Antonio lo miró fijamente, como si quisiera ganar tiempo. Sabía que desafiaba al azar, pero a esas alturas, ¿qué más podía hacer? Desde luego, no iban a confiar en el buen corazón de sus enemigos. No cabía duda de que no tendrían piedad.

Pero, devanándose los sesos en busca de una salida, al final había surgido algo. No era gran cosa, pero a falta de otra mejor lo mismo daba jugarse el todo por el todo.

Suspiró.

—Hablad —apremió Odoardo, exasperado.

Antonio desenvainó el puñal y se puso a juguetear de nuevo con su hoja afilada. Después, de repente, apuntó a su hermano con él y dijo:

—¿Me equivoco si afirmo que el tesoro pontificio se halla en este palacio? ¿Eso qué os sugiere?

12

Una conversación comprometedora

Ducado de Milán, castillo de Porta Giovia

—¿No lo entendéis? ¡Hace casi cuatro años que me mantenéis encerrada en esta prisión de piedra que os empeñáis en llamar castillo y todavía no os habéis dignado a mirarme! Cada noche le pido a Dios que conduzca vuestros pasos hasta mí y cada mañana mi lecho sigue frío, ¡helado como este invierno sin fin! ¿Para qué os habéis casado conmigo si no me tocáis siquiera con un dedo? —María de Saboya sentía las lágrimas irritar sus mejillas. Se las tragó con toda la rabia que pudo—. ¿Cuántas veces os he rogado que me dirijáis la palabra? ¿Que me hagáis sentir que existe la vida incluso aquí, donde todo parece muerto? ¿Acaso no os dais cuenta de que estaría dispuesta a morir por una atención vuestra, por una simple caricia? ¿Cómo podéis ser tan cruel?

Filippo Maria Visconti miraba a su joven esposa con frialdad despiadada. No entendía qué demonios quería esa mujer que no era hermosa ni especialmente atractiva. Le habían asegurado que era devota y se había conformado con eso. Vivía en el castillo de Porta Giovia desde hacía cuatro años, pero eso no significaba absolutamente nada. De hecho, la había confinado en una de las torres y la visitaba de vez en cuando para comprobar que seguía con vida. En su fuero interno, esperaba que muriera de soledad y abandono. Se había casado con ella con una única finalidad y, a pesar de que el anciano padre de ella se preocupaba por la salud y la felicidad de su hija, el duque no se sentía obligado hacia él. La dote que aquella mujer insignificante había traído consigo no incluía riquezas ni tierras. En cuanto a la alianza con Amadeo de Saboya, no había mucho de que enorgullecerse, pues había quedado reducida a un simple acuerdo que no había producido nada digno de mención en cuatro años, excepto alguna que otra escaramuza en que había apoyado a los Visconti con tropas débiles y colecticias.

—No creo que os deba explicaciones, *madonna* —dijo el duque con frialdad—. Que frecuente o no vuestra alcoba es cosa mía. Tengo mis motivos para no hacerlo y eso debe ser suficiente para vos.

—¿Cómo os atrevéis a hablarme así? —bramó María—. ¡Soy una Saboya! ¡Soy hija de un rey! Cuando os casasteis conmigo, prometisteis ante Dios que sería vuestra esposa. Sabéis de sobra que no consumar un matrimonio es motivo legítimo de anulación. Bastaría con que lo pusiera en conocimiento...

De repente, el duque se acercó a María. Saltó hacia delante haciendo fuerza sobre los bastones y se abalanzó sobre ella. La sujetó por un hombro y con un gesto rápido, mientras las muletas caían al suelo, le dio una bofetada que la tumbó sobre la cama. Después se echó sobre ella con todo su peso, jadeando.

—¿Cuál es vuestro problema? ¿Queréis que os cubra? ¿Creéis que no soy capaz? —Mientras resoplaba y la aplastaba, alargó las manos y le desgarró la tela del vestido con toda la rabia que llevaba dentro.

María intentó zafarse, pero pronto se encontró con el pecho descubierto. Gritó, pero él, rojo de rabia, le puso una mano sobre los labios y le tapó la boca.

—¡Silencio! ¡Callaos! Si os atrevéis a hablar o, peor aún, a amenazarme como acabáis de hacer, os juro por Dios que probaréis el suplicio del látigo. Mandé decapitar a mi primera esposa, ¡no me costará mucho librarme de vos! Así que tened cuidado, *madonna*, y no me hagáis perder los estribos, ¿entendido?

Y como si quisiera grabar sus palabras en la cabeza de su mujer rebelde, apretó con más fuerza mientras el rostro de María se volvía lívido. Cuando comprendió que su esposa estaba a punto de perder el sentido, Filippo Maria se detuvo. Después, con un esfuerzo sobrehumano, se apartó de ella y rodando sobre la cama como un enorme jabalí logró tumbarse sobre la espalda. Con una serie de empujones se acercó lo suficiente para coger el bastón que había apoyado sobre el lecho.

Lo aferró con la mano derecha y lo plantó en el suelo. Acto seguido, también lo agarró con la izquierda, logró hacer palanca y se incorporó hasta ponerse de pie. Resopló, sujetándose a la muleta, hasta recobrarse. Cuando se sintió lo suficientemente fuerte, renqueó hacia delante sin dejar de apretar el bastón para hacerse con el otro, que había dejado caer al suelo. María no rechistó y permaneció quieta. El duque solo oía su respiración entrecortada, que parecía querer unirse a la suya mientras recuperaba del suelo el bastón caído. Maldijo entre dientes que incluso algo tan sencillo le costara tanto esfuerzo. ¡Malditas piernas! ¡Si hubiera podido las habría azotado en ese mismo instante! Odiaba profundamente esa estúpida discapacidad que no era lo suficientemente grave para hacer de él un enfermo, pero tampoco tan leve como para ser un simple defecto estético.

Gritó.

Fue liberatorio. El rencor salió de repente como si fuera un chorro de sangre. Después se echó a reír, y mientras lo hacía se volvió hacia aquella mujer desdichada que ahora lo miraba fijamente, trastornada, con los ojos llenos de odio.

—¡Ni una sola palabra! —gruñó el duque, ahora firmemente en pie gracias a los dos bastones—. ¡O acabaréis en el fondo del Naviglio Grande con el cuello rebanado!

Agnese miraba a Bianca Maria. Era realmente una niña muy hermosa. Corría feliz por el patio del castillo de Abbiate, arrebujada en su grueso vestidito de lana; la capa de pieles revoloteaba y le confería el aspecto de una gran dama en miniatura. Tenía el rostro de alabastro, apenas ruborizado en las mejillas, los ojos inteligentes y vivaces que centelleaban como si quisieran capturar toda la luz invernal que llovía como madreperla del cielo. Hacía frío y un manto de nieve cubría las piedras del patio. Pero Bianca Maria danzaba contenta bajo los copos. A veces los capturaba con sus manitas, se apresuraba a enseñárselos a su madre y ponía los ojos como platos cuando, al abrir la mano, solo había agua.

—¡Mamá! ¿Dónde han ido a parar los copos blancos? —preguntó la niña, con sus grandes y lánguidos ojos verdes más elocuentes que las palabras.

Agnese la abrazó:

—Se han derretido, Bianca. El calor de tus dedos los ha convertido en agua. —Después le cogió las manos y ambas dieron vueltas—. Qué bonita eres, pequeña —dijo Agnese.

—¿Cuándo llega papá? —preguntó la niña con una sonrisa pícara.

—Pronto. Pero ahora subamos y tomemos algo caliente, ¿te apetece?

—¡Sí! —gritó la niña.

Agnese la cogió de la mano y tras dejar atrás los arcos del patio subieron juntas los peldaños que conducían a la primera planta del castillo.

Una vez allí, entraron en un gran salón iluminado por lámparas de hierro forjado que emanaban la luz acogedora y dorada de cientos de velas. En el centro del salón las esperaba la mesa preparada. Una bandeja llena de confites y bolitas de anís rodeada de flanes multicolores, galletas de jengibre, pirámides de buñuelos y bizcochos destacaba sobre el mantel blanco de encaje sangallo. Copas de vino especiado e infusiones calientes de rosa y hierbas difundían aromas penetrantes.

Un vivandero y un despensero supervisaban la mesa. Bianca Maria corrió alocadamente hasta una de las sillas.

A pesar de que le alegraba verla feliz y con apetito, Agnese la reprendió con dulzura:

—Bianca Maria, ¿qué modales son esos, cariño. ¿Acaso te ha educado un hatajo de bárbaros?

—¿Os referís a los helvecios y a los germánicos o a las poblaciones derrotadas por Cayo Julio César, que los describe en *De bello Gallico*?

—¡Santo cielo, Bianca Maria! ¡No empieces a soltar parrafadas para presumir de que sabes historia! —exclamó Agnese sonriendo—. ¡Me refiero a que antes de correr como una revoltosa para abalanzarte sobre los pasteles deberías haber esperado a tu madre! ¿Pido demasiado?

La niña bajó de la silla y se precipitó hacia ella abriendo los bracitos para rodearle las piernas. A Agnese casi la conmovió su gesto afectuoso. La bondad y espontaneidad de su hija no dejaban de sorprenderla.

—Vamos, vamos —dijo levantando la barbilla de la niña—, ahora nos quitamos la capa y la ponemos a secar.

Mientras lo decía, Agnese le quitó el broche de oro y piedras preciosas que sujetaba las pieles de lobo.

—Dame también la cofia —siguió la madre.

Cuando se la quitó, una cascada de cabello castaño rojizo refulgió como cobre fundido.

Mientras tanto, Lucrecia Aliprandi, la dama más fiel del reducido séquito de Agnese, se había acercado para ayudar a desvestir a Bianca Maria.

—Dejadme hacer a mí, vuestra gracia —dijo Lucrecia con amabilidad.

—Gracias, amiga mía, siempre indispensable y llena de atenciones —le respondió Agnese mientras le daba la ropa y cogía a la niña de la mano para dirigirse a la mesa—. Acordaos de que después debo hablar con vos.

—Como deseéis, mi señora —respondió Lucrecia.

—Tengo que encomendaros un encargo delicado —añadió Agnese con tono alusivo.

La dama hizo una reverencia y desapareció con la misma discreción con que había llegado.

Mientras tomaba asiento en la mesa y observaba a Bianca Maria, a quien servía el despensero, la mente de Agnese voló al asunto del que había hablado a Lucrecia. Sabía que su obsesión era seguramente infundada. Pero el equilibrio sobre el que se mantenían su suerte y la de su hija era más bien frágil.

13

El cónclave

Estados Pontificios, iglesia de Santa Maria sopra Minerva

El cardenal Gabriele Condulmer tenía una extraña sensación. Eran muchos los que no habían acudido a ese cónclave. Estaba seguro de que no había visto entrar en Santa Maria sopra Minerva a Louis Aleman ni a Enrico Beaufort. Y no eran los únicos.

El papa había muerto de repente y Roma se sentía huérfana. Era una sensación que envolvía la ciudad. Quizá porque Martín V había puesto punto final al Cisma o porque, demostrando gran magnanimidad y comprensión, había acogido en el seno de la Iglesia a los últimos antipapas. Además, aun habiendo practicado el nepotismo más inmoderado, había logrado reconstruir la ciudad con paciencia y dedicación.

Por todo ello, no podía perderse tiempo. Había que actuar deprisa. A toda costa. Gabriele Condulmer se preguntaba si eso lo favorecería. No lo sabía, pero sí que su primo había trabajado por su causa durante los últimos tres años. Y también su hermana. Y toda Venecia. Sin embargo, ahora los cardenales presentes eran la mitad de los que debían votar a su favor.

Antonio lo había mirado y le había susurrado unas pocas

palabras: «Falta poco», le había dicho. Por otra parte, por cómo habían ido las cosas en el último periodo, lo lógico era que su candidatura tuviera posibilidades reales. Su primo había maquinado muchas tramas para poner de su parte a un nutrido grupo de cardenales electores. Algunos habían aceptado votarlo por afinidad a Venecia, otros porque de entre los nombres que se barajaban el suyo era un mal menor. Ese era el motivo determinante para Giordano Orsini, el decano. Antonio Panciera ya se había declarado a favor de la Serenísima cuatro años antes, cuando Polissena se reunió con él en San Nicolò dei Mendicoli; desde entonces, su entendimiento con el círculo de Gabriele Condulmer se había ido afianzando. Entre sus sostenedores también estaba Alfonso Carrillo de Albornoz. Pero no era el único. Sus cálculos le decían que le faltaba un solo voto para alcanzar la mitad: seis de trece. Muy probablemente, pues, su nombre entraría en la lista de los elegibles.

Sabía con certeza que Prospero Colonna intentaría poner a algunos cardenales de su parte, pero era un caso aislado. Además, su pertenencia a la rama de los Genazzano inspiraba la animadversión no solo de las familias patricias romanas, sino también de parte de la suya, que se consideraba humillada y perjudicada por la conducta de Martín V.

Para finalizar, por encima de todo, Prospero Colonna no poseía la talla moral y la experiencia necesarias para poder aspirar a ser elegido pontífice. Es más, con su juventud solo le cabía esperar que el nombre escogido por el cónclave no fuera, al menos oficialmente, abiertamente hostil a su rama familiar. Quizá solo un veneciano podía ofrecer una salida inesperada. ¿Así pues? ¿Contaba Gabriele con otro voto a su favor? ¿Era precisamente el de alguien que en principio parecía inconcebible?

Sacudió la cabeza y miró a los cardenales vestidos de púrpura, las miradas graves y atentas. Estaban al corriente de que por voluntad de Gregorio X, autor de la constitución apostólica *Ubi periculum*, permanecerían encerrados en esa iglesia hasta que eligieran a un papa por mayoría de dos tercios. Vivirían, durante todo el tiempo que fuera necesario, en una angosta celda de madera y recibirían los alimentos a través de una ventanilla. El Concilio de Constanza había suavizado sin duda esas medidas, pero hasta cierto punto. Pasados tres días, les concederían un solo plato en cada comida, y a partir del quinto nada más que pan, agua y vino. La perspectiva no era especialmente atractiva.

La urna que recibiría los votos había sido colocada en la sacristía.

Mientras Gabriele paseaba por el claustro y sopesaba si retirarse a meditar en el silencio de su celda, Antonio se le acercó y mirándolo a los ojos le dijo:

—Colonna os votará. Mañana seréis papa, primo.

Gabriele se quedó sin palabras.

—¿Es eso cierto? —murmuró, incrédulo.

—Lo es. Ahora vamos a firmar la capitulación.

Abandonaron el claustro y se dirigieron a la sacristía. Gabriele vio a unos cuantos cardenales vagar como espectros. Los hábitos rojos parecían lenguas de fuego a la luz de las velas que resplandecían a su alrededor. Discernió, en la penumbra, la sonrisa de Antonio Panciera, la expresión solemne de Giordano Orsini, un destello cruel en los ojos trastornados de Lucido Conti.

Mientras se dirigía al escritorio para firmar el documento de capitulación, se le acercó el cardenal Cesarini, refinado teólogo que había cursado sus estudios en Padua y hombre de mente brillante que había defendido con tenacidad la supremacía del papa durante la última fase del Cisma. A despecho de su altura y de su complexión fuerte, tenía un tono de voz especialmente tenue e insinuante. Pero no fue su voz, sino lo que dijo, lo que dejó de piedra a Gabriele.

—Cardenal —susurró—, ¿es cierto que los Colonna tienen intención de secuestrar el tesoro pontificio?

—¿Qué? —preguntó Gabriele sin dar crédito a sus oídos.

14

El chantaje

Estados Pontificios, Santa Maria sopra Minerva

—Así es —prosiguió el cardenal Cesarini—. Los Colonna de Genazzano temen que el nuevo pontífice confisque las tierras y los títulos que Martín V les concedió en su tiempo.

—Pero ¡es una locura! —exclamó Gabriele, levantando la voz mucho más de lo que habría querido.

Giuliano Cesarini se llevó el índice a los labios sin lograr contener del todo una carcajada.

—Moderad el lenguaje, cardenal, al fin y al cabo estamos en una iglesia.

Gabriele habló en voz baja:

—Pero ¿cómo pueden cometer semejante acción?

—Venid conmigo —le susurró—. ¡Aquí hay demasiados ojos y las paredes tienen oídos!

Mientras lo decía, lo cogió de la mano y tiró de él. Al cabo de unos instantes los dos cardenales estaban en el claustro. Las lenguas oscuras del anochecer se extendían en el cielo. Unos pocos braseros emitían una luz débil. Cesarini se dirigió a la puerta de los dormitorios.

—¿Qué tenéis intención de hacer? —le preguntó Gabriele, que ignoraba lo que pasaba por la cabeza de ese viejo loco.

—Vamos a donde nadie pueda oírnos. Los demás están en la sacristía en este momento. —Cesarini abrió la puertecita de su celda—. Entrad —dijo.

—No puedo —objetó Gabriele—, ¡está expresamente prohibido por las normas de la Constitución Apostólica!

—¡Entrad! —repitió Cesarini con un tono que no admitía réplica—. ¿Acaso las normas de la *Ubi periculum* contemplan la hipótesis de secuestro del tesoro pontificio? —Y sin añadir nada más, arrastró al cardenal Condulmer a su celda.

En cuanto Gabriele se hubo sentado en el angosto catre que hacía de cama, Cesarini cerró la puerta.

—¡Vos no tenéis ni idea de lo que está ocurriendo!

—Tenéis razón, pero ¡eso no quita que estemos cometiendo un delito!

Cesarini suspiró.

—¡Menor que el secuestro del tesoro pontificio!

—No puede ser verdad —tronó Gabriele, que no lograba concebir lo que acababa de saber.

Cesarini soltó una carcajada.

—Lo creáis o no, así es, querido amigo. ¡Pensadlo bien! Todo el mundo sabe que el papa, Oddone Colonna, que en paz descanse, residía en el palacio familiar. Al cual había trasladado el tesoro pontificio. ¿Se os ocurre una idea mejor que hacer chantaje al nuevo elegido a fin de asegurarse el futuro? Sus sobrinos han tenido una buena ocurrencia, ¡no cabe duda! El cardenal Prospero Colonna dice que está consternado, pero estoy seguro de que en su fuero interno se divierte como un niño. ¡Ha sido una jugada maestra!

—Pero ¿cómo podemos estar seguros de que no devolverán lo robado una vez que hayamos elegido al nuevo papa?

—A decir verdad, no parecen propensos a hacerlo. Nos lo

han hecho saber a través del cardenal protodiácono antes de inaugurar el cónclave.

—¿Os referís a monseñor Lucido Conti?

—¿Acaso hay otro?

Por eso tenía el ceño fruncido, pensó Gabriele Condulmer.

—De todos modos —prosiguió el cardenal Cesarini—, el hecho en sí no parece perjudicaros.

—¿Qué queréis decir?

—Que tenéis muchas posibilidades de ser elegido.

—¿Cómo lo sabéis? —preguntó Gabriele, que no entendía cómo su candidatura había llegado a conocimiento de Cesarini. Estaba harto. Parecía como si todo el mundo estuviera al corriente de todo excepto él.

—Vamos, cardenal, no me toméis el pelo. Colonna está fuera de juego, Orsini no cuenta con los aliados necesarios, vuestro primo lleva el apellido de Gregorio XII, antecesor de Martín V, por lo que su elección no sería oportuna, sobre todo a la luz de lo que ocurrió. Tres papas, ¿recordáis?

—¡Mi tío renunció! ¡Por el bien de la Iglesia de Roma!

—¡Y Dios se lo ha recompensado! En todo caso, ¿qué decís de los demás? Antonio Panciera, Branda Castiglione y Alfonso Carrillo de Albornoz son demasiado viejos, es un milagro que todavía estén vivos. Y ciertamente no tienen intención alguna de ir para largo. Jean de la Rochetaillée fue nombrado patriarca de Constantinopla por el antipapa Juan XXIII, está marcado con un pecado original. Lucido Conti es temido por todos a causa de su pasado de inquisidor y Antonio Casini también ha estado muy unido al antipapa.

—De acuerdo —dijo Condulmer—, pero ¿qué me decís del cardenal Albergati o incluso de vos mismo?

—Albergati no tiene aliados; en cuanto a mí, os confieso que no tengo intención alguna de ser elegido, la sola idea de convertirme en papa me horroriza a tal punto que, si lo deseáis os lo pongo por escrito, lo primero que haré mañana será votar por vos.

Condulmer estaba impresionado. Así que era verdad. Hasta ese día no había considerado seriamente la posibilidad de ser elegido papa. Cierto era que en Venecia no se hablaba de otra cosa, él mismo se había empeñado en consolidar todas las alianzas posibles y la Serenísima había usado espías y embajadores para corromper a los corruptibles. La preparación del plan para la conquista de Roma había sido minuciosamente dirigida, pero mientras Martín V seguía con vida era algo abstracto. Ahora, en cambio, el cardenal Condulmer estaba a un paso de la más clamorosa de las elecciones.

Asintió a Cesarini. ¿Qué otra cosa podía hacer?

—He de irme —dijo—. Si alguien nos viera en este momento podría hacer invalidar todo el cónclave.

Una vez más, el cardenal Cesarini no logró contener una sonrisa. Después añadió:

—¡Ni lo soñéis! ¿A quién queréis engañar? ¿Acaso creéis que alguien tiene interés en permanecer aquí más de lo necesario? ¡Mañana por la mañana seréis papa! —insistió Cesarini—. Y que Dios se apiade de vos.

Gabriele Condulmer estaba consternado. Ahora comprendía lo que el cardenal quería decir. Convertirse en pontífice conllevaba un poder ilimitado. Pero ¿alguno de los que habían logrado subir al solio de Pedro había podido ejercerlo? Si era cierto lo que había dicho Cesarini, ¡los Colonna habían sobrepasado todos los límites!

—Tengo que irme —exclamó poniéndose en pie y abriendo la puerta de la celda—. ¡No os atreváis a seguirme!

Comprobó que no hubiera nadie en el pasillo antes de salir. Después cerró la puerta a sus espaldas mientras el cardenal Cesarini estallaba de risa una vez más.

Recorrió, jadeando, el corredor angosto al que se asomaban las dos filas de celdas de madera separadas por tabiques. Volvió al claustro y desde allí llegó a la sacristía. Cuando estuvo frente a los documentos de la capitulación, respiraba entrecortadamente. Sabía de memoria su contenido y, tras empapar la pluma de oca en la tinta, firmó sin vacilar. Después se retiró a su celda y se tumbó en el catre que le habían asignado.

No logró conciliar el sueño y pasó toda la noche sufriendo ese tormento que ahora parecía devorarle las entrañas, a la espera de que clareara. La idea que había imaginado cobraba fuerza y en su mente tomaba la forma de una ola negra y amenazadora capaz de engullir sus pensamientos. Solo de pensar en lo que su elección comportaría, en la revelación que le había hecho Cesarini, en el secuestro del tesoro y en los enemigos encarnizados que opondrían la resistencia más tenaz, sintió que le flaqueaban las fuerzas.

Por primera vez tomó conciencia de que convertirse en pontífice iba a revelarse el peor negocio de su vida.

Dio otra vuelta en la cama angosta, sumido en la oscuridad de la celda apenas iluminada por el cabo de una vela. Esperó la luz del amanecer con la frente perlada de sudor.

15

El condotiero

República de Venecia, castillo de Treviso

Pier Candido Decembrio había llegado al fin de su viaje. La carroza sin insignias, con las cortinas de muselina echadas, estaba entrando en el castillo de Treviso, morada del Carmagnola. Había superado sin incidentes los controles situados a la entrada de la ciudad exhibiendo la documentación falsa de abad secular que le había facilitado el duque. El hábito talar que vestía y el ceño fruncido habían hecho el resto.

Cuando bajó de la carroza, lo escoltaron un par de guardias. Recorrió pasillos angostos, débilmente iluminados por las tenues llamas de las teas, hasta llegar a una sala sórdida y mal amueblada con una mesa de hechura vulgar, rodeada de sillas con asientos de paja, y una sola lámpara de hierro forjado con velas encendidas. La gélida piedra desnuda de la alta bóveda y de las paredes imponentes parecía inmune al calor de la chimenea donde crepitaba una llama rojiza.

Mientras esperaba la llegada del Carmagnola, probablemente ocupado en asuntos de máxima importancia, Decembrio se preguntó si después de todo no había sido una pésima idea volver allí. De un tiempo a esa parte, por encargo del duque, mantenía negociaciones con el condotiero veneciano para tratar de frenar su avance. Era una situación extraña, pues, a pesar de haberlo alejado de su corte del modo más humillante, Filippo Maria Visconti no había olvidado del todo a su fiel capitán. Este último, por su parte, tras un periodo inicial en que había desahogado su resentimiento en la batalla, coleccionando una victoria tras otra contra los milaneses e inflamando Venecia, parecía alimentar ahora una extraña mezcla de afecto y nostalgia que lo hacía vacilar en la contienda, a tal punto que había despertado las sospechas del dogo y de los Diez. Por todo ello, tanto en esa ocasión como en las demás en que se había reunido con el Carmagnola durante el último año, Decembrio temblaba de miedo. Además, él era la antítesis de lo que se consideraba un hombre de acción: poeta, filólogo y jurisconsulto licenciado en Pavía, profundo conocedor del griego y el latín, había logrado conquistar una posición de primera categoría en la cancillería de los Visconti. Epistológrafo y ensayista, extraordinario en el difícil arte de la diplomacia y del compromiso, era el hombre perfecto para la negociación que el duque había entablado con el Carmagnola para intentar recuperar el aliento en el conflicto que iba perdiendo contra la Serenísima. El meollo de la cuestión era el siguiente: debía dar la sensación de que luchaba para el león de San Marcos, pero sin hacerlo o, al menos, haciéndolo de un modo no del todo eficaz. Obtener semejante resultado, por otra parte, no era moco de pavo, pues comportaba un respetable derroche de recursos.

Decembrio resopló. El hábito talar lo agobiaba, pero no quedaba otra. Presentarse como consejero de los Visconti le habría costado el pescuezo, por lo que el disfraz era providencial. Mientras esperaba al Carmagnola se acarició la barbilla pronunciada. Necesitaba afeitarse. Y soñaba con la tibia caricia de un baño caliente. Pero, a juzgar por la sordidez del lugar, dudaba que pudiera satisfacer sus deseos entre los muros de aquel castillo inhóspito.

Sus pensamientos fueron interrumpidos por la llegada del Carmagnola, que se presentó ante él elegantemente vestido. Llevaba un jubón color caldera y una sobreveste verde oscuro. Una calza braga bicolor muy ajustada completaba el conjunto. El capitán debía de haberse afeitado recientemente. La piel presentaba un aspecto liso y suave, y el rostro, redondo, parecía una luna llena, señal de que las batallas no debían de haberlo postrado excesivamente en el último periodo. Su cuerpo, en efecto, lejos de ser enjuto, delataba una opulencia alimentada por libaciones abundantes y hábitos relajados.

En definitiva, si Francesco Bussone, llamado el Carmagnola, sufría por su delicada situación, no lo demostraba.

—Decembrio —dijo el capitán con aire divertido—, ¡confieso que me alegra veros con el hábito talar! Una alegría que compensa la amargura de mis días.

—Vuestra gracia, espero que me contéis qué os aflige para poder aliviar vuestras penas con las palabras del duque —respondió Decembrio con tono untuoso.

Sabía que el Carmagnola era de humor cambiante y su jovialidad podía transformarse bruscamente en intransigencia si le picaba la mosca. No tenía intención alguna de darle motivos.

—Bah..., dudo que las palabras de ese embustero de Filippo Maria Visconti puedan consolarme de algún modo, pero soy todo oídos. Sin embargo, antes de que abráis la boca quiero que sepáis que Venecia sospecha, que los Diez tienen espías por todas partes y que el dogo me pregunta cada día a través de sus emisarios a qué espero para asestaros el golpe de gracia —comentó el Carmagnola, torciendo las comisuras hacia abajo con amargura.

—Su alteza el duque de Milán quiere que sepáis que contáis con su apoyo...

—¡Me da completamente igual, Decembrio! —lo interrumpió el Carmagnola, dando un puñetazo en la mesa—. ¿De qué me servirá toda vuestra palabrería cuando me pongan la soga al cuello? De nada, absolutamente de nada. Por eso, o habláis claro u os juro por Dios que volveréis al castillo de Porta Giovia a patadas.

El consejero tragó saliva, como si aquella explosión súbita de rabia le hubiera cortado de golpe la respiración. Después, titubeante, dijo:

—Como os decía, Filippo Maria Visconti tiene intención de recompensar con creces esta táctica de dilación y ese es precisamente el motivo de mi visita: entregaros esta. —Sacó de debajo del hábito una abultada bolsa de piel que, al dejarla sobre la mesa, produjo un tintineo de monedas—. Y esto —concluyó, extendiéndole un pliego con el sello de los Visconti.

Francesco Bussone suspiró. Después cogió la bolsa con desgana y la sopesó con la mano.

—¿Cuánto? —preguntó, lacónico.

—Quinientos ducados.

—¿Debería estar contento?

Decembrio empezaba a impacientarse, pero sabía que no podía permitirse que se notara. Mantuvo la serenidad y se mostró todo lo condescendiente que pudo.

—Bueno, la mayoría lo estaría.

—¡Pues yo no! —dijo el Carmagnola con desprecio—. Sabéis lo que me hizo vuestro señor, ¿no es cierto?

—Conozco la historia... —empezó Decembrio.

—Entonces, si la conocéis, comprenderéis que quinientos ducados solo pueden ser un adelanto.

—Naturalmente.

—En cualquier caso —prosiguió el Carmagnola con tono más tranquilo—, no estoy del todo insatisfecho. ¿Y esto? —preguntó mientras rompía el sello del pliego y lo desplegaba.

—Si tenéis la bondad de leer... —arriesgó Decembrio.

—¡Ni en sueños! ¡Vos lo leeréis! —exclamó el capitán, encarándose a su interlocutor y plantándole el documento en pleno pecho. Acto seguido, le dio la espalda y se dirigió al hogar. Las hojas de pergamino flotaron en el aire frío y cayeron al suelo. Decembrio se agachó a recogerlas una por una. Aprovechó que el Carmagnola no podía verlo para darse el gusto de sacudir la cabeza. Fue solo un instante, naturalmente, porque una vez que tuvo los papeles en la mano se puso a leerlos con diligencia.

—Para su gracia Francesco Bussone...

—Al grano —dijo el Carmagnola con brusquedad.

—«Me dirijo a vos en esta fría mañana invernal consciente de que tenéis más de un motivo para estar molesto conmigo. Sin embargo, creo que admitiréis que durante todos estos años he contribuido de manera decisiva a hacer de vos un hombre rico y célebre. Cierto es que el valor demostrado en el campo de batalla os pertenece, pero los medios con los que habéis librado las batallas, los títulos que os han sido otorgados, las tierras que os han sido concedidas, el dinero que habéis acumulado y el que ahora os entrego mediante mi consejero de confianza, me pertenecen a mí. Apelo, pues, a vuestro antiguo afecto, el que estoy seguro que me profesasteis antes de que surgieran las incomprensiones que nos distanciaron. En su nombre os pido que sigáis dando largas a la situación y no infiráis más daño a Milán. Sé que, por airado que estéis conmigo, todavía miráis con buenos ojos a la ciudad que os acogió y que, a pesar de todo, estáis sopesando el regreso, lo cual me llenaría de alegría. Puesto que ni a vos ni a mí nos agrada hablar por hablar, acompaño los quinientos ducados con un acta formal redactada por mis juristas mediante la cual adquirís con todo derecho la propiedad de las tierras de Paullo, burgo de extraordinaria belleza que aplacará vuestros propósitos de conquista. Espero, pues, que abandonéis el ataque y encontréis el modo de demorar y rechazar, en la medida de lo posible, el auxilio y el apoyo a la flota véneta y a las tropas de Cavalcabò que, mientras os escribo, está considerando lanzarse como una inundación sobre las murallas de Cremona. Confiando, pues, en vuestro antiguo afecto, me despido de vos...», etcétera —concluyó rápidamente Decembrio al recordar la aversión del Carmagnola por los formalismos.

—¡Ahí es nada! Qué gran político nuestro duque de Milán, ¿no es cierto? —comentó el Carmagnola con una punta de ironía en la voz. Hablaba de espaldas a Decembrio mientras miraba fijamente las llamas de la chimenea—. ¡Así que me compra! ¡Con dinero y tierras! Conoce mis debilidades, no cabe duda. Siempre ha sabido de qué pie cojeo. No puedo hacer otra cosa que aplaudir su astucia y su descaro. Primero me alejó de Milán por temor a que adquiriera demasiado poder y ahora me ata a la cadena como si fuera un perro y me arroja huesos suculentos.

Después de esas palabras, el capitán se sumió en un profundo silencio.

Decembrio no sabía qué hacer, pero creyó que, por de pronto, lo mejor era no decir nada. Tenía suficiente experiencia para saber que no existían palabras adecuadas en un momento como ese, ¡al contrario!

Calló. Y mientras miraba fijamente los hombros anchos del condotiero, esperó que tomase una decisión lo antes posible.

Sabía que el futuro del ducado de Milán dependía de ello.

16

Dudas y temores

Estados Pontificios, Santa Maria sopra Minerva

No había pegado ojo. Tenía la espalda hecha trizas, pero lo había postrado la espera. El lento transcurso del tiempo. Parecía como si no quisiera amanecer. La incertidumbre devoraba sus sentidos.

Había encendido una vela en plena noche y se había arrodillado en el reclinatorio para rezar. La cantilena susurrada de la oración, su ritmo regular, constante, le habían proporcionado una sensación reconfortante, un alivio a la inquietud que nunca lograba aplacar.

Con las primeras luces, cuando finalmente un sol pálido penetró por el ventanuco de la parte superior de la celda, se levantó del reclinatorio. Se quitó la túnica que se había puesto para dormir, cogió un aguamanil lleno de agua helada y llenó la palangana. Sumergió el rostro en ella y permaneció así largo rato a pesar de que el líquido frío le pinchaba la piel con sus agujas heladas. Después se lavó las extremidades. Se secó con un paño raído y vistió el hábito coral de tafetán escarlata y los zapatos con hebilla de oro. Se puso la birreta cardenalicia y salió.

Tras haber recorrido el pasillo, abrió la puerta y salió al

claustro. El frío de la mañana lo golpeó como una bofetada. Sin embargo, se le antojó la mejor recompensa después del espacio angosto de la celda.

Una vez en la sacristía, saludó a su primo y esperó junto a él a los demás cardenales que fueron llegando uno tras otro. Tenían el rostro cansado, pero sereno. Como si, después de todo, la fatiga dependiera de una incomodidad a la que no estaban acostumbrados, a las severas medidas que, como era evidente, nada tenían que ver con su estatus. En cuanto a la responsabilidad del voto que ejercerían al cabo de poco, parecía como si nada los turbara. Gabriele los envidió.

Poco después se celebró la santa misa.

Gabriele vivió cada instante de la celebración sumido en una especie de abandono. Escuchaba las oraciones y participaba en los cantos, pero su presencia era solo física, pues su mente parecía haberse apagado y se negaba categóricamente a elaborar la información de la noche anterior. Dejó que sus ojos se detuvieran en las vigas de madera del techo, ahogó el olfato con los efluvios acres del incienso y se acarició las manos con lento ritmo curial.

Era su manera de abstraerse de lo que estaba a punto de suceder. La espera, la esperanza y los planes, las ofertas y los subterfugios lo habían agotado.

Bien pensado, fue así desde el día en que, en casa de su hermana, Antonio, Polissena y Niccolò le habían comunicado que la Serenísima había puesto en él sus esperanzas de volver a ver a un veneciano en el solio de Pedro.

Terminada la misa, el celebrante recomendó a los cardenales que volvieran a retirarse a sus celdas para meditar profundamente antes de proceder a la votación.

Ya se habían distribuido las papeletas.

Cuando volvieron a encontrarse en la sacristía de Santa Maria sopra Minerva, un par de horas después, todos introdujeron la papeleta en la urna. En cuanto el último participante depositó la suya, el cardenal diácono más anciano se acercó a la mesa y las extrajo.

Leyó los nombres en voz alta. Mientras retumbaban en la sacristía, cada uno de ellos parecía marcar un destino que les helaría la sangre.

Lo que sucedió después dejó a Gabriele Condulmer completamente pasmado.

Miró a los ojos a los cardenales que lo rodeaban. Seguía sin comprender. No había posibilidad de equivocarse. Ni queriendo.

Algo no encajaba.

Todos habían votado.

¿Qué había ocurrido?

17

Lucrecia

Ducado de Milán, castillo de Abbiate

Lucrecia no estaba segura de que fuera una buena idea, pero tenía que obedecer a Agnese. Por otra parte, no era la primera vez que le encomendaba esa clase de encargos. En varias ocasiones se había tomado la libertad de hacer notar a su señora que, a su humilde juicio, el duque estaba perdidamente enamorado de ella y no tenía motivos para temer a María de Saboya. La pobre piamontesa yacía sin esperanza en una torre del castillo de Porta Giovia, mortificando su cuerpo y su alma con la oración. No obstante, Agnese parecía sinceramente preocupada.

Así que, tal y como le había pedido, preparó una infusión a base de jengibre cuyas propiedades afrodisíacas conocía a la perfección. Lucrecia había aprendido tiempo atrás los secretos de la herboristería y sabía preparar toda clase de decocciones y pociones. Podía conseguir mezclas calmantes, excitantes e incluso tóxicas o venenosas, si era necesario.

Su madre la había instruido desde su más tierna infancia. Recordaba perfectamente que siempre habían corrido rumores de que Laura Aliprandi era una bruja. Pero a pesar de esas estúpidas habladurías, nadie se había atrevido a enfrentarse a ella porque era la señora del castillo. En cualquier caso, su fama siempre había estado teñida de leyenda negra y ella, por temor a que ese antiguo saber se perdiera para siempre, había transmitido sus secretos a su hija.

Con los años, la niña se había convertido en una espléndida mujer alta y esbelta. La larga cabellera oscura, que acicalaba con perlas y gemas resplandecientes, contrastaba radicalmente con su piel nívea. Los ojos negros, profundos como pozos sin fondo y orlados por largas pestañas que parecían dibujadas con tinta, conferían a su rostro una belleza portentosa y magnética, gracias también a los pómulos altos y pronunciados.

Sabía que cuando Filippo Maria Visconti visitaba a Agnese había que preparar la alcoba con esmero y que el más mínimo deseo de su señora era una orden.

Se daba perfecta cuenta de que era necesario mantener viva la llama de la pasión del duque por Agnese cada vez que este se presentaba en el castillo de Abbiate.

La deseaba ardientemente. Filippo Maria no lograba explicárselo. Ni siquiera después de tantos años. Pero era incuestionable. Puede que ese día estuviera hechizado por algo que le había dado a beber, o quizá por los aromas especiados que los braseros ardientes difundían en las estancias. Sea como fuere, la atracción física que sentía por Agnese era siempre arrolladora.

Lo subyugaba.

Al principio cayó bajo el embrujo de sus largos cabellos rubios, sus ojos cerúleos y su cuerpo exuberante. Después, con el tiempo, su atractivo, en lugar de marchitarse, se había transformado en algo diferente. Agnese se había vuelto más matronil, menos fresca sin duda, pero ese cambio no había mermado ni un ápice su belleza, es más, la había hecho más seductora.

Filippo Maria Visconti sabía que cada visita tenía algo especial. Entrar en su alcoba era como cruzar el umbral de un reino prohibido al que solo él tenía acceso y donde disfrutaría de delicias que no había osado imaginar ni en sus sueños.

Se trataba de un don que seguramente poseían todas las mujeres, pero que solo algunas sabían transformar en un arma irresistible para mantener en su poder al amante. Por bella que fuera, llegaba un momento en que hasta la dama más encantadora debía rendirse a la volubilidad del hombre que, por naturaleza, es incapaz de ser fiel, de volver siempre a ella.

Filippo Maria sabía que no era una excepción. Pero también había aprendido que el encanto femenino residía precisamente en esa habilidad secreta de revelar el propio misterio, de camuflarlo con un falso pudor para desvelar después la actitud más sumisa y transformarla por último en dominio y deseo de depravación, fluctuando sin cesar como el vaivén de la marea. Esa era la fuerza mística e inexplicable que poseía la mujer para mantener al hombre a su merced.

Tras haber recibido al duque casi con frialdad, Agnese lo había hecho sentar a la mesa y lo había provocado continuamente con un coqueteo que frisaba la vulgaridad, jugando con sus labios de una manera tan descarada que había encendido en él un deseo irrefrenable.

Cuando estaba a punto de enloquecer, ella insistió en ofrecerle una decocción tonificante y prolongó la espera; llegados a ese punto, el duque, incapaz de resistir a sus continuas provocaciones, se puso en pie apoyándose en los brazos de la butaca. Dio unos pasos para llegar hasta ella y le arrancó las ropas.

Agnese se le ofreció sin pudor, desenfrenada, sobre la mesa.

Él le acarició el pecho y lamió sus pezones turgentes hasta que la espera se hizo dolorosa e insoportable.

Ella tomó la iniciativa. El duque sintió las manos de Agnese multiplicando su placer y guiándolo hasta la codiciada recompensa.

Yacía tendido sobre la alfombra. Observaba su belleza, intensa y luminosa, pues el amor y la pasión de unos instantes antes la habían hecho aún más hermosa y deseable. Respiró el aroma de su melena de oro. Era un hombre con suerte, pensó. Ella le besó el cuello y enroscó el vello de su pecho en sus dedos largos y ahusados, blancos como el alabastro, después prosiguió hacia su vientre.

No habría permitido a ninguna otra tocarlo en ese punto. Se avergonzaba de su barriga hinchada y deforme, que crecía como una esfera blanca por culpa de sus piernas enfermas, que le impedían correr y hacer ejercicio. Pero Agnese también la aceptaba. No lo irritaba ni se sentía humillado. Era un gesto natural, de afecto, que le habría costado la vida a cualquier otra persona que se hubiera atrevido tan solo a mirársela.

—Cuánto os he echado de menos, amor mío —dijo con dulzura.

—¿Es eso cierto, mi señor? —preguntó ella.

—No tenéis idea.

Agnese lo besó.

—Gracias por vuestras palabras. Son mi razón para vivir.

Él tomó su rostro entre las manos.

—Nadie es comparable con vos, Agnese, debéis creerme.

—Os creo.

—Nunca imaginé ser tan afortunado.

—Me halagáis.

—En absoluto. Es lo que pienso. No es fácil amar a un hombre como yo. Pero vos poseéis la llave de mi corazón.

—Y vos la del mío.

—¿Cómo está la pequeña Bianca?

—Guapísima. Crece dulce y fuerte.

—Como su madre.

—¿Vos creéis?

—Por supuesto.

Agnese sonrió.

—Sois un hombre bueno, Filippo Maria.

—No, no lo soy.

—Sí que lo sois. Deberíais concederos la posibilidad de serlo.

El duque suspiró.

—Puede que tengáis razón, pero este mundo no me lo permite.

—Lo comprendo, mi señor.

—Lo hago para protegeros —susurró él.

—Lo sé y os lo agradezco.

Filippo Maria la besó en los labios.

—Dentro de poco deberéis ayudarme a ponerme de pie.

—Siempre que queráis, amor mío —respondió Agnese, acariciándole la cara.

18

Sospechas

Serenísima República de Venecia, palacio Ducal

—¿Eso creéis? —preguntó el dogo Francesco Foscari, con un gesto de irritación.

No lograba creer lo que insinuaban los Diez. Deseaba con todas sus fuerzas que se equivocaran. Estaba sentado en un trono de madera, escuchando a Niccolò Barbo, que no le daba tregua.

—Pero ¿no os dais cuenta —decía— de que el Carmagnola actúa con lentitud? No apoyó a Bartolomeo Colleoni y a Guglielmo Cavalcabò en el asalto de Cremona, y por si fuera poco ahora tarda en responder al *podestà* de Padua, Paolo Corner, que justamente le ha pedido que vaya a Friuli con dos mil caballeros y mil infantes para enfrentarse a los húngaros del emperador Segismundo.

—Todo el mundo se ha dado cuenta de que detrás de esta maquinación está la mano de Visconti —añadió Pietro Lando—. Sin contar con que corren rumores de varias procedencias acerca de su pacto secreto con el duque de Milán, lo cual explicaría su reticencia a presentar batalla. Algunos de nuestros espías aseguran haber visto, en más de una ocasión, a Pier

Candido Decembrio entrando en el castillo de Treviso dentro de una carroza sin insignias. Es fácil adivinar el cometido del consejero de Filippo Maria Visconti.

—¡Así es! —intervino Lorenzo Donato—. ¡El Carmagnola da unas excusas tan absurdas para no luchar contra el enemigo que sus capitanes empiezan a manifestar abiertamente su indignación! No cabe duda de que comparte intereses con el duque de Milán. ¡Hemos de actuar deprisa!

Las palabras llovían sobre el dogo como flechas. Francesco Foscari habría preferido dejarlo correr, pero sabía que no podía hacerlo. ¡Ni en sueños! Los Diez estaban sedientos de sangre. Podía leer en sus ojos la rabia por lo que estaba haciendo el Carmagnola. Sin contar con el hecho de que si solo la mitad de las acusaciones eran fundadas, el capitán del ejército de San Marcos merecía morir no una, sino diez veces. Lo que se estaba hablando en la sala del Consejo de los Diez configuraba simple y llanamente un delito de alta traición cuyo castigo solo podía ser uno. Por otra parte, tampoco podía secundar esa ira creciente que estaba a punto de difundirse como una fiebre, una pandemia, inflamando los ánimos ya exaltados. Su deber era exhortarlos a la calma y a la moderación, y, sobre todo, comprobar si las acusaciones eran irrefutables, antes de condenar a muerte al héroe de Maclodio. Si se equivocaban, el error sería colosal.

—Calmaos, señores —dijo, levantando la mano—. Comprendo perfectamente vuestras preocupaciones. Sin duda tienen un fundamento concreto que no pongo en duda. Sin embargo, estaréis de acuerdo conmigo en el hecho de que no podemos dictar la pena capital basándonos en sospechas, aun motivadas. Se necesitan pruebas. No niego que durante este último año nuestro capitán general ha demostrado una extraña apatía y a menudo ha actuado con retraso o incluso inoportunamente, coleccionando, entre otras cosas, alguna derrota de más, pero también es cierto que el Carmagnola nos llevó más allá del Adda y acorraló al duque de Milán en el rincón más angosto.

—Si me permitís, mi señor —dijo Niccolò Barbo—, a pesar de que tenéis razón, en esta fase tan delicada que de un modo u otro parece sonreír a la Serenísima, y me refiero por ejemplo a la reciente elección de Gabriele Condulmer como pontífice, nuestra república debería intentar dar el golpe de gracia. ¿Qué mejor ocasión de aniquilar a nuestro enemigo histórico?

—Mi señor, Niccolò Barbo tiene razón —se hizo eco Marco Venier—, la coyuntura política actual es como mínimo favorable. Florencia brama por aliarse con nosotros y Roma ha visto nombrar a un hijo de la Serenísima perteneciente a una de sus familias más nobles y prestigiosas. Gabriele Condulmer es un hombre de ideales sólidos, dotado de una inteligencia política considerable. No podíamos contar con nadie mejor ni de más confianza en el solio de Pedro. No aprovechar la ocasión para eliminar al duque de Milán sería un error imperdonable. Y no cabe duda de que el Carmagnola se está resistiendo a hacerlo. Por mi parte, propongo que dejemos correr el hecho de si nos está traicionando, si está en connivencia con Filippo Maria Visconti y acepta sus proposiciones o no. ¡Me limito a afirmar que en este momento no se está aprovechando de la debilidad de Milán y eso me basta! Destituyámoslo, alegando incapacidad. Hay guerreros más valientes que él que muerden el freno y solo esperan la ocasión para demostrarlo y tomar su lugar.

—¿Es eso cierto? —preguntó el dogo—. ¿De quién estamos hablando?

—De Bartolomeo Colleoni, que lo merece más que él, o de Gianfrancesco Gonzaga, que no tiene nada que envidiarle. E incluso de Guglielmo Cavalcabò, que ha demostrado un espíritu guerrero que el Carmagnola parece haber perdido.

—¡Entiendo! —dijo el dogo—. ¡Me pedís que sustituya al hombre que derrotó a los suizos en Bellinzona, que ocupó Altdorf y triunfó en Maclodio! ¿Os dais cuenta? Comprendo vuestra perplejidad y no la juzgo infundada, pero tengo intención de esperar a ver qué pasa en Friuli. Si el Carmagnola vuelve a llegar con retraso y se limita a constatar las bajas, tomaré seriamente en consideración la posibilidad de destituirlo e incluso de hacerlo ajusticiar. Si mientras tanto me traéis pruebas en lugar de sospechas, prometo revisar mi decisión. ¿He sido claro? —dijo Francesco Foscari, poniéndose en pie y desafiando al Consejo de los Diez.

Los hombres vestidos con togas negras y escarlatas asintieron en silencio. La afirmación del dogo no admitía réplica.

Pero en su fuero interno, Niccolò Barbo sabía que tenía un as en la manga. Todavía no lo había usado porque esperaba que no fuera necesario hacerlo, aunque llegado el caso daría órdenes específicas a la persona encargada de invertir la situación.

Sonrió. Al fin y al cabo todavía podía obtener lo que quería.

19

La negociación

Estados Pontificios, palacio Colonna

—Lo han elegido por unanimidad —rugió Stefano.

La noticia del nombramiento de Gabriele Condulmer con el nombre de Eugenio IV había llegado a oídos de los Colonna prácticamente en el mismo momento que acaecía.

—¿Qué vais a hacer? ¿Queréis insistir en la infamia de mantener secuestrado el tesoro pontificio? ¿Os dais cuenta de la locura que significa? ¿Adónde creéis que nos conducirá sino a la ruina completa de nuestra familia?

Stefano Colonna bramaba contra su primo, que lo miraba con ojos vidriosos.

—Es más —prosiguió—, vuestro comportamiento vergonzoso no solo desacredita a la rama de los Genazzano, lo cual me importaría bastante poco, sino también a la mía, ¡la de los Palestrina! ¡Y eso sí que me importa! ¡Y mucho! Imagino que tenéis que defender las muchas rentas que os ha facilitado nuestro tío, enfeudando tierras a vuestro favor así como en beneficio de Odoardo y de Prospero, el cual, por cierto, como bien sabéis, ¡ha votado a favor del papa al que estáis obstaculizando!

Antonio estaba trastornado. ¿Qué debía hacer? ¿Devolverlo todo?

—Pero ¿no entendéis —respondió— que ese tesoro es la única posibilidad que tenemos de permanecer con vida? ¡Mientras esté en este palacio, bajo mi custodia, nos mantendrá a salvo de los golpes que el papa ya está infligiendo contra nosotros! ¿Acaso no sabéis que en este preciso instante está confiscando todas las tierras que nos habían sido otorgadas legítimamente por nuestro tío?

Stefano le echó una mirada torva.

—¿Qué esperabais? Precisamente por eso os exhorto a restituir lo robado. ¡Si lo hacéis, todavía estamos a tiempo de salvarnos! Si en cambio perseveráis en vuestra fechoría, expondréis a vuestros hermanos a la ira del papa, cuando habéis sido el primero en quebrantar la ley. ¡Lo cual me dejaría del todo indiferente si no me afectara a mí y a mi familia!

Antonio hizo una mueca cruel.

—Permitidme que lo dude —replicó—, puesto que es evidente que vuestra irrupción en mi casa no es más que una tentativa desesperada de someteros al papa como el siervo fiel que sois. A pesar de que ese hombre, ese maldito veneciano, esté arremetiendo contra nuestra familia. ¡Vuestra familia! Mientras hablamos, el capitán general de las tropas pontificias se está dirigiendo con su ejército a mis posesiones para restituirlas por la fuerza bajo la égida del pontífice.

Stefano, desconsolado, sacudió la cabeza.

—¿Sois consciente de lo que decís? ¡Nada de todo esto habría pasado si no hubierais secuestrado el tesoro que corresponde al pontífice! Por más que alberguéis la ridícula pretensión de reivindicar un derecho, esas riquezas no os pertenecen. Y si ahora me hacéis caso, podríais impedir los estragos que causará vuestra desobediencia. Como os he dicho, ¡estoy aquí con la única finalidad de impediros que arrastréis al abismo a toda nuestra familia! ¿Dónde está Odoardo? ¿Y Prospero? Quizá ellos me escuchen —concluyó Stefano al borde de la desesperación.

Antonio no podía más. Dio un puñetazo sobre la mesa, cegado por la rabia.

—¡No lo creo! Odoardo se ha alzado en armas para defender nuestras posesiones. Y Prospero está tratando de buscar la indulgencia del papa.

Stefano se cubrió el rostro con las manos. No había nada que hacer. Antonio no quería atender a razones. Estaba tan corrompido por la codicia que a esas alturas tenía el convencimiento de que las riquezas sustraídas con el engaño y el nepotismo de su tío eran suyas por derecho propio, incluido el tesoro. También se dio cuenta de que si seguía por el camino del conflicto abierto no sacaría nada en claro. Y también el papa debía de comprenderlo. En efecto, había sido él quien le aconsejó que abriera una negociación. Por eso, tras el desánimo inicial y la sorpresa por la altivez con la que había sido recibido y la rotunda negativa de su primo a considerar la devolución del tesoro, decidió sondear la posibilidad de un intercambio.

Suspiró. Se daba cuenta de que su familia nunca había estado tan dividida. Antonio había logrado el apoyo inmediato de la rama cadete de los Riofreddo y naturalmente había unido a sus hermanos en defensa de su posición.

La rama de Palestrina, en cambio, estaba dividida. Él esperaba evitar el enfrentamiento frontal con el pontífice gracias a su sentido de la responsabilidad, pero no podía decirse lo mismo de la rama cadete de Giacomo, liderada por los hermanos Lorenzo y Salvatore. Este último era un auténtico cabeza loca, siempre dispuesto a armar pelea. Iba diciendo por ahí que si el papa no contara con el apoyo de los Colonna, lo mataría con sus propias manos. ¡Con eso estaba todo dicho! Y ahora que el cónclave había votado por unanimidad a Gabriele Condulmer, solo faltaba que ejecutara sus propósitos belicosos. Stefano no se daba tregua. Estaba solo. Y contra sus propios parientes.

Por eso la vía del compromiso se presentaba como la única posible.

—¿Y si el papa os permitiera mantener al menos una parte de vuestros feudos y tierras? —preguntó.

Antonio arqueó las cejas.

—Bueno —replicó—, si el pontífice me garantiza que no va a tocar ninguna de nuestras propiedades y que respeta la plena posesión de la titularidad mía y de mis hermanos, en ese caso le devolveremos el tesoro pontificio. Y vos seréis el héroe que ha logrado desbloquear un conflicto prácticamente imposible de resolver —concluyó Antonio con una media sonrisa—. Sin duda podríais contar con el reconocimiento de un papa.

—¿Puedo entonces plantearle esta posibilidad como fruto de vuestra voluntad? ¿Y de la Odoardo y Prospero?

—Hablo en nombre de los tres, mi voz es la suya. Naturalmente, el papa también debería ordenar al capitán del ejército pontificio que se retire de nuestras propiedades.

Stefano Colonna suspiró.

—Lo hará. Os lo prometo. En ese caso, pienso que podemos llegar a alguna clase de acuerdo —exclamó.

Pero, como si no hubiera hecho padecer a su primo lo suficiente, Antonio volvió a la carga.

—¿Me equivoco o el pontífice también podría tener problemas en el frente conciliar?

—En efecto, no os equivocáis.

—¡Por eso necesita desesperadamente el tesoro!

—¿Qué queréis decir?

—Que su pontificado se anuncia difícil y sembrado de peligros, sencillamente. El Concilio de Constanza ha decretado la superioridad de la dimensión colegial sobre la de cada hijo de Dios. El hecho de que el papa haya sido nombrado a toda prisa, aunque de manera unánime, sin la presencia de los representantes de los cinco Estados, pone en evidencia su fragilidad. Sin contar con que, entre otras cosas, pronto estará obligado a convocar el Concilio de Basilea, que ya había sido requerido oficialmente por mi tío. ¿Comprendéis adónde quiero llegar?

—Hablad más claro.

—Os estoy aconsejando que elijáis cuidosamente de qué parte estar, primo. —Mientras lo decía, un destello atravesó los ojos de Antonio.

—¿Me estáis amenazando?

—En absoluto. Os estoy haciendo un favor.

—Si de verdad queréis hacerme un favor —replicó Stefano levantando la voz—, mantened vuestra palabra cuando el pontífice acepte vuestra propuesta. ¿Estamos?

—No lo dudéis. Pero reflexionad acerca de lo que os he contado. Y ahora, si me disculpáis, tengo mucho que hacer —dijo Antonio, dando por concluida la reunión con su primo.

Cansado de la conversación, Stefano se despidió con un gesto de la cabeza y se fue dando un portazo.

Pero tuvo la desagradable sensación de que las palabras que le había dicho a Antonio tarde o temprano le iban a costar muy caras.

20

Un pontificado de sangre

Estados Pontificios, Castel Sant'Angelo

Gabriele Condulmer no tenía idea de lo que podía pasar.

Cuando descubrió que había sido nombrado por unanimidad, *in plena et perfecta concordia*, no daba crédito a sus ojos y a sus oídos.

La profesión de votos solemnes, los besos de los electores en los pies, en las manos y en los labios, los paramentos y las vestiduras pontificales, la entonación del *Te Deum*, la apertura de las puertas de Santa Maria sopra Minerva y el anuncio del *Habemus papam*, la procesión solemne por las calles de Roma hasta la basílica y la bendición impartida lo habían extasiado y preocupado a la vez. No estaba preparado para semejante acontecimiento porque, a pesar de la insistencia de su primo Antonio, no se esperaba un resultado tan favorable. Sin embargo, aquellas imágenes gloriosas que habían desfilado ante sus ojos como un sueño fulgurante, como si él no fuera el protagonista sino un simple espectador, ahora se habían precipitado en la oscuridad a causa del odio y la ira de los Colonna.

Los sobrinos de Martín V no solo no se habían avenido a restituir las tierras de las que habían sido ilegítimamente enfeudados, sino que lo habían desafiado abiertamente al comunicarle que no tenían intención alguna de entregar el tesoro pontificio. Es más, se empecinaban en retenerlo en su palacio.

Y habían perpetrado un asalto por sorpresa al palacio del Vaticano. Protegidos por la Guardia Suiza, Gabriele, sus cubicularios, la servidumbre y los hombres más fieles de su círculo habían abandonado los aposentos papales a través del Passetto di Borgo y se habían refugiado deprisa y corriendo en Castel Sant'Angelo.

Había oído tronar las lombardas. Desde lo alto de las colosales murallas de la fortaleza inexpugnable, Gabriele vio como los caballeros de los Colonna se dispersaban y acababan desarzonados en medio de una avalancha vociferante de corazas partidas y cabezas rotas. Sangre y extremidades mutiladas mancharon las calles de Roma. Él se había convertido inmediatamente en el mandante de esa masacre.

Por otra parte, no podía ceder a las amenazas de esos aristócratas espurios.

Tras contemplar lo que estaba sucediendo, asustado y a punto de llorar, había cedido a las súplicas del capitán de la Guardia y se había retirado al interior del castillo.

Ahora estaba en la sala de las Urnas con sus cardenales más fieles.

No temía que aquella fortaleza inexpugnable pudiera ser tomada ni que sus soldados se rindieran. Tampoco las ofensas que proferían los mercenarios desaliñados de los Colonna mientras la Guardia Suiza organizaba la defensa con la disciplina perfecta que la caracterizaba. Pero el hecho de que la facción más poderosa de la ciudad se levantara en su contra con toda la crueldad y la violencia de que era capaz no lo dejaba dormir tranquilo.

Sus cardenales lo miraban alarmados. Entre ellos estaban su

primo Antonio, su médico personal, Ludovico Trevisan, Francesco dal Legname y Pietro da Monza. De pie en ese lugar sagrado, el más significativo del núcleo original de la fortaleza que había sido mausoleo funerario y urna de mármol de los restos mortales del emperador Adriano, en aquella sala que en la antigüedad había alojado los últimos vestigios de la familia imperial, esos hombres de la Iglesia parecían ahora preguntarse qué iba a ser de ellos. Mientras los miraba, confiando en el hecho de que la Guardia sabría rechazar los mediocres ataques de los Colonna, Gabriele creyó advertir un espíritu celestial, grandioso, entre los nichos que debían de haber custodiado las urnas cinerarias. Levantó la mirada hacia la bóveda gigantesca. No sabía decir de qué se trataba, pero percibía un halo de sublime majestad. Algo que moraba en ese lugar, como si el mármol se hubiera empapado de él y restituyera a los presentes la sombra de ese espíritu magno que flotaba en el aire y difundía esperanza.

—No nos dejemos intimidar, hermanos —dijo Gabriele.

No sabía por qué había pronunciado esas palabras, pero sentía que debía hacerlo. Había tenido la suerte de ser nombrado pontífice y ahora tenía que merecerse ese honor, infundir valor y ánimo a sus cardenales. No tenía intención de defraudar a quienes habían depositado su confianza en él. Era como si el emperador Adriano le susurrara al oído la voluntad de Dios en un silencioso discurso hecho de aire y éxtasis místico.

—Hay que tener fe en Dios y en su poder. Nuestra guardia nos protegerá y en cuanto haya dispersado a los esbirros de los Colonna, volveremos a imponer el orden en Roma. No cederemos a sus abusos. La Iglesia ya ha soportado bastante en estos últimos años y tengo la intención de devolverle el papel que le corresponde.

Mientras hablaba, se oía el estruendo fragoroso de las lombardas.

Al final, como evocado por fuerzas oscuras, Stefano Colonna apareció en el umbral de la sala de las Urnas.

—¿Cómo osáis presentaros en este lugar sagrado? ¿Cómo habéis llegado hasta aquí? —gritó sumamente consternado el cardenal Ludovico Trevisan.

Sin embargo, fue precisamente el pontífice quien lo tranquilizó, levantando las manos en señal de paz.

—No temáis, queridos hermanos. Stefano Colonna es el único de su familia que no nos ha dado la espalda. ¡Todo lo contrario! Ha ido a hablar en mi nombre con los que ahora nos asedian para intentar llegar a un acuerdo que nos conceda la victoria. Hablad, pues, *messer*, dadnos noticias —lo exhortó el papa con autoridad comedida.

Stefano Colonna se acercó a él bajo las miradas vigilantes de los cardenales, se arrodilló y besó los pies de Gabriele Condulmer. Permaneció en esa posición para después elevar la mirada y dirigirse al pontífice con toda la humildad de que fue capaz.

—Santidad —dijo—, mi corazón rebosa amargura al pronunciar estas palabras. No obstante, creedme, todavía alberga esperanza. He hablado con mi primo Antonio como me pedisteis. Pues bien, no tiene intención de renunciar al tesoro pontificio a menos que... —Stefano Colonna se interrumpió como si buscara las palabras más apropiadas.

—¿A menos que...? —lo animó a proseguir el papa.

—A menos que ratifiquéis sus propiedades y las de sus hermanos, Odoardo y Prospero, que le fueron concedidas por el papa Martín V. Con estas condiciones, se compromete a devolver lo sustraído y a cesar el ataque.

Al oír estas palabras, Gabriele Condulmer suspiró:

—¿Así que Antonio Colonna tiene la arrogancia de poner condiciones?

—Santidad —prosiguió Stefano de rodillas—, vos tenéis todas las razones del mundo y sin duda podéis rechazarlas, pero...

—Pero —lo interrumpió el papa— será mejor aceptar. Por algo hay que empezar —exclamó, paciente—, con mayor razón porque pronto también he de enfrentarme a la hostilidad del Concilio de Basilea, que presiona para afirmar su superioridad en perjuicio de mi persona.

Stefano Colonna asintió con gravedad.

—Levantaos —le ordenó el pontífice—. A pesar de que no lleváis un apellido amigo, agradezco infinitamente vuestra labor. Solo vos podíais llevar a cabo la negociación. ¿Cuál es la situación de la ciudad? ¿Cómo habéis logrado llegar incólume hasta aquí?

—Gracias al nombre que llevo, Santidad —respondió Stefano, poniéndose en pie—, que desde luego en este momento es sinónimo de traición y desdicha, pero que en el pasado estuvo entre los más nobles de Roma. En cuanto a nuestra amada ciudad, puedo deciros que la resistencia de vuestros hombres está haciendo mella en las filas de mi primo. No creo que resistan mucho más. Han tratado de cogeros por sorpresa, pero Castel Sant'Angelo puede resistir a este asalto y a muchos más. Desde que la Guardia Suiza ha aplastado las primeras líneas, la moral de su tropa está por los suelos.

—Me alegro —concluyó Gabriele.

—¿Significa eso que pronto volveremos al palacio del Vaticano? —preguntó Ludovico Trevisan con una punta de esperanza.

—No lo sé, eminencia —dijo Colonna—. Que el ataque esté a punto de concluir no significa que el peligro haya pasado. Permitidme que antes comunique la decisión del pontífice. Es mejor que esperéis antes de volver a vuestros aposentos.

—De acuerdo —concluyó el papa—, no perdamos más tiempo, *messer* Colonna. Volved con vuestro primo y hacedle saber que acepto su oferta. A condición de que retire inmediatamente a sus hombres y devuelva el tesoro pontificio. Aquí tenéis —agregó, extendiéndole un pliego con el sello de plomo sobre el que campeaban los fundadores de la Iglesia, los apóstoles Pedro y Pablo, el símbolo del solio pontificio—, ya había preparado la carta —dijo finalmente.

Stefano Colonna no logró contener una mirada llena de sorpresa.

—Así que vos, Santidad...

—Lo había previsto todo. También contiene mi compromiso formal de retirar al capitán del ejército pontificio de los feudos de Antonio y Odoardo. Y ahora, os ruego que le entreguéis el pliego a vuestro primo para poner fin a esta locura.

Mientras Stefano Colonna se despedía y, sin más dilación, se apresuraba hacia la rampa que conducía a la salida, Gabriele Condulmer confió en que sus enemigos fueran cuando menos hombres de palabra.

21

Los húngaros

Serenísima República de Venecia, llanura del Friuli

Había llegado tarde. Había ordenado defender la llanura del Friuli demasiado tarde y ahora estaba claro que ya no había remedio.

La aldea era un montón de ruinas humeantes. Las casas consumidas por las llamas tenían el aspecto de tugurios negros habitados por espectros agonizantes. Las primeras nieves, blancas y recién caídas, traían el olor de la pureza y de la piedad a ese teatro de los horrores en el que los hombres yacían en charcos de sangre congelada, el cuerpo traspasado por las hojas de los húngaros.

Los perros vagabundos escarbaban la tierra helada, lamían la sangre y buscaban huesos blancos para roer. Vio algunas mujeres colgadas de las vigas de madera por los brazos. Tenían la ropa hecha jirones y señales de violencia en el cuerpo: marcas rojas, morados, cortes, arañazos y heridas indecibles. Discernió el cuerpo de una niña recostada en el muro de una granja: abrazaba una muñeca de trapo empapada en sangre.

El olor del humo, de la nieve y de la carne desmembrada le resultó insoportable. Detuvo el caballo y desmontó.

Los copos blancos silbaban en el aire frío de la tarde. El viento se levantó impetuoso y revoloteó su capa como si quisiera golpearle la espalda para derribarlo.

Habían esperado en vano su llegada.

Se sintió como un gusano.

Sabía que Filippo Maria contaba con su indolencia. Y él había mantenido su palabra. Pero ¿a qué precio? Aquella gente no había hecho nada malo y los húngaros los habían exterminado.

De vez en cuando, llegaba a sus oídos el lamento lento y trémulo de algún superviviente. No eran voces, sino roncos rumores de muerte.

¿De qué había servido permanecer fiel a Milán? ¿Qué clase de guerra era esa? ¿Dónde habían ido a parar el valor y la piedad por los miserables y los desamparados? ¿Qué sentido había tenido para los húngaros quemar y arrasar las aldeas del Friuli para después volver al nido de serpientes de donde habían salido? ¡Malditos! Pero el más maldito era él, que a pesar de conocer muy bien a esa raza sanguinaria había decidido, a sabiendas, esperar y había dejado a hombres y mujeres indefensos a merced de una manada de lobos.

Se daba asco. Y, sobre todo, estaba cansado. Cansado de fingir, de aparentar que su comportamiento era menos ruin de lo que era en realidad. Sobre todo cuando ya era patente la clase de cobarde en que se había convertido. Pensó en lo diferente que era todo cuando empezó, muchos años atrás. Había un código de honor, ansias de gloria. Pero mes tras mes y año tras año sus principios se habían oxidado, se habían podrido en su interior. No fue de la noche a la mañana, sino el fruto de un proceso lento, ineluctable. Poco a poco, gradualmente, el Carmagnola había aceptado ser un poco menos honrado, sincero y valiente; y todos esos episodios de envilecimiento progresivo se habían ido sumando hasta quitárselo todo: primero la integridad, después el honor y por último la dignidad.

Buscó a Giovanni con los ojos, pero cuando encontró su mirada se arrepintió de haberlo hecho. Su escudero no mostró comprensión. Una rabia fría parecía acusar a su señor.

—¿Qué pasa? ¿Por qué me miras de ese modo? —gritó el Carmagnola, asustado por la elocuencia de esos ojos—. ¿Tú lo habrías hecho mejor? —dijo, alejándolo con la mano. Pero Giovanni no se dejó impresionar. Permaneció erguido en la silla, mirando fijamente a Francesco Bussone. Implacable—. ¡Vete! —bramó el conde—. ¡Vete, mudo miserable!

Era precisamente el silencio lo que más temía.

Tuvo la sensación de que sus hombres lo acusaban abiertamente. Lo miraban fijamente sin proferir palabra. Y cuanto más lo hacían, mayor era la vergüenza con que pagaba el precio de su retraso y de la lealtad al duque de Milán.

¿Por qué? ¿Por qué había vuelto a jurar fidelidad a ese hombre? Ya no le debía nada. ¿Acaso no lo había alejado y humillado? ¿No había sido él quien lo había relegado en Génova por temor a que su fama de guerrero ensombreciera la suya? Filippo Maria Visconti había olvidado todo lo que había hecho por él y había creído que sus ansias de honor, poder y riqueza lo convertían en un hombre demasiado ambicioso, en una amenaza.

Pero, bien pensado, no podía condenarlo. Al final, habían hecho de él el hombre que el duque de Milán temía: ¡un despreciable traidor tan ocupado en acumular riqueza y poder que nunca tenía bastante con lo que le ofrecían! ¿Dónde había ido a parar el soldado que fue? ¿El capitán que derrotaba a sus enemigos en cualquier condición y lugar? Francesco Bussone no lo sabía. Quizá en el cieno nevado de esa aldea incendiada y arrasada por la ira de los húngaros. O quizá había quedado atrás, en el castillo de Treviso, donde permanecía indolente, descansando entre comodidades y vicios de todas clases.

Tenía la certeza de que Venecia no pasaría por alto ese nuevo error.

Que había llegado la hora.

Sin embargo, también sabía que era irremediable. No se opondría a su destino. Lo había elegido conscientemente desde el primer día. Desde cuando aceptó convertirse en condotiero, cortar cabezas y extremidades. Era un trabajo sucio. Lo único que contaba era salvar el pellejo. Lo demás le traía sin cuidado. Y si para sobrevivir había que permitir que el enemigo masacrara mujeres y niños, pues ni se inmutaba.

Pero ahora ya no.

Había traspasado los límites.

Y asumiría las consecuencias.

22

Dos cabrones en lugar de uno

Ducado de Milán, castillo de Porta Giovia, 1432

Filippo Maria Visconti estaba irritado. Tenía delante a Pier Candido Decembrio, esbelto y frío, sobriamente vestido con un tabardo negro cerrado con cintas plateadas.

El duque resopló. Con su gravedad y su actitud prudentemente servil, Decembrio lo fastidiaba como pocas personas en el mundo. Aunque reconocía su sutileza política, que solía dar buenos resultados, le gustaba ponerlo en apuros y cubrirlo de insultos cada vez que lo veía. Decembrio no se enfadaba, encajaba los golpes porque sabía que era la única manera de mantener el poder que le había sido otorgado.

Le era fiel por conveniencia, no por vocación, pero para el duque era suficiente.

Pero en ese momento a Filippo Maria se lo llevaban los demonios.

—Decembrio, Decembrio... —dijo como si esperara que el consejero completara su discurso, después prosiguió—: Amadeo de Saboya no me deja en paz. Sigue preguntando por su hija, quiere saber cuándo tengo intención de consumar el matrimonio, no me da tregua.

—Es comprensible, desea un heredero cuanto antes.

—¡Un heredero! ¡Maldición! ¡Trata de colarse en mi casa utilizando a esa sosa pesada de su hija!

—Es innegable que la cuestión le atañe...

—¿Que le atañe, decís? ¿Cómo diablos habláis, Decembrio? ¡Por supuesto! ¡Claro como el agua! ¿Sabéis que para facilitarme el trabajo me ha sugerido que nombre heredero a un hermano de María que tutele los derechos de los futuros hijos de ella? Amadeo ambiciona conquistar el ducado de Milán, ¡es evidente! ¿Sois consciente del despropósito?

Decembrio emitió unos golpes de tos. Solía hacerlo cuando no lograba mantener la calma. No del todo. Recurría a esa tos seca e histérica que ponía nervioso al duque. Ese día no fue una excepción.

—¿Toséis? ¿Toséis? —repitió, levantando la voz al borde del rugido—. ¿Y qué debería hacer yo? ¿Cortar cabezas? ¿Partir piernas? Porque si alguien tiene derecho a estar exasperado en este momento, ese soy yo, ¿estamos? —subrayó, fulminando a Decembrio con una de sus miradas encendidas.

—Por supuesto, alteza, tenéis toda la razón. Me preguntaba si existe un modo de resolver esta lamentable situación. A este propósito, tengo una idea que podría resultaros útil.

—Id al grano.

Apremiado por el duque, Decembrio expuso su plan:

—Pues bien, como vos mismo habéis dicho, Amadeo VIII de Saboya se pregunta por qué os negáis a tener un heredero. Si me permitís, majestad, puedo imaginar el motivo...

El duque arqueó una ceja.

—Creo que en realidad hay dos: por una parte, no tenéis ninguna intención de meter a los Saboya en vuestra casa; por otra, desearíais que os sucediera la hija de la mujer que amáis. ¿Me equivoco?

—En absoluto, seguid —gruñó Filippo Maria.

—Me parece justo. El problema es encontrar de qué modo Bianca Maria podría ser vuestra heredera legítima. Es evidente que, en ausencia de otros hijos, quien se case con ella sería el sucesor al ducado. Y comprendo que se trata de un asunto sumamente delicado. En primer lugar, porque los milaneses esperan que eso ocurra lo más tarde posible...

—Ahorraos los halagos y las zalamerías e id al grano, Decembrio —lo interrumpió Filippo Maria.

—Bien, alteza. Decía que si lo que cuenta es encontrar un esposo para Bianca Maria, me permito sugeriros a un hombre que ha demostrado fidelidad al ducado y cualidades excepcionales y que ha sabido resistir al poder desmedido del Carmagnola en tiempos convulsos, incluso cuando este, lejos de desistir de sus ataques, como en cambio está haciendo ahora, se ensañaba contra vos.

—¿Existe realmente un hombre así? —preguntó en voz alta el duque de Milán—. Sinceramente, no se me ocurre nadie.

—¡No es del todo cierto, vuestra gracia!

—¿Y pues?

—Mi propuesta es muy sencilla, alteza. Sabemos perfectamente que, se mire por donde se mire, el obstáculo es la falta de legitimidad. Nadie que yo os pueda sugerir es formalmente vuestro descendiente. No obstante, el nombre en el que pienso encarna la más alta y, paradójicamente, admirada forma de ilegitimidad de nuestro tiempo. Es, en efecto, un condotiero. Hasta ahora ha sido capaz de conquistar la mayor popularidad en todas partes. Proviene de una estirpe de guerreros. Su padre antes que él hizo de su familia un ejército, mejor dicho, un cuerpo de guardia. Ha consumado venganzas eternas y todo su linaje se ha forjado entre desquites y sangre. Es una dinastía de guerreros.

—Su nombre.

—Francesco Sforza —concluyó con énfasis Pier Candido Decembrio.

El duque abrió mucho los ojos.

—Pero ¡si tiene treinta años! ¡Y Bianca Maria no ha cumplido los siete!

Decembrio asintió como si hubiera servido la solución en bandeja.

—¡Precisamente! —dijo, asintiendo.

—¡Precisamente, decís! Pero ¿os dais cuenta del despropósito que proponéis? ¿Yo debería entregar a mi hija, la pequeña Bianca Maria, concebida por la mujer que amo más que a nada en el mundo, a un hombre de armas que podría ser su padre? ¿Os habéis vuelto loco?

Decembrio amagó una sonrisa.

—Perdonadme, alteza, me he expresado mal. Lo que quería decir es que a la espera de que Bianca Maria se convierta en mujer, podríais prometerla a Sforza, que no solo es querido por sus hombres, sino temido por vuestros enemigos. Además, creo que es el único de vuestros hombres por el que sentís, en el fondo de vuestro corazón, la estima necesaria para que se convierta, algún día lejano, en vuestro sucesor. De este modo, Bianca Maria sería duquesa de Milán.

Las palabras de Decembrio se quedaron flotando en el aire. Filippo Maria parecía sopesar a fondo sus implicaciones. El plan no era tan descabellado como podía parecer en un primer momento. Decembrio tenía razón: de ese modo su niña, la hija que le había dado Agnese, sería señora de Milán. Tenía que aceptar como sucesor al cabrón de Sforza, cierto, pero ¿acaso no era Bianca hija de su concubina? Además, ¿no era mucho peor saber que llegaría el día en que un hijo de María de Saboya subiría al trono? Solo de pensarlo se le revolvían las tripas.

De ese modo, en cambio, podía contar con que la hija que amaba proseguiría su labor. Sforza era sin duda un cabrón, ¡pero competente!, en eso tenía razón su consejero. Su padre, Jacopo, siempre se había mantenido alejado de la corrupción y el desenfreno que caracterizaban a los hombres de armas. Y lo mismo había aconsejado a su hijo. Corrían rumores de que el día de su muerte lo llamó a su cabecera y le dio tres consejos fundamentales: no buscar a la mujer de otro, no pegar a sus hombres y no montar caballos duros de boca. Eran las claves de la conducta seria y responsable que sin duda había fraguado el éxito y el respeto de los que Francesco Sforza gozaba. El duque tenía que reconocerlo. Quizá no era tan leal a sus principios como quería aparentar; se decía, por ejemplo, que su apetito sexual era desmesurado, pero el plan, en conjunto, prometía.

—Vuestra propuesta no carece de sentido, lo admito. Me sorprendéis, Decembrio. Puede que a fin de cuentas no seáis tan inepto como pretendéis hacerme creer. —El conde de Milán amagó una mueca parecida a una sonrisa—. Así pues, ¿vos sugerís que prometa mi hija a Sforza?

—Si me permitís, majestad —Decembrió titubeó un instante—, yo iría más allá. Ordenaría celebrar el matrimonio por poderes, con valor de promesa, para oficiarlo de nuevo formalmente cuando la pequeña Bianca Maria alcance la edad apropiada, de modo que las partes se comprometan. Así que, por ahora, Bianca Maria no estaría presente en esta ceremonia porque es demasiado joven...

—... Y Francesco Sforza tampoco porque yo me ocuparé de mandarlo a la guerra inmediatamente. Ingenioso, Decembrio, realmente ingenioso. De esta forma garantizaría la línea sucesoria a mi hija.

—Precisamente, majestad.

—Seguiré vuestro consejo. Haré feliz a Agnese y me libraré de los Saboya en una sola jugada. —Filippo Maria Visconti clavó sus ojos en los del consejero—. Si fracasamos, os consideraré personalmente responsable.

Al oírlo, Pier Candido Decembrio no pudo evitar que un escalofrío de genuino terror le recorriera la espalda, pero asintió, fiel a la estrella polar que guiaba sus acciones y que respondía al nombre de conveniencia política, esperando que la suerte le sonriera de un modo u otro.

23

Conciliarismo

Estados Pontificios, palacio Apostólico

Gabriele Condulmer miró a Stefano Colonna. Habían llegado a un acuerdo. Roma, por ahora, se había pacificado. El tesoro volvía a estar en su lugar y él podía ocuparse de nuevo de los problemas cotidianos que, en cualquier caso, no eran fáciles de resolver, pues el espectro del Concilio de Basilea se proyectaba dramáticamente en el horizonte. En efecto, una de las primeras medidas que había adoptado fue la de disolver la asamblea constituida según el dictamen del decreto *Frequens* del anterior Concilio de Constanza.

Al emperador Segismundo, que había insistido para que el Concilio se celebrara, no le había agradado ni una pizca su decisión. Por no mencionar a los padres conciliaristas, molestos por la segunda convocatoria del sagrado consejo en la ciudad de Bolonia. La finalidad era obvia: sustraer autonomía al Concilio y reconducir la asamblea bajo la influencia directa del papa. Llegados a ese punto, los padres se habían encastillado en su actitud intransigente y habían convocado a su vez a Eugenio IV en Basilea, desafiándolo abiertamente.

El pontífice estaba, pues, poco menos que preocupado.

Stefano Colonna, su primo, el cardenal Antonio Correr, y Ludovico Trevisan se habían reunido con él.

—Santidad —dijo este último—, la situación que se ha venido a crear con los conciliaristas es sumamente complicada.

—Lo sé, cardenal —respondió lacónicamente el pontífice.

En aquellos días, había recibido a la consabida procesión de embajadores y mensajeros provenientes de todas las potencias de la península y de tierras extranjeras. Lo visitaban cada mes por los motivos más diversos que, sin embargo, respondían a una sola razón fundamental: gozar de sus favores. Los diplomáticos de los odiados Visconti, de los Médici, los Este o los Gonzaga, del rey de Francia o el de España no eran los únicos que trataban de ganarse su benevolencia; también lo hacían el soberano de Serbia o la reina de Chipre, y con tal despliegue de hombres y medios, con delegaciones tan imponentes y coreografías tan fastuosas, cuyo único objetivo era impresionarlo, que al final de un día como ese acababa poco menos que postrado.

No obstante, encontró las fuerzas para replicar a Trevisan con una pizca de convicción:

—Los padres conciliares confían en la voluntad de mi predecesor y esperan que me desplace a Basilea para rendirles pleitesía. Pero eso no va a pasar. A diferencia de Martín V, yo no los he necesitado para ser nombrado y no tengo la intención de alimentar una deslegitimación que creen que podrán obtener basándose en reglas y principios inexistentes.

—Primo —observó Antonio—, vuestras palabras os honran, naturalmente, pero debemos tener mucho cuidado con quienes defienden la primacía del Concilio sobre la del papa. Roma acaba de recuperar a su figura espiritual tras una larga ausencia, y si bien es cierto que poner en discusión la primacía pontifical es como mínimo peligroso, rechazar el diálogo también lo es.

—¿Acaso debería acceder a su petición? —preguntó Gabriele, irritado—. Todavía sería peor, ¿no creéis?

—No digo eso. Pero deberíamos elaborar una estrategia.

—Su Santidad y yo hablábamos precisamente de eso antes de que llegarais —se entrometió Colonna.

—¿Y vos que sabéis de teorías eclesiásticas y de superioridad del poder pontifical, *messer*? —dijo el cardenal Trevisan con mal disimulado recelo.

—Nada. Pero puedo anticiparos que mis primos de la rama Genazzano, que en este momento parecen haber abandonado la disputa por el dominio de la ciudad, se están preparando para obstaculizar la posición de Su Santidad en el Concilio. Por eso estoy aquí y hablaba de ello. Os habréis dado cuenta de que algunos de los representantes pontificios están bajo la influencia directa de mis primos y me temo que sé lo que pretenden...

—Hablad claro —lo intimó Antonio.

—Temo que ellos y la corriente más intransigente y mayoritaria de los padres conciliares estén planeando la posibilidad de confiscar los impuestos fiscales del papa en favor de la Curia que están reorganizando en Basilea.

—¿Qué? —repuso Antonio Correr, desconcertado.

—No se atreverán —bramó Trevisan, pero la voz se le anudó en la garganta.

—Temo que *messer* Colonna tenga razón, amigos míos —afirmó Eugenio IV con amargura. Después suspiró—. Hasta el cardenal Cesarini, presidente de nombramiento pontificio, parece apostar por la naciente supremacía conciliar.

—Pero ¿por qué debería hacer algo semejante? —preguntó asombrado Trevisan, quien parecía no dar crédito a lo que el papa acababa de decir.

—Porque considera que la vía del Concilio de Basilea es la

única para obtener el apoyo del emperador Segismundo y acabar de una vez por todas con la herejía husita.

—¡Maldita obsesión! —gimió Antonio.

—Sin contar —intervino Stefano— con que Antonio y Odoardo Colonna pretenden sacarle partido a nuestra debilidad transitoria en cuanto se les presente la oportunidad. Los conozco y sé que esta tregua no durará mucho.

—Pero entonces, ¿qué podemos hacer? —preguntó el cardenal Trevisan.

—Ser fuertes y resistir —fue la respuesta del papa—. Mientras intentamos deslegitimar el Concilio con todos los medios a nuestro alcance, *messer* Colonna tratará de controlar a Antonio y Odoardo. No es mucho, pero debemos confiar en nuestro éxito. No tenemos otra salida.

—¿Y si no fuera suficiente? —Antonio no las tenía todas consigo—. ¿Y si no logramos invalidar el Concilio? ¿Si no logramos sofocar los ataques de los Colonna?

—Tenemos que lograrlo. ¡A la fuerza! —concluyó el papa—. O será el final. Nuestro y de Roma.

24

Un destino ya escrito

Estados Pontificios, Roma, Barrio Monti

Habían tomado una decisión. No podían permitir que ese hombre siguiera desbaratando todos sus planes. Ya había impedido una vez que sucediera lo inevitable. Con el transcurso de los meses, su servilismo para con el papa los había asqueado.

Un viento frío azotaba Roma. El Tíber era una cinta gris de agua helada y las vías de Monti una única maraña de callejuelas por las que apenas podía pasar un carro o un exiguo rebaño de ovejas. Dominado por una serie de torres fortificadas que las familias más poderosas de la ciudad mandaron erigir, el distrito era un lugar oscuro y tenebroso, especialmente en una noche como esa. Con mayor razón porque se abría a un auténtico embrollo de galerías, soportales, escondites y balcones, lugares perfectos para los asesinos que lo infectaban como la mala hierba. Caminar por allí después del anochecer podía revelarse fatal.

Salvatore Colonna seguía a su primo sin ser visto. Lo odiaba desde siempre. Desde que negoció la tregua con el pontífice y lo ayudó a recuperar el tesoro papal que Antonio había logrado retener. A él lo admiraba. Él sí que era un hombre. Había sabido conservar las riquezas de la rama Genazzano de los Colonna. No como el flojo de Stefano, que se contentaba con las migajas del maldito papa veneciano y condenaba a los Palestrina, de quienes era el jefe, a la miseria y el deshonor.

Se atusó los largos cabellos. Apretó la empuñadura del puñal que ocultaba bajo la capa de lana. Se caló la capucha para protegerse de la lluvia fría que caía del cielo. De ese modo, si algo se torcía, no lo reconocerían de inmediato.

A sus espaldas, la gran masa oscura del Coliseo parecía respirar en la noche como una enorme criatura mitológica a punto de despertarse y devastar la ciudad.

Dejó atrás Santa Maria in Monastero. Los altos muros fortificados del convento capturaron su mirada por un instante. Dejó el portal de arco a su izquierda. Más allá del rastrillo, el brillo de las antorchas proyectaba su lengua roja sobre la mole maciza del campanario. Se cernía, imponente y colosal, sobre la calle, y la noche contribuía a darle el aspecto de una visión apocalíptica.

Al final de la calle dobló a la derecha y se encontró frente a San Pietro in Vincoli. Pero Stefano prosiguió con paso firme hacia la plaza de la Suburra, lugar en el que se concentraban las tabernas y los burdeles donde las putas ofrecían sus cuerpos para satisfacer los deseos más secretos e inconfesables de la depravación humana.

Tenía que resolver el problema antes de que llegara allí. Demasiados ojos habrían sido testigos de lo que se disponía a hacer, y no podía permitírselo.

Stefano contaba con llegar lo antes posible. Si hubiera podido habría evitado salir a esas horas y acabar en el barrio más famoso por su sordidez y su perdición. Pero no había tenido elección. Se lo había pedido o, mejor dicho, ordenado, su primo Odoardo, amenazándolo con que, si no le obedecía, armaría un escándalo. Así las cosas, no había tenido más remedio que hacerle caso. Las relaciones familiares se cimentaban sobre un equilibrio cuando menos frágil y en ese clima sumamente tenso en que los Genazzano no veían la hora de echarle en cara su conducta servil para con el papa, esa amenaza tenía la fuerza de un disparo de lombarda.

Había llegado a via delle Sette Sale cuando oyó un rumor de pasos frenéticos sobre los adoquines mal encajados. Ni siquiera tuvo tiempo de darse la vuelta. Alguien o algo lo atacó por la espalda y lo arrojó contra una pared de ladrillo. Se golpeó el hombro y sintió un dolor agudo e insoportable antes de acabar en el suelo. Cuando reaccionó, apoyó las manos en la calzada e hizo amago de levantarse, pero el agresor lo sujetó por el pelo, le levantó la cabeza y le rebanó la garganta de parte a parte.

Vio fluir un río escarlata delante de sus ojos. Sintió la hoja del puñal silbar y hundirse en su costado. Una, dos, tres veces. Pero a esas alturas, las fuerzas lo habían abandonado.

Se le nubló la vista.

La niebla y la oscuridad le arrebataron los sentidos. Entonces comprendió que estaba muerto.

Salvatore vio lo que quedaba de Stefano a la luz de la antorcha. Su primo yacía en un charco de sangre oscura. Lo había apuñalado seis veces. Se secó el sudor frío que le perlaba la frente. Miró a su alrededor. No vio a nadie.

Lo dejó donde estaba, embadurnando la calzada, con la garganta cortada.

Con un poco de suerte, tendría todo el tiempo para desaparecer.

Ocultó el puñal bajo la capa. Echó a correr, volviendo sobre sus pasos.

Al llegar a San Pietro in Vincoli, se puso a caminar.

Estaba sereno y determinado: dentro de poco la familia Colonna volvería a ser la más poderosa de la ciudad.

25

Hacia la sucesión

Ducado de Milán, castillo de Porta Giovia

Lo había logrado. Las salas estaban adornadas con seda y damasco. Las mesas, rebosantes de lazos y confites. Bandejas de plata ofrecían toda clase de manjares. Agnese era una visión divina y su séquito, un florecer de damas y caballeros ricamente vestidos.

A pesar de que se celebraba su matrimonio, no había ni rastro de Bianca Maria ni de Francesco Sforza. Pier Candido Decembrio sonreía. El duque de Milán era feliz. Se había asegurado la sucesión protegiendo de la mejor manera posible a las dos mujeres que quería. Los ojos de Agnese expresaban una gratitud que ni siquiera habría soñado merecer. Por otra parte, le había dado algo que ni siquiera era concebible.

María de Saboya seguía confinada en la torre. El duque no tenía intención alguna de amargarse la fiesta con la cara larga de la mujer con la que se había casado por error. En efecto, Amadeo de Saboya había demostrado una sola cosa: ser un aliado inútil o, lo que era peor, de poco fiar.

Filippo Maria sabía que no tenía amigos, y puesto que no podía contar con nadie, solo perseguía su propio interés. Muchos se declaraban sus aliados, pero la única persona que nunca lo traicionaría era Agnese del Maino. Estaba seguro de ello, habría apostado su vida.

Estaba sentada a su lado. Le cogió la mano. Le acarició la muñeca fina. Tenía la piel de terciopelo. Entrelazó sus dedos con los de ella. Admiró el gran rubí llameante y los zafiros luminosos que le había regalado. Agnese sonrió. Sus dientes eran perlas; sus labios, espuma de coral. El duque sintió que su corazón emprendía el vuelo.

Los trinchadores cortaban un jabalí asado. Un despensero había destapado los mejores vinos de la región. Las mesas estaban decoradas con torres de jengibre confitado y estatuas de azúcar. Todo era perfecto. Por una vez se sentía realmente feliz. ¿Así que era posible? ¿Era posible sentirse por fin en paz con uno mismo? A él no solía pasarle, pero en ese momento, quizá por primera vez, se abandonó a una inesperada serenidad.

De aquellos tiempos salvajes y bárbaros había aprendido que nada podía hacerlo sentir tan seguro como el afecto de sus seres queridos. Por lo demás, se enfrentaba cada día a una multitud de cortesanos hipócritas que solo estaban interesados en gozar de su favor para consolidar sus privilegios. Hombres y mujeres peligrosos que se movían a merced del viento de su propia conveniencia, la única bandera a la que permanecían fieles. Mucho más peligrosos que los enemigos declarados.

Por eso envidiaba a Francesco Sforza. Él por lo menos sabía que sus enemigos eran el Carmagnola o Gianfrancesco Gonzaga. La lucha abierta entre ellos dictaminaba de forma honrada quién era el mejor. Comparadas con ellos, Venecia y Florencia eran enemigos mucho más falsos e insidiosos. Y lo mismo podía decirse del Saboya que había prometido ayudarlo y, en cambio, tramaba intrigas secretas con la Serenísima. Por no hablar del papa. Venecia había logrado imponer a un hombre de su confianza, de tal modo que los Estados Pontificios se habían convertido súbitamente en su enemigo, lo cual demostraba que incluso en Roma, la Ciudad Eterna, el poder era oscilante, incierto y peligroso.

Sabía que no viviría para siempre. Y ese enlace garantizaba su sucesión. Había decidido apostar por Francesco Sforza. No sabía si en el futuro tendría que protegerse de su poder creciente, pero estaba seguro de que su pequeña Bianca Maria velaría por él. Era una niña juiciosa y con carácter que se convertiría en una mujer extraordinaria. No le cabía la menor duda. Demostraba dotes de mando y una lealtad hacia él que lo conmovía. Cierto, estaba a punto de cumplir siete años, pero Filippo Maria sabía muy bien que esa clase de virtudes se arraigaban en la infancia y, bien cultivadas, se mantenían vivas y coherentes hasta la madurez. Lo sabía porque había pasado por ello y veía en Bianca Maria su misma determinación, tenacidad, voluntad y fuerza de ánimo. Se notaba por cómo se enfrentaba a su maestro durante las clases de esgrima.

Reconocía sus cualidades en su hija, incluso potenciadas.

Nadie le haría daño. Él la protegería. Y algún día ella lo protegería a él.

Los festejos siguieron adelante. Las lámparas de hierro forjado difundían a su alrededor la luz de cientos de velas. Los invitados se abandonaban a risas y bromas, y Francesco Sforza estaba lejos, en el campo de batalla.

Pero algún día volvería y exigiría su premio: la hija a la que quería como la niña de sus ojos.

Filippo Maria sintió que ese pensamiento socavaba su seguridad.

Miró a Agnese a los ojos y sonrió.

No quería pensar en eso por ahora.

Se ocuparía a su debido tiempo.

26

Antesala

Serenísima República de Venecia, palacio Ducal

Lo habían convocado de urgencia. Giovanni de Imperiis había llegado a Brescia, donde se encontraba, con cartas credenciales impecables y lo había conminado para que se presentara en Venecia lo antes posible. Él se había puesto inmediatamente en camino y, durante el trayecto, lo habían homenajeado y festejado. El hecho lo había alarmado.

Ahora tenía un mal presentimiento. Quizá era culpa del tiempo: la lluvia caía copiosamente y el viento azotaba sin piedad la cuenca de San Marcos. A pesar de la capa gruesa y el cuello de pieles con que se cubría hasta las mejillas, Francesco Bussone sentía un frío cortante calarle los huesos. Vio los barcos amarrados a los postes de madera ondear en el agua, la laguna oscura hervir bajo las gotas de lluvia.

Iba, como siempre, en compañía de Giovanni, que vestía de manera sencilla. Ni siquiera llevaba capa. Lucía un jubón abotonado hasta el cuello con cintas en los puños y un tabardo negro de paño.

El Carmagnola tosió. Le dolía la garganta desde hacía unos días y no mejoraba. Sin embargo, a pesar del tiempo de lobos y la lluvia batiente, contempló fascinado la increíble fachada del palacio: la elegancia de la logia, las columnas, el formidable balcón de la sala del Gran Consejo.

Cuando pudo protegerse bajo los soportales, se anunció a la guardia del palacio y, una vez exhibidos los salvoconductos, le permitieron entrar. Superada la Porta del Frumento, él y Giovanni cruzaron el patio y fueron conducidos a la primera planta por una escalera interior.

Ya en el sala de la Biblioteca, les pidieron que esperaran. El dogo Francesco Foscari no se encontraba muy bien y tardaría un poco en reunirse con ellos.

El Carmagnola asintió. Miró con gratitud el fuego que crepitaba en la gran chimenea del centro del salón, apoyó su capa húmeda en el respaldo de una silla de madera y se acercó para disfrutar del calor que poco a poco le devolvió la sonrisa. Mientras esperaba, su mirada se desplazó por el lomo de los numerosos libros de la biblioteca. Las estanterías llegaban al techo y rebosaban de manuscritos.

—¡Por fin, Giovanni! Un lugar seco. Si no hay más remedio que esperar, más vale estar calientes —exclamó el Carmagnola.

Lo dijo para animarse, pues la idea de que había sido hecho prisionero no dejaba de atormentarlo. Pero al final se convenció de que era una extravagancia suya y no tenía nada que temer.

Su escudero asintió.

Un fresco espléndido decoraba el techo.

El Carmagnola engañó la espera mirándolo.

—Ves, Giovanni —dijo con cierto orgullo—, a despecho de lo que suele pensarse, no todos los señores de la guerra son ignorantes y rudos. Yo, sin ir más lejos, sé apreciar una maravilla como la que hay sobre nuestras cabezas. ¿No crees que los caballeros con sus armaduras son, como mínimo, majestuosos? ¿Y qué me dices de esos corceles poderosos con las gualdrapas ornadas y la ciudad torreada que se divisa al fondo? Es una obra que corta el aliento, ¿no crees?

El joven escudero asintió de nuevo. El Carmagnola tuvo la sensación de que algo cruzaba su mirada, pero no logró descifrar su significado. Había cambiado desde la tragedia de Friuli. El capitán no lograba definirlo, pero era perfectamente consciente de que algo se había roto para siempre y lo que más le dolía era la certeza de saber que lo había defraudado.

Por eso, mientras admiraba el fresco, Francesco Bussone sintió una vez más la sensación que había experimentado apenas la guardia los había dejado solos en esa sala maravillosa. Era una inquietud que iba en aumento y le recordaba otra que se había verificado tiempo atrás en el castillo de Porta Giovia: se acordó de cuando esperó en vano a Filippo Maria Visconti.

Allí, en el corazón del poder veneciano, empezó a sentir miedo. No lo manifestó, naturalmente, pero a medida que el tiempo pasaba y el dogo no aparecía, los temores que creía desvanecidos se despertaron.

¿Venecia había descubierto su doble juego? ¿Estaban al corriente de que era proclive a favorecer al duque de Milán?

Suspiró. Al mirar de nuevo el fresco de la bóveda tuvo la sensación de que los caballeros que habitaban aquella representación, resplandeciente de luz y color, estaban a punto de abalanzarse sobre él. Le pareció que iban a desprenderse de la bóveda para enfrentarse a él y rebanarle el cuello con la espada.

Se dejó caer en una silla. Extendió las piernas y observó la sala con los ojos entornados. Habría deseado dormir para no pensar en el drama que había vivido y que ahora se repetía. Tenía el corazón en un puño.

Sintió que un viento frío le penetraba en los huesos como

si en la gran chimenea las llamas se hubieran convertido en lenguas de hielo. No sabía quién lo había traicionado, pero cuanto más tiempo pasaba, más se convencía de que el dogo no se presentaría a la cita.

La esperanza de salir airoso se debilitaba. Era como si el silencio fuera más acusatorio que mil palabras.

Cuando comprendió que debían de haber transcurrido horas, pues había dejado de llover y la luz del día se había atenuado, se decidió a salir.

Se levantó y cogió la capa.

—Vámonos, Giovanni —dijo dirigiéndose a su escudero—, ¡ya hemos esperado bastante!

Cuando abrió la puerta se topó con uno de los soldados.

—Conducidme a la salida —bramó.

El soldado asintió con un gesto de la cabeza y, sin pronunciar palabra alguna, lo condujo por un pasillo que daba a una escalera empinada.

Mientras bajaba y oía retumbar sus pasos sobre el mármol de los escalones, el Carmagnola tuvo la seguridad de que se acercaba el final. Al llegar al pórtico que conducía a las prisiones, salieron a su encuentro dos patrullas de soldados. Uno de ellos se separó de los demás y le indicó la entrada a los Pozos, nombre con el que se conocían las mazmorras del palacio Ducal.

Francesco Bussone se quedó mirando a los venecianos. «Por lo que veo, estoy perdido», murmuró, y mientras dos de ellos lo escoltaban aferrándolo cada uno por un brazo, se dio cuenta de que Giovanni se quedaba allí.

El Carmagnola cayó inmediatamente en la cuenta, pero no tuvo fuerzas para hablar porque el descubrimiento le partió el corazón. Por eso dejó de mirarlo y fue al encuentro de su destino.

27

Pruebas irrefutables

Serenísima República de Venecia, palacio Ducal

Niccolò Barbo entró en la sala del Consejo de los Diez como transportado por un viento de tormenta. Por su entrada triunfal y su sospechosa media sonrisa, sus nuevos compañeros comprendieron inmediatamente que estaba a punto de hacer un anuncio importante. El dogo, en cambio, al corriente de la situación, tenía un aire tétrico y sombrío.

Por eso en cuanto lo vio le hizo ademán de tomar asiento en el sitial.

—*Messer* Barbo —dijo—, sé que hoy traéis noticias impactantes, por lo que os ruego que procedáis sin dilación. Tenéis mi permiso —asintió mientras hablaba como si quisiera animarlo a comunicar lo antes posible las noticias que ambos conocían.

Pero Niccolò Barbo no necesitaba que lo animaran, y mucho menos que lo empujaran. Hacía tiempo que deseaba ardientemente que llegara ese momento. Ocupó su sitial, miró a los miembros del Consejo y, sin dilación, se dispuso a contar con todo lujo de detalles lo que había ido a decir:

—Ilustres miembros de este Consejo —empezó con voz

estentórea, vocalizando las palabras como si estuviera a punto de dictar una sentencia de muerte—, como me fue requerido por nuestro dogo, durante estos últimos meses me he dedicado a indagar a fondo el proceder del Carmagnola con el fin de transformar las sospechas que nos asaltan desde hace tiempo en certezas fundadas en pruebas irrefutables. Pues bien, permitidme que os diga que mis investigaciones han dado fruto.

Messer Barbo hizo una larga pausa para amplificar el efecto de lo que estaba a punto de decir.

—Hace años que tengo a un hombre de mi confianza en estrecho contacto con Francesco Bussone. Hasta ahora no había logrado entregarme documentos o declaraciones que atestiguaran la mala fe del Carmagnola, pero en estos últimos días mi paciencia ha sido recompensada. No puedo revelar la identidad de mi espía, pero lo que cuenta es que ha hecho llegar a mis manos estos documentos.

Niccolò Barbo levantó el brazo de repente y mostró un pliego de hojas, cuales páginas arrancadas de un texto sagrado. Puso en ello tal énfasis y teatralidad que buena parte del Consejo de los Diez se quedó mirándolo con la boca abierta.

—En estas hojas de pergamino hallaréis las pruebas de la traición de Francesco Bussone. Se trata de una carta firmada por el duque de Milán en la que le pide que haga tiempo, y, cuando sea necesario, se niegue a actuar contra el ejército milanés. ¡Es más! Filippo Maria Visconti lo insta a no apoyar al Cavalcabò en el asalto de Cremona. ¡Y ahora ya sabemos muy bien cómo acabaron las cosas! —afirmó con vehemencia mientras agitaba las hojas—. Pero ¡eso no es todo! —exclamó.

—¿Aún hay más? —preguntó Pietro Lando con incredulidad—. ¿Hay algo más monstruoso que lo que nos habéis contado hasta ahora?

Sus palabras parecieron flotar durante un buen rato en la

sala. En realidad, fueron unos instantes, pero se dilataron como una burbuja cargada de expectación que estallaría de un momento a otro, en cuanto alguien se decidiera a responder.

—Todo lo que os ha dicho *messer* Barbo es absolutamente cierto, pero sí, ¡hay más! —prosiguió el dogo—. ¡Filippo Maria Visconti no solo le pidió a nuestro capitán que no luchara, sino que lo compró ofreciéndole dinero y tierras a cambio de su pasividad!

La estancia se abrió en un coro de voces que subrayaba la atrocidad de su afirmación.

—Le ofreció quinientos ducados y el burgo de Paullo, para ser exactos. Como podréis comprobar, en efecto —insistió el dogo—, entre los documentos exhibidos por *messer* Barbo también consta el acta de cesión de propiedad de las tierras en cuestión, redactada por los juristas de confianza del duque de Milán. No hace falta añadir que el Carmagnola lo aceptó todo.

—¡Traidor! —bramó Pietro Lando.

—¡A muerte! —gritó Lorenzo Donato.

Los demás miembros del Consejo se hicieron coro y también se abandonaron a las imprecaciones y amenazas más variadas y terribles.

Pero Francesco Foscari, que había previsto esa reacción, se puso en pie y exigió su atención:

—Señores, os lo ruego, comprendo la consternación y la rabia que os inspiran semejantes revelaciones. Pero ¡quiero que sepáis que ya he decidido cómo debemos actuar! —El dogo levantó los brazos para conferir autoridad a su afirmación y corroborar la inadmisibilidad de una réplica—. Ya me he encargado de convocar al capitán en el palacio Ducal. Y, para que entienda que no soy tonto, lo he hecho esperar para que captara la indirecta y cayera en la cuenta de que lo sabemos todo. ¡Que Venecia lo sabe todo! Por eso, tras ordenar el arresto de Francesco Bussone, he mandado que lo arrojen a los calabozos de la Serenísima para que se pudra en ellos a la espera de ser encausado, juzgado y condenado. Esperaremos el resultado del proceso, por supuesto, pero os confieso que, teniendo en cuenta la infamia en la que ha caído, ¡espero que le corten la cabeza!

Su última afirmación rasgó el aire como la hoja de una espada y los hizo enmudecer. Sus palabras contenían una innegable fatalidad y la sentencia, además de condenar a muerte al Carmagnola, abría la incertidumbre por el futuro, por lo que pasaría después de la ejecución del capitán general de la Serenísima. La fragilidad extrema del poder veneciano era evidente para todos. Sí, habían descubierto el doble juego del Carmagnola, pero ¿cómo podían estar seguros de que el nuevo capitán se comportaría de otro modo?

Recurriendo a toda la autoridad que dimanaba de su cargo, Francesco Foscari acogió su inquietud y la hizo suya. Permaneció de pie y trató de tranquilizar a los miembros del Consejo de los Diez:

—Sé lo que os angustia, amigos míos. Hoy hemos desvelado las intrigas y la doblez del Carmagnola, pero ¿quién nos asegura que mañana no se consumarán nuevas traiciones contra la Serenísima? Como no quiero mentir, os respondo de la única manera posible: nadie. Es cierto que hay un hombre que ansía desde hace tiempo convertirse en el nuevo capitán del ejército. Su nombre es Gianfrancesco Gonzaga. Ha sido el único que se ha mantenido coherente y fiel al león de San Marcos a lo largo de todos estos años. Cuando ha puesto sus armas al servicio de los colores de los Visconti lo ha hecho porque sabía que el ducado era nuestro aliado. Por lo demás, siempre ha sabido de qué parte estaba. ¡Más que Colleoni! ¡Más que Cavalcabò! Por ello espero que este senado acepte, apenas sea posible, otorgarle el honor del mando.

Al oír estas palabras, algo cambió en el auditorio. Si bien no podía afirmarse que ahora los Diez estuvieran tranquilos, la determinación del dogo les había transmitido al menos una esperanza.

Este abandonó la sala y los Diez salieron detrás de él, uno tras otro, pensando que quizá no estaba todo perdido.

28

Maese Michele

Ducado de Milán, castillo de Abbiate

El pintor caminaba con paso lento, vacilante. Sus largos cabellos negros caían sobre la cara en mechones desordenados que despedían reflejos azulados como las plumas de un cuervo. No eran manchas de color, Agnese estaba segura de eso. Había algo en él que le causaba inquietud, como si su sombra, que ahora se proyectaba sobre la madera del suelo, pudiera encarnarse de repente y desprenderse de la superficie para apoderarse de su alma.

Michele da Besozzo se arrebujaba en una larga capa oscura bordada con hilos de plata de la que asomaban de vez en cuando sus brazos pálidos y delgados. En sus manos brillaban anillos de piedras rojas, azules y verdes engastadas en oro, que reflejaban las llamas de las velas. A Agnese le gustaba su luz cálida y siempre que podía mandaba encender el mayor número de lámparas posible.

No había podido quitarle los ojos de encima desde que había entrado en el salón en que a ella le gustaba refugiarse para leer o estudiar. Era un hombre singular, intérprete cuidadoso de un gusto pictórico que se inspiraba en las escuelas del Norte. Se rumoreaba que había viajado a lo largo y ancho de Italia y del extranjero, y que conocía misterios y secretos a los que no tenían acceso la mayoría de los hombres.

Cuando lo tuvo delante, alto y algo encorvado, envuelto en la capa negra, con los dedos anillados y las uñas brillantes como almendras verdes, Agnese no pudo evitar quedarse embobada, sobre todo cuando le plantó en la cara sus ojos oscuros como el agua de un pozo.

—Vuestra gracia —dijo el pintor al llegar ante ella. E hizo una reverencia airosa.

Poseía, en efecto, una elegancia innata: su cuerpo delgado que casi serpenteaba bajo la capa, como si estuviera hecho de juncos en vez de carne, se movía en perfecta armonía con el espacio que lo rodeaba.

Parecía recién llegado de un largo viaje. O, más probablemente, de otro mundo.

—Maese Michele —dijo Agnese—, gracias por haber respondido tan rápidamente a mi llamada.

Sus palabras dejaron ver la admiración genuina que sentía por el hombre que al presentarse ante ella de manera tan singular la había intrigado y le había hecho sentir un brusco estremecimiento. No habría sabido explicarlo, pero sentía una extraña atracción por el artista, algo que no tenía nada que ver con la carne, que atrapaba su mente y reducía su voluntad a una niebla esponjosa.

—Mi señora, vuestros deseos son órdenes.

Agnese escuchó su voz profunda, pero melodiosa. Le gustó. Más de lo que habría supuesto. Se obligó a mantener la calma. No lo había llamado para dejarse seducir con trucos de charlatán. Sin embargo, de su figura emanaba algo poderoso e irresistible.

—Os he mandado llamar, maese Michele, porque tengo intención de encargaros algo muy especial. —El pintor asintió—. Sentaos aquí, por favor —dijo Agnese, indicándole una silla frente a la suya, en el extremo opuesto de la mesa—. Espero que hayáis traído algo para mostrarme. Solo he oído contar maravillas de vos.

—¿Os referís a algo en concreto? —preguntó el pintor. En su voz había una punta de audacia.

—Se dice que habéis viajado por todo el mundo, especialmente por los reinos del Norte, para haceros con los secretos del arte de hombres como *meister* Francke: los colores, la luz, las láminas de oro, las técnicas más prodigiosas de la miniatura. Mostradme algo, os lo ruego, y contadme vuestras aventuras. Tengo un proyecto para hacer feliz al duque de Milán que desearía someter a vuestro juicio. Es algo insólito y, en cierto sentido, mágico; algo íntimo y muy valioso para mí. Y solo vos podéis hacer realidad mi sueño.

Michele tomó asiento enfrente de Agnese. Pero antes de hacerlo, sacó un bolso de cuero de debajo de la capa y lo depositó encima de la mesa. Lo abrió y extrajo libros y cilindros que pronto empezó a desplegar: eran telas enrolladas.

—Así es —dijo—. He viajado mucho en estos años. Estuve en la corte del duque Jean de Berry, donde pude admirar la obra maestra de los hermanos Limbourg: *Très Riches Heures du Duc de Berry*, el libro con los doce meses con el que han conquistado la fama imperecedera. Me deslumbró la luminosidad de sus colores y la riqueza de las decoraciones con lámina de oro. Por no mencionar la composición, que prevé que cada miniatura sea parte de un todo más grande y rico de significados: los damasquinados y el estandarte de seda roja de enero; febrero y sus campos cubiertos de nieve cándida; el arado de la tierra y la siembra de cereales en marzo; y qué decir de abril y mayo..., un compendio de formas y novedades pictóricas, como la pizarra azul del tejado del *château* de Poitiers. —El maestro Michele suspiró, admirado, como si el recuerdo de esas maravillas le cortara la respiración—. A pesar de que el hombre no logre percibirla, hay tanta belleza en este mundo, mi señora. Creo que una mujer atenta, sensible, llena de gracia y de pasión, con predisposición natural para el lenguaje que habla de un mundo que no percibimos porque no somos capaces, debería convertirse en su protectora. He viajado bajo la lluvia, la nieve y el fuego del sol estival, he visitado las llanuras heladas por el invierno y he visto Praga, en Bohemia, donde he admirado los asombrosos retablos del Maestro de Třeboň: me he quedado extasiado ante *Jesús en el monte de los Olivos*, el *Entierro de Cristo* y la *Resurrección*. Todo el mundo se quedaría sin palabras viendo los rojos encendidos de las túnicas, el oro de las aureolas, las figuras de expresión patética y melancólica. De Praga fui a las ciudades hanseáticas: Bremen, Lubeca, Gdansk y Riga. Y me conmoví ante el *Políptico de Santa Bárbara* del *meister* Francke.

El maestro Michele abrió algunos libros y desplegó un lienzo. En ese momento, Agnese fue testigo de un milagro.

Vio figuras sobrecogedoras y a la vez místicas: dragones rojos y predicadores, sibilas, magos y astrónomos, pastores y santos, navegantes, hidras de siete cabezas, grifones con las alas desplegadas, caballeros con largas lanzas, damas de pelo corvino y reinas crucificadas; vio calaveras habitadas por serpientes y ríos de cobre fundido, y diablos con pezuñas de cabra, arqueros listos para disparar flechas incendiarias, torres de plata y rosaledas en llamas, lirios azules, talismanes y horcas ennegrecidas por la calígine, y también cielos de color pizarra, mares rojos de sangre, palacios cubiertos de oro y piedras preciosas y castillos blancos como el marfil. Agnese reía y lloraba a la vez ante la visión de aquella fantasmagoría, tal era el poder visual del mundo magnífico que cobraba vida en el pergamino.

Tuvo que apartar la mirada porque le pareció que, al llenarse de esas figuras, sus ojos perdían la vista.

Suspiró y se levantó de un brinco, empujando la silla lejos de la mesa.

—Necesito tomar un poco de aire —dijo. Y corrió hacia la puerta sin más—. Esperadme aquí, maese Michele.

Después, salió al pasillo sin dilación y lo recorrió lo más deprisa que pudo, deseosa de volver a ver la luz de la luna y el mundo real.

29

El pacto infame

Estados Pontificios, Posada del Guardián Ciego

—¿Así que es cierto? ¿Ese loco sanguinario ha cometido un asesinato?

Odoardo miró a Antonio. Su hermano no quería creérselo a pesar de que Salvatore siempre lo había dicho. Que no lo hubieran tomado en serio no cambiaba la realidad. Pero Antonio seguía sacudiendo la cabeza, como si negar la muerte de Stefano la convirtiera en una fantasía.

—No podemos pasar por alto algo así —dijo al cabo—. Si lo hiciéramos, podríamos ser los próximos.

—Sin contar con que el papa tendría motivos para considerarnos responsables de la muerte de la única persona capaz de construir un puente entre él y nuestra familia.

Antonio asintió.

—Sí, tenéis toda la razón.

—¿Qué hacemos? —preguntó Odoardo mientras la tabernera les servía una bandeja de oca asada.

Su hermano cortó un muslo con el cuchillo, llenó el vaso de vino hasta el borde y empezó a comer. Necesitaba pensar.

Odoardo sabía que no podía interrumpirlo. Por otra parte,

él había planteado la cuestión y ahora estaba a merced de Antonio. Siempre pasaba lo mismo. En cierto sentido, lo envidiaba. A él no se le ocurrían las mismas cosas. A decir verdad, nunca se le ocurría nada. Era un hombre práctico, de acción. No es que Antonio no lo fuera, pero también sabía hacer un plan o fraguar una intriga. Él, en cambio, estaba a años luz de esa clase de cosas. Ni siquiera era capaz de concebir una simple estratagema.

—Hay que matarlo. No hay otra salida. Pero deberá parecer un accidente.

—¿Y ya está?

¿Para eso necesitaba darle tantas vueltas?

—¡Por supuesto que no! Razonad: por una parte, hemos de dejar claro que en esta familia mandamos nosotros y que no toleramos disidencias, y mucho menos homicidios; por otra, debemos ahuyentar las sospechas para que no puedan acusarnos de venganza y represalia.

—¿Y qué hacemos?

—Le pediremos a Sveva, la esposa de Stefano, y a Chiarina, su madre, que intercedan ante el papa.

—¿Su esposa y su madre?

—Naturalmente.

—Pero...

—De este modo —lo interrumpió Antonio—, le haremos creer al papa dos cosas especialmente útiles para nuestra causa: la primera, que hemos intentado arreglar las cosas pacíficamente entre nosotros; la segunda, que estamos de su parte.

—Y en cambio...

—En cambio nos libraremos de él en cuanto sea posible.

—¿Bromeáis?

—En absoluto.

—¿Queréis matar al papa?

Antonio dio un puñetazo sobre la mesa.

—¡Hablad en voz baja, idiota! ¡Os van oír en Castel Sant'Angelo! —susurró con rabia.

—¿Estáis seguro de querer hacer algo así? —preguntó de nuevo Odoardo bajando la voz.

—Por supuesto. Recapacitad, suponiendo que seáis capaz de hacerlo. Enviando a Sveva y a Chiarina a hablar con el veneciano, nos aseguramos un periodo de tregua.

—De acuerdo. Pero me pregunto por qué deberían hacerlo.

Antonio alzó los ojos al techo. Estaba exasperado.

Odoardo, por su parte, le habría plantado un cuchillo en las entrañas, pero sabía que debía contenerse e incluso darle las gracias. Sin él nunca lograría resolver ese rompecabezas.

Antonio suspiró:

—Porque les prometeremos que vengaremos a Stefano sin que resulten implicadas. Obtendrán satisfacción sin arriesgar nada. Nos ocuparemos nosotros. ¿Ahora lo veis claro? —Y como si quisiera subrayar su frustración, se puso a cortar con rabia un trozo de pechuga. Después se lo llevó a la boca y empezó a desgarrarlo a mordiscos como un animal.

La visión fue lo suficientemente asquerosa como para que Odoardo prefiriera no preguntar nada más.

Se puso de pie.

—Hablad vos con ellas —indicó a punto de marcharse.

Antonio asintió.

Odoardo se despidió con un gesto de la cabeza, le dio la espalda y apartó la gruesa cortina de terciopelo, aprestándose a salir de la sala privada en que la tabernera solía acomodarlos.

—Una última cosa —dijo Antonio. Odoardo se detuvo—. Ni una palabra.

Odoardo se volvió hacia Antonio. Su hermano seguía comiendo. Volvió a hundir el rostro en la carne y lo levantó mientras empezaba a masticar. Lo apuntó con el dedo grasiento:

—¿Estamos? —gruñó.

A Odoardo le dieron ganas de vomitar.

Asintió.

Después dejó que la cortina se cerrara tras él para no verlo.

En el acto se encontró en la sala principal de la fonda. Los clientes que ocupaban las mesas bebían vino tinto y comían pastel de carne. Un par de camareras bien plantadas se desplazaban de un lado a otro con jarras de barro en las manos.

Odoardo se encaminó hacia la salida y dejó atrás las mesas y el mostrador. Las palabras de su hermano le bullían en la cabeza. Sabía que sus amenazas siempre eran auténticas. Lo odiaba, pero no podía prescindir de él. También se daba perfecta cuenta de que no tenía suficientes agallas para matarlo, porque era mucho más fuerte y despiadado que él.

30

Los triunfos

Ducado de Milán, castillo de Abbiate

Agnese se recompuso. Se atusó el cabello y supo que podía volver a reunirse con el pintor. El aire fresco de la noche primaveral le había sentado bien. Entró. Era consciente del efecto que le causaba el encanto misterioso de ese hombre y sus imágenes, pero ahora tenía la impresión de haber logrado romper el hechizo en el que había caído.

Volvió al salón ya repuesta.

Maese Michele parecía no haberse movido.

Todo estaba exactamente igual a como lo había dejado cuando se levantó para salir.

No importaba, sabía lo que quería.

—¿Estáis bien, señora? —preguntó el pintor, sonriendo. Agnese no supo entender si era sincero o se lo preguntaba por compromiso.

—Sí —respondió ella—, necesitaba tomar el aire.

Michele da Besozzo asintió.

—Sois una mujer sensible, me doy perfecta cuenta. A pocas personas les habría turbado la belleza de estos colores.

—¿Vos creéis?

—Este arte en concreto no es para todos. Posee algo demoníaco que escapa a nuestro entendimiento pero que al mismo tiempo es capaz de exaltar el espíritu y obnubilar los sentidos. Se trata de un velo tenue, un límite frágil y resbaladizo, pero lo suficientemente poderoso para trastornar a quien se deje seducir por él.

—Precisamente.

—Lo entiendo.

—Por eso os he mandado llamar y os pregunto ahora lo que no pude preguntaros antes.

—¿A qué os referís, señora?

—¿Habéis visto alguna vez, durante vuestros viajes, un juego de cartas? Si no me equivoco, en Florencia las llaman tarot y están prohibidas, pero sé a ciencia cierta que en España y en otros lugares son habituales.

—Naturalmente, vuestra gracia. En mi largo peregrinar de reino en reino las he visto de todas clases. La que se me ha quedado grabada se llama *Stuttgarter Kartenspiel*, la baraja de Stuttgart. ¿Puedo preguntaros qué queréis que haga?

—Quisiera que hicieseis una baraja especial para el duque de Milán, Filippo Maria Visconti. Es un apasionado de las ciencias ocultas y estudiar esas cartas, usarlas y jugar con ellas sería muy placentero para él.

—Creo entender lo que queréis, mi señora —observó maese Michele, y, mientras pronunciaba estas palabras, apareció una baraja en sus manos. Las cartas eran muy grandes y por el oro que lucían en sus grabados debían de pesar bastante—. Obtuve estas cartas de un guerrero mameluco durante mi estancia en Venecia. Como podéis observar, constan de cuatro palos: oros, espadas, bastos y copas. Hay diez cartas por palo, numeradas de uno a diez, y otras tres con figuras, por un total de cincuenta y dos. En este caso, a diferencia de la *Stuttgarter*

Kartenspiel, no hay imágenes de los personajes, sino que están indicados con una palabra en letras de oro porque los preceptos islámicos prohíben la reproducción de la figura humana.

A Agnese le impresionaron sus colores, sus adornos, los frisos y las fantasías. Cogió el as de oros y tuvo la impresión de que irradiaba calor. Mientras lo tenía entre las manos y lo observaba, experimentó una sensación desconocida, algo parecido a la posesión de un tesoro. Pensó que, si encargaba para él un regalo semejante, Filippo Maria le pertenecería para siempre.

—Mirad, Michele —prosiguió—, quisiera que hicierais algo más para mí.

—Decidme.

—Yo pensaba... en multiplicar las figuras. Lo bueno de combinar colores, pan de oro, decoraciones, sombras y claroscuros radica precisamente en las posibilidades de creación de figuras e imágenes magníficas como las que me habéis mostrado, incluso inspirándoos en la sugestión de las pinturas y las miniaturas que admiráis y reproducís en vuestras obras. ¿Qué me decís? ¿Realizaríais algo así para mí?

—No veo la hora, mi señora. Visto que me lo pedís expresamente, estudiaré la manera de añadir figuras a la baraja de los mamelucos y realizar para el duque una obra única.

—Sería magnífico, maese Michele. Sobre todo si pudierais trabajar las imágenes para hacerlas más complejas, simbólicas, metafóricas, de manera que contengan significados y misterios arcanos. Lo que más me ha impresionado de lo que me habéis mostrado radica precisamente en el significado ambiguo que se desprende del poder de la figura. Es como si para cada jugador, o quizá debería decir espectador, fuera diferente e igual a la vez. Si lograrais fundir los meses de los hermanos Limbourg, las estaciones del Maestro de Třeboň y las revelaciones del *Políptico de Santa Bárbara* del *meister* Francke, crearíais una joya de valor incalculable.

—Es una idea extraordinaria, vuestra gracia. Os confieso que estoy sinceramente impresionado. Nadie me había encargado nada parecido, pero admito que estoy entusiasmado y que vuestra propuesta me halaga. Y tenéis razón a propósito del duque de Milán. Creo que a su alteza le complacería sobremanera recibir una baraja así porque se trataría de algo único, pensado exclusivamente para él. Ahora comprendo por qué está tan enamorado de vos: sois una mujer extraordinaria, mi señora.

—Me aduláis, maestro Michele.

—En absoluto. Digo lo que pienso —concluyó el pintor.

Después, cual actor consumado y con la maestría de un mago, hizo desaparecer las cartas entre los faldones de su capa y lo mismo les sucedió a los libros y a los lienzos que deslizó, con gestos hábiles y mesurados de las manos, en el interior de su bolsa de cuero.

Maese Michele estaba a punto de despedirse.

Agnese le dio permiso para retirarse.

—Mantenedme informada de los avances de nuestro proyecto —dijo. Después añadió—: Puesto que deseo que este asunto se mantenga en secreto, al menos hasta que hayáis acabado la obra, os dirigiréis directamente a mí. Tomad —dijo al final mientras abría un cajón del que sacó una bolsa de piel que entregó al pintor—. Para que no os vayáis con las manos vacías.

Maese Michele pudo oír el tintineo de los ducados.

—Os lo agradezco infinitamente, mi señora. Os prometo que la obra estará a la altura de vuestras expectativas.

—No esperaba menos de un artista como vos.

El pintor asintió.

—Podéis retiraros, maestro Michele —concluyó Agnese.

No se hizo de rogar. Se levantó y, con un amplio movimiento de su capa negra, que revoloteó en el aire como las alas de un cuervo, se encaminó hacia la puerta.

31

El patíbulo

República de Venecia, plaza de San Marcos

La plaza de San Marcos estaba abarrotada. Hacía una mañana magnífica a pesar de la lluvia de los últimos días. El sol resplandecía alto en el cielo. Sus rayos iluminaban la laguna, y la cuenca de San Marcos parecía de nácar. La tribuna de madera, sobre la que se sentaba el dogo, era sencilla y carecía de oropeles, pero estaba limpia y pulida como si los carpinteros hubieran querido realizar un trabajo perfecto. El dogo ocupaba una hermosa butaca justo en medio de los Diez, dispuestos a su derecha y a su izquierda con sus elegantes túnicas rojas y negras. Juntos representaban la expresión del poder veneciano, la presencia solemne de la autoridad que sobresalía en la marea humana que había acudido para presenciar la ejecución.

Todo estaba en orden. El patíbulo había sido colocado entre las columnas de San Marcos y San Teodoro. El verdugo empuñaba el hacha, su hoja resplandecía. Se había levantado una brisa agradable que transportaba el fuerte olor a sal de la laguna. Un buen día para morir.

El Carmagnola llegó sobre un carro arrastrado por un mulo

cansado. Llevaba un jubón de color escarlata, sombrero de terciopelo y guerrera carmesí. Tenía las manos atadas detrás de la espalda. La mordaza le impedía hablar. Sin embargo, los gemidos que soltaba de vez en cuando y el forcejeo que acompañó a su entrega a la guardia que lo conduciría al patíbulo acallaron los murmullos de la multitud.

Lo habían condenado en menos de un mes. Contra todo pronóstico, la tortura había sido rápida porque el capitán, debilitado por los días en las mazmorras, se había rendido inmediatamente y había admitido, prácticamente en el acto, las acusaciones fundadas en las pruebas. Todos los jueces lo habían declarado culpable, menos uno que se había abstenido.

Cuando llegaron al pie del patíbulo, abriéndose paso entre la multitud, el mulo se detuvo. El carretero bajó del pescante. Los guardias sujetaron al Carmagnola y se lo entregaron al verdugo, que le dio una patada entre las piernas sin miramientos. El Carmagnola cayó como un saco de patatas y se golpeó las rodillas contra las tablas de madera con un golpe seco. Profirió un lamento que la mordaza hizo más angustioso. Las comisuras de la boca chorreaban hilos de baba.

Algunas mujeres se taparon los ojos ante esa visión repugnante.

Mientras el Carmagnola permanecía arrodillado, el verdugo le arrancó el gorro y, agarrándolo por el pelo, le apoyó la cabeza sobre un tronco de madera.

Uno de los Diez se levantó en la tribuna. Era Niccolò Barbo. Pronunció la fórmula ritual con voz firme: «Francesco Bussone, llamado el Carmagnola, conde de Castelnuovo Scrivia, Chiari y Roccafranca, en nombre del dogo Francesco Foscari y de la Serenísima República de Venecia yo os condeno a muerte con el cargo de alta traición». Dicho esto, el aristócrata veneciano volvió a sentarse.

Acto seguido, el verdugo cogió el hacha y la levantó sobre su cabeza.

Un instante después, la dejó caer con todas sus fuerzas. Se oyó un sonido grave y a la vez viscoso. Cuando el verdugo levantó el hacha, todos pudieron ver que a pesar de que el Carmagnola estaba muerto, su cabeza seguía unida a su cuerpo.

El verdugo levantó el hacha por segunda vez.

La hoja volvió a caer, refulgiendo. El verdugo la retiró, pero la cabeza seguía en su sitio.

A la tercera, entre el silencio y la repulsión general, por fin logró decapitar el cadáver del Carmagnola.

Llegados a ese punto, se inclinó, aferró la cabeza por el pelo y la levantó para mostrarla al público y, sobre todo, a la tribuna del dogo y los Diez.

Un silencio sepulcral cayó sobre la plaza. Hasta las gaviotas dejaron de graznar. Alguien se santiguó. Otros empezaron a alejarse de ese lugar de muerte, conteniendo el aliento.

En medio de esa atmósfera siniestra e irreal, el dogo Francesco Foscari se puso de pie y dijo con la voz quebrada por la emoción: «Este es el castigo que les espera a los traidores a la Serenísima».

Después se sentó. Estaba muy pálido.

También lo estaban los otros miembros de los Diez. Y el público que había llenado la plaza. La imagen de la cabeza del Carmagnola resistiéndose a separarse del torso los había dejado consternados.

Mientras la plaza se vaciaba, Niccolò Barbo pensó que lo sucedido era un mal presagio.

32

Asuntos familiares

Estados Pontificios, palacio Orsini

Sveva miró a Antonio con desagrado. Sus hermanos y él habían hecho la guerra a Stefano hasta hacía poco y ahora iban a proponerle un acuerdo vergonzoso. Antonio se lo había comentado en el funeral de Stefano. Sin embargo, en su fuero interno sentía que debía aceptar. Porque lo que Antonio estaba a punto de decirle —podía imaginárselo perfectamente— era el único modo de vengar la muerte de su amado esposo, asesinado como un perro por Salvatore Colonna una noche en la Suburra. Los esbirros lo habían encontrado en un charco de sangre, cosido a puñaladas. No podía demostrarlo, pero sabía muy bien que lo había matado su sanguinario primo. Había amenazado muchas veces con hacerlo. Y lo había cumplido.

Ni siquiera podía decir que no la había advertido.

Qué desesperación, pensó. Vestía de luto. La cofia negra cubría su larga melena castaña, el vestido oscuro contrastaba marcadamente con la palidez del rostro, lívido por el dolor.

Celebrado el funeral, Antonio no había perdido tiempo y se había presentado inmediatamente ante ella y la madre de Stefano. Vivían juntas desde hacía tiempo y ahora las dos eran viudas. Más leña al fuego. La tormenta perfecta. Sabía que nunca le había caído bien a su suegra, que la culpaba de incomodar a su hijo con su belleza demasiado llamativa.

¡Qué tontería! Precisamente él, que tanto apreciaba su exuberancia, pobre Stefano. Pero Chiarina siempre la había considerado una fresca e incluso ahora, a pesar de la severidad de sus ropas, sus ojos de vieja comadre seguían echándole en cara su atractivo. Solo mostraba debilidad por la pequeña Imperiale, su hija, su razón de ser. Esa niña de pelo castaño que ahora dormía en un ala apartada del palacio bajo la vigilancia de la única dama que le había permanecido fiel era el motivo por el que estaba dispuesta a luchar.

La visita de Antonio se había revelado no del todo inoportuna.

Había llegado a las completas, con gran secreto, a diferencia de lo que acostumbraba hacer, cuando los cascos nerviosos de los caballos de su guardia lo anunciaban a lo lejos. Actuaba con extrema discreción no por respeto al familiar fallecido, sino para evitar llamar la atención. Cuando entró, a Sveva se le apareció tal como era: una serpiente venenosa que se alimentaba del mal ajeno. La abrazó después de besar la mano a Chiarina y de mirarla un largo rato como si fuera un cuarto trasero colgado en el puesto del carnicero.

Sveva sabía que le gustaba, pero habría preferido morir antes que regalarle una sonrisa.

—Mis señoras —dijo Antonio—, a pesar de que no sea el momento más oportuno, me presento ante vos con el corazón partido por la muerte de Stefano con la intención de dirigiros una súplica que espero consiga vuestro favor.

Daba muestras evidentes de nerviosismo y trataba de disimular la tensión que parecía devorarlo dando grandes pasos por el salón donde había sido recibido.

—Os escuchamos, Antonio —respondió Sveva con frialdad.

—Pues bien, sabemos perfectamente quién es el autor de este acto infame que ha acabado con la vida de Stefano...

—No mencionéis a ese hombre —ordenó Chiarina con aspereza levantando la voz.

—No lo haré —la tranquilizó Antonio—, pero eso no significa que podamos tolerar lo sucedido.

—¿Qué queréis decir? —preguntó la madre de Stefano. Era tan delgada y enjuta que parecía un pajarito. Sus ojos castaños y enormes llenaban por completo el rostro huesudo de pómulos marcados.

—Que la muerte de vuestro hijo ha de ser vengada.

—¡Podéis contar con ello! —replicó Chiarina con firmeza inesperada.

Sveva y Antonio se quedaron de piedra.

—Ah —exclamó este último, sorprendido.

—¿Qué queréis a cambio? —lo apremió mientras Sveva, pasmada, abría mucho los ojos.

—Mi señora, sois una mujer sin pelos en la lengua —soltó Antonio.

—Detesto perder el tiempo —repuso Chiarina.

—Visto que es vuestro deseo, os diré exactamente lo que pretendo de vos. Ya que es mi intención vengar a vuestro hijo y a vuestro esposo —dijo, dirigiéndose a Sveva—, os ruego que pidáis audiencia al papa para sostener nuestra causa y hacerle saber que la rama Genazzano de los Colonna no tiene nada que ver con el asesinato de Stefano. Os lo pido a vos porque ni mis hermanos ni yo gozamos de la estima del pontífice.

—Por culpa de vuestra conducta imperdonable —bramó Sveva, que no perdonaba a Antonio que hubiera obstaculizado al papa de manera tan odiosa, hasta el punto de retener el tesoro pontificio para usarlo como moneda de cambio con el solo objetivo de mantener los privilegios ilegítimamente conseguidos gracias a Martín V.

—Puede ser, *madonna*. No soy un santo. Sin embargo, si lo fuera, no podría hacer lo que estoy dispuesto a hacerle a Salvatore, ¿no creéis? —Antonio Colonna tuvo el descaro de sonreír mientras lo decía.

—No le deis más importancia —atajó Chiarina—. No comparto las dudas de mi nuera, así que dadlo por hecho.

—Muy bien —exclamó Antonio—. Así pues, señoras, a partir de ahora tenemos un pacto. Una vida a cambio de una vida. Yo me encargo de que Salvatore Colonna deje de respirar y vos de que Eugenio IV me deje en paz y no me haga cargar con la culpa del asesinato de Stefano, lo cual, además, no me merezco. Os limitaréis, pues, a hacer justicia.

—¡Me repugnáis, Antonio! —exclamó Sveva—. Vos habéis sido el causante de la separación de esta familia. La codicia y la crueldad siempre os han caracterizado. Si no hubierais puesto a los Genazzano contra los Palestrina, quizá ahora no estaríamos hablando de vengar la muerte de mi marido.

—¡Sveva! —gritó Chiarina.

—¡Silencio! —bramó ella—. ¡Todavía no he acabado! El hecho de que hoy comparta con vos los planes de este acto espeluznante no significa que sea vuestra amiga, recordadlo.

—No os considero una amiga. Creo más bien que a pesar de vuestras acusaciones y vuestros aparentes reparos estáis tan sedienta de sangre como vuestra suegra. ¡O puede que más!

—¿Cómo os atrevéis a hablarme de este modo?

—Vuestro marido ha sido asesinado, pero no veo una sola lágrima en vuestros ojos.

—Antes de llorar delante de vos, me dejaría cortar un brazo. Marchaos ahora u os juro que llamaré a mis criados, os haré descuartizar y arrojaré vuestros restos a los perros.

Antonio levantó las manos en señal de rendición.

—De acuerdo, de acuerdo, ¡cuánta rabia, santo cielo! Presentad mis respetos a la pequeña Imperiale —concluyó dando una última estocada que heló la sangre a Sveva. Después, dirigiéndose a Chiarina, agregó—: ¿Puedo contar con vos para el encuentro con el papa, *madonna*?

—Os lo hemos prometido. Marchaos ahora —repuso Chiarina, impasible.

—Bien —dijo Antonio Colonna.

Dirigió una última mirada a Sveva, que no se la devolvió. Vio que le hervía la sangre de rabia.

Por último, se inclinó en una profunda reverencia y se despidió.

33

Paseo nocturno

Estados Pontificios, Barrio Parione

Salvatore había salido de la fonda cuando menos achispado. Había pasado la velada bebiendo vino tinto y jugando a dados, y había ganado una buena suma. Vivía, desde hacía un par de días, en una extraña euforia amplificada por una sorprendente racha de buena suerte.

Haber matado a su primo Stefano lo hacía sentir ligero. Tal vez porque un segundo antes de plantarle la hoja del puñal en el costado se había preguntado si sería capaz de hacerlo. Pero después se había dado cuenta de que no solo había asesinado a un hombre, sino que le había gustado hacerlo. Una energía desconocida había fluido en él, llenándolo de una nueva certeza. La idea de poderse definir como un hombre peligroso, un asesino consumado, lo embriagaba de manera especial. Por fin sabía lo que iba a hacer con su vida. No volvería a doblegarse a la voluntad de Antonio y Odoardo Colonna, pensó, se quedaría con todo. Sabía que no podía contar con el inútil de su hermano Lorenzo, pero eso no lo detendría. ¡Jamás!

Se dirigió a su casa dando tumbos, con la cabeza ligera. El cielo nocturno era magnífico: una manta oscura punteada de estrellas. El aire templado de la primavera avanzada le despeinaba suavemente el largo mechón chulesco que lucía con orgullo.

Había dejado atrás Campo de' Fiori y acababa de pasar delante de las dos iglesias de plaza in Agone. Le pareció casi un milagro haber llegado hasta allí, pero todavía le quedaba un buen trecho de camino. Cruzó la plaza, dobló a la izquierda y enfiló un callejón; inmediatamente apareció ante él la gran mole de una torre medieval, derruida y completamente abandonada. Sabía que debía dejarla atrás, así que prosiguió. El olor a orín, intenso y acre, embistió su olfato. La zona que recorría tenía muy mala fama. Estaba en un estado de degradación absoluta. Le pareció ver una hilera de ratas corriendo en desbandada en el charco de luz proyectado por una antorcha, la única, que ardía enfilada en un brazo de hierro clavado en la torre.

Cuando llegó a su altura, en el punto donde se abría otro callejón maloliente, se topó con una escena que nunca habría imaginado presenciar: un carro lleno de heno ocupaba, a esas horas de la noche, toda la calle, impidiendo el paso y obligando a los caminantes a doblar por el callejón.

Salvatore giró a la derecha y lo enfiló sin vacilar. Tras recorrer un buen trecho, se dio de bruces con una pared de ladrillo. Se dio la vuelta y lo que vio no le gustó nada.

Había cuatro figuras plantadas delante de él. Llevaban capas negras e iban encapuchados. Empuñaban antorchas y espadas. No le sorprendió: esa zona estaba en manos de bandas criminales y sicarios. Sin embargo, incluso a la tenue luz de las antorchas, logró entrever que las ropas que llevaban bajo las capas los hombres que le cortaban el paso eran demasiado elegantes para que estos pertenecieran a un grupo de vulgares bandidos.

Salvatore comprendió que iban a por él.

Notó, en el claroscuro de las antorchas, que el carro había sido desplazado exactamente a la altura de la embocadura del callejón.

Lo habían planeado. Lo habían atrapado como a una rata con la más banal de las estratagemas.

Estaba perdido.

Buscó el espadín que siempre llevaba consigo con la mano derecha, pero ni siquiera lo había desenvainado cuando una punzada helada le atravesó el pecho. Alguien le había traspasado el corazón. Boqueó mientras su arma caía al suelo con un tintineo metálico.

Después cayó de bruces sin emitir ni un sonido. Su agresor retrocedió rápidamente y lo dejó caer sobre el adoquinado.

El asesino, que evidentemente era el jefe de la banda, habló: «Coged a este cabrón y subidlo al carro, ocultadlo bajo el heno. Deshaceos de él en el Tíber. Pero antes atadle una piedra al cuello. No quiero que emerja ni que nadie lo encuentre. Bajo ningún concepto. Deprisa, proceded antes de que lleguen los esbirros».

Mientras los tres hombres recogían el cadáver, lo arrastraban sobre los adoquines y lo colocaban bajo el heno, el asesino se quitó la capucha que llevaba bajada hasta los ojos.

La llama rojiza de la antorcha iluminó el pelo canoso de Antonio Colonna.

Sonrió en la oscuridad.

Él había cumplido su palabra; ahora Sveva y Chiarina debían mantener su promesa.

34

El palacio Apostólico

Estados Pontificios, palacio Apostólico

El palacio Apostólico era un auténtico laberinto. Sveva Orsini sabía muy bien que no debía dar por sentado que las recibieran. Por otra parte, llevaba un apellido tan ilustre y la ofensa sufrida revestía tal gravedad que consideraba legítimo que Su Santidad hiciera una excepción y les concediera audiencia sin obligarlas a hacer mucha antesala.

Chiarina y ella seguían a un diligente funcionario de la cancillería que avanzaba a buen paso por aquel laberinto de pasillos y salas que componían la Curia de Roma.

Como le había explicado su primo, el cardenal Orsini, ese lugar era una auténtica torre de Babel. La Curia se subdividía en una serie infinita de secciones organizadas basándose en una escala jerárquica que respondía a criterios de proximidad, desde los familiares del pontífice hasta el último departamento administrativo.

Siguiendo este criterio, Eugenio IV había asignado a un círculo restringido de amigos y familiares, es decir, a los suyos, la administración de sus propiedades personales, de la dotación de bienes que le habían sido asignados en su calidad de pontífice, de la tesorería, del balance y del mantenimiento y la conservación de los edificios. También había una Cámara del papa, encargada de la adquisición de joyas, telas, enseres y bienes muebles de toda clase, y una capilla que gestionaba los servicios religiosos propiamente dichos: celebraciones y procesiones, naturalmente, y los detalles relativos a ellas como ornamentaciones, estandartes, relicarios, encargos y suministros de todo tipo. Eugenio IV también había requerido una cohorte de médicos cuya dirección había sido asignada a su apreciado Ludovico Trevisan.

A lo largo del camino que debía conducirlas al encuentro con Su Santidad, mientras recorrían pasillos y oficinas de todos los tamaños y funciones, Sveva y Chiarina se toparon con una panadería y una vinatería en las que un número indeterminado de mozos y criados se ocupaban de los encargos y las necesidades alimentarias de la Curia; con la albeitería, dedicada a la administración de los transportes y correos; y con la limosnería, cuya tarea era recibir a los pobres, desamparados y necesitados que formaban un auténtico desfile de pordioseros harapientos que mendigaban ropa y pan para el día siguiente.

Sveva, a la que solo de ver esos corros de desgraciados se le habían humedecido los ojos, había aflojado la bolsa inmediatamente para repartir todo lo que llevaba encima, y cuando acabó las monedas regaló los pañuelos, los guantes y hasta el *pomander* de plata, para incredulidad de una mujer de pelo sucio y dientes podridos que la miró con el mismo éxtasis que si se le hubiera aparecido la Virgen María en carne y hueso.

El funcionario, conmovido por tanta generosidad, estuvo a punto de echarse a llorar, mientras que su suegra, de otra pasta, la miró con desaprobación y sacudió la cabeza.

Pero a Sveva le importaba muy poco la opinión de esa mujer cuyo único mérito era haber dado a luz al hombre con quien se había casado. Echaba de menos a Stefano: su valentía, las atenciones que tenía con ella, la dulzura que ponía en los gestos afectuosos, la sinceridad que siempre acompañaba sus palabras, las convicciones que encendían su corazón y que habían hecho de él el único Colonna que perseguía con tesón encomiable la reconciliación con el pontífice. Voluntad que, de hecho, lo había condenado al aislamiento dentro de su poderosa familia.

Sveva suspiró. Pensó en la pequeña Imperiale e hizo acopio de fuerzas.

Reanudaron el camino en silencio, cruzando vestíbulos suntuosos, salones y escalinatas imponentes.

Mientras caminaban volvió a pensar en lo que había ocurrido. Sabía que tarde o temprano Lorenzo denunciaría a voces la desaparición de su hermano Salvatore, pero para entonces sería demasiado tarde. Porque Chiarina y ella habrían convencido al papa de que los Genazzano no tenían nada que ver con el suceso. La desaparición de Salvatore se interpretaría como una admisión de culpa. Todos creerían que había huido después de matar a su marido. No le gustaba lo que estaba a punto de hacer y puede que Antonio tuviera más razón de lo que ella estaba dispuesta a admitir, quizá era una mujer despiadada, pero Stefano se merecía que alguien lo vengara. Su asesinato era repugnante e injusto. Y aunque al principio le había dicho a Antonio que su proposición era vergonzosa, la necesidad de que Salvatore pagara por lo que había hecho crecía en ella día tras día. Ojo por ojo, se dijo.

Nunca lo admitiría, pero ahora compartía la opinión de Chiarina. Y como Salvatore ya había pagado, era mejor desviar las sospechas del papa de un ajuste de cuentas en el interior de la familia Colonna y obtener protección.

Eugenio IV sentía que le faltaba la tierra bajo los pies. La muerte de Stefano Colonna había sido un golpe muy duro. Roma estaba en manos de las familias. Aunque al principio había creído que podría contener a la marea vociferante y enloquecida, se estaba dando cuenta de que no era así. Peor aún: nunca lo sería. En el sentir de la población, el hecho de que él fuera veneciano era una imposición insoportable. Era un extranjero y lo odiaban como tal. La alianza con Florencia, la fuerza arrolladora de Venecia, la nutrida clientela que había cultivado día tras día en ese palacio, a su cargo, no parecían ser suficientes para protegerlo, porque no existía refugio alguno contra la barbarie y la crueldad más profundas y reaccionarias. Y Roma seguía entregada a una constante guerra entre bandas criminales. El cisma de Aviñón la había hundido en un abandono que el pontificado de Martín V no había logrado atenuar en absoluto.

Peor aún, haber alimentado una camada infernal como la de Antonio y sus hermanos había entregado la capital al apocalipsis. Cuando falleció su predecesor, Oddone Colonna, había estallado la anarquía y su esperanza de aplastar las revueltas que se originaban cada día se había revelado una ilusión desesperada. Ni siquiera había servido de nada haberlos excomulgado. E incluso cuando las insurrecciones parecieron cesar y Stefano se ofreció para no perder de vista a sus irrefrenables primos con el objetivo de prever sus jugadas, en realidad todo seguía sin control.

Fue, pues, gratitud lo que sintió al ver entrar a la mujer de Stefano, Sveva Orsini, y a la madre de él, Chiarina Conti.

Sveva era una mujer de una belleza espectacular. A pesar de que vestía de negro y llevaba la larga melena recogida en una cofia del mismo color, su exuberante femineidad no pasaba desapercibida. Los ojos dulces e inteligentes iluminaban un rostro proporcionado de piel diáfana. Los labios finos pero bien modelados y la nariz ligeramente respingona conferían una nota de fría sofisticación a su hermosura.

La madre, también de luto, era una mujer menuda de mirada resuelta y rasgos angulosos que el dolor y la amargura del trance habían afilado.

El pontífice se puso de pie y fue a su encuentro; su sufrimiento era tan evidente que sintió una empatía inmediata por ambas, en especial por la joven Orsini, que se arrojó a sus pies para besarle las pantuflas. Pero Eugenio se inclinó sobre ella y la ayudó a levantarse.

—Querida —dijo—, no os imagináis lo mucho que me entristece lo ocurrido. Stefano era un hombre de honor, ¡el mejor amigo que he tenido en esta ciudad!

Sveva, aunque bañada en lágrimas, se recuperó casi enseguida, besó el anillo del Pescador y se incorporó. Chiarina, que había presenciado la escena, también le besó la mano. Eugenio IV sacudió la cabeza y las invitó a tomar asiento.

Apenas se hubieron acomodado, Sveva tomó la palabra.

—Su Santidad —dijo—, os damos las gracias por vuestro rápido y afectuoso recibimiento.

—Faltaría más, *madonna*. Le estoy muy agradecido a vuestra familia. Sin Stefano no habría llegado hasta aquí. Con vida, quiero decir.

—Lo comprendo —asintió Sveva—. Me imagino por lo que habéis tenido que pasar. Nosotras también hemos pasado lo nuestro, como veis.

—Por otra parte —se entrometió Chiarina con su voz áspera y fuerte—, creemos que es de vital importancia identificar a los culpables de este gesto descabellado, pues si bien es cierto que en otro tiempo nuestra familia causó mucho dolor a Su Santidad, nadie se beneficiaría si se atribuyera la culpa a alguien que, por una vez, tanto trabajó para evitar la venganza en el seno de la familia Colonna.

A Eugenio IV esas palabras le sonaron más bien sibilinas.

—¿A qué os referís? —se limitó a preguntar.

35

Visconti y Sforza

Ducado de Milán, castillo de Porta Giovia

Filippo Maria Visconti miró a Francesco Sforza a los ojos. Su capitán era alto como una torre. Ese día llevaba una armadura de cuero ceñida en la cintura. La resolución de su rostro reflejaba todo el brío de su cuerpo atlético, fuerte, forjado por la vida militar y el hierro y el fuego del campo de batalla.

Qué diferente era de él. El capitán Sforza representaba todo lo contrario de lo que hacía de él un tullido incapaz de moverse como un hombre de verdad, un ser que arrastraba sus piernas deformes sobre las piedras del castillo. Los bastones marcaron sin piedad el ritmo de sus pasos. Los años transcurrían y su condición física empeoraba. Pero a Filippo Maria no le importaba: seguía siendo el duque de Milán y nada ni nadie le arrebataría ese título. Ni siquiera Sforza mientras él estuviera vivo. Después lo conseguiría, pero solo porque él se lo habría concedido mediante el matrimonio con su hija.

En cualquier caso, finalmente, las cosas estaban mejorando.

—Así pues, ¿es cierto? —preguntó—. ¿Venecia ha ajusticiado al Carmagnola?

Sforza inclinó levemente la cabeza.

—Lo han decapitado en la plaza de San Marcos. Dicen que no bastó con un golpe de hacha.

—Era difícil de eliminar, el viejo canalla.

—Ya —comentó lacónicamente Sforza.

—¡Qué triste! —exclamó el duque—. ¿Ya se sabe quién será el nuevo capitán general del ejército veneciano?

—Gianfrancesco Gonzaga.

—¡Puaj! —exclamó Filippo Maria asqueado—. Ese hombre es tan fanfarrón que lo venceremos con mucha facilidad.

—No lo deis por hecho, vuestra gracia.

El duque miró fijamente a Sforza:

—Sí lo digo yo, ¡vos también lo diréis si queréis seguir siendo capitán!

Francesco Sforza asintió.

—Comprendo perfectamente vuestro punto de vista. Sin embargo, Gianfrancesco Gonzaga no deja de ser un guerrero temerario y valeroso. No será un adversario fácil.

—Pues más os vale derrotarlo —resopló Filippo Maria Visconti con impaciencia—. Sois mi capitán. Os he prometido la mano de mi hija. No os atreváis a defraudarme. O, creedme, ¡me encargaré de que os arrepintáis!

—Por desgracia, alteza, una cosa es decirlo y otra hacerlo.

El duque, rabioso, echaba espuma por la boca.

—Capitán, seré claro con vos —dijo apretando la empuñadura del bastón que no quería dejar caer al suelo—: Hay que aniquilar a Gonzaga.

—Lo entiendo, duque, y, creedme, tengo toda la intención de hacerlo, pero debo haceros saber que mi compañía está al límite de sus fuerzas. No cuento con los hombres suficientes y, como sabéis, cobran un sueldo irrisorio. Hace meses que no reciben la soldada y eso empeora su humor. Por eso, si queremos eliminar a Gonzaga, tendremos que hacer algo para motivarlos.

Ese hombre decía lo que pensaba. Era una cualidad que Filippo Maria tenía que admitir. Pero tanta sinceridad frisaba el descaro. El duque no estaba dispuesto a permitir que su capitán le hiciera chantaje.

—He mandado llamar a los campesinos. ¿Sabéis por qué? Porque Amadeo de Saboya y el emperador Segismundo, a pesar de sus promesas, no tienen dinero ni soldados. Es más, este último ha venido a Italia a sacarme los pocos ducados que me quedan. ¿Sabéis que no logro recaudar ni la mitad de los impuestos de hace diez años? ¿Cómo voy a reducir al hambre todavía más a mis súbditos? En las casas de Milán maldicen mi nombre. Los ciudadanos me odian soterradamente. Todavía no manifiestan su resentimiento, pero solo es cuestión de tiempo. ¿Y vos me pedís que aumente la paga a vuestros hombres? ¿De dónde la saco?

Sforza miró al duque sin alterarse.

—No lo sé, señor. Me limito a exponeros que no pagar la soldada no contribuye a fomentar el espíritu bélico de mi compañía. Si la situación es tal y como la habéis pintado, y no dudo que así sea, sugiero que pactemos una tregua con Venecia a la espera de tiempos mejores. No veo otra solución.

—¿Una tregua? ¿Creéis que no lo he pensado? —Filippo Maria mostró todo su desprecio al hacer esa pregunta—. Ya cuento con el hombre encargado de hacerlo. Pero vos, Sforza, me decepcionáis. Yo no pienso en el presente, sino en el mañana. De acuerdo, ahora pactaremos una tregua. Ya he identificado a dos hombres que podrían hacer de mediadores: el marqués de Este y el de Saluzzo. Son individuos mezquinos, acostumbrados al juego sutil del compromiso, y su preocupación por mantener las fronteras de sus ridículos dominios los convierte en árbitros perfectos en una contienda como esta. Pero ¿y después? ¿Tenemos intención de seguir a merced de la Serenísima? ¿De pedirle al dogo que entre en Milán y la tome sin más, sin mover un dedo? —Filippo Maria Visconti se estaba poniendo furibundo. La aparente calma que se leía en la mirada de Sforza lo encolerizaba todavía más—. Adelante, ¡decidme que no es así! No lo soportaría, creedme.

—No es así, señor, os lo juro. Pero en este momento, como bien habéis observado, no tenemos fuerzas para preparar una contraofensiva. Necesitamos tiempo para reorganizarnos. Venecia está en pie de guerra desde que descubrió los tejemanejes del Carmagnola y sin duda intentará hacer algo. Podemos detenerlos, pero nunca lograremos romper la línea defensiva más allá de Verona como creo que desearíais. Sin embargo, esto no es más que un aplazamiento de vuestro triunfo. Solo hay que esperar a que las condiciones cambien a vuestro favor. En Roma, los Colonna odian al pontífice actual, lo cual es un óptimo punto de partida para nosotros.

—¿Me sugerís que apoye la rebelión que la rama Genazzano de los Colonna trama contra él?

—Si es necesario, sí.

—O sea, que por una parte fingiremos aceptar una tregua, y por otra esperaremos a que Venecia sufra el golpe de la expulsión del papa. Pasará un tiempo.

—No tenemos otra salida. Pero en cuanto los Colonna logren acorralar definitivamente al papa, debemos estar listos para atacar.

—Eso no sucederá antes del año que viene. O incluso más tarde. Antonio Colonna está en apuros en este momento. ¡Su familia está enzarzada en venganzas y luchas intestinas!

—Pero no lo estará para siempre.

El duque miró con atención los ojos de Sforza y vio un

destello de fuego cruzar su mirada por un instante. Había algo insondable y a la vez formidable en ese hombre. Lo notaba por la energía líquida y fulgente que parecía irradiar su cuerpo grande y fuerte.

—De acuerdo —concluyó—, haremos como decís. Ganaremos tiempo. Y cultivaremos la paciencia con la esperanza de que los Colonna inviertan la situación. En ese momento atacaremos. Y lo haremos sin piedad.

—Mientras tanto encontraré la manera de tranquilizar a mis hombres. Y vos, mi señor, encontrad dinero para ellos, os lo suplico.

—No os prometo nada —respondió el duque con fastidio—, pero veré qué puedo hacer.

36

El engaño

Estados Pontificios, palacio Apostólico

—Lo que quiero decir, Santidad, es que, contrariamente a las apariencias, Antonio Colonna no ordenó el asesinato de mi hijo. Odoardo tampoco está involucrado. Y, por supuesto, tampoco Prospero, que es manso como un cordero.

El papa miró a Chiarina Conti de una manera indefinible, entre incrédulo y receloso.

—*Madonna*, yo os creo, aunque he de confesar que el odio de vuestros parientes de la rama Genazzano es poco menos que legendario. Y soy consciente de haber contribuido decisivamente a ello. Tengo que admitir, además, que de alguna manera me siento responsable. Quisiera poder hacer algo al respecto.

—Si queréis hacer algo —respondió Chiarina—, creedme, Santidad. Debéis fiaros de mí por extraño que pueda pareceros: algunos miembros de nuestra familia odiaban a mi hijo más que Antonio. Y nuestro error fue precisamente subestimarlos.

—Os escucho.

—A Stefano lo asesinó su primo Salvatore.

Eugenio se quedó de piedra. ¿Así que los Colonna de Palestrina estaban viviendo una venganza intestina? Desvió la mirada hacia Sveva Orsini y en sus ojos halló una tácita confirmación. Pero quería oírlo de sus labios.

—¿Es cierto lo que dice vuestra suegra, *madonna*?

—¡Sí, Santidad! —se apresuró a responder ella acallando la protesta de Chiarina, que se estaba mordiendo la lengua ante la incredulidad del papa. La voz le tembló.

El pontífice le sostuvo la mirada. En ese momento, se echó a llorar.

—¡Fue Salvatore! Y ahora el muy cobarde se ha dado a la fuga para huir de la ira de mis hermanos y de la vuestra, que erais su amigo —logró decir Sveva entre sollozos.

A Eugenio IV se le encogió el corazón.

No soportaba ver llorar a esa joven virtuosa.

—Ánimo —dijo—, ánimo, querida. Comprendo vuestro dolor, creedme. Sé que habéis perdido la luz que iluminaba vuestro camino. Stefano era un hombre valiente cuyo código de conducta se regía por la integridad y la lealtad. Eso debe haceros feliz, porque sin duda ahora está en los brazos de Nuestro Señor Jesús. Y aunque sé que es un triste consuelo, honradlo con la memoria y la oración. ¡Gracias, pues, por vuestro providencial y valioso mensaje!

El papa sacó un pañuelo de batista finísima del bolsillo de su hábito de seda damascada. Se le acercó y se lo ofreció.

Sveva se secó los grandes y dulces ojos enrojecidos.

El pontífice le puso la mano bajo la barbilla con infinita dulzura.

—Ánimo —le susurró como si hablara con una niña—. A Stefano no le gustaría veros en este estado de postración. —Después se giró hacia Chiarina—: *Madonna*, os agradezco estas palabras que me hacen comprender que ahora nuestro enemigo es uno solo. Ordenaré a mi guardia personal que busque al responsable de la muerte de Stefano.

Al oír estas palabras, Chiarina, que hasta ese momento se había mantenido imperturbable, se arrojó a los pies del papa y se prodigó en agradecimientos y súplicas desconsoladas.

—Vamos, vamos —prosiguió él—, levantaos, *madonna*. Una dama de vuestra alcurnia y edad no debe arrodillarse ante mí. Me avergüenzo solo de pensarlo. —Eugenio IV ayudó a Chiarina a levantarse por segunda vez.

Después, mientras las dos mujeres se recomponían, se acercó a un escritorio de madera finamente tallado e introdujo una minúscula llave de hierro en la cerradura de uno de sus cajones. Sacó dos alhajas de inigualable belleza de un pequeño joyero.

A Sveva le entregó un maravilloso anillo de oro con un rubí de luz rojiza. A Chiarina, un broche cubierto de perlas.

—Tomad —dijo—, aceptad estos presentes en recuerdo de este encuentro. Sé que no pueden aliviar vuestro profundo dolor, pero quizá contribuyan a que tengáis un buen recuerdo de mí.

Mientras recibía el rubí entre sus manos, Sveva levantó los ojos hacia el papa.

—Santidad, lo que Stefano decía de vos era cierto. Sois un hombre bueno y justo. Gracias por vuestras palabras y por la generosidad que nos demostráis.

—Gracias, Santidad —se hizo eco Chiarina.

Mientras miraba a las mujeres a los ojos, el pontífice esperó que a partir de ese momento su relación con la familia Colonna adquiriera un nuevo rumbo.

37

Florines de oro

Estados Pontificios, Orvieto, 1434

Al final, el duque de Milán no había podido esperar y ahora Francesco Sforza estaba a las puertas de Orvieto y asediaba la ciudad. Filippo Maria se había apretado el cinturón y había logrado reunir unos cuantos ducados, los suficientes para infundir un poco de entusiasmo en la compañía de Sforza.

Los hombres del capitán, armados de ballestas, acribillaban las murallas con una lluvia de saetas. Los perfiles oscuros y amenazadores de los soldados llenaban la llanura. Orvieto resistía, pero tarde o temprano iba a caer.

Sin embargo, el capitán no estaba satisfecho del rumbo de los acontecimientos. Había obtenido la mano de Bianca Maria, cierto, pero el duque no le pagaba lo suficiente ni le reconocía títulos o tierras. Cada vez estaba más obsesionado con aniquilar a la Serenísima. Incluso esa expedición, tan fulminante que resultaba sorprendente, tenía como finalidad poner en apuros a los Estados Pontificios para castigar a Eugenio IV, reo de ser veneciano y, en cuanto tal, enemigo de los Visconti.

Sforza no conseguía entender el motivo de la obsesión que se había apoderado del duque. Su contrato estaba a punto de finalizar y, lo quisiera o no, sabía que debía hacer algo. No podía continuar servilmente a sueldo de Filippo Maria, cuando esa palabra ya no significaba nada. Literalmente. Y mientras sus hombres trataban de demoler las sólidas defensas de Orvieto, Sforza se preguntaba si, en el fondo, ese asedio tenía sentido.

¿Qué saldrían ganando? En eso pensaba mientras el cielo se oscurecía como obsidiana y la lluvia empezaba a caer sin piedad, tamborileando sobre las celadas de sus hombres, surcando las hojas de las espadas desenvainadas y empapando la tierra que, gota tras gota, se convertía en un campo de fango.

¡Al diablo! Estaba cansado. Y a pesar de que su conducta intachable, regida por la mesura y la obediencia, siempre había sido un ejemplo para sus hombres, decidió dar la orden de retirada. La lluvia fría se calaba en los huesos mofándose del hierro y el cuero. Llegados a ese punto, tanto valía esperar a que el sol saliera al día siguiente.

Así, mientras la orden se impartía entre sus hombres, Francesco Sforza se dirigió a su tienda. Sobresalía entre las demás con cierta imponencia. En cuanto levantó la apertura y entró, percibió el olor inconfundible a humedad y sudor. Arrojó el yelmo en un rincón y acto seguido la espada. Se apoyó en una mesa de madera de mala factura y aferró una jarra de barro cocido. Alguien la había llenado diligentemente de vino. Sforza se sirvió un vaso hasta el borde. Después se lo llevó a los labios y dio largos sorbos.

Lo saboreó chasqueando la lengua. El vino lo recompensó con una agradable sensación de calor. Entonces se abandonó sobre un taburete de madera y bebió el resto lentamente. Acababa de cerrar los ojos, dejándose llevar por un placentero aturdimiento, cuando alguien se anunció en la entrada.

—¿Capitán? —La voz sombría de Braccio Spezzato, su lugarteniente, nunca le sonó tan inoportuna como en ese momento.

—¿Sí? —fue todo lo que logró decir Sforza.

—Traigo noticias de Florencia, como me habéis pedido.

El capitán trató de recordar. Después le vino a la cabeza a qué se refería su brazo derecho.

—¿Cosimo de Médici?

—Precisamente, mi señor.

—¿Entonces? —preguntó Sforza con desgana.

—Me he reunido con sus hombres cerca del Mugello. A pesar de que el señor de Florencia está confinado en Venecia, en el exilio, os manda el siguiente mensaje: en primer lugar, apoyará de buen grado vuestra causa, tal y como os prometió hace tiempo en Lucca. Es más, os anima a actuar. La considera de extrema importancia para mantener el equilibrio en la península. Por eso os pide que garanticéis la fuga del papa. Tiene la certeza de que compartiréis su opinión, según la cual, aunque veneciano, el pontífice representa la máxima autoridad religiosa en la tierra, sin contar con el hecho de que una deslegitimación, o peor, su asesinato, volvería a hundir Roma en el caos. Y nadie desea semejante catástrofe.

Era cierto.

El cisma de Aviñón primero y la ruptura producida por el Concilio de Constanza después habían provocado una incertidumbre insoportable en la Curia de Roma. Peor aún, los sumos poderes previstos por el Concilio y su plena superioridad sobre el papa ofrecían, de hecho, la oportunidad perfecta a las familias adversas a Eugenio IV. Y era exactamente lo que estaba pasando en Roma. Estaba claro que Filippo Maria Visconti estaba aprovechando la situación junto con los Colonna. Es más, había sido precisamente Francesco quien se lo había sugerido tiempo antes. Pero un papa débil hacía que Italia entera se convirtiera en blanco de los franceses o, lo que era peor, de las fuerzas imperiales. Francesco Sforza se daba cuenta ahora.

Era demasiado tarde para impedir que expulsaran a Eugenio IV de Roma, pero aún podía salvarle la vida. La cuestión era cómo.

—¿Qué piensa hacer el Médici?

—Cosimo es un hombre de gran inteligencia, capitán. Ha trazado un plan sumamente ingenioso que, en mi opinión, no se limita a proteger la vida del papa.

—¿De verdad? —preguntó Sforza arqueando una ceja.

—El Médici quiere ofrecer una salida al papa, dándole asilo en Florencia.

—¿A pesar de estar confinado en Venecia?

—Cosimo está convencido de que su exilio tiene los días contados. Corren rumores de que Rinaldo degli Albizzi, que lo expulsó de Florencia, no goza de la aprobación de la ciudad y está a punto de caer. Los Médici podrían volver a Florencia mucho antes de lo que creíamos.

—No habléis en mi nombre, amigo mío. —Braccio Spezzato asintió—. Así que Cosimo de Médici me pide que organice la fuga del papa.

—Precisamente. A este propósito me ha pedido que os entregue dos cofres de florines de oro.

—¡Ah! —Sforza no logró disimular su satisfacción.

Braccio Spezzato asintió.

—Pero eso no es todo —prosiguió.

—¿Hay más?

—Me ha dado a entender que tiene intención de trasladar el Concilio a Florencia. Los conciliares, instigados por el cardenal Prospero Colonna y apoyados por Filippo Maria Visconti, van ganando en Basilea —continuó Braccio Spezzato.

—Cosimo de Médici es un hombre de profunda inteligencia y mentalidad abierta.

—¡Ya! A tal punto que os pagará vuestros servicios en nombre y a cuenta de Eugenio IV en cuanto logremos sacarlo de Roma. Además, el pontífice os reconocerá la titularidad de la Marca y la vicaría sobre las demás tierras ocupadas.

Mientras Braccio Spezzato hablaba, Francesco Sforza vio entrar a dos soldados portando sendos cofres.

Los depositaron sobre la mesa.

Sforza abrió uno.

Los florines de oro brillaron magníficos a la luz de las velas.

El capitán cogió un puñado y dejó resbalar las monedas entre los dedos. El tintineo del oro puro le dibujó una sonrisa en los labios. Después de tanto padecer, sus arcas empezaban a llenarse. Tomó una decisión. Su futuro estaba al lado de los Médici, mientras Cosimo manifestara esa inesperada munificencia.

—De acuerdo —convino, volviendo la espalda a Braccio Spezzato—. Planearemos la fuga del pontífice, y tú te ocuparás de llevarla a cabo —concluyó, girándose y mirando a su lugarteniente a los ojos.

—No veo la hora —respondió este último—. ¿Cómo queréis proceder?

—Ahora te lo diré —dijo Sforza.

Un destello maligno le iluminó los ojos.

38

Las lágrimas de Polissena

República de Venecia, Ca' Barbo

Polissena sentía curiosidad.

Estaba ante un hombre sobriamente vestido con un elegante traje de lana roja y un gorro del mismo tejido. La mirada profunda e inquisitiva y los cortos mechones de cabello negro que asomaban disciplinadamente por el tocado le otorgaban un atractivo tan discreto como su manera de hablar.

La voz, suave y bien modulada, parecía mecerse en las palabras y Polissena lo escuchó de buen grado mientras se inclinaba ante ella con una reverencia perfecta.

—*Madonna* Condulmer —dijo Cosimo de Médici, señor de Florencia—, vuestra acogida es un privilegio para mi modesta persona. ¡Me recibís en un palacio suntuoso a pesar de que no soy más que un mercader exiliado!

—Os lo ruego —respondió Polissena, mirándolo con dulzura—, no seáis tan modesto. Ambos sabemos lo poderosa que es vuestra familia y la injusticia que habéis sufrido al ser expulsado de Florencia. Pero vuestra grandeza de ánimo y vuestros refinados intereses, *messer* Cosimo, no pasan inadvertidos. Aquí, en Venecia, se habla mucho del maravilloso regalo que con gran generosidad habéis prodigado a los padres bene- dictinos de San Giorgio Maggiore. Así que no disminuyáis vuestra valía, que es mucha, y sentaos —concluyó la bella dama, indicando una butaca de madera tallada y damasco.

Mientras Cosimo se sentaba, Polissena permaneció de pie.

—Ese lugar, mi señora, es un auténtico oasis de sabiduría. En cuanto a mi regalo, como vos lo llamáis, me estoy limitan- do a proyectar, con la ayuda de Michelozzo, mi arquitecto de confianza, una biblioteca que pueda servir de conforto a los monjes. —Mientras pronunciaba esas palabras, el señor de Flo- rencia admiró el espectáculo que le ofrecía el salón: imponen- tes librerías, dispuestas a ambos lados de la sala, cuyas estante- rías rebosaban de manuscritos, y espejos de cristal de Murano, resplandecientes y perfectos, engarzados en marcos de fúlgida belleza. Al final, sus ojos naufragaron por un instante en el mar de color de los frescos.

Acto seguido, desveló el motivo de su precipitada visita.

—*Madonna* Condulmer, perdonad mi insolencia, soy cons- ciente de haberme presentado ante vos sin haber sido invitado formalmente, imponiendo mi presencia sin ser requerida. La razón de semejante descaro obedece a un solo motivo: vues- tro hermano Gabriele, el papa. Antes que nada quiero dejar claro que lo tengo en gran estima y apruebo su conducta; sé perfectamente lo mucho que se ha volcado en devolver a Roma su protagonismo en la vida espiritual de la cristiandad, pero temo por su suerte. Si hasta hace poco creía que la autoridad pontificia lo preservaría del ultraje y de la violencia, ahora mi esperanza se ha desvanecido. Por eso acudo a vos. Y espero poder ayudaros de algún modo.

—*Messer* Médici, en primer lugar agradezco profundamen- te vuestras palabras. Nadie, ni siquiera los venecianos, me ha dicho nunca lo que vos me habéis revelado por vuestra propia voluntad. Y vuestras palabras, creedme, tienen un valor incalculable. Son las más hermosas que he oído desde hace mucho tiempo. En cuanto a lo demás, os diré lo que pienso. Los Colonna son unos bárbaros sedientos de sangre que quieren la cabeza de mi hermano. Ya que estáis aquí, os diré que vuestra presencia representa para mí un regalo inesperado. Roma está sumida en el caos. Recibí una carta de Gabriele hace unos días. En ella mi hermano me cuenta que los Colonna instigan sublevaciones sin precedentes y han logrado instaurar un gobierno popular regido por siete notables, ¡que se hacen llamar gobernadores de la libertad! Reclaman a voces la dimisión del pontífice, ¡como si fuera un empleado temporal del despacho más insignificante! Gabriele ha sido obligado a abandonar el palacio Apostólico. Se oculta en los tugurios ruinosos del Trastevere con la esperanza de encontrar la manera de salir de Roma y sin saber qué hacer. Podéis imaginaros, pues, cuán providencial es vuestra visita, *messer* Médici. Así que heme aquí, ante vos, dispuesta a escucharos y a agradeceros de antemano vuestra buena voluntad.

Cosimo miró intensamente a Polissena. Sus ojos profundos expresaban toda la preocupación que le habían despertado esas palabras.

—Comprendo, *madonna*. Yo también he sido expulsado, y de mi ciudad natal, por si fuera poco. Os confieso que en este momento abandonar Roma parece ser la única solución para vuestro hermano. —Polissena hizo amago de replicar, pero Cosimo levantó las manos, dándole a entender que lo dejara hablar—. Sé lo que digo, como podéis imaginaros, aunque la situación en Florencia está cambiando a mi favor y favorece mi regreso.

—Me alegro de todo corazón.

—Ya, pero la cuestión es otra, mi señora. Os digo esto porque comprendo mejor que nadie lo que se siente al ser un extraño en la ciudad por la que te has dejado la piel, y, como os he dicho, no cabe duda de que vuestro hermano se ha desvivido por ese antro de ingratos que es Roma. Sin embargo, a veces, y este es el meollo de la cuestión, la mejor solución no es plantar cara, sino abandonar el campo, esperar y volver triunfante en el momento oportuno. De ahí que me haya tomado la libertad de planear la huida de vuestro hermano y ofrecerle un refugio donde resguardarse a la espera de volver vencedor a la Ciudad Eterna.

—¿De verdad? —preguntó Polissena, incrédula—. ¿Haríais eso por él?

—*Madonna* —dijo Cosimo, acercándose a ella—, como acabo de deciros, ya lo estoy haciendo y el motivo de esta visita es precisamente informaros de lo que tengo intención de hacer de ahora en adelante. Creo que vuestro hermano es un hombre extraordinariamente inteligente y un guía irrenunciable, no solo para Roma, sino para todos nosotros. Así que ahora os contaré mi plan.

—Contadme, amigo mío, en este momento solo tengo fuerzas para escuchar.

—Bien. Mis hombres de confianza se reunieron con el brazo derecho de Francesco Sforza en el Mugello hace unos días.

—¿El condotiero al servicio de Filippo Maria Visconti?

—El mismo. Ah, entiendo que os sorprenda —respondió Cosimo—. Teméis que le haga el juego a vuestro acérrimo enemigo, el duque de Milán, el cual, en efecto, ha tratado de deslegitimar al papa con todos los medios a su alcance, sirviéndose de las maniobras de los Colonna. Sé lo que vais a decirme, pero escuchad: conozco a Francesco Sforza desde hace tiempo. Cuando asediaba Lucca por cuenta de Milán, hace apenas dos años, le pedí que dejara el campo libre a Florencia. En esa ocasión, sin entrar en los aburridos detalles de las negociaciones, entablamos una provechosa y sincera amistad. Ahora le he pedido que concentre sus fuerzas en Orvieto y se desinterese por un tiempo de lo que ocurre en Roma. De esta manera, los Colonna no pierden oficialmente el apoyo de los milaneses, pero tampoco cuentan con nadie que impida una eventual fuga del pontífice. El capitán milanés lo hará. Pero hay más. Mientras tanto, algunos de los mejores hombres de Sforza se están organizando para ayudar al pontífice a embarcarse en el Tíber. De allí llegarán a Ostia, es decir, al mar. Y en ese momento vuestro hermano estará a salvo —expuso Cosimo. Sus ojos brillaron con un destello de satisfacción.

Polissena se quedó sin palabras. Ese hombre había hecho mucho más de lo que su marido, el dogo y toda Venecia podían imaginar. Si su hermano se salvaba, sería gracias a él.

—*Messer* Cosimo, no sé qué decir. Estoy sinceramente impresionada por vuestra inteligencia y vuestra generosidad. Nunca habría imaginado nada semejante. Creo que ni siquiera sé cómo daros las gracias, ¡por no mencionar lo que debe de haberos costado la organización de una misión como la que acabáis de describir! A este propósito, permitidme que os recompense en nombre de mi familia...

Mientras pronunciaba estas palabras, Cosimo se acercó todavía más y tomó las manos de Polissena entre las suyas.

—*Madonna* —dijo—, os lo ruego. De ninguna manera. Como decía, lo considero un deber moral. Nunca podría permitir que el papa estuviera a merced de los Colonna. Sforza nos ayudará y después, a la espera de mi regreso que, creedme, está próximo, vuestro hermano podrá residir en Florencia. Será huésped de la ciudad en Santa Maria Novella. No deseo otra cosa, os lo juro, y por una vez tanto mis amigos como los que no lo son están de acuerdo en tener al papa en Florencia. Hasta Rinaldo degli Albizzi ha hecho saber que no se opone a su presencia.

Polissena no daba crédito a lo que escuchaba.

—*Messer* Médici, vos sois un hombre bueno y justo y consideráis, con razón, que un pontífice no debe ser tratado de este modo. —Cosimo la miró fijamente, embelesado. Polissena se secó las lágrimas. Mantuvo la mirada orgullosa, los ojos llenos de dignidad y determinación—. Mi querido, queridísimo amigo —prosiguió—, no solo os agradezco que hayáis venido hasta aquí, sino que espero que os quedéis el mayor tiempo posible. Permitidme que os demuestre todo mi afecto y gratitud.

—*Madonna* —respondió Cosimo—, lo que he dicho y hecho es un deber, puesto que vuestro hermano Gabriele encarna la máxima autoridad espiritual de este mundo malvado que se abandona a venganzas familiares en vez de creer en el valor de la unión y de la supremacía papal.

—Mi señor, no sé cómo contestar a vuestras palabras y acciones, pues me regalan una esperanza que no osaba ni siquiera soñar. A este propósito, puesto que no me permitís recompensaros, os ruego que al menos aceptéis este pequeño presente como muestra de gratitud imperecedera por todo lo que estáis haciendo. —Polissena se acercó a una de las estanterías de la librería sin añadir nada más. Acto seguido, la noble veneciana cogió un tomo encuadernado en piel—. Tomad —dijo—. Conociendo vuestro gran amor por las letras y la sabiduría antigua, me permito regalaros este ejemplar que sin duda sabréis apreciar.

Cosimo la miró, sorprendido.

—*Madonna*, sabed que acabáis de encender mi curiosidad, lo cual, creedme, no sucede a menudo.

Polissena sonrió. En su fuero interno sabía que Cosimo de

Médici apreciaría el regalo. Ese volumen era la mejor recompensa que el señor de Florencia podía desear y, bien pensado, quizá lo valoraría más que un río de oro o un cofre rebosante de joyas.

—Eso me reconforta. Pues bien, estoy a punto de regalaros el *Anthologion* de Estobeo.

Cosimo abrió mucho los ojos.

—*Madonna*, contáis con mi gratitud más sincera. No puede haber regalo más preciado para mí. ¡Es realmente cierto que Venecia es un estuche de maravillas!

Polissena entregó el tomo al señor de Florencia, que lo recibió entre sus manos como si fuera una alhaja en vez de un libro.

—¿Qué milagro lo ha traído hasta nosotros? Mi buen amigo Marsilio Ficino podrá ayudarme a comprender plenamente el contenido de este texto tan valioso gracias a su conocimiento sin par de la lengua griega y, en concreto, de su filosofía. ¿Cómo habéis adivinado mis gustos, señora?

—La fama de vuestra pasión por los clásicos superó las fronteras de Florencia hace tiempo. ¿Acaso me equivoco? Además, como vos mismo acabáis de decir, Venecia es un estuche de maravillas.

Cosimo sacudió la cabeza.

—No, no os equivocáis. Pero ahora, sonreíd. Soy el primero en saber que pronto podré cruzar esa frontera, a pesar de que ha sido precisamente Florencia la que me ha exiliado. Y aunque sé que no será fácil derrotar a Rinaldo degli Albizzi, estoy seguro de que seré bien recibido. Como os he dicho, mi regreso a la ciudad es inminente. La popularidad y el éxito son como las aspas de un molino: giran con un soplo de viento. Por eso confío en que vuestro hermano tiene posibilidades de volver a Roma triunfal. Pero de momento, hemos de conseguir ponerlo a salvo. De todas maneras, tened confianza. Todo está dispuesto y antes de lo que pensáis tendréis noticias de que ha llegado a Florencia sano y salvo.

Polissena sonrió, aliviada.

—Gracias de todo corazón. Y ahora supongo que deseareis descansar.

—La verdad es que estaba a punto de despedirme.

—¿Cómo? —preguntó Polissena—. ¿Así que no os quedáis?

—Hoy no. Si os agrada, volveré a visitaros.

—Cuando queráis. A partir de hoy, esta es vuestra casa.

—Sois muy amable. Me hacéis un gran honor.

—Vos me lo hacéis a mí —replicó Polissena. Después batió las manos y al cabo de un instante se presentaron dos pajes elegantemente vestidos—. Acompañad a *messer* Cosimo a donde os indique.

Cosimo se inclinó y le besó la mano.

—Y ahora, *madonna*, rezad —dijo— y veréis como todo acaba en un abrir y cerrar de ojos.

Ella lo miró a la cara. Por un instante, la serenidad que desprendía pareció ofuscada por una sombra, como si una preocupación atormentara el corazón de Cosimo. Fue pasajero, pero a Polissena no le pasó por alto ese velo de inquietud.

Él asintió para tranquilizarla una vez más.

Mientras lo veía salir, Polissena experimentó una viva sensación de angustia y esperó que Cosimo le hubiera contado la verdad. Esa última mirada le había dejado un miedo sutil que la acompañaría durante toda la noche.

Él también debía de saber que cualquier fuga, incluso la planificada hasta el más mínimo detalle, era mucho más fácil en la teoría que en la práctica.

39

La fuga

Estados Pontificios, Santa Maria in Trastevere

Qué bajo había caído.

¡Qué lejos estaban los días en que recibió a Sveva Orsini y a Chiarina Conti! Se había fiado de ellas, no tenía motivos para dudar de su buena fe. Incluso poniéndose en lo peor, el pontífice no podía creer que aquellas mujeres le hubieran mentido. Sin contar con que era realmente cierto: Salvatore Colonna había desaparecido, con toda probabilidad había huido de Roma. ¿O acaso alguien lo había quitado de en medio? ¿Quizá la misma persona que había asesinado a Stefano y que había embaucado a los dos? El pontífice sabía muy bien a quién podía pertenecer la mente que había ideado esa innoble maquinación.

Sea como fuere, las palabras de Sveva y Chiara lo habían inducido a bajar la guardia con los Colonna y a cometer el peor error de su vida.

Y ahora helo ahí. Reducido a un fantasma. Obligado a ocultarse en los callejones irrespirables del Trastevere. Vestido como un humilde diácono, rogando a Dios por su alma. Mantenido con vida por un puñado de hombres más desesperados que él, pero que debían de haber sido forjados con la noble materia de los héroes.

Roma.

Gabriele la odiaba y la amaba a la vez. Quizá no existiese otra manera de convivir con ella. Primero le había dado el solio de Pedro, después se lo había quitado todo. Como la amante o la prostituta más despiadada.

El papa musitaba una oración con las manos unidas. Después levantó la mirada y la posó sobre la nave derecha. Vio la hornacina donde se guardaban los instrumentos de muerte y tortura que habían sido usados contra los santos y los mártires: cadenas, pesas de hierro y piedras. Se decía que entre ellas estaba la que le habían atado al cuello a san Calixto para ahogarlo en el pozo de una iglesia cercana.

Gabriele tragó y de repente tuvo la sensación de tener la garganta llena de grava, como si esa piedra se hubiera desmigajado para ahogarlo. Se mordió los labios hasta hacerlos sangrar. No podía permitir que el miedo se apoderase de él. Debía, en cambio, reaccionar con dignidad y valor, como siempre había hecho.

Se debatía, pues, entre el temor y la audacia cuando alguien le tocó suavemente el hombro.

Se giró y vio a Antonio, su primo. Una vez más estaba allí, junto a él. Nunca lo había abandonado, ni siquiera en ese momento en que todos le habían vuelto la espalda.

—Ha llegado la hora, Gabriele. ¡Han llegado los hombres! Nuestros caminos se separan a partir de ahora. Espero volver a veros y a abrazaros junto con Polissena. Sé que se ha reunido con Cosimo de Médici hace poco.

—¿De verdad?

—Vuestra hermana es una mujer llena de recursos. Y el señor de Florencia os aprecia mucho. Enseguida se puso manos a la obra para organizar vuestra fuga desde su exilio veneciano. Oficialmente no está implicado, es más, tiene intención de atribuir todo el mérito a la República Florentina para que podáis llegar sano y salvo a la ciudad que él no puede pisar por ahora. Sin embargo, sabe que pronto volverá a la Toscana como un triunfador y podrá abrazaros a vuestra hermana y a vos.

Esas palabras fueron como un bálsamo para Gabriele. Antonio debió de darse cuenta, porque sonrió. ¡Querido Antonio! Había sido su mano derecha durante esos años y ahora también se estaba sacrificando por él.

Lo abrazó.

—Así que incluso en estos tiempos adversos nos queda algún aliado —declaró al fin.

—Así es. Y ahora marchaos —lo apremió su primo con cariño.

Gabriele se separó de él. Después avanzó por la nave hacia el centro de la iglesia. Allí lo esperaban los hombres encargados de la fuga. Vestían el uniforme de las milicias ciudadanas.

—Vuestra gracia —dijo el que parecía ser el jefe—, me llamo Lorenzo Matteucci, pero todos me conocen por el nombre de guerra de Braccio Spezzato. Soy el lugarteniente de Francesco Sforza, el encargado de conduciros sano y salvo a Florencia. Si seguís mis instrucciones al pie de la letra, tenemos una posibilidad de éxito. ¿Estáis listo? —preguntó sin más demora ese hombre de hombros anchos y mirada fría como el acero.

—Decidme qué he de hacer —respondió el papa.

—Para empezar, poneos esto —le indicó Braccio Spezzato, ofreciéndole una larga túnica gris con capucha y cuello de tela blanco y un cinturón con cascabeles—. Con una túnica de leproso mantendremos alejados a los curiosos —comentó—. En cuanto a nosotros —continuó, dirigiéndose a los cuatro hombres que lo acompañaban—, espero que nuestros uniformes pasen inadvertidos. La noche se encargará de lo demás, espero.

Mientras Gabriele se ponía el hábito, Braccio Spezzato dio instrucciones a sus hombres.

—Scannabue, tú irás delante y abrirás paso. Vosotros tres, en cambio, nos guardaréis las espaldas. Y ahora —prosiguió—, si Su Santidad está listo, dirijámonos al muelle sin demora.

Una vez fuera, Gabriele no pudo reprimir un escalofrío que le recorrió la espalda. La noche era fría y el viento helado se abatía sobre la plaza, oscura como el carbón. Braccio Spezzato estaba a su lado. El hombre que caminaba delante de ellos con una antorcha en la mano trataba de hacer lo posible para iluminar sus pasos.

Los seguían, a muy poca distancia, los otros tres hombres.

Avanzaron con decisión y cruzaron la plaza. Superada Santa Maria in Trastevere, se dirigieron hacia el Ponte Sisto. Gabriele vio la masa oscura de la iglesia de San Lorenzo de Curtis. El sonido que producía al balancearse el cascabel que colgaba de la cuerda que ceñía su talle marcaba sus pasos.

Llegados al callejón del Cinque, el hombre que iba delante hizo una señal.

Braccio Spezzato hizo, a su vez, un gesto para que se detuvieran.

—Una patrulla —susurró Scannabue.

—Sigamos andando —replicó el otro— o llamaremos la atención.

Continuaron su camino con cautela. No habían llegado al final del callejón cuando se toparon con dos hombres de las milicias ciudadanas.

40

Sforza, Médici y Condulmer

Estados Pontificios, Trastevere

Los guardias los saludaron en cuanto los vieron.

—¡Por Dios —exclamó uno de los dos—, conducís a un leproso! ¿Adónde vais a estas horas?

—Al Santo Spirito, en el burgo —respondió prestamente Braccio Spezzato sin hacer ademán de detenerse, para evitar que se entablara una conversación de la que no sabrían cómo salir. Confió en que la autoridad de su voz, acostumbrada a dar órdenes, les bastara. Además, era romano como ellos.

Pero el guardia parecía estar en vena de conversación.

—¿Dónde lo habéis encontrado?

—Vagaba cerca de aquí —contestó Braccio Spezzato, pero esta vez su voz sonó poco convincente incluso para él, y temió lo peor.

Al ver que el grupo no solo no hacía amago de detenerse, sino que parecía querer evitarlos, el guardia que hasta ese momento había permanecido en silencio increpó rudamente a Braccio Spezzato.

—¡Vos, señor! —dijo—. No recuerdo vuestro nombre ni haberos visto nunca entre nosotros.

Braccio Spezzato había llegado prácticamente a su altura justo en ese momento. Con un gesto ágil y rápido, extrajo un cuchillo del cinto y, sin mediar palabra, se lo hundió en la garganta y se la cortó. El hombre no tuvo tiempo ni de gritar. Braceó, rozó con los dedos el uniforme de su agresor y cayó de rodillas. El otro guardia trató de gritar y desenvainó la espada, pero Scannabue, que estaba detrás de él, le tapó la boca con la mano y le hundió su propia arma en medio de la espalda.

Mientras el guardia caía al suelo sin vida, Braccio Spezzato agarró al otro por las axilas y lo arrastró a un rincón oscuro del callejón. Scannabue hizo lo mismo.

—Vosotros tres —dijo Braccio Spezzato a sus hombres—, ocupaos de hacer desaparecer esos cadáveres. —Gabriele Condulmer lo miró atónito por debajo de la capucha—. Perdonad mis acciones, Santidad —murmuró—, están dictadas por una causa superior.

Eugenio IV no logró articular palabra.

—Hay que moverse —prosiguió el lugarteniente de Francesco Sforza—. El barquero nos espera en el meandro del Tíber. Tiene una barca fondeada allí. Hay que darse prisa si no queremos perderlo todo. —Mientras lo decía, arrancó el cascabel del cinto del pontífice—. Puaj —concluyó—, al final nos colgarán por culpa de esto.

Acto seguido, aferró al papa por un brazo y echó a andar a grandes pasos sin demorarse. Scannabue les pasó delante para vigilar el camino.

Avanzaron así, por las calles negras en una noche negra.

Gabriele no estaba seguro de lo que veía: raros destellos de luz que se alargaban en la oscuridad cada vez que pasaban por un cruce señalado con una antorcha o un brasero. Scannabue también llevaba una antorcha en la mano y su luz trémula se balanceaba de vez en cuando como un fuego fatuo, señalando su presencia. Por lo demás, oía su propia respiración entrecortada y los pasos de Braccio Spezzato. Le faltaba el aliento. Deseaba pararse, pero sabía que era imposible. Debían llegar hasta el final. Ahora caminaban por la orilla del Tíber. Oía el chapoteo del agua. Le pareció incluso identificar una masa oscura delante de él, pero, en la negrura de la noche, no estuvo seguro hasta que una voz rompió el silencio murmurando:

—¿Quién anda ahí?

Braccio Spezzato no se inmutó.

—Santo y seña —exigió.

—¡Sforza, Médici y Condulmer! —fue la respuesta inmediata.

—¡Bien! Acercaos sin demora.

Al oír esas palabras, alguien se aproximó a ellos. A la luz de la antorcha de Scannabue, el papa pudo ver a un hombre de complexión prodigiosa.

—Soy Francesco Rifredi, el barquero —dijo, lapidario.

—¡Entonces sabéis muy bien qué debéis hacer! —le respondió Braccio Spezzato. —Después se dirigió a Eugenio—: Santidad —musitó—, perdonad las extravagancias y las rarezas de esta noche, pero os ruego que confiéis en nosotros. Lo hacemos para protegeros. El barquero os cargará sobre su espalda para que no corráis el riesgo de resbalar en el muelle. Conoce perfectamente el camino. Nosotros estaremos detrás para impedir que alguien nos sorprenda por la retaguardia mientras llegáis al barco.

Un instante después, el papa sintió que lo levantaban por las axilas y se encontró a horcajadas sobre la espalda del barquero. Entre la capucha y la oscuridad, no distinguía casi nada.

Sintió que se balanceaba en el aire mientras ese hombre formidable cubría la distancia entre la orilla y el muelle a una velocidad sorprendente. Al poco, llegó a la amurada del barco, que superó con agilidad.

Tras ellos, jadeantes, llegaron sus dos protectores.

—Soltad amarras mientras escondo a nuestro pasajero —dijo el barquero—. Santidad —susurró luego—, ahora os bajaré.

Gabriele se encontró de nuevo con los pies en el suelo. Un balanceo repentino lo advirtió de que debía tratarse de la bodega de la barca. Se quedó de pie, sujeto firmemente por el barquero.

—Ahora os pondré en salvo, bajo la cubierta. Perdonadme, pero he de ocultaros debajo de un escudo. Quizá sea una precaución excesiva, pero es mejor no arriesgarse. Vuestra vida, Santidad, es demasiado importante.

Gabriele asintió, aterrado.

Sin discutir, respetando la palabra dada a Braccio Spezzato, se tumbó boca abajo. Un instante después sintió que el barquero le cubría la espalda con un gran escudo de hierro.

Después oyó los pasos del hombre abandonando la bodega.

Cerró los ojos y encomendó su alma a Dios.

Permaneció en esa posición durante un tiempo que le pareció interminable. La tensión y el miedo le hacían un nudo en la garganta y le impedían adormilarse como habría deseado.

De repente, oyó unos golpes descomunales contra la barca. No tenía ni idea de lo que pasaba, pero parecía como si cayera una lluvia de piedras del cielo. Sintió unos restallidos terribles contra la tablazón. Oyó gritos inhumanos procedentes del exterior, amortiguados por los flancos de la embarcación. Un sudor frío le resbaló por el cuello. Le pareció ser presa de la fiebre mientras los golpes sordos se repetían. El papa imploró misericordia a Dios. ¿La barca resistiría?

Cuando empezaba a temer que la madera se resquebrajara, los golpes cesaron tan de repente como habían empezado. Gabriele suspiró y dio gracias a Dios. Había creído que iba a acabar atrapado como un ratón y a morir ahogado dentro de la barca inundada. Pero la madera había resistido y ahora reinaba un silencio absoluto.

Gabriele esperó que alguien siguiera con vida en cubierta.

Cerró los ojos y le pidió a Dios que lo salvara de todo ese horror.

41

El pirata

Mar Mediterráneo, costa de Civitavecchia

Se había puesto en manos de Vincitello d'Ischia, el cual, a decir verdad, no era más que un pirata. En primer lugar, su aspecto no era nada tranquilizador: el pelo oscuro y mugriento, la piel curtida por el sol, la ropa raída y un par de cuchillos metidos en el cinturón daban a entender que vivía del robo y el saqueo. Es más, Vincitello, como el lobo de mar que era, no hacía nada para ocultar su naturaleza e incluso alardeaba de ella y solía contar terribles historias de asesinos y asesinatos entre risotadas groseras que casi siempre terminaban con un burbujeo catarroso.

Su voz desagradable y sus ojos verdes y furiosos, casi de lagarto, ponían la piel de gallina a Gabriele Condulmer. Además, para corroborar sus peores sospechas, tanto los remeros de cubierta como los marineros del puente exhibían modales y cicatrices que revelaban, sin duda alguna, su pertenencia a la peor escoria del Mediterráneo.

Confió en que Vincitello hubiera recibido al menos una buena suma por sus servicios. Braccio Spezzato le había garantizado que emprenderían rumbo hacia Pisa y desde allí llegarían a Florencia gracias a la alianza concertada con Venecia y al compromiso de Francesco Sforza.

Pero el papa no las tenía todas consigo.

La galera en que se hallaba era de tamaño relativamente pequeño, con una docena de bancos para los remeros, un puente ahusado y dos mástiles con velas cuadradas. Gabriele no entendía de barcos, pero como buen veneciano sabía reconocer un bergantín y ese tenía todo el aspecto de ser especialmente veloz, lo cual confirmaba, una vez más, lo importante que era para Vincitello surcar rápidamente los mares.

Cuando el segundo de a bordo lo había conducido bajo cubierta para ofrecerle un catre piojoso que constituía nada menos que el sumun de su privilegiado alojamiento, el pontífice había aceptado de buen grado la amabilidad y se había dejado caer sobre el colchón de paja, donde había descansado un rato.

Ahora estaba de nuevo en el puente. Divisaba el mar de color azul profundo y la espuma blanca y fresca.

Braccio Spezzato se le acercó.

—¿Habéis podido descansar un poco, vuestra gracia?

—He de confesaros, mi buen amigo, que el miedo que sentí hace dos noches bajo el escudo, en el vientre del barco, y la huida rocambolesca que, como bien sabéis, todavía no ha concluido, han impedido que me abandonara a un sueño reparador.

Braccio Spezzato tosió un poco.

—Lo entiendo perfectamente, Santidad, pero era una situación desesperada.

—Lo sé.

—Los golpes que oísteis eran las piedras que arrojaban los hombres de los Colonna mientras nos acercábamos a Ostia.

—Ah.

—Pero ahora, os ruego que me creáis, todo va mejor. Antes de la hora novena estaremos en Pisa, donde nos espera una escolta que nos conducirá a Florencia.

—Por fin.

—Allí estaréis a salvo.

—¿Estáis seguro?

—Por supuesto. Vuestro querido amigo Giovanni Maria Vitelleschi, obispo de Recanati, ya ha dispuesto un alojamiento para vos y vuestros colaboradores más fieles, que llegarán dentro de algunas semanas.

—¿Dónde?

—Vuestros aposentos se encuentran en Santa Maria Novella.

La perspectiva se le antojó al papa cuando menos magnífica.

—Florencia y Venecia. Y Francesco Sforza. Todos están de mi parte. ¿Y el duque de Milán?

—Confío en que Filippo Maria Visconti esté demasiado ocupado apoyando a los aragoneses, y aunque podría haber intuido que mi capitán tiene intención de ir por su cuenta, se verá obligado a dedicar su atención a la cuestión sucesoria al trono napolitano. En cierto modo, tiene las manos atadas. Debemos aprovechar este momento.

—Recompensaré a Francesco Sforza como se merece. —Braccio Spezzato asintió de nuevo—. Aunque me hayan expulsado de Roma, sigo siendo el papa y podré otorgar títulos y feudos a vuestro capitán.

—Os estará muy agradecido.

—Ya. Admitiendo que lleguemos a Pisa.

—¿Teméis que Vincitello falte a su palabra?

—¿Os sorprende? Miradlo —dijo el pontífice, dirigiendo la mirada hacia el capitán de la nave.

Vincitello estaba en el castillo con aire intrépido. Tenía una botella en la mano y a juzgar por las carcajadas estrepitosas de quienes lo rodeaban contaba alguna fanfarronada.

Braccio Spezzato suspiró.

—Sé que os causa una pésima impresión, pero ese pirata es un hombre valiente y cuando le pagan cumple lo prometido.

—Ah —exclamó el pontífice—, ¿así que le han pagado?

—Con generosidad.

—¿Quién? ¿Mi familia? —preguntó fulminante Gabriele, que en ese momento solo esperaba volver a ver a su hermana Polissena.

—Por lo que yo sé, una vez más, Cosimo de Médici, que en este momento se encuentra en Venecia.

—Entonces, ¡debe de haber visto a mi hermana!

—Seguramente.

—Polissena —murmuró Gabriele con la voz rota por la emoción.

Mientras lo decía, oyó gritar al vigía.

—¡Tierra! ¡Tierra! —se oyó en el puente.

De repente, las órdenes llenaron el aire y los marineros empezaron a trepar por los obenques. Los remeros debían de haber aumentado el ritmo, porque ahora el bergantín surcaba el mar a mucha más velocidad.

—Pisa —dijo al fin Braccio Spezzato.

—Pisa —repitió el papa, incrédulo.

42

En la torre palomar

Ducado de Milán, castillo de Porta Giovia

Filippo Maria Visconti temblaba de rabia.

Francesco Sforza se le estaba escapando de las manos igual que el Carmagnola. ¡Y pensar que lo había prometido a su hija! Tras haberle pedido que esperara, quejándose de la exigua paga, su futuro yerno por fin había dejado de vacilar y había dado orden expresa de lanzarse en una fulgurante expedición militar sin precedentes. Así, después de poner a sangre y fuego la Marca, había llegado a las murallas de Orvieto. Sin embargo, una vez ante las puertas de los Estados Pontificios, Sforza volvía a titubear. Además, el duque tenía entre las manos un mensaje escrito por uno de sus espías, que confirmaba sus temores más inquietantes: el condotiero, lejos de preocuparse por marchar sobre Roma, estaba ganando tiempo para garantizar la fuga de Eugenio IV.

El papa había abandonado Roma embarcándose en la orilla del Tíber y había llegado a Ostia, de donde había partido hacia Civitavecchia en un barco rumbo a Pisa. Sforza había permanecido impasible en vez de detenerlo. En cuanto a los Colonna, se habían revelado, una vez más, una pandilla de ineptos.

Y ahora el papa navegaba, con toda probabilidad, hacia el puerto seguro de Pisa, donde lo esperaban los florentinos, sus enemigos más acérrimos.

—¡Maldición! —imprecó, secándose con la mano la frente perlada de sudor.

¡Así que Sforza también le volvía la espalda! Y todo para ayudar al maldito papa veneciano, que contaba con el apoyo incondicional de los florentinos.

¡La mano de Cosimo de Médici debía de estar detrás de todo esto! ¿Quién si no su banco habría podido costear semejante fuga? ¡La filial de Roma, sin duda! Y los Colonna, ¿cómo podían haber subestimado los recursos y los objetivos de ese hombre? ¿Acaso creían que el exilio veneciano iba a ser suficiente para detener la ambición de los Médici? Si lo creían, eran más idiotas de lo que temía. Además, ¡Florencia y Venecia eran aliados desde hacía mucho tiempo!

El hecho le producía náuseas. Permaneció de pie, apoyado en la pared de piedra. ¿Qué podía hacer? Cierto, Sforza no era su único condotiero. Niccolò Piccinino era igual de capaz y mucho más sanguinario, pero ¡la cuestión no era esa! Sforza estaba prometido con su hija. ¿Así que lo había engañado? Sin embargo, cuando Pier Candido Decembrio le sugirió su nombre, el duque creyó que se trataba de una buena solución. Y, por ironías de la suerte, seguía pensándolo.

Pero sabía que esa sensación de haber sido burlado como un novato no era una fantasía de su mente. Eugenio IV se escabullía de su red, y a esas alturas era prácticamente imposible impedírselo.

El calor era insoportable. Le faltaba el aliento. Se desabrochó el jubón casi arrancándoselo, con la respiración entrecortada, el pecho jadeante.

El palomero vio que Filippo Maria Visconti boqueaba como si estuviera a punto de perder el equilibrio. Lo había estado observando mientras su rabia aumentaba a medida que leía el mensaje. Temblaba de indignación y de odio por lo que acababa de saber. Por eso, cuando vio que el duque se desplomaba contra el muro, arañando la piedra hasta romperse las uñas, comprendió que la situación se precipitaba y lo sujetó justo a tiempo, en el instante exacto en que Filippo Maria Visconti, incapaz de sostenerse sobre las piernas raquíticas y cansadas, perdía el conocimiento.

El calor infernal y la frustración lo habían postrado.

—¡Guardia! —gritó el palomero—. Guardia —repitió, mientras el gorjeo de tórtolas y palomas se convertía en un rumor sordo e inquietante—. ¡Guardia! —gritó el hombre por tercera vez, y, por fin, se oyeron pasos en la escalera de la torre. Un instante después, llegaron dos soldados, jadeantes.

—¡Salvemos al duque! —insistió el palomero—. Ayudadme a llevarlo abajo.

Cogió un brazo de Filippo Maria Visconti y se lo pasó alrededor del cuello; uno de los guardias lo imitó.

SEGUNDA PARTE

43

Paolo di Dono

República de Florencia, palacio Médici, 1441

—Qué maravilla habéis concebido, maestro —exclamó el
pontífice al ver el gran fresco que adornaba la pared de la nave
izquierda de la catedral de Florencia.

Paolo di Dono, a quien todos conocían como Paolo Uccello, se limitó a encogerse de hombros. Aquel pintor extraordinario era un hombre esquivo hasta el punto de que si hubiera
podido habría evitado el encuentro con el pontífice. Pero Cosimo de Médici pensaba todo lo contrario.

—Santidad —le dijo a Eugenio IV—, Paolo es uno de los
hijos predilectos de Florencia y uno de los máximos representantes del arte pictórico.

—Lo es —convino el papa, complacido.

El señor de Florencia y el pontífice estaban profundamente
unidos desde hacía unos años. Este último sentía un cariño especial por la ciudad, sobre todo después de haber oficiado la
consagración de la catedral de Santa Maria del Fiore, que se celebró una vez que la cúpula, obra de Filippo Brunelleschi, estuvo acabada. Pero había más: en Florencia se había proclamado campeón de la religión cristiana romana durante el reciente

Concilio con la firma del decreto *Laetentur coeli*, que culminó con la ratificación de la unión de las Iglesias griega y latina.

Habían transcurrido siete años desde que huyó de Roma como un mendigo, protegido por un hombre de confianza de Francesco Sforza, pensó. Le pareció mucho tiempo.

Y el protagonista de aquel increíble cenotafio le recordaba a aquellos hombres de armas que tanto habían hecho por él y que llevaban los nombres de Braccio Spezzato y Scannabue.

—Si me permitís, maestro —dijo el papa, dirigiéndose a Paolo Uccello—, creo que esta obra impresionante captura a la perfección el espíritu de nuestro tiempo.

—Comparto vuestra opinión, Santidad.

—Sí —afirmó plácidamente Paolo, como si volviera de otro mundo—, he tratado de representar a Giovanni Acuto, pero en efecto simboliza a todos los hombres de armas de nuestro tiempo.

—¿He tratado? Vamos, maestro —lo reprendió Cosimo—, sois demasiado modesto. Esta composición es formidable. Por otra parte, sabemos que en vuestra obra el condotiero-político representa la virtud militar.

—Cierto —encareció el pontífice, incapaz de contener su admiración—. ¡Y qué uso magistral del color verde tierra! ¡Parece una escultura de bronce!

—Quería replicar el modelo estatuario de la antigüedad clásica. Además, gracias a esta técnica —observó Paolo con una sorprendente punta de malicia en los ojos— y a la luz natural que entra por las vidrieras de la catedral, se recrean interesantes claroscuros en el rostro del capitán y en el caballo que monta, que, como bien habéis observado, amplifican el efecto de hallarse ante una escultura en vez de un fresco.

—¡Precisamente! —asintió Cosimo—. Por no mencionar vuestra aportación personal: ese juego magistral de perspectivas gracias al cual la base del monumento ecuestre está vista desde abajo, mientras que la figura del caballero y su caballo se observan frontalmente.

—Lo cual resulta especialmente chocante para el observador —concluyó Eugenio IV—. Os admiro sinceramente —agregó.

Paolo inclinó levemente la cabeza.

—Gracias, Santidad —contestó con gran modestia.

—Corre la voz de que Leonardo Bartolini Salimbeni os ha encargado un tríptico sobre tabla de tamaño excepcional en el que estáis trabajando. —Cosimo de Médici suspiró como si hubiera dejado escapar una oportunidad.

—¡Ah! —dijo Paolo—. ¡Estáis perfectamente informado!

—Estar informado, querido amigo, es mi profesión —replicó Cosimo con un brillo en los ojos—. A la espera de poder admirar lo que se anuncia como una maravilla...

El señor de Florencia no pudo acabar la frase porque se percató de que un cardenal al servicio del pontífice traía algo para este.

—Perdonadme, Santidad —se excusó el prelado, dirigiéndose al papa—. Acaba de llegar una carta para vos con el sello de Aragón.

—Gracias —respondió el papa, rompiendo el lacre y abriendo el sobre de pergamino finísimo.

Mientras a su alrededor se hacía el silencio, Gabriele Condulmer ojeó rápidamente la caligrafía apretada que llenaba dos hojas de color marfil.

—¿Malas noticias? —preguntó Cosimo.

—Malísimas —repuso el pontífice—. ¿Dónde podemos hablar?

—En mis aposentos, ¡sin demora!

—Vamos, no hay un instante que perder —dijo Eugenio IV.

44

Campovecchio

Reino de Nápoles, Campovecchio, alrededores de Porta Nolana

Alfonso de Aragón holgazaneaba en su tienda con una copa de vino.

Pensó en los últimos años. No le gustaba mucho pensar, era un hombre de acción, pero el vino y el cansancio de esos días lo empujaban a ajustar cuentas consigo mismo.

Había enviado hombres a Torre del Greco y Pozzuoli, que habían caído uno tras otro. En Vico y Sorrento había pasado lo mismo. De ese modo había cortado definitivamente las vías de suministro. Sus fieles Cossin, los *sin caridad*, que lo habían seguido desde Medina del Campo, se habían batido como leones, pero la fortaleza del Maschio Angioino, perdida dos años antes bajo el fuego de las lombardas genovesas, no había cedido y representaba una defensa inexpugnable que amenazaba con agotar a sus hombres.

Llevaba diez años empecinado en conquistar esa ciudad irreductible, pero Renato, duque de Anjou, se había revelado un adversario de fuerte temperamento, capaz de compensar con el valor y el arrojo los escasos recursos de que disponía. Aquel largo conflicto también le había enseñado a desconfiar de los capitanes de fortuna italianos. Se había convencido de que la única manera de tratar con ellos era considerarlos como lo que eran: unos traidores.

El último que había desvelado sus malas intenciones fue Antonio Caldora, el cual, negándose a obedecer las órdenes del duque de Anjou y renunciando a perseguir a los aragoneses derrotados en el campo de Apollosa, había comprometido el éxito de una victoria segura para el duque de los franceses.

Alfonso desconocía las excusas que Caldora adujo para justificar su comportamiento imperdonable. Se rumoreaba que alegó que temía caer en una trampa. Un pretexto ridículo que el duque no se había tragado. Los roces entre ambos no se habían suavizado porque Renato de Anjou no desperdiciaba la ocasión para echárselo en cara a Caldora, llegando incluso a humillarlo delante de su tío durante una cena. Ese incidente había abierto un abismo insalvable entre ambos y ahora el capitán de fortuna le ofrecía sus servicios precisamente a él.

Alfonso los aceptó a sabiendas de que quedarían en nada, pues Caldora era un hombre vil, un haragán, y él no quería a un soldado de esa clase como aliado. Pero de momento aceptó públicamente su ofrecimiento.

La hipocresía, por otra parte, no era exclusiva de los capitanes de fortuna. El mismo duque de Milán había acabado revelándose como un hombre sin escrúpulos. En un principio se puso de su parte y le facilitó su apoyo, poniendo a su disposición a los hombres de Niccolò Piccinino. Luego inició las negociaciones para dar en esposa a su única hija, Bianca Maria, a Ferrante, su heredero. Pero después, Filippo Maria cambió de opinión. Entonces, para tratar de satisfacer sus caprichos, Alfonso le propuso como alternativa a su hermano Enrique, maestre de Santiago, que se había quedado viudo. Pero la alternativa tampoco pareció satisfacer al exigente Visconti.

Al final, la relación se agrió y no fue por su culpa. Y ahora el duque de Milán no solo había bendecido las nupcias de Bianca Maria con el odioso Francesco Sforza, sino que se estaba aprestando a firmar una paz con el papa Eugenio IV, Venecia y Florencia, y lo invitaba a hacer otro tanto. La sugerencia resultaba de lo más extraña, pues hasta entonces tanto él como Filippo Maria habían echado mano de cualquier medio con tal de obstaculizar al papa, bien a través de sus representantes en el Concilio de Basilea, bien apoyando al antipapa Félix V, nombrado precisamente por la sagrada asamblea. Hasta tal punto que el mismo Alfonso se sentía incómodo: había asumido la responsabilidad de reiterar la costumbre vergonzosa del Cisma que parecía superado con el nombramiento de Eugenio IV.

En definitiva, en esos diez años Alfonso había aprendido como mínimo dos cosas: que los hombres de esa maldita península eran envidiosos, desconfiados y traidores, por lo que era mejor no fiarse, y que había que aprender a comportarse como ellos.

Sin embargo, a pesar de los muchos sinsabores vividos en la región de Labor, Alfonso tenía que reconocerle al menos una cosa a Renato de Anjou: su heroica defensa de las murallas de Nápoles.

Los ochocientos ballesteros genoveses llegados en ayuda de los angevinos habían abierto brechas impresionantes entre sus filas, mientras que las espingardas, cargadas con bolas de plomo y de piedra, habían cumplido con su cometido. Por eso, aun queriendo olvidar el resultado desastroso de algunos enfrentamientos, Alfonso se había hecho a la idea de tomar Nápoles por el hambre o la traición.

Cierto era que no estaba en apuros, todo lo contrario, tenía a la ciudad bajo asedio sin posibilidad alguna de escapatoria, pero llegados a ese punto prefería esperar; a decir verdad, también porque Renato de Anjou parecía estar peor que él.

Permanecía, pues, en Campovecchio, en su tienda, decepcionado y desanimado, mientras el tibio otoño le regalaba una brisa ligera que traía el olor acre del mar y la sal.

Aspiró una bocanada de aire, sin saber qué hacer. Don Rafael Cossin Rubio, hidalgo de Medina, estaba sentado frente a él, saboreando un malvasía licoroso. Había cortado en rodajas dos naranjas cuyo perfume dulce e intenso contrastaba poderosamente con el áspero aroma de los limones que el rey había mandado traer de Sorrento.

Alfonso no se separaba nunca de su fiel brazo derecho, y precisamente por eso don Rafael a veces se tomaba libertades que desde fuera podían verse como excesivas, pero que el aragonés toleraba porque ese hombre valía su peso en oro. Nunca había necesitado tanto un amigo con quien confiarse como en esa circunstancia, y don Rafael era precisamente eso: un compañero de armas, un amigo con quien contar y a quien confiar su propia vida, si se terciaba.

Pero viéndolo atiborrarse de naranjas, el rey tuvo un arranque de malhumor.

—Don Rafael, Nápoles se obstina en resistir. El tiempo pasa y yo no sé cómo resolver este asunto. Esta guerra se está haciendo demasiado larga y temo haber subestimado a ese maldito paleto de Renato de Anjou —concluyó con una punta de amargura.

—Paciencia, majestad, la prisa no es buena consejera.

—Paciencia, decís..., y puede que tengáis razón. Me he preguntado muchas veces por qué me empeño en perder tiempo con esta ciudad inexpugnable y al final siempre hallo la misma respuesta: su belleza sin par. Sus acantilados sobre el mar, sus aguas cristalinas, el aroma de las adelfas en flor. Es como si

Dios hubiera acercado sus labios a este golfo y le hubiera insuflado un aliento de belleza sobrehumana. Por eso no logro imaginar otra capital para mi reino. Sé que puede parecer un capricho...

—En cualquier caso, el capricho de un rey, majestad —dijo don Rafael, acabando la frase.

—No habríais podido expresarlo mejor, mi buen amigo. Y puesto que soy el soberano, quiero enseñar a estos malditos angevinos un poco de arte militar y hacerlos poner pies en polvorosa de esta ciudad.

—Del dicho al hecho hay un trecho, mi señor —observó don Rafael, metiéndose en la boca otro gajo de naranja.

—¡Necesitamos un golpe de suerte!

—¡Ya! Pero quizá tenemos algo entre las manos.

—¿En serio? ¿A qué os referís? ¿Cuándo ibais a decírmelo?

—Os lo digo ahora. Acabo de descubrirlo, majestad. Siempre y cuando lo que ha llegado a mi conocimiento sirva realmente de algo. Veamos si me acuerdo correctamente: la otra noche vino una mujer al campamento a pedir pan. No perderé tiempo contándoos los detalles de por qué y cómo satisfice su petición y qué le pedí a cambio, pero el hecho es que mientras estaba ocupado en cobrar el premio acordado a cambio de mi amabilidad, me contó una historia extraña.

—¿De verdad? —preguntó el rey—. ¿Estáis tratando de decirme que una puta os ha susurrado al oído la solución para este rompecabezas?

—Yo no la llamaría así, majestad. Aparte de eso, he comprendido algo: las mujeres de Nápoles son raras, mi señor. Ocultan misterios insondables en sus ojos, pero de sus labios brotan confesiones todavía más enigmáticas. Pues bien, creo adivinar por qué esa loba quiso encender mi curiosidad: porque sabe muy bien que gracias a esa estratagema podrá volver a buscarme para pedir más favores. Sea como fuere, esto es lo que me contó: ella conoce a un tipo, un pocero, que ha trabajado durante este último año en el acueducto de la ciudad para ganar algún dinero. Ahí fue donde descubrió un pasadizo para entrar a escondidas en el interior de las murallas de Nápoles.

Alfonso de Aragón se quedó de piedra al oírlo. ¿Así que existía una manera de entrar? Cierto es que la mujer podía haber mentido o contado una historia que había oído para congraciarse con don Rafael. Pero la situación exigía que trataran de averiguar algo más.

—Lo que me contáis es sobremanera interesante. Decidme, amigo mío, ¿hay alguna posibilidad de que esa mujer vuelva?

Don Rafael pareció reflexionar.

—A decir verdad, no di importancia a sus palabras. Pero me dijo que volvería el mes que viene.

—¿Sabéis cómo se llama?

—No le pregunté su nombre y ella no me lo dijo.

—¡Madre de Dios! ¡Un mes más! ¿No hay ningún modo de encontrarla?

—No se me ocurre.

—¿Acaso es una de las prostitutas que siguen al ejército?

—Por desgracia, no, como os he dicho. Me pareció una loca, no sé si me entendéis. Parecía un animal feroz, con largos cabellos negros y desgreñados, ojos negros como el tizón, labios más rojos que la sangre y las caderas más sinuosas y fuertes que he visto nunca. Caminaba sola como si no le tuviera miedo a nada y me pidió de comer con la arrogancia despectiva de una reina. Enseguida tuve la sensación de no poder doblegar su rebeldía ni por un instante. Tenía algo...

—Vamos, don Rafael, ahora estáis exagerando. Al fin y al cabo, no es más que un ser desesperado.

—Es cierto, majestad, es una manera de definirla. Pero, para ser sincero, cuanto más lo pienso más me doy cuenta de que no lo era en absoluto, ¡más bien la definiría como una hembra! Y no he visto muchas de esa clase. Hasta el punto que tengo la sensación de que no fui yo quien se aprovechó de ella, sino ella de mí.

—A juzgar por lo que me contáis, así es. —Alfonso de Aragón suspiró—. De acuerdo —dijo luego—, seguiremos sitiando esta maldita ciudad, y si no logramos doblegarla esperemos que vuestra fiera orgullosa vuelva cuanto antes.

Don Rafael asintió.

—Cuando la volváis a ver, pedidle que os traiga al pocero y conducidlos ante mí. Decidle que sabré recompensarla.

—Naturalmente, majestad.

Alfonso salió de la tienda sin responder.

Había caído la noche y el cielo viraba del rojo al negro. Ante él, las hogueras del campo. Braseros y fogatas ardían difundiendo una luz anaranjada. Al fondo, desenfocada en la luz del crepúsculo, vislumbraba la gran mole de Castel dell'Ovo dominando el mar con sus torres.

Alfonso miró las formas angulosas de la fortaleza que había conquistado tiempo atrás, pero que no era suficiente para entrar en la ciudad. En ese momento se prometió que Nápoles pronto sería suya.

45

Alianzas y estrategias

República de Florencia, palacio Médici

Cosimo de Médici miraba al pontífice con preocupación.

—Santidad, os lo ruego, decidme qué os angustia.

—Naturalmente, amigo mío. En primer lugar, la carta es de Alfonso V de Aragón, que en este momento está asediando Nápoles.

—Ya, desde tiempo inmemorial.

—Sí. Sabéis perfectamente que reclama sus derechos sobre ese reino del que fue designado sucesor por la reina Juana II, que le pidió auxilio para defenderse de Luis III de Anjou.

—Cierto, pero ¡también recuerdo muy bien que después se los negó por entrometido y codicioso y designó a Renato de Anjou como su heredero!

Gabriele Condulmer sacudió la cabeza.

—¡Ay! ¡Mujeres, amigo mío! No tenéis ni idea de los problemas que me han causado. ¡Incluso cuando albergan las mejores intenciones! ¡Qué le vamos a hacer! Habéis ido enseguida al meollo de la cuestión. Pero hay más. También os acordaréis de que Alfonso de Aragón fue muy ambiguo con mi predecesor, el papa Martín V, hasta el punto que llegó a apoyar al antipapa Benedicto XIII, a quien permitió refugiarse en el castillo de Peñíscola, situado en el reino de Aragón.

—Alimentando una incertidumbre que todavía perdura.

—Aún diría más —prosiguió el pontífice—. Después de la alianza con el duque de Milán, tanto él como este último se esforzaron en desacreditarme a toda costa, apoyando por medio de sus representantes en Basilea la superioridad conciliar con respecto a la papal.

Cosimo de Médici asintió. Conocía perfectamente los hechos y había intentado luchar contra ellos. Por eso, cuando Niccolò III de Este trasladó el Concilio a Ferrara, aprovechó la epidemia de peste en Emilia para hacer de Florencia la nueva sede del sínodo. De este modo, privó de legitimidad y autoridad a la asamblea de obispos de Basilea. Sin embargo, el movimiento conciliarista, lejos de reconocer la derrota y a pesar de haber perdido muchos partidarios, logró elegir un antipapa: Amadeo VIII de Saboya.

—Alfonso me habla muy claro. Me pide que legitime su titularidad a la corona de Nápoles en cuanto tome la ciudad. —El papa suspiró sin ocultar su desengaño—. ¡Precisamente él, que no tiene intención alguna de acceder a mi petición de firmar la paz con la Iglesia, Florencia y Venecia! ¡Hasta Filippo Maria Visconti lo ha hecho!

—¡Y encima os pide una investidura formal!

—¡Hay que tener caradura! Y por si fuera poco, después de haber ayudado al bufón de Amadeo VIII a tomar posesión del papado en Roma, ¡como si yo, el legítimo pontífice, fuera un impostor!

Cosimo de Médici miró al papa con consternación. Eugenio IV tenía toda la razón. A menos que... El señor de Florencia creyó vislumbrar una solución.

—Quizá, Santidad, podríais concederle la investidura e invertir la situación. Me explico: dado que Alfonso de Aragón todavía no ha tomado partido por un bando, podríamos congraciárnoslo dándole lo que pide. Visto que lo mueve el interés, complazcámoslo en vez de oponernos y pidámosle a cambio su apoyo. No os digo que lo hagáis enseguida —precisó Cosimo—, sino que lo penséis y se lo propongáis, a la espera de que conquiste Nápoles.

—¿No os parece una respuesta demasiado benévola después de todo lo que ha hecho?

—Comprendo perfectamente vuestras dudas, Santidad, pero no es benevolencia lo que os pido, ¡es flexibilidad! Concededle una oportunidad al aragonés a condición de que conquiste Nápoles. Si le tendéis la mano, probablemente os la estrechará. De este modo, por fin podríais volver a Roma con el apoyo de todos los soberanos y señores que cuentan. El duque de Milán ha decidido pedir la paz, Venecia y Florencia están de vuestra parte. Si Nápoles también se decide a apoyaros, solo quedaría fuera la Saboya de Amadeo VIII y un exiguo grupo aislado de prelados conciliaristas que cada vez cuentan menos. No os digo que olvidéis, sino que os mantengáis abierto a esa posibilidad.

Mientras escuchaba esas palabras, Eugenio IV tuvo que admitir que probablemente Cosimo de Médici tenía razón. Y se dio cuenta de que tenerlo como aliado y amigo era una de las mejores cosas que le habían pasado en la vida.

46

Las nupcias

Ducado de Milán, abadía de San Sigismondo, Cremona

Por fin había llegado el día.

Francesco Sforza cabalgaba hacia la abadía de San Sigismondo para casarse con Bianca Maria Visconti.

Cremona estaba de fiesta. Arcos de triunfo y desfiles, carros alegóricos, guirnaldas de flores y cintas desfilaban ante sus ojos. El capitán avanzaba, solemne, montado sobre su magnífico corcel negro. Lucía una casaca de terciopelo escarlata con el escudo del león y una sobreveste corta de brocado verde ribeteada de pieles. Calzaba botas de cuero altas sobre una refinada calza braga bicolor. Un puñal y una espada colgaban de su cintura. Iba armado incluso en esa ocasión. Temía, en efecto, que el duque de Milán hubiera contratado sicarios para asesinarlo. En los últimos años, la compleja personalidad de Filippo Maria Visconti había empeorado y se había convertido en el hombre más loco y peligroso que había conocido. Si por una parte el duque no se había opuesto a la celebración del matrimonio, contraído por poderes siete años antes, por otra no alimentaba ningún aprecio por Sforza. Es más, le despertaba una envidia enconada debida seguramente a su éxito como condotiero. Francesco se daba perfecta cuenta de que Filippo Maria proyectaba sus obsesiones sobre los demás, y su gordura e invalidez, agravadas por los achaques de la edad, que ya le impedían caminar, aumentaban una rabia y un rencor que lo consumían con la misma intensidad con que el fuego devora la cera.

A pesar de que lo había aceptado como hijo adoptivo al prometerle la mano de su queridísima hija, Filippo Maria había hecho todo lo que estaba a su alcance para quitárselo de en medio. En primer lugar, había reducido al hambre a sus soldados al negarse a pagarles. En los últimos años, el capitán había tenido que guardarse de continuas conspiraciones y emboscadas, hasta tal punto que había preferido casarse en una abadía de campo para evitar la catedral de Cremona. Las calles estrechas de la ciudad hubieran podido facilitar la fuga a los agresores, mientras que en el campo la huida era imposible.

Era terrible ensuciar el día de su boda con Bianca con semejantes pensamientos, pero después de haber contribuido a salvar a Eugenio IV de la rabia incontenible de los Colonna, el duque lo había llamado traidor y las bandas del Piccinino habían asaltado sus posesiones en la Marca, por lo que se había encerrado en el castillo del Girifalco, en Fermo, para defenderlas sin tregua. Cuando por fin, al cabo de dos años de hierro y sangre, se produjo una aparente reconciliación, gracias a la cual el duque llegó incluso a renovar la promesa de concederle la mano de Bianca, todo volvió a cambiar de repente. Filippo Maria cambió otra vez de idea y Sforza actuó en consecuencia, guardándose de abandonar la liga en contra de los Visconti y a su buen amigo Cosimo de Médici, y continuó militando bajo la bandera del león veneciano, aliado de Florencia y el papa. Pero después, Alfonso de Aragón logró extenderse por el reino de Nápoles y lo privó de golpe de todas sus posesiones. Francesco pasó muchos apuros al perder feudos ricos y espléndidos como Benevento, Bari, Trani, Barletta, Troia y, sobre todo, su querida fortaleza de Tricarico. Pero si a esas alturas solo le quedaban la Marca y Cremona, el duque de Milán tampoco había salido bien parado, pues Niccolò Piccinino se estaba volviendo cada vez más codicioso. Por eso habían decidido, de mutuo acuerdo, reconciliarse. Para unir sus fuerzas, visto que todas sus intrigas los habían dejado más pobres que antes.

Sin embargo, aunque estuviese en apuros, Francesco no confiaba en su suegro. Bianca, por su parte, criticaba con acritud a su padre, lunático, arisco y violento, siempre rodeado de espías y astrólogos. A veces no lograba entender que su madre lo amara. Ella lo quería, pero no las tenía todas consigo.

Francesco no había bajado la guardia ni siquiera ese día. Habría sido perfectamente normal que Filippo Maria intentara asesinarlo a pesar de bendecir las nupcias. Y, en efecto, como nueva prueba de su ambigüedad, no había abandonado el castillo de Porta Giovia, donde permanecía encerrado maquinando otras traiciones y conspiraciones, saltándose la boda de su hija.

Absorto en estos pensamientos sombríos, Francesco Sforza no lograba disfrutar de los festejos. Pero tampoco había renunciado a mostrar su poder: Pier Brunoro, uno de sus lugartenientes más valiosos, lo había precedido con dos mil caballeros elegantemente vestidos, engalanados con oro y plata, acompañados por un cortejo de abanderados, cornetas y tamborileros. Los estandartes con las insignias de los Visconti, que Francesco tenía derecho a lucir desde el día del compromiso matrimonial, ondeaban en el aire fresco de octubre.

Las banderas con el *Biscione* acuartelado con el águila imperial ondeaban por doquier. A estas se añadían las que representaban la Radia Magna, la Corona Radiada llameante y el *Bis-*

cione azur devorando a un sarraceno. Tras esa exhibición de poder y de fuerza, iba Francesco seguido por cuarenta caballeros vestidos de terciopelo rojo y plata.

Avanzó entre las ovaciones de la multitud hasta el portal de la pequeña iglesia.

Desmontó del caballo entre gritos de júbilo y, sin vacilar, entró a pie para ocupar su lugar en el palco de honor. Después permaneció a la espera.

Mientras esperaba mirando a su alrededor, la magnificencia de aquel lugar capturó su atención: la sencillez de las tres naves, la piedra arenisca, los ajimeces por los que entraban nimbos de luz, las partículas de polvo trémulas en los haces luminosos. Todo era encantador.

Finalmente, la pequeña puerta principal se abrió de repente.

Cuando Bianca Maria apareció, Francesco se quedó sin palabras: era de una belleza subyugante. El óvalo perfecto de su rostro, sus grandes ojos marrones, ribeteados por largas pestañas suaves, dejaron sin respiración a Francesco. Todas las dificultades a las que había tenido que enfrentarse en los últimos años se derritieron como nieve al sol.

Se quedó prendado de aquella joven alta y esbelta, envuelta en un magnífico traje rojo de brocado. Las mangas, amplias y del mismo color, estaban bordadas con hilos de perlas que también adornaban el escote y las muñecas. Y, por último, la sencillez del tocado, que acrecentaba el atractivo natural de Bianca: sus espléndidos mechones color piel de castaña, con reflejos de cobre fundido, estaban recogidos con una diadema de tres hilos de perlas y plata. Su paso derrochaba tal elegancia que las demás damas presentes en la iglesia palidecían a su lado. La acompañaba el conde Vitaliano Borromeo, procurador del duque de Milán.

Algo apartada, la madre, Agnese, espléndida también con

su traje de brocado verde, la larga melena de leona trenzada con hilos de perlas y gemas.

Cuando Francesco la tuvo a su lado, fue como si todo lo demás se esfumara. Bianca le sonreía, feliz. Llevaba mucho tiempo esperando ese momento y ahora, por fin, la espera había sido recompensada.

Contento por la felicidad de ella, tomó la pequeña mano de Bianca en la suya, grande, rugosa y agrietada, remendada de cualquier manera y llena de señales de las batallas y los duelos.

Pensó que nadie era más feliz que él en ese momento y disfrutó de la ceremonia entre trompetas y estandartes ajedrezados, mientras se cumplían los pasos de la elaborada y compleja celebración, a la espera del intercambio de anillos.

Deseó que la armonía y la paz de ese día fueran duraderas, pero sabía que no iba a ser así. Por eso, mientras tanto, había mandado a Pier Brunoro a tomar posesión de la ciudad. En los bancos de los testigos, Braccio Spezzato vigilaba atentamente que todo procediera sin contratiempos. Le debía mucho a ese soldado que velaba por él, para que pudiera disfrutar de su boda. Y así lo hizo. Procuró disfrutar de cada momento de su magnífica fiesta nupcial. Agnese del Maino le sonrió. Ella también sería una aliada valiosa, lo intuía claramente.

Miró a Bianca. Al final, tras tanto penar y tantas batallas sangrientas, por fin algo bueno.

47

La baraja

Ducado de Milán, castillo de Porta Giovia

Filippo Maria Visconti miraba la superficie de la mesa.

El pintor Michele da Besozzo, frente a él, acababa de dejar encima una baraja. Nunca había visto una de esa clase.

En sus figuras había algo arcano, recreaban una atmósfera de ensueño. Los colores, la lámina de oro, los detalles: todo era un placer para la vista. En ese momento, mientras su hija se convertía en la esposa del hombre que él había designado como su sucesor a pesar de saber que nunca habría aceptado del todo semejante perspectiva, logró por fin abstraerse de sus problemas y se perdió en la magia de aquella novedad.

—He aquí la baraja que he creado para vos, majestad. Me la encargó *madonna* Agnese tiempo atrás, pero, como podéis apreciar, se trata de una obra que presenta muchas dificultades —dijo Michele da Besozzo.

El duque no respondió.

Las cartas capturaban su mirada y su mente naufragaba en ese universo de símbolos y colores. Después, se dirigió al pintor:

—¿Podríais ilustrarme sobre el significado y la interpretación de esta baraja, maese Michele? Capto muchas referencias a figuras insólitas y fascinantes.

El pintor tomó asiento frente a él. Sus ojos brillaban como los de una fiera. El duque vio en ellos un destello de divertido entusiasmo.

—Como podéis ver, mi señor, he decidido realizar una baraja de ochenta cartas. Cuatro palos en total: espadas, oros, copas y bastos. Las primeras cuarenta, en lámina de plata y numeradas del uno al diez, se inspiran en los famosos naipes sarracenos. A ellas se añaden seis cartas de la corte, superiores, por cada palo, a las que se suman otras dieciséis figuras. —Filippo Maria Visconti asintió, el rostro concentrado, mientras la luz de las velas se reflejaba en sus pupilas—. Como le prometí a *madonna* Agnese, que conoce muy bien vuestros gustos, he tratado de usar los colores más hermosos, inspirándome para las figuras en la tradición del estilo gótico del Norte. He pintado a mano cada carta, la he cubierto con la lámina de oro y la he trabajado con el buril. Cada palo tiene, pues, cartas numeradas, un rey, una reina, un caballero, una dama a caballo, una sota y una damisela. Les siguen las dieciséis cartas superiores. Para ellas, vuestra gracia me perdonará, me he tomado la licencia de inspirarme en algunas personalidades de nuestro tiempo.

—Continuad, maese Michele, lo que me contáis me fascina. No deseo otra cosa más que escucharos mientras me guiais en los misterios de vuestros maravillosos naipes.

El pintor empezó a disponer las dieciséis cartas superiores sobre la mesa. Las llamas del hogar teñían de sombras las figuras.

—Empezaré por el Emperador, que, como vuestra alteza comprenderá perfectamente, tiene las facciones de Segismundo de Hungría.

—Si bien, a estas alturas, su lugar está al lado de Alberto II de Habsburgo —observó el duque.

—Naturalmente, mi señor. Pero tened en cuenta que trabajo en esta baraja desde hace varios años. Cuando empecé, Segismundo era el señor del Sacro Imperio Romano, fundador de los Caballeros de la Orden del Dragón, el *Dracul*, como llaman en aquellas tierras inhóspitas a la orden sanguinaria que contaba y cuenta entre sus filas con los caballeros más despiadados y formidables de todos los tiempos.

—Quizá recordéis que uno de ellos estuvo a mi servicio durante algunos años. Me refiero a János Hunyadi, ¡uno de los hombres de armas más malvados que he conocido!

—Por eso, majestad, he querido dar las facciones de Segismundo a la figura icónica del emperador. De este modo, si él es el emperador, o al menos lleva su rostro, la emperatriz no puede ser otra que Bárbara de Celje, llamada la Mesalina de Alemania por llevar una vida consagrada al vicio y a la depravación y considerada por muchos una bruja aficionada a la alquimia y al culto de la sangre, hasta tal punto que abandonó la religión cristiana para abrazar sin reservas el credo del Dragón.

—Un personaje oscuro y perturbador, pero cargado de un atractivo turbulento, ¿no creéis? —preguntó el duque con interés.

—Sin duda, mi señor. Deduzco que para vos será sencillo comprender a qué corresponden los cuatro palos que he reproducido en las cartas. Espadas, oros, copas y bastos son símbolos que hacen referencia a cuatro fuerzas concretas que, como tales, luchan entre sí por la conquista del poder. ¿Qué os sugiere?

—¿Las espadas de Milán, el oro de Venecia, las copas de Roma y los bastos de Nápoles? —A Filippo Maria Visconti le brillaban los ojos. Ahora se daba perfecta cuenta de que esa baraja extraordinaria era mucho más que un pasatiempo. Era una alegoría, un mapa de símbolos arcanos que ilustraba de manera singular la disposición de las fuerzas en juego. El Imperio, ciertamente. Y también las cuatro potencias principales, las cuatro ciudades que luchaban entre sí por la conquista del dominio absoluto.

Cuando maese Michele respondió, le resultó aún más evidente.

—Milán se ha hecho famosa en el mundo gracias a las espadas y la fabricación de armas. Venecia ha sometido tierras y hombres gracias al comercio y al dinero. Roma se funda en el papa y en la copa de la sangre de Cristo y Nápoles caerá en manos de los aragoneses, que la golpean sin piedad. Sé que Florencia y Ferrara también tienen un papel importante en esta partida, como Génova o Mantua, pero teniendo que elegir solo cuatro, he considerado que Milán, Venecia, Roma y Nápoles son los jugadores principales de esta lucha por la hegemonía.

—Tenéis razón, maese Michele —concluyó el duque—. ¿Qué más? ¿Cuáles son los dieciséis arcanos mayores?

—La Boda, el Mundo y el Carro como símbolos de la vida. Después están las virtudes: Fe, Justicia, Esperanza, Caridad y Fortaleza. Y el Mago o Malabarista, que simboliza el engaño, la fantasía y la magia; el Loco, el Colgado, la Torre, la Rueda de la Fortuna, el Juicio Final, el Diablo y, por último, la Muerte.

—Que cabalga con la guadaña en la mano, la gran niveladora que siega vidas como si fueran espigas de trigo maduro —dijo Filippo Maria Visconti con una punta de fatalismo.

—No podría expresarse mejor, mi señor.

El duque respiró profundamente. Se quedó mirando las dieciséis figuras en silencio.

Después, levantó la mirada.

—¿Puedo coger las otras cartas? —preguntó.

—Faltaría más, alteza. Son vuestras —contestó el pintor, ofreciendo a Filippo Maria Visconti el mazo con las otras sesenta y cuatro cartas.

Cuando las tuvo en las manos, el duque se puso a mirarlas, colocándolas en una pila a medida que las observaba. Lo hacía con movimientos lentos, como si deseara comprender la naturaleza de la carta a través de sus gestos. Saltaba a la vista que las figuras ejercían sobre él un poder especial y lo transportaban a un mundo lejano.

—Os doy las gracias por lo que habéis hecho. Y tenéis razón: Agnese del Maino es una mujer extraordinaria. ¿Podéis dejarme solo ahora, maese Michele?

—Mi señor —dijo el pintor sin añadir nada más. Acto seguido se prodigó en una reverencia y se encaminó hacia la puerta, haciendo revolotear su larga capa negra.

Filippo Maria Visconti cogió todas las cartas que había sobre la mesa. Las mezcló a conciencia. Sentía en sus manos los bordes laminados, el poder arcano que desprendían, como si fueran un talismán.

Al final, sacó una.

Apareció el Diablo.

48

La loba

Reino de Nápoles, Campovecchio, alrededores de Porta Nolana

Don Rafael Cossin Rubio, hidalgo de Medina, la vio llegar bien entrada la tarde. El cielo estaba impregnado de presagios y sombras. Las nubes parecían extenderse como un sudario deshilachado sobre el lecho azul del cielo. La pálida luz del sol de noviembre difuminaba sus contornos. Cuando la tuvo cerca, don Rafael sintió que se estremecía.

La mujer parecía una loba. Caminaba impávida entre las tiendas. Llevaba un sencillo vestido rojo de mujer del pueblo llano. Pero, aun así, cegaba a quienes se cruzaban con su mirada ardiente. Sujetaba un caballo por las riendas. Un tordo.

Un grupo de soldados la seguía con recelo. No la habían visto nunca y era demasiado hermosa para ser solo una puta. En cuanto vieron al hidalgo de Medina, uno de ellos le contó que había preguntado por él con tanta insistencia que habían accedido a conducirla ante su presencia. Don Rafael los tranquilizó. La conocía muy bien.

Cuando los hombres se alejaron, volvió a mirarla. No sabía cuáles eran sus intenciones, pero estaba seguro de que la habría seguido al fin del mundo.

Después la invitó a entrar en su tienda. Pero ella negó con la cabeza. Acto seguido, montó a caballo de un brinco.

Ahora lo miraba, bellísima y altiva, por encima del hombro. Don Rafael comprendió. Se acercó a su caballo negro, un magnífico ejemplar andaluz, y montó en la silla. Apenas tuvo tiempo de girar sobre sí mismo. La mujer lanzó al galope a su corcel.

Filomena sabía lo que quería. Esos hombres habían llegado de España y habían sometido su ciudad a sangre y fuego. Pero no soportaba la arrogancia de los dominadores angevinos. Por eso estaba dispuesta a hacer cualquier cosa que estuviera en sus manos para ayudar a Alfonso de Aragón a entrar en la ciudad. Además, ese hombre, ese hidalgo, había sido amable con ella y tenía los ojos bonitos.

Cabalgaba salvaje, los largos cabellos negros y rebeldes al viento, agitándose en el aire tibio de la tarde. Había dejado atrás la ciudad y cruzaba la llanura que se extendía ante ella. Sabía que el hidalgo la seguía. Le daría lo que deseaba a su debido tiempo, pero primero obtendría lo que ella quería.

Mientras galopaba por el camino, vio los surcos labrados en la tierra parda, las granjas diseminadas que salpicaban la colina de los brócolis, el sol que emanaba la luz opalina de noviembre al ponerse en las aguas azules del golfo.

Galopaba sin descanso, como si su corcel quisiera alcanzar los Campos Flégreos. Después abandonó el camino y se desvió hacia la vegetación de arbustos bajos y matorrales que salpicaban esa tierra fértil y excavada en la toba que parecía anunciar las bocas de volcán con su aliento de azufre.

Cuando consideró que estaba lo suficientemente lejos, Filomena tiró de las riendas. El caballo se encabritó y relinchó a pleno pulmón. Después volvió a bajar de manos al suelo. Ella esperó al hidalgo mientras el cielo se hacía de cobre y sangre, y el sol alargaba sus rayos de oro frío sobre la llanura.

Bajó del caballo y caminó entre las hileras de color gris hierro de las jaras y las retamas, entre los mirtos y los viburnos, después se detuvo y se dejó caer entre los arbustos; su vestido se ensanchó como una gran mancha de color.

Don Rafael la vio justo a tiempo. Un instante antes de que la oscuridad descendiera sobre la llanura. Se apeó del caballo y fue a su encuentro. Ella sonrió cuando él se tumbó a su lado. Los dientes blanquísimos entre los labios rojos casi lo cegaron.

Después la abrazó y sintió el cuerpo de ella temblar al contacto con el suyo, ahogó sus sentidos en su rostro rebelde y orgulloso y se embriagó con el aroma de su piel color canela hasta naufragar entre sus olas negras.

Dejó que sus dedos la exploraran en la oscuridad. Esa mujer callaba mientras él la besaba como nunca había besado a ninguna. Y el silencio que lo capturaba aumentaba su misterio y su secreto.

La Mesinesa, la lombarda más grande de que disponía, vomitó una bola de fuego tan grande que oscureció el cielo. Eclipsó el sol durante unos instantes.

El impacto del proyectil tuvo tal alcance que devastó la tribuna de la iglesia del Carmine y desfondó el ábside, destruyendo el tabernáculo que contenía un crucifijo de madera que toda la ciudad veneraba.

Nápoles enmudeció. Habían golpeado a Dios.

En el silencio que siguió, Alfonso vio a los angevinos caer al suelo en un charco de sangre entre escombros y cascotes.

Pero algunos de ellos, maltrechos y heridos por los incesantes golpes de lombarda de su hermano Pedro, infante de Castilla, se precipitaron entre las montañas de escombros.

Lo que descubrieron los dejó pasmados.

Al cabo de poco, salieron triunfantes, gritando de alegría: el crucifijo, la reliquia que se guardaba en el tabernáculo, estaba intacto.

El Cristo, en perfecto estado, gritaban, había inclinado levemente la cabeza a la derecha, mientras que antes la dirigía al cielo. También había doblado las piernas, como si las hubiera apartado para esquivar el formidable proyectil que había destruido la iglesia.

Un prodigio, un milagro de tal alcance que dejó sin palabras a asediados y asediadores. Alfonso se santiguó: bombardear una iglesia superaba todos los límites. ¿De qué servía luchar si para hacerlo se pisoteaba incluso la religión? ¿Qué honor, qué dignidad les había quedado? Pero su hermano, que no tenía intención de ceder, siguió bombardeando la catedral poco después.

Alfonso no daba crédito a sus ojos y, sin perder más tiempo, subió a caballo y salió disparado en dirección al Sebeto, desde donde la artillería de su hermano Pedro bombardeaba la iglesia del Carmine. Debía impedir que siguiera perpetrando esa infamia o Dios lo castigaría sin piedad.

Su caballo galopaba como si lo persiguieran los demonios. Tenía que llegar antes de que fuera demasiado tarde, lo acechaba un presentimiento.

Casi había llegado. Podía vislumbrar a su hermano de pie en el bastión con los demás hombres.

Entonces sucedió lo irreparable.

Primero oyó el fragor del trueno.

Después, mientras cabalgaba desesperado, apenas a un cuarto de legua de distancia, vio como Pedro y los demás hombres saltaban por los aires. La tierra explotó bajo sus pies. Un gigantesco surtidor de cascotes y escombros se elevó hacia el cielo para volver a caer en una lluvia de ruina y muerte.

Un silencio irreal congeló la escena. El bastión donde había visto a su hermano un instante antes ya no existía; en su lugar, un diente de piedra truncado, un muñón brillante de sangre y vísceras.

Alfonso detuvo el caballo.

Tenía el corazón en un puño cuando abrió los ojos. El pulso le martilleaba en el pecho como los cascos de un caballo. Se sentó en la cama con la respiración entrecortada. Otra vez la misma pesadilla. El recuerdo infausto de aquella tragedia.

El rey tuvo miedo.

Porque el recuerdo de su difunto hermano no lo abandonaba nunca. Lo acompañaba siempre, noche tras noche.

Y Nápoles siempre estaba presente. Majestuosa y, en cierto sentido, burlona. Porque no se dejaba atrapar. Porque había exigido el tributo más grande: la vida de su hermano.

No había podido hacer nada para impedir su muerte.

Por eso convivía con el horror. Y el miedo. Y la sensación, viscosa e insinuante, de fracasar. Una vez más.

49

Francesco y Bianca Maria

Ducado de Milán, Cremona

Francesco la miraba con sincera curiosidad y sorpresa. ¿No esperaba que fuera tan experta en las cosas de la vida? ¿De eso se trataba? Probablemente sí. En cualquier caso, Bianca Maria había sido tan dulce y maliciosa en esos días que lo conquistó de inmediato.

Ahora caminaban de la mano por la planicie que se extendía fuera de las murallas de Cremona. Desde la mañana de la boda había allí una feria magnífica, con puestos llenos de guirnaldas. En los tenderetes diseminados por los prados, los vendedores ambulantes se afanaban escanciando vino y sirviendo carne asada al espetón. También había un pastelero que exhibía turrones con formas extrañas, pilas de jengibre confitado, caramelos, pan dulce y montañas de tortitas de mazapán.

Los clientes, ciudadanos y visitantes llegados con ocasión de las nupcias, hacían cola y esperaban pacientemente su turno para degustar esos manjares.

Francesco observaba divertido los estandartes que ondeaban en el aire: las banderas con los colores de Cremona, gris y rojo, sus gonfalones con el león rampante, y los que exhibían la paloma blanca en el centro en honor de Bianca Maria. El sol de las primeras horas de la mañana extendía sus rayos frágiles.

—Todo parece tan hermoso e imperecedero... Como si la felicidad de estos días no fuera a desvanecerse nunca —dijo Francesco.

—Pero hay algo que os turba, ¿no es cierto, mi señor?

El capitán arqueó una ceja. ¿Así que no tenía secretos para esa mujer? ¿Su corazón era un libro abierto para ella? Por segunda vez en pocos días, lo sorprendió.

—¿Tanta facilidad tenéis para comprender mis emociones, amor mío? —preguntó.

Bianca Maria sonrió.

—Nos conocemos desde hace pocos días, pero creedme si os digo que crecí esperando que llegara este día. Puedo afirmar que he vivido para convertirme en vuestra esposa. Y aunque eso por sí solo no es suficiente para que os conozca mejor que cualquier otra persona, comprendo que la conducta de mi padre sea sospechosa para vos, por no decir abiertamente hostil. Y si tuviera que aclarar vuestras dudas, lo cual pienso hacer, puedo deciros que son fundadas y que tenéis motivo de sobra para desconfiar. Quizá no lo sepáis aún, Francesco, pero justo esta mañana me han informado de que Niccolò III de Este ha acudido a la llamada de mi padre en el castillo de Porta Giovia. Hace tiempo que son buenos amigos. No creo, naturalmente, que quiera sustituiros, pero lo he visto cambiar de chaqueta tan a menudo en estos últimos años que ya no lo reconozco.

—Son palabras muy duras en boca de una hija.

—Lo son. Pero hace mucho que mantengo a raya el amor filial para que no nuble mi juicio. Yo os pertenezco y a vos debo fidelidad. Y esta se manifiesta de muchas maneras. Si tuviera que elegir entre él y vos, pues bien, sabed que no dudaría. Por eso, si os estáis preguntando si tiene sentido que vayáis próximamente a Milán a encontraros con el duque, soy la primera en poneros en guardia y en aconsejaros, si aceptáis mi sugerencia, que os repleguéis en las tierras de la Serenísima. Mi padre trama algo y aunque por fin haya dado el visto bueno a estas nupcias, no creáis ni siquiera por un instante que ha renunciado a sus propósitos belicosos. Y no solo contra vos. A estas alturas, está en guerra contra el mundo entero.

Francesco se detuvo. Cogió las manos de Bianca Maria entre las suyas. La miró fijamente a los ojos y leyó en ellos una sinceridad y una determinación desarmantes. Por una vez la suerte le había sonreído, concediéndole una esposa no solo bella, sino también inteligente y valiente. La abrazó y la levantó del suelo. Era ligera y frágil como un pajarito, pero decidida y con una voluntad de hierro.

Vio un torbellino variopinto y encantador de nubes blancas en el cielo azul, niños que corrían en los prados, murallas, tiendas, puestos y estandartes.

Después, Francesco la dejó en el suelo, la besó con dulzura y se llenó los ojos de ella. Su rostro de piel nívea y sus ojos claros como gemas le cortaban la respiración.

—A pesar de que lo que habéis dicho denota sentido común, mi señora, no tengo intención de separarme tan pronto de vos —dijo Francesco, divertido, con un deje de dulzura.

—¿En qué sentido? —preguntó ella, sorprendida.

—Que si he de partir con mis soldados...

Bianca Maria lo interrumpió:

—No me conocéis todavía, mi señor. Os seguiré dondequiera que vayáis. Monto a caballo a la perfección y sé usar la espada mejor que un hombre.

Francesco Sforza no pudo ocultar su sorpresa.

—¿En serio?

—Ponedme a prueba —respondió ella.

La miró a los ojos, rebosantes de valor.

—No lo haré, amor mío, lo que veo vale más que mil desafíos.

50

Preparar el futuro

Polissena miraba a su hijo. Veía el futuro en él. Gabriele había encontrado protección en Florencia y la amistad con Cosimo de Médici era garantía de que tarde o temprano volvería a Roma. Mientras tanto, su posición de papa había favorecido la carrera de Pietro, que con solo veinticuatro años ya era cardenal diácono.

El joven había vuelto a Venecia para pasar unos días y ahora le estaba contando lo que sucedía en Florencia y las grandes esperanzas que allí se forjaban.

Habían ido juntos al mercado de Rialto a comprar vino y telas y se habían detenido cerca de la iglesia de Santa Maria Mater Domini. En el centro de la plaza estaba el brocal de un pozo donde los venecianos hacían provisión de agua. Las magníficas fachadas de los palacios cerraban el espacio. Las páteras de Ca' Zane, con efigies de grifones y águilas, siempre dejaban pasmada a Polissena y capturaban su imaginación.

Era un día frío, pero Polissena no tenía ganas de volver a casa. En esas mañanas de noviembre la laguna veneciana tenía un color especial: el verde claro del agua brillaba más que de costumbre y el aire acariciaba el rostro como una fresca lisonja.

—Cosimo de Médici confía en que el papa, vuestro hermano, podrá volver muy pronto a Roma —dijo Pietro—. Según él, los Colonna tienen los días contados y la Ciudad Eterna se prepara para acoger con los brazos abiertos a su legítimo guía espiritual.

—He conocido a Cosimo de Médici. Es un hombre de gran inteligencia y estrategias sofisticadas, pero ¿qué lo induce a pensar que Roma está lista para volver a recibir a vuestro tío?

—Ha convencido a vuestro hermano para que reconozca la legitimidad del derecho de Alfonso V de Aragón al trono de Nápoles. De esta manera, el Concilio de Basilea perderá a su último partidario, visto que Filippo Maria Visconti, el otro defensor que quedaba, ha perdido interés por tomar partido a favor del sacro colegio. Pero hay más. La reunificación de las Iglesias griega y romana que tuvo lugar en Florencia el año pasado, favorecida precisamente por el Médici, ha fortalecido aún más la posición del papa en total detrimento de los conciliaristas. Por último, la cruzada que convocó contra los otomanos ha hecho el resto. Cuenta en sus filas con la flor y nata de la aristocracia húngara: el rey Vladislao III Jagellón, el voivoda de Transilvania János Hunyadi, el déspota de Serbia Đurađ Branković y Mircea II de Valaquia. Los cristianos cosechan una victoria tras otra y el pontífice, vuestro hermano, ¡les ha prometido una flota veneciana para apoyar la causa! Desde Florencia y con el apoyo de los Médici, mi tío puede por fin llevar a cabo la política eficaz que no pudo hacer en Roma.

Polissena sonrió.

—¿Así que ahora también os ocupáis de política?

—No pretendía...

—No os preocupéis, Pietro. Me estoy burlando de vos. Seguro que es así. Gabriele podría volver a ser papa en la Ciudad Eterna con el apoyo de Florencia y Venecia.

—Os echa de menos, madre.

—Por eso tengo intención de ir a Florencia con vos.

—¿Habláis en serio?

—¡Por supuesto! Ya fue bastante penoso ver como la Serenísima se olvidaba de él cuando más la necesitaba. Por eso fui a Florencia en cuanto pude. Pero falto desde hace mucho tiempo y creo que mi hermano me necesita. Ahora más que nunca. Además, quisiera hablarle de un asunto.

El tono sibilino de Polissena sorprendió a Pietro. Pero solo por un momento, pues el joven sabía muy bien que podía esperarse cualquier cosa de su madre. No era la clase de mujer que aguardaba a que sucedieran las cosas, sino que influía en su curso. Y cuando adoptaba ese tono, algo tramaba. Él lo había entendido desde hacía mucho tiempo.

—¿Puedo saber de qué se trata?

—¿Por qué no? Esta clase de objetivos se han de preparar con mucha antelación. ¿Os he hablado de cuando me reuní con el cardenal Antonio Panciera hace años, en la iglesia de San Nicolò dei Mendicoli?

—¡Nunca!

—¿Y por qué lo hice?

—Ahora estáis jugando conmigo.

—Quizá.

—Pero me decíais de la antelación... —sugirió Pietro.

—Ahora os contaré todo. ¿Volvemos a casa? —le preguntó Polissena.

—Naturalmente.

Mientras caminaban, Polissena miró a su hijo.

—¡Vos seréis papa, hijo mío!

Pietro se quedó sin habla. Después, cuando se recuperó de la sorpresa, protestó:

—¡Eso no sucederá nunca!

—¡Todo lo contrario! —afirmó ella—. Lo seréis, ¡creedme! ¡Como vuestro tío! Y como mi tío antes que él. ¿Y sabéis por qué sois el candidato perfecto, Pietro? Por tres motivos. Sois veneciano, y como veneciano pertenecéis a la república más poderosa de nuestro tiempo. Descendéis de un linaje que ha sabido invertir predicciones desfavorables. Cuando vuestro tío Gabriele fue nombrado pontífice por unanimidad, él fue el primero en sorprenderse, nadie creía que lo lograría. Y en cambio...

—Y en cambio, fue lo que sucedió —concluyó Pietro.

—Exacto. Además, a vosotros tres no se os relaciona de buenas a primeras con la misma familia. Gregorio XII llevaba el apellido Correr. Vuestro tío, Condulmer. Y vos descendéis de los Barbo. Tres nombres, tres dinastías distintas. Nosotros, los venecianos, siempre hemos tenido que movernos con astucia y discreción porque Roma, en el fondo, nos odia. Pero tenemos aliados poderosos. Y ahora, la amistad entre Cosimo de Médici y vuestro tío nos asegura un apoyo importante en una elección futura. Por eso, como os he dicho, hijo mío, seréis papa. Puede que haya que esperar, ahora es demasiado pronto y mi hermano, gracias a Dios, goza de buena salud, pero empezad a haceros a la idea y a pensar como un jefe, porque tarde o temprano llegará vuestro turno. La familia y la sangre, Pietro, son lo único que cuenta en este mundo.

Mientras caminaban hacia casa, el joven hijo de Polissena Condulmer se quedó absorto en sus pensamientos. La conversación lo había dejado pasmado. Estaba seguro de que conocía a su madre, pero Polissena le acababa de mostrar un aspecto de su carácter que hasta entonces le era desconocido. A pesar de saber que era una mujer formidable, ahora caía en la cuenta de hasta dónde podía llegar su voluntad de hierro. Después de esa conversación, no le cabía ninguna duda.

Se prometió que no la decepcionaría.

51

La historia del acueducto

Reino de Nápoles, Campovecchio, alrededores de Porta Nolana, 1442

No había sido fácil, pero al final lo había conseguido. Alfonso de Aragón tenía delante al pocero. Aquella mujer misteriosa y bellísima, capaz de hechizar a don Rafael, se lo había llevado a su tienda. El noble soldado permanecía de pie con los ojos rapaces clavados en ese hombre que afirmaba conocer el pasadizo para tomar Nápoles desde el interior.

El rey no lo veía claro, pero ahí estaba. Si alguien le aseguraba que era posible, ¿qué perdía con escucharlo? Además, don Rafael sostenía que todo lo que había contado esa belleza de pelo negro era cierto. A propósito, ¿cómo se llamaba? ¿Y cómo diantres salía de la ciudad cuando se le antojaba? ¿No era ese misterio la admisión implícita de la existencia de una vía subterránea?

Llegados a ese punto, Alfonso, cómodamente sentado en un sofá de damasco y a la luz de los braseros que calentaban el interior de su tienda, era todo oídos. Fuera, el viento frío de enero soplaba arrastrando blancos copos de nieve.

A fin de cuentas, era mala pata que aquella ciudad todavía

resistiera, sobre todo teniendo en cuenta el invierno riguroso que los había sorprendido, otro motivo para acabar lo antes posible. Estaba cansado de esperar y confiaba en que lograría sorprender, finalmente, al cateto de Renato de Anjou, que sin duda no preveía tamaña jugada.

Además, necesitaba desesperadamente concluir la partida. Lo exigía la situación, que en ese momento le era favorable pero que parecía cambiar a merced del viento. Justo en esos días habían llegado refuerzos para Renato de Anjou: otros cuatrocientos ballesteros genoveses que ahora presidiaban la puerta de San Gennaro. Y por si fuera poco, Filippo Maria Visconti no lo había pensado dos veces antes de proponerle otra de sus excentricidades. Pedía, por medio de una legación —el mensajero del duque había llegado al campamento justo el día antes—, formar una alianza con Génova. El duque aspiraba a hacerse con el reino de Cerdeña, que compartiría con el soberano de Aragón. Pero a esas alturas, Alfonso tenía la clara sensación de que Filippo Maria Visconti deliraba como un loco y por eso había respondido con un «no» tajante y le había aconsejado que no escuchara las propuestas provocadoras de los genoveses, que solo tenían el objetivo de sembrar cizaña en sus propias filas.

Estaba realmente cansado de tener que hacer frente a las continuas locuras del duque y a las extravagancias de esos italianos que no desaprovechaban la ocasión de cambiar de bandera o de hacer el doble juego.

Considerada, pues, la situación, ¿por qué no escuchar al pocero? Si pensaba en todas las cosas que le habían ocurrido desde que trataba de apoderarse de esa ciudad imposible, la que le proponían no era la peor ni la más inverosímil. ¡En absoluto!

—Contadme con todo detalle —dijo el rey—, ¿qué os hace pensar que sea posible tomar esta maldita ciudad desde el interior?

—Cuidado con lo que decís, señor, pues si solo sospecho que mentís, os cortaré la cabeza —dijo el hidalgo de Medina con rostro amenazante, como si ya saboreara su sangre.

—¡Para nada! —bramó el rey, que no apreció la intromisión. Don Rafael tenía libertad de juicio, incluso en su presencia, pero ¡no tanta como para provocar el efecto contrario al que él deseaba! Por eso se apresuró a corregirlo—. Si nos proporcionáis la información que deseamos, amigo mío, os prometo que pondré fin a vuestro sufrimiento y al de vuestra familia y os demostraré gratitud eterna. No deberéis preocuparos por nada, ¡la Corona aragonesa lo hará por vos! Así pues, adelante, hablad.

El pocero, que se había quedado impresionado por el tono cruel del soldado *sin caridad*, levantó la vista al cielo con una evidente expresión de alivio. Después, sin hacerse de rogar, empezó a contar:

—Me llamo Aniello Ferraro, alteza. Soy albañil y pocero y trabajé hace unos dos años en la reconstrucción de algunas cisternas y conductos de agua del laberinto que forman los canales subterráneos que se ramifican del acueducto de la Bolla. Como sabréis, es el primero de Nápoles. El Claudio es el segundo.

Al rey le brillaron los ojos.

—¡Por eso seguís resistiendo! —El pocero se quedó sinceramente sorprendido—. ¡Claro! ¡Por eso, aunque haya mandado obstruir uno de los acueductos, los napolitanos no se mueren de sed! ¡Porque hay otro!

—No solo por eso, majestad. Pero permitidme que proceda con orden. Como os decía, hay dos acueductos: uno de origen griego, el de la Bolla, y otro romano, el Claudio. El primero nace al este, a unas millas de la ciudad, en la planicie de la Volla. El primer tramo es un canal al aire libre, pero después penetra en la tierra y la vena de agua sigue hacia Poggioreale y

Santa Caterina a Formiello para acabar en Mezzocannone, pasando bajo via Forcella.

»Posteriormente el emperador Constantino mandó realizar obras y canales subterráneos que conducen el agua hasta Santa Restituta. En concreto, realizó un segundo ramal menor que saliendo de Santa Caterina a Formiello llegaba hasta el interior de las murallas. El segundo acueducto, en cambio, tiene su origen en el extremo opuesto, al oeste, precisamente en el valle del Sabato. Sin embargo, la parte que suministra agua a la ciudad y que su majestad ha obstruido puntualmente es la que desde Porta Costantinopoli prosigue hasta Santa Patrizia.

—¡Desvelado el misterio! —exclamó admirado Alfonso de Aragón—. Por eso no conseguía rendir la ciudad por sed.

—A decir verdad, eso no es todo. Además de esos dos acueductos hay una serie de manantiales dentro de las murallas que vuestra majestad no puede conocer.

—De acuerdo, de acuerdo —lo cortó el rey, que no quería pasar toda la noche escuchando lo que prometía ser un verdadero tratado de hidráulica—. ¡Id al grano!

—Como queráis —dijo el pocero, que ciertamente no quería abusar de la paciencia del soberano, con mayor razón porque le había manifestado su gratitud regia y le había prometido un regalo aún más regio como recompensa—. Bien, si os acordáis, he dicho que un ramal secundario del acueducto de la Bolla conduce de Santa Caterina a Formiello a Santa Restituta, es decir, al interior de las murallas de la ciudad. Debo deciros que a la altura de Porta Santa Sofia, fuera de las murallas, hay un pozo al cual es posible bajar. Bajo él se abre una cisterna natural desde la que se puede subir a la ciudad a través de una larga galería.

El rey se quedó sin habla. Después exclamó con espontaneidad:

—¿Acaso me estáis diciendo que es el mismo del que se sirvió Belisario para tomar la ciudad hace casi mil años? ¿El que evitó que se consumiera en un asedio que no tenía posibilidad de vencer?

—Precisamente, mi señor.

Al oír esas palabras, Alfonso de Aragón se quedó de piedra.

—¿Así que me estáis diciendo que la historia de Belisario no es una leyenda?

—¡No lo es en absoluto!

—¿Y que es el mismo pasadizo que se usó hace casi mil años? —preguntó el rey con incredulidad creciente.

El pocero asintió.

—Pero, si es tan fácil, ¿por qué Renato de Anjou no se toma la molestia de bloquearlo?

—En primer lugar, porque no lo sabe. Muy pocos habitantes de la ciudad lo conocen y, para ser sincero, alteza, ninguno de ellos tiene interés en ayudar al rey de los angevinos. Nápoles está cansada, los napolitanos están agotados. ¡Tienen hambre y sed! Y no ven la hora de que vos toméis la ciudad.

—¡Ah! —replicó Alfonso—. Pues si tanto lo desean, no me explico por qué no nos abren las puertas para dejarnos entrar. Todo sería mucho más sencillo, ¡madre de Dios! —exclamó el rey, exasperado.

—Por desgracia, tienen miedo.

—Ya veo —repuso Alfonso lacónicamente. Después retomó el tema—: ¿Así que según vos es posible? ¿Podríais guiar al aquí presente don Rafael, a mi fiel Diomede Carafa y a unos cien de mis mejores soldados para penetrar en la ciudad a través de los conductos? ¿No se ahogarían como ratas en una alcantarilla?

—No, mi señor. Por una sencilla razón... —dijo el albañil.

—¿Cuál es? —lo apremió el rey.

—Que por ahora ese pasaje subterráneo es perfectamente transitable. Su amplitud permite avanzar con el agua hasta el pecho, como mucho. Además, el trayecto no es muy largo. Una vez se deja atrás la gran cisterna subterránea, el canal tendrá una media milla de largo, y es lo bastante amplio y profundo como para permitir el paso de un hombre que no sepa nadar. Al final, el pasadizo desemboca en correspondencia de un pozo que se encuentra en el patio de la casa del maestro sastre Citiello.

—¿Y vos cómo lo sabéis?

—Porque, como os he dicho, trabajé en ese conducto. De todas formas, si no me creéis preguntadle a Mena.

—¿Quién es Mena? —inquirió el rey, perdiendo la paciencia.

—Soy yo.

Los ojos de los presentes se volvieron hacia la hermosa muchacha de pelo negro. Era ella la que había hablado.

—Soy la hija del maestro sastre Citiello.

—¡Ah! —exclamó Alfonso sin poder evitar que un leve escalofrío de excitación le recorriera la espalda—. ¡Ahora se explica por qué os presentabais en el campo cuando os daba la gana! Así que, en vuestra opinión, ¿el plan podría funcionar?

—Si tenéis hombres con arrestos suficientes para llevar a cabo la misión, ¡diría que sí! —sentenció Mena con el tono temerario que tan bien le sentaba a su descarada belleza.

El hidalgo de Medina abrió mucho los ojos, sorprendido por su arrogancia. Había aprendido a conocer a esa mujer, pero no la creía capaz de llegar a tanto en presencia del rey.

Alfonso también se quedó de piedra por un instante. Pero acto seguido explotó en una fragorosa carcajada.

—¡Madre de Dios! —dijo—. ¡Menuda hembra habéis encontrado, don Rafael! Os dará muchos quebraderos de cabeza. Aunque, viéndola, ¡no niego que valga la pena! Y bien, ¿qué respondéis, hidalgo?

—Si place a vuestra majestad, mis hombres y yo estamos dispuestos a seguir al señor Ferraro por el conducto y más allá. Hasta el infierno, si es necesario.

—Muy bien —dijo el rey—. Es la respuesta que esperaba de vos.

52

El castillo del Girifalco

La Marca, Fermo, castillo del Girifalco

Bianca Maria lloraba desconsoladamente. Todos les habían dado la espalda. Empezando por su padre, que había firmado una alianza con Venecia, Florencia y el papa. Ya no lo entendía. Con tal de llevarle la contraria a su yerno, había aceptado pactar con su enemigo más acérrimo, la Serenísima.

Eugenio IV, por su parte, no le iba a la zaga. No solo había excomulgado a Francesco, sino que había prescindido de sus servicios de golpe para contar con los de Niccolò Piccinino, al que había costeado cuatro mil caballeros y mil infantes para un año de servicio militar y asignado una paga de cien mil florines como suplemento. A Francesco no le había quedado más remedio que dirigirse al antipapa, Félix V.

Ahora estaban en el castillo del Girifalco, mientras la Marca se teñía de sangre y Francesco se veía obligado a defender sus tierras con uñas y dientes.

Pero lo que más la angustiaba era su incapacidad para concebir un heredero a pesar de haber tenido muchas ocasiones. Francesco era un hombre fogoso y no le había faltado el placer del lecho conyugal, aunque Bianca sospechaba que frecuentaba otras alcobas. No estaba segura, naturalmente, pero era lógico considerando que antes de casarse ya había engendrado cinco hijos con Giovanna d'Acquapendente. Uno de ellos, Tristano, era mayor que ella.

Pero ahora, más que sumirse en pensamientos sombríos, le convenía reflexionar sobre cómo podía estar a su lado, compartiendo sus problemas y preocupaciones. ¡Cuánto echaba de menos los días felices de Cremona! Había conocido demasiado bien lo que significaba la vida nómada de los hombres de armas: el frío intenso de los campamentos, que penetraba en los huesos, los cuarteles de invierno y la ansiedad insostenible causada por el vaivén de mensajeros que precedía la preparación estratégica de la campaña militar.

Pocos meses antes, en Jesi, Francesco la había nombrado regente de la ciudad a pesar de que acababa de cumplir diecisiete años. Ante sus capitanes, hombres como Antonio Ordelaffi, Sigismondo Malatesta y Pier Brunoro, la había puesto al mando de la Marca y le había entregado su gobierno y la suerte de los ciudadanos, confiando totalmente en su prudencia, su sentido de la justicia, su generosidad y su clemencia. Le pidió al pueblo de la Marca que, en su ausencia, respetara la voluntad de su consorte, ejecutara sus órdenes y no violara sus prohibiciones.

El gesto la había llenado de orgullo y se había dedicado con presteza y pasión a las tareas que le habían sido confiadas a la espera del regreso de Francesco.

Cuando por fin volvió, reconfortado por los soldados que el antipapa Félix V había puesto a su disposición, la condujo al Girifalco. Pero ahora Bianca Maria estaba al límite de su resistencia y la perspectiva de más meses de guerra, arriesgándose a perderlo todo, la aterrorizaba. No tenían dinero, había tenido que vender la plata para cubrir sus necesidades esenciales y las de su exiguo séquito, sin pedir nada para sí misma, pues sabía que los impuestos estaban totalmente destinados a los gastos de guerra.

Miró a Perpetua, su dama de compañía más fiel, con sus dulces ojos castaños, luminosos y cálidos.

—Henos aquí, amiga mía —le dijo—, esperando la próxima batalla. Os juro que esta espera me consume y me angustia. Todos están contra Francesco, esta vez es imposible que gane.

—Ánimo, mi señora —respondió Perpetua—, estoy segura de que no todo está perdido. Vuestro marido hace lo que puede. ¿No es acaso el soldado más grande de esta época? Estoy segura de que derrotará a Piccinino. Debéis confiar en él.

—Tenéis razón, Perpetua. Pero no puedo quedarme aquí, esperando. Prefiero morir, lo juro. Y lo que es peor, ¡mi vientre está vacío! ¡Soy una mujer sin esperanza!

—No digáis eso, mi señora, no existe una mujer más virtuosa y solícita que vos. Y el capitán lo sabe muy bien.

—Puede que sea así —admitió Bianca Maria—. Soy yo la que no me acepto. No quiero rendirme a mi ineptitud. Quiero que esté orgulloso de mí.

—Y lo está, señora.

Pero mientras escuchaba a Perpetua, Bianca Maria se dio cuenta de que esas palabras, en vez de calmarla, la irritaban. Perpetua era buena y amable y se preocupaba por ella como nadie, pero en ese momento no quería ni que la compadecieran ni que la consolaran, sino que la espabilaran y la animaran con palabras rotundas. ¿Qué le había enseñado su madre? ¡A ser una Visconti, por supuesto! Pero también una Del Maino. Y todos los miembros de esa familia sabían usar la espada y luchar.

No iba a quedarse de brazos cruzados. Se uniría a Francesco en el campo de batalla. No seguiría esperando. Si no era capaz de concebir un hijo, ¡qué más daba que desgarraran sus carnes y la hicieran pedazos en la batalla! ¡Al menos serviría para algo!

—¡Perpetua! —tronó finalmente—. ¡Llamad al maestro Lorenzo! ¡Vestiré mi armadura, empuñaré la espada y seguiré a mi señor en el campo de batalla! No temo a esa estirpe de homúnculos que osa profanar las tierras que nos pertenecen por derecho propio. Como hay Dios, lucharé en el campo y derramaré la sangre de mis enemigos o la mía.

—Pero mi señora...

—¡No hay peros que valgan! —la cortó Bianca Maria—. Mandadlo llamar, ¿habéis oído?

Y mientras gritaba, la última de los Visconti se puso en pie. Atónita, Perpetua fue a llamar al maestro de armas.

53

Porta Santa Sofia

Reino de Nápoles, alrededores de Porta Santa Sofia

Don Rafael miró al grupo de hombres que lo acompañaba. Allí estaban todos, empezando por Diomede Carafa, consejero, comandante en jefe y uno de los hombres más fieles a su majestad, hijo de aquel Antonio, al que llamaban Malicia por su habilidad para manipular y urdir intrigas, que más de veinte años atrás había convencido a Alfonso de Aragón para proteger a la reina Juana, soberana de Nápoles. Ella lo nombró inicialmente su sucesor, pero después, instigada por sus favoritos, prefirió a Renato de Anjou y desató la guerra.

De todos modos, al rey le gustaban la devoción y la prudencia de ese hombre que lo había seguido en todos sus viajes y batallas y que a menudo cumplía con éxito delicadas tareas diplomáticas. Su pasión por el arte y la frecuentación de algunos de los humanistas más famosos de la corte hacían de él un hombre muy valioso para el soberano.

También estaba Íñigo de Guevara, que a su valía militar unía un talento de estratega puro, y Mazzeo di Gennaro, capitán de temperamento fogoso, descendiente de una aristocrática familia napolitana.

Pero más allá de los apellidos ilustres, don Rafael miraba a los casi doscientos marineros que Alfonso había querido reunir y que sabrían afrontar la situación en caso de que el agua estuviera a un nivel más alto de lo previsto. A ellos se añadían unos cuarenta caballeros a pie y armados a la ligera.

Estaban cerca de un pozo distante menos de un cuarto de milla de las murallas de Nápoles, a la altura de Porta Santa Sofia.

Sin más demora y amparados por el anochecer, don Rafael fue el primero en seguir a Aniello Ferraro dentro la boca oscura del pozo para dar ejemplo.

Los marineros lo bajaron desde arriba con una cuerda doble. Casi en el acto se encontró en el fondo; rozó la superficie del agua con los pies y cuando tocó el suelo estaba sumergido hasta la cintura. Sintió inmediatamente un escalofrío. El agua estaba helada.

Mientras colocaba sobre su cabeza el arcabuz, la bolsa de piel con la cazoleta, la mecha, las bolas de plomo y el cuerno de la pólvora, el pocero ya había encendido una tea que difundía una luz rojiza a su alrededor.

Don Rafael también había traído una espada y un cuchillo, que llevaba metidos en el cinturón. Calzaba botas altas hasta la rodilla.

El maestro Aniello le hizo una señal para que lo siguiera.

—¿Y los demás? —preguntó don Rafael.

—Mi señor —respondió el hombre—, solo os pido que deis unos pasos, ¡ya veréis! —Y se encaminó rápidamente por la galería que arrancaba de la boca del pozo.

Don Rafael, que no tenía ninguna intención de perder la fuente de luz que expandía una nube de oro a su alrededor, decidió fiarse y lo siguió. Avanzó durante unos instantes mientras oía el chapoteo del agua. Veía delante de él la espalda del maestro Aniello, que se movía con la agilidad de una araña a pesar de estar sumergido hasta la cintura.

Al poco, el pocero exclamó: «Hemos llegado», y mientras lo decía, invitó a don Rafael a levantar la mirada.

En cuanto lo hizo, el hidalgo de Medina se quedó sin palabras. Ocupado en avanzar, no se había dado cuenta de que el canal subterráneo se había ido ensanchando. Pero ahora, quieto en medio del agua y a la luz de la tea, vio que la galería desembocaba en una cisterna gigantesca excavada en la piedra, una cámara interna en la que podían caber fácilmente al menos mil hombres.

—Increíble, ¿no es cierto? —dijo el maestro Aniello, como si adivinara el pensamiento del hidalgo—. En este momento nos encontramos bajo el viejo *Carbonarius* que en Nápoles se utiliza para apilar e incinerar los desechos de la ciudad, pero que si es necesario también sirve para celebrar justas y torneos caballerescos.

Mientras observaba la bóveda de roca sobre su cabeza, don Rafael vio con el rabillo del ojo que muchas fuentes de luz avanzaban ahora, tambaleándose, por el camino que acababa de recorrer. Eran los caballeros y los marineros, que iban llegando en grupos de seis u ocho.

La gruta colosal se llenó de hombres. Muchos de ellos tenían los arcabuces encima de la cabeza; otros, en cambio, sostenían teas muy parecidas a la de maese Aniello. Pronto muchos globos palpitantes de luz puntearon el espacio alrededor de ellos y don Rafael pudo ver mejor lo inmensa que era aquella cámara interna excavada en la roca.

Al cabo un rato, empezó a sentir frío. Permanecer largo rato sumergido en el agua helada no era agradable. Además, tenían una misión que cumplir.

—Maese Aniello —dijo el hidalgo—, procedamos. No podremos salir todos a la vez en casa del sastre, así que será mejor que formemos grupos. Yo prefiero ser el primero en subir con vos, pues soy el único que conoce a Filomena.

—Palabras sabias —se limitó a comentar el pocero—, seguidme.

—Vosotros —dijo don Rafael dirigiéndose al grupo de hombres que estaba más cerca—, seguidnos.

—A la orden, capitán —respondió uno de los caballeros.

El hidalgo de Medina se puso detrás de maese Aniello sin más demora. Poco a poco, el grupo formado por ellos dos y unos diez hombres que los seguían cruzó la gruta. Desde allí enfilaron una nueva galería, un pasadizo estrechísimo. Avanzar por él era mucho menos fácil y don Rafael tuvo la sensación de ser un ratón en una trampa. Además, sentía que su cuerpo se había vuelto de madera de cintura para abajo de tanto como lo había entumecido el frío. Avanzaba como si sus piernas se hubieran convertido en dos bastones. Seguía llevando el arcabuz, el cuerno de la pólvora y la bolsa de piel encima de la cabeza, pero le dolían los brazos. A pesar de todo, avanzaba.

Continuaron así un rato más. El agua había subido de nivel y ahora les llegaba al pecho.

Temblaba. Y las piernas se le habían hecho de plomo. Justo en ese momento, el maestro Aniello volvió a detenerse y, mirándolo, anunció por fin:

—Hemos llegado. Estamos bajo el pozo que da al patio del maestro sastre Citiello.

—Bien —contestó el hidalgo, sinceramente contento de que esa tortura estuviera a punto de acabar. Alcanzó al pocero mientras los hombres que iban detrás de él también se acercaban. En cuanto estuvieron todos reunidos, don Rafael se dirigió al maestro Aniello—: Y ahora, ¿cómo subimos?

Le pareció verlo sonreír a la luz de las teas.

—Podemos utilizar las hendiduras que hay en la piedra. Las hacen los poceros para realizar el mantenimiento de las galerías, cañerías y cisternas. Naturalmente, hay que estar en forma, pero creo que cualquiera de vuestros marineros podrá subir conmigo y atar una cuerda para sacaros a todos.

El hidalgo de Medina localizó a uno de los marineros en su grupo.

—Subiréis con el maestro Aniello. ¿Tenemos una cuerda apropiada? —dijo, indicando con un gesto de la cabeza el pozo que se erguía sobre ellos.

—Aquí está —se limitó a responder el hombre, mostrándole una cuerda fuerte.

—¿Qué longitud tiene? —preguntó don Rafael.

—Veintisiete codos.

—Esperemos que sean suficientes —concluyó el hidalgo.

Mientras tanto, el maestro Aniello y el marinero habían empezado a trepar por las hendiduras de la roca y las muescas excavadas en la piedra, que formaban una especie de rudimentario escalón natural.

A la luz de las antorchas, parecían dos cangrejos.

Don Rafael esperó que llegaran arriba lo antes posible.

No le gustaba nada estar en el agua helada y no veía la hora de pisar suelo firme, de blandir su espada y de disparar.

Al pensarlo, una sonrisa cruel encrespó sus labios.

Nápoles iba a caer muy pronto, pensó.

54

El arte de saber hablar

La Marca, llanura de la Rancia, campamento de Niccolò Piccinino

Cuando la vio llegar, Niccolò Piccinino no daba crédito a sus ojos.

Bianca Maria Visconti parecía una amazona. Avanzaba erguida y altanera por entre las tiendas de su campamento a lomos del caballo de guerra más formidable que había visto: un semental negro, alto y airoso, de musculatura poderosa, brillante de sudor. Sus hombres la miraban pasmados, como si fuera una aparición, una diosa guerrera que había venido a castigarlos por su osadía.

La bella milanesa lucía una espléndida armadura de acero bruñido de Lumezzane con incrustaciones de oro y el símbolo de los Visconti, la terrible víbora engullendo a un sarraceno, grabado. En la cintura llevaba una espada cuya empuñadura tenía incrustaciones de nácar. Se había levantado la celada y sus ojos brillaban al sol del día.

Al llegar ante él, Bianca Maria lo saludó. Bajó del caballo con una ponderada torsión del busto mientras cincuenta caballeros del ejército de Sforza la rodeaban para protegerla. Piccinino reconoció entre ellos a Braccio Spezzato, el formidable lugarteniente de Francesco Sforza.

El pequeño y terrible capitán al servicio del papa Eugenio IV y del duque de Milán asintió con un gesto hosco.

—Aquí estáis, *madonna*. Así que es cierto lo que se dice de vos: que sois una amazona guerrera y que más vale no encontraros en el campo de batalla.

—Soy una Visconti, Piccinino. Y una Del Maino. En cuanto a mi valor en la batalla, estoy lista para enfrentarme con cualquiera que me pongáis delante, aunque, como podéis ver, he venido a vuestro campamento para hablar con vos y advertiros de lo que está sucediendo.

—¿Advertirme? ¿De verdad? ¿Como si no supiera lo que está sucediendo? —Algunos de sus hombres hicieron ademán de acercarse a él, listos para entrar en acción, pero el capitán los detuvo con un gesto de la mano—. De acuerdo, *madonna*, ¡hablaré a solas con vos en mi pabellón!

—Es todo lo que pido —respondió la ricahembra Visconti y, sin demorarse más, cruzó la abertura de la tienda que el capitán sujetaba, invitándola a entrar.

—Perdonaréis, señora, que este lugar no sea el adecuado para una aristócrata de vuestro rango. Solo tengo esta mesa desvencijada, unas pocas sillas y una garrafa de vino —dijo el Piccinino, recorriendo con la mano el interior del pabellón.

—Ahorraos las formalidades, capitán. Vamos al grano. Si hubiera querido estar cómoda, no me habría tomado la molestia de venir hasta aquí —atajó Bianca Maria.

—De acuerdo —accedió él—, ¿a qué debo el honor de esta visita?

—Os lo digo enseguida: he venido para poneros en guardia.

—¿En serio, mi señora? ¿Sobre qué o quién? —preguntó el condotiero sinceramente sorprendido.

—Mi padre.

—¿El duque?

—¿Acaso existe otro?

—Perdonad, no pretendía..., estoy confundido. No entiendo el motivo de vuestra... ¿cómo definirla? ¿Embajada?

Bianca Maria suspiró.

—De acuerdo —dijo—. Os lo expondré paso a paso: he venido porque ambos sabemos perfectamente que el enfrentamiento entre mi marido y vos en la llanura de la Rancia es inevitable. Añado que él no está al corriente de mi visita. Sin embargo, se fía de mí ciegamente. La razón que me mueve, capitán, es la siguiente. Por una parte, refrescaros la memoria: hace dieciséis años mi marido os salvó la vida en Maclodio cuando las tropas del Carmagnola os habían aplastado. Y eso no es todo. Más recientemente, hace justo unas semanas, en Amandola, os puso en graves apuros. Habría podido asediaros y aniquilaros, pero no lo hizo.

—Gracias a la intercesión de Bernardo de Médici, comisario florentino.

—Naturalmente, con quien me he reunido esta mañana en Macerata.

El capitán puso los ojos como platos.

—¡Santo cielo! ¡No os gusta perder el tiempo, mi señora!

—Así es. Hasta aquí, pues, lo que aconseja comportarse con la cortesía debida: mi marido os ha salvado la vida la primera vez y os la ha perdonado la segunda, cuando habría podido aniquilaros. Creo que ahora podríais devolverle el favor.

—Eso, mi señora, es más fácil de decir que de hacer. —El capitán parecía lamentarlo sinceramente—. Sabéis muy bien que vuestro padre está determinado a libraros de vuestro marido.

—Precisamente de eso quería hablaros.

—¿De Filippo Maria Visconti?

—Así es.

—Decidme.

—Estaréis de acuerdo conmigo en que, puesto que soy su hija, pocos lo conocen mejor que yo. Como os he dicho, estoy aquí para poneros en guardia. ¿Os acordáis de que mi padre apoyó al Carmagnola y lo cubrió de títulos y honores para después abandonarlo sin una razón aparente?

—¡Por supuesto! ¡Cómo olvidarlo!

—Y también os habréis dado cuenta de que después de haber sostenido a mi marido con todos los medios a su alcance, hasta tal punto que le concedió mi mano, le ha dado la espalda.

—No cabe duda —admitió el capitán.

—Bien, así que habéis notado que mi padre es proclive a desconfiar de todo el que adquiere un poder, según él, excesivo. Lo hizo con el Carmagnola cuando era señor de Génova y se comportó de igual modo en cuanto Francesco Sforza entró en poder de sus tierras de Lucania, Calabria y la Marca.

—Las que ahora está perdiendo por culpa, en parte, de Alfonso V de Aragón.

—Y en parte por culpa vuestra —concluyó Bianca Maria.

—Ya.

—Y ahora os pregunto: ¿qué os hace pensar que con vos se comportará de otra manera? ¿No ha preferido durante largo tiempo a mi marido, relegándoos a un papel subalterno? ¿Acaso podéis negarlo?

—No, no podría ni aunque quisiera. He de daros la razón.

—Y después de todo lo que os he dicho, ¿no encontráis sospechosa vuestra acumulación de tierras y títulos? ¿No creéis que seréis el próximo? —lo apremió la hermosa Visconti.

—¿Qué debería hacer, según vos?

—Comportaros con prudencia y cautela.

—¿Qué me sugerís?

—Abandonad el campo de batalla.

Piccinino se echó a reír.

—¿Y según vos eso resolvería el problema? Vuestro padre me haría picadillo si no aprovechara esta oportunidad. Por fin ha logrado pactar una alianza con Eugenio IV, Cosimo de Médici, e incluso con Venecia. Por no hablar de Alfonso V de Aragón. ¿Y yo debería echarlo todo a perder?

—Sé que puede pareceros extraño, pero pensadlo bien, capitán. Podríais serviros de alguna excusa. Mi padre gritaría un poco, pero después se resignaría y, sobre todo, no llegaría a temer que acumularais demasiado poder. Creedme cuando os digo que es un hombre indeciso entre el afán de poder y la envidia hacia sus propios capitanes. ¿Tengo que recordaros que fue precisamente un capitán el que le impuso a su primera mujer?

—Lo recuerdo. Os referís a Facino Cane.

—¿Y creéis que en su fuero interno mi padre se alegra de vuestras numerosas y recientes adquisiciones? ¿Acaso no os negó el año pasado la señoría de Piacenza, que tanto os merecíais? ¿Y no os intimó para que interrumpierais las hostilidades durante un año?

—Es cierto —admitió el capitán. Su rostro se ensombrecía cada vez más.

—Y, sin embargo, tiempo después os concedió la señoría y los feudos de Solignano, Sant'Andrea Miano, Bilzola, Costamezzana, Borghetto y otros que habían pertenecido a los Pallavicini, a quienes habéis derrotado. ¿No os parece, pues, que vuestro prestigio y vuestro poder aumentan vertiginosamente? ¿No creéis que tarde o temprano mi padre os dará la espalda para volver a favorecer a mi marido, que a pesar de haber caído en desgracia no deja de ser su yerno?

—¡Basta! —gritó de repente el capitán, cansado de todas las medias palabras, dobles juegos, promesas incumplidas y tejemanejes del duque de Milán.

—Como queráis —concluyó la Visconti—, no quiero abusar de vuestra paciencia. Por lo que a mí respecta, os he puesto al corriente de la situación. La decisión es vuestra. Me despido de vos, mis respetos. —Bianca Maria hizo una reverencia. Después, se encaminó hacia la salida de la tienda sin esperar su respuesta, dejando pensativo a Niccolò Piccinino. Ya fuera, se dio la vuelta por última vez para mirarlo.

El capitán tenía los ojos inyectados en sangre.

55

Los *sin caridad*

Reino de Nápoles, junto a la Porta Santa Sofia

Se extendieron en dirección al torreón a la altura de Porta Santa Sofia. Don Rafael Cossin Rubio, hidalgo de Medina, se prometió que haría honor a su fama de guerrero *sin caridad*.

El maestro Citiello y su mujer se quedaron pasmados cuando lo vieron salir del pozo. Los soldados aragoneses se dieron cuenta inmediatamente de que la pareja se moría de hambre: los rostros consumidos, los pómulos afilados como la hoja de un cuchillo, la ropa harapienta. Aniello Ferraro los tranquilizó enseguida y Filomena no apartó la vista del hidalgo, orgullosa y algo feroz, casi desafiándolo, como diciéndole: «Y ahora, ¿qué? ¿Qué estás dispuesto a hacer?». Porque estaba claro que ella y su familia estaban al límite de sus fuerzas. Don Rafael se percató de que la casa estaba más vacía que la gruta subterránea que acababa de recorrer. Y ahora se sentía como un gusano por haberse aprovechado de ella. Cierto, ella había aceptado. Filomena había recibido pan y protección, que muy probablemente era lo único que necesitaba en ese momento. Pero su mirada llameante lo había dejado sin palabras.

Ahora don Rafael quería acabar pronto. Actuar deprisa. Para que el rey pudiera tomar posesión de la ciudad, convertirla en capital del reino y devolverle su antiguo esplendor.

Corrió hacia el torreón, silencioso y hambriento de carne y sangre como un cuervo. Con una mano sujetaba el pesado arcabuz ya cargado. Pero no quería usarlo mientras fuera posible actuar en silencio para no perder la ocasión de coger por sorpresa al enemigo. Desenvainó la espada y en cuanto vio a un angevino de espaldas se arrojó sobre él y le traspasó el pecho con la hoja hasta desgarrárselo. El hombre cayó sobre el adoquinado como un saco, con un ruido sordo. El hidalgo lo rebasó sin dignarse a mirarlo y un instante después se libró del segundo adversario, segándolo de abajo arriba; este cayó de boca con las manos en el cuello mientras un charco de sangre, negro a la luz de las teas, se extendía a sus pies.

Una voz desgarró el silencio de la noche: «¡Cuidado! ¡Se nos vienen encima! ¡Alarma!». Acto seguido, un grupo exiguo de soldados angevinos se precipitó a los pies de la torre de vigilancia. Teas y antorchas iluminaron débilmente la escena. Don Rafael empuñó inmediatamente el arcabuz y, sin perder tiempo, apuntó a toda prisa y disparó. El destello del disparo iluminó la oscuridad que los rodeaba y el proyectil acertó en plena cara a uno de los soldados enemigos, que, fulminado, dobló las rodillas y se derrumbó en el suelo.

Hicieron pedazos a casi todos los angevinos que había a su alrededor. Una ráfaga de disparos salió de detrás del hidalgo. Los cañones de los arcabuces destellaron siniestros y los silbidos de los proyectiles de plomo anunciaron la muerte de al menos veinte angevinos, que se desplomaron sin decir ni mu.

Los que quedaban fueron segados por las espadas de los aragoneses, que en el ímpetu de la carga los exterminaron sin piedad.

Mientras el último angevino caía sobre el adoquinado, don Rafael empezó a subir la escalera de piedra que conducía a lo alto de la torre. Cuando llegó a la cima se topó con los dos últimos defensores. Sin vacilar, extrajo uno de los cuchillos que llevaba en el cinto. Avanzó y fintó, haciendo perder el equilibrio al primer adversario, al que le plantó dos veces el cuchillo debajo de la axila. El hombre gimió de dolor y se le vino encima. Don Rafael lo sujetó y se sirvió de su cuerpo como escudo para parar una torpe acometida que acabó golpeando a su compañero. Después, lo arrojó contra el atacante con todas sus fuerzas. Los dos acabaron en el suelo. Don Rafael se les echó encima como un rayo y, con la espada, logró clavar en el suelo la mano de su adversario, que gritó de dolor.

Acto seguido, el hidalgo extrajo la hoja y le asestó una patada que lo giró sobre su vientre. Llegados a ese punto, don Rafael le levantó la cabeza con la mano izquierda y lo degolló con la espada.

Enseguida aferró al otro angevino, que todavía estaba vivo, y lo arrojó por la muralla. El grito del enemigo mientras se despeñaba fue inhumano.

El hidalgo comprendió entonces que había tomado el torreón. «Ondead la bandera de Aragón —gritó con todas sus fuerzas a los hombres que estaban abajo— y abrid las puertas.»

La respuesta fue un clamor.

Cuando el rey vio ondear la bandera con las cuatro barras rojas en campo de oro sobre el bastión de Porta Santa Sofia exultó de alegría. Desde lo alto de su montura dominaba una marea de hombres alzando las armas. El gran rastrillo se abrió ante él y sus soldados. En ese momento, el rey se colocó delante de ellos y los guio. Entraron en la ciudad como un río de hierro y cuero.

En cuanto estuvo dentro de las murallas, Alfonso se percató de que, al menos en ese punto, la ciudad no solo estaba en poder de sus hombres, sino que prácticamente no tenía defensas. La escena pareció congelarse ante sus ojos por un instante y todos esos hombres que se habían abalanzado como una ola destructora en el interior de las murallas se encontraron de repente sin enemigos contra los que luchar.

Sin embargo, en ese preciso instante llegó un siniestro fragor de trueno procedente de Castel Nuovo y un batir de cascos sobre los adoquines, que creció hasta convertirse en un ruido ensordecedor. Alfonso apenas tuvo tiempo de girar su caballería cuando vio a Renato de Anjou avanzando contra ellos a la cabeza de las filas cerradas de sus mejores caballeros. Los angevinos se les echaron encima por sorpresa a tal velocidad que penetraron como una cuña de hierro en las filas que los aragoneses habían roto para ocupar la plaza del *Carbonarius*. El impacto fue devastador y la infantería española se abrió bajo la fuerza percutora de la caballería angevina. Por un instante pareció que los hombres de Renato llevaran las de ganar, pero cuando el ímpetu del primer asalto se agotó y los aragoneses lograron absorber la sorpresa que les había aflojado las piernas, la reacción no se hizo esperar.

Alfonso, a voz en cuello, dio orden de derribar a los caballeros franceses con la pica. Estos se encontraban ahora completamente rodeados, sin poder moverse, atrapados en una marea de carne y hierro que los devoraba a mordiscos.

Renato de Anjou comprendió justo a tiempo el terrible error que había cometido. Había guiado a los suyos contra la armada enemiga en un intento desesperado de impedir la apertura de Porta Santa Sofía, pero no lo había logrado y ahora corría el riesgo de condenar a muerte a sus caballeros. Gritando que lo siguieran mientras trataba de abrirse paso y espoleando con violencia a su cabalgadura para hendir la multitud en armas que tenía delante, logró por fin romper las filas enemigas y huir en dirección de Porta San Gennaro.

Una vez allí, tenía intención de replegarse hacia la plaza del Gesù y refugiarse en el interior de los muros de Castel Nuovo.

Cabalgó salvajemente a la velocidad del viento seguido por un puñado de sus mejores hombres. Pero cuando llegó a la altura de la puerta, constató con horror que los aragoneses también habían llegado hasta allí. Vio a un pelotón bien nutrido subir corriendo el callejón del Cortetone, costeando el monasterio de Santa Maria Donnaregina procedente de Somma Piazza. Lo que más le impresionó fue que no había rastro de los cuatrocientos ballesteros genoveses que defendían la puerta y, por si fuera poco, que las monjas se afanaban para ayudar al enemigo, arrojándoles cuerdas al otro lado de la muralla.

En efecto, más de un soldado aragonés ya asomaba la cabeza entre las almenas. Pero no quedaba tiempo para organizar la defensa. Su única posibilidad era llegar a Castel Nuovo. Maldiciendo y a regañadientes, Renato se replegó hacia la plaza del Gesù.

Mientras tanto, los aragoneses, ciegos de rabia al ver que el odiado adversario se zafaba delante de sus narices, abrieron fuego. Tronaron, como poco, una docena de arcabuces y una ráfaga de balas de plomo se incrustó en la piedra de las murallas, levantando una lluvia de esquirlas. Al menos un par de ellas acabaron en el costado de los fugitivos y sus gritos inhumanos desgarraron el aire. Un humo azulado se elevó de los arcabuces formando nubes que parecieron flotar en los claroscuros del aire nocturno iluminado por la luz débil de antorchas y braseros.

Un caballero angevino se cayó del caballo. Otro se dobló hacia delante y se agarró a las riendas, intentando desesperadamente sujetarse. Algún que otro soldado aragonés echó a correr para perseguir a los fugitivos. Pero pronto se dieron cuenta de que no había ninguna posibilidad de atrapar a esos hombres que cabalgaban a galope tendido hacia su última oportunidad de salvación.

56

El mundo cambia

Ducado de Milán, castillo de Porta Giovia

Filippo Maria miró a Agnese. Los años habían pasado para ambos, pero ella seguía siendo bellísima. Él, en cambio, se sentía como una piltrafa, y cuando no lograba olvidarse de sí mismo gracias a las fantasías que le procuraban los triunfos o las intrigas, la realidad era abrumadora. Por eso había ordenado quitar de las habitaciones del castillo todos los espejos o superficies en las que pudiera reflejarse, porque no soportaba su propia imagen.

No había semana en que no se sorprendiera llorando secretamente de rabia en sus aposentos al constatar lo espantoso y desagradable que se había vuelto su cuerpo. Caminar era para él una empresa casi imposible, y cuando no se arrastraba patosa y desesperadamente, se veía obligado a hacerse llevar en litera por sus criados. Por eso odiaba a Francesco Sforza y a todos los malditos condotieros como él. Hasta Niccolò Piccinino, un contrahecho tan bajo que parecía enano, era más fuerte y ágil que el duque de Milán.

Se sentía cansado, blando, sin brío. La única que seguía a su lado a pesar de todo, de sus intemperancias y su debilidad congénita, era Agnese.

Por eso la amaba más que a nadie en el mundo.

En ese momento también lo miraba con un afecto tan sincero y una intensidad tan ardiente que lo dejaba sin aliento.

—¿Por qué seguís queriéndome a pesar de todo, Agnese? —le preguntó—. ¿Qué veis en este cuerpo gordo y deforme? ¿En este rostro que parece una luna llena frita en grasa? —Las palabras brotaban amargas, ásperas, le envenenaban los labios.

Agnese encadenó sus ojos a los del duque.

—¿Por qué, mi señor, os atormentáis de este modo? ¿Por qué no debería amaros? ¿Acaso no sois el hombre que, aun perseguido por el destino, ha sabido ser duque desde el primer día? La naturaleza no ha sido generosa con vos, tenéis razón, sin embargo, yo siempre os he encontrado magnífico. Conmigo habéis sido amable y paciente, y habéis amado a mi hija a pesar de que os hayáis visto obligado a casaros con otra mujer para cumplir con vuestras responsabilidades. Y me habéis elegido a mí cada día de nuestra vida. Y a ella. Me habéis sido fiel durante todos estos años y me habéis cubierto de presentes y gratitud. ¿Qué otro duque en vuestro lugar habría hecho lo mismo? Por todo esto y mucho más, yo os admiro, mi señor.

—Agnese, hacéis que parezca un hombre maravilloso...

—Porque lo sois, amor mío. Otro en vuestro lugar se habría abandonado a la compasión y la debilidad. Pero ¡vos no! Habéis luchado contra enemigos poderosos como Venecia, Florencia y el mismo papa y habéis sabido ponerlos de vuestra parte. Y ahora pertenecéis a una liga que los engloba y está bajo vuestra protección. Habéis sabido compensar vuestras debilidades con una mente lúcida que ha logrado destacar mediante la ponderación y la política. ¿Qué otro hombre lo habría conseguido? Y habéis concedido la mano de mi hija a Francesco Sforza, el mejor partido que se pueda imaginar, poniendo en sus manos la descendencia y la dinastía.

—Sforza... —dijo Filippo Maria con amargura—, el hombre contra el que ahora estoy en guerra.

—Y eso me parte el corazón...

—A pesar de que quiero a Bianca con locura.

—Por eso confío en que, después de todo, no deseéis en serio el final de Sforza. Vos no sois el hombre cruel que pretendéis hacer creer. La gente piensa que sois un hombre enamorado de vos mismo a quien solo le importa el poder. ¡No comprenden que todo lo que habéis hecho ha sido únicamente para salvaguardar Milán de la codicia de Venecia! ¡Para protegerla de la ambición de los Saboya! ¡Para evitar que el emperador hiciera de ella una provincia de su dominio! Filippo, ¡sé lo duros que han sido estos años para vos! Habéis sudado sangre para llegar hasta donde estáis, habéis tenido que ensuciaros las manos y aceptar juegos infames para que Milán siguiera bajo el poder de los Visconti. ¡Los súbditos no se dan cuenta y son ingratos por naturaleza! No saben que sois un león entre lobos, ¡que los demás ducados, las repúblicas y la Iglesia traman y han tramado siempre contra vos! Y que no es posible jugar respetando unas reglas que los enemigos son los primeros en quebrantar. Nadie se ha preocupado por lo mucho que habéis perdido para salvar a los demás, pero ¡esa es la tarea de un soberano, de un duque, de un hombre! Por eso estoy y estaré siempre a vuestro lado. Francesco Sforza os teme, el papa está de vuestra parte pero no da por sentada la alianza con vos. ¡Y lo mismo puede decirse del dogo y de Cosimo de Médici! Y gracias al miedo y al temor que infundís, ¡vos y yo y todos los hombres y las mujeres de Milán podemos vivir en libertad en el interior de nuestras murallas!

Filippo Maria Visconti se quedó sorprendido por la pasión y la gratitud que expresaban las palabras de Agnese. Lo conmovieron y le confirmaron, a pesar de que no era necesario, que ella era la única mujer de su vida porque lo conocía y lo entendía mejor que nadie.

Pensó en lo que Agnese acababa de decirle y en lo bien que le sentaba oír su voz. Lo confortaba tanto que por un instante se abandonó con todo el entusiasmo y la condescendencia de que fue capaz.

—Gracias, amor mío —dijo mientras ella le cogía la cara entre sus manos y lo besaba con una pasión que parecía no haberse apagado en el curso de los años.

—¿Qué debo hacer? —le preguntó como si en ese momento necesitara compartir con ella sus futuras acciones. Y así era, pues, bien pensado, su odio por Sforza no podía llegar al punto de perjudicar a su hija. Ese era su único temor. El único motivo por el cual, aun habiendo formado una alianza contra Francesco Sforza, en su fuero interno no deseaba la muerte al capitán.

Sforza le despertaba el mismo sentimiento extraño que le había atormentado el alma con el Carmagnola. Una mezcla explosiva de amistad, envidia, afecto, celos y hastío que ni él mismo entendía del todo.

El que fue su mejor hombre le inspiraba sentimientos contradictorios que estaban a merced de su capricho y del humor de cada momento. En efecto, cuando la mañana antes un mensajero le había informado de que el Piccinino renunciaba a someter a sangre y fuego el castillo del Girifalco, Filippo Maria, en vez de oponerse, dio un suspiro de alivio.

Sabía que su tiempo se acababa y esas oleadas de rabia que lo devoraban cotidianamente no eran más que su ciega incapacidad para aceptar la proximidad del final. Aceptar la vejez y los achaques que día tras día minaban su cuerpo frágil no era fácil para él.

Sin embargo, se repetía que podía seguir adelante, que Milán dependía de él, que su mujer y su hija lo necesitaban. De algún modo.

Era consciente de que se engañaba a sí mismo, pero así iba tirando.

Se sentía un poco menos inútil.

57

Perpetua

La Marca, castillo del Girifalco

—¡Así que es cierto, maldita! ¡Estáis embarazada de él! —bramó Bianca Maria. Tenía el rostro enrojecido por la rabia.

Perpetua la miraba consternada, con los ojos muy abiertos, desde el suelo. Bianca Maria, erguida sobre ella, la amenazaba con la palma de la mano abierta después de haberle estampado una bofetada con todas sus fuerzas.

—¿Cómo habéis podido hacerme esto? —La voz se le rompió y le tembló. Cerró las manos en un puño, apretando con todas sus fuerzas. ¡Cómo deseaba matarla!—. ¿Os dais cuenta de lo que habéis hecho?

Y Francesco, ¿cómo había podido hacerle eso? ¿Cómo había podido malvender por esa mujer el amor que se profesaban? Conocía su apetito sexual. Todas las damas la habían advertido. Y fue precisamente una de ellas la que la puso en guardia. Perpetua era muy hermosa. Pero no se esperaba algo así. Y pensar que hasta hace poco era su favorita. ¡Hasta la había defendido de las malas lenguas! Creía que las demás querían deshonrar su nombre por pura envidia. No sería la primera vez. Pero después vio que el vientre le crecía. Y ahora esa golfa no podía seguir ocultando que estaba embarazada. Y cuando la acosó con preguntas, Perpetua se derrumbó y confesó.

Sabía que un hombre como Francesco, con cuarenta años cumplidos, había yacido con muchas mujeres. Y que ese vicio quizá nunca desaparecería del todo. Pero no esperaba que la engañara tan pronto. Con mayor motivo, porque su intervención había conjurado el ataque de Niccolò Piccinino al Girifalco. ¿Cómo era posible? ¿Ella luchaba por él, ahuyentaba las amenazas, se apretaba el cinturón y renunciaba a todo y él le pagaba con esa moneda?

Ah, pero si creía que agacharía la cabeza y lo aceptaría, no sabía con quién se había casado.

¡Ella era una Visconti! Estaba acostumbrada a luchar, ¡qué se creía! Y no estaba dispuesta a dejar el campo libre a una moza de fortuna, ¡a una inferior por nobleza de sangre y rango! ¡Por cultura y belleza!

La fulminó con la mirada.

Perpetua no sabía qué decir. Bajó la mirada.

—Pe... pero... —balbució.

—¡Silencio! —gritó Bianca—. Os juro que no saldréis tan fácilmente de esta.

Y abandonó la habitación dando un portazo sin añadir nada más.

Francesco Sforza hablaba con Braccio Spezzato en la sala de armas.

—Así pues, ¿es cierto? —preguntó este último.

—¿A qué os referís?

—A que el duque de Milán está en graves condiciones de salud.

—Eso parece.

—¿Y qué pensáis hacer?

—Amigo mío —contestó Sforza—, Filippo Maria Visconti me tiene acostumbrado a sus subterfugios y dobles juegos.

—¿Creéis que se trata de una maquinación? ¿De una mentira?

—No lo sé. Pero con él nunca se sabe.

—¡Ah! Una verdad como un templo, mi señor.

—Más bien... —replicó Francesco Sforza, interrumpiéndose. Bianca acababa de entrar en la sala de armas hecha una furia y ahora lo miraba echando chispas.

—*Messer* Braccio —habló con el rostro lívido—, os ruego que me dejéis a solas con mi marido, inmediatamente.

El soldado la miró sorprendido, pero no se atrevió a contradecir su petición, que sonaba como una orden.

—Mi señora... —se limitó a decir, haciendo una reverencia. Acto seguido, se dirigió a la puerta.

—Bianca —dijo Francesco, acercándose a ella.

—¡No me toquéis! —le ordenó ella.

El capitán se quedó pasmado.

—¿Qué pasa, amor mío?

—¿Hace falta que lo preguntéis? ¿Ni siquiera tenéis la decencia de decírmelo vos?

—No sé de qué habláis... —sus palabras sonaron sinceras.

—¡Ni siquiera habéis podido esperar un año! ¡Qué digo! ¡Quién sabe desde cuándo os entendéis! ¿Me habéis querido castigar porque todavía no os he dado un hijo? Adelante, Francesco, ¡decídmelo!

—Pero ¿de qué estáis hablando? —soltó el capitán, que empezaba a hartarse de tantas medias palabras.

—Ahora os lo explico. Oídme, Francesco, y prestad mucha atención —advirtió con tono gélido—. Me doy perfecta cuenta de que un hombre de vuestra edad ha tenido otras mujeres.

Y también sé que de ahora en adelante no me seréis siempre fiel. A pesar de ser joven, no soy una ingenua. Pero si creéis que pasaré por alto lo sucedido cuando ni siquiera hace un año que estamos casados, ¡siento decepcionaros, pero no me conocéis en absoluto!

—Bianca...

—No he acabado. ¡Lo sé todo! ¡Habéis dejado embarazada a Perpetua! ¿Qué creíais? ¿Que no lo descubriría? ¿O que me quedaría callada al enterarme? Como acabo de deciros, ¡no me conocéis en absoluto! Y os advierto: nunca aceptaré que su hijo viva con nosotros ni que ella siga bajo el mismo techo ni un instante más. Buscadle un marido, quien queráis, no es asunto mío, pero si mañana sigue aquí, ¡no respondo de mis actos!

Francesco Sforza se quedó de piedra.

—Bianca, entiendo lo que decís, pero os suplico que me creáis, vos sois la única mujer a la que amo.

—Mi señor, no tenéis ni idea de lo falsas que suenan vuestras palabras a mis oídos. Puede que yo deba aceptar lo sucedido y que el tiempo cure la herida que me habéis inferido, pero como os he dicho no tengo ninguna intención de mantener a Perpetua en mi séquito ni un día más, y, de ahora en adelante, no volveré a consentir otro desliz por vuestra parte. Casadla. ¡Inmediatamente! Y cuando el niño o la niña nazca, no podrá alegar ningún derecho. De ninguna clase o naturaleza. No responderéis a sus cartas. No lo visitaréis ni le concederéis que os visite. ¡Para vos será como si no hubiera nacido!

—Bianca, ¡me castigáis con palabras duras como el hierro!

—Son las que hoy os merecéis. —Y sin añadir nada más, la bella Visconti abandonó la sala de armas.

El capitán apoyó las manos sobre la mesa de madera. Su mujer tenía un carácter muy duro. Le convenía recordarlo.

Comprendió que Perpetua no podía permanecer ni un solo día más en el Girifalco. Le encargaría a Braccio Spezzato que la llevara a un lugar seguro y, a su debido tiempo, le encontraría un marido.

58

Nápoles

Reino de Nápoles, Castel Nuovo

Cubierto de sangre, con la armadura abollada y un corte en la mejilla, Alfonso V de Aragón estaba en la cima del torreón, la torre principal de Castel Nuovo. Hasta entonces la fortaleza se había llamado Torreón Angevino, pero ahora era suya. Tras entrar en la ciudad por la Porta Santa Sofia, había sido fácil conquistarla. Renato de Anjou había tenido la buena idea de darse a la fuga, visto el cariz dramático que habían tomado los acontecimientos. Un nuevo sol amanecía sobre Nápoles y él capturaría los rayos más luminosos para su reino. Tenía la intención de hacer de esa ciudad su capital.

El estandarte de Aragón ondeaba majestuoso sobre su cabeza en el aire húmedo. Había ordenado que la población no sufriera saqueos ni estupros. Tras haber conquistado Castel Nuovo, destrozando la piedra con el plomo de sus lombardas, Alfonso había comprendido inmediatamente que para él era fundamental dominar una ciudad conquistada pero no destruida, vencida pero no humillada. Cierto, no lo había logrado del todo. No al principio, al menos. Pero después vio una procesión encabezada por un fraile con un ojo tapado que arrastraba una cruz. El hombre avanzaba por las calles de Nápoles teñidas de rojo con la sangre de los derrotados. Lo seguía un exiguo cortejo de hombres y mujeres que entonaban himnos sagrados. Aquella visión impresionó profundamente a Alfonso y lo turbó hasta tal punto que decidió dar una orden clara e irrevocable: cualquier forma de saqueo y violencia contra la ciudad o la población partenopea debía cesar de inmediato.

Y ahora, mientras Renato de Anjou se escapaba por mar en sus propias narices, el rey llamó a su presencia a Diomede Carafa y le ordenó que redactara un bando público para ratificar y poner en vigor su orden, so pena de muerte.

Después, cuando su consejero volvió a dejarlo solo en la cima del torreón, Alfonso se quedó mirando la ciudad que se extendía a sus pies.

Frente a él discurría la Strada dell'Olmo, que, convertida en via dei Lancieri, comunicaba directamente Castel Nuovo y el puerto. A lo largo de esa calle majestuosa se sucedían las logias de los mercaderes, empezando por la de los franceses que terminaba en la plaza homónima. Se hallaba oportunamente al este, en las cercanías de la sede del poder real. La flanqueaban y rodeaban las logias de los genoveses, venecianos, flamencos, sicilianos, pisanos, florentinos y catalanes en una sucesión de almacenes y mercados alternados con plazas y ensanches que facilitaban la carga y descarga de mercancías.

Las calles, trazadas en una cuadrícula delimitada por el cardo y el decumano, paralelas entre sí, cortaban la ciudad de oriente a occidente y de norte a sur. Al fondo, más allá de los muelles y los barcos, Alfonso vio el faro. Sobresalía en el extremo de la punta, justo a mitad de camino entre el puerto Vulpulo y el Arcina.

Dirigiendo la mirada hacia las murallas occidentales, el rey vio la ciudad nueva que los angevinos habían proyectado como una extensión natural de la corte: a la luz del sol alto en el cielo vislumbró, más allá de los jardines y los patios, y de las fuentes que coronaban Castel Nuovo, el hemiciclo gigantesco de largo delle Corregge. Sobre él se alzaban el Tribunal de la Vicaría y el Tribunal del Sacro Regio Consejo. A pesar de que el humo de la batalla seguía flotando en el aire, su esplendor saltaba a la vista y legitimaba la voluntad de transformarlo, como había hecho en parte Renato de Anjou, en fastuoso anfiteatro para justas caballerescas, torneos y paradas, salvándolo de su función de *Carbonarius*, que lo había relegado a mefítico incinerador de los desechos napolitanos. Un poco más adelante vio la Porta Santa Sofia que le había dado la victoria. Apenas distante de largo delle Corregge, estaba la iglesia de Santa Maria La Nova, esbelta y elegante con sus tres naves. Y remontando la vista por Mezzocannone, vislumbró la Porta Ventosa.

Suspiró. El aire caliente le traía el olor salobre del mar, que parecía cubrir el ferroso de la sangre y el áspero del plomo que tanto protagonismo habían tenido durante aquella noche de rabia y tormento.

Había mucho trabajo por hacer, pensó, pero Nápoles volvería a ser una ciudad magnífica y llena de vida una vez que se repararan sus murallas y defensas, sometidas a dura prueba por el bombardeo de su artillería.

Sonrió. La había conquistado y ahora sería suya para siempre.

Oyó un rumor de pasos a su espalda. Esperaba a alguien. Para hablar del futuro de esa ciudad extraordinaria.

Se dio la vuelta y se encontró de frente con el hombre más importante de Nápoles. Iba acompañado por su fiel Diomede Carafa.

A pesar de haber dejado atrás la juventud, Gaspare di Diano mostraba una complexión de hierro. Delgado, nudoso, fuerte a sus cincuenta y pico años, luciendo espléndidos paramentos, se presentó ante el rey con cierta jactancia que los muchos peldaños que había tenido que subir para llegar hasta allí no habían mermado. Alfonso, por su parte, se acercó, hizo una genuflexión y besó su anillo pastoral.

El arzobispo de Nápoles lo miró con curiosidad. No había temor en sus ojos, sino sorpresa y expectativa.

Alfonso se incorporó y, en señal de paz y de esperanza futura, dijo:

—Vuestra gracia, a partir de hoy Nápoles es aragonesa. Quiero que sepáis que la amaré como nadie que me haya precedido y que me suceda. Me doy perfecta cuenta de haber infligido dolor y daño, por lo que os pido anticipadamente perdón. Sin embargo, tengo planes extraordinarios para esta ciudad. Haré de ella la capital de mi reino, la joya más preciada de mi Corona. Por ello acabo de emitir un edicto prohibiendo su saqueo. A partir de ahora, ninguno de mis hombres tocará un pelo a los napolitanos.

El arzobispo suspiró.

—Recibo con alivio esta medida, majestad, y os lo agradezco en nombre de Dios. No obstante, os confieso que la ciudad está al límite de sus fuerzas. Este largo asedio ha postrado a los napolitanos y conquistar su confianza va a requerir mucho más. Deberéis poner todo vuestro empeño en devolverles tanto como les habéis quitado. —Los ojos del arzobispo brillaban de emoción.

—Vuestra gracia —replicó el rey—, tenéis razón. No pondré excusas a pesar de que podría hacerlo. Habéis dicho justamente que deberé ganarme la confianza de los napolitanos. Pero poseo recursos, riqueza y dinero. No soy el hijo de un aparcero, yo soy Aragón, mi señor. Y pondré todo lo que poseo, incluida mi sangre, al servicio de Nápoles.

—Vuestras palabras suenan sinceras a mis oídos, majestad. Y eso os hace honor. Pero con el dinero no conquistareis a los napolitanos. Deberéis, en cambio, comprenderlos y responder a sus necesidades escuchando sus corazones. Lo que de verdad desean después de este largo tormento, y os lo digo para que lo tengáis siempre presente, es la paz, la armonía y la tranquilidad. Si es eso lo que buscáis, en mí siempre tendréis a un aliado. Ahora depende de vos.

El rey asintió. Tenía tantas ganas de vivir... Sin guerras, batallas ni rencor. Solo el sol, la sonrisa cristalina del agua del golfo. Pero necesitaba algo que solo el arzobispo podía darle.

—Perdonadme, vuestra gracia, si os pido una cosa que considero necesaria. He comprendido lo que me habéis dicho y os juro que lo tendré en consideración. Sin embargo, para poder dar los pasos necesarios en la dirección indicada, necesito que el papa reconozca mi reino. Y vos sois el único que puede ayudarme.

Gaspare di Diano lo miró impasible.

—Veré qué puedo hacer, pero no puedo aseguraros nada.

Después se despidió mientras Alfonso le besaba la mano.

59

Fidelidad

La Marca, castillo del Girifalco

Se lo había enviado su madre. El hombre esperaba en la antesala, un pequeño salón en el que Bianca Maria recibía a sus visitas privadas. Era una habitación de tamaño mediano con una bonita mesa de roble, una librería con códices y manuscritos que había hecho llevar de Milán, sillas elegantes de madera tallada y paredes decoradas con frescos realizados por un maestro de la Marca.

Francesco estaba acampado en Montegiorgio con sus soldados. Después de haber alejado a Perpetua, había tomado la decisión de apartarse durante un tiempo. Habría podido volver al castillo del Girifalco de vez en cuando, pero se guardaba muy bien de hacerlo.

Bianca Maria se sentía defraudada: por una parte, Perpetua da Varese había traicionado su confianza, engañándola e intentando robarle el marido; por otra, todavía no había logrado concebir un hijo y eso la atormentaba. A ello se añadía el rencor que iba acumulando, frío como la nieve que caía del cielo. Bianca Maria llevaba días acariciando una dulce venganza. Esperaría y la saborearía con perfidia. Pero no era el momento de realizarla, sino de urdirla y planear concienzuda y pacientemente su victoria. Francesco comprendería algún día que tenía buena memoria, que no olvidaba y que faltarle al respeto podía ser el último error cometido. No le importaba lo que dirían de ella, debía guardar su dolor y convertirlo en un arma.

Se decidió a entrar en la antesala.

Una vez allí, vio a un hombre colosal: alto, de hombros anchos, con una armadura de cuero. Tenía el pelo largo y rubio y sus ojos azules, fríos, eran los de un lobo. Una barba de un palmo de largo, como mínimo, le daba el aspecto de un bárbaro; sus dientes largos convertían su sonrisa en una mueca cruel.

El hombre dobló la rodilla y bajó la cabeza en señal de respeto. Bianca Maria lo miró con curiosidad. ¿Así que ese era el campeón de las tierras del Este? Su madre le había dicho que sirvió al duque con honor y después se unió a la compañía de Francesco Sforza, demostrando en todas las ocasiones valor y crueldad despiadada.

—¿Cómo os llamáis? —preguntó Bianca Maria.

—Gabor Szilagyi —respondió el soldado.

—¿De dónde sois?

—Eger.

—¿En Hungría?

El hombre asintió en silencio.

—¡Ah! ¡Habéis luchado bajo las enseñas de János Hunyadi!

—Sí, mi señora. Y después bajo las de vuestro padre, el duque de Milán.

—Pertenecéis, pues, a una verdadera estirpe de guerreros. —El húngaro calló—. Si no me equivoco, descendéis de un linaje noble. ¿Qué os ha empujado a dejar vuestra tierra natal para venir aquí a guerrear?

—El amor por la vida y la sangre.

—¿No hay bastante violencia y muerte en Hungría?

—Aquí hay más —respondió Gabor, lapidario.

—Mi madre sostiene que sois un hombre valiente, *messer*. Y no tengo motivos para dudarlo. Pero lo que yo necesito por encima de todo, más que un corazón impávido, es alguien que me sea fiel. Fiel al dinero, por supuesto, lo comprendo, pero al que yo os dé. ¿Os veis capaz de asumir un compromiso tan férreo? —El hombre levantó la cabeza. Sonrió—. ¿Os parece divertido?

—Mi señora —repuso él—, como os he dicho, amo la vida y la sangre. Y por lo que veo, vuestros ojos ansían la una y la otra. ¿Acaso me equivoco?

Por un instante, Bianca Maria sintió que esas palabras la ponían al descubierto. Ese hombre tenía unos modales muy extraños. No insinuaba veladamente, sino que iba sin rodeos al corazón de las pasiones y los sentimientos. Era un guerrero, cierto, lo cual hacía que su comportamiento fuera más que comprensible, sin embargo nadie se había dirigido a ella de esa manera. Su forma directa, e incluso cruda, de hablar le gustaba mucho.

—¿Creéis que podéis leer lo que siento?

—Lo importante no es lo que creo, sino lo que veo. Por eso sonrío, porque advierto vuestra sed de vida y sangre.

—Ya veremos si tenéis razón. Por ahora os pido que sigáis militando bajo las enseñas de mi marido, pero que me obedezcáis a mí. Para comprar vuestros servicios, os entrego ahora estos trescientos florines de oro. Es todo lo que me queda, así que procurad no despilfarrarlos —dijo Bianca Maria mientras ponía una bolsa de piel tintineante en las grandes manos del guerrero húngaro.

—Mi señora —dijo Gabor Szilagyi—, no tengo intención de aceptar semejante suma de dinero. Todavía no he hecho nada. Me agradáis. Reconozco en vos lo que soy. Por eso me pagaréis cuando cumpla una misión para vos. Hasta entonces, no temáis. Mi corazón y mi espada os pertenecen.

—¿Estáis seguro? ¿Puedo fiarme de vos? —preguntó de nuevo Bianca Maria, que no entendía por qué rechazaba su dinero.

—Podéis dudarlo, no puedo daros más garantía que mi palabra.

Lo había vuelto a hacer. Le había respondido sin miramientos, pero con absoluta sinceridad. De acuerdo. Lo aceptaría tal como era. Al fin y al cabo, Perpetua, con todos sus remilgos, ¿no había sido la primera en traicionarla? ¿Por qué no poner sus esperanzas en las manos de ese hombre?

—De acuerdo, Gabor —dijo Bianca Maria—, aprecio vuestra absoluta sinceridad. Cuando os necesite, acudid a mí inmediatamente, ¿entendido? Dondequiera que estéis. Como os he dicho, lucharéis bajo las enseñas de mi marido, pero me obedeceréis a mí.

—Así será, mi señora.

—Está bien —dijo ella—. Podéis retiraros por ahora.

El guerrero húngaro se puso de pie. Había permanecido con la rodilla doblada durante toda la conversación y Bianca Maria no le había permitido incorporarse. Ahora, en cambio, podía hacerlo.

Se despidió y alcanzó la puerta.

60

Partidas terrenales

Estados Pontificios, palacio Apostólico, 1447

Pietro Barbo sujetaba la mano de su tío. Su respiración se había hecho más fatigosa durante esos largos días de sufrimiento. Y pensar que después de tantas penalidades, tras nueve largos años de exilio florentino, Eugenio IV había vuelto a Roma y se había prodigado para convertirla en núcleo culto de humanistas y pintores extraordinarios: Filarete, el Beato Angelico y Jean Fouquet habían sido acogidos en su círculo de elegidos y el pontífice les había hecho encargos importantes. Al segundo de ellos llegó incluso a ofrecerle el palio de arzobispo de Florencia, pero aquel hombre modesto, sensible y temeroso de Dios, lo rechazó y se permitió sugerir en su lugar a Antonino Pierozzi, que, en su opinión, era mucho más noble que él.

Y ahora la enfermedad lo aquejaba en el momento más inoportuno. Él había creído en el arte y en la belleza, pero también había defendido la cristiandad a pesar de la derrota que la flota cruzada había sufrido en Varna. Una tragedia que parecía anunciar un apocalipsis inminente.

Pero había más.

Eugenio IV había sido capaz de recomponer el Cisma orquestado por los padres conciliaristas de Basilea. Con paciencia y humildad, día tras día, conduciendo negociaciones y acuerdos, concediendo perdones y sufriendo pragmáticas sanciones. Había luchado como un león. Y al final había logrado obtener el apoyo de Alfonso de Aragón, cuyo reino había legitimado, y había llegado a pactar con Federico III de Habsburgo, que, con la Dieta de Fráncfort, se había distanciado de los conciliaristas y aún más del antipapa Félix V.

Pero ahora todo estaba perdido.

Su tío estaba pálido como la muerte. La sábana lo cubría hasta la barbilla y la tos no le daba tregua. Había adelgazado de manera preocupante y, a pesar de que en las grandes chimeneas de su habitación, rebosantes de leña, ardía un fuego vivo y fuerte, los dedos de sus manos estaban fríos.

Pietro miró a Ludovico Trevisan, patriarca de Aquilea y médico personal del pontífice. Fue precisamente su tío el que lo nombró camarlengo de la Santa Iglesia Romana.

Un poco más apartados, pero presentes, estaban otros cardenales; eran los hombres más fieles a su tío, como Francesco dal Legname, tesorero de la Cámara Apostólica, y el cardenal Pietro da Monza, así como el cardenal decano, el subdecano, el protoobispo, el vicario y todos los demás. Estaban reunidos alrededor del gran lecho del papa y murmuraban oraciones, esperando.

Pietro advirtió amargura y resignación en la mirada de Ludovico. Y entonces lo entendió. El camarlengo había hecho todo lo posible para arrancarlo de la enfermedad, pero no hubo nada que hacer. Decocciones y sangrías no habían producido ninguna mejoría. Eugenio no dormía, sino que se consumía en una débil y atormentada vigilia rota por momentos de delirio y de agudos dolores en el pecho.

Pietro no soportaba seguir viéndolo así.

—Vuestra gracia —dijo, dirigiéndose a Ludovico Trevisan—, ¿qué podemos hacer? ¿No veis cómo sufre?

—Hijo mío —le respondió—, lo hemos intentado todo. Ahora está en las manos de Dios. Si queréis hacer algo por el pontífice, rezad por él. Es lo que hago yo.

—Absolutamente —se apresuró a decir el cardenal Prospero Colonna sin poder contener un gesto de contrariedad que, por imperceptible que fuera, Pietro supo captar. En efecto, sabía perfectamente que el cardenal Colonna esperaba, en el fondo, que el papa entregara su alma a Dios en ese preciso instante.

Otro acceso de tos rasgó el aire que los envolvía. Esta vez, Eugenio logró incorporarse apoyándose en las almohadas. Pietro hizo ademán de ayudarlo, pero él lo rechazó con un gesto que debió de agotar sus últimas energías. En efecto, se dejó caer mientras su respiración se debilitaba cada vez más.

Apenas hacía dos años que Eugenio IV había perdido a su querido primo Antonio Correr, que tanto lo había ayudado en la elección al solio y durante los días oscuros de su fuga de Roma. Y ahora era como si ya no tuviera las mismas ganas de vivir, porque la mayoría de las personas a las que quería habían muerto y, como solía decir, había perdido el interés por relacionarse con gente a la que tenía en poca estima.

La derrota de Varna lo había marcado profundamente. Había achacado la culpa a Venecia, responsable de no haber detenido con su flota el avance de los turcos cuando todavía estaba a tiempo. Esa ciudad, la suya, le había dado más disgustos que alegrías. La Serenísima no había desaprovechado ninguna ocasión para sacar partido de la presencia de Gabriele Condulmer en Roma, y no solo como jefe espiritual de la comunidad religiosa, pero, por el contrario, como madrastra que era, se había guardado muy bien de favorecer o incluso apoyar o proteger su fuga cuando su vida corría peligro. De hecho, solo debía

agradecer su salvación a Florencia y a los hombres de Francesco Sforza.

—Ha muerto, muchacho —dijo el cardenal camarlengo.

Sus palabras sonaron como una sentencia condenatoria. Pietro sintió que se le partía el corazón. Debía mucho a su tío y
sabía que su muerte destrozaría a su madre.

Se echó a llorar.

—¡Gabriele! —llamó Ludovico Trevisan.

El pontífice no respondió.

—¡Gabriele! —repitió el camarlengo.

Eugenio IV tenía los ojos muy abiertos, los labios exan-
gües, sellados, el rostro esculpido por la delgadez enfermiza.
La palidez de la piel era impresionante.

—¡Gabriele! —llamó el camarlengo por tercera vez.

El pontífice callaba.

El camarlengo suspiró. A su espalda, oía los sollozos aho-
gados de Pietro Barbo.

Los cardenales, envueltos en sus ropajes púrpura, observa-
ban en un silencio sobrecogedor.

El papa había muerto.

—*Vere Papa mortuus est* —confirmó, transido, Ludovico
Trevisan.

Después se acercó al pontífice con pesar y golpeó delica-
damente la frente de Gabriele Condulmer con un pequeño
martillo de plata que llevaba grabado el escudo papal. Acto seguido, extendió un velo sobre su rostro. A continuación, cogió
con suavidad la mano derecha del papa, que colgaba inerte de
la cama, y le quitó el anillo del Pescador del dedo anular.

Miró a Pietro.

—Cardenal protodiácono, destruid el sello del papa. Yo
me ocuparé de comunicar al vicario la noticia de la muerte de
Eugenio IV para que la anuncie al pueblo. Después volveré

para sellar el despacho y la habitación del romano pontífice.

Sin añadir nada más y dejando a Pietro en la consternación y el dolor más sinceros, Ludovico Trevisan miró a los cardenales que se agolpaban alrededor del lecho de Eugenio IV para rendirle el último homenaje.

Parecían cuervos lanzándose sobre los restos de una comida, pensó asqueado.

61

Reunión de familia

Reino de Nápoles, palacio Colonna

Antonio Colonna no podía creérselo. Pero así era. Por fin, tras años de conflictos y conspiraciones, podía dar un suspiro de alivio. El maldito papa veneciano había muerto. ¡Muerto! Y él podría disfrutar de la libertad que tanto había echado de menos. No había estado de brazos cruzados durante todo ese tiempo, por supuesto: tras haber obligado al papa a dejar Roma y haberlo sustituido por un órgano colegial controlado por él, había tenido que soportar su retorno. Pero mientras tanto, había apoyado los objetivos de Alfonso V de Aragón, que había derrotado a Renato de Anjou y ahora estaba haciendo de Nápoles una ciudad cuya belleza solo superaba su poder comercial.

Aunque la fidelidad no era su fuerte, se había casado. Pero su mujer enfermó pronto y había fallecido el año anterior. No fue una gran pérdida. Es más, para ser sinceros, su desaparición había sido providencial, puesto que ahora cuajaba un proyecto que había acariciado. Como príncipe de Salerno, estaba decidido a reforzar y consolidar una vez más sus tierras, sus feudos y su línea dinástica. Lo demás le traía sin cuidado.

Para ponerlo en práctica, tenía la intención de unir la rama Genazzano con lo que quedaba de la Palestrina.

No sería fácil, por supuesto, pero si el imbécil de su hermano Prospero lograba convertirse en papa, tendría sin duda muchas más posibilidades de éxito. Para curarse en salud, ese día esperaba en su palacio de via Mezzocannone a la mujer que más que ninguna otra —más que su esposa, sin duda— había dominado su pensamiento durante esos años: Sveva Orsini. Últimamente había habido un progresivo, aunque lento, acercamiento entre ellos. Todo había empezado con el homicidio de Salvatore, al que había ejecutado con sus propias manos para ofrecerle a ella el fruto envenenado de la venganza con el que reparar, por lo menos en parte, el agravio sufrido.

Antonio había alimentado esa relación ambigua y malvada año tras año, como si fuera una criatura crecida en la oscuridad, un demonio que tarde o temprano emprendería el vuelo para devolver a los Colonna su fama imperecedera. Hubo un tiempo en que creyó que Sveva era una mujer de honestidad intachable, pero poco a poco descubrió que su ambición, su necesidad de protección y lo que estaba dispuesta a hacer para conseguir lo que quería superaban con creces cualquier escrúpulo o principio moral.

Y ahora, estaba seguro, encontraría el modo de alcanzar un acuerdo. Sumido en estos pensamientos, Antonio la esperaba disfrutando de una copa de Lacryma Christi cuya exquisitez lo dejó pasmado. Ese vino producido por los monjes de un convento en las faldas del Vesubio poseía un carácter formidable. En aquellos sorbos, Antonio saboreó todo el orgullo de pertenecer a una dinastía que podía reivindicar sus derechos sobre esas tierras. Adoraba Roma, por supuesto, pero Nápoles y Salerno, gracias también a su amistad con Alfonso de Aragón, le regalaban satisfacciones y placeres indescriptibles.

Mientras le abrían paso en el palacio Colonna, Sveva recapacitó sobre lo mucho que había cambiado con el paso del tiempo. Era perfectamente consciente de lo que se aprestaba a hacer: vender a su hija Imperiale como si fuera un animal del mercado. Y todo con el único objetivo de protegerse a sí misma. Había adquirido una gran habilidad para aceptar compromisos. Empezó con la muerte de Stefano y desde entonces no se había detenido. Tenía miedo, sabía que solo podía contar con sus propias fuerzas, pues los Orsini la habían repudiado. Pero esa constatación, en vez de darle seguridad, la aterrorizaba. Y aunque en el pasado se había prestado a implorar la misericordia del pontífice para obtener venganza y protección, ahora estaba dispuesta a aceptar la propuesta de matrimonio de Antonio Colonna. Sabía que eso significaba unir su vida de manera indisoluble a la de un hombre diabólico, pero se había hecho a la idea desde hacía tiempo, viéndola como algo necesario.

Por otra parte, cada vez estaba más sola. Su suegra había envejecido. Lorenzo, el hermano de Salvatore, había abandonado la ciudad por ser hermano de un asesino y los Colonna de la rama Palestrina habían caído en desgracia. Si a ello se añadía la elección de Prospero Colonna como pontífice, el poder de los Genazzano sería absoluto.

Así que cuando vio a Antonio, arrogante y cruel como siempre, comprendió que no tenía más salida que ponerse definitivamente en sus manos y extraviarse. Quizá para siempre.

Antonio pretendía a Imperiale, hija suya y de Stefano, por dos motivos: el primero, para quitárselo todo, los dos únicos amores de su vida; el segundo, porque tener a Imperiale era, en su mente malvada, como tenerla a ella.

Dudaba de que todavía se sintiera atraído por su belleza

perdida, siempre y cuando hubiera sido bella. La vida no había sido clemente con ella y menospreciarse y subestimarse continuamente en un *cupio dissolvi* había contribuido a envejecerla prematuramente. Imperiale estaba, en cambio, en la flor de la vida. Su esplendor y su sensibilidad eran perfectos para que Antonio los echara a perder completamente y se complaciera en secreto por su repugnante capacidad de corromper todo lo que tocaba.

Aun así, a sabiendas de lo que ocurriría, Sveva ya no tenía fuerzas para impedirlo. Había dejado de oponerse a él desde hacía mucho tiempo y se había convertido en su cómplice.

Se avergonzaba de lo que era, pero ni siquiera tenía valor para acabar con su vida.

—Aquí me tenéis, Antonio —dijo al final—, haced conmigo lo que queráis, yo ya no poseo voluntad propia. No soy más que una marioneta en vuestras manos.

Al oír esas palabras, el hombre que estaba ante ella fingió desasosiego:

—Pero ¿qué decís, mi adorada Sveva? Sabéis muy bien que vuestro bienestar ha sido siempre mi prioridad. Y también ahora, creedme, lo que estoy a punto de deciros tiene como único objetivo serviros como ya hice en otras ocasiones.

—Vaya manera de hacerlo —replicó ella con fastidio y rencor.

Pero Antonio fingió no darse cuenta.

—Vamos, no digáis eso, sabéis muy bien que nunca os haría daño a vos ni a vuestra hija. Creedme si os digo que Stefano estaría muy contento de que Imperiale se case con un Colonna. —Tras pronunciar estas palabras, Antonio estalló en una carcajada grosera que llenó el aire y retumbó de manera extrañamente desagradable, como la risa de un diablo divertido por una broma cruel.

Sveva la oyó resonar, martillearle las sienes y hacerse eco en todos los rincones del salón. Al final, se sentó porque le daba vueltas la cabeza y, desconsolada, le pidió a Dios que castigara sus culpas lo antes posible.

62

Gabor Szilagyi

La Marca, castillo del Girifalco

Había esperado mucho tiempo. Pero ahora la venganza estaba consumada. Y su corazón negro se había aplacado. La rabia la había invadido tan profundamente que no había podido olvidar. Había aguardado. Y ahora esperaba noticias. Los años habían pasado, pero el rencor, que se había convertido en hielo y hiel a la vez, habían hecho de ella una mujer capaz de cometer atrocidades.

Sabía que algo así tenía que quedar entre ella y el hombre que había ejecutado su encargo. Se fiaba de él como de sí misma, o incluso más, porque su entrega era incondicional.

A pesar de que al principio le había costado confiar en él, después la había complacido, casi seducido.

Así que ahora lo esperaba en la acostumbrada salita que hacía las veces de antesala. La espera era febril porque la paciencia la había abandonado. El ansia por recibir la confirmación de su muerte le nublaba el sentido.

Había dado orden de que arrancaran a Polidoro, el hijo de Perpetua, a su madre. Quería herirla una vez más. Hacerle pagar con creces su sufrimiento. Incluso al cabo de todos esos años, ahora que el niño había sido alejado de la corte de los Sforza, Bianca Maria no estaba satisfecha. Galeazzo Maria, que nació el año siguiente a los hechos que habían desatado su odio por Perpetua, le daba, por supuesto, grandes alegrías, pero la herida profunda que le habían infligido nunca se había curado. Había permanecido abierta y palpitante como una llaga en la carne, y Bianca Maria llevaba su marca en lo más profundo de su ser.

Cuando la vio, bella y radiante en su traje de damasco rojo, a Gabor le vino a la cabeza un cuadro de Petrus Christus que había admirado en un palacio de Brujas unos años antes. Era el retrato de una mujer de mirada perturbadora. A pesar de que lo había intentado varias veces, no había logrado identificar el punto exacto al que dirigía su mirada. Era la esencia misma de la seducción. El drapeado de la tela, de color encendido, la piel nívea y el fondo oscuro plasmaban ante sus ojos una visión que lo dejaba sin aliento. Era ella la mujer despiadada y orgullosa que no había dudado en armar su brazo para consumar una venganza premeditada durante mucho tiempo. Él la había ejecutado cruelmente, y conocer el motivo que había impulsado a Bianca Maria Visconti a hacer lo que había hecho también le había procurado un gran placer. Para él no había nada más noble y más puro que la venganza. Lo comprendió desde el primer momento en que la vio. Tuvo la impresión entonces de haber encontrado, si no su alma gemela, un temperamento afín.

Ahora, en su presencia, pudo recordar perfectamente el placer casi físico que sintió al ejecutar la misión que le había encargado.

Volvió a ver el modo en que se había acercado a la carroza: a galope tendido, guiándose por las estrellas que cuajaban el cielo negro mientras perseguía la masa oscura del vehículo. Recordó el brillo de la hoja después de haber conminado al cochero a detener los caballos. El hombre se llevó las manos al pecho, se desplomó en el pescante y resbaló hacia abajo, en el barro. Cuando desmontó de su caballo, abrió la portezuela y alguien saltó de su interior con la espada desenvainada en una mano y una antorcha en la otra. El hombre intentó acercarle la llama con torpeza, pero él la esquivó con facilidad y se libró de su adversario en un abrir y cerrar de ojos gracias a su pesado sable húngaro. Primero le arrancó la antorcha de la mano y le golpeó la cara con el protector, después le asestó un tajo ascendente que le abrió la espalda entre los hombros. El adversario acabó de rodillas, por lo que cortarle la cabeza fue coser y cantar.

Por último, enfundó el sable y subió a la carroza donde, a la luz de la antorcha, vio el rostro de Perpetua surcado de lágrimas. Su voz era apenas un susurro, sus labios murmuraban palabras sin sentido que imploraban piedad.

Pero Gabor no tuvo miramientos con aquella mujer aterrorizada, ni siquiera le dirigió la palabra. Extrajo el puñal del cinto y le cortó el pescuezo.

—Confío en que hayáis cumplido mi encargo —dijo Bianca Maria.

Gabor Szilagyi dobló la rodilla. Esta vez miró a su señora a los ojos.

—Perpetua da Varese yace degollada en una carroza. El vehículo está en campo abierto, al claro de luna. El cochero murió por un disparo de arcabuz en el pecho. El escolta fue decapitado.

Bianca Maria no pudo contener una mueca de satisfacción:

—Por fin mi honor está a salvo —afirmó—. He vengado la

ofensa. Por eso, señor, os entrego la suma acordada. Supongo que esta vez aceptaréis mi dinero.

—Por supuesto —repuso el húngaro, cogiendo la bolsa de cuero, repleta y tintineante.

—Y ahora, Gabor, podéis retiraros. Os llamaré cuando os necesite de nuevo.

—A vuestra disposición, mi señora —dijo él, poniéndose en pie.

Después se marchó por donde había venido.

63

Lágrimas

Ducado de Milán, castillo de Porta Giovia

Filippo Maria Visconti había muerto.

Agnese se deshacía en lágrimas. Acababa de llegar de Pavía, donde el duque, presintiendo su muerte inminente, le había aconsejado refugiarse con la mitad del tesoro ducal. Filippo Maria había pensado en ella incluso en la hora suprema. Y tenía razón. Por eso Agnese estaba tan abatida.

¿Qué iba a ser de ella? ¿Qué pasaría en Milán? Bianca Maria estaba en Cremona con su marido, Francesco. Habían creído que los rumores relativos a la mala salud del duque no eran más que habladurías. Que en realidad quería hacerles daño. El ducado de Milán no tenía señor.

Agnese tenía el corazón partido. Era como si alguien se lo hubiera hecho trizas con un hierro candente y el dolor que sentía por esa pérdida era metálico, cortante, insoportable.

El cadáver de Filippo Maria le daba la espalda. El duque había pedido expresamente que lo pusieran de lado, de cara a la pared, para dar la espalda al desfile de cortesanos, altos funcionarios y ricashembras que iban y venían desde cualquier lugar del castillo hasta sus aposentos con el fin de obtener de él, incluso al borde de la muerte, un posible privilegio, una bendición, un feudo. Era un modo desdeñoso de demostrarles lo poco que contaban para él.

Un poco apartado del lecho del duque, su capellán personal, el fraile dominico Guglielmo Lampugnani, rezaba con un murmullo constante. Filippo Maria lo había querido junto a él durante los días de su enfermedad porque había sido el encargado de reunir una comisión de teólogos ilustres que, de manera docta y exhaustiva, había garantizado a Filippo Maria la salvación eterna. En efecto, en los últimos tiempos el duque tenía una obsesión: no ser digno del paraíso por haber impuesto tasas exorbitantes a sus súbditos y, aun queriendo, no tener modo de restituir el despojo porque las arcas de su ducado estaban vacías. Pero Lampugnani y los seis sabios se habían remitido a los Padres de la Iglesia, a los códigos y a las cartas decretales y habían descartado esa hipótesis. Si bien era cierto que Filippo Maria había impuesto tasas desmesuradas en algunas épocas de su gobierno, el estado de necesidad legitimaba al señor a exigir de sus súbditos tributos extraordinarios. Además, su liberalidad a la hora de repartir limosnas y su obligación de mantener un ejército para garantizar la estabilidad del ducado lo eximían de toda culpa.

Agnese sentía gratitud por ese extraño capellán, cuya mirada fría y rapaz le daba escalofríos, porque había logrado sosegar al duque, que al menos se había abandonado a la muerte con serenidad. Pero ahora el dolor y el miedo se confundían, formando una mezcla peligrosa que se difundía en ella con la rapidez de un incendio. En efecto, sabía que Francesco Sforza haría cualquier cosa para apoderarse del ducado, pero su rencor hacia Filippo Maria no era precisamente una garantía de éxito, aunque su hija podía interceder a su favor. Además, ser la madre de Galeazzo Maria, que había nacido hacía poco, ofrecía a los milaneses las garantías sucesorias que tanto necesitaba la ciudad.

Pero Bianca Maria y su condotiero no eran seguramente la facción más fuerte, o mejor dicho, la más aventajada a la hora de pretender el gobierno de Milán. María de Saboya, por ejemplo, que había permanecido durante años encerrada en la torre del castillo de Porta Giovia con algunas damas, tenía más de un motivo para reclamarlo, y aunque Agnese confiaba en deshacerse de ella para siempre, sabía que no debía subestimar el resentimiento y la determinación que animarían a la duquesa.

A las pretensiones de las dinastías italianas se unieron las de los soberanos extranjeros. Por una parte los franceses, que impugnaban el testamento de Gian Galeazzo Visconti y sostenían que en caso de extinción de la línea masculina de la dinastía la sucesión se abría a favor de los herederos de Valentina Visconti, duquesa de Orleans, hija de Gian Galeazzo e Isabel de Valois. Por otra, los españoles, que apoyaban la candidatura de Alfonso de Aragón, el cual aseguraba que el testamento de Filippo Maria Visconti lo favorecía. Por último, juristas como Enea Silvio Piccolomini consideraban que, a falta de herederos legítimos varones, el ducado debía ser admitido de nuevo en el Sacro Imperio Romano porque pertenecía a Federico III de Habsburgo *de iure*.

Por eso había escrito muchas cartas a Bianca y Francesco para que volvieran a Milán en vez de quedarse en la Marca librando una batalla campal tras otra. Pero con escasos resultados. También era cierto que no podía reprobar su conducta, ya que, a pesar de los esfuerzos que ella hacía para tranquilizarlos, el duque había hecho de todo para enemistarse con el yerno. ¡Maldito orgullo! Agnese estaba desesperada. No solo por la muerte del hombre al que tanto había amado, sino también porque su sentido del honor mal entendido le había hecho el vacío a su alrededor, o, mejor dicho, le había hecho rodearse de un círculo exiguo de nobles cuyo apoyo no parecía lo suficientemente fuerte para garantizar la continuidad de la dinastía Visconti.

Incluso en el último mes de calvario, con el vientre que parecía a punto de explotar y los dolores que lo atormentaban de manera insoportable, había confirmado, escupiendo sangre, que Francesco no debía volver a Milán como señor, sino como simple soldado. ¡Sus malditos celos! Agnese sabía que serían la perdición de los Visconti. Pero a pesar de sus súplicas, incluso en la hora suprema, Filippo Maria había identificado su propio fin con el del ducado. Por eso no había designado un heredero —lo cual habría resuelto el nudo gordiano de la sucesión—, porque estaba convencido de que todo se malograría a su muerte.

En el aire frío, mientras las llamas de la gran chimenea se iban extinguiendo como la vida del duque, Agnese dejaba correr las lágrimas mirando la espalda del hombre que fue su gran amor. Escuchó las palabras del capellán, que pronunciaba la fórmula de la extremaunción. Después pidió quedarse a solas con Filippo Maria.

Guglielmo Lampugnani salió de la habitación sin rechistar, obedeciéndola como si fuera la duquesa de Milán.

—Me dais la espalda, amor mío —dijo Agnese, dejando que sus palabras cayeran en el vacío—. Habéis preferido mirar hacia otro lado. Pero aun así, no podréis evitar las consecuencias de vuestros actos. ¡Bianca Maria es la heredera legítima de la Corona de los Visconti! Vos lo quisisteis así, ¿recordáis?

—Y mientras un dolor inmenso, negro, insondable, la traspasaba, Agnese oyó un gran revuelo procedente de los aposentos adyacentes. En un primer momento no entendió de qué se trataba, pero después la puerta se abrió.

Ni siquiera tuvo tiempo de abrir la boca: el capitán de la guardia, con armadura de cuero del ejército de los Visconti, le habló con preocupación:

—¡El castillo está a punto de ser atacado, *madonna*! Tememos por vuestra seguridad, os ruego que os pongáis en mis manos. Trataré de conduciros a Pavía sana y salva.

Agnese se quedó sin palabras. Después, tras un momento de indecisión, preguntó:

—¿Qué ocurre?

—No estoy seguro, *madonna*, pero temo que la asamblea popular haya proclamado la República. Los milaneses se concentran en las plazas esgrimiendo el estandarte de San Ambrosio.

—No tengo intención alguna de dejar al duque de esta manera.

—Le daremos digna sepultura, señora, pero ahora nuestra prioridad es poneros a salvo. Ánimo, os conduciré a las caballerizas, tenéis que salir por allí con la pequeña escolta que os ha acompañado antes de que esos cabrones lleguen a los pies de la muralla.

64

Sucesión

Ducado de Milán, castillo de Porta Giovia – Palacio del Broletto

Don Rafael Cossin Rubio, hidalgo de Medina, se encontraba sobre los muros del castillo de Porta Giovia. Era una fortaleza maciza y bien protegida, pero, en honor a la verdad, don Rafael no albergaba muchas esperanzas de conservarla. El rey lo había mandado con trescientos soldados a presidiar el castillo de Filippo Maria Visconti, pero a juzgar por el número de rebeldes que se estaban concentrando en la ciudad pronto debería enfrentarse a una lucha en inferioridad de condiciones. Los espías que había enviado a informarse habían vuelto con noticias poco alentadoras. Miles de milaneses se preparaban para asaltar el castillo. Estaban mal organizados y muchos de ellos empuñaban armas improvisadas, pero tenían hambre y rabia, dos aliados poderosos.

Tratar de infundir confianza a sus hombres no era fácil. Si Nápoles había supuesto un asedio interminable, Milán tenía todo el aspecto de acabar con una derrota. Llevaba allí unas semanas por orden de Alfonso de Aragón, que sostenía haber sido nombrado sucesor legítimo al ducado de Milán en el testamento de Filippo Maria Visconti. Prescindiendo del fundamento de la reclamación, estaba claro que los ciudadanos de Milán no miraban con buenos ojos a un puñado de soldados aragoneses que los ocupaban aduciendo los desvaríos de un duque completamente loco. Y, por lo que había podido saber de él, esta era la única conclusión a la que se podía llegar acerca de su persona. El duque de Milán era un hombre devastado por la enfermedad que se rodeaba de teólogos que debían justificar sus acciones sanguinarias, que interrogaba a los astrólogos y pasaba el tiempo jugando con una baraja de cartas ilustradas con símbolos arcanos. Todo en él era extravagante. Y ahora él y sus hombres corrían el riesgo de pagar por las culpas de ese duque loco, y encima fallecido. Sacudió la cabeza. Tenía ganas de volver a Nápoles, de ver a Filomena, que esperaba su primer hijo. ¡Cuánto la echaba de menos! Además, ¿de qué servía mantener un lugar como ese? Cierto, se daba perfecta cuenta de cuál era el plan del rey, es decir, conquistar toda la península italiana poco a poco, pero en ese caso el contingente armado que había enviado era totalmente insuficiente.

Sacudió la cabeza. Miró a su lugarteniente, que desde la torre oriental ordenaba a algunos soldados que alcanzaran su posición.

«¡Nos vamos!», dijo para sus adentros. Después, dirigiéndose a un arcabucero, lo confirmó:

—Soldado, corred a la torre y transmitid al lugarteniente mis nuevas órdenes: abandonamos el castillo. Saquead lo que podáis, no tengo intención de sacrificar a mis hombres por una batalla perdida desde el principio.

El hombre lo miró con una expresión de asombro y alivio.

—¿Me habéis oído? —insistió don Rafael.

—Sí, señor.

—¡Pues cumplid mis órdenes!

—¡Inmediatamente, mi señor!

El arcabucero salió corriendo hacia la torre sin que tuvieran que repetírselo dos veces.

Había amanecido. Pier Candido Decembrio suspiró. A aquella hora la República Ambrosiana ya había visto la luz. Los nobles Antonio Trivulzio, Teodoro Bossi, Giorgio Lampugnano, Innocenzo Cotta y Bartolomeo Morone habían convocado al Consejo General en la sala del Arengo la tarde anterior, en cuanto recibieron la noticia que confirmaba la muerte del duque.

Habían nombrado veinticuatro capitanes de origen aristocrático para constituir un nuevo gobierno en presencia de una asamblea que, lejos de incluir al pueblo, estaba representada por un grupo restringido de altos funcionarios, jurisconsultos, notarios, burócratas, banqueros y abades de las corporaciones. Él estaba orgulloso de formar parte.

Y ahora estaba allí, en el palacio del Broletto. No se sentía un traidor por ello. Hacía tiempo que desaprobaba la política del duque y los motivos de fricción, o incluso de enfrentamiento directo, habían abundado durante ese último año. Además, ya no estaba dispuesto a escuchar las repetidas quejas y a soportar las humillaciones constantes que aquel loco seguía infligiéndole. Estaba en el umbral de los cincuenta y tenía que pensar en su futuro. Y aunque la corte del Visconti le había proporcionado en el pasado algunas glorias y satisfacciones, no concebía el presente al lado de un hombre que se encaminaba al final de su supremacía soñando con arrastrar consigo a todos los que lo rodeaban. Por eso había apostado por la República, siendo perfectamente consciente de que al cabo de poco, quizá ese mismo día, los milaneses arremeterían con todos los medios a su alcance contra el símbolo del poder de los Visconti. Y el símbolo de ese poder era el castillo de Porta Giovia.

En la ciudad corrían rumores de que los ciudadanos estaban organizando un asalto en toda regla. Lo había hecho presente en la asamblea, pues tenía la sensación de que el ducado entero apenas soportaba ya los caprichos del duque paranoico, cada vez más dado a las más increíbles extravagancias.

Por eso, a esas horas de la mañana y después de haber pasado la noche en vela, excitado por la perspectiva y la energía casi palpable que se difundía con el nacimiento del nuevo gobierno, Pier Candido Decembrio esperaba en el salón de la Gloria Mundana, que se encontraba desierto. Ricamente amueblado, con grandes ventanales que daban al patio, era un lugar que extasiaba por una sencilla razón: el fresco del maestro florentino Giotto di Bondone dejaba sin respiración por su belleza y el significado profundo que sugería.

Sacudió la cabeza y se sorprendió invadido por la melancolía. Puede que fueran los frescos del salón los que le suscitaran esa clase de sensación, pero así era. Vio el triunfo de la Fama como piedra angular de la escena. En el centro, magnífica y resplandeciente, la Gloria, ocupando un carro arrastrado por espléndidos caballos, se alzaba sobre algunos de los más célebres príncipes de la historia: Eneas, Héctor, Hércules, Atila, Carlomagno y, por último, Azzone Visconti. Montados sobre sus corceles parecían extender la mano hacia el cielo en un desesperado intento de tocar y retener a aquella mujer magnífica y huidiza. La sensación de que era inalcanzable estaba amplificada por el esmalte azul y dorado, la separación entre el cielo y la tierra que casi sancionaba la fragilidad de la irresistible Gloria. Contemplando la escena, Pier Candido no podía evitar pensar en Filippo Maria Visconti. En cuando se hizo con el poder, cortando la cabeza a Beatrice Cane para castigarla y librarse de ella con una crueldad que solo un príncipe o un duque podía exhibir con tan natural indiferencia; por no hablar de cuando, algún tiempo después, dejó plantado en la antesala al Carmagnola, su capitán, un hombre tan arrogante que creyó que podía desafiarlo. ¿Y cómo no recordar la alegría del duque cuando, por supuesto tras haberlo reprendido, finalmente aceptó desposar a su única hija con Francesco Sforza? Después de todo, ¿no había sido una idea brillante? Pier Candido Decembrio estaba convencido de ello, pero no había previsto que al cabo de poco tiempo Filippo Maria Visconti empezaría a sentir celos del hombre al que había concedido la mano de su hija.

Fue esa competición continua con el destino, ese infinito doble y triple juego lo que al final acabó volviéndose contra él. Y el ducado que había logrado consolidar al principio fue disgregándose poco a poco a la par que su cuerpo, cuya hinchazón progresiva ocultaba tras su forma la fragilidad de un sistema muscular devorado por el raquitismo y la debilidad crónica.

Y ahora el destino se cumplía. La fama, la gloria de Filippo Maria desaparecía con su muerte, se convertía en una pálida efigie, una mujer opalescente, una criatura que se desvanecía con el paso de las horas y se revelaba tal y como era: el reflejo débil de un sueño resplandeciente.

Él jamás debería cometer el mismo error. Por eso había elegido el pragmatismo de la política. Y no le importaba en absoluto que algunos asociaran su nombre con palabras como «traición» o «ruindad».

Tenía otros planes para su futuro más inmediato.

65

Escaleras y bastones

Ducado de Milán, castillo de Porta Giovia

Llegaron con escaleras y bastones. Babeaban de rabia y rencor y crecían como la marea bajo las murallas del castillo.

Lo encontraron desierto. Las puertas abiertas de par en par. No esperaban tener tanta suerte, pero corrieron como perros rabiosos, sintiéndose privados de una venganza soñada por mucho tiempo, esperada e idealizada. El patio estaba vacío, las torres habitadas únicamente por los pájaros. Una bandada de cuervos llenó el cielo azul, algunos se posaron sobre las cúspides de las torres y las almenas.

Era como si los que habían habitado ese lugar, nobles y guerreros, damas y ricashembras, criados y consejeros se hubieran preocupado de abandonarlo con el cuerpo de Filippo Maria Visconti todavía caliente, mientras agonizaba y sufría el tormento de sus últimas horas.

El pueblo gritó su rabia reprimida. Un grupo de ellos siguió hacia delante: empuñaban mazas y bastones y estaban decididos a utilizarlos. Corrieron hacia los aposentos del duque. Cruzaron jardines, patios y suntuosas galerías, subieron escaleras, dieron golpes a ciegas, destrozando corolas de flores, desintegrando fuentes, decapitando plantas, mutilando estatuas.

Cuando acabaron entraron en los aposentos del poder, donde robaron ropajes magníficos de terciopelo adamascado y seda, vaciaron baúles y cofres, se llenaron los bolsillos de oro y piedras preciosas, mancharon los frescos e hicieron añicos los espejos y las copas de diaspro porque no sabían qué hacer con ellos. Les daba igual que semejantes estragos los condujeran a la ruina; la conocían perfectamente gracias al duque.

Pero no encontraron criadas a las que violar ni hombres a los que matar, y eso los enfureció todavía más.

Saquearon y robaron y profanaron los aposentos, rasgaron las banderas y desgarraron la Radia Magna. Algunos de ellos izaron en las cuatro torres el símbolo de la Áurea República Ambrosiana, la bandera con la cruz de San Jorge en el centro, coronada por el sello de San Ambrosio, acuartelada con la palabra «*Libertas*».

Querían arrasar aquel lugar, borrarlo de la faz de la Tierra, transformarlo en un gigantesco osario, pero no quedaba nada ni nadie para aplacar su sed de venganza. Acumularon, arramblaron con todo lo que pudieron, volvieron a sus casas más ricos que antes, rieron y bebieron, vaciaron las despensas y humillaron el símbolo del que los había humillado, pero después de la orgía de violencia y menosprecio, de la profanación de los restos de los Visconti, los invadió un profundo desaliento.

Se había constituido la República. Los veinticuatro capitanes, defensores de la ilustre y excelsa ciudad de Milán, habían reemplazado al duque loco y tullido, pero ¿qué significado tendría exactamente? ¿Acaso la ausencia de un guía, por detestable y extravagante que fuera, ponía en peligro su unidad?

El Consejo General de los Novecientos debía representarlos, pero los hombres y las mujeres del pueblo sabían en su fuero interno que no sería así y que los ciento cincuenta miembros de la asamblea, elegidos en las parroquias de cada una de las seis puertas de la ciudad, formaban parte de la sociedad que contaba, poseían dinero y estaban motivados por intereses personales. Después de todo, ¿era preferible sustituir el interés de un solo hombre por el de unos pocos? Y ahora que Filippo Maria Visconti había muerto, ¿qué harían las demás ciudades del ducado? ¿Se limitarían a abrazar la causa de la República o decidirían liberarse del vínculo de fidelidad y proclamarían la autonomía o la pertenencia a otra potencia? ¿La odiada Serenísima, quizá?

Por eso, mientras la destrucción seguía adelante sin piedad —el mobiliario destrozado o atado con cuerdas para ser arrastrado, los enseres cargados en los carros, las joyas ocultadas en bolsas y escarcelas—, cada uno de ellos se sentía más rico y más extraviado a un tiempo, como si después del desahogo rabioso y embriagador, después de haber ahogado los pensamientos en la lujuria de la devastación de la que se estaba aprovechando, se despertara bruscamente de un sueño, de esa dimensión bárbara y sin ley para encontrarse de golpe cara a cara con un futuro que, de una manera u otra, era más incierto que nunca.

El olor ácido del fuego prendido embotó el olfato de los que seguían saqueando y esa sensación áspera de pérdida se abrió paso en sus corazones, colmándolos con el veneno de la enésima espera.

66

Defender Milán

Ducado de Milán, Cremona, castillo de Santa Croce

—¿Sabéis que han hecho una hoguera con todos los documentos del ducado en la plaza del Duomo? ¡Mi padre ha muerto y ni siquiera estaba a su lado! ¿Cómo habéis podido hacerme esto? ¡Habéis perdido el tiempo subiendo por la Marca, deteniéndoos en Florencia para visitar a Cosimo de Médici y después en Cotignola! ¡Debía haber escuchado a mi madre, que me rogaba que fuera a Milán lo antes posible! Yo, en cambio, he confiado en vos una vez más, ¡vuestras palabras me entraban como veneno en los oídos!

Francesco Sforza no tenía intención de soportar sus reproches. Así no. Por eso levantó la voz, exasperado:

—¿Qué más iba a hacer, Bianca? ¿Habéis olvidado que vuestro padre puso al Piccinino en mi contra? ¿Y a todos los demás condotieros que le eran fieles? ¿Que tuvimos que celebrar nuestra boda, a la que no se dignó presentarse, en el campo por temor a que sus soldados y espías me cortaran el cuello en los callejones de Cremona? ¿Qué podíamos esperar de un hombre así?

—¡Yo era su hija! Me quería. Siempre me quiso. Nunca

hizo que me faltara su afecto. Y siempre protegió a mi madre. ¡No os permito que habléis así de él!

—¡Es la verdad! Tenéis que reconocer que vuestro padre era un hombre roído por la envidia y el egoísmo.

—Ha sido muy injusto en más de una ocasión, no lo niego. Pero ¡deberíais haberme escuchado cuando os pedí que os dierais prisa porque el duque estaba agonizando! Y ahora Milán está en manos de la República Ambrosiana. Hombres carentes de cualquier derecho para gobernar la ciudad. ¿Sabéis que Antonio Saratico y Andrea Birago, guardián de Porta Giovia y paje de mi padre, respectivamente, ni siquiera han esperado a que muriera para saquear el castillo y se han llevado copas cuajadas de gemas y estolas de armiño? ¿Que los soldados de Alfonso V de Aragón han hecho lo mismo en la retirada y que todo lo que ha quedado ha acabado en las escarcelas del pueblo milanés, que ahora quiere echar por tierra el lugar donde mi padre vivió hasta hace poco? ¿Así lo pagan después de haber gastado una fortuna para mantener armado un ejército que protegiera a ese hatajo de desagradecidos?

—Lo querían mucho —dijo Sforza en tono de burla.

Al oír esas palabras, Bianca Maria, ciega de rabia, le plantó una bofetada en plena cara a su marido. La mano golpeó la mejilla suave del capitán de fortuna. El rostro de Francesco Sforza se puso lívido mientras un chasquido humillante resonaba en el aire.

—¡No deberíais haberlo hecho! —tronó él. Y se marchó dando un portazo.

Bianca Maria se sentó al borde de la cama y se echó a llorar.

El aliento del aire tibio de la tarde hacía revolotear las cortinas y parecía anunciar la niebla inminente. Bianca Maria oyó llamar a la puerta. Había permanecido allí, abatida, durante quién sabe cuánto tiempo. Invitó al visitante a entrar. Apareció una de sus damas de compañía. Llevaba de la mano al pequeño Galeazzo Maria, un niño de ojos vivarachos, más bien alto para su edad, con largos cabellos castaños. En cuanto la vio, se soltó de la mano de la dama y corrió hacia su madre.

Bianca Maria abrió los brazos.

—Mi pequeño —exclamó—. ¿Has venido a ver a mamá?

Galeazzo Maria asintió.

—¿Qué os ocurre, mamá? —preguntó, inclinando ligeramente la cabeza.

—Nada, cariño —lo tranquilizó, secándose las lágrimas con el dorso de la mano—. ¿Qué has hecho hoy?

El niño se quedó pensando un instante. Después afirmó con tono solemne:

—He estudiado la geografía de mi ducado con *madonna* Lucrecia.

Bianca Maria le acarició la cabeza. Su dulzura siempre la conmovía. Después pensó que nunca sería duque de Milán. Pero al cabo de un momento, tuvo claro por qué valía la pena luchar. Lo que quería y debía hacer era ayudar a su marido a triunfar y a proclamarse duque de Milán. Lo haría para garantizar a Galeazzo Maria, algún día, aquel ducado cuyas fronteras estaba estudiando. Su hijo poseía un corazón puro que no merecía ver truncadas sus esperanzas.

Haría todo lo que estuviera en su mano para no defraudarlo.

—¿Os encontráis mejor, mamá? —dijo, mirándola con sus profundos ojos castaños.

Ella sonrió, enternecida por su caballerosa preocupación.

—Sí, ahora que te visto, sí.

—No temáis, mamá. Siempre que algo os preocupe, vendré a veros.

—¿Y cómo lo sabréis?

—Lo sentiré en mi corazón —contestó con una seguridad que no admitía réplica.

—Abrázame —dijo Bianca Maria, que mientras tanto había empezado a llorar otra vez.

—¿Y ahora por qué lloráis? —preguntó el niño, desconcertado.

—No te preocupes, hijo mío, son lágrimas de alegría —respondió ella.

Galeazzo Maria asintió, tranquilizado.

—Y ahora dame un abrazo —le pidió ella.

El niño no se lo hizo repetir y le echó al cuello sus pequeñas manos regordetas.

—Nadie me separará de ti, nunca.

Después se desprendieron del abrazo y Bianca Maria miró a Lucrecia Aliprandi. Le dio las gracias con un gesto de la cabeza. Esa mujer que le había recomendado su madre había demostrado ser más afectuosa y fiable que ninguna otra. Definirla dama de compañía se quedaba corto porque, en honor a la verdad, era mucho más que eso. Sus consejos, sugerencias y observaciones certeras y equilibradas revelaban una sabiduría antigua. Su madre se había privado de un auténtico tesoro al insistir en que la cuidara a ella y a su nieto.

—Llevad a Galeazzo Maria a sus aposentos. Nos veremos a la hora de cenar, pequeño —indicó Bianca Maria.

—Sí, mi señora —se limitó a decir Lucrecia. Después cogió al niño de la mano y lo condujo fuera de la habitación mientras Galeazzo miraba a su madre con afecto.

Cuando hubieron salido, Bianca Maria se miró al espejo del tocador.

Lo que vio no le desagradó.

Sonrió. Con Lucrecia Aliprandi y Gabor Szilagyi de su parte se sentía, si no invulnerable, al menos protegida.

No debía temer sorpresas de ninguna clase. En cuanto a las infidelidades de su marido, ya se había acostumbrado, aunque desde que había castigado a Perpetua da Varese, haciéndola trizas, Francesco se había vuelto más respetuoso, más discreto.

Sabía que corría el rumor de que alguno de los soldados había empezado a llamarla la Dama de Negro.

«No importa», pensó. No le desagradaba que la temieran.

Francesco estaba cansado. Tras haber puesto la Marca en posesión de los Estados Pontificios, reconociendo la titularidad del nuevo papa, estaba en serios apuros. Desde que había empezado a subir hacia Milán, todos parecían querer saber cuáles eran sus intenciones, desde Cosimo de Médici a Leonello de Este y Carlo Gonzaga. Pero lo que más lo atormentaba era el modo en que Bianca Maria lo había atacado. Comprendía su resentimiento, pero ¿cómo podía pretender que las intrigas que su padre había urdido durante aquellos años no influyeran en sus decisiones y le suscitaran una desconfianza justificada?

Por eso recibió con sorpresa y curiosidad el anuncio de la visita de Antonio Trivulzio. Mientras esperaba que llegara la hora de cenar e intentar hacer las paces con su esposa, se enteraría al menos de lo que tenía que decirle uno de los nuevos amos de Milán, visto que era uno de los fundadores de la Áurea República Ambrosiana.

Cuando Antonio Trivulzio entró, Francesco Sforza vio a un hombre con armadura de cuero, cubierto de polvo, que parecía haber llegado hasta allí como si el diablo le pisara los talones. El recién llegado se le acercó en cuanto lo vio y, después de hacer una reverencia, el capitán lo oyó pronunciar unas palabras que sonaban a desesperación:

—Mi señor —dijo—, me presento ante vos con pesar y el corazón roto. Lo hago en nombre del pueblo milanés y como defensor de la nueva República para pediros que aceptéis el cargo de capitán general. Tras haber recuperado las ciudades de la orilla derecha del Adda, la Serenísima ha cometido la insolencia de conducir su ejército hasta las puertas de nuestra ciudad y corremos el riesgo de perder de golpe todo por lo que hemos luchado.

Francesco Sforza sacudió la cabeza. No se esperaba algo así de un hombre que, junto con otros cuatro, creía haberse hecho con el ducado a despecho de cualquier derecho o descendencia. De todas formas, puede que su ofrecimiento le viniera como anillo al dedo y le ayudara a madurar el plan que acariciaba. Por eso, lejos de rechazar su ofrecimiento, se limitó a preguntar:

—¿De cuánto hablamos? ¿Cuánto estaríais dispuestos a pagar a cambio de que luche bajo vuestra bandera?

Trivulzio le dirigió una mirada suplicante.

—Veinte mil ducados al mes —contestó—. Vuestras conquistas serían para la República, a excepción de Verona y Brescia, que podríais quedaros como feudos.

Francesco lo pensó durante un momento. El contrato preveía una paga muy buena, y la posibilidad de quedarse dos ciudades como aquellas hacía la oferta muy tentadora. Sin contar con el hecho de que si la República de Milán necesitaba enviar a uno de sus fundadores a pedirle ayuda es que estaba en graves dificultades y eso, naturalmente, podía permitirle conquistarla sin complicaciones en un futuro próximo.

Por todo ello, aprovechando la ocasión que le servían en bandeja de plata y reservándose la posibilidad de comentarlo con su más estrecho aliado, Cosimo de Médici, tranquilizó a Trivulzio:

—Señor, en estas condiciones acepto el cargo.

Mientras el otro se prodigaba en agradecimientos, Francesco Sforza pensó que su plan para conquistar Milán tenía ahora muchas posibilidades de éxito.

67

El cambio

República de Florencia, Villa del Trebbio

Francesco y Cosimo caminaban bajo la pérgola. Los emparrados verdes y las dobles columnas de arenisca, junto con la vista magnífica de los huertos inferiores y la villa de enfrente de la que se gozaba desde lo alto, quitaban literalmente la respiración. Se levantó un viento suave cuyos soplos ligeros proporcionaban frescor y aliviaban el calor septembrino. Las copas verdes de los cipreses se doblaban a la caricia del viento.

Cosimo, como siempre, estaba sereno, plácido, como si el asunto del que hablaban no fuera de importancia fundamental para el equilibrio político de Italia. Tenía las manos entrelazadas por delante, el aire pensativo, los ojos entrecerrados, una sonrisa apenas esbozada dibujada en los labios.

—¿Entonces? ¿Qué pensáis hacer? Como sabéis, Venecia todavía es poderosa y además me han informado de que ha entablado negociaciones con Alfonso de Aragón.

—¿El Magnánimo? —preguntó Sforza con una punta de ironía.

—¡Precisamente! —confirmó Cosimo sonriendo—. Así lo llaman ahora. Ha sido una buena idea no encarnizarse con

Nápoles cuando pudo hacerlo, la comparto y os aconsejo que lo imitéis.

—¿En qué sentido?

—Pase lo que pase en Milán, os sugiero que nunca deis la impresión de querer tomarla por la fuerza. Mostraos siempre como un salvador, no como un conquistador. Aceptar la oferta de Trivulzio ha sido una jugada maestra.

—¿Podéis garantizarme vuestro apoyo?

—¡No estaríais aquí si no fuera así! —dijo Cosimo con sorna—. No tengo interés alguno en ver cómo se expande Venecia.

—Estáis hablando de un aliado histórico de Florencia.

—Ya. Pero mi objetivo es dar a Florencia un aliado mejor.

—¿Quién? —preguntó Francesco Sforza, arqueando una ceja.

—El duque de Milán. ¿Acaso no estamos hablando de eso?

—Naturalmente —convino el capitán.

—Pues bien, si ese es nuestro tema, os desvelaré lo que pienso. Tengo la intención de reforzar la alianza con vos porque cuando seáis duque de Milán me daréis libertad de maniobra para expandir el banco de los Médici. Quiero abrir una filial en Milán y vos os comprometeréis a favorecer su desarrollo aumentando los encargos y pedidos. La filial prestará dinero a vuestra corte y venderá joyas como ya lo hace en Roma. Hace unos años, mi buen amigo Gabriele Condulmer, el pontífice recientemente fallecido, nombró a mi hermano Lorenzo depositario de la Cámara Apostólica.

—¿Sugerís una solución parecida para mi corte, siempre que llegue a existir? —preguntó Francesco Sforza.

—Ah, por supuesto que existirá, creedme.

—Bueno, pues si me convierto en duque de Milán gracias a vuestro apoyo, os prometo desde ahora que os daré lo que pedís.

—Y yo, por mi parte, como observabais hace un momento, tendré que empeñarme para que los florentinos acepten la alianza con el acérrimo enemigo milanés y al mismo tiempo la ruptura con Venecia. Pero todavía no es necesario que tome partido abiertamente. Por ahora solo tengo que abrir una línea de crédito a vuestro favor. Y es lo que haré. Al fin y al cabo, podríais cambiar de idea y veros obligado, tarde o temprano, a cambiar también de bandera. La Áurea República Ambrosiana no me parece muy sólida: el poder está demasiado repartido, fragmentado. Si no fuera por vos, no tendrían a nadie que los guiara. Conozco a algunos de los nobles y de los capitanes que apoyaron a Filippo Maria Visconti y que ahora figuran como defensores de la República y puedo aseguraros que no valen nada.

—Cosimo, veis las cosas con tal clarividencia y sois tan precavido que me impresionáis como nadie.

—Porque vos sois un guerrero y yo solo un político.

—Vos sois más que yo, creedme.

—Puede ser, amigo mío. O quizá sois demasiado benévolo conmigo.

—No creo. En cualquier caso, tenemos un trato. Ahora haré mi parte.

—¿No os quedáis?

—Me gustaría, pero no puedo —dijo Sforza—. ¡Tengo un ducado que salvar!

—Sin duda. Pues entonces me despido de vos, amigo mío. Volved cuando queráis y hacedlo como triunfador.

—Dadlo por hecho —respondió Francesco, y, tras una leve reverencia, se dirigió a grandes pasos hacia la escalinata que desde la pérgola conducía al patio.

68

Afán de conquista

Ducado de Milán, castillo de San Colombano al Lambro

Llovía. Gotas grandes como ducados tintineaban sobre las corazas. La tierra era barro que impedía caminar. El cielo, oscuro, se iluminaba con los destellos de las lombardas que machacaban las murallas del castillo de San Colombano. Francesco Sforza volvía a hacer lo que mejor se le daba: combatir. En una semana había conquistado Maleo y Codogno y sabía que llevaba las de ganar en Pavía, porque Agnese del Maino estaba negociando la entrega de la ciudad con Matteo da Bologna. Si lograba conquistar San Colombano, los venecianos se verían obligados a retroceder hacia Bérgamo y Brescia.

Aquel castillo era el último baluarte antes de cruzar el Adda. San Colombano caería tarde o temprano. Estaba muy bien defendido y sus murallas de ladrillo eran imponentes. El torreón que dominaba su centro era de un tamaño impresionante y los venecianos se defendían como leones desde lo alto de los adarves. Muchos de sus mejores soldados habían muerto bajo las nubes de saetas o habían sido quemados vivos por el aceite hirviendo y la brea que los defensores vertían desde arriba entre gritos y clamor. Pero sabía que el contingente que protegía el último baluarte no debía de ser muy numeroso. Por eso, tras los primeros intentos frustrados, Francesco se había puesto en manos de las lombardas, a la espera. Los golpes devastadores de esas vergas de hierro forjado debilitaban progresivamente las defensas. Además, Francesco Sforza había atacado el lado oriental con un fuego incesante y ya empezaban a verse los primeros resultados: una parte de la muralla casi derruida y muy inestable, sin almenas, a excepción de una que parecía un diente superviviente en la boca de un viejo.

Pero no era suficiente.

Montaba a caballo, tenía los músculos doloridos, estaba cansado, fatigado por las largas marchas y las esperas que a veces se hacían infinitas. Podía volver a su tienda, pero permanecer entre sus hombres era importante. Les infundía valor y determinación. Si su capitán estaba dispuesto a no moverse de la silla durante todo el asedio, ellos no podían fallarle. Habían intentado realizar un asalto, con escasos resultados. Aquellos paletos venecianos eran duros de roer.

Estaba esperando cuando vio llegar a Braccio Spezzato. Los años habían pasado, pero su amigo nunca lo había abandonado. Ni una sola vez. Por eso Francesco lo quería como a un hermano.

Cuando estuvo a menos de una braza de él, Braccio le anunció una visita.

—Mi capitán —dijo—, en vuestra tienda os esperan unos prohombres de Pavía, quieren proponeros algo.

—¿Os ha dado la impresión de que trajeran buenas noticias, amigo mío?

—Excelentes.

—¿Podéis anticiparme algo? —preguntó sin ganas de moverse de donde estaba.

—No. Pero el jefe de la delegación me ha encomendado que

os diga que os alegraréis mucho de recibir la noticia que os dará, pues habla en nombre de la ricahembra Agnese del Maino.

Francesco abrió mucho los ojos.

—¿Dónde está Bianca Maria?

—En vuestra tienda, mi señor.

—¡Estupendo! Voy hacia allí. Os dejo el control de la situación, Braccio, y si tuviera que ausentarme, tomad el mando con Manfredi.

—A vuestras órdenes, mi señor.

Cuando entró en su tienda, Francesco vio a Bianca Maria con la armadura de cuero. De su cintura colgaba una espada de óptima factura milanesa que había mandado forjar expresamente para ella. Un poco menos pesada que una hoja normal, le permitía sacar el máximo partido de sus cualidades: agilidad, destreza y rapidez de ejecución. Bianca Maria apretaba la empuñadura con la mano.

Los nobles que habían ido a hablar con ellos tenían la mirada serena. Hicieron una reverencia cuando entró y el que parecía ser el jefe se presentó:

—Capitán, me llamo Matteo Marcagatti di Bologna, soy el guardián del castillo de Pavía. Vengo en nombre de Agnese del Maino.

—Mi buen Marcagatti, conozco vuestra valía como guerrero y no me sorprende que Agnese del Maino, mujer extraordinaria y madre de mi esposa, os haya enviado a hablar con nosotros. Pero, antes de nada, ¿cómo está?

—La muerte del duque la ha postrado, capitán. Pero, como veis, no se rinde.

Una sonrisa de satisfacción frunció los labios de Bianca Maria.

—No lo pongo en duda —respondió Francesco Sforza—. ¿Y bien? —preguntó, deseando conocer el motivo de aquella visita.

—Me he tomado la libertad de venir a vuestro campamento para anunciaros lo siguiente: a petición de Agnese del Maino os ofrezco el título de conde de Pavía y las llaves del castillo con el fin de evitar inútiles obstáculos a vuestra reconquista y consolidación de los territorios milaneses.

—¿Qué pedís a cambio? —preguntó Francesco.

—La noble Agnese del Maino me prometió que, si aceptabais mi ofrecimiento, me asignaríais la ciudad de Sant'Angelo y el título de conde.

—Si la madre de mi esposa os lo prometió, su palabra es ley —concluyó Francesco. Le alegró ver que a Bianca Maria se le iluminaban los ojos y se le ruborizaban las mejillas.

—Pues si estamos de acuerdo y aceptáis mi ofrecimiento, quisiera invitaros a vos y a vuestra valiente esposa, de la que solo se cuentan maravillas, también de su coraje en la batalla, a seguirnos a Pavía para celebrar este pacto histórico.

—Lo estamos deseando —dijo Bianca Maria en nombre de ambos.

Había permanecido en silencio hasta ese momento para no quitar a su marido el protagonismo que le correspondía, pero después de todo lo que su madre había hecho por ellos no logró contenerse. De todas formas, Francesco no se molestó y añadió:

—He dejado a mis mejores hombres encabezando el asedio y tengo una fe ciega en sus posibilidades de éxito. Naturalmente, iremos a Pavía en cuanto tomemos San Colombano.

—Bien, entonces os esperamos en el castillo de Pavía apenas hayáis derrotado a los venecianos. Por otra parte, a juzgar por las explosiones y los gritos que he oído viniendo hacia aquí, no debería de faltar mucho.

—*Messer* Marcagatti —contestó Francesco Sforza—, como os decía confío plenamente en mis hombres. Contamos con llegar a Pavía cuanto antes.

—Dadle saludos a mi madre —agregó Bianca Maria.

Matteo Marcagatti di Bologna asintió.

—Faltaría más, mi señora.

Después, dirigiéndose a sus acompañantes, exclamó:

—¡Lo hemos conseguido!

Recibió en respuesta miradas de satisfacción.

Finalmente, tras hacer una última reverencia a Francesco y Bianca Maria, salió de la tienda acompañado por sus hombres.

Cuando hubieron salido, Francesco miró a su mujer a los ojos.

—Vuestra madre es una mujer leal y valiosa.

—Siempre lo ha sido, amor mío —apostilló ella.

—Ya. Magnífico, la campaña no podría ir mejor. Recuperaremos Pavía y San Colombano de una vez. Ahora he de marcharme —anunció, dirigiéndose a Bianca Maria.

Pero ella se había acercado y clavó sus ojos en los de él.

—¿Dónde creéis que vais? —dijo. Y con un movimiento ágil, de gata, lo abrazó y lo besó apasionadamente.

Él abrió mucho los ojos, sorprendido por su ardor.

—¿Os sorprendo, amor mío? —le planteó ella antes de morderle suavemente un labio—. Ya deberíais saber que soy una mujer indomable. —Y mientras lo decía, se apartó de él y desenvainó la espada.

—¿Y ahora? —repuso Sforza, subyugado por el humor cambiante de su mujer.

—Ahora quiero cubrirme de sangre junto a vos —respondió ella.

Sus ojos daban realmente miedo.

69

El miedo latente

Ducado de Milán, palacio del Arengo

—Os digo que Francesco Sforza está adquiriendo un poder excesivo que pronto nos resultará fatal —gritó Pier Candido Decembrio frente a los otros ochocientos noventa y nueve miembros del Consejo General y en presencia de los veinticuatro capitanes defensores de la libertad—. En poco más de un mes ha reconquistado Maleo, Codogno, San Colombano al Lambro, que ha tomado en solo doce días, y Pavía, que se ha entregado sustrayéndose a la República. Tanto es así que el guardián del castillo, Matteo Marcagatti, instigado por la víbora de Agnese del Maino, le ha conferido el título de conde de Pavía y lo ha investido de una autoridad que, legítima o no, corrobora su ascenso político además de militar. Hemos de tener cuidado, amigos míos —dijo el experto consejero con una vena de paternalismo—, nosotros le hemos dado el mando a Francesco Sforza, no quiera Dios que precisamente él nos lo arrebate.

Pier Candido Decembrio calló. Su mirada voló a su alrededor e interrogó tácitamente a los demás miembros de la Asamblea. Sabía que tenía razón.

Alguien de entre los miembros del Consejo General de los Novecientos se levantó de su escaño. Pier Candido Decembrio reconoció inmediatamente a Arrigo Panigarola, banquero ávido y hombre sin escrúpulos que estaba determinado a sacar provecho de la situación enrevesada que crecía como la marea y amenazaba con arrasar la República.

El perfil de rasgos finos, la mirada despreciativa y el desdén del que siempre estaban inyectadas las palabras de esa ave de rapiña eran elementos que comprometían la estabilidad de la nueva forma de gobierno. Pier Candido Decembrio levantó los ojos al cielo porque ya sabía lo que iba a decir.

—Mi noble colega, el consejero Pier Candido Decembrio, que hasta hace poco era el colaborador más estrecho del duque Filippo Maria Visconti y que ahora parece preocuparse sobremanera por la salud de la República, obedece a motivaciones aparentemente loables, pero en verdad ambiguas. En mi opinión, la enumeración continua de las empresas de Sforza hace de él un enemigo potencial de la ciudad. ¿Por qué? —preguntó retóricamente el banquero, fulminando a la asamblea con sus ojos claros—. Porque con su repetida exaltación del condotiero y sus empresas, Decembrio revela a las claras sus esperanzas. ¿No percibís como aflora su anhelo por la inminente dominación de un tirano? Después de los Visconti, los Sforza, parece querer decir. Nos insta a temblar ante las empresas, sin duda arduas, de un condotiero al que la República ha dado el poder y al que puede destituir en cualquier momento. Así pues, yo os digo —las palabras de Panigarola sonaron como una advertencia a toda la asamblea— que os guardéis de hombres como Decembrio, puesto que al anunciar repetidamente, cual Casandra, los males futuros, vaticina un suceso que en realidad ansía.

Pier Candido Decembrio no pudo contenerse. Aquel idiota no se había enterado de nada. Apenas Panigarola hubo acabado, atacó al auditorio palabra a palabra, como si quisiera devorarlo.

—Amigos, ciudadanos, puesto que eso somos en última instancia, respondo inmediatamente a las ridículas acusaciones que se me hacen con el solo objeto de deciros lo siguiente: es cierto, fui consejero de Filippo Maria Visconti. Precisamente por eso, conozco a esa clase de hombres. Y afirmo que Francesco Sforza es de la misma pasta. Si no fuera así, ¿por qué se habría casado con la única hija concebida por el duque? Por otra parte, ¿acaso un hombre como Filippo Maria Visconti le habría concedido la mano de su dilecta Bianca Maria si no hubiera estado profundamente convencido de que este poseía las cualidades y la capacidad para sucederle? Sí, ya sé que me diréis que, a pesar de todo, el duque obstaculizó a Sforza con todas sus fuerzas mientras vivió. Pero ¿acaso no es esa la prueba más innegable de estima que podía darle?

Tras pronunciar esas palabras, Pier Candido Decembrio se detuvo para dar tiempo al auditorio a asimilar el significado exacto de su última afirmación. Después, cuando estuvo satisfecho, retomó el discurso.

—Sin duda recordáis cómo se comportó con el Carmagnola: le dio Génova y al cabo de un tiempo, temiendo que se volviera demasiado poderoso, lo abandonó y permitió que pasara a sueldo de Venecia, lo cual hizo por revancha. Una extraña combinación de amor y odio, si me permitís. Y creo que en aquel tiempo todos eran conscientes de la valía de un hombre como el Carmagnola, el héroe que triunfó en Suiza y anexionó al ducado todos los territorios perdidos. Y cuando se fue, ¿cómo acabó? ¿Os acordáis? El Carmagnola aplastó al ejército del duque en Maclodio y puso de rodillas al ducado. ¿Por qué os cuento todo esto? Porque Filippo Maria Visconti solo ha concedido semejante consideración a dos hombres, que son los que acabo de nombrar. Por esta razón, hago un llamamiento para que en este momento histórico no subestiméis la determinación, el valor y la ambición de Francesco Sforza. Las victorias debilitan su fidelidad y exaltan su deseo de hacerse con lo que él considera que le ha sido sustraído. —Esperó a capturar todas las miradas y concluyó—: Y lo que él considera que le ha sido sustraído, señores, es Milán.

Cuando Pier Candido Decembrio volvió a sentarse, toda la asamblea parecía haberse hundido bajo una capa de hielo. Sus palabras vibraron en el aire como una profecía y, en el silencio, cada uno de los presentes sintió que un peso impalpable recaía sobre sus propios hombros y sus decisiones futuras.

70

El león

República de Venecia, palacio Ducal

—Es un guerrero —dijo Niccolò Barbo—, se nota que es un hombre despiadado solo con mirarlo a los ojos. Por eso en su tierra lo llaman *sin caridad*. Se dice que Alfonso de Aragón debe la conquista de Nápoles a hombres como él. Pero ahora viene en calidad de embajador en cuanto hombre de confianza del rey.

El dogo Francesco Foscari miró a su consejero. Niccolò Barbo era el único de ellos del que podía fiarse. Desde que su hijo Jacopo había aceptado regalos de Filippo Maria Visconti, el Consejo de los Diez por entero se había puesto en su contra. Salvo Niccolò, precisamente. Aquella conducta infame era contraria a la *promissio domini ducis*. Y ahora, naturalmente tras ruegos y súplicas, las aguas se habían calmado y su hijo había acabado exiliado en el feudo de Zelarino. Pero el dogo sabía que su prestigio estaba comprometido y que en el futuro debería ir con pies de plomo. Por eso, la alianza con Alfonso de Aragón suscitaba una desconfianza excesiva, sobre todo a Francesco Loredan, miembro del Consejo que ambicionaba directamente el cargo de dogo.

Francesco Foscari estaba muy cansado. Y leyó la misma

postración en la mirada de Niccolò. El tiempo había pasado para ambos y la guerra incesante con Milán los había consumido. Venecia acababa de salir de una pestilencia que se había cobrado un número impresionante de vidas. Pero no podía darse por vencido. No en un momento como ese. Agradecía a Niccolò y su fidelidad, a él y a toda su familia. Su mujer llevaba el apellido de los Condulmer, que tanto habían hecho por la ciudad con la elección al solio pontificio de Gabriele. Pero ahora el papa había muerto y Roma estaba en manos de un genovés: Tommaso Parentucelli, que había tomado el nombre de Nicolás V, por lo que Venecia ya no podía contar con el apoyo de los Estados Pontificios. Cosimo de Médici había protagonizado un transfuguismo clamoroso apoyando a Sforza. Lo hacía en secreto, por supuesto, pero todo el mundo sabía por quién se inclinaba el florentino. En consecuencia, si Venecia quería salir victoriosa de su enfrentamiento con Milán, que estaba en plena crisis justo esos días, sellar un pacto con el reino de Nápoles era poco menos que fundamental.

—Espero que además de despiadado sea un hombre de palabra. Es un soldado español que lucha por su rey. ¡No como esos malditos mercenarios!

El dogo pronunció la última palabra como si fuera casi una imprecación. ¡Cuánto los detestaba! Profesionales de la guerra, ¡y un cuerno! Si de verdad lo hubieran sido habrían tenido un código de honor, una ética. Pero no eran más que un hatajo de marionetas dispuestas a cambiar de bandera según soplaban los vientos.

—Que entre —dijo finalmente—, veamos qué pasa.

Don Rafael nunca había visto nada igual. Ni siquiera en la corte del rey. Estaba delante del dogo, que lucía unos ropajes magníficos: un hábito talar enriquecido con bordados y arabescos, la larga capa de brocado de oro, el gorro terminado en punta cuajado de perlas y esmeraldas, y, a sus espaldas, en la pared, un gran escudo con el blasón de la casa de los Foscari, de campo cortado con un león de oro en gules a la izquierda, de plata a la derecha y completamente de oro en la parte inferior. Ocho grandes confalones de color escarlata con el león de Venecia y ocho trompas de plata estaban dispuestos en número par a ambos lados del dogo. Los exquisitos frescos que la decoraban y los muebles de maderas nobles conferían a la sala un aspecto de elegante austeridad.

Don Rafael avanzó, hincó la rodilla y esperó a que el dogo de Venecia le diera permiso para levantarse.

El permiso no tardó en llegar.

—*Messer* Cossin Rubio, levantaos, por favor —dijo con voz plácida.

Al levantar la mirada, el hidalgo de Medina se dio cuenta de que había un hombre en una esquina del gran salón. Vestía la toga de los miembros del Consejo de los Diez.

—*Messer* Niccolò Barbo, noble veneciano y mi consejero de más confianza —aclaró el dogo.

El hidalgo y el noble intercambiaron un gesto de la cabeza en señal de saludo.

—*Messer* Cossin Rubio, por lo que me cuentan mis espías, sois un hombre valioso, fiel al rey de Aragón e íntimo amigo suyo, además de una espada que no teme rivales.

—Vuestra gracia está muy bien informado —respondió el hidalgo con una mueca cruel que podía ser una sonrisa.

—¡Por supuesto! De lo contrario, no sería quien soy —puso inmediatamente en claro el dogo.

—Naturalmente —confirmó el aragonés.

—Y ahora, *messer* Cossin Rubio, iré directamente al grano.

—Lo estoy deseando.

—Bien —asintió el dogo, contento de estar ante un hombre que no tenía intención alguna de perder el tiempo—. Como sabréis, la recién nacida República Ambrosiana de Milán ha conferido a Francesco Sforza el cargo de capitán general. Sin duda estaréis al corriente del peso militar que tiene un hombre como Sforza.

—Lo conozco, en efecto.

—Magnífico. Y seguramente sabréis que el capitán milanés tiene a Florencia de su parte. En efecto, le presta dinero a través del banco de los Médici. Para hacer la guerra se necesita dinero, ya se sabe, sin contar con que los Estados Pontificios, encarnados por el pontífice Nicolás V, parecen favorecerlo, aún más a la luz de la reciente renuncia de Sforza sobre la Marca, que ha cedido al papa. Pues bien, considerando todo esto, podéis comprender que es nuestro deber, antes que interés, unir nuestras fuerzas para impedir que Milán vuelva a tener el poder ilimitado que tuvo en tiempos de los Visconti.

—Estoy de acuerdo con vos, vuestra gracia. Por otra parte, mi soberano no anhela entrar en guerra tan pronto. No hace mucho que conquistó Nápoles tras una guerra vicenal en Labor. Como podéis comprender, no desea un nuevo conflicto, sino que su objetivo es mantenerse lo más apartado posible de este enfrentamiento.

—¿Así que Alfonso el Magnánimo no aspira al ducado de Milán?

—Hubo un tiempo en que, gracias a la amistad con Filippo Maria Visconti, esa conquista se daba por descontada mediante una anexión que permitiera que recayera por derecho en la corona de Aragón. Pero yo estaba en los muros del castillo de Porta Giovia y vi cómo reaccionaba la ciudad ante esa posibilidad.

—¿Cómo? —preguntó el dogo.

—Con una rabia inaudita. Hasta tal punto que mis hombres y yo abandonamos el castillo.

—Entiendo.

—Pues entonces, vuestra gracia, también entenderéis por qué mi rey no tiene ninguna intención de tomar partido, en este momento, contra la Áurea República Ambrosiana. No digo que descarte una alianza con Venecia, todo lo contrario, pero Alfonso de Aragón preferiría ir poco a poco.

El dogo suspiró. El coloquio no se estaba desarrollando como esperaba.

—¿Creéis que vuestro soberano podría considerar la posibilidad de un encuentro en terreno neutral?

—¿Qué queréis decir?

—En el castillo de un buen amigo. En Ferrara. En la corte de Leonello de Este.

—Podría ser un buen comienzo.

—Pues permitid que confíe en que nuestro entendimiento solo se haya retrasado.

—Creo que así es, mi señor —confirmó don Rafael.

—Entonces, estamos de acuerdo —dijo el dogo, poniéndose en pie—. Sois un guerrero. Y para que nos despidamos cordialmente, os ruego que aceptéis este presente. —El dogo hizo una señal a su consejero, que se acercó a don Rafael y le ofreció una espada de espléndida factura con la cruz en forma de cesta—. Es una *schiavona*, forjada por los maestros armeros de Belluno. Creo que podréis apreciar la potencia y el equilibrio que la convierten en una espada poco menos que única.

Don Rafael, a quien le gustaban las espadas más que nada en el mundo, no pudo contener la emoción a la vista de aquella maravilla. Se quedó impresionado por el brillo perfecto de la hoja al desenvainarla. Era una espada realmente imponente que requería fuerza y personalidad para sacarle el máximo partido.

Al volver a envainarla, don Rafael dobló la rodilla.

—Vuestra gracia, os estoy profundamente agradecido por el gran honor que me hacéis y por la belleza de este regalo. La usaré como es debido —dijo sin poder reprimir una sonrisa.

—Muy bien. Espero, pues, que sea un buen augurio. Tal y como deseamos. Y para propiciar aún más este comienzo —prosiguió el dogo—, he aquí un regalo para el rey de mi parte —y al pronunciar esas palabras, Francesco Foscari puso en las manos de don Rafael un precioso estuche de madera lacada—. Contiene una refinada pulsera de perlas venecianas de color oro y rojo.

—Mi señor, el rey estará entusiasmado.

—Bien —exclamó el dogo—. Entonces, amigo mío, espero volver a veros pronto. Decidle a vuestro rey que Venecia espera con impaciencia el encuentro en la corte de Ferrara.

—Por supuesto.

—Marchaos ahora. Tenéis un largo viaje por delante —concluyó Francesco Foscari.

71

Un acuerdo inesperado

República de Venecia, Rivoltella del Garda, 1448

Francesco Sforza había cabalgado durante millas. La llanura lombarda se había convertido en una extensión uniforme de ceniza y rastrojos, las aldeas saqueadas, reducidas a cúmulos de escombros por una guerra en que se había proclamado vencedor. Pero no era suficiente. A pesar de haber triunfado en Caravaggio un mes antes, los venecianos habían resistido. Pero había llegado la hora de la verdad, ya que, como mercaderes que eran, le habían propuesto celebrar un encuentro con el fin de ratificar un acuerdo, lo cual daba a entender que deseaban la paz, o por lo menos una tregua.

Cabalgaba desde hacía muchas horas. A su lado, los indispensables Braccio Spezzato y Pier Brunoro. Los cascos de los caballos, que iban cansados y echando espuma por la boca, golpeaban el camino produciendo un rumor sordo. Una lluvia sucia mezclada con la ceniza de los incendios caía incesantemente. El viento frío de octubre silbaba al anochecer. No veía la hora de llegar y, mientras entraban en Rivoltella del Garda, en dirección a la iglesia de San Biagio, Francesco se preguntó a qué punto de locura habían llegado.

Ese cambio continuo de facción lo estaba agotando. Se veía obligado a aceptar un cargo tras otro, a sabiendas de que en el transcurso de un año a más tardar se encontraría casi seguramente en el lado contrario del campo de batalla, luchando contra los que habían sido sus aliados hasta el día antes. ¿Qué clase de guerra era esa? ¿En qué se había convertido el mundo? Puñados de soldados enviados a la muerte por la vanidad de soberanos ávidos y mezquinos que se guardaban muy bien de manchar sus ropas en el campo de batalla y delegaban en hombres como él el trabajo sucio. Y para satisfacer sus caprichos, sus ambiciones, hombres como Piccinino, Malatesta, Gonzaga o Colleoni se dejaban la piel y traicionaban sus principios, sus ideales y sus convicciones. Cierto era que algunos de ellos conseguían a cambio tierras y ducados, pero ¿lograban después disfrutar de lo poco que habían apartado? Tenía cierta edad y el vino y el sexo ya no sabían como antes. Francesco anhelaba la paz, como los venecianos. Sin embargo, estaba en el punto culminante de la guerra, porque, a decir verdad, le resultaba clara la finalidad de ese encuentro: firmar un pacto con Venecia para que lo ayudara a conquistar Milán.

«Conquistar»: odiaba esa palabra. Como si no hubiera demostrado bastante, con la sangre derramada, las heridas que garabateaban su piel como grabados, las humillaciones, las derrotas y las victorias, lo que era: un hombre valiente. Pero el destino le impedía entrar en Milán: primero porque quienes lo habían contratado ni siquiera se preocupaban de ofrecerle la ciudad y le chupaban la vida como sanguijuelas; y ahora, porque obviamente lo considerarían un traidor. En consecuencia: más batallas, lucha, exterminio, emboscadas, fuego y dolor.

No podía más.

Mientras se torturaba con esos pensamientos sombríos, llegó al atrio de la iglesia. Francesco y sus hombres de confianza desmontaron del caballo. Con un gesto de la cabeza ordenó a la escolta que vigilara la plaza. Después, sin demorarse, llegó frente a la puerta principal, la abrió y entró seguido por sus lugartenientes.

Niccolò Barbo esperaba cerca del altar. Sabía que Sforza era un hombre hercúleo, alto, de hombros poderosos y mirada resuelta. Reconoció al capitán en cuanto entró. Así que todo era verdad: el hombre que iba a su encuentro coincidía con la descripción que se hacía de él.

Esperó a que se aproximara y lo saludó con un gesto de la cabeza que revelaba cierta frialdad. No sabía qué esperar y la entrada de Sforza, acompañado por sus dos lugartenientes, delataba intenciones, si no belicosas, no del todo amistosas.

—He acudido apenas me ha sido posible —comentó el capitán—. Imagino que vos sois el noble Niccolò Barbo, confidente y consejero del dogo.

—Imagináis bien, capitán.

—Conde, para ser exactos. Recordaréis que Pavía me reconoció el título hace justo un año.

—¡Conde! —confirmó Barbo, que no tenía ganas de discutir con Sforza, a pesar de que Scaramuccia da Forlì, capitán general del ejército de la Serenísima, le lanzara al milanés una mirada fulminante.

—No veo a Michele Attendolo con vos —dijo Sforza, echando más leña al fuego. Sabía perfectamente cómo había acabado el condotiero tras la derrota de Caravaggio, pero tenía ganas de oírselo contar para ver cuánto le costaba al diplomático admitirlo.

—Tras vuestra clamorosa victoria, la Serenísima, como sabréis, destituyó al capitán y lo desterró a la fortaleza de Conegliano. ¿Puede saberse por qué seguís provocándome? —preguntó *apertis verbis* Niccolò Barbo, que empezaba a hartarse de su comportamiento.

Francesco Sforza levantó las manos.

—Os pido perdón, señor, no era mi intención ofenderos. Siempre he apreciado a Michele Attendolo, así que imputad a mi cansancio esta inocente pregunta —se disculpó haciendo una mueca fugaz.

Barbo encajó la enésima provocación y la pasó por alto. Sentía que Scaramuccia no era tan proclive a hacerlo como él y lo contuvo, apretándole el brazo. Acto seguido, fue al meollo del asunto.

—*Messer* Sforza —dijo—, en calidad de conde de Pavía y como uno de los condotieros más valientes de nuestro tiempo, os pido que aceptéis el mando del ejército de Terraferma de la Serenísima República de Venecia. A este propósito, os ofrezco partir de ahora una paga anual de trece mil florines de oro mensuales más un contingente de seis mil caballeros y tres mil doscientos infantes. Podréis, pues, conquistar Milán con el aval de Venecia. A cambio, Brescia, Bérgamo, Crema y la Ghiara d'Adda quedarán en poder de la Serenísima. Eso es todo —concluyó Barbo—, negro sobre blanco y sellado por el dogo. —Mientras lo decía, el veneciano mostró un pliego que puso en manos de Sforza—. Disponéis de tiempo para que vuestros funcionarios estudien las cláusulas que deberéis aprobar.

—Haré lo que me aconsejáis, pero si lo que habéis dicho es cierto, y no tengo motivos para dudarlo, será rápido.

—Contamos con ello.

Niccolò Barbo y Francesco Sforza se estrecharon la mano para corroborar que el pacto estaba muy cerca de ser sellado. Scaramuccia se quedó mirando a Braccio Spezzato y Pier Brunoro con cara de pocos amigos, pero aquel intercambio de miradas no era más que una costumbre de guerreros.

De hecho, Venecia acababa de pedir a Francesco Sforza que conquistara Milán para coronarlo duque.

72

Cuestión de perspectiva

República de Florencia, palacio Bartolini Salimbeni

Cosimo no había visto nunca nada parecido. Ni siquiera en sus sueños más inconfesables se había encontrado ante un tríptico de tal potencia figurativa. Las formas, los colores, la dinámica de los personajes lo dejaban sin aliento. Su admiración era tan patente que Leonardo Bartolini Salimbeni no pudo contener una sonrisa, y mucho menos disimular su satisfacción.

—Maestro, esta vez os habéis superado —subrayó.

Paolo Uccello miró a los dos hombres que tenía delante, subyugados por la gran obra a la que se había entregado en cuerpo y alma durante diez años. No era un hombre que se entusiasmara con facilidad, pero Cosimo percibía con claridad que estaba satisfecho de ese trabajo. Mientras se perdía en la infinita maravilla que tenía delante, el señor de Florencia supo en ese preciso instante que, tarde o temprano, ese tríptico debía pertenecer a su familia. Lo compraría, quizá no en ese momento o quizá no él, pero los Médici debían poseerlo.

Era tan asombroso que no sabía dónde mirar. En el primer panel vio a Niccolò da Tolentino, que, desenvainada la espada, encabezaba el primer asalto que abre la batalla de San Romano.

Detrás de él, una selva de lanzas levantadas, los caballeros florentinos de rojo y oro, los portaestandartes, los trompeteros y toda la fuerza de impacto de Florencia. Al otro lado, los sieneses, de negro y oro. En el suelo, desplomado, un caballero y un cúmulo de lanzas partidas y espadas rotas, formando una especie de rejilla de perspectiva que daba a la tabla una profundidad sorprendente, amplificada por la parte superior, donde, más allá de los setos rebosantes de frutos, se veían dos caballeros cabalgando juntos que se dirigían a buscar los refuerzos que darían la victoria a Florencia.

—Esta es la tabla de la que estoy más satisfecho —dijo Paolo—, en la que he tratado de representar el desarzonamiento de Bernardino della Ciarda. La lanza que lo traspasa de parte a parte es una fiesta de colores en la que he trabajado sin tregua noche y día. Espero que el resultado sea de vuestro agrado, porque mi dedicación ha sido absoluta.

—Confieso, maestro Paolo —dijo Leonardo—, que una tabla como esta celebra Florencia como nunca antes. La escena del lado derecho, donde los caballeros de Niccolò da Tolentino se abalanzan sobre los enemigos, es realmente impresionante.

—También es asombroso —confesó Cosimo— el uso de las lanzas, en manojos erizados a los lados de la tabla, como queriendo recrear una especie de bastidor teatral en cuyo interior se desarrolla una escena. El caballo blanco de Bernardino, el color pardo de las armaduras, el azul y el rojo de las sillas, las riendas y las guarniciones: Paolo, habéis creado un mundo filtrado por vuestra sensibilidad de artista único e inimitable. Se lo compraría aquí y ahora a *messer* Leonardo si él tuviera la intención de...

—No está en venta —se apresuró a decir este último, manifestando abiertamente su firme intención de no soltar esa obra maestra.

—¿Ni siquiera si os ofreciera treinta mil florines?

Paolo preguntó con incredulidad:

—Según vos, ¿vale tanto?

—Mucho más —se apresuró a afirmar Cosimo.

—Aunque me ofrecierais cien mil —fue la respuesta de *messer* Leonardo, que ahora empezaba a perder la paciencia.

Cosimo levantó las manos.

—De acuerdo, de acuerdo, perdonadme, no quería faltaros al respeto ni insistir —se disculpó, a pesar de que por dentro se maldecía por no haberle encargado a Paolo una obra como esa. Hasta el magnífico monumento ecuestre a Giovanni Acuto, de belleza sobrecogedora, palidecía comparado con lo que tenía delante.

—Cambiando de tema —dijo Paolo, tratando de distraer la atención de Cosimo y de tranquilizar a Leonardo—, ha llegado a mis oídos que Francesco Sforza ha escuchado finalmente las súplicas de Venecia y ha tomado partido por la Serenísima.

—Imagino que el acuerdo debía permanecer secreto —respondió Cosimo, bromeando.

—Bueno, son rumores que cualquier florentino que tenga oídos para escuchar conoce, por distraído que sea.

—Si así fuera, nos encontraríamos de una vez al lado de quien parecía haber roto las relaciones con nosotros: Venecia —observó *messer* Leonardo.

—Eso es tan cierto —afirmó Cosimo— que soy el primero en alegrarme. Aunque os invito, amigos míos, a reflexionar sobre un aspecto: la sensación que he experimentado en estos días, conociendo a Sforza, es que el capitán milanés está utilizando a la Serenísima para volver a Milán, pero eso no significa en absoluto que una vez que se convierta en duque no se comporte exactamente como lo hizo Filippo Maria Visconti hasta hace un año.

—Así que, según vos, ¿todo es una maquinación de Francesco Sforza para conquistar Milán y volverse después contra Venecia una vez más?

—No tengo pruebas, naturalmente. Lo que quiero decir es que las alianzas de hoy no son necesariamente las de mañana. Trataré de exponerlo con más claridad —prosiguió Cosimo sin preocuparse de disimular una cierta teatralidad—: Fijaos en esto —dijo, indicando la tercera tabla realizada por Paolo—, ¿quién es el protagonista de esta magnífica representación?

—Micheletto Attendolo da Cotignola —respondió inmediatamente Paolo.

—Un Sforza, primo de Francesco —completó *messer* Leonardo.

—Muy bien —sentenció Cosimo—. Y ahora me permitiré interpretarlo y espero la aprobación de Paolo a este propósito. En esta escena no asistimos a un episodio de la batalla, sino a sus antecedentes, a su preparación. De hecho, hallamos prueba de ello en una cuestión de importancia fundamental: en San Romano, Florencia estaba a punto de ser derrotada por Siena, pero Micheletto esperó y llegó en su ayuda cuando los sieneses, aun llevando ventaja, estaban al límite de sus fuerzas, y los derrotó con una carga imprevista y salvaje. Eso significa visión del enfrentamiento en su conjunto, estrategia, preparación. Por eso Paolo ha acertado cuando le ha asignado a Micheletto el papel de estratega. Está claro que él es la mente del conflicto, no Niccolò, que es, en cambio, su corazón, el espíritu generoso que se lanza al asalto. Lo que quiero decir es que es propio de los Sforza, desde siempre, tener capacidad de observación y concebir planes de amplia perspectiva, a largo plazo, que van mucho más allá de las circunstancias del momento. Desde este punto de vista, Francesco Sforza es, sin duda, el más previsor de su estirpe. A la luz de todo ello, creo que está utilizando a Venecia para recuperar Milán. No tiene intención alguna de estrechar una alianza duradera. Que no nos preocupe, pues, estar en el lado equivocado. Estaba convencido de que Florencia tenía en Milán y en Sforza un aliado que lo protegería de la ambición veneciana y sigo estándolo. ¿Qué sucederá tras la conquista de Milán? Nadie lo sabe. Espero que un periodo de paz.

—Es un deseo que muchos comparten, creedme —se hizo eco *messer* Leonardo.

—Decidme, Paolo, ¿he interpretado correctamente vuestra intención? —preguntó Cosimo al artista para comprobar si tenía razón.

El pintor miró al Médici con admiración.

—Es como vos decís —confirmó—. Mi intención en esta tercera tabla era representar la tensión que precede a la batalla, antes de que Micheletto y sus hombres se lancen al asalto para ayudar a Niccolò y derrotar a los sieneses. Por una parte, quería que el condotiero ocupara el centro; por otra, llamar la atención sobre lo que sucede detrás de él, a su espalda.

—Y para conseguirlo habéis usado lámina de plata en las corazas, cuyo reflejo, como habéis dicho, captura la mirada.

—Exacto.

—Pues bien, *messer* Leonardo, esto es lo que hará Florencia: aliada con Francesco Sforza, preparará estratégicamente su objetivo sin perder de vista el momento actual. No tenemos la fuerza de Venecia, Nápoles o el pontífice. Por eso hemos de ser más cautos y prudentes que ellos.

—*Messer* Cosimo —dijo Leonardo Bartolini—, me doy perfecta cuenta de lo que queréis decir. Creo que habéis acertado al sellar una alianza con Sforza, puesto que es cierto que las alianzas se han de renovar y cambiar cíclicamente para no ofrecer al enemigo una fácil lectura de las mismas.

—¡No habría podido expresarlo mejor! —respondió Cosimo—. Lo cual confirma que, gracias a vuestra gran inteligencia, habéis conseguido soplarme esta obra maestra —agregó, indicando el tríptico de Paolo.

—Vamos, *messer* Cosimo, ¡de vez en cuando también os toca perder a vos! —exclamó afectuosamente Leonardo Bartolini.

—Naturalmente. Pero eso no significa que me guste —concluyó Cosimo.

—Venga, salgamos al jardín —los animó Paolo—, confieso que es lo mejor de esta hermosa morada.

Y se encaminó hacia el patio seguido por los otros dos sin añadir nada más.

73

Refinamientos de la corte

Marquesado de Ferrara, castillo Estense

Niccolò estaba satisfecho. Leonello de Este lo trataba con mucha deferencia, como representante de la Serenísima y persona enviada por el dogo que era, y a él le complacían sus atenciones y lo sorprendía la refinada cultura del marqués: orador brillante, conocedor profundo del griego y el latín y hombre de indumentaria impecable.

Ya le habían contado maravillas acerca de él y de su capacidad, más bien única, para reunir en Ferrara un auténtico cenáculo de hombres de letras y artes. Entre todos, destacaba por su garbo e ingenio Guarino Guarini, que ahora lo acompañaba en un maravilloso deambular por los increíbles salones del castillo. Leonello lo había mandado llamar para ocupar la cátedra de Elocuencia y Literatura Latina y Griega en el *Studium* de Ferrara.

—Como veis, *messer* Barbo —decía el *magister*—, gracias a las buenas obras de mi señor he tenido la oportunidad de desarrollar un método de enseñanza que supera la acostumbrada división de las artes en trivio y cuadrivio. Yo les propongo a mis estudiantes una tripartición que prevé un curso elemental dirigido a la pronunciación y el estudio del verbo y de las declinaciones de nombres y adjetivos, en una palabra, de las flexiones regulares; una segunda parte, más estrictamente gramatical, dirigida tanto al desarrollo de la metodología como al estudio de la sintaxis, excepciones de las flexiones, métrica y rudimentos de griego, sin olvidar una profundización de carácter histórico; y por último, un tercer curso conclusivo de retórica que pone especial atención en Cicerón y Quintiliano primero y en Platón y Aristóteles después.

—Un programa realmente fascinante —admitió Niccolò.

—Me alegro de que lo penséis —contestó Guarino con mal disimulado orgullo.

—Ya veis, *messer* Barbo —dijo Leonello—, que en nuestra ciudad trabajamos, bajo la guía de Guarino, para que el marquesado desarrolle una cultura cercana a la clásica, cuya guía política era firme y recta, dirigida a fomentar una civilización urbana que frene la competición, las luchas y las intrigas, y favorezca el conocimiento pleno para mejorar las condiciones de vida.

Niccolò Barbo se quedó admirado. Estaba claro que Leonello representaba al príncipe culto e iluminado que interpretaría a la perfección el papel equidistante que favorecería un acuerdo entre Venecia y Nápoles. En resumidas cuentas, ese era el motivo por el que el dogo lo había enviado allí.

Leonello de Este debió de leerle el pensamiento, porque le preguntó:

—¿En qué estáis pensando, *messere*?

—Pensaba, vuestra gracia —respondió Barbo—, que Francesco Foscari, el dogo de Venecia al que hoy represento, ha acertado al aconsejar que el encuentro con el mensajero del rey Alfonso de Aragón se celebre aquí, en vuestra morada, pues salta a la vista que la ecuanimidad y la capacidad analítica que un profesor como Guarino Guarini ha sabido transmitiros son virtudes poco frecuentes y fundamentales para llegar a un acuerdo.

—Los frescos de Piero della Francesca lo demuestran, ¿no creéis?

Niccolò Barbo asintió. Era muy cierto. Por primera vez se dio cuenta de que aquella continua tensión entre señorías, repúblicas y ducados solo servía para consumir a los ciudadanos y aniquilar el infinito potencial de crecimiento de Milán, Roma, Florencia y la misma Venecia. Si lograban compartir el punto de vista de Leonello de Este y su maestro, el mundo sería un lugar mejor y la vida más sencilla.

—Hay otra razón, la más importante para mí: Maria es una mujer maravillosa y no pasa un día sin que yo dé gracias por sus virtudes. El rey sabe perfectamente lo unido que estoy a su hija. La idolatro por su inteligencia, modestia y sensibilidad —subrayó Leonello.

Niccolò Barbo apreció el ingenio con que el marqués había comentado la cuestión sin recalcar la importancia de su papel.

—Y ahora vamos a recibir al mensajero de Alfonso de Aragón —dispuso finalmente Leonello—. Hacerlo esperar no sería un buen comienzo.

El encuentro empezó bajo los mejores augurios. En primer lugar, el rey no había enviado esta vez a un guerrero, sino que se había encomendado a un hombre de cultura y diplomacia. Esa era, al menos, la fama que precedía a Diomede Carafa. Y en cuanto el joven habló, resultó evidente que así era.

—Vuestra gracia, señores —dijo, dirigiéndose primero a Leonello y a Niccolò Barbo y a Guarino Guarini después—, os presento los respetos de mi soberano, el rey Alfonso V de

Aragón, soberano del reino de Nápoles. Soy consciente de la importancia de este encuentro para el actual equilibrio político, sobre todo a la luz del reciente pacto que Venecia ha sellado con Francesco Sforza. Mi tarea resulta aún más grata porque esta conversación se celebra en la corte del hombre que es, en la actualidad, el más culto entre los príncipes de Italia, por el que mi soberano no puede dejar de manifestar cada día su admiración y su deseo de imitarlo, rodeándose de hombres de letras como Lorenzo Valla y Antonio Beccadelli.

Guarino asintió al oír estas palabras y Niccolò Barbo mostró satisfacción, pues comprendía que, a diferencia del año anterior, ahora Alfonso de Aragón buscaba abiertamente un acuerdo, consciente del hecho de que aislarse en Labor, como soberano extranjero en Nápoles, sería un error garrafal.

—Vuestras palabras nos infunden confianza, señor —subrayó Leonello—. Por otra parte, Venecia y Ferrara os tendieron la mano hace un año, ¿me equivoco, amigo mío? —agregó el marqués, dirigiéndose a Niccolò Barbo.

—En absoluto, vuestra gracia. Estaba presente cuando don Rafael Cossin Rubio acudió al palacio Ducal y le dio a entender al dogo que los ofrecimientos de alianza venecianos se tomarían seriamente en consideración y que tenían buenas posibilidades de culminar con una alianza que la Serenísima desea sin reservas.

—Pues bien, señores —dijo Diomede Carafa—, lo que pedís es tan importante para mi rey que ya me ha entregado una propuesta de entendimiento redactada por sus jurisconsultos que ahora someteré a vuestra atención para que podáis examinarla sin prisas y, eventualmente, modificarla para permitir que todas las fuerzas implicadas lleguen al acuerdo deseado.

—Magnífico —convino Leonello de Este—, ¿estáis de acuerdo, *messer* Barbo?

—No podría desear nada mejor —confirmó el veneciano.

—Entonces, señores, si esta es vuestra intención, creo que ha llegado la hora de cenar juntos. Mis maestros cocineros han preparado algo especial. Sin contar con que por fin podremos disfrutar de la compañía femenina, en especial de la de mi esposa Maria, que no ve la hora de recibir noticias de su padre y de la ciudad que no ha abandonado su corazón: Nápoles.

—Satisfaré su curiosidad. Solo espero estar a la altura de semejante compañía —dijo con ingenio Diomede Carafa.

Niccolò Barbo sonrió al oír esas palabras. La posición de Venecia ahora era mucho más fuerte, sin contar que el joven Carafa era un hombre de inteligencia brillante que le agradaba sobremanera.

TERCERA PARTE

74

La revuelta

Ducado de Milán, Posada alla Vigna – palacio del Broletto, 1450

La ciudad estaba acabada. Bandas criminales se lanzaban sobre lo que quedaba en pie como manadas de perros hambrientos. Muchos cazaban gatos y ratas, los sacrificaban y vendían su carne a precio de oro. La sangre fluía por el Naviglio Grande. Carlo Gonzaga, el capitán que había tomado el poder, había transformado Milán en una palestra que bramaba de furia. Las protestas se acallaban con sangre. Las ejecuciones capitales se sucedían sin interrupción. El verdugo cortaba cabezas y descuartizaba cuerpos. Las extremidades sangrientas se exhibían en la plaza del Broletto. Pero la peor infamia, el engaño más repulsivo de ese apocalipsis, residía en el hecho de que Venecia había enviado a su embajador, Leonardo Venier, a la ciudad. Este último había pervertido a los rectores, convenciéndolos de que la República Ambrosiana debía entregarse a la Serenísima para salvarse de la ira de Francesco Sforza.

Era intolerable. Gaspare da Vimercate, uno de los pocos capitanes favorables a Sforza, lo sabía muy bien. Era él quien había organizado la resistencia en el interior de la ciudad, reuniendo a algunos de sus hombres. Sus filas aumentaban día tras día. Sin contar con que, gracias a los espías de Sforza y a una formidable intuición de Bianca Maria, una docena de hombres del condotiero había logrado introducirse en la ciudad superando los controles de la guardia. Gaspare se había enterado gracias a ellos de que Sforza y sus soldados esperaban frente a Porta Nuova y que traían pan y víveres para distribuir entre la población.

Braccio Spezzato sonrió a Gaspare da Vimercate. Estaban sentados, de buena mañana, en la posada Alla Vigna, que era el cuartel general de las bandas que controlaba este último.

El frío de febrero mordía la piel. Los copos de nieve caían lentos y se posaban sobre el hierro de las corazas y la lana de las capuchas. Braccio Spezzato estaba encantado de poder calentarse ante el fuego vivo que ardía en la chimenea, saboreando una jarra de vino tinto.

Gaspare da Vimercate, sentado frente a él, le contaba las últimas novedades. La ciudad era un polvorín a punto de estallar. El pueblo estaba cansado de oír hablar de derechos sucesorios: necesitaba comer. Todo lo demás le traía sin cuidado.

—Tenemos que tomar el palacio del Broletto —dijo—. No se lo esperan porque creen que Carlo Gonzaga ha sofocado la revuelta, pero no es así. Ha llegado el momento de actuar.

—Si lo logramos —replicó Braccio Spezzato—, abriremos las puertas con facilidad. Francesco Sforza está a la espera de poder entrar en la ciudad.

—Confío en mis hombres.

—¿Con cuántos contáis?

—Con Pietro Cotta y Cristoforo Pagano y sus bandas, además de los míos. Trescientos hombres en total. Son más que suficientes, creedme. Es más, necesitaremos menos, porque demasiados llamarían la atención de la milicia. Tenemos que apresurarnos y actuar ahora.

—¡Pues hagámoslo! Sin demorarnos ni un minuto más —dijo Braccio Spezzato.

No se detuvieron frente al palacio del Arengo. Fueron los soldados del capitán de la Guardia quienes, adivinando sus manifiestas intenciones, fueron a su encuentro. Pero Gaspare da Vimercate, a la cabeza de sus hombres, bajó el brazo y dio la orden de no tener piedad; en ese preciso instante, cincuenta ballesteros dispararon sus rallones y segaron la primera fila de la Guardia en una secuencia de muerte.

Después, Gaspare miró a Pietro Cotta y a Cristoforo Pagano, que estaban a su lado:

—Amigos, en cuanto dejemos libre la entrada, coged a unos treinta hombres y mantened la posición. Mientras tanto, Braccio Spezzato y yo entraremos en el palacio con los demás. —Los otros asintieron.

Dicho esto, desenvainó la espada y avanzó corriendo, atacando en sentido ascendente cruzado. Un guardia se llevó las manos al pecho y cayó de bruces. Un instante después, Gaspare oyó que algo silbaba a su lado. Se giró a la derecha: otro guardia se sujetaba el cuello con las manos. Tenía un cuchillo plantado en la garganta y de su boca, llena de sangre oscura, salía un grito ahogado. Acabó cayendo hacia delante sobre el pavimento.

Gaspare se dio la vuelta. Vio a Braccio Spezzato hacerle una señal con la cabeza. Acababa de salvarle la vida. No había visto llegar al enemigo por la derecha, pero el lugarteniente de Francesco Sforza, rápido como un rayo, le había lanzado uno de los puñales que llevaba en el cinto. Hizo una mueca para darle las gracias.

Después prosiguió su carrera, cortando extremidades e hiriendo de muerte hasta llegar, con Braccio Spezzato y los demás hombres que los seguían, al patio del palacio. Allí, como una cuña de hierro, rompieron en dos la formación del capitán de la Guardia que se había plantado en la entrada para defenderla.

No miraron atrás.

Desembocaron en el patio y desde allí corrieron bajo el pórtico como si el diablo les pisara los talones. Subieron a las salas en busca de los capitanes defensores de la libertad. Tras ahuyentar a funcionarios, jurisperitos y burócratas del gobierno que se cruzaban por su camino, se dirigieron a la sala de reuniones de la asamblea.

En cuanto llegaron, divisaron a todos los que habían estado arruinando a Milán desde lo alto de aquellos escaños de madera.

—Dejadlos estar —dijo Gaspare da Vimercate—, ¡solo nos interesa uno de ellos! Echad a los demás.

No tuvieron que decirlo dos veces: los capitanes defensores de la libertad salieron de allí a todo correr. Solo retuvieron a un hombre.

—¡Vos! —gritó Gaspare, señalando a un noble que temblaba solo de verlo—. Leonardo Venier —pronunció su nombre con toda la rabia y la repugnancia de que fue capaz—. ¡Vos habéis traído la desgracia a esta ciudad! ¡Por vuestra culpa hemos tenido que asistir al insoportable tormento del abrazo de San Marcos y San Ambrosio! Pero como me llamo Gaspare, ahora pagaréis con vuestra vida.

Y mientras lo decía avanzó con ímpetu hacia el embajador veneciano. Lo golpeó con un puñetazo en el pecho. El hombre se dobló hacia delante como si fuera un acordeón. Gaspare le estampó el pomo de la espada en la cara. El rostro del embajador se cubrió de sangre. Leonardo Venier se desplomó.

—Puaj —exclamó Gaspare, escupiendo al suelo. Después lo agarró por el pelo y lo arrastró delante de sus hombres como si fuera un muñeco de trapo.

Al final, ya frente al ventanal que daba a la plaza del Broletto, lo levantó a pulso y lo arrojó al vacío.

Mientras se precipitaba, el hombre lanzó un grito desesperado. Finalmente se estrelló contra el adoquinado. Los huesos se rompieron con chasquidos secos. Un charco de sangre oscura se extendió bajo su cuerpo.

La gente que se había concentrado allí apenas había sabido la noticia del asalto al palacio del Arengo se abalanzó sobre él como un enjambre de moscas. Hombres y mujeres empezaron a increpar y a golpear al embajador agonizante, poniendo fin a su sufrimiento. Después masacraron su cuerpo con hachas y bastones.

Gaspare da Vimercate levantó las manos y gritó desde lo alto de la sala de reuniones: «Milán, ¡eres libre!», y la multitud que iba reuniéndose en la plaza de abajo empezó a aclamarlo como el héroe que los había liberado del yugo de la odiada República Ambrosiana.

75

Porta Nuova

Ducado de Milán, Porta Nuova

Esperaban frente a Porta Nuova.

Corría la voz de que Milán se había rebelado contra los usurpadores. Los ciudadanos, agotados por el hambre y la miseria, se habían sublevado. Francesco Sforza esperaba que Braccio Spezzato hubiera logrado reforzar las intenciones belicosas de Gaspare da Vimercate y sus compañeros. Hervía de impaciencia. Él, que normalmente era frío y pausado, esta vez no lograba contener la emoción. El hielo de febrero les recordaba a todos lo duros que habían sido los últimos meses en que habían tenido que sofocar los ataques simultáneos de milaneses y venecianos y ocupar los pasos de Trezzo y Brivio para impedir que sus enemigos se unieran en una única alianza.

Y ahora estaba allí, con sus hombres, a la espera de que se abrieran las gigantescas hojas de madera de la gran puerta. Las murallas de Milán eran majestuosas: treinta pies de altura sobre los que se erguían unas torres imponentes que sobresalían otros cuarenta. La garita, vista desde allí abajo, parecía aún más inexpugnable.

Bianca se había reunido con él a pesar de que solo hacía dos meses que había dado a luz a su tercer hijo. Bianca, que no temía a nadie ni a nada. Bianca, que siempre estaba a su lado, que también ahora compartía su ardor, porque ambos sabían, en el fondo de su corazón, que por fin estaban cerca de recuperar esa ciudad que les pertenecía por derecho propio. Filippo Maria se la había entregado al pactar sus nupcias, primero favorecidas y después aceptadas *obtorto collo* con tal de que la dinastía perdurase.

Bianca Maria era el eslabón, la última de los Visconti.

Y ahora, enamorados y llenos de miedo, de expectativas y de esperanza, se miraban en el aire frío, blanquecino de niebla, mientras centenares de guerreros a su alrededor esperaban una señal para entrar por fin en la ciudad.

Bianca Maria estaba segura de que no podía faltar mucho.

Miró hacia atrás, a los hombres que la habían acompañado. No vestían protecciones de cuero, almófares o petos ni llevaban espadas, sino cuévanos y cestas rebosantes de pan fresco que había mandado hornear a los panaderos de Pavía para distribuirlo entre la población de Milán, al límite de sus fuerzas. También había taberneros con garrafas de buen vino tinto y campesinos con jamones, fruta y verdura. Y carros abarrotados de víveres y provisiones que Francesco y ella habían logrado reunir durante aquellos días de espera interminable. Era un espectáculo verlos allí, tiesos como alabarderos, esperando pacientemente que les abrieran.

De repente, empezaron a oír golpes contra la puerta y gritos procedentes de detrás de las murallas. Algo estaba sucediendo, pero ni Francesco, ni Bianca Maria ni ninguno de los hombres y de los soldados que iban con ellos podían saber de qué se trataba.

Cuando ya estaban a punto de desesperarse, alguien se movió por encima del muro. La mirada de Francesco exploró los movimientos en la muralla. Un instante después, Ambrogio Trivulzio apareció en el garitón. Estaba blanco como la cera y tenía los ojos llenos de terror.

—*Messer* Sforza —dijo con voz estentórea para que todos pudieran oírlo—, ¡a pesar de que todavía no se ha firmado la capitulación, la ciudad de Milán os acoge como su guía! —Y mientras lo decía, levantó el brazo y lo bajó de golpe para que abrieran la gran puerta.

Las ciclópeas hojas de madera se abrieron por fin de par en par. Los goznes chirriaron y Francesco y Bianca Maria entraron sin más demora, cruzando a caballo la puerta interior, de rastrillo, ya abierta. Unos instantes después, fueron acogidos por una multitud de ciudadanos enardecidos. Desorientados y sorprendidos, sonrieron. Francesco levantó las manos y disfrutó del clamor de su entusiasmo. Desde lo alto del caballo tenía la impresión de surcar un mar de cabezas. Vieron ojos brillantes y rostros sucios, hombres y mujeres vestidos con harapos que, tras la alegría inicial, pedían comida.

Bianca Maria se apresuró a llamar a todos los que transportaban víveres y provisiones.

—Abrid paso a los panaderos, taberneros y campesinos —gritó a voz en cuello. Esa era su ciudad y por fin había vuelto. Mientras vigilaba que su orden fuera ejecutada, se le rompió la voz y se echó a llorar. Ya no esperaba volver a Milán. Sin embargo, allí estaba: esperándolos con los brazos abiertos y reconociéndolos como señores de sus puertas y murallas.

Estaba emocionada y feliz. Y abatida al ver el dolor y la miseria de los hombres y mujeres que se afanaban por acercarse a los que distribuían víveres, tratando incluso de encaramarse a los carros. Sus dedos apresaban el pan crujiente como si fueran garras, las mujeres comían una porción pequeña y escondían el resto debajo de las faldas o en el delantal para llevárselo a su familia, a sus hijos hambrientos, a los pocos que habían sobrevivido a la hecatombe provocada por la Áurea República Ambrosiana.

De repente, un hombre imponente de largos cabellos oscuros subió con agilidad sorprendente a uno de los carros. Parecía como si llevara mucho tiempo esperando ese momento y ahora por fin pudiera quitarse la máscara y mostrar su alegría.

—¡Francesco Sforza, me llamo Gaspare da Vimercate! —Al oír ese nombre se hizo el silencio. Cesaron los gritos, las súplicas y las exhortaciones—. ¡Hoy he encabezado la revuelta contra la Áurea República Ambrosiana! Y conmigo estaba alguien que conocéis muy bien —añadió, invitando a otro soldado a subir al carro.

Francesco lo reconoció inmediatamente: Braccio Spezzato. El amigo que nunca lo había traicionado y que siempre había obedecido sus órdenes, incluso cuando eran difíciles de cumplir.

—Por el poder que me ha conferido el pueblo, hoy os corono duque de Milán —concluyó Gaspare.

Las voces que se habían sucedido en el aire frío hasta ese momento se elevaron al cielo en una única cantilena. «¡Sforza! ¡Sforza! ¡Sforza!», repetían al unísono.

Bianca Maria enmudeció. El milagro se había cumplido por fin. El plan de su padre se hacía realidad.

Francesco Sforza sería duque de Milán. Y ella, la última Visconti, seguiría manteniendo en alto el honor de su dinastía.

76

El Juicio Final

Estados Pontificios, palacio Apostólico

Nicolás V no daba crédito a sus oídos. Pier Candido Decembrio le estaba contando lo que había presenciado:

—Era el apocalipsis, Santidad, debéis creerme. El pueblo insurrecto arrojó al embajador veneciano por la ventana del palacio del Arengo. Milán se ha rebelado contra la República, que ahora está en manos de Francesco Sforza. Él y Cosimo de Médici, su principal aliado, preparan el enésimo conflicto contra Venecia. Yo lo había previsto. Pero no me escucharon.

—Querido Decembrio —dijo el pontífice con tono sosegado—, lo que me contáis es terrible. Por otra parte, el pueblo, cuando se rebela, es una masa ingobernable. Condeno tajantemente y sin reservas lo que hicieron. Por desgracia, esta insurrección no es la primera ni la última de nuestra historia. Mientras hablamos, en Constantinopla es probable que se estén llevando a cabo los preparativos para una de las ofensivas más terribles de la historia.

Messer Decembrio no estaba seguro de haberlo entendido.

—¿En qué sentido, Santidad?

—Por lo que parece, Mehmet II está haciendo construir una

nueva fortaleza en las cercanías de Constantinopla. El emperador bizantino teme que sus intenciones estén demasiado claras. Una vez acabada la fortaleza, Mehmet II podría saquear las zonas limítrofes, depredar los aprovisionamientos y finalmente atacar Constantinopla para conquistarla y someterla al yugo otomano.

—Dios nos libre, Santidad.

—Comparto vuestra opinión. He pedido a todos los soberanos cristianos que me envíen hombres para una nueva cruzada. Pero, por lo que parece, están ocupados en otros asuntos. Sin excepción. Por eso, como veis, los acontecimientos de Milán se sitúan en una perspectiva mucho más amplia. Que Dios se apiade del alma de ese hombre bárbaramente asesinado. Pero tratemos de ser realistas. Todo el mundo sabe que Cosimo de Médici y Francesco Sforza ahora son aliados. Pues bien, me propongo sensibilizar a estos señores, al dogo veneciano, Francesco Foscari, a Alfonso de Aragón, al emperador Federico III de Habsburgo y a Carlos VII de Francia para que se comprometan a encontrar una solución, como es su deber, firmen la paz y se alíen contra su verdadero enemigo: el Imperio otomano. Si Francesco Sforza logra reunir a su alrededor, como creo que ocurrirá, las energías milanesas, esos trágicos acontecimientos por lo menos habrán servido para que nazca de ellos una perspectiva de paz y unión. Sin contar con que, como bien sabéis, antes de esta revuelta la República había reducido al hambre y masacrado al pueblo milanés. Sabed que llegaron a mis oídos las cosas terribles que Carlo Gonzaga hacía en nombre de un presunto poder que había arrancado por el terror y el miedo a los demás capitanes defensores de la libertad de la República Ambrosiana. —El papa calló para dejar que Pier Candido Decembrio comprendiese que estaba exhaustivamente informado de lo que acontecía en Milán. Después prosiguió—: Pero no os angustiéis demasiado, mi buen amigo, conozco vuestra valía y aquí encontraréis protección y comprensión. Por otra parte, la situación es extremadamente complicada, como podéis entender. Lo que trato de deciros es que por lo menos se ha solucionado el tema de la sucesión al ducado de Milán y Francesco Sforza no es el peor candidato. La cuestión es que yo deseo ardientemente la paz. Es mi deber. Si Milán ha elegido a Sforza, que así sea. El ducado lleva demasiado tiempo consumiéndose con la violencia y las luchas intestinas.

Messer Decembrio se dio cuenta de que tratar de dejar en mal lugar a Francesco Sforza no serviría de nada. Con mayor motivo porque el papa lo había tranquilizado acerca de su situación. Pero debía comprender de qué manera podía serle de ayuda.

—En este panorama tan negro, ¡al menos he conseguido una victoria! —prosiguió el papa, que no parecía tener ningún interés en saber por qué Decembrio le había pedido audiencia.

—¿Su Santidad se refiere al concordato de Viena?

—Así es. De ahora en adelante los decretos del Concilio de Basilea entre la Santa Sede y el Imperio no tendrán valor alguno. Pero hay más. Estaréis al corriente de que Félix V ha renunciado al título de antipapa. Este hecho repara por fin la fractura profunda en el seno de la Iglesia de la que él era el responsable principal. En consecuencia, como comprenderéis, no me es posible apoyar al marqués de Monferrato o al ducado de Saboya, y puesto que ellos se han decantado por sellar una entente con Venecia, es evidente que ahora Francesco Sforza y Cosimo de Médici se han convertido en mis aliados naturales, a pesar de que mi cargo exige que favorezca la firma de un tratado de paz. En cuanto a vos, *messer* Decembrio, sabed que conozco vuestra inteligencia y preparación en el ámbito de las letras y las lenguas y por eso os ofrezco, con efecto inmediato, el cargo de secretario apostólico y epistológrafo para la correspondencia oficial de los Estados Pontificios.

Pier Candido apenas pudo contener las lágrimas. Así que el pontífice había entendido todo desde el principio. ¡Qué hombre tan magnífico! ¡Había una justicia! Él había llegado a Roma con la esperanza de que el pontífice lo escuchara y lo protegiera y este, después de haberle concedido audiencia inmediatamente, le ofrecía un cargo de importancia extraordinaria que lo protegía de cualquier represalia por parte de Milán. Se aproximó a Nicolás V y se arrodilló para besarle la pantufla.

—Santidad —dijo—, no sé cómo daros las gracias. Me habéis salvado la vida.

—Vamos, vamos, amigo mío, ¿por tan poco?

—No es poco, es mucho más de lo que merezco —repuso Pier Candido Decembrio mientras el pontífice le hacía una señal para que se levantara—. ¿Cómo puedo agradeceros el honor que me hacéis?

Nicolás V no tenía dudas.

—Redactando cartas que combinen el equilibrio y la aspiración a la paz. Nunca deberemos dudar sobre este punto. El Jubileo se está revelando un éxito sin precedentes. Hombres y mujeres de todo el mundo acuden a Roma. He logrado, con dificultad, volver a aglutinar la Iglesia de Roma. Así que no subestiméis el encargo que os confío.

—Ni en sueños —respondió Pier Candido Decembrio.

—Muy bien —concluyó el pontífice—. Ahora que este problema está resuelto, os voy a pedir algo: ¿me acompañáis a visitar a un pintor que está realizando una tela nunca vista? Es un hombre peculiar, viene de Flandes y hace un uso del color más bien oscuro, pero lo que hace con sus pinceles es realmente fascinante.

—Vuestra invitación es un privilegio, Santidad.

—Muy bien —dijo el papa—, ¡seguidme, pues! —Y se encaminó sin demora hacia una puertecita que apenas se distinguía, oculta tras un panel de madera.

Cuando llegaron a la gran sala que el pintor había destinado a taller por concesión del papa, Pier Candido Decembrio notó que la gran tabla en la que trabajaba tenía una insólita forma rectangular que exageraba la dimensión vertical, lo cual le confería una visión del todo original.

El artista se acercó al papa, le besó la mano y después, con un gesto de la cabeza, en completo silencio, preguntó si podía seguir trabajando. Nicolás V asintió.

A Pier Candido Decembrio le impresionó la intimidad que se respiraba en esa sala, aun siendo tan amplia, y también la complicidad entre el papa y el pintor. Enseguida comprendió que no necesitaban hablar para entenderse.

Nicolás V le hizo una seña para que se aproximara al lienzo... A pesar de que se mantuvieron a una cierta distancia que permitiese trabajar al artista, de cerca era mucho más fácil comprender cuál era el tema de la obra.

En la mitad superior, Pier Candido vio claramente a Dios sentado en los cielos y rodeado de ángeles que tocaban trompetas. A sus pies, hombres y mujeres erguidos, vestidos con elegantes ropajes de colores y ricas capas. A juzgar por las coronas que lucían sobre sus cabezas, algunos de ellos eran monarcas. En el lado izquierdo, Decembrio reconoció a algunos hombres de la Iglesia: prelados importantes, cardenales y pontífices, a la vista de los paramentos sagrados que vestían. En primer plano había otros hombres sentados en bancos de madera. Esa multitud estaba dispuesta de manera que daba gran profundidad a la pintura, como si las figuras estuvieran colocadas en una especie de túnel.

Pero lo que más lo impresionó y lo dejó sin palabras fue otra figura, la del ángel que partía el lienzo exactamente por la mitad y lucía, cosa increíble, una armadura de placas de color negro. Levantaba la espada en el acto de traspasar a una criatura monstruosa, evidentemente un demonio. Debajo de él, un esqueleto, sobre cuyos huesos el ángel posaba sus pies, parecía intentar salir del negro abismo infernal que engullía a los malditos, condenados a vagar entre fuegos y diablos de formas bestiales y aterradoras.

Era un lienzo que, aun sin estar terminado, poseía una extraordinaria potencia visual: los colores intensos de la mitad superior y el negro y rojo de la inferior, el paraíso y el infierno, las dos mitades que componían lo que seguramente era un Juicio Final.

Pier Candido miró al pontífice: su atención estaba completamente atrapada por la obra y los movimientos del pintor, que, con pinceladas meticulosas, retocaba las figuras, recalcando el efecto monstruoso de la mitad inferior del cuadro. Era un hombre extraño: llevaba una túnica larga que le llegaba casi a los pies, bajo la cual se adivinaba una delgadez impresionante. Era alto y esbelto, de piel muy clara, largos cabellos rojizos y ojos tan azules que parecían robados al cielo.

El silencio de la sala, solo interrumpido por los imperceptibles toques del pincel, resultaba especialmente envolvente. Pier Candido Decembrio tuvo la impresión de perder el sentido del tiempo y del espacio. En el acto se encontró flotando en una dimensión indefinible, hecha de formas y matices que iban cobrando vida a medida que observaba los pliegues de la túnica del pintor cuando cambiaba de posición, se detenía a reflexionar o repasaba un punto concreto. Creyó ser víctima de un encantamiento, como si el artista se sirviera de un truco, de un sortilegio capaz de apoderarse de los sentidos de los espectadores y transportarlos a un mundo desconocido.

Al cabo de un rato, Nicolás V pareció volver en sí y aprovechó el instante en que el pintor volvió la mirada para despedirse de él con un gesto de la cabeza e invitar a Pier Candido a seguirlo.

Pronto estuvieron fuera de la sala, en una pequeña antesala, y después en un pasillo angosto, sombrío, débilmente iluminado. Caminaron.

—¿Y bien? —le preguntó el pontífice a bocajarro—. ¿Qué os ha parecido?

—Notable —dijo Decembrio sin lograr expresar plenamente lo que sentía.

—¿Eso es todo?

—Bueno, Santidad, si puedo ser sincero...

—¡Debéis serlo!

—Pues bien, esa obra tiene algo profundamente inquietante.

—Ahora sed honesto y decidme qué habéis sentido.

—Ese ángel, Santidad...

—Sobrecogedor, ¿no es cierto?

—Es despiadado. Una visión...

—¿Apocalíptica?

—Eso es —confirmó Decembrio.

El pontífice se detuvo.

—Lo es. Es el Juicio Final.

—Eso me parecía. Pero a estas alturas querría que me dijerais el nombre del pintor que he conocido.

—Parece una pregunta sencilla, *messer* Decembrio, pero creedme si os digo que la respuesta no lo es. —El pontífice reanudó la marcha y Pier Candido lo siguió, intrigado por todo ese misterio—. Como habéis visto, la comunicación con nuestro amigo es mínima, a pesar de que habla un poco nuestro idioma y conoce muy bien el latín. Además, sé a ciencia cierta que domina perfectamente el inglés y el francés, pero es flamenco.

—Nada menos.

—Es discípulo de Rogier van der Weyden.

—¿El maestro de la corte de Leonello de Este?

—Así es. Lo ha seguido hasta aquí. El marqués me dijo que está dotado de una cualidad especial. Que su pintura no se parece a ninguna otra. Así que le ofrecí pasar un breve periodo aquí, en Roma. Adoro la pintura de los maestros flamencos. Tiene algo inconfundible. Es como si supieran aprisionar las fábulas y las leyendas del mundo con sus pinceles. Son tan diferentes de los grandes maestros italianos a quienes, sin embargo, ellos admiran hasta el punto de querer venir a nuestro país a estudiar su estilo. Pero me preguntabais cómo se llama nuestro amigo. Su nombre es Petrus Christus. Muy peculiar, ¿no creéis?

—¿Petrus Christus? —repitió Pier Candido Decembrio, creyendo que no había oído bien.

—Petrus Christus —confirmó Nicolás V.

—Petrus Christus... —repitió de nuevo Decembrio—. Santidad, si queríais tener un pintor en vuestra casa, este tiene el nombre perfecto.

—Yo pensé lo mismo —dijo el pontífice sonriendo.

77

Una educación difícil

Ducado de Milán, castillo de Vigevano

Bianca Maria miró a su hijo con severidad. Hacía tiempo que tenía la impresión de que el niño estaba descuidando sus obligaciones. Cierto, era solo un niño, pero lo esperaban responsabilidades fuera de lo común. Por eso había insistido para que su padre llamara a la corte a un preceptor que supiera inculcarle el amor por el estudio de las letras y las artes. Francesco había hecho venir a Milán a Guiniforte Barzizza, profesor de filosofía moral en Pavía y literato y humanista en las cortes de Filippo Maria Visconti primero y de Leonello de Este después.

Era precisamente este último quien había concedido permiso a Barzizza para ir a Milán, privándose de él. Cuando llegó a la corte de los Sforza, el preceptor y el alumno empezaron a conocerse. Las primeras clases, a juicio del maestro, fueron provechosas y el chico había demostrado intuición, inteligencia y voluntad de estudiar. Pero esta actitud había durado un solo verano y ahora el preceptor llevaba un par de semanas advirtiendo a la duquesa de que Galeazzo Maria se mostraba apático, voluble y distraído.

Después de su nacimiento, Bianca había dado a luz a otros

dos hijos, Ippolita y Filippo Maria, pero Galeazzo era su preferido. Había depositado muchas expectativas y esperanzas en ese niño de rizos castaños. Sabía que era valiente, apasionado, generoso, y, por supuesto, que estaba dotado para las actividades físicas. En efecto, a pesar de ser solo un niño, destacaba por sus dotes naturales para la caza y demostraba talento para la esgrima. Pero Francesco y ella querían que también alimentara su alma y su mente, y por eso lo regañaba. Sabía que si no intervenía a tiempo su carácter se echaría a perder y el niño apático se convertiría en un chico desobediente primero y en un hombre incompleto después, puede que hábil en el manejo de las armas, pero ignorante en el conocimiento de las letras, de la lengua y de las relaciones, y, por tanto, de la política, lo cual acarrearía consecuencias para el ducado.

—Galeazzo Maria —dijo—, he sabido que os negáis a hacer las tareas que *messer* Barzizza os encomienda para el día siguiente. —El niño miró a su madre con aire desafiante—. ¡Dejad inmediatamente de mirarme así! —lo amonestó—. ¿Acaso creéis que podéis poner en duda las palabras de vuestro maestro? ¿O, lo que es peor, las mías? —Galeazzo Maria bajó la mirada—. ¿Y pues? ¿Tenéis la intención de responder?

El niño permaneció en silencio. Después murmuró:

—Hace tan buen tiempo... Quería ir a cazar.

Bianca Maria sacudió la cabeza.

—Sé perfectamente lo mucho que os gusta esa honorable actividad. Y nadie os impide que la practiquéis. Pero cada cosa a su tiempo, hijo mío. También hay un tiempo para la lectura y el estudio. El cuerpo necesita sin duda desahogarse, pero la mente y el alma también precisan que se los cultive. De lo contrario llegará un día en que solo podréis dar golpes de espada y disparar flechas a los ciervos. Y el hombre que solo piensa en matar, ¿de qué vale, según vos?

—Bueno —respondió el pequeño—, un hombre así es un gran guerrero. Como mi padre.

—Cierto, vuestro padre es un gran guerrero. Y ¿creéis que eso lo hace feliz? ¿Que no habría preferido tener la oportunidad que os brindan la paz y la felicidad? Francesco se vio obligado a convertirse en un guerrero. No tenía elección. Cada día lamenta no haber podido dedicar más tiempo al aprendizaje y al estudio durante su infancia y adolescencia. No recuerda con agrado el pasado que lo obligó a descuidar letras y arte para aprender a manejar la espada y acabar a las órdenes de un capitán de fortuna con quien conoció la muerte y la devastación a una edad temprana. ¡Preguntádselo! Ya lo veréis. Por eso ha querido para vos a Guiniforte Barzizza. Fue él quien le pidió al marqués de Este que lo dejara venir aquí para daros la oportunidad que él no tuvo. ¿Y vos qué hacéis, Galeazzo Maria? —dijo Bianca, en el ápice de su severa reprimenda—. La echáis a perder, faltándoles al respeto a vuestros padres y a un hombre que podría enseñaros los secretos de la palabra, de la historia y de la geografía, renunciando a conocer mundos.

—¿Mundos? —preguntó el niño, abriendo mucho los ojos.

—Pues sí, mundos. Puesto que en la escritura y la literatura se ocultan mundos magníficos, aventuras, personajes y tiempos pasados que no volverán, maravillas. Pero si no aprendéis a leer y a contar, todo eso se os escurrirá de entre las manos como arena. Y algún día, lo creáis o no, ¡os arrepentiréis amargamente de vuestra superficialidad!

—No os enfadéis, mamá —pidió Galeazzo con dulzura—. Me he equivocado, me doy cuenta y quiero poner remedio a mi comportamiento.

—¿Y qué más? —insistió su madre.

—De ahora en adelante haré las tareas que me encomienda *messer* Barzizza.

—¿Me lo prometéis? Mirad que para mí no es agradable enfadarme con vos.

—Lo sé —admitió el pequeño.

—Venid aquí —lo exhortó su madre.

El niño abrió los brazos y corrió a su encuentro.

—Mamá, mamá —dijo, echándose a llorar—, no quería decepcionaros.

Bianca Maria lo abrazó y lo besó en la mejilla.

—La cuestión no es que me decepcionéis a mí, Galeazzo. Ese comportamiento solo os perjudica a vos. Pero ahora que lo habéis entendido, no se hable más. Creo que habéis comprendido lo que espero de vos.

—Sí —respondió el niño, estrechándola.

—No pasa nada.

—Os quiero, mamá.

—Yo también, hijo mío.

—¿Podemos dar un paseo? —preguntó el niño, mirándola a los ojos—. ¡Hace tan buen día...!

—Por supuesto —accedió Bianca mientras él se separaba. Después le cogió la mano.

Se encaminaron juntos, reconciliados, hacia los grandes árboles del jardín.

78

Ferrante

Reino de Nápoles, Castel Nuovo

La hoja vino a su encuentro. Para don Rafael fue fácil parar el golpe. Inmediatamente después, el hidalgo de Medina fintó y asestó un golpe descendente de izquierda a derecha. Ferrante lo paró con prontitud y rechazó el ataque, después retrocedió para romper la medida, jadeando. Estaba empapado en sudor. Don Rafael pensó que estaba mejorando, pero que podía hacerlo mejor.

Ferrante tenía veintiséis años. No era mal espadachín, pero daba la sensación de no sacar el máximo partido de sus capacidades físicas. Era de estatura mediana, pero ágil y veloz, lo cual era extremadamente importante: la rapidez de ejecución proporcionaba mayores ventajas que medio brazo más para cubrir la distancia. Sin embargo, algo parecido a la indolencia hacía que sus golpes fueran completamente previsibles. Era como si esa actividad fuera para él un aburrido ejercicio cotidiano en vez de un entrenamiento esencial para templar el físico y reforzar el carácter.

Don Rafael volvió a ponerse en guardia.

—¡Ánimo, alteza, probemos de nuevo! —lo animó.

Ferrante resopló, lo cual hizo que su maestro apretara los labios. Ferrante sabía muy bien que se la estaba buscando. A pesar de ser el duque de Calabria, el hijo del rey, en definitiva, el hombre más poderoso del reino de Nápoles después de su padre, se daba perfecta cuenta de que provocar a don Rafael era una pésima idea. A despecho de las jerarquías, ese hombre tenía permiso de su padre para hacer todo lo que quisiera durante el entrenamiento. Más valía portarse bien y obedecer.

Apenas volvieron a cruzar las espadas, se percató de que el hidalgo iba a por todas, pues empezó con un ataque compuesto para lanzar un fondo que él esquivó en el último instante. Lo acosó con dos mandobles muy potentes, después atacó con un golpe de banderola desde la posición de tercera, un ataque al vientre. Ferrante logró cubrirse con la guardia baja. Trató de responder, pero don Rafael desvió el golpe y avanzó de nuevo contra él. Ferrante retrocedió y paró los dos golpes que le cayeron encima como granizo. Después logró reconquistar la distancia con un redoble, lo cual casi sorprendió a su maestro.

Don Rafael lo paró *in extremis*.

—Muy bien, alteza —dijo, retrocediendo y bajando la guardia—. Un golpe magnífico, bien ejecutado. Me pregunto por qué tengo que reprenderos para obtener este resultado.

Ferrante sacudió la cabeza.

—Tenéis razón, don Rafael. La verdad es que no soy un guerrero nato como vos.

—Tonterías —respondió el hidalgo—. Nadie nace guerrero, pero todos pueden llegar a serlo.

—Lo que quiero decir —explicó Ferrante— es que mi talento para la esgrima no es natural, no tengo vuestra facilidad y tampoco vuestra pasión.

Don Rafael sonrió.

—Puedo entenderlo, alteza. Y sé que siempre habéis estado a la altura en el campo de batalla. Pero algún día esta paz acabará y tendremos que volver a luchar.

—Parece como si lo desearais, don Rafael.

—Puede que tengáis razón, alteza. Puede que un hombre como yo no sepa qué hacer sin la guerra. Cierto es que uno puede encontrar una bella esposa, como hice yo, tener hijos, cultivar la tierra, pero al final acaba volviéndose loco. Yo ansío la sangre, la conquista. Decís bien, no sois como yo, y ese es un punto a vuestro favor: el mundo tiene mucha más necesidad de personas como vos. Pero acordaos de que tarde o temprano llega para todo hombre el momento de medirse con lo peor de sí mismo. Y cuando eso ocurre, es mejor estar preparado.

—¿Prevéis que falta poco para que llegue ese momento? —preguntó Ferrante, entregando la espada de entrenamiento a su maestro de armas.

—Por desgracia no tengo el poder de leer el futuro. Pero quiero deciros una cosa: nadie vive eternamente, ni siquiera vuestro padre, aunque le deseo una vida lo más feliz y larga posible. Cuando el rey falte, se abrirá seguramente una lucha por la sucesión...

—Yo soy el legítimo sucesor, don Rafael, ¡hasta lo avala una bula pontificia! —soltó Ferrante sin lograr reprimir un gesto de fastidio.

—Lo sé y no me permito dudarlo, pero perdonad mi franqueza brutal, alteza: ambos sabemos que sois hijo natural, no legítimo, de Alfonso, y todos vuestros adversarios, empezando por el hijo de Renato de Anjou, Juan, que no ve la hora de declararos la guerra, os lo echarán en cara. Os aconsejo vivamente, ahora más que nunca, que no esperéis a que os ataquen para reaccionar, atacad primero, o al menos preparad una respuesta de tal alcance que aniquile a vuestro adversario. Que quede claro: no os estoy diciendo que reveléis vuestras intenciones; todo lo contrario, solo triunfaréis si sois frío y letal. Pero cuando decidáis actuar, hacedlo para matar.

Ferrante miró a su maestro de armas con determinación.

—Tenéis razón, don Rafael. Ahora entiendo por qué estáis siempre encima de mí y vuestras preocupaciones, que son legítimas. Os prometo que estaré a la altura cuando llegue el momento.

—No lo dudo, mi señor. Si os atormento continuamente con mis demandas es por vuestro bien y el de la casa de Aragón, a la que sirvo fielmente desde su nacimiento como puede atestiguar vuestro padre.

Mientras lo escuchaba, Ferrante se acercó al pozo. Lanzó el cubo al fondo y lo sacó lleno de agua. Después se lo volcó por la cabeza.

—Hace un tórrido final de verano en Nápoles —dijo, mientras los largos mechones empapados le caían sobre la cara.

—Bueno —comentó don Rafael—, es una manera como otra cualquiera de enfriar las calenturas.

—Ya, en honor a vuestras enseñanzas.

—Precisamente —concluyó don Rafael, abandonándose a una carcajada liberadora—. Y ahora, si me permitís, os ruego que aceptéis mi invitación para cenar.

—Acepto, pero permitid que me ponga algo apropiado.

—Magnífico —exclamó don Rafael—. Esta noche espero a un amigo veneciano.

—¿Así que es verdad? ¿Consideramos una alianza con Venecia?

—Vuestro padre ha sido claro. Quiere un acuerdo con la Serenísima para contrarrestar a Milán y Florencia.

—Muy bien, estaré encantado de conocer a vuestro amigo.

—Cuento con ello —aseveró don Rafael mientras su alumno le estrechaba la mano y se dirigía hacia la salida del patio.

79

Después de Constantinopla

Serenísima República de Venecia, Ca' Barbo, 1454

Polissena no podía creérselo, pero las cifras hablaban por sí solas: desde que Constantinopla había caído en manos del Imperio otomano, los intercambios y la actividad mercantil de la Serenísima habían sufrido un daño económico de alcance ilimitado, perjudicando sobremanera la actividad familiar.

Los Condulmer dirigían desde siempre un floreciente comercio textil que se había consolidado gracias a las rutas hacia el Egeo y Constantinopla. Su padre, y su abuelo antes que él, habían desarrollado una próspera actividad mercantil en esas tierras donde se aprovisionaban de las sedas más raras y preciadas. Gracias a los emporios y al fundago que poseían en el barrio veneciano, los Condulmer importaban las telas seríceas a Venecia, donde, mediante un procedimiento secreto y especial, las entretejían con hilos de oro y plata para realizar manufacturas únicas y de gran belleza, muy apreciadas en los deslumbrantes palacios de las familias aristocráticas.

Pero ahora Mehmet II había conquistado Constantinopla y amenazaba con llegar hasta las puertas de Serbia y Albania. No era necesario ser un experto estratega para hacerse una idea de cuáles serían las consecuencias. Sin contar con que la eterna guerra con Milán debilitaba día tras día a la República, que ahora corría el riesgo de verse rodeada: a occidente, Francesco Sforza, duque de Milán, resistía y lanzaba una contraofensiva en el Adda; a oriente, el sultán, con ambiciones expansionistas en los Balcanes.

Cuando oyó que Niccolò había llegado, Polissena se puso en pie y apretó las manos contra el pecho. Sabía que llevaba semanas tratando de perfilar un plan en el Senado con otros exponentes de las familias aristocráticas para que Venecia pudiera encontrar un acuerdo comercial con el sultán.

Miró a su marido: lo vio cansado, abatido. Trató de animarlo, pero era realmente difícil, considerando lo que estaba pasando.

—La situación es desesperada —le dijo mientras ella lo besaba en los labios. La abrazó y suspiró profundamente. La miró a los ojos. Después se apartó de ella y permaneció de pie, midiendo la sala con grandes pasos y atormentándose la barbilla con la mano. Siempre hacía lo mismo cuando estaba nervioso.

»Los refugiados invaden Venecia. Llegan de todas partes, cada día hay más, y no es fácil amortiguar el impacto. Sus historias de lo sucedido, Polissena, son escalofriantes. El barrio veneciano de Constantinopla ha sido devastado —expuso con los ojos brillantes—; los cuatro emporios, reducidos a cenizas; las iglesias de San Marco, San Nicolò de Venetorum y Santa Maria de Embolo, saqueadas, expoliadas. Ni un solo palacio, de Porta Piscaria a Porta Drongario, se ha salvado de las ávidas llamas de los incendios ni de las hojas curvadas de las cimitarras. Los otomanos han violado y asesinado, empalando a los sacerdotes con picas. Han saqueado las manufacturas de oro y plata, hecho trizas las estatuas y mutilado las cruces. Las casas, los almacenes y los otros establecimientos comerciales han sido arrasados. —Hizo una pausa. Después añadió—: La familia Vianello, que tenía un horno al lado de la iglesia de Sant'Acindino, ha sido exterminada.

En ese momento, Polissena no pudo contener las lágrimas. Pero Niccolò no se detuvo.

—El embajador veneciano y los Doce, sus esposas y sus hijos, han sido asesinados en sus casas; los fundagos, convertidos en cementerios; los almacenes, saqueados; la plaza del mercado, usada para apilar a los muertos. Los pocos que han sobrevivido se han escondido en los sótanos y las bodegas, tratando desesperadamente de ponerse a salvo, pero los genízaros los han encontrado y los han hecho pedazos uno a uno. Los que han dejado con vida han sido vendidos como esclavos.

—Es terrible —dijo Polissena con voz rota.

—Y esta es solo una parte del enorme problema al que nos enfrentamos. La más monstruosa y horrible, pero no la única.

—Lo sé.

—¿Os hacéis una idea del perjuicio que ha causado a la actividad de muchas familias?

—Decídmelo vos, Niccolò.

—La pérdida de las ventajas de la crisóbula bastaría por sí sola para hacernos temblar: fin del libre comercio y de la exención total de aranceles aduaneros en Constantinopla y en todas las ciudades del Egeo y los Balcanes. Y, por supuesto, prohibición de reconstruir un barrio con fundagos, almacenes y emporios para las mercancías. Las consecuencias de semejante catástrofe son incalculables, y en este preciso instante el dogo está organizando una delegación de mensajeros y embajadores para tratar de llegar a un acuerdo con el sultán.

—¿Creéis que tenemos alguna esperanza?

—Lo que yo crea no cuenta. Mehmet II ya ha hecho saber

que tiene la intención de aplicar aranceles e impuestos a los intercambios comerciales, siempre y cuando sigan siendo posibles. Sin contar con que esta situación nos debilita a los ojos de nuestros aliados.

—¿Alfonso de Aragón?

—Exacto. Y también frente a nuestros enemigos.

—Pero si la peste ha puesto de rodillas a Milán. La peste ha sido para ellos como la caída de Constantinopla para nosotros.

—Puede ser.

—Quizá esta vez escuchemos por fin al papa.

—¿La paz?

—La predica sin éxito desde hace tres años. Pero si Venecia está de rodillas, Milán pasa por un mal momento y Florencia no es lo suficientemente fuerte, quizá ha llegado la hora de pactar una tregua. Lo que los hombres no han sabido comprender con la razón, les será impuesto por la pobreza y la miseria.

—Yo pienso lo mismo, Polissena. Con mayor razón ahora que la República no puede permitirse financiar una guerra. No os oculto que nuestras arcas se están agotando rápidamente. Aunque la actividad de vuestro padre es sin duda la más perjudicada, los Barbo también han recibido un duro golpe. La importación de especias está en peligro. Por suerte, hace un tiempo decidimos incentivar el comercio de caña de azúcar. Nuestros barcos importan la materia prima de Chipre y mi hermano ha impulsado el cultivo de las plantas en Candía, donde tenemos propiedades. Esto nos permitirá sobrevivir durante un tiempo, pero para nosotros, como para las otras familias, es de vital importancia negociar un acuerdo con el sultán.

—Lo entiendo perfectamente.

—¿Tenéis noticias de Pietro?

—Ha llegado una carta justo hoy. ¿Queréis que os la lea?

—Sería magnífico.

Polissena se acercó a un escritorio. Cogió las hojas de pergamino que había dejado encima.

Roma, 3 de marzo de 1454

Queridísimos padres:

Os escribo en estos días de finales de invierno a la luz de un sol perezoso y débil que parece traer consigo dulces auspicios. Lo hago con la esperanza de poder daros buenas noticias a fin de aliviar la difícil situación y el abatimiento que os ha causado la caída de Constantinopla, a la que ni siquiera el pontífice logra resignarse. Puedo deciros que, tras una larga conversación con el papa, resulta evidente que tiene la intención de favorecer sin ambages un tratado de paz, un acuerdo entre reinos, ducados y repúblicas que restablezca el equilibrio en la península itálica.

A este propósito, hace tiempo que Nicolás V aconseja a Sforza, en secreto, que se avenga a una tregua con Venecia. Por eso me ruega que os inste para que convenzáis al dogo Foscari para que haga lo mismo.

Es evidente que una paz acordada en términos satisfactorios sería providencial para obtener una tregua que hoy es más necesaria que nunca a la luz de las condiciones de pobreza extrema en que se encuentran las poblaciones de nuestras ciudades.

Como podéis imaginar, el papa recompensaría con su gratitud una intervención semejante por vuestra parte. Su Santidad se muestra muy generoso y agradecido conmigo. Sostiene que algún día mis buenos oficios y la actividad de mediación de nuestra familia serán adecuadamente reconocidos.

Animado por sus palabras, os pido, pues, que hagáis todo

lo posible para convencer al dogo Foscari para que considere seriamente la paz con Sforza.

Por mi parte, seguiré prodigándome para mantener y consolidar la gran consideración que me tiene el pontífice.

Me despido de vosotros no sin antes presentaros mis respetos y os prometo que escribiré lo antes posible para manteneros informados acerca de mi salud y de lo que sucede en el palacio Apostólico.

Vuestro hijo que os quiere,

PIETRO

Polissena calló.

Niccolò la miró. Suspiró una vez más.

—Esta trama que urdimos sin cesar, tarde o temprano nos llevará a la ruina —dijo con un deje de fatalidad—. Por otra parte, Pietro tiene razón: hay que obtener la paz. No hay otra solución.

—¿Qué haréis, amor mío? —preguntó Polissena, que comprendía perfectamente que su marido estuviera harto de ese extenuante juego de intrigas. Quería ayudarlo, pero no sabía cómo hacerlo. Aunque una idea empezaba a tomar forma en su mente.

—Mañana por la mañana, a primera hora, pediré audiencia al dogo. Y le aconsejaré lo que sugiere nuestro hijo por consejo del papa.

Polissena asintió. Después añadió:

—Tengo una idea.

—¿Cuál?

—Iré a Florencia.

—¿Qué?

—Hablaré con Cosimo de Médici.

—¿Cuándo?

—Mañana, inmediatamente después de vuestra conversación.

—¡No puedo dejar que vayáis! Y tampoco puedo acompañaros. Si dejo Venecia, perderemos lo poco que nos queda.

—Lo sé. No tengo miedo. ¿Qué puede pasarme?

—¡Polissena! ¿Estáis de broma? Para empezar, debéis cruzar el ducado de Ferrara. ¡Y Borso de Este no es como su hermano Leonello!

—Es un guerrero, lo sé. Pero es favorable a Venecia y odia a Sforza.

—¡Y a Cosimo de Médici!

—No tiene por qué saber que voy a verlo. Si me piden explicaciones, diré que voy a Roma a visitar a nuestro hijo. —Niccolò reflexionó y Polissena entendió que estaba cediendo—: Me acompañaría Barnabo. ¡Él me protegerá!

—Pero...

—Está decidido, amor mío. Nada me hará cambiar de idea. La paz es la única posibilidad que tenemos de sobrevivir. Y haré todo lo que sea necesario para obtenerla. Si logro convencer a Cosimo, será más fácil tratar con Francesco Sforza.

Niccolò alzó las manos.

—¡De todas formas, no hay manera de haceros entrar en razón!

—Deseadme buena suerte —dijo acercándose a él y cogiéndole las manos.

Su marido no respondió. La estrechó entre sus brazos y le besó los labios ardientes.

80

Recuerdos amargos

Estados Pontificios, palacio Apostólico

Pietro Barbo, cardenal de San Marco, miraba disimuladamente al pontífice. Su Santidad llevaba unos días enfurruñado y él sabía por qué. En ese momento estaban en la capilla que llevaba su nombre, la Niccolina.

El papa sacudió la cabeza. Era un hombre imponente. El ceño fruncido, las comisuras de los labios inclinadas hacia abajo en un rictus amargo, la gran nariz aguileña, casi de halcón: todo en él revelaba desengaño y pesadumbre. No le faltaban motivos, pero si Pietro hubiera tenido que destacar uno solo, el más determinante era la cruzada frustrada y la caída de Constantinopla. El pontífice no se resignaba.

—Cardenal —empezó—, como os dije, hoy más que nunca debemos perseguir la paz a toda costa. No solo por el obvio motivo de dar alivio a esta tierra devastada por la guerra, sino también porque solo con la unión de los diferentes duques y señores lograremos crear un frente común contra la inminente amenaza otomana. Mientras hablamos, Mehmet II acaricia el sueño de hacer suya la Manzana Roja, como él llama a la Ciudad Eterna. Quiere comérsela a mordiscos como si fuera un fruto jugoso, por eso está marchando directo hacia Belgrado. Si Milán sigue enfrentándose a Venecia y Florencia a Nápoles, no tendremos ninguna posibilidad de sobrevivir, ¿os dais cuenta? Por eso os he pedido que escribierais a vuestro padre, porque quizá logre convencer a Francesco Foscari de que acepte las condiciones del duque de Milán, el cual parece al menos proclive a alcanzar una paz que no puede aplazarse.

—Santidad —respondió Pietro—, escribí inmediatamente a mi padre y confío en que ya esté haciendo todo lo posible para convencer al dogo. Por otra parte, no veo de qué manera Venecia podría eximirse de aceptar una tregua: la caída de Constantinopla ha sido una auténtica tragedia en términos de vidas humanas, naturalmente, y, desde un punto de vista más vil, en lo concerniente a la actividad comercial. Os costará creerlo, pero este aspecto es muy importante para los venecianos, a tal punto que creo que no me equivoco si afirmo que lo que no conseguirá la piedad, lo conseguirá el dinero.

—No solo lo entiendo, cardenal, sino que comparto plenamente lo que decís, pues si vos sois veneciano, yo soy de Sarzana y los problemas de la Serenísima son los mismos que los de Génova. Ambos sabemos lo que queda de los barrios y de los fundagos de nuestros compatriotas: ceniza y sangre. Y lo peor es que cuando los mensajeros de Constantino XI Paleólogo vinieron a pedirme ayuda para enfrentarse al invasor, les dije que les daría todo lo que pudiera, pero que no sería suficiente, y les aconsejé dirigirse también a los príncipes italianos. Logramos juntar una flota de diez galeras pontificias y otra docena de barcos entre Nápoles, Génova y Venecia, pero cuando la expedición partió ya era demasiado tarde. Inmediatamente después, en septiembre, convoqué al emperador Federico III de Habsburgo y a otros soberanos y señores en Roma. ¿Creéis que alguno me respondió? No, cardenal, ninguno. Estaban demasiado ocupados en sus propios asuntos. Y ahora recogemos lo que sembramos. No me resigno, no puedo, creedme. Y pensar que me habían advertido de lo que iba a suceder...

Esas palabras sorprendieron bastante al cardenal Barbo. Guiñó los ojos hasta casi cerrarlos y preguntó:

—¿Qué queréis decir, Santidad?

Nicolás V suspiró.

—Hace algún tiempo, para ser exactos cuatro años, un hombre, un pintor flamenco de extraordinario talento que acompañaba al maestro Rogier van der Weyden cuando estuvo de paso por aquí, predijo una tragedia inminente. No puedo olvidarlo, lo recuerdo como si fuera ayer. Pier Candido Decembrio y yo estábamos en uno de los salones del palacio Apostólico que había asignado a ese artista para terminar una tabla que era poco menos que sobrecogedora. —El pontífice se interrumpió como si traer a la memoria aquella escena le causara un dolor profundo y desgarrador—. Estaba pintando un inquietante Juicio Final. Todavía recuerdo el ángel con la armadura negra que ajusticiaba a los diablos aullantes que emergían de un abismo oscuro, un embudo infernal del que salían llamas.

—¿Cómo se llamaba el pintor? —preguntó el cardenal Barbo, subyugado por la historia.

—Petrus Christus.

—Un nombre profético.

—Decís bien. No entendí que era una señal. Había algo extraño en aquel hombre, y precisamente por eso debería haberle prestado más atención, comprender que su trabajo era la profecía de algo que iba a ocurrir al cabo de poco tiempo. Sé que esta afirmación puede sonar extraña, en cierto sentido incluso herética, pero debéis creerme si os digo que su pintura ocultaba una verdad, era una señal divina que no logré captar.

—¿Qué fue del pintor?

—Eso es lo más extraño...

—¿Qué queréis decir?

—Se fue por donde había venido.

—¿Y la tabla?

—Se la llevó.

Pietro abrió mucho los ojos.

—¿No os dio las gracias ni encontró la manera de despedirse de vos?

—Me dejó una nota, escrita con una curiosa caligrafía elegante y estilizada. Nada más que eso. Llegué a pensar que su presencia había sido fruto de mi torturada imaginación, que en aquellos días estaba saturada de tribulaciones. Al final, fue como si lo hubiera soñado.

—Confieso que vuestra historia me provoca escalofríos, Santidad.

—Lo entiendo, y bien pensado a mí también, os lo juro. Sin embargo, si no hubiera sido tan estúpido, lo habría comprendido y me habría prodigado para impedir la tragedia que amenaza con borrar la cristiandad de la faz de la Tierra.

—Eso no sucederá.

—No. Pero si queremos estar seguros debemos obtener la paz y una alianza entre todos los soberanos cristianos. Esta es la última oportunidad que tenemos y no podemos desperdiciarla de nuevo. Vos, Pietro, sois un joven brillante, perteneciente a una de las dinastías más formidables de Venecia, reina de los mares. Os pido que hagáis todo lo que esté en vuestra mano y más para que alcancemos el objetivo que me he prefijado. No os lo pido por mí, sino por la salvación del mundo.

—Me emplearé a fondo, Su Santidad.

—Pues si esta es vuestra intención, me despido de vos, cardenal, y os ordeno que volváis a la diócesis de Vicenza para reuniros con el dogo y referirle mi voluntad.

—Descuidad, Santidad.

—Podéis marcharos —dijo el pontífice, ofreciéndole la mano en la que brillaba el anillo del Pescador.

El cardenal Barbo se inclinó y lo besó. Después se apresuró hacia la salida de la capilla.

81

Camino de Belgrado

Ducado de Milán, castillo de Abbiate

Algo había cambiado en él. Estaba cansado de esa vida. Quizá un año antes se habría reído de su estado de ánimo, pero ahora no podía. Bien pensado, había sido la caída de Constantinopla la que lo había hecho cambiar. Le daban escalofríos solo de recordar los delitos con los que se había manchado. Sabía que no podía borrar lo que había hecho, pero en el futuro repararía los errores cometidos. Sería mejor persona, estaba seguro. A costa de morir.

Empezaría por devolver el dinero fruto de la sangre que había derramado. Y después iría a combatir una guerra de verdad, una batalla de verdad, un conflicto que defendiera algo concreto: una idea, una tierra, un pueblo, una religión. Algo por lo que valiera la pena morir.

Se sentía sucio, mezquino, miserable, nauseabundo.

Y muchas cosas más. Y pensar que había disfrutado matando a aquella mujer y que había admirado a la que le había encargado su asesinato...

Había acudido a Francesco Sforza para decirle que quería marcharse y, cuando le explicó por qué, su antiguo capitán accedió a dejarlo ir. Si hubiera sabido que se había manchado con un delito semejante lo habría hecho trizas, o probablemente lo habría matado con sus propias manos.

Pero el destino debía de tener otros planes para él, porque Francesco Sforza le estrechó la mano y le dio las gracias por los años de servicio, dejándolo libre de ir a donde quisiera.

Tenía delante a Gabor Szilagyi. Sus largos cabellos rubios estaban empapados en sudor y, por primera vez desde que lo conocía, mostraba abiertamente una mirada inyectada en sangre, como si fuera incapaz de reprimir la rabia que lo devoraba y estuviera a punto de explotar.

Al verla, Gabor hincó la rodilla. Después, cuando ella lo invitó a ponerse en pie, dijo inmediatamente:

—Mi señora, os pido perdón por presentarme ante vos como una tormenta, sin que mi presencia haya sido requerida. Vengo a anunciaros mi partida.

Bianca Maria se sorprendió. Pero comprendió que debía de haber ocurrido algo muy grave. Antes de intentar retenerlo, trató de conocer el motivo de su decisión.

—¿Por qué queréis marcharos? ¿Habéis avisado a mi marido de que abandonáis su compañía?

—Lo he hecho, mi señora. El motivo de mi partida es simple: tras haber devastado Constantinopla, Mehmet II, señor del imperio más grande del mundo, se dispone a marchar sobre Belgrado. Quiere conquistar Hungría y János Hunyadi, su regente, que combatió bajo la bandera de vuestro padre hace años, ha hecho un llamamiento a los soldados húngaros para concentrar todas las fuerzas posibles en defensa de la fortaleza de la ciudad.

—¿Belgrado está en Hungría? —preguntó Bianca Maria.

—No, en Serbia, pero en la frontera con el reino de János

Hunyadi, y su posición es estratégica: es la puerta para entrar en el mundo cristiano. Si Mehmet II la cruzara, llegaría bajo las murallas de Viena en un abrir y cerrar de ojos, y después a Venecia. Quizá incluso a Milán.

—Y vos queréis estar allí para defenderlas. Lo entiendo perfectamente, Gabor. Pero me pregunto si existe un modo de reteneros: vuestros servicios se han revelado muy valiosos y me gustáis mucho porque sois un hombre de palabra, lo cual, creedme, no es una cualidad común, especialmente en el mundo en que vivimos, donde existe una gran diferencia entre lo que se dice y lo que realmente se hace.

—Mi señora, os lo agradezco. Pero debo renunciar a vuestro ofrecimiento y os explicaré por qué: mi presencia es necesaria en Belgrado, pero también lo sería la de los mejores caballeros de Roma, Milán, Venecia, Florencia, Nápoles, Génova, Ferrara y todas las ciudades que se os puedan ocurrir, así como de Francia, España, Inglaterra, Portugal, Albania, Valaquia, Transilvania y las demás tierras que se profesan cristianas. Constantinopla ha sido abandonada mientras duques y dogos se enfrentaban en batallas por un burgo o un río. Estoy harto. Ya no hay honor en esta guerra donde un día lucho contra los mismos hombres que al día siguiente están en mi bando. No solo Hungría, sino el mundo entero que conocemos está en peligro. Las filas del ejército de Mehmet II son más numerosas que las estrellas del cielo y su avance amenaza con cubrir de cadáveres los campos, arrasar los bosques, oscurecer el sol y acabar con todo lo que amamos. Parto por este motivo. No soy un hombre de honor, pero sé luchar y tengo la intención de cumplir con mi deber.

Bianca Maria se quedó de piedra. Gabor tenía razón y al escuchar sus palabras cayó en la cuenta, por primera vez, de que mientras combatía por Milán para afirmar su dinastía había olvidado completamente todo lo demás. La caída de Constantinopla había sido sin duda una tragedia, pero Milán, ocupada en sobrevivir a los ataques venecianos, a la peste y a las guerras entre las bandas criminales que todavía la infestaban como enjambres de insectos, no tenía conciencia de ello. Los mismos llamamientos del pontífice habían sonado como quejas, ecos lejanos de antiguos ideales que quizá todos habían perdido.

—Gabor, no puedo reteneros, pues. Permitidme que os diga que agradezco vuestra sinceridad. Vuestras palabras han abierto las fronteras de mi pequeño mundo, que aunque para mí es importante no es más que un punto en un universo infinitamente más grande que podría desaparecer de golpe si ocurriera lo que teméis. Es más, gracias a hombres como vos, que ahora se enfrentan a un enemigo que podría aniquilarnos con un simple chasquido de los dedos, podré vivir segura en Milán, criar a mis hijos y verlos crecer.

—Mi señora, no merezco vuestros elogios. Asesiné a sangre fría a una mujer a cambio de dinero, soy solo un carnicero. Pero visto que matar es mi punto fuerte, creo que vale la pena hacerlo por un motivo más importante que los ducados. —Bianca Maria abrió mucho los ojos. Fue como recibir una bofetada en plena cara. Pero Gabor no había acabado—: Tened —dijo—, también he venido a devolveros esto. Están todas. —Sin agregar nada más, dejó sobre una mesa de la antesala una bolsa que Bianca Maria reconoció al instante.

Después se despidió sin esperar:

—Adiós, *madonna*.

Y le dio la espalda.

—¡Gabor! —gritó ella—. ¡Gabor!

Pero él pareció no oírla. Siguió caminando. Y mientras se alejaba, Bianca Maria sintió que ese hombre se había convertido en alguien mejor que ella, puesto que sentía remordimiento por lo que hizo.

82

Cosimo y Polissena

República de Florencia, palacio Médici

Cosimo no esperaba una visita como aquella. Pero al ver llegar a Polissena Condulmer, a pesar de no haber sido invitada, no pudo ocultar su admiración por esa mujer formidable que no había dudado en cruzar la tierra firme veneciana, el ducado de Ferrara, Bolonia y los Estados Pontificios para hablar con él. Cómo había llegado hasta allí, escoltada por un solo hombre según le habían informado, era un misterio. Como también lo era que su marido hubiera permitido semejante locura. Pero le había bastado una mirada para comprender que era imposible llevarle la contraria.

Tenerla delante en ese momento adquiría, pues, un significado especial, además de confirmar que había motivos realmente importantes para que se hallara en tierra florentina.

—*Madonna* Condulmer —dijo Cosimo—, qué placer infinito veros en mi modesta morada.

Polissena sonrió.

—El placer es mío, *messer* Médici. Y en cuanto a la humildad de vuestra morada, confieso que se acompaña de una gran elegancia y de detalles sorprendentemente refinados —respondió la ricahembra veneciana. Para subrayar sus palabras, abrazó fugazmente con la mirada los frescos de la sala en que había sido recibida, los ricos arcones cubiertos de telas de terciopelo y brocados de oro y los aparadores de madera tallada. La sala estaba iluminada magníficamente gracias a decenas de velas que punteaban como estrellas cuatro lámparas imponentes de hierro forjado que colgaban del preciado techo artesonado.

—¿Qué os ha empujado a visitarme por sorpresa? —le preguntó Cosimo con cierta impaciencia.

—*Messer* Médici, os ruego que perdonéis mi intrusión y mi mala educación, pero no he tenido elección. El motivo de mi comportamiento es sencillo y grave a la vez. Estoy aquí, en Florencia, en vuestra casa, para rogaros que aceptéis la paz.

Cosimo arqueó una ceja.

—¿La paz? ¿A qué paz os referís? ¿Acaso habéis oído que yo haya atacado a alguien? Me temo que más bien son los demás los que me imponen la guerra —soltó al cabo, molesto—. Alfonso de Aragón, o mejor dicho su hijo Ferrante, ha hallado razón para atacarme sin ningún motivo con el solo objetivo de robar mis tierras y ampliar sus posesiones mientras se reparte Italia con Venecia. ¿Qué más debería haber hecho? ¿Dejar que la República florentina fuera privada de todo? Pues bien, si este es el motivo, *madonna*, os juro que por una vez no me hace tan feliz veros.

Polissena sintió que la discusión tomaba un cariz peligroso, por añadidura de manera totalmente inesperada. Cosimo era un hombre sumamente equilibrado y sosegado, pero eso no significaba que estuviera dispuesto a aceptar cualquier cosa. Había actuado de manera demasiado apresurada. Debía explicarse, convencerlo. Era natural. ¿Cómo había podido ser tan estúpida?

—*Messer* Médici, perdonad mi frivolidad, no pretendía acusaros de nada. Empezaré de nuevo. Venecia tiene la intención de firmar un acuerdo de paz con Francesco Sforza. Los motivos son variados, pero el primero es la voluntad del papa, que desde hace tiempo pide sin ser atendido la formación de una liga de príncipes, duques y señores cristianos con el fin de hacer un frente común contra el ilimitado poder otomano. Soy consciente de que la caída de Constantinopla no ha tenido el mismo alcance para Florencia que para Venecia, a pesar de que estoy al corriente de las numerosas actividades comerciales de vuestra República en tierra bizantina a través de Pisa y de vuestro inextinguible interés por la cultura griega. Además, fuisteis el artífice de la difícil reunificación de las Iglesias cuando desplazasteis a Florencia el Concilio de Ferrara.

Cosimo asintió. Esas palabras parecían haberle agradado.

—Y a pesar de las promesas del *basileus* de Constantinopla, debo confesar que el acuerdo nunca fue respetado. Temo que eso también haya contribuido a que el pontífice no haya ayudado más a Constantino XI Paleólogo. Es muy fácil pedir soldados y flotas sin cumplir los pactos. Como sabéis, *madonna*, la cuestión es compleja y fue de difícil solución.

—Hasta el punto de que no tuvo ninguna, salvo la caída de Constantinopla.

—Precisamente —confirmó Cosimo con un suspiro.

—Por eso, *messer* Médici, creo que ahora comprenderéis y compartiréis el punto de vista del papa.

—Sin duda. ¿Qué proponéis?

—Que os avengáis a firmar un acuerdo de paz con Francesco Sforza y el dogo Francesco Foscari, quizá formando al mismo tiempo una alianza contra el Gran Turco. El pontífice se uniría inmediatamente a un plan así —dijo Polissena.

Cosimo de Médici pareció reflexionar un momento. Estaba claro que la idea no le desagradaba, pero todavía faltaba un elemento determinante para hacer factible ese proyecto.

—Habéis olvidado un detalle, y no es secundario —repuso el señor de Florencia—. Alfonso de Aragón ha renunciado a presentar batalla abierta, pero hace menos de un mes las tropas de su hijo habían llegado prácticamente a las puertas de mi ciudad. Y por ahora no tengo ninguna garantía de que no vuelva con intenciones aún más belicosas.

—Mi señor —respondió prestamente Polissena, advirtiendo una duda imperceptible en el tono de voz de Cosimo, como si ahora se ablandara y estuviera más cerca de ceder a sus demandas—. Pensad lo que significaría un tratado de paz entre vos, Francesco Sforza y Francesco Foscari. Venecia, Milán y Florencia recibirían inmediatamente el aplauso del papa. Sin contar con que un tratado no os impediría reaccionar a una eventual agresión por parte de Alfonso de Aragón, que a esas alturas sería el único que querría seguir haciendo la guerra. Y que, llegados a ese punto, se encontraría con la oposición de una triple alianza, o mejor dicho cuádruple, pues sería bendecida por Nicolás V desde el momento exacto en que viera la luz. Alfonso el Magnánimo, que desde siempre se ha profesado campeón de la cristiandad, sería el único en quedar fuera de una liga que tiene como objetivo principal representar el baluarte cristiano contra la invasión otomana. ¿No creéis que por efecto de un firme acuerdo de paz el rey de Nápoles también debería bajar las armas?

—Vuestro razonamiento es irrebatible, *madonna* Condulmer. Admito que la perspectiva es completamente distinta y sugerente. Confieso que estoy realmente impresionado por vuestra inteligencia. En cierto sentido, es como si hoy hubiéramos invertido los papeles con respecto a lo sucedido hace unos años.

—¿Aludís a mi hermano? ¿Al plan de fuga que llevasteis a cabo para salvarlo?

—Precisamente.

—No, mi señor, en absoluto, me reconocéis un mérito demasiado grande. En esa ocasión, vos salvasteis la vida de mi querido hermano y lo acogisteis con todos los honores en esta maravillosa ciudad —dijo Polissena mientras una lágrima surcaba su mejilla al pensar en Gabriele. Se la tragó inmediatamente, puesto que quería mostrarse fuerte, y prosiguió—: Ahora, en cambio, me limito a enfrentarme a la situación desde una nueva perspectiva. Pero el autor es nuestro pontífice, que, como os decía, rezuma de amargura por no haber logrado impedir, a pesar de sus esfuerzos, la caída de Constantinopla. Como veis, me he limitado a referir su voluntad.

—En absoluto —respondió Cosimo—, en absoluto. Os quitáis méritos, *madonna*, no acepto semejante modestia por vuestra parte. De todas formas, si Francesco Sforza y el dogo Foscari suscriben el tratado de paz, os juro ahora mismo que mi nombre estará junto al suyo. Y para demostrar mi buena fe, os informo que pondré inmediatamente a mis jurisconsultos manos a la obra con el fin de que pongan en marcha las negociaciones entre las partes.

—¿Es eso cierto, mi señor? —preguntó, incrédula, Polissena.

—¡Ciertamente! Soy lo bastante listo como para no desperdiciar una oportunidad que se me ofrece con tanta inteligencia y gracia. Querida, nadie habría podido hacerlo mejor que vos, creedme. Y ahora os ruego que me acompañéis durante el almuerzo: no soportaría la idea de privarme de vuestra conversación y compañía ni siquiera si me amenazarais con un puñal en la garganta.

Al oír esas palabras, Polissena no pudo contener una sonrisa. ¡Lo había conseguido! Cosimo de Médici estaba dispuesto a firmar un acuerdo de paz con Milán y Venecia.

Mientras él la acompañaba hacia un suntuoso comedor, confió en que su marido hubiera tenido la misma suerte con Francesco Foscari.

83

Un arrepentimiento inútil

Ducado de Milán, Ghiara d'Adda

Braccio Spezzato había seguido al húngaro casi hasta la antesala de Bianca Maria Visconti. Francesco Sforza dudaba de él desde hacía tiempo y, lo que era aún peor, sospechaba que había sido Szilagyi quien le había quitado la vida a Perpetua da Varese. Ante la duda, lo quería ver muerto. Había pedido su cabeza. Braccio Spezzato, por su parte, había tenido la confirmación de su culpabilidad de manera casual y absurda. Lo que había oído escuchando a escondidas detrás de la puerta de la antesala había sido suficiente.

No le atraía la idea de tener que enfrentarse a un guerrero como él porque sabía perfectamente que ese hombre era un verdadero asesino. Y, a pesar de que lo acompañaban dos de sus hombres, no estaba seguro de que entre los tres lograran vencerlo.

Scannabue, el Nero y él lo siguieron a caballo hasta que Szilagyi se detuvo en una posada perdida, en el centro de Ghiara d'Adda. El letrero mojado por la lluvia y la oscuridad de la noche dificultaban la lectura del nombre. Pero no tenía importancia.

Lo dejaron entrar, después entraron ellos. El plan, por llamarlo de alguna manera, era armar pelea para llevárselo fuera. El tabernero no se tomaría la molestia de indagar y, si lo hacía, el hecho de ser soldados de Francesco Sforza zanjaría inmediatamente la cuestión.

En el interior de la posada encontraron un ambiente recogido, confortable, agradablemente caldeado por un par de chimeneas amplias en las que ardían troncos de la mejor madera. Las mesas estaban vacías.

Al final de una jornada a caballo, empapados de lluvia y manchados de barro, Braccio Spezzato, Scannabue y el Nero pensaron que comer algo y beber una jarra de vino era una buena idea, con mayor razón porque el húngaro estaba de espaldas en un rincón y no parecía haberse dado cuenta de nada. Así pues, ¿por qué renunciar a la recompensa de una comida caliente y un poco de vino?

Se sentaron alrededor de una mesa. El Nero, cuya voz el húngaro no conocía, pidió cabrito asado, pastel frío y un cántaro de vino para todos. Braccio Spezzato vigilaba a Gabor Szilagyi con la silla apoyada contra la pared. Sabía que tarde o temprano tendría que hacerlo salir, pero no tenía ganas. Al fin y al cabo, ¿por qué diablos tenía que jugarse de nuevo la vida? ¿No podían limitarse a comer algo, volver al campamento y decir que lo habían quitado de en medio? En el fondo, ¿quién podría probar lo contrario? El húngaro estaba volviendo a su casa, o quizá se dirigía a Belgrado, así que tanto valía dejarlo marchar. Pero Francesco Sforza quería la cabeza de Szilagyi y eso complicaba las cosas. Cierto era que siempre le quedaba la posibilidad de decir que el húngaro había acabado muerto en el río y no habían podido cortársela, pero Braccio Spezzato sabía que su capitán no estaría satisfecho.

En definitiva, le tocaba comer deprisa, enviar a Scannabue

a matar al húngaro y esperar que lograra cortarle la cabeza. Si no lo conseguía, probablemente perdería el pellejo y entonces sería él quien tendría que enfrentarse en duelo a Szilagyi, lo cual no quería ni considerar, porque lo haría trizas.

¿Qué hacer?

Los había notado desde hacía un largo rato. Ocupaban la mesa del extremo opuesto. Estaban convencidos de que no se había dado cuenta de que llevaban unas veinte millas siguiéndolo. Habían sido prudentes y se habían mantenido a distancia; la lluvia y la oscuridad habían hecho el resto. Pero no había sido suficiente. No con uno como él. Dudaban. Seguían esperando, seguramente le tenían miedo. No sabían que había cambiado, que había bastado un mes para convertirlo en la sombra del hombre que fue. Mejor así. ¿Qué sentido tenía hacerles creer lo contrario? Más valía explotar la fama de guerrero sanguinario que había conquistado a lo largo de los años.

Permaneció sentado, saboreando el pastel frío de caza. Estaba delicioso, se deshacía en la boca. El vino hacía el resto. Los vigilaba con el rabillo del ojo. Adormecía sus sentidos sorbo a sorbo. Ojalá lo mataran. Su pasado lo asqueaba tanto que les agradecería que le traspasaran el corazón.

De repente vio que uno de los tres se levantaba. Era Scannabue. Caminaba hacia su mesa.

Gabor suspiró.

¿De verdad debía acabar de esa manera?

Ante la duda, se llevó la mano derecha a un cuchillo que llevaba en el cinto. Era un *Kriegsmesser* de cuatro palmos con hoja curvada. Tenía una cómoda empuñadura de hueso y cortaba como una navaja. Siguió saboreando el pastel. Scannabue avanzaba hacia él sin sospechar nada. También tenía la mano sobre el cuchillo. La luz del hogar se reflejaba en la hoja y la hacía brillar. Cuando consideró que estaba lo suficientemente cerca, Gabor brincó súbitamente y se puso de pie. Cogió la silla por el respaldo y la estrelló contra la cabeza de Scannabue. La madera le golpeó el cráneo como si fuera un mazo y lo hizo caer al suelo. Szilagyi se subió encima de él con un movimiento rápido, lo sujetó por la cabeza y le rebanó el cuello mientras el tabernero levantaba las manos como si quisiera rendirse preventivamente y le rogara que no destruyera la posada.

Gabor se levantó como un rayo con una expresión feroz, la hoja del cuchillo chorreando sangre. Vio los rostros lívidos de sus dos agresores.

—Fuera está oscuro y llueve —dijo—. Si estáis de acuerdo, podemos dormir aquí y resolver nuestros asuntos mañana a primera hora en el patio. No escaparé, os doy mi palabra. Mientras tanto, tenéis tiempo de pensar si vale la pena acabar como vuestro amigo y aprovechar para darle una sepultura digna.

Braccio Spezzato, a quien Gabor había reconocido, se puso de pie. Desenvainó la espada sin mediar palabra, dejando claro que rechazaba su ofrecimiento. El otro soldado que iba con él hizo lo mismo. El tabernero se refugió en la cocina a la espera de que sus clientes se mataran entre ellos y encomendó su alma a Dios.

Gabor también desenvainó su cimitarra. Era un arma mortal de larga hoja curvada, con una magnífica empuñadura de nácar incrustada de plata y rubíes. Si debía morir, primero se divertiría un rato, pensó.

Qué curioso, se dijo, morir justo cuando se disponía a convertirse en un hombre mejor.

Tiró un mandoble formidable en dirección de Braccio Spezzato. La hoja de media luna dibujó un arco y chocó con la espada del soldado de los Sforza. Mientras tanto, sin perder tiempo, lanzó el cuchillo contra el otro adversario con la mano izquierda. Este último no se esperaba semejante broma. La sorpresa y la corta distancia jugaron a favor de Gabor. El cuchillo se plantó justo en medio de su frente y le abrió la cabeza. Se desplomó en el suelo sin rechistar.

Braccio Spezzato puso los ojos como platos: de repente se había quedado solo. Sus dos compañeros habían muerto. La facilidad con la que habían dejado de existir lo dejó sin aliento. Un motivo más, pensó, para vender caro el pellejo. Tras parar el mandoble del húngaro, asestó un amplio golpe horizontal con la esperanza de cogerlo por sorpresa, pero la maldita hoja curvada se interpuso entre la punta de su espada y el abdomen de Szilagyi.

Braccio Spezzato asestó otro golpe, esta vez ascendente, que el húngaro volvió a parar sin limitarse a defenderse: contraatacó con un golpe descendente realmente impresionante. Braccio Spezzato desvió lo justo la hoja para evitar que le cortara una oreja. Después, mientras conseguía desequilibrar al adversario con un rabioso mandoble de derecha a izquierda, le dio un cabezazo en plena cara. El húngaro gritó y se llevó la mano libre al rostro. Acto seguido, escupió la sangre que le manaba de la nariz y le mojaba los labios.

Braccio Spezzato no perdió tiempo y mientras su adversario tiraba otro mandoble formidable, defendiéndose como podía, aprovechó para sacar el cuchillo del cinto y se lo clavó en el muslo derecho.

El cuchillo lo hizo gritar. Gabor comprendió que no tenía escapatoria. Había cometido el error de subestimar a Braccio Spezzato, pensando que respetaría las reglas del duelo, pero no se llegaba a su edad sin jugar sucio. Él lo sabía muy bien.

La hoja de la espada de Braccio Spezzato lo atravesó de parte a parte. Sintió el hierro abrirse paso, el pecho arder con un dolor desconocido y terrible. Sonrió. Se lo merecía. Más valía irse con un mínimo de elegancia.

—Me alegro de que me hayáis matado vos, Braccio Spezzato —dijo doblando las piernas e hincando las rodillas—, al menos muero a manos de un valiente.

Escupió una bocanada de sangre. Después se desplomó sobre un costado.

Braccio Spezzato lo vio caer. Y casi no se lo creyó. El húngaro murmuró algo que no pudo entender. Tampoco trató de hacerlo. Fue suficiente para saber que seguía con vida.

Tuvo la impresión de que Gabor Szilagyi se había dejado matar. Lo agarró por el pelo y lo arrastró fuera de aquella maldita posada. Trajinó con la puerta mientras el tabernero asomaba la cabeza sin atreverse a decir nada.

Cuando hubo salido descubrió que había empezado a nevar. Un motivo más para apresurarse. Hizo lo que debía hacer. Después metió la cabeza en el saco de tela que había traído. Se encaminó hacia la cuadra, donde cogió su caballo, y se dirigió a Abbiate.

84

Conocer el remordimiento

Ducado de Milán, castillo de Abbiate

—El duque me ha ordenado que os entregue esto —dijo Braccio Spezzato, levantando un saco de tela que despedía un olor nauseabundo y tenía el color del vino—. El capitán no os guarda rencor. Sabía que teníais todo el derecho a hacerlo, solo desea que sepáis que no le gustan las cuentas pendientes. —Después dejó caer el saco en el suelo sin aguardar su respuesta. Desafió a Bianca Maria con la mirada. En la de ella se leía el terror, pues parecía sospechar su contenido. Acto seguido, el soldado dio media vuelta y se fue.

Cuando estuvo segura de haberse quedado sola, Bianca Maria lo abrió y miró dentro. El olor que despidió fue tan intenso y repulsivo que a duras penas contuvo una arcada. Lo que vio la dejó consternada. Cerró inmediatamente los bordes del saco.

Se dio cuenta de que temblaba. Los dientes le castañeaban en una especie de tamborileo de muerte. Así que Francesco lo sabía: no la condenaba por lo que había hecho, pero había descubierto tanto al asesino de Perpetua da Varese como a su mandante.

Se encontró sentada en el suelo. La espalda contra la pared, la sensación de haber sido apuñalada. Incapaz de levantarse, miró aterrorizada más allá de la ventana del castillo. Vio caer grandes copos de nieve y sintió una insoportable sensación de frío. Necesitaba cubrirse con una capa. Pero no se atrevía a levantarse. Tenía demasiado miedo. Se quedó donde estaba, con la prueba del asesinato ejecutado años atrás a dos pasos de ella. Una cabeza cortada que le recordaba la clase de mujer que era.

¡Hasta Gabor Szilagyi había resultado ser mejor que ella! Por lo menos se había arrepentido sinceramente.

Le dieron ganas de vomitar.

Se obligó a levantarse, hizo fuerza con los brazos contra la pared. Cuando logró ponerse de pie, sintió que las piernas le temblaban como si fueran juncos de río barridos por el viento helado. Se mordió un labio. Sintió el sabor de la sangre en la boca. Su aroma dulzón la despertó del dramático sopor en que había caído. Aferró el saco con dificultad y alcanzó sus aposentos. Tras coger una capa larga con cuello de pieles, se la echó por los hombros y calzó unas botas altas. Finalmente, salió de allí con el saco en la mano. Se dirigió hacia la torre oriental. Nunca le había costado tanto caminar y por primera vez comprendió lo que debía de sentir su padre cuando se arrastraba usando los bastones. Cuando por fin salió al adarve, un viento frío le cortó el rostro. La nieve silbaba y se arremolinaba a su alrededor en grandes copos.

Una bandada de pájaros cruzó el cielo. Eran cuervos negros que graznaban como acusándola, recordándole lo que había hecho.

Bianca Maria vio a un guardia aproximarse.

—Dejadme sola —dijo con voz firme—. ¡Id a donde queráis, pero marchaos de aquí!

El hombre esbozó una reverencia, desgarbado. La hoja de su alabarda brilló en la luz pálida de la tarde.

Bianca Maria estaba desorientada; su mano atrapaba la piedra de una de las almenas de la muralla, aferrándola como si estuviera a punto de derrumbarse. No tenía ganas de caminar hasta la torre. Decidió quedarse donde estaba. Temblaba, pero no de frío. Por primera vez después de tanto tiempo, el remordimiento penetraba en su interior como una espada. No lograba explicarse por qué no lo había sentido hasta entonces, pero se dijo que seguramente la rabia que sentía hacia Francesco y la dama perjura había alimentado un cinismo sin límites. Y ese estado de ánimo había mantenido a raya sus sentimientos, como la nieve cándida oculta los contornos, confunde las líneas y redondea cantos y rincones con sus suaves y heladas olas blancas.

Levantó el saco y se encaramó al parapeto hasta que las almenas le llegaron a mitad del pecho. Vislumbraba el foso más abajo. Con un esfuerzo sobrehumano, logró levantar el brazo y, empleando todas sus fuerzas, lanzó el saco por encima de las almenas. Lo vio describir una parábola más allá del muro de piedra y confundirse con el aire gris hasta caer en el agua fría del foso con un chapoteo seco.

Se quedó mirando hacia abajo como si una fuerza arcana capturara su atención.

Finalmente se echó a llorar. Los sollozos la sacudían mientras un dolor indescriptible le atenazaba el corazón.

85

Oraciones

Reino de Nápoles, Castel Nuovo

Ferrante miraba fijamente a su padre, que yacía bajo las mantas de lana y las pieles de lobo. Le ardía la frente y casi no podía hablar. Don Rafael Cossin Rubio estaba sentado en un rincón de la habitación. Había estado callado todo el tiempo, como si pronunciar una sola palabra estuviera fuera de lugar en una circunstancia como esa.

Ferrante había vuelto de la desastrosa campaña florentina. Sus soldados habían esperado la llegada del rey durante mucho tiempo, pero a pesar de las promesas y de las proclamas, Alfonso había tenido que retirarse a causa de una indisposición repentina.

Los aragoneses habían permanecido en el campamento cercano a Florencia durante un par de meses, pero su intento desacertado de presentar batalla había quedado en nada y cuando Ferrante volvió a Nápoles su padre todavía no estaba curado.

Alfonso tenía los ojos brillantes. Ferrante no podía creérselo: parecía como si hubiera envejecido veinte años de golpe. Intuía, bajo las mantas, su espantosa delgadez.

A pesar de ello, el rey, que de vez en cuando sufría un ataque de tos, lo llamó a su cabecera.

Ferrante obedeció.

—Hijo mío —le dijo—, he recibido una carta del pontífice. Me aconseja que suspenda las hostilidades contra Cosimo de Médici. Estaba tentado de rechazarlo, pero el santo padre me ha recordado dos cosas de gran importancia.

—No os fatiguéis, padre.

—¡Tonterías! ¡Id a buscar la carta de la que os hablo! Está sobre mi escritorio.

Ferrante hizo lo que le dijo. Cogió la carta y volvió a la cabecera de su padre.

—Leed a partir de la segunda línea —ordenó el rey.

Ferrante pasó las hojas de pergamino. Cuando encontró la segunda línea empezó a leer:

Os informo que Francesco Sforza y Francesco Foscari, dogo de Venecia, se proponen consensuar un tratado de paz que se firmará en Lodi los primeros días de abril. La fecha se ha fijado el día nueve concretamente. Es casi seguro que Cosimo de Médici también lo ratificará. Por efecto del susodicho tratado, la frontera entre el ducado y la Serenísima República se hará coincidir con el río Adda mediante las señales apropiadas. Pero eso no es todo. El acuerdo representará el primer paso hacia la formación de una alianza entre las principales potencias septentrionales: Milán, Venecia y Florencia. Personalmente, puedo anticiparos que los Estados Pontificios también formarán parte, ya que puedo afirmar, por derecho propio, que este tratado nace por mi iniciativa y bajo mi protección. Es inútil deciros que espero que renunciéis a vuestras pretensiones sobre Milán y los territorios florentinos en nombre de un bien mayor: por una parte, la paz con Milán, Venecia y Florencia; por otra, la adhesión a una alianza que aúne a las distintas fuerzas para convertirse en un único baluarte contra el avance del Imperio otomano. Como sin duda sabréis, Mehmet II se prepara para invadir Serbia y asediar Belgrado. El objetivo principal de esta política de paz y alianza es, pues, salvaguardar el Occidente cristiano del creciente poder de los infieles. Hago un llamamiento a vuestra inteligencia y valía, a la lealtad que siempre habéis demostrado a la fe cristiana...

—¡Basta! —exclamó el rey—. ¿Qué pensáis?

—¿Que qué pienso?

—Sí, Ferrante, no me hagáis gastar saliva. Ya sois un adulto. ¡Pronto os convertiréis en rey!

El príncipe esperó un instante. Reflexionó. Después dijo:

—Creo que vale la pena aceptar, padre. Venecia, Milán y Florencia representan más de la mitad de Italia y la paz que estipularán será bendecida por el papa, que es su artífice. No sería de extrañar que los Este también se sumarán en breve. Y todas estas potencias verían al reino de Nápoles como su único enemigo, con mayor motivo porque su rey es extranjero, pues en estos años he aprendido que, por bien que lo hagamos, siempre nos considerarán así. Sin contar con que fue precisamente el papa Nicolás V quien reconoció la legitimidad de mi sucesión al trono. Son muchas las razones que hacen que me incline por el «sí».

—Venid aquí, hijo mío —dijo el rey—, acercaos.

Ferrante obedeció.

Cuando estuvo cerca de su padre, Alfonso le expresó su estima:

—Habéis razonado bien, hijo mío, juzgando con atención e ingenio. Estoy orgulloso de vos. Estáis preparado, ¿no es cierto, don Rafael? —preguntó el rey, dirigiéndose al hidalgo de Medina.

Este último asintió en silencio.

—Debéis prometerme, don Rafael, que cuando yo falte cuidaréis de Ferrante. Es un hombre, naturalmente, y es perfectamente capaz de decidir por sí mismo, como acaba de demostrar, pero el consejo de un hombre como vos, con experiencia en el arte de la guerra y de la política, será muy valioso.

—No será necesario, majestad —dijo el hidalgo de Medina—, porque os recuperaréis muy pronto.

—Don Rafael tiene razón, padre, dentro de poco estaréis mucho mejor, estoy seguro.

—Puede que tengáis razón —convino el rey—, pero hay que prepararse para lo peor.

Ni Ferrante ni don Rafael se atrevieron a replicar.

86

El testamento

Reino de Nápoles, Castel dell'Ovo, 1458

El sol caía a plomo sobre Castel dell'Ovo. El aire, denso como melaza, cortaba la respiración. El aroma de las adelfas se mezclaba con el olor acre de la sal y con las fragancias cítricas, y esa mezcolanza fuerte, consistente e intensa le nublaba los sentidos. Mientras extendía la mirada sobre el golfo y el agua azul le llenaba los ojos, Ferrante comprendió, una vez más, por qué su padre amaba tanto Nápoles.

Pero la que tenía a sus espaldas era una ciudad fantasma, vaciada por la peste y a punto de derretirse bajo ese sol implacable que parecía querer condenarla al infierno. Y su nuevo rey no era más que el soberano de un puñado de supervivientes.

Quizá también por esa razón, Ferrante tenía entre las manos el testamento de su padre. Desde su fallecimiento lo llevaba consigo como un talismán, un tesoro capaz de revelarle los secretos del gobierno y el sentido de la vida. Era una manera de llevar a Alfonso con él.

El rey se había ido, dejando un vacío profundo en su corazón. Y cuando leía sus palabras, Ferrante renovaba cada día una promesa y tenía a su disposición lo que consideraba un auténtico mapa para orientarse en la vida; tales y tantas eran las enseñanzas contenidas en esas dos hojas de pergamino.

Así que también esa mañana se abandonó a la lectura que aliviaba su corazón partido:

Adorado hijo mío:

Muero, y al hacerlo os dejo a vos la herencia de lo que fui. Vivo en vos y vos en mí. Por eso, a pesar de esta separación y de que ahora he de partir, siempre estaremos juntos.

No os olvidéis de confortar a los cortesanos y a los señores, pues yo muero y al morir los confío a vos, que os convertiréis en su defensor y su refugio. No los abandonéis, son vuestra única compañía. Sin embargo, de entre ellos privilegiad a aragoneses y catalanes, pues a pesar de ser considerados extranjeros, son el nervio del reino que hemos creado. Escuchad, pues, a don Rafael Cossin Rubio y a don Íñigo de Guevara por encima de los demás. Prometed que reflexionaréis y reconsideraréis las tasas e impuestos injustos que impuse erróneamente y sin mala intención. Gobernad el reino con prudencia, con temor de Dios y profunda contención, y tened a la justicia como vuestra única luz. Solo así vuestros enemigos no podrán reprocharos vuestras decisiones, que serán, en cambio, celebradas por súbditos y aliados. Mantened siempre una conducta intachable, equitativa y coherente.

Estad siempre preparado para la acción, pues si es de gran importancia lo que un soberano dice y piensa, más lo son sus acciones. Tratad de que no haya discordancia entre lo que decís y lo que hacéis. Nunca os mostréis pávido ni manipulable, de lo contrario os considerarán débil y vuestros detractores os atacarán como las fieras atacan la presa. Os recomiendo por ello que mostréis valor en la batalla: sed el primero en presentarla y el último en abandonarla. Para los soldados no hay nada más importante que ver a su rey irreductible y resuelto, nada infunde más valor y ardimiento a sus guerreros.

Tengo la certeza de que no defraudareis la confianza que deposito en vos, recordad siempre quién sois y no tengáis temor de decirlo. Estoy orgulloso de vos y no me cabe duda de que pronto demostraréis ser mejor que vuestro padre.

Ferrante dobló la hoja. Aquella mañana tampoco logró contener las lágrimas. Su padre lo había protegido de la envidia y las pretensiones de los que lo señalaban con el dedo como hijo ilegítimo. Había partido en dos su reino para dejarle Nápoles a él y Sicilia a su hermano Juan.

Pero ahora una amenaza se cernía en el horizonte. En un intento desesperado de recuperar Nápoles, que consideraba ilegítimamente arrebatada a su padre, Renato, Juan de Anjou se preparaba para atacarlo.

¿Estaría a la altura de las expectativas de su padre?

¿Rechazaría al enemigo en el mar? Con hombres como don Rafael y don Íñigo a su lado se sentía invencible, aunque no debía subestimar a los barones napolitanos que apoyaban al angevino.

En definitiva, la partida estaba abierta: ahora debía demostrar su valía.

87

Borgia

El pontífice estaba furioso. Recordaba perfectamente que el rey había apoyado al Concilio de Basilea y su superioridad con la única finalidad de obstaculizar a Eugenio IV.

—¿Y ahora su hijo debería ser el legítimo rey de Nápoles? —preguntó con sarcasmo, mirando a un incrédulo Pier Candido Decembrio—. ¿Os dais cuenta de la locura? ¿Deberíamos permitir que un bastardo gobierne la perla del Sur? ¿Sabéis que, cuando era presidente del Sacro Regio Consejo, Alfonso V aprovechaba cualquier ocasión para rebajar la figura del pontífice y que fue solo gracias a mi intercesión y a la de Cosimo de Médici que obtuvo de Eugenio IV el reconocimiento que le permitió reinar? ¿Y ahora yo debería aceptar que su joven vástago, su hijo ilegítimo, domine Nápoles con un puñado de catalanes?

Pier Candido Decembrio lamentaba la muerte de Nicolás V, con quien había colaborado magníficamente. Por otra parte, no tenía interés alguno en contradecir al papa que había dejado todo tal y como estaba y le había permitido mantener sus privilegios de secretario apostólico y epistológrafo de la correspondencia oficial de los Estados Pontificios. Secundó, pues, a Calixto III como había hecho con Nicolás V y con la Áurea República Ambrosiana y Filippo Maria Visconti antes que él. Contaba con una larga experiencia en su haber, decir que sí ya no le costaba ningún esfuerzo.

—¡Tenéis razón, Santidad! —fue su respuesta; total, el papa ni lo escuchaba.

En efecto, Alfonso Borgia, castellano, más que octogenario pero con un temperamento inflexible, siguió con la reprimenda:

—Si por lo menos ese bastardo arrogante hubiera provisto de hombres y pertrechos a la cruzada, digo yo. Junté trece galeras para combatir a los malditos turcos y ni siquiera uno era suyo. ¿Qué debería hacer ahora? ¿Secundar su indolente arrogancia? ¡Jamás! Por otra parte, su ineptitud no es la única que debería estigmatizar. Lo sabéis muy bien, puesto que todos los soberanos cristianos se guardaron de mover un dedo, con excepción del virtuoso János Hunyadi.

—Estoy de acuerdo con vos, Santidad.

—Ah, ¿sí? —dijo Calixto III—. ¡Hacéis bien! ¡Faltaría más! Es más, ¿sabéis qué voy a hacer?

—No, Santidad, estoy pendiente de vuestras palabras.

—Voy a emanar una bula en la que declararé vacante el trono de Nápoles. ¿Y sabéis por qué?

—No creo —respondió sinceramente pasmado Pier Candido Decembrio.

—No os lo esperabais, ¿a que no?

—El punto de vista de Su Santidad me sorprende —confirmó el secretario apostólico.

—Decembrio, sois un gran adulador.

—Os lo digo sinceramente, Santidad.

—No creo, amigo mío. Sois muy listo y sabéis perfectamente cómo moveros en una corte, no me cabe la menor duda, pero reconozco la astucia cuando la veo aunque sea más viejo que Matusalén.

—Su Santidad...

—Ahorradme las lisonjas, os lo ruego. Vamos al grano. Como iba diciendo, ¿sabéis qué pienso? Pienso que Ferrante no solo no es hijo legítimo de Alfonso V de Aragón, sino ni siquiera su descendiente natural.

A Decembrio lo sorprendió sinceramente esa afirmación disparatada, pero consideró oportuno callar y dejar que fuera el pontífice quien explicara sus atrevidas palabras:

—En efecto, el motivo es simple: es hijo de un criado moro del rey, y yo no tengo intención alguna de avalar la posición de un impostor.

—Pero, Santidad —se atrevió a decir Decembrio—, tanto Eugenio IV como Nicolás V legitimaron la descendencia...

—Naturalmente —lo interrumpió el pontífice—, y no los culpo por ello. Nunca estuvieron en la corte de Alfonso como yo. ¡Y no vieron lo que yo vi!

—Pero, Santidad, ¿os dais cuenta de que volveréis a abrir la cuestión sucesoria al trono aragonés?

—Por supuesto. Pero ¿acaso creéis que dejaría el trono de Nápoles en manos de alguien que no ostenta el más mínimo derecho? ¿No sería una bajeza mucho más monstruosa? No, Decembrio, quiero ver triunfar la verdad y no importa si eso provoca alguna que otra escaramuza.

—¡La última «escaramuza» duró veinte años!

El pontífice levantó la vista y miró fijamente a su secretario.

—Pero bueno, Decembrio, ¿de qué lado estáis? ¡Llegados a este punto no sería de extrañar que dudara de vuestra fidelidad! No lo haré porque desde que estáis a mi servicio vuestra conducta ha sido irreprochable, pero os ruego que tengáis cuidado con lo que decís.

Pier Candido calló. El papa tenía razón. Algún funcionario de la Curia había acabado flotando en el Tíber por mucho menos.

—Sea como fuere, no pasaré por alto esta locura. Quizá Ferrante crea que como soy un anciano tengo un carácter dócil, pero ¡no tiene ni idea de a qué papa se enfrenta! Me doy perfecta cuenta de que el cónclave me eligió porque era el término medio entre los Colonna y Basilio Bessarione, que no podía ser elegido porque es griego. Era la solución perfecta a los problemas de todos, y precisamente por eso he tratado de mantener la sobriedad y el equilibrio que pocos de mis predecesores mostraron. Pero no tengo la intención de transigir con esta cuestión. Soy el único papa español, salvo prueba en contrario, y es natural que conozca la «cuestión aragonesa» mejor que cualquiera. No culpo a nadie, pero agradecería que quienes no la conocen callaran y obedecieran, ¿me explico, Decembrio?

Era una indirecta explícita.

—Naturalmente —se limitó a decir el secretario apostólico, a pesar de que seguía creyendo que esa superficialidad por parte del papa iba a hacer correr la sangre durante años. Porque, más allá de lo que se afanaba en reafirmar cada dos por tres, ese Borgia era un belicoso. Así que Decembrio volvió a secundarlo, diciéndole lo que quería oír, o mejor dicho, callándose lo que no quería oír. De hecho, no dijo nada.

—Prepararé el texto de la bula antes de que Ferrante se haga ilusiones. Me llegan rumores de varias fuentes sobre el gobierno de Alfonso, pero si Francesco Sforza o el dogo Pasquale Malipiero supieran la clase de hombre que era, dudo que compartieran lo que oigo por ahí. Id, pues, a cumplir con vuestro deber, Decembrio, no os entretengo más.

El secretario apostólico asintió, besó el anillo del Pescador y se eclipsó tan deprisa como pudo.

88

Contar cada vez menos

Estados Pontificios, palacio Colonna

Contaban cada vez menos. Ya era evidente. Antonio Colonna había puesto sus esperanzas en la capacidad de su hermano para hacerse con el papado, pero se había dado cuenta de que era una vana esperanza. ¡Y pensar que veinte años antes tenían a Roma en un puño! Ahora, en cambio, habían cedido todo a un pontífice castellano, ¡el Borgia ese! Su arrogancia solo era comparable a su vejez. Pero como hay Dios que no viviría mucho más. Así que era absolutamente necesario ganar las elecciones en el próximo cónclave.

Por ese motivo había acudido inmediatamente a hablar con Prospero, para sopesar las posibilidades. Había perdido las anteriores elecciones por un pelo, por culpa obviamente de un cardenal leal a los Orsini del que ni siquiera recordaba el nombre. No podía volver a pasar.

Cuando entró, cubierto de polvo y sudor después de haber cabalgado casi sin interrupción desde Nápoles, donde ahora transcurría buena parte de su vida, Antonio estaba especialmente nervioso y con ganas de pelea. A medida que los años pasaban se hacía más proclive a adoptar esa clase de conducta. Por eso sus hermanos lo evitaban siempre que podían. Sobre todo Odoardo. Prospero, en cambio, no le temía. Es más, a fin de cuentas era el único que le plantaba cara. Era él quien ahora lo estaba esperando en el jardín a la sombra de un olmo, entre setos de boj y mirto, porque dentro hacía mucho calor. Las fragancias estaban mitigadas por el aire húmedo y denso que parecía debilitar el cuerpo y el alma.

Su hermano saboreaba una infusión de menta fresca. Estaba muy entusiasmado, tanto que pidió que también le trajeran una a él. Pero cuando estuvieron sentados, uno frente a otro, Prospero, que no tenía intención alguna de dejarse avasallar, tomó la iniciativa para sorpresa de su hermano.

—Os presentáis aquí, sucio de polvo y sudor, sin siquiera advertirme y con esa mirada de ave de rapiña. ¿Qué debería hacer yo? ¿Temblar? A decir verdad, no habría nada que objetar si no fuera porque conozco el motivo de vuestra visita. Lo imagino demasiado bien. Sin embargo, creo, hermano mío, que os defraudaré también esta vez. Mi nombre tampoco será elegido en el próximo cónclave. Resignaos.

Antonio se obligó a mantener la calma.

—¿Qué os lo hace pensar? —se limitó a preguntar.

Prospero suspiró.

—Los hechos. Para ser breve: es evidente que a pesar de entregarse en cuerpo y alma al gobierno de la Iglesia, Calixto III no vivirá por mucho tiempo. Además de ser anciano, tiene una enfermedad que mina su salud, aunque él se guarda muy bien de decirlo. Admitiendo, pues, que las próximas elecciones estén cerca, ¿qué pasará? Guillaume d'Estouteville, cardenal de Ruan, está prácticamente seguro de salir elegido. ¿El motivo? Tiene aliados y amigos poderosos en el cónclave. Sería de extrañar que no le tocara a él. Solo hay otro nombre que se baraja, el de Enea Silvio Piccolomini, cuya carrera eclesiástica es formidable por una serie de razones que ahora no os explicaré.

—Así que, en vuestra opinión, ¿no hay ninguna posibilidad?

—Es exactamente lo que intento deciros.

Fue Antonio el que suspiró esta vez. Después perdió la paciencia y levantó la voz:

—Pero, bueno, Prospero, ¿os dais cuenta de que esta familia se está echando a perder?

—Por más que gritéis, no cambiaréis el resultado del próximo cónclave —replicó su hermano.

—Ah, ¿no? ¡Entonces decidme cómo podemos hacerlo!

—No se puede.

—¿Ni siquiera sobornando a los cardenales?

—Aparte de que haré como que no os he oído, la respuesta es de nuevo no. No serviría de nada. El apellido que llevamos es nuestra dicha y nuestra perdición. Cuando el tío Oddone aseguró nuestro porvenir, asignándonos tierras y feudos de manera absolutamente arbitraria por el solo hecho de ser el pontífice, se granjeó el odio eterno no solo de los Orsini, sino también de los que vinieron detrás de él. Y aunque gracias a vuestras hábiles tretas políticas no hemos perdido casi ninguna de esas tierras, lo único que podemos hacer ahora es administrarlas y reunir a la familia alrededor de la rama de los Genazzano, como comprendisteis muy bien hace tiempo, visto que os habéis casado con Imperiale. A propósito, ¿cómo están los pequeños Prospero y Giovanni?

—Bien —respondió Antonio con fastidio—. Pero ¡no quiero hablar de eso!

—Porque solo cuenta lo que vos queréis, ¿no es cierto, hermano mío? ¡Solo se habla de lo que os interesa! Pues bien, os lo diré alto y claro: ¡estoy cansado de oíros repetir lo que os interesa! Puede que con Odoardo, que es más dócil que yo y os teme, vuestra actitud funcione. Pero conmigo, no. ¿Os queda claro? Ni os temo ni os he temido nunca y no me importa en absoluto lo que os interesa. Habéis hecho lo que habéis querido en esta familia: obstaculizar a Stefano, desear a su mujer, amenazarla y manipularla para casaros con su hija, matar a Salvatore, ¡e incluso secuestrar el tesoro del pontífice! Pues bien, es asunto vuestro, no mío, y os aseguro que nunca me prestaré a vuestras intrigas. Soy un cardenal de la Iglesia de Roma y eso me basta. Quizá nunca sea papa, ¿y qué? Puede que no posea las cualidades necesarias para serlo, ¿no se os ha ocurrido nunca? Además, ¿por qué razón debería convertirme en un instrumento en vuestras manos? Personalmente, nunca os elegí como jefe de esta familia.

Antonio sacudió la cabeza.

—Prospero, como de costumbre no entendéis nada. No he venido hasta aquí para sacar provecho personal.

—¡Por supuesto! —lo agredió Prospero, interrumpiéndolo—. Y ahora me diréis que lo hacéis para fortalecer a nuestra familia. Para garantizarle prestigio y poder. Ahorradme vuestra diligencia, ¡ahorrádnosla a todos!

—¡Si me dejarais hablar os daríais cuenta de que así es! —dijo Antonio, exasperado—. Todo lo que habéis dicho es cierto. Lo admito. Y os diré algo más: volvería a hacerlo. Esta ciudad está maldita, hermano mío. Y si creéis que podéis resistir en un lugar como este comportándoos de otro modo, decidme cómo, soy todo oídos. Pero si no tenéis una alternativa, ¡os ruego que os calléis! Sí, me he manchado las manos, he cometido actos execrables, incluso monstruosos, soy consciente de ello. Pero si hubiera dependido de vos, nos lo habrían quitado todo. Bien que os habéis apoderado de los feudos de nuestro tío, como Odoardo y como yo, a pesar de que siempre habéis mostrado desprecio por una riqueza que no os habéis ganado y que habéis conservado gracias a mis artimañas y mis actos abominables. No osáis decirlo, pero al fin y al cabo necesitasteis un alma perdida y seguís necesitándola. ¡Y ese soy yo! Pero oírlo os causa zozobra, fastidio, porque tenéis un reputación que defender y un cargo que proteger y tutelar, y este hermano vuestro con las manos manchadas de sangre es un problema tan grande como la mentira que os contáis cada mañana cuando os despertáis y os levantáis de la cama. Pues bien, ¡dejadme que os diga que estoy harto de vuestra actitud!

Antonio se puso de pie y golpeó con la mano la taza de infusión, que cayó al suelo y se hizo añicos. Acto seguido, se dio la vuelta sin esperar respuesta y se marchó. Si hubiera permanecido allí un solo instante más, seguramente habría intentado matar a su hermano.

89

Los temores de una madre

Ducado de Milán, castillo de Cremona

Galeazzo Maria la preocupaba. No pasaba un día sin que Guiniforte Barzizza se quejara de su comportamiento, de que perdía el tiempo con cualquier motivo fútil, de que se abandonaba a actos malvados contra otros jóvenes de la corte, sobre todo muchachas.

Bianca Maria temía que el viaje del año anterior a la corte del duque Borso de Este hubiera echado a perder el carácter de Galeazzo Maria para siempre. Con la intención de congraciarse con Francesco, el señor de Ferrara había insistido mucho para invitar a su primogénito a la corte, donde lo había mimado sobremanera y había alimentado su inclinación por el ocio y las distracciones. Por añadidura, Galeazzo Maria estaba madurando una vena cruel que de repente lo volvía agresivo y violento.

Y lo peor era que su hijo no la escuchaba ni siquiera a ella; Francesco, por su parte, siempre estaba lejos, muy a menudo ocupado en su nueva locura del castillo de Milán, que Filarete estaba reconstruyendo desde los cimientos a partir de los planos del duque. Francesco se entregaba a esa tarea con una devoción solo superada por sus continuas aventuras con las favoritas de turno. Bianca Maria había confiado en que la edad debilitara la libido insaciable de Francesco, pero el duque parecía ser presa de un inextinguible apetito sexual. Ella trataba de no darle importancia. Sus hijos le hacían compañía, pero a pesar de lo que quería dar a entender era una mujer sola a la que su marido intentaba burlar a menudo con mentiras piadosas.

Su madre la ayudaba todo lo posible, pero como abuela estaba siempre dispuesta a justificar cualquier comportamiento de Galeazzo Maria.

Mientras esos pensamientos sombríos la atribulaban, apareció Agnese. Seguía siendo una mujer elegante y fascinante a pesar de los años. Los profundos ojos azules, los largos cabellos rubios, ahora de plata, peinados de manera sencilla con hilos de perlas, y un traje de sobria seda adamascada: no necesitaba nada más para tener un porte majestuoso.

Se sentó frente a ella y la miró directamente a los ojos.

—Estoy preocupada por Galeazzo Maria —le dijo.

¿Así que al final se había decidido a dejar de justificar las faltas de su nieto?

—¿Qué ha hecho? —preguntó Bianca con preocupación.

—Va diciendo por ahí que Susanna Gonzaga es una jorobada deforme y que nunca se casará con ella, que habéis hecho bien en retirar la propuesta de matrimonio. Que a una mujer así deberían encerrarla en un convento.

Quién sabe, quizá sucedería precisamente eso. Bianca Maria suspiró. El aire otoñal no le proporcionó alivio alguno.

—Hay que hacer algo, ese muchacho se está echando a perder.

—Ya. Sabéis que siempre lo he defendido, pero ahora está volviéndose peligroso. Si corre la voz, podríamos ver comprometidas las relaciones con los Gonzaga. Y no podemos permitírnoslo, recordadlo.

—No hace falta que me lo recordéis, lo sé perfectamente. Por otra parte, Galeazzo Maria ya no escucha a nadie.

—Pero ¡habrá que hacer algo!

—Su padre no está nunca y su preceptor es un hombre de gran cultura pero de poco carácter. En cuanto a mí, he perdido la autoridad sobre él desde hace mucho tiempo.

—Puedo probar a hablarle yo, todavía escucha algunos de mis consejos.

—Madre, si queréis intentarlo no os detendré, aunque creo que verá en vos a la que siempre lo ha justificado. No os lo reprocho, al fin y al cabo sois su abuela. Si triunfáis donde todos han fracasado, os estaré eternamente agradecida, pero no quiero hacerme ilusiones. Confieso que alimento pocas esperanzas.

—Vamos, no os pongáis dramática.

—Me limito a deciros lo que pienso.

Agnese suspiró.

—Desde que volvió de Ferrara ya no es el mismo: torneos acuáticos, banquetes suntuosos, batidas de caza y espectáculos públicos..., «proezas» que lo han alejado de los estudios y de la disciplina tan necesaria para un joven. Está convencido de que puede hacer lo que quiera, siguiendo el ejemplo de lo que ha visto en la corte de Borso de Este. El duque fue muy amable al invitarlo, pero para intentar complacer a Francesco le ha enseñado una cosa equivocada detrás de otra.

—Yo también lo creo, pero tampoco podemos echar toda la culpa al señor de Ferrara. Al fin y al cabo, Galeazzo Maria pasó en su corte un breve periodo. ¡Demasiado fácil!

—Tenéis razón. Me ocuparé personalmente e intentaré obtener algún resultado.

—Yo informaré a Francesco del empeoramiento de Galeazzo Maria para que se sienta más implicado.

—Esperad un momento, dejadme intentarlo. Vuestro marido tiene cuestiones urgentes que resolver, no añadáis otra carga.

—Esa «carga», como vos la llamáis, ¡debería ser su preocupación principal!

—Sabéis muy bien que por ahora no puede ser. Ahora no.

—Ah, ¿y cuándo podrá ser? Además, ¿a qué cuestiones urgentes os referís? ¿A sus amantes? ¿Al castillo que está edificando con Filarete sobre las ruinas del de mi padre?

—No digáis eso, hija mía. Cierto es que vuestro marido tiene momentos de debilidad, pero todos los hombres los tienen. Debéis perdonarlo y aceptarlo.

—Para vos es fácil decirlo. A pesar de que todos lo criticaban, ¡mi padre solo os amaba a vos!

—Filippo Maria era especial en todo. Lo quise más que a mi vida. No se parecía a ningún hombre que haya conocido. Os repito que tengáis paciencia. Amad a los hijos que os ha dado y sed indulgente con él. Volverá siempre con vos y eso es lo único que cuenta, creedme. Lo importante es tratar de enderezar a Galeazzo Maria mientras estemos a tiempo. Hagamos lo siguiente: si dentro de seis meses mi intento fracasa, haremos lo que vos queráis. ¿Qué os parece?

Bianca Maria sacudió la cabeza.

—Sois demasiado buena con los dos. Y me pedís a mí que comprenda, como si fuera yo la que se equivoca.

—No digáis tonterías, hija mía —dijo Agnese, acercándose a Bianca y abrazándola—. Comprendo perfectamente vuestros miedos, las dudas, los pequeños rencores, pero lo que trato de deciros es que son los problemas del matrimonio. Mostraos comprensiva, fuerte y paciente, y veréis como todo se arregla con Francesco. En cuanto a Galeazzo Maria, ¿tenemos un trato?

Bianca Maria dejó que su madre le acariciara el cabello. Era un mimo al que no quería renunciar.

—Sí —afirmó—, tenemos un trato.

90

El hidalgo

Reino de Nápoles, Castel Sant'Elmo

El rey Ferrante estaba en angustiosa espera. El maldito papa Borgia había muerto. Apenas a tiempo, pues la excomunión decretada a su nombre ya había surtido el efecto de azuzar contra él a algunos de los barones menos fieles, que evidentemente no esperaban otra cosa para sublevarse. Peor aún. La conducta irresponsable de Calixto III, el ingrato que había obtenido privilegios y honores de su padre y que ahora pagaba a su hijo de esta manera vergonzosa, había reavivado las pretensiones de Juan de Anjou, que acababa de desembarcar en Castellammare.

Ahora esperaba el veredicto de sus fieles embajadores. Los había enviado a Roma para reunirse con Pío II, el pontífice recién elegido.

Don Rafael Cossin Rubio y don Íñigo de Guevara ya no eran jóvenes como antes. Es más, habían superado los cincuenta desde hacía tiempo. Pero se fiaba ciegamente de ellos. Siempre habían sido leales a su padre y ahora lo eran a él. Ferrante no podía imaginar mejores amigos y consejeros.

Los esperaba sobre el adarve de Castel Sant'Elmo, una fortaleza inexpugnable. Dominaba Nápoles, que se extendía a sus pies, desde la colina del Vomero. Y en vista de las peligrosas intrigas de los barones, el hecho de encontrarse en una posición segura y elevada no le desagradaba en absoluto.

Miraba el golfo de Nápoles brillar bajo el sol, de Bagnoli a la península de Sorrento. En la lejanía, majestuoso y terrible, el Vesubio. Y Capri y Procida, magnífica. El agua cristalina parecía cuajada de fino polvo de oro.

Pensó que estaba dispuesto a hacer cualquier cosa para mantener su reino en ese lugar.

En ese preciso instante oyó unos pasos marciales retumbar en la piedra.

Se giró.

Vio al hidalgo de Medina caminar hacia él. A pesar de los rizos canosos, don Rafael había conservado un porte altivo. Don Íñigo, tras él, no desmerecía.

—Majestad —dijo el hidalgo, doblando la rodilla seguido por Guevara.

—Os escucho, don Rafael. Levantaos, os lo ruego, debería ser yo quien se inclinara ante vos, al menos por respeto a la edad.

—Faltaría más, alteza —respondió el viejo soldado, poniéndose en pie.

—Decidme, ¿qué noticias traéis de Roma?

—Buenas, majestad. Nos reunimos con el nuevo pontífice. Antes de nada, permitid que os diga que Enea Silvio Piccolomini es un hombre muy diferente de Borgia: profundo conocedor de las letras, intelectual refinado y acérrimo enemigo de los otomanos. En pocas palabras, un papa que nos ha parecido formidable. Nos ha tranquilizado inmediatamente: legitimará vuestro reino en cuestión de días. Y hay más: nos ha prometido su pleno apoyo y ha sugerido que Francesco Sforza podría ser un aliado importante.

—Lo que me decís me llena de alegría, don Rafael —dijo Ferrante, visiblemente aliviado—. Sin embargo, y aun contento por el posible apoyo de Francesco Sforza y del papa, me pregunto: ¿consideramos, pues, que la legitimación prometida no será suficiente para desanimar a Juan de Anjou?

—Majestad —intervino don Íñigo—, por desgracia la excomunión pronunciada por el anterior pontífice ha avivado la codicia del angevino. Es evidente que esta nueva declaración del papa Pío II desinflará, al menos en parte, las pretensiones abrigadas por los barones napolitanos, pero que el francés desista requerirá mucho más. Sin contar con que, desde los tiempos de los Anjou, este reino está considerado como un feudo del papa, de modo que cada nuevo soberano debe obtener la legitimación del pontífice reinante.

—Mi señor —añadió don Rafael—, no solo comparto la opinión de don Íñigo, sino que considero que llegaremos a las armas muy pronto. Sabéis perfectamente lo frágil que es la estabilidad de este reino: de los cuatrocientos cincuenta burgos que lo componen apenas cien están bajo vuestro dominio directo, mientras que todos los demás pertenecen a pequeños señores y familias que dependen...

—De los Del Balzo, Sanseverino, Caracciolo, Coppola, Petrucci, Tramontano y otros.

—Precisamente. Estando así las cosas —continuó don Rafael—, está claro que la llegada de Juan de Anjou, recién desembarcado en Apulia, les brindará la ocasión propicia para abrazar la revuelta que soñaban desde hace tiempo. Por lo menos la pertenencia a la Liga Itálica nos protege del aislamiento.

—Francesco Sforza nos ha hecho saber que puede poner a nuestra disposición a sus caballeros e infantes al mando de Alessandro, su hermano —agregó don Íñigo.

—Y sería buena idea implicar a Giorgio Castriota Scanderbeg, héroe albanés que busca desesperadamente una nueva patria para su pueblo disperso por los turcos —expuso don Rafael.

—Sería extraordinario —confirmó Ferrante.

—Y lógico, vista la óptima relación que tenía con vuestro padre.

—Entre los barones a quienes más temo —observó don Íñigo— están Giovanni Antonio Orsini del Balzo, señor de Altamura y príncipe de Tarento, y Antonio Caldora, duque de Bari. Son los más peligrosos y falsos. Y es terrible tener que decirlo, porque el primero es mi suegro. Pero he de ser sincero: no me fio de él.

—Coincido con vos —se hizo eco el hidalgo de Medina.

—Muy bien, señores —exclamó el rey—. Acogeremos como una bendición a todos aquellos que quieran apoyarnos y no tendremos piedad con nuestros enemigos. Como me enseñó mi maestro de armas hace algunos años —dijo Ferrante mirando a don Rafael—: actuaremos, y lo haremos para matar.

91

Isabel

Reino de Nápoles, Castel Sant'Elmo

—Así que es cierto —le dijo Isabel—, entraréis en guerra contra Juan de Anjou y contra mi tío.

—No tengo elección, amor mío —dijo Ferrante.

Qué hermosa era su esposa, pensó mientras admiraba sus profundos ojos azules y sus largos cabellos negros como la noche. Su ardor, en ese momento, era tal que la piel cándida, casi de alabastro, estaba ligeramente ruborizada en las mejillas. Ferrante, prendado, besó los labios rojos de Isabel.

—Este beso no endulza lo que me habéis dicho.

—Lo sé, pero no tengo otra salida. Si permito que Juan someta Apulia a sangre y fuego con la complicidad de vuestro tío, pronto no tendremos reino.

—Lo entiendo. Pero ¿estáis seguro de que no hay otra solución, Ferrante?

El rey sacudió la cabeza.

—¿No lo entendéis, amor mío? Me gustaría poder elegir, pero no es así. No puedo mostrarme débil. Intentar dialogar con alguien que no tiene intención de escuchar es perder el tiempo. Juan quiere el reino de Nápoles. Considera que le pertenece por derecho propio desde que le fue arrebatado a su padre. Y lo que más me duele admitir es que ha recibido el apoyo inmediato de vuestro tío.

—Lo decís como si fuera culpa mía.

—No seáis injusta. No he dicho tal cosa. Pero tampoco puedo seguir ignorando la realidad. Así que parto. Don Rafael Cossin Rubio, don Íñigo de Guevara y mis mejores hombres vienen conmigo. He venido a despedirme de vos, *madonna*. Confío en que me daréis vuestra bendición.

—¿Acaso podría negárosla? —dijo Isabel con el corazón en un puño—. Admiro vuestro valor, vuestra generosidad y todo lo que hacéis para proteger el reino y a mí. Y os pido perdón si insisto en que desistáis. Sé que es vuestro deber de monarca hacer lo que hacéis. A veces tengo miedo de ser una pésima reina. Pero ¿qué digo? Vos vais al encuentro de la muerte y yo me compadezco de mí misma. Os confieso que tengo miedo. Os suplico que por lo menos no os coloquéis en primera línea. Pensad, de tanto en tanto, en mi corazón partido al veros marchar. Prometedme que me escribiréis y que volveréis.

—Os lo prometo, amor mío. Sabed que dejaros es para mí lo más amargo que podía reservarme la vida, y al despedirme de vos muere una parte de mí.

Ferrante la cogió entre sus brazos y la besó, y en ese arranque de afecto depositó todas sus esperanzas, pues no había otra mujer en su mente. Ninguna era como Isabel. Ninguna lograba igualar su gracia, dulzura y esplendor soberano.

Ella le acarició el cabello. Y retuvo todo lo que pudo de ese beso. Se abandonó entre los brazos de él, dejándose acunar y escuchando el corazón que palpitaba en su pecho grande y fuerte. Se sintió naufragar, incendiar, el dolor y el ardor se abrían paso en su cuerpo, partiéndola en dos como una espada llameante. Lo besó con más intensidad, devorándole los labios.

Asió sus manos y las guio hasta su seno.

Él le arrancó el vestido. La seda se desgarró como piel de serpiente.

El perfume de ella lo cegaba y lo dejaba sin aliento.

Isabel jadeaba. Quería que la tomara allí mismo, en el acto. No sabía cuánto tiempo pasaría antes de volver a verlo.

Lloró. Sabía que esa despedida podía ser la última. Él bebió sus lágrimas y consumió cada palmo de su piel.

Isabel era el templo de su perdición y cuanto más la exploraba más se perdía. Le daba gracias al destino por habérsela regalado. Isabel era una sirena, una diosa, una criatura que había cambiado su existencia y le había revelado lo que realmente contaba para él.

Cuando cayó sobre ella, exhausto y feliz, Isabel había agotado sus lágrimas. Abandono y comprensión: ¿ese era su destino? ¿Una rendición? ¿Una espera incondicional?

Mientras él la rodeaba con sus brazos, ella abrió mucho los ojos y se prometió que nunca se entregaría al destino.

Lucharía.

Se dejaría crucificar con tal de proteger al amor de su vida.

92

Vos me hicisteis reina

Reino de Nápoles, Labor – castillo de Sarno, 1462

La carroza avanzaba sobre el camino, derrapando y tambaleándose.

Había renunciado a lo más hermoso que tenía. Cuando se tocó el cuero cabelludo, cubierto ahora por una corta pelusa, le dieron ganas de llorar. Se sentía desnuda, asustada. Vestida como un fraile, en compañía de su confesor, ocupaba una carroza rumbo a lo desconocido con la esperanza de que su tío comprendiera.

Había sido una locura.

Se había anulado a sí misma por amor. Pero lo volvería a hacer mil veces más. Se avergonzó de haber sentido amargura. Aunque solo hubiera sido por un instante. ¿Cómo se atrevía? Ella había sacrificado unos palmos de vanidad, pero los hombres que habían sido derrotados en Sarno, en la campaña, exterminados por el ejército de Juan de Anjou, lo habían perdido todo.

Ferrante vivía de milagro. Marino Longo lo había salvado por un pelo, recibiendo en pleno pecho una flecha destinada a él. Ferrante regresó a Castel Nuovo cubierto de polvo y sangre. Ella lo desnudó, limpió sus heridas, lo lavó con agua tibia y le dio masajes en el cuerpo dolorido. Por último, lo ayudó a adormilarse con una decocción de miel y manzanilla que calmó la ansiedad que lo devoraba. Al día siguiente, Ferrante fue a rezar a San Domenico Maggiore.

A la mañana siguiente partió de nuevo.

Ella murió por segunda vez, pero aceptó su voluntad.

Como había prometido, Ferrante le escribió una carta cada mes. La mantenía informada acerca de su campaña, le contaba sus sufrimientos y los de sus hombres, los asedios agotadores, las esperas, el olor a pólvora, las llamas anaranjadas de las explosiones, el brillo de las hojas, los ríos de sangre que regaban la tierra ávida de sufrimiento y muerte.

Isabel lloraba cuando leía sus cartas, tan llenas de amor y dolor. Y su impotencia, la inutilidad de los días que se deslizaban uno tras otro, la postraba. Se convencía de que él lograría salir airoso de ese maldito conflicto que los mantenía separados. Don Rafael y don Íñigo estaban a su lado y Alfonso, su padre, lo miraba desde el cielo y aprobaba lo que hacía. Debía ser paciente y alimentar su rencor, afilarlo con la espera y la calma hasta que se presentara la oportunidad propicia. La prisa no la ayudaría, todo lo contrario. Lo sabían cuando se despidieron por segunda vez y ella creyó que no llegaría al amanecer. No pudo hablar con nadie durante días.

¿Y ahora?

Se enfrentaría a su tío y le diría lo que pensaba sin medias tintas. Comprendía que Anjou lo tenía cogido por el cuello: había devastado Andria y Tarento y lo había amenazado a él, a su querida Anna y a sus súbditos.

Pero quizá lograría convencerlo.

Finalmente, cuando creía que su corazón estaba a punto de explotar, la carroza se detuvo. Un guardia les pidió la documentación. El cochero se justificó como pudo. Isabel oyó llamar a la puerta y acto seguido vio como se abría.

Le contó la verdad al soldado que la iluminaba con la antorcha.

—Soy Isabel di Clermont, sobrina de Giovanni Antonio Orsini del Balzo, príncipe de Tarento y señor de Altamura —dijo, apartando la capucha de su rostro.

El soldado se quedó de piedra.

—Capitán —gritó.

Al poco llegó otro hombre. Isabel no tuvo tiempo de repetir cuanto había dicho al guardia: el capitán la dejó pasar.

—Vos me hicisteis reina y ahora saqueáis mi corazón. Cuando traicionasteis a mi esposo, ¿os preguntasteis, tío, si vuestros actos podían perjudicarme? Es lo único que deseo saber. Os ruego que me respondáis.

La pregunta no dejó indiferente al príncipe de Tarento. Era un hombre alto de rostro enjuto, consumido por las preocupaciones. Y ahora, por sorpresa, a ellas se añadía una más, y enorme.

Isabel no le dio tregua.

—¿Acaso creéis que mi madre, Caterina, vuestra hermana, aprobaría lo que habéis hecho? ¡Al menos ella debería importaros!

Él reaccionó con sincera solicitud.

—¿Cómo habéis podido cruzar Labor en plena guerra para llegar hasta aquí, pequeña? —Después hizo amago de abrazarla, pero ella se apartó. Al hacerlo, la capucha resbaló hacia atrás y dejó al descubierto su cabeza rapada.

Giovanni Antonio se llevó las manos a la boca.

—Isabel..., vuestro cabello...

—Lo he cortado —gritó ella, tragándose las lágrimas. No debía llorar. Por ningún motivo. No en un momento así—. He tenido que hacerlo para parecer un hombre o, mejor dicho, un fraile. Solo así tenía una posibilidad de salvar la vida para llegar hasta aquí. Pero no es nada comparado con lo que está sucediendo en este reino desdichado.

El príncipe de Tarento buscó las palabras, pero no las encontró. Parecían haber desaparecido de golpe. No se esperaba algo así, lo había cogido desprevenido.

Isabel tuvo la impresión de que titubeaba. Era el momento de atacar, de no darle tregua.

—Sé que no debe de haber sido fácil tampoco para vos. Solo puedo imaginar lo que ha hecho Juan de Anjou en Apulia. Sé que ha incendiado los campos, violado a las mujeres y masacrado a los hombres y, al llegar a las puertas de Tarento, os ha puesto en la disyuntiva de elegir entre la vida y la muerte. ¿Qué más podíais hacer vos? Sé que no habéis recibido ayuda. Así que no quiero acusaros porque no creo que sea justo. Pero tampoco encuentro correcto que hayáis abandonado a vuestro rey y a vuestra sobrina, aceptando que Juan de Anjou destruyera todo lo que todavía nos une. ¿Comprendéis que no pueda tolerar un futuro como ese?

El príncipe de Tarento sacudió la cabeza.

—Tenéis razón, Isabel, tenéis toda la razón y sé que he actuado como un cobarde...

—Tío... —dijo ella.

—No, dejadme acabar. Tuve miedo y elegí vivir a pesar de que debería haber permanecido leal a los pactos suscritos con Aragón. Al fin y al cabo, tengo mucho que agradecerles a Alfonso y a Ferrante. Pero, como bien decís, cuando se está bajo el fuego de las lombardas la mente no razona con tanta claridad. Sé que he actuado erróneamente y que merezco vuestros reproches, incluso vuestro odio.

—No os odio en absoluto, tío. Si así fuera, ¿creéis que habría venido hasta aquí para poner mi vida en vuestras manos?

—¿Qué puedo hacer entonces para reparar los agravios que os he infligido? Si ahora me levantara en armas contra Juan de Anjou, ordenaría matar inmediatamente a todos mis seres queridos.

Isabel calló. No sabía qué más decir. Había esperado que sus palabras recordasen a su tío sus obligaciones de fidelidad y parentesco. Pero quizá no era suficiente.

—Podría retrasar o responder con menos diligencia a las demandas de Anjou. No mostrarme abiertamente contrario, pero tampoco mover un dedo, al fin de favorecer la victoria de Ferrante. Más no puedo hacer. Como os he dicho, tengo las manos atadas.

—Significaría mucho, tío.

—No lo sé, pero algo es algo. Perdonadme si no me enfrento a Anjou en el campo de batalla flanqueando a Ferrante de Aragón, pero las condiciones en que me encuentro me lo impiden. Pero si vuestro marido, como creo, aprovecha con habilidad mis titubeos, tengo el convencimiento de que triunfará.

—Gracias, tío —dijo Isabel—, es más de lo que esperaba. Sé a qué riesgos os exponéis.

—Y ahora, Isabel, os ruego que aceptéis un consejo: id a la habitación que han preparado para vos y abandonaos a la cálida caricia de un baño. Estaréis cansada después de un viaje tan terrible. Ordenaré que os traigan ropa fresca y limpia. Más tarde, cuando hayáis descansado, cenaremos juntos. Tenemos mucho de que hablar.

—Gracias, tío, haré lo que decís.

—Ánimo, pues. Quizá esta noche encontremos juntos la manera de ganar esta maldita guerra.

93

Drácula

Estados Pontificios, Castel Sant'Angelo

—¿Lo habéis visto? —preguntó el papa al legado pontificio recién llegado de Budapest.

—Naturalmente, Su Santidad.

—¿Es tan terrible como cuentan?

—No es especialmente alto —respondió Nicola da Modrussa—, pero es muy fuerte y tiene un aspecto terrible: vigoroso, frío, despiadado. Tiene la nariz aguileña, parecida al pico de un halcón, orificios separados, el rostro delgado, enrojecido, grandes ojos verdes con los que mira fijamente a su interlocutor, como si quisiera apoderarse de su alma, bordeados de largas pestañas negras que le confieren un ceño aterrador. Tiene el rostro y el mentón afeitados, pero lleva bigote. Las sienes anchas aumentan la amplitud de la frente. Tiene cuello de toro y largos cabellos negros que descienden como serpientes sobre los hombros anchos como un bastión.

—Amigo mío, describís a un hombre de aspecto excepcional.

—Lo es, santidad.

—¿Es cierto lo que se cuenta de él?

—¿A propósito del modo en que mata a sus enemigos?

—Precisamente.

—Sí. Cuando lo vi en la corte de Matías Corvino, rey de Hungría, afirmó haber empalado a más de veinte mil hombres, lo cual aterrorizó a Mehmet II el Conquistador. Debéis creerme si afirmo que no alardeaba en absoluto.

—Que Dios tenga piedad de nosotros. Es la guerra. Pero mientras vos habláis, mi corazón sangra, Nicola, porque a pesar de que no debemos titubear contra el mal absoluto, tengo que admitir que ese demonio, ese príncipe de las tinieblas, fue el único que respondió a mi llamada contra los turcos. Y si no hubiera sido por él, ahora no estaríamos aquí.

—Matías Corvino me contó que Vlad Drácula no solo aterrorizó a Mehmet II, sino que también le infligió grandes pérdidas durante un ataque nocturno. Pero tuvo mala suerte: al parecer buscaba la tienda del sultán para matarlo, pero este hizo montar en el campo más de diez tiendas parecidas a la suya para inducir a error a su eventual agresor y salvarse. Drácula arrasó a sangre y fuego un tercio del campamento, pero a la mañana siguiente Mehmet II seguía con vida.

—Terrible y valeroso a la vez.

—En cualquier caso, Mehmet II quedó muy impresionado por la violencia del ataque. Después, cuando avanzaba hacia Targoviste, la capital de Valaquia, donde Vlad tiene su palacio, fue acogido por una selva de hombres empalados. —Mientras Nicola di Modrussa hablaba, el papa Enea Silvio Piccolomini permaneció en silencio, enmudecido por lo que oía—. Posteriormente, el voivoda de Valaquia y Transilvania envenenó los pozos y envió en su contra a un ejército de apestados que difundieron la enfermedad entre las filas del sultán. Según parece, Mehmet II ha dicho que no puede conquistar la tierra de un hombre capaz de hacer algo así para defender a su pueblo y ha renunciado. Ahora la guerra está en manos de su concubino.

—¿Su concubino? —preguntó el pontífice, visiblemente impresionado por el relato de su legado.

—Radu el Hermoso, el hermano de Vlad.

—¿Qué?

—¿No conocéis la historia de los dos hijos de Vlad II de Valaquia?

—No.

—Pues os la cuento. El voivoda de Valaquia y Transilvania debe entregar cada año al sultán un tributo de mil niños de esas tierras, que son arrancados a sus familias y criados para engrosar las filas de la infantería del ejército otomano.

—¡Los jenízaros! —exclamó el papa.

—Exacto, Santidad. Vlad y Radu fueron dos de esos niños. Los encerraron en la fortaleza de Egrigoz, donde crecieron entre torturas y privaciones. El resultado de esa terrible educación militar fueron dos caracteres profundamente diferentes: Vlad maduró un odio radical contra los otomanos, mientras que Radu se convirtió en el concubino de Mehmet II.

—Y ahora la guerra por la conquista de Valaquia y Transilvania se ha convertido en un enfrentamiento fratricida...

—Precisamente...

—Por si fuera poco. Es terrible.

—Así es. A todo esto, Vlad nos pide ayuda para derrotar definitivamente a Radu y al Gran Turco.

—Dispondré inmediatamente un contingente militar con el apoyo de Venecia y una suma de dinero que entregaremos a Matías Corvino para que sostenga la campaña de Vlad Drácula.

—Tened presente que Radu cuenta al menos con cuarenta mil hombres, lombardas y máquinas de asalto que el sultán le ha prestado. ¡Además está sublevando a los boyardos húngaros contra Vlad!

—Lo mismo que ha logrado hacer Juan de Anjou: tiene de su parte a algunos de los barones más poderosos de Nápoles contra el legítimo soberano, Ferrante de Aragón.

—Por lo que sé, tras un comienzo difícil, el rey está reaccionando.

—¡Deseo que logre derrotar a esos parásitos lo antes posible! Encuentro terrible, Nicola, que con el peligro otomano a las puertas, los soberanos y los duques cristianos no tengan nada mejor que hacer que matarse entre ellos. Cuando los convoqué en Mantua hace unos años para llamarlos a la cruzada con la bula *Vocavit nos*, no se presentó ninguno. Estaban demasiado ocupados en sus intereses y en las escaramuzas internas para conquistar unas millas más de tierra y no comprendieron que obrando así ponían en peligro una entera civilización, una cultura. Constantinopla fue solo el principio. Pero ya lo han olvidado, ¡malditos egoístas! Y pensar que han fundado la Liga Itálica con la finalidad de mantener la paz. ¡Me pregunto de qué les sirve! Por eso, como veis, Drácula es sin duda un hombre aterrador, pero por lo menos defiende la fe contra el anticristo. Y lo mismo puede decirse de Scanderbeg y János Hunyadi. Estos son los héroes con los que contamos. Diablos. Monstruos. Pero ¿son peores que los cristianos que se declaran tales y solo piensan en su interés personal? ¿Acaso la mentira, la codicia, la lujuria y la cobardía no son delitos más execrables que la crueldad extrema en la guerra? No puedo aprobar la conducta de Drácula, pero ¡tampoco la ignavia de estos fantoches que me rodean! Por eso he decidido apoyar a Ferrante de Aragón. Porque aun no siendo constante en su temple ni en sus objetivos personales, su padre, Alfonso, comprendió la importancia de condotieros como los que he nombrado y les rindió homenaje o les prometió su apoyo.

—Me resulta completamente claro, Su Santidad.

—Pues si es así, pertrechemos a Drácula. Organizad una expedición y haced lo que creáis conveniente. Aquí tenéis —dijo el pontífice, tendiéndole una hoja de pergamino con firma y sello— mi autorización a tal propósito.

El legado se arrodilló a los pies del pontífice.

—Mientras tanto —comentó Enea Silvio Piccolomini—, esperemos que Ferrante derrote a los barones napolitanos. ¡Estoy cansado de estas continuas divisiones!

94

Troia

Reino de Nápoles, llanura de Troia

La llanura era una extensión de hierba verde y amarilla incendiada por el sol. Ferrante sudaba copiosamente bajo la armadura a causa de la tensión y del calor insoportable. Jadeaba. Se preguntó si ese día podría luchar. Casi no podía respirar. El aire era más denso que la miel.

Los inseparables don Rafael Cossin Rubio y don Íñigo de Guevara estaban a su lado.

Miró las cuarenta y siete filas de caballeros que marchaban con él, ordenadas y cubiertas de hierro y cuero, bajo el mando de Roberto di Sanseverino y Roberto Orsini. Antonio Piccolomini, duque de Amalfi, estaba a la cabeza de infantes y escuderos.

Vislumbró al final de las filas el estandarte de Orso Orsini, que ondeaba por encima de las placas de hierro brillante de la retaguardia.

No faltaba nadie. Habían acudido todos por él, por su rey, para luchar contra el usurpador.

Los capitanes pasaban revista a los hombres para comprobar si estaban listos y equipados. La espera se hacía insoportable.

El sol ya estaba alto.

De repente, Ferrante vio que Marino Marzano y sus caballeros se ponían en marcha y se introducían como una cuña en el ala izquierda comandada por Roberto Orsini, en inferioridad de condiciones. El impacto fue mortal, y el ímpetu y la rabia de Marzano fueron tales que pronto logró abrir una brecha profunda en las filas aragonesas. Sin embargo, a pesar de que el primer asalto había dejado en el suelo a muertos y heridos, en un primer momento el ala izquierda de Orsini pareció aguantar. Pero cuando estuvo claro que no lo lograría, el capitán aragonés se colocó en el centro de su formación en vez de hacer intervenir a Roberto di Sanseverino. Sorprendentemente, Marino Marzano y sus hombres lo acosaron y lo persiguieron.

—Bien hecho —observó don Rafael—. Como no logra imponerse, Roberto Orsini se lleva al enemigo para que quede atrapado en las mallas del centro. De este modo no desequilibra el ala derecha y propicia que rodeen a Marino Marzano, que, cegado por su ardor guerrero, no se ha dado cuenta.

—Giacomo Piccinino permanece quieto con sus hombres, en el centro de las filas adversarias —expuso Ferrante.

—Veréis como ahora Anjou hará avanzar su ala derecha para impedir que Roberto di Sanseverino ataque a Marzano en el centro de nuestro ejército —dijo don Íñigo.

Como si acabaran de oír sus palabras, los caballeros guiados por Juan de Anjou y Andrea Tomacelli Capece, duque de Alvito, se lanzaron como diablos sobre el ala derecha de la formación aragonesa, estrellándose con el fragor de un trueno contra los hombres capitaneados por Roberto di Sanseverino. Tras romper las primeras lanzas contra las corazas de los aragoneses, los angevinos fueron ganando terreno con las espadas desenvainadas. Pero su avance fue breve: Roberto di Sanseverino, a diferencia de Orsini, resistió el impacto. Sus caballeros mantuvieron la posición y muy pronto se entabló una pelea descomunal que los aragoneses iban ganando. Ferrante vio a Sanseverino empuñar un mangual y amenazar ferozmente a los caballeros del duque de Alvito. Acto seguido, se lanzó en medio de un grupo de enemigos y los puso en fuga con un ardor y una furia increíbles.

—Sanseverino está sediento de sangre —observó Ferrante.

—La situación cambia a nuestro favor, majestad —dijo don Íñigo.

Era cierto.

Lo corroboró Roberto di Sanseverino, que gritó a voz en cuello: «¡Viva Ferrante de Aragón, rey de Nápoles, señor nuestro! ¡Muerte y vergüenza para Juan de Anjou!».

Un grito se elevó por doquier y los caballeros de Sanseverino parecieron cerrarse como un mar alrededor del francés y del duque de Alvito.

Ferrante estuvo a punto de emocionarse al ver la gesta de sus hombres. La jornada les estaba regalando una gran victoria. Pero todavía no había acabado. Sabía que él también debía cumplir con su parte. El lado izquierdo del centro de la formación había hecho trizas a los hombres de Marino Marzano. A la derecha, Sanseverino llevaba una ligera ventaja. Pero Giacomo Piccinino y los infantes franceses todavía no avanzaban.

—¿Qué hacemos? —preguntó el rey de Aragón a don Rafael—. ¿Atacamos y los dispersamos?

—Ni mucho menos —respondió el hidalgo—, no desperdiciemos la ventaja que nos da Sanseverino, poniendo su vida en peligro. Esperaremos a que Piccinino se mueva y ataque. Entonces, superiores en número, lo acogeremos como es debido.

Ferrante asintió. Levantó la mirada. Vio el sol: ya no estaba tan alto como antes. Luchaban desde hacía un rato largo. Finalmente, cuando volvió a mirar el campo, vio a un francés que había huido de la batalla e intentaba desesperadamente llegar hasta Piccinino.

El duque de Alvito se había dado cuenta de que Giacomo Piccinino no se movería sin una orden. Había tratado de avanzar, pero Juan de Anjou le había hecho un gesto para que permaneciera quieto. Y él había obedecido. Pero ahora que la batalla estaba empeorando rápidamente para ellos, era necesario que los infantes y los escuderos intentaran forzar el centro aragonés con una última y desesperada carga.

Andrea corría. Se había quitado el yelmo a causa del calor y porque no lograba orientarse. Sabía que sin él podía alcanzarlo una flecha o un golpe de espada, pero no le importaba. No era el momento de luchar. Tenía otra misión. Su caballo se había desplomado en el suelo, herido por las lanzas, agotado. Había luchado en medio de aquella locura de sangre, vísceras, espadas quebradas y extremidades mutiladas que era el ala derecha de Roberto di Sanseverino. Trató de acercarse como pudo al centro de la formación angevina, que todavía estaba demasiado lejos para ver su señal y oír su orden. Mientras corría, vio a un hombre ir a su encuentro por la derecha e hizo lo único que podía hacer: arrancó una pica plantada en el pecho de un francés que yacía en el polvo y la giró contra el enemigo. El ímpetu de su adversario era tan arrollador que hasta el último momento no notó el asta que Andrea empuñaba, hasta el punto que, habiendo descubierto la guardia mientras corría, casi se empaló solo y se la encontró plantada en el pecho sin darse cuenta. Andrea empujó con todas sus fuerzas mientras la pica traspasaba al aragonés de parte a parte.

El duque de Alvito abandonó la presa y echó a correr. Iba cada vez más veloz. Las filas de Giacomo Piccinino ya estaban cerca y estaba seguro de que lo verían.

Cuando estuvo a poca distancia de los angevinos, levantó un brazo, gritando: «¡Atacad! ¡Atacad! Por Juan de Anjou. ¡Muerte a Aragón! ¡Atacad!».

Fue entonces cuando los infantes y los escuderos franceses pasaron a la acción.

Pero el duque de Alvito no pudo verlos.

Sintió un mordisco en el hombro. De repente se encontró una lanza plantada a la altura de la paletilla izquierda. La sangre empezó a manar copiosamente. Con un esfuerzo inhumano logró extraer la punta de hierro que le había destrozado la carne.

Después cayó de rodillas. Miró hacia el ejército enemigo. Vio yelmos y espadas, estandartes cubiertos de sangre y caballos desplomados. Vio ojos líquidos de miedo y bocas abiertas enteramente en el grito de la muerte. Después un telón negro se cerró ante sus ojos.

Cayó de bruces.

En el polvo.

—¡Avanzan! ¡Por fin! —bramó Ferrante mientras el estruendo de la batalla, los gritos, los relinchos y el chocar de las espadas contra el hierro de los escudos cubrían su voz—. Don Rafael, ordenad a Alessandro Sforza que avance. Que abandone la posición detrás del campo angevino y extermine la retaguardia francesa al mando de Ercole de Este para impedir la retirada de los hombres de Juan de Anjou. Y después, que avance para sorprender a las filas enemigas por la espalda. La victoria será nuestra.

—Naturalmente, majestad.

—Y ahora acabemos con el Anjou. ¡Picas en primera línea, después lanzas, por último espadas!

Dada la orden, Ferrante se dirigió hacia las primeras líneas, rodeado por sus pretorianos. Don Rafael Cossin Rubio a su derecha, don Íñigo de Guevara a su izquierda.

—¡Y ahora clausuremos la jornada! ¡Venced para mí! ¡Aragón o muerte!

Ferrante oyó como respuesta el clamor de su infantería.

95

Últimas voluntades

República de Florencia, villa de Careggi, 1464

—Recordad lo que os digo. Lorenzo todavía es joven, pero pronto será capaz de llevar sobre sus hombros la herencia de esta familia. No lo digo por falta de confianza en vos, Piero: sois un hombre recto, culto, atento. Sois mi hijo y siempre os he querido, como a Giovanni, y nunca he dudado de vos ni siquiera un instante. Es más, estoy seguro de que seréis un gran señor para Florencia. Pero, tal y como hizo mi padre, yo también debo pensar más allá de los hijos, con una perspectiva más amplia. —Cosimo hablaba lentamente; eran los últimos días de su vida, y su hijo y él lo sabían muy bien. Su debilidad iba en aumento y precisamente por eso era de vital importancia dejar todo listo antes de su muerte—. Ambos conocemos vuestra enfermedad —prosiguió—, y aunque os deseo una vida lo más larga y feliz posible, debo tener la valentía de mirar con lucidez el futuro de la familia. Como bien sabéis, la dinastía de los Médici es lo que más cuenta. Más que vos y que yo. Así que dad a Lorenzo y a Giuliano la mejor instrucción posible. Precisamente aquí, en Careggi, fundé la Academia neoplatónica. Marsilio Ficino será un valioso preceptor para ellos. Cristoforo Landino y Pico della Mirandola también sabrán estimular constantemente a los chicos.

Cosimo tosió. Estaba cansado, postrado por la enfermedad. Había pedido que su cama fuera colocada de manera que pudiera ver el patio y la campiña florentina que tanto amaba.

—Hay tanto por hacer —prosiguió—, pero confío en vuestra sagacidad e inteligencia vivaz y en la sólida red de afectos que habéis sabido construir. Lucrecia se ha revelado una mujer apasionada y fiel, nunca os abandonará, basta mirarla a los ojos para saberlo. No subestiméis la fuerza del amor y de las mujeres, pues por ellas nos involucramos a menudo en empresas que van más allá de nuestros planes iniciales. Por lo que respecta al banco, encontraréis en Diotisalvi Neroni y Luca Pitti una ayuda inestimable. Sin embargo, tened cuidado con este último y con los Soderini, cuya trayectoria es ascendente. Administrad sabiamente el patrimonio del que sois el único heredero, confío en que podrá seros de utilidad si lo hacéis rendir y lo invertís con solicitud y cautela. No seáis codicioso, recordad que el juego de la política es fundamental para mantener a la República en un puño, pero no olvidéis que a Florencia solo la seduciréis con la cultura y la belleza. No creáis ni por un momento que podréis vencerla o, peor aún, dominarla. Por eso os pido que sepáis comprender cuándo actuar despiadadamente y cuándo confiar en el arte para cultivar el consenso y el reconocimiento.

Cosimo se detuvo. Respiró profundamente. Calló. Necesitaba beber.

—¿Podéis darme un poco de agua? —Piero cogió una jarra que había encima de una bonita mesa de madera, al lado de dos fruteros rebosantes de cítricos. La vertió en una copa y se la ofreció a su padre.

Cosimo deglutió. Sintió una profunda sensación de frescor

y alivio. Miró a través de la ventana. La brisa de la tarde hacía revolotear las cortinas. Vio ondear las copas de los cipreses, de color verde intenso. Percibió el aroma balsámico de los laureles y el fuerte de las matas de romero.

—Sé que pido mucho, pero mucho es lo que os pedirá Florencia. No penséis ni tan solo por un instante que nuestra posición sea privilegiada, Piero, no bajéis nunca la guardia. Seguid la trayectoria que hemos trazado y acoged en nuestra morada a quienes lo necesitan. Solo así podréis contar con el consenso que se revelará fundamental para vos, vuestros hijos y las generaciones futuras. No miréis al día de mañana, haced planes a largo plazo, para dentro de diez, veinte, treinta años. Por último, el consejo quizá más importante —concluyó Cosimo—: incentivad el arte, rodeaos de pintores, escultores, literatos, filósofos, teólogos y poetas. Solo ellos podrán daros una visión distinta, múltiple, polifacética, capaz de capturar lo que otros no ven. Necesitaréis desesperadamente su mirada para recorrer el sendero oscuro de la vida; sus manos y sus voces serán el ejército silencioso que os hará ganar las batallas que Florencia os presentará día tras día. Acogedlos en vuestra casa, dadles protección, dinero y oportunidades, que es lo que todos los artistas desean, cultivan y transforman en algo irrepetible, tan valioso que construyen un imperio sobre ellas. Fijaos en lo que ha hecho Filippo Brunelleschi con la cúpula de Santa Maria del Fiore, o Donatello con su *David*, o Paolo Uccello con la *Batalla de San Romano*, la única obra maestra que se me ha escapado de las manos; no pasa un día sin que me arrepienta de ello.

Piero cogió las manos de su padre. Las apretó como si esos dedos ahusados y arrugados pudieran exhalar un espíritu invisible, una bendición celestial capaz de inspirarlo y guiarlo en los días oscuros de la guerra y en los radiantes del amor.

—Padre —dijo—, agradezco estas palabras. Las llevaré en mi corazón como el don más valioso y las haré fructificar como los talentos de la parábola. Me entregaré en cuerpo y alma para estar a la altura de vuestra fama y vuestra generosidad.

Cosimo miró benévolamente a Piero, aprobando sus palabras.

—Lo sé, hijo mío. Y ahora dejad que descanse. Siento que estas son mis últimas horas de vida. Dentro de un rato llamad también a vuestra esposa, a mis nietos y a toda la familia. Quiero despedirme de ellos.

—Así se hará, padre —respondió Piero, acariciándole la frente.

Cosimo cerró los ojos y se abandonó al sueño.

96

Demasiado tarde

Estados Pontificios, Ancona, obispado de San Ciriaco

Lo había intentado todo, se había empeñado a fondo. Había convocado la cruzada, pero una vez más ningún príncipe cristiano había respondido a su llamamiento. Solo Venecia había prometido, de palabra, hombres y galeras. Entonces, cansado, disgustado y abatido por la indiferencia, por el silencio con que su petición había sido recibida, decidió guiar la cruzada solo. Y partió de Roma hacia Ancona. El viaje se convirtió en un suplicio a causa del calor tórrido y de sus condiciones de salud, que se agravaban día tras día.

Se había mareado varias veces y hasta se había desmayado en la carroza, y ya en el puerto de Ancona casi no se sostenía en pie. La única recompensa fue ver a los cinco mil soldados que lo esperaban y que habían llegado sin seguir a príncipe o señor alguno, puesto que ninguno de ellos se había presentado. Estaban allí por su propia voluntad, por la religión, por la cruz, por Dios, por él. Eran un auténtico espectáculo.

Pero su alegría fue tan efímera como un chaparrón de verano. Las cuarenta galeras no eran más que dos y no había barcos suficientes para cargar a todos esos hombres voluntariosos.

Así que el papa Pío II tuvo que darles las gracias y decirles que, por desgracia, todavía no podían embarcarse. Pidió a la población que concediera refugio y morada a los soldados de Cristo en las casas del puerto y en las aldeas de los alrededores mientras esperaban la llegada de los venecianos.

Algunos caballeros sacudieron la cabeza. Otros la inclinaron, obedientes. Los habitantes de Ancona hicieron lo que pudieron.

En cualquier caso, a Pío II le impresionaron los colores de las libreas, la mezcla de escudos e insignias, las banderas, las cruces.

Gravemente debilitado, fue ingresado en el obispado ubicado al lado de la catedral de San Ciriaco. Al verlo tan postrado, sus médicos aconsejaron el uso de una silla de manos.

Sus guardias la levantaban y lo conducían a donde quería. Pero cada día se sentía más débil. Se daba cuenta de que libraba una batalla contra el tiempo: no le quedaba mucha vida y el retraso de las galeras venecianos era muy peligroso, no solo porque los soldados se ponían más nerviosos cada día y amenazaban con marcharse, sino también porque él sentía que les mentía al obstinarse en mostrarles una vitalidad y una energía que no poseía.

Aquella mañana se levantó, bebió agua y comió fruta. Se enjuagó la cara. Sintió necesidad de afeitarse.

El barbero llegó y preparó la hoja afilándola en el cuero. Aplicó el jabón sobre las mejillas del pontífice y en cuanto tuvo todo preparado empezó a afeitarlo. Lo hacía lenta y meticulosamente. Cuando llegó a la altura del cuello, notó algo extraño.

—Santidad —dijo—, perdonadme, pero hay algo raro.

Pío II lo miró con una mezcla de curiosidad y recelo.

—¿Qué pasa? ¿Por qué no podéis seguir?

—Perdonadme, pero tengo la sensación de que... —El barbero dejó caer inadvertidamente la navaja en la palangana de hierro.

—¿Qué os ocurre?

El barbero parecía aterrorizado.

—Comprobadlo vos mismo... —masculló. Cogió un espejo y se lo ofreció al papa. El pontífice examinó la superficie lisa, perfecta, brillante. Vio su imagen reflejada—. En el cuello... —murmuró el barbero.

Fue entonces cuando el papa vio lo que nunca habría deseado ver: un bulto del tamaño de un huevo de codorniz. Todavía no estaba azulado o violáceo, pero Pío II sabía perfectamente de qué se trataba.

El espejo se le cayó de las manos y se hizo añicos. Las esquirlas de vidrio tintinaron en el suelo. Se levantó de la silla, arrancó la toalla de las manos del incrédulo barbero y se limpió el jabón que todavía le cubría la mitad del rostro: —¡Llamad a los físicos! —gritó.

Mientras el barbero desaparecía de su vista, se acercó a la ventana de la habitación, pero se sintió desfallecer y tuvo que sujetarse en la cama. Se desmoronó, preso del sudor y de un dolor metálico que poco a poco empezó a difundirse por todo su cuerpo. Sintió escalofríos helados en la espalda y sus extremidades se debilitaron como si fueran de pergamino.

Pío II miraba a su amigo fraterno, el cardenal Giacomo Ammannati. No creía que la enfermedad lo debilitaría tan rápido, pero ahora se sentía próximo a la muerte. Una náusea cruel lo atormentaba.

—¿Se sabe algo de las galeras del dogo? —preguntó con un hilo de voz.

—Todavía nada, Santidad.

—Vamos, Giacomo, dejaos de formalismos, os lo suplico, al menos en la hora de mi muerte.

—No moriréis, Santidad.

—Por supuesto que sí. La ignavia de los príncipes me ha postrado. Cada día de espera vana es una cuchillada a mi persona.

Giacomo Ammannati asintió.

—¿Y los soldados?

—Santidad...

—Hablad con sinceridad.

—Pues bien, mi señor, debo confesaros que muchos de ellos han regresado al lugar de donde procedían.

La noticia entristeció profundamente al pontífice.

—Así que todo esto no ha servido de nada —suspiró.

—En absoluto. Parece que el dogo Cristoforo Moro está a punto de llegar.

—¿Vos lo creéis?

—Es lo que se rumorea.

—Pero de momento no es así.

—Por desgracia no, Santidad —dijo Giacomo Ammannati con la voz rota por la emoción.

—No me queda mucho tiempo —concluyó Pío II con resignación—. Solo puedo confiar en Dios nuestro Señor y encomendarme a él con todo mi corazón.

El pontífice hizo un esfuerzo supremo para incorporarse.

—Ayudadme a arrodillarme en el reclinatorio —le pidió al cardenal. Este se acercó solícitamente, se echó al cuello el brazo del papa y lo levantó a pulso para conducirlo al reclinatorio. Una vez allí, haciendo fuerza con los brazos y apoyándose en el hombro del cardenal, pudo por fin juntar las manos y ponerse a rezar.

Giacomo Ammannati se quedó sin palabras al ver la fuerza y la fe con que el pontífice le pedía a Dios que le mostrara el camino.

—Ahora dejadme solo —dijo Pío II al borde de la muerte.

El cardenal se avergonzó de su debilidad y casi salió huyendo de la habitación.

97

El mundo que cambia

Ducado de Milán, castillo Sforza

Aquella tarde soleada de septiembre, mientras miraba los setos de boj y los acebos, con sus verdes formas brillantes y afiladas como hojas de puñal, pensó en la herida que se había abierto en su corazón. Estaba abatido: Cosimo de Médici había cerrado los ojos para siempre unos días antes. Había muerto en su amada villa de Careggi, rodeado por el afecto de sus seres queridos. Eso, al menos, le servía de consuelo. No podía imaginar un modo mejor de irse. Pero el vacío persistía. Se hacía notar, y en los años venideros se haría aún más feroz e inextinguible. Con el paso del tiempo se daba cuenta de que perdía interés por un mundo en el que sus amigos ya no estaban, pues creía sinceramente que al marcharse se habían llevado una parte de él. Y entre los que más contaban, Cosimo de Médici era sin duda el más importante. Además, la muerte de Cosimo se le antojaba un anuncio anticipado de la suya, pues sufría desde hacía tiempo de una enfermedad que se manifestaba con constancia sin ahorrarle los dolores y las humillaciones de su merma física: caminar se hacía cada vez más fatigoso.

Pero aquella terrible desgracia no había llegado sola: no solo había muerto su amigo más querido, sino que también el pontífice, que tanto se había empleado en la cruzada y en la consolidación de la Liga Itálica, había caído víctima de la peste mientras esperaba en Ancona la llegada de los barcos que Venecia había prometido para hacer frente a los otomanos.

Pío II ni siquiera había podido ver llegar al dogo Cristoforo Moro en su galera, que encabezaba a otras trece, más los barcos para embarcar a los cinco mil soldados que habían acudido a luchar contra Mehmet II y que en su mayoría, defraudados y hartos de una espera que parecía no tener fin, habían ya abandonado Ancona.

Frente a él, bañada por el sol de septiembre, cubierta de luz y enmarcada por las flores más hermosas, Bianca Maria compartía sus preocupaciones.

—La situación es dramática —declaró Cicco Simonetta. Estaba con ellos en el jardín. Francesco y Bianca lo miraron con inquietud creciente. Cicco siempre tenía una respuesta para todo, y si en una circunstancia como esa afirmaba algo semejante era porque no había solución. Ambos habían confiado en él en los momentos más oscuros durante aquellos años. Cicco se había revelado un maestro de las relaciones diplomáticas, un canciller ejemplar, un intendente atento y un recaudador juicioso, capaz de sanar las arcas vacías del ducado con estrategias oportunas y eficaces. Pero ante la muerte ni siquiera él podía hacer nada.

—Retiraos, Cicco —dijo Bianca Maria—, esta vez no podéis hacer nada.

El canciller se despidió.

—¿Y ahora? —preguntó Bianca Maria a Francesco—. ¿Cómo mantendremos la paz? Cosimo era el principal pacificador en las continuas disputas entre Milán y Venecia, y el pontífice se había hecho garante de una paz que había sabido unir las energías contra un enemigo grande y terrible como Mehmet II.

—Que está lejos de ser derrotado o tan siquiera desalentado.

—En efecto —confirmó Bianca Maria—, pero lo que ahora me preocupa es Venecia. Como siempre.

—Lo sé...

—Y más teniendo en cuenta que Pablo II es, una vez más, veneciano, ¡y de los Barbo, por si fuera poco! —continuó Bianca Maria—. ¿Os habéis dado cuenta, amor mío? Desde ese punto de vista, Venecia es el enemigo más escurridizo y peligroso que se puede concebir. Gregorio XII, Angelo Correr, era tío de Gabriele Condulmer, que fue papa con el nombre de Eugenio IV. Este último era el hermano de Polissena Condulmer, madre de Pietro Barbo, hoy papa.

—Son muy astutos.

—Y que lo digas —afirmó Bianca Maria—. Además de ser la primera potencia italiana, han contado con tres papas en cincuenta años y el apoyo constante de Roma, aunque a decir verdad los Colonna los han obstaculizado todo lo que han podido.

—Ya. Los cuales, por otra parte, nunca han logrado afianzar su hegemonía desde Martín V.

Bianca Maria dirigió a Francesco una mirada interrogativa.

—¿Y ahora?

Francesco suspiró.

—¿Qué queréis decir?

—Lo sabéis muy bien: la paz se convertirá en una quimera. Reforzada por la elección de Pablo II, Venecia se envalentonará y querrá recuperar los territorios que cedió a Milán después de Lodi. Los años pasan, Francesco, ni vos ni yo somos los de antes. ¿Y Galeazzo Maria? ¿Creéis que está preparado? Os confieso que tengo miedo. De él y de lo que pueda pasar.

—¿Tenéis miedo de Galeazzo Maria?

—Eso he dicho.

—¿Cómo es eso?

Bianca Maria sonrió amargamente.

—¿Y vos me lo preguntáis? Desde que lo habéis tomado bajo vuestra protección para enseñarle todo lo que un duque debe saber acerca de la guerra y de la política, ha dejado de hablarme, y lo que es peor, de escucharme. Sin embargo, ambos conocemos la importancia de los modales de un joven, y en este aspecto permitid que os diga que Galeazzo Maria es un perfecto ignorante. El año pasado, cuando fue invitado a la corte de los Gonzaga, en vez de dirigir su atención a Dorotea, importunaba a otras jóvenes damas de su séquito...

—Yo no le daría tanta importancia —dijo Francesco, casi sonriendo.

—¡Ah! —respondió gélida Bianca Maria—. ¡Os hace gracia! Bien. Ahora os explicaré de qué manera una chiquillada como esa se puede convertir en un hecho grave: en primer lugar porque me ha faltado al respeto a mí, que soy su madre, y a su abuela Agnese, que tanto ha hecho por él. ¿Sabéis lo que dijo cuando lo descubrieron? Que había sido precisamente ella la que le había propuesto a algunas de las jóvenes damas del séquito de Dorotea. ¡Llamó alcahueta a mi madre! ¿Qué os parece? Ahora ha perdido su estima y yo no sé cómo enderezar este entuerto. Y lo que es peor, ¡ha echado a perder para siempre la relación con los Gonzaga! Sé que las afrentas se borran con la espada, pero vos también sabéis que la mejor hoja sirve de poco a quien no sabe construir un futuro de alianzas y entendimientos. ¡Pronto tendremos a Venecia, Roma y Mantua en nuestra contra! En cuanto a Florencia, no tengo ni idea de lo que pasará: Piero no me parece a la altura de su padre, pero podría equivocarme. En cualquier caso, aunque por casualidad tuviera la inteligencia de Cosimo, ¡es imposible no darse cuenta de que Milán está profundamente aislada! ¡He aquí adonde nos llevan las trastadas de Galeazzo Maria! Por eso tengo miedo de él y del futuro que nos espera.

Francesco frunció el ceño. Bianca Maria tenía razón, aunque le costara admitirlo. La quería, por supuesto, pero en los últimos años se habían distanciado... Era inútil negarlo. En parte por culpa de Bianca Maria, que no le perdonaba las aventuras y los amores pasajeros. Como si eso no bastara, Galeazzo Maria se había convertido en otro estorbo para su relación. Pero le debía tanto a esa mujer, todavía joven y hermosa: desde su dedicación durante los días de enfermedad, que no habían faltado, al amor incondicional y a los nueve hijos que le había dado. Por eso, Francesco dejó a un lado las quejas y trató de responder a las preguntas de su esposa lo mejor que pudo.

—Amor mío —dijo—, es muy grave y a la vez cierto cuanto afirmáis. Y ahora me doy cuenta de que he descuidado mis deberes como padre: sé que no he reprendido a Galeazzo Maria cuando era necesario, que a menudo lo he justificado y que lo he preferido por encima de sus hermanos, y, por estos motivos, que lo he alejado involuntariamente de vos en este último periodo, por otra parte, sin cultivar los aspectos de su carácter que vos habéis sabido desarrollar mejor que nadie. Os pido perdón. Me doy cuenta de que no tengo respuestas para vuestras preguntas, es más, que debo preguntaros yo a vos qué tengo que hacer.

La mirada de Bianca Maria se dulcificó.

—Francesco, os agradezco vuestras palabras. Os amo más que a mi vida y aunque a veces no haya podido perdonaros del todo vuestras infidelidades, creo que siempre he demostrado que estoy de vuestra parte, incluso cuando no ha sido fácil. En algunas circunstancias, temo que hasta llegué a extraviarme. Pero también sé que yo no estoy libre de culpas y no puedo imputaros responsabilidades que no son vuestras. Sea como fuere, he aprendido a convivir con mis sombras y lo que ahora cuenta para mí somos vos y yo. Y nuestra familia. Lo demás tiene una importancia relativa. Por eso acabo de deciros lo que pienso. Galeazzo Maria será duque algún día, y llevará vuestro nombre, pero también el mío y el de mi padre. En cierto sentido, pues, su tarea será doble y especialmente difícil.

—Me hago cargo.

—Entonces, pretendamos más de él.

—De acuerdo.

—Me gustaría verlo más a menudo. Desde que lo habéis tomado con vos para educarlo en el arte de la espada y lo habéis puesto en manos de consejeros y jurisconsultos, no puedo hablar con él, y eso, creedme, me parte el corazón.

—Me ocuparé de que no vuelva a suceder, amor mío.

—Os lo agradezco.

Francesco la miró durante un rato mientras el sol se ponía bajo la línea del horizonte, hundiéndose en el cielo anaranjado del ocaso; después la abrazó y la apretó con fuerza contra su pecho.

98

Saber esperar

Serenísima República de Venecia, iglesia de San Giacomo all'Orio

Pensando en los últimos años, Polissena se preguntó cómo había podido seguir viviendo. La muerte de Niccolò, casi diez años antes, se lo había arrebatado todo. Durante aquellos días creyó que iba a morir. Pero la cercanía de Pietro, casi siempre en Vicenza, vista la poca estima que le tenía el pontífice, fue un consuelo para ella. Era su hijo predilecto. Y se habían apoyado el uno al otro. Día tras día. Aguantando. Paso a paso. Fue una auténtica travesía del desierto. Pero supieron esperar. Y al final ganaron.

Polissena daba gracias a Dios de rodillas por el milagro que había hecho. A diferencia de lo que había pasado con Gabriele, su hermano, la elección de Pietro como pontífice no era en absoluto previsible y los sucesos de esos días la habían cogido por sorpresa, por añadidura cuando había perdido la esperanza.

Por eso rezaba ahora, y mientras recitaba las fórmulas sagradas, las palabras parecían salir de su boca como un canto.

Le tenía un cariño especial a la iglesia de San Giacomo all'Orio porque era uno de los lugares de culto más antiguos de Venecia y porque, desde hacía algún tiempo, representaba para ella un lugar de la memoria donde no olvidar lo que había perdido la ciudad con la toma de Constantinopla. En efecto, de allí procedía la misteriosa columna de mármol verde, de fúlgida belleza, que siempre capturaba su mirada. Además de ese objeto extraordinario, que parecía contener el alma de Constantinopla, el techo lignario en forma de quilla de nave era un auténtico esplendor que le recordaba su infancia, cuando acompañaba a su padre al arsenal. Le traía a la cabeza a los obreros que calafateaban los cascos con la estopa de cáñamo y trajinaban en los astilleros cubiertos.

En esa iglesia, Polissena respiraba Venecia más que en cualquier otro lugar: su saber ser reina del mar, gracias a objetos extraordinarios y misteriosos, como la pila de agua bendita procedente de Anatolia, y ahora, gracias a su hijo, también soberana de Roma, la Ciudad Eterna.

La Serenísima era la cuna de su existencia, un lugar del alma en el que Polissena encontraba refugio, y una manera de ser y de ver el mundo con otros ojos, como a través del velo líquido de la laguna, la lente verde esmeralda que ofrecía una perspectiva sin igual: más abierta, amplia, de horizontes potencialmente infinitos. La Serenísima era una única corona de tierras y gentes con nombres diferentes: Chipre, Creta, el mar Egeo; era las tierras de Albania y Croacia; era una república que se extendía por el mar, y aunaba voces y culturas con la fuerza dulce y líquida del agua. Pero también capaz de ser violenta y feroz cuando subía la marea. Por eso, la iglesia de San Giacomo, con sus tesoros importados de las tierras que se asomaban al Mediterráneo, representaba de alguna manera una nave alquímica, un centro sagrado que contenía todas las sugestiones, religiosas y laicas, y se las transmitía a su alma, nunca tan feliz como en ese momento.

Volvió a inclinar la cabeza y siguió rezando. Rezó por Niccolò. Y por Pietro. Pronto se reuniría con él en Roma. Con su apoyo había puesto en marcha la construcción de un palacio suntuoso proyectado por Francesco del Borgo.

No tenía la intención de complacerse en las riquezas y las ventajas que su hijo tendría como pontífice, y mucho menos en un lugar sagrado, pero al mismo tiempo no podía negarse a sí misma que saber que por fin estaba al resguardo de los reveses del destino la tranquilizaba.

La muerte de su marido, las desgracias de los últimos años y la aversión que Pío II sentía por Pietro, al que había alejado de la Curia, la habían hecho sufrir mucho.

Ahora, en cambio, tras esos años terribles, su familia estaba a salvo. No solo su primogénito, sino todos sus hijos obtendrían cargos de prestigio.

Esbozó una amplia sonrisa, inclinó la cabeza y siguió rezando.

CUARTA PARTE

99

Penumbra

Ducado de Milán, Palazzo dell'Arengo, 1466

Bianca Maria estaba preocupada. Hacía un par de días que Francesco no se encontraba bien. La enfermedad no le daba tregua. No era solo la hinchazón impresionante de la pierna, que había adquirido el color del vino y el tamaño de un jamón, lo que le suscitaba un profundo temor, sino los humores que manaban de ella sin cesar y que los médicos no lograban explicarse.

Pero además de la debilitación física desconcertante y de los dolores atroces que lo obligaban a guardar cama, la humillación y la depresión que sentía lo volvían incapaz de enfrentarse a esa situación.

Bianca Maria sabía lo mucho que lo angustiaba su estado. Verse mermado, viejo e indefenso de golpe era lo que más abatía a Francesco. Para un guerrero no podía haber nada peor, sin contar con que esa inactividad forzada lo deprimía porque le recordaba a Filippo Maria Visconti. La duquesa lo sabía perfectamente. Él se había guardado muy bien de decírselo por respeto hacia ella.

Esa mañana se había despertado empapada en sudor, aterrorizada. Había soñado con su madre. La echaba mucho de menos desde su muerte, el año anterior. De repente se había sentido perdida.

Y esa sensación no la había abandonado cuando llegó ante la puerta de los aposentos de Francesco.

Ordenó a la guardia que le abrieran porque quería visitar a su esposo.

En cuanto entró, advirtió un olor dulce y amargo a la vez, un tufo a descomposición, a carne podrida.

A muerte.

Sin saber por qué, sin haber visto nada, sintió las lágrimas resbalar por sus mejillas.

Vio la cabeza de Francesco en la penumbra, hundida entre los almohadones. Vio la masa oscura y compacta de su pelo, todavía prácticamente negro. Se acercó a las cortinas de muselina y las apartó. La luz de un sol pálido, que no se decidía a ser primaveral, penetró con sus rayos de ópalo en la habitación e iluminó la escena.

Bianca Maria se aproximó al lecho de su esposo casi paralizada por el terror. Empleó una eternidad para llegar hasta él. Temía romper la espera y ver lo que no quería, como si prolongar la incertidumbre pudiera mantener con vida a Francesco.

Las lágrimas se hicieron más copiosas.

Sollozó.

Se llevó una mano a la boca.

—Francesco —murmuró.

El duque no respondió.

—Francesco —repitió con voz débil.

El silencio era de hielo.

Vio con claridad que su marido no respiraba: su pecho no se levantaba como debía.

Metió la mano bajo las mantas espesas. Buscó su corazón. Y cuando comprendió que no latía se sintió desfallecer.

Francesco Sforza, duque de Milán, había fallecido.

100

Sangre y lluvia

Ducado de Saboya, Val Cenischia, alrededores de la abadía de Novalesa

Su padre había muerto. La noticia le golpeaba las sienes mientras cabalgaba a matacaballo rodeado por su escolta. Gaspare da Vimercate había insistido en que vistiera las ropas de uno de los criados de Antonio da Piacenza, su tesorero, para que no lo reconocieran.

Habían salido de la corte de Luis XI de Francia a galope tendido en cuanto un mensajero, que debía de haber matado a su caballo para llegar hasta allí, les comunicó la noticia. Su madre, que había escrito la carta de su puño y letra, estaba destrozada. Debía reunirse con ella lo antes posible.

Galeazzo Maria y Gaspare habían elegido recorrer la vía que cruzaba los Alpes. Esperaban eludir a los Saboya. Amadeo IX, instigado por su tía María, odiaba a los Sforza por distintos motivos, entre ellos el último, que los había desenmascarado como impostores únicamente interesados en usurpar el ducado de Milán.

Galeazzo Maria y sus hombres llevaban un día y medio galopando. Los caballos estaban agotados, brillantes de sudor a pesar del aire frío, la boca llena de espuma. El camino que cruzaba los Alpes se había revelado peligroso: había largos tramos cubiertos de nieve, y en más de una ocasión se habían visto obligados a desmontar para evitar que los caballos se rompieran las patas.

—Ánimo —dijo Gaspare, guardándose de dirigirse solo a él para no revelar su presencia—, vamos bien.

Los caballeros cruzaron las miradas. Esperaban pasar la frontera en breve, pues casi habían llegado a Susa. Pero justo en ese momento, una flecha pasó silbando y fue a plantarse en pleno pecho de uno de los hombres que cabalgaban al lado de Galeazzo Maria.

—¡Nos atacan! —bramó Gaspare. Mientras empezaba a caer agua helada, entre ráfagas de viento, una tempestad de hierro llenó el cielo color plomo.

Las saetas llovieron entre silbidos y los milaneses apenas tuvieron tiempo de protegerse con los escudos. Los golpearon con violencia, arrancando gritos desgarradores a los que no habían logrado protegerse de esa salva de flechas disparadas a traición.

Un par de caballeros acabaron en el barro. Otro se dobló hacia atrás y resbaló por el costado de su caballo, que lo arrastró por el pie atrapado en el estribo.

Galeazzo Maria abrió mucho los ojos: no tenía ni idea de cómo había sucedido, pero esos mesnaderos sabían quién era.

Mientras tanto, hombres vestidos de negro, a caballo y a pie, se fueron aproximando procedentes de varias direcciones. Los rodearon.

—Gaspare —ordenó Galeazzo Maria—, rompamos el cerco y dirijámonos a esa iglesia —dijo, indicando una construcción lejana que a duras penas se vislumbraba bajo la lluvia copiosa.

Después gritó «¡Sforza!» con todas sus fuerzas mientras sus hombres respondían en un coro unánime de muerte. Desenvainaron las espadas y lanzaron sus caballos al galope en un intento desesperado de romper el cerco erizado de hojas y hierro levantado por sus enemigos.

Galeazzo Maria espoleó su caballo y adquirió velocidad, confiando en que la mole de su corcel lograra arrollar al enemigo. Vio a los mesnaderos hacerse más grandes a medida que se acercaba. Cuando estuvo seguro de tenerlos a su alcance, tiró dos mandobles formidables. Vio la sangre salpicar de forma radial, pero no se preocupó por comprender qué había pasado. Siguió avanzando, mirando hacia delante, los ojos fijos en la puerta de la iglesia que representaba la meta de esa carrera frenética.

En cuanto la tuvo delante, desmontó de un salto. Sujetó el caballo por las riendas y empujó la puerta con el hombro. Por suerte se abrió. Entró, tirando de la montura. El repiqueteo rítmico de los cascos rimbombó en las naves de la iglesia. Dejó que el animal se calmara y abrió la puerta de par en par. Vio a Gaspare da Vimercate cabalgando a todo correr. Casi había llegado cuando a su caballo se le doblaron las patas. Herido por un par de saetas, no había resistido.

Gaspare rodó por el barro, pero se levantó prontamente y corrió hacia la puerta que Galeazzo Maria mantenía abierta. Y logró entrar.

Al cabo de poco, otros cinco soldados se unieron a ellos.

—¿Hay alguien más? —preguntó Sforza.

—No, mi señor, yo soy el último —confirmó Braccio Spezzato. Tenía la barba canosa, pero el viejo soldado seguía siendo coriáceo y duro de pelar.

—Pues cerremos la puerta —exclamó Galeazzo Maria—, ayudadme a atrancarla. —Y se apresuró a coger una viga de madera enorme seguido por dos de sus hombres. Entre los tres la colocaron de través para bloquear la puerta.

—¿Y ahora? —preguntó Gaspare.

—Ahora esperaremos. No creo que nuestros amigos tarden mucho en dar señales de vida.

En confirmación de lo que acababa de decir, golpes furibundos resonaron contra la puerta.

—¡Abrid! —gritó alguien desde fuera.

—¡Dejadnos marchar! —gritó a su vez Braccio Spezzato.

Alguien se echó a reír detrás de la puerta. Pero lo hicieron callar inmediatamente.

—¡Sabemos quiénes sois! —dijo la primera voz.

—¿Quién creéis que somos? —prosiguió Braccio Spezzato.

—¡Galeazzo Maria Sforza y su escolta!

Braccio Spezzato y Gaspare da Vimercate miraron al joven duque. Así que era como habían sospechado: los estaban esperando. Seguramente mandados por Amadeo IX.

—¿Quién os manda? ¿El duque de Saboya? —preguntó Galeazzo Maria, cansado de ese teatro inútil.

—¡Las preguntas las hacemos nosotros! —continuó la voz áspera y oscura.

—¡Maldición! ¿Queréis dinero? ¡Tengo en abundancia! —insistió Galeazzo Maria.

—No nos interesa vuestro dinero, *messer* —dijo el otro.

—¡Pues no os ofreceremos otra cosa! —bramó el duque.

—Ya veremos. Tarde o temprano os tendréis que rendir.

Galeazzo Maria hizo amago de responder, pero Braccio Spezzato le hizo una señal para que se callara.

Permanecieron en silencio hasta que les pareció que sus agresores se habían alejado de la puerta.

—¿Y ahora? —preguntó el duque.

—Ahora estamos atrapados, mi señor —respondió Gaspare da Vimercate.

—Puede que no del todo —intervino Braccio Spezzato.

—¿Qué queréis decir, amigo mío?

101

Gaspare da Vimercate

Ducado de Saboya, Val Cenischia, alrededores de la abadía de Novalesa

La puerta se distinguía a duras penas, aunque era lo bastante grande para que pasara un caballero a pie con su caballo. Pero lo más importante era que se abría a la altura del extremo derecho del transepto, casi al lado de la pequeña capilla absidial.

¿Los mesnaderos lo sabían? Galeazzo Maria no tenía ni idea, pero valía la pena intentarlo.

—¿Quién está dispuesto a montar mi caballo y galopar a todo trapo hasta las puertas de Milán para contarle a mi madre lo que ha sucedido? Ella encontrará una solución, estoy seguro —preguntó el duque.

—Iré yo —se ofreció Gaspare da Vimercate—. Prefiero que un guerrero de gran experiencia como Braccio Spezzato se quede con vos, mi señor. Además, soy el que cabalga mejor.

—¿Estáis seguro?

—Lo estoy —respondió Vimercate—. Esperaremos que se haga de noche.

—Ya no debería faltar mucho —observó Braccio Spezzato—. Está oscureciendo.

En cuanto abrieron la puerta, el aire helado los hizo estremecer. Galeazzo Maria y Braccio Spezzato comprobaron que no hubiera nadie. No vieron antorchas ni teas encendidas. Los mesnaderos que los habían atacado no debían conocer la existencia de esa puerta.

Gaspare salió lo más sigilosamente que pudo, tirando por las riendas del caballo negro del duque. Galeazzo Maria trataba de tranquilizarlo acariciándole el costado. Todo iba como la seda.

Vimercate montó con cuidado.

Había parado de llover. Una enorme luna llena había aparecido en el cielo. Era redonda, amarilla y brillante como un ducado de oro.

Pero algo debió de asustar al caballo del duque, que se encabritó de repente y se levantó de manos mientras relinchaba de manera salvaje. Gaspare da Vimercate estuvo a punto de resbalar de la silla y aunque entre él y el duque pudieron calmarlo, todo ese ruido puso en alarma a los mesnaderos del rey de Saboya.

—¡Huid! ¡Aprestaos! —dijo en voz baja el duque.

Mientras tanto, se oyeron gritos y pronto acudieron un par de bandidos.

—¡Dos ballestas aquí! ¡Rápido! —ordenó Galeazzo Maria.

Mientras Gaspare da Vimercate espoleaba al caballo, haciéndolo brincar hacia delante, Braccio Spezzato llegó con dos ballestas empulgadas.

El duque le arrancó una de las manos y apuntó. La luna le permitía distinguir con claridad a los dos mesnaderos que se acercaban.

Disparó sin dilación. El rallón silbó en el aire y fue a clavarse en la garganta de uno de los dos hombres, que emitió un grito ahogado. El otro puso sobre aviso a los demás.

—¡Alarma! ¡Alarma! ¡Están huyendo! —apenas tuvo tiempo de gritar antes de que la saeta disparada por Braccio Spezzato le diera en la espalda.

Acabó de rodillas y después se desplomó en el suelo.

Pero los demás habían oído sus gritos y ahora se acercaban otras siluetas oscuras y amenazadoras.

—¡Adentro! —gritó Galeazzo Maria.

Cerraron la pequeña puerta de madera. Una vez dentro, arrimaron contra ella todo lo que encontraron: bancos, sillas y enseres, formando una pila.

De repente, oyeron golpes violentos acompañados de gritos e imprecaciones salvajes. Galeazzo Maria esperó servir de diversivo para dar a Gaspare da Vimercate el tiempo suficiente para ganar terreno y huir.

Ahora no podían hacer otra cosa que esperar y confiar en que resistirían.

Estaban en sus manos.

102

Salvar a Galeazzo Maria

Ducado de Milán, palacio del Arengo

Gaspare da Vimercate había galopado sin cesar durante dos noches y un día. Al final, después de haber dejado atrás Castellamonte, Biella, Ivrea y Novara, llegó, agotado, a las murallas de Milán.

Entró por la Porta Vercellina y haciendo acopio de sus últimas fuerzas se presentó en el palacio del Arengo. La guardia ducal lo reconoció inmediatamente y lo condujo sin demora ante Bianca Maria.

Cuando la vio, Vimercate casi no la reconoció, de tan estropeada y abatida que estaba. Bianca Maria iba de luto, tenía los ojos enrojecidos, la hermosa melena mal peinada y arrugas profundas en la frente.

—¿Dónde está mi hijo? —le preguntó sin preámbulos.

—Mi señora, antes de nada, mi más sentido pésame. En cuanto supimos de la muerte del duque abandonamos la corte francesa y tomamos inmediatamente el camino que conduce a los Alpes, de allí bajamos hacia Susa. Nuestro objetivo era evitar a los hombres de Amadeo IX de Saboya, pero cerca de la abadía de Novalesa, en Val Cenischia, nos atacó una banda de mesnaderos. Nos refugiamos en una iglesia cercana. Pero los bandidos nos asediaron con todas las de la ley.

—¿Mi hijo? —preguntó Bianca Maria lacónica y furiosa a la vez.

—Se quedó con los demás. Me envió con el mensaje. Pero hay que darse prisa.

—¡María! ¡Maldita mujer! ¡Con razón la odiaba mi madre!

—¡Sabían que pasaríamos por allí! ¡Esos hombres son sin duda pretorianos del duque de Saboya!

—Ciertamente, Gaspare. Ahora debemos liberar a Galeazzo Maria cueste lo que cueste. ¿Cuánto tiempo habéis empleado en cubrir la distancia?

—He cabalgado dos noches y un día sin detenerme.

—¡Pues tenemos poco tiempo! ¿Estáis dispuesto a partir de nuevo? Lamento pedíroslo, pero no sé a quién recurrir, no me queda nadie.

—Mi señora, ordenad lo que deseéis y yo galoparé hasta que me reviente el corazón, si es necesario.

—Os lo agradezco, mi buen Vimercate. El único que podría escucharme ahora es Antonio da Romagnano. Siempre ha apreciado al duque de Milán y, a diferencia del loco de Amadeo IX, tendrá la inteligencia suficiente para comprender las consecuencias que traería consigo al ducado de Saboya que a mi hijo le hagan un solo rasguño.

—De acuerdo, señora, entiendo vuestro plan.

—Lavaos y reposad unas horas, Gaspare. Os espera una prueba suprema —dijo Bianca Maria, despidiéndose.

Mientras Vimercate salía, Bianca Maria se sentó en el escritorio sin perder tiempo.

Cogió papel y pluma y empezó a redactar una carta.

Excmo. *messer* Antonio da Romagnano:

Os escribo con el corazón roto por la muerte de mi marido, Francesco Sforza, duque de Milán. El motivo por el que lo hago es, sin embargo, otro. Me he enterado de que los hombres del duque de Saboya han atacado a mi hijo Galeazzo Maria y a su escolta cerca de la abadía de Novalesa.

Como comprenderéis, la noticia me ha dejado consternada. Considero lo ocurrido agravado por el hecho de que mi hijo estaba volviendo de Francia, donde había prestado ayuda a su majestad Luis XI en la guerra contra Carlos el Temerario.

No entraré en el mérito de la cuestión, no tengo tiempo ni ganas de hacerlo, pero os puedo asegurar que al soberano francés no le agradará saber de qué manera ha sido recibido en Saboya un importante aliado como el nuevo duque de Milán.

No tengo la intención de descubrir las razones ni de investigar los motivos que han llevado a una banda de mesnaderos a tender una emboscada a Galeazzo Maria. Mi hijo y sus hombres se encuentran en este momento atrincherados en una iglesia cerca de la abadía de Novalesa. Llegados a este punto, espero de vos que hagáis todo lo que esté en vuestras manos para convencer al duque Amadeo IX de que resuelva la cuestión.

Si así no fuera, preveo la intervención armada del rey de Francia, con las consecuencias que conllevará para el ducado de Saboya.

Creo que no cabe añadir nada más.

BIANCA MARIA VISCONTI SFORZA,
DUQUESA DE MILÁN

Bianca Maria releyó la carta: simple, directa, eficaz.

Cerró el sobre y lo selló con lacre.

Ahora solo podía esperar que Galeazzo Maria resistiera por mucho tiempo y que Antonio da Romagnano no se hubiera olvidado de ella.

103

La primacía

Estados Pontificios, palacio Barbo

Estaban en la sala del Mapamundi. Polissena no podía apartar la vista del gigantesco planisferio que colgaba del centro de la pared principal. El salón era magnífico y estaba tan ricamente amueblado como el que acababa de abandonar, conocido como sala de los Trabajos de Hércules porque justo debajo del techo artesonado de madera corría, a lo largo de las cuatro paredes, un magnífico friso en el que se reproducían, con trazos elegantes y bellísimos, las celebérrimas empresas del héroe mitológico.

En todas las salas estaba presente el escudo de Pietro Barbo: el león rampante coronado por el capelo cardenalicio.

—Este palacio será el símbolo del prestigio y el poder de nuestra familia, madre —dijo Pietro con mal disimulado orgullo—. Haré de él el centro de mi política. Aquí sois la reina de Roma —prosiguió el pontífice, dirigiéndose a Polissena.

Ella se sonrojó y sonrió. Se sonrojó por la incomodidad de encontrarse frente a todo ese lujo, sonrió porque era feliz.

—No temáis, Pietro, yo me contento con mucho menos —precisó.

—No lo dudo, madre, sois una mujer sobria, de inteligencia

y moderación excepcionales. Pero Venecia no debe mostrarse temerosa. Por eso elegí este palacio cercano a la iglesia de San Marco: para enviar un mensaje claro. No tengo intención alguna de someterme al poder ilimitado de los conciliaristas, reos de habernos engañado con sus teorías extravagantes. Y tampoco quiero ceder ante quienes desean reservar prerrogativas y tareas decisorias al colegio cardenalicio. Tengo la firme voluntad de devolver a la figura del pontífice su supremacía de guía espiritual sin sacrificar el poder secular que debe caracterizarlo. Quiero rodearme, como he empezado a hacer, de personas que gozan de mi absoluta confianza. Desde esta óptica, deseo que Giovanni sea elegido cardenal sin tardanza.

—¿Tu sobrino? —inquirió Polissena.

—Naturalmente. De esta suerte, mi hermana Nicolosa no tendrá nada que temer. Por otra parte, como bien sabéis, ya he dado disposición de que sea nombrado abad comendatario de Santa Maria in Silvis, en Sesto al Reghena. Para llegar al cardenalato le reconoceré antes otras dos encomiendas: la de San Fermo Piccolo, en Verona, y la del monasterio de Bosco, cerca de L'Aquila.

—Pero ¡si son las que vos administrasteis!

—Exacto.

—¿No creéis que estáis exagerando? —preguntó Polissena, que encontraba las elecciones de su hijo demasiado nepotistas.

—¡En absoluto! ¿Acaso no fue pontífice mi tío? ¿Y no le debo a él mis privilegios? ¿Qué debería hacer yo? ¿Abandonar a mi sobrino? ¡Jamás! ¡Hago todo esto por los Condulmer y los Barbo! Mi padre estaría de acuerdo. Espero que vos también lo estéis.

—Sí —admitió Polissena.

—En cuanto a mi primo Marco, lo nombraré cardenal en el próximo consistorio, por ahora seguirá siendo obispo de Vicenza. Y ahora, lo más importante, madre.

—¿De qué se trata? —preguntó ella, arrollada por todos esos planes.

—Quiero que seáis mi consejera personal. Por eso os pido que de ahora en adelante permanezcáis en Roma el mayor tiempo posible. He dispuesto este palacio para vos —y mientras lo decía, Pietro abrió los brazos con gesto teatral, como si quisiera abarcar la fastuosidad del salón en que se encontraban.

Polissena se llevó las manos al corazón.

—¿Lo decís en serio?

—¡Por supuesto! ¿Quién mejor que vos?

—No creo que sea...

—No aceptaré una negativa —la interrumpió bruscamente—. Está decidido.

Polissena sonrió de nuevo. Le gustaba la determinación de Pietro. Puede que fuera exageradamente exhibicionista y amante del lujo de manera casi desmedida, pero, por otra parte, ¿quién carecía de defectos?

—En ese caso —dijo—, obedeceré a Su Santidad.

—Os estoy inmensamente agradecido —respondió Pietro—. No tenéis ni idea de las conspiraciones e intrigas palaciegas que se fraguan aquí.

—Me lo imagino. Por eso os aconsejo que obréis con prudencia.

—Ese es el motivo por el que quiero teneros cerca. Además de que os quiero como nunca querré a nadie.

Polissena se quedó sin palabras.

—Venid aquí, hijo mío —exclamó muy emocionada—. Cuando se acercó, lo estrechó entre sus brazos—. Si Niccolò pudiera vernos ahora —comentó.

—Creo que estaría orgulloso de nosotros —concluyó el papa.

104

La liberación

Ducado de Saboya, Val Cenischia, alrededores de la abadía de Novalesa

Hacía cuatro días que esperaban. Y estaban literalmente muriendo de inedia. La primera noche ayunaron. A la mañana siguiente, juntaron las provisiones: un poco de carne seca, pan duro, salchichón y poco más.

Braccio Spezzato había llevado una garrafa de vino y habían matado el tiempo bebiendo. Galeazzo Maria se había encerrado en sí mismo a causa de la muerte de su padre para explotar después contra aquel hatajo de cobardes que los habían cercado.

Pasaron así el primer día, la segunda noche y el día siguiente.

—¡A estas horas Gaspare ya debería estar aquí! —dijo el joven duque.

—Creo que ya esta mañana —respondió Braccio Spezzato.

—¿Cuándo acabará todo esto? ¡Lo más lógico es que mi madre envíe un contingente en nuestra ayuda!

—Pero así desataría una guerra.

—¿Y qué creéis que hará, según vos?

—No tengo ni idea. Debemos ser pacientes, mi señor.

—¡Para vos es fácil, Braccio! ¡Tenéis la calma y la sabiduría de la vejez!

—Vos, en cambio, la arrogancia de la juventud —tronó el viejo guerrero. Las había visto de todos los colores como para secundar el nerviosismo de Galeazzo Maria.

El duque calló. Tenía en mucha estima al lugarteniente de su padre y le estaba agradecido. Un hombre legendario que había sobrevivido a mil aventuras. Después se sentó en un rincón, detrás del altar.

Al ponerse el sol, Braccio Spezzato y los demás soldados se durmieron.

El joven duque se hizo mala sangre hasta el amanecer.

Así transcurrió la tercera noche.

El día siguiente lo pasaron en silencio; estaban demasiado hambrientos para hablar, demasiado cansados y débiles para dar grandes pasos por la pequeña iglesia. Braccio Spezzato controlaba obsesivamente las puertas. Quería estar seguro de que no iban a atacarlos. Fuera se oían las carcajadas de los mesnaderos. No les dirigieron la palabra ni una sola vez. Querían que la espera los consumiera.

Así pasó la cuarta noche. Pero al amanecer algo alarmó a los mesnaderos.

Algo o alguien parecía haber turbado su despertar.

En efecto, alguien llamó a la puerta de la iglesia.

Una voz distinta a la del jefe de los bandidos preguntó por el duque. Una voz que todos conocían muy bien.

—¡Soy yo, mi señor, Gaspare da Vimercate! Salid, estáis a salvo.

Galeazzo Maria se había aproximado a la puerta. Después miró a Braccio Spezzato, interrogándolo. ¿Podían fiarse?

—¡Gaspare! —gritó Galeazzo—. Si de verdad sois vos, os

esperamos en la puerta lateral. Quedaos a distancia para que podamos reconoceros.

—De acuerdo —oyó responder.

Llegados a ese punto, Braccio Spezzato y el joven duque se dirigieron inmediatamente a la puerta que había a la altura del transepto. Mientras tanto, dos de sus compañeros empezaron a retirar los bancos, las sillas y las pértigas de madera que habían amontonado delante para impedir el acceso a eventuales agresores. Cuando acabaron, Braccio Spezzato abrió lentamente la puerta.

Frente a ellos, a unos pasos de distancia, vieron a Vimercate.

—¡Que me parta un rayo! —dijo Braccio—. ¡Es Gaspare! Comprobadlo vos mismo, mi señor.

El joven duque se asomó y reconoció a Vimercate.

—¡Gaspare! —gritó—. ¡Bendita sea! ¡Lo habéis conseguido!

—Sí, mi señor. Ahora podéis salir, no corréis ningún peligro. Hay una unidad entera del ejercito de los Sforza conmigo y, lo que es más importante, ¡me acompaña el noble piamontés Antonio da Romagnano!

—Ah, ¿sí? ¿Quién es ese? —preguntó Galeazzo Maria con tono despreciativo.

—El hombre que ha puesto fin a esta pesadilla. De acuerdo con vuestra madre, naturalmente.

—¿Mi madre está aquí?

—No. Os espera en Milán para celebrar las exequias de vuestro padre y vuestra subida al trono.

—No veo la hora.

—Mi señor —insistió Gaspare—, ¿podéis seguirme y uniros a los demás en la entrada principal de la iglesia?

El joven duque asintió.

Al poco, él, Braccio Spezzato y sus otros cuatro compañeros se encontraron bajo el rosetón de la fachada principal de la iglesia.

Allí, a la luz de la mañana, Galeazzo Maria vio, como había dicho Vimercate, un contingente de caballeros del ejército de los Sforza. También a un noble elegantemente vestido flanqueado por dos alas de hombres de armas saboyanos. Tenía el cabello blanco y una expresión huraña que no carecía, sin embargo, de cierta autoridad.

—Vuestra gracia —dijo, dirigiéndose a Galeazzo Maria—, mi nombre es Antonio da Romagnano. Fui amigo de vuestro padre. Y ahora, a petición de vuestra madre, he acudido rápidamente aquí para resolver este deplorable incidente. No sé quiénes eran esos hombres —subrayó el noble—, lo cierto es que han huido al vernos llegar.

—¡Puaj! —exclamó el duque—. ¡Menudos canallas! Nos han asediado durante cuatro noches y tres días y ahora se las piran. ¡Algo me dice que ha sido cosa de vuestro duque!

Braccio Spezzato sujetó a Galeazzo Maria por el brazo para recomendarle que se calmara. Si lo hubiera hecho otro, el duque habría ordenado que le cortaran la cabeza por su atrevimiento, pero de él lo aceptaba todo.

—Lamento que penséis así —contestó Romagnano—. Quiero precisar, en cambio, que os pido perdón por este hecho deplorable en nombre y por cuenta de Amadeo IX de Saboya. El duque desea que sepáis que no tiene nada que ver con lo sucedido y que nunca habría autorizado una emboscada contra vos.

Galeazzo Maria hizo una mueca; su rostro hablaba por sí solo. Sin embargo, tuvo la amabilidad de responder:

—Noble Antonio da Romagnano, os damos las gracias por vuestra intervención providencial y al duque de Saboya por haberos enviado como su embajador.

El piamontés asintió.

—Pero el duque tiene la intención de hacer algo más: os ruega que aceptéis este espléndido bayo camargue que os envía a través de mí. Confía en que sea para vos un fiel compañero de aventuras. —Mientras lo decía, dos caballeros saboyanos desmontaron de la silla y condujeron ante él un corcel tan magnífico que dejó sin habla, al menos por un instante, al impetuoso duque milanés.

Galeazzo Maria sonrió. Admiró su pelaje brillante de color avellana.

—Dad las gracias en mi nombre a Amadeo IX —indicó el duque, acercándose al hermoso caballo y acariciándole la testuz, donde tenía un lucero blanco en forma de estrella. Le gustó muchísimo—. Y ahora, amigos míos —dijo al final Galeazzo Maria, dirigiéndose a Braccio Spezzato y a Gaspare da Vimercate—, montemos a caballo. Ha llegado la hora de volver a Milán.

105

La emboscada

República de Florencia, camino de Careggi a Florencia

Lorenzo cabalgaba a rienda suelta. No tenía intención de revelar el plan que había tejido procediendo al paso y dando prueba de esperar encontrarse de un momento a otro con los hombres de Luca Pitti y Diotisalvi Neroni.

Su padre, lejos de tomar el camino acostumbrado para ir de Careggi a Florencia, lo había precedido en carroza por otro poco concurrido que pocos conocían. A esa hora ya debía de haber llegado al palacio Médici.

Lo seguía una pequeña escolta: unos pocos hombres de armas oportunamente vestidos de nobles para no llamar la atención y desvelar que esperaba la emboscada.

El camino describía una serie de curvas. Fue al final de una de ellas donde Lorenzo vio a un par de hombres a caballo en medio del camino. Aminoró la marcha e hizo una señal a los hombres que lo seguían para que lo imitaran. Reconoció a Diotisalvi Neroni: su barba larga y tupida era tan blanca que parecía de yeso. No iba vestido de manera elegante como era su costumbre, es más, Lorenzo nunca lo había visto tan marcial: llevaba un jubón de cuero y una espada corta al cinto. El hombre que lo acompañaba debía de ser un soldado profesional. La expresión amenazante, la mirada de ave de rapiña, el cuerpo enjuto y fuerte y el arsenal que llevaba encima no dejaban lugar a dudas.

—*Messer* Médici... —dijo Diotisalvi Neroni con modales untuosos mientras sujetaba el caballo de Lorenzo por las riendas, como dando a entender que no iría a ninguna parte. Folgore, su amado caballo, negro como el carbón, de pelaje brillante y resplandeciente, hizo amago de reparar porque no le gustaba la proximidad de los extraños. Lorenzo lo calmó inmediatamente acariciando su cuello fuerte y poderoso.

Neroni no se inmutó.

—Qué sorpresa hallaros aquí, ¿adónde os dirigís, si puede saberse, con esta exigua escolta?

—Vuelvo a Florencia desde la villa de Careggi. A mi padre le gusta retirarse en el campo, sobre todo para hablar de letras y filosofía con los miembros de la Academia.

—Cierto, cierto —dijo Neroni.

—¿Puedo preguntaros quién es el caballero que os acompaña?

—Ercole de Este, hermano del duque Borso.

—¡Ah! Mis respetos, señor.

El otro no lo consideró digno ni de una mirada. Se limitó a un distraído gesto de la cabeza. Parecía ocupado en contar a los hombres que lo acompañaban.

De repente, mientras estaba a punto de marcharse y trataba de concluir esa espinosa conversación, Lorenzo tuvo la sensación de que algo amenazador centelleaba entre los árboles del bosque que flanqueaban el camino a ambos lados. Así que Neroni había ordenado a sus hombres que se escondieran en la espesura para sorprender a su padre entre dos fuegos cuando pasara en carroza con su séquito. La presencia de un guerrero como Ercole de Este confirmaba el odio ya legendario que Ferrara sentía por Florencia.

—Bueno, mi señor —dijo Lorenzo—, que tengáis un buen día.

El joven Médici hizo ademán de plantar los talones en los costados de su caballo para reemprender la marcha, pero Neroni sujetó de nuevo las riendas.

—Un momento —indicó—, tengo una última pregunta.

—Os escucho —respondió Lorenzo, tratando de mostrarse desenvuelto. Sus palabras parecieron balancearse en el aire primaveral.

Neroni esperó antes de formular su pregunta, como si quisiera, con su silencio, aumentar la tensión creciente de ese encuentro aparentemente casual:

—¿Vuestro padre se ha quedado en la villa?

—No —contestó prestamente Lorenzo—. Él también se ha puesto en camino, debería de pasar por aquí dentro de poco. En breve podréis saludarlo.

—Ah. —Los ojos de Neroni brillaron por un instante, desvelando lo que Lorenzo habría jurado que podía ser un destello de satisfacción—. En ese caso, no quiero retrasar vuestro regreso. Imagino que querréis estar allí para recibirlo.

—Precisamente, *messer* Neroni —repuso con un gesto de la cabeza—. Mi señor —añadió, dirigiéndose a Ercole de Este—, ¡mis respetos a los dos! —Y arrancando las riendas de las manos del florentino, plantó los talones en los costados de Folgore y reemprendió el camino seguido por sus hombres.

Esperó a estar lejos y después de haber recorrido varias curvas, cuando estaba seguro de que nadie podía oírlo, levantó la mano para llamar la atención de su buen amigo Braccio Martelli, que se puso a su lado. Además de considerarlo su mejor amigo, en cierto sentido también era para él el hermano mayor que no había tenido. Era un hombre de gran valía y le había demostrado un afecto sincero desde el principio. Quería que estuviera a su lado.

—¿Qué creéis, amigo mío? ¿Se lo habrán tragado?

—Eso ya no importa. Cuando no vean llegar a vuestro padre, caerán en la cuenta de que los habéis burlado.

—Ya.

—Pero a esas alturas, será demasiado tarde.

—En efecto.

—Les habéis hecho una jugarreta de auténtico maestro de astucias —afirmó Braccio.

—Me aduláis en demasía, amigo mío.

—Es la verdad. Aunque, si las cosas se hubieran puesto feas, ¡no sé cómo habría acabado!

—¿Qué queréis decir?

—Que hablando salís airoso, Lorenzo, pero ¿y luchando? Si con la espada sois la mitad de rápido que con las palabras, os aseguro que nadie podrá resistirse a vos —al decirlo, Braccio se echó a reír. Lorenzo también. Después respondió:

—Podemos descubrirlo.

—¿De qué habláis?

—De mi habilidad con la espada y la lanza.

—¡Ah! Trato hecho.

—Decidme dónde y cuándo.

Braccio lo miró directamente a los ojos.

—Dentro de dos años a partir de hoy. En plaza Santa Croce, en Florencia.

—¿Qué se celebra?

—¡Mi boda!

—Ah, sinvergüenza, ¿así que os casáis? —dijo Lorenzo, sorprendido, sin poder contener su entusiasmo.

—¿Lo dudabais?

—En absoluto. Trato hecho, pues. ¡Dadme la mano! —Y mientras Braccio le estrechaba la diestra, Lorenzo pensó que acababa de cumplir con una tarea importante. Y que si lo que bien empieza bien acaba, su vida no estaría exenta de aventuras.

—Por lo menos disponéis de tiempo para entrenaros —dijo Braccio.

Se echaron a reír.

Después pusieron los caballos al galope en dirección a Florencia.

106

Refuerzos

Ducado de Milán, castillo Sforza

Galeazzo Maria estaba furioso. Se encontraba en la sala de armas con Braccio Spezzato y Gaspare da Vimercate. Cicco Simonetta lo observaba desde una distancia prudente, pasmado.

El duque acababa de partir una coraza con el mangual.

—Maldición —gritó—, ¿ese imbécil de Borso de Este osa desafiar a los Médici? ¿Mis mejores y más fieles aliados? ¿Qué se cree? ¿Que sigo siendo el muchacho que fue su invitado hace años?

—En absoluto, majestad —dijo Cicco—, su comportamiento es una clara declaración de guerra.

—Pues entonces —prosiguió Galeazzo Maria, que aunque a veces no soportara la presunción del consejero de su padre reconocía que era imprescindible—, la acepto plenamente. No podemos quedarnos de brazos cruzados. ¿Cuántos hombres ha enviado Borso?

—Más de mil —respondió Simonetta—. Comandados por su hermanastro, Ercole, guerrero valeroso y caballero de la Orden del Dragón.

—¿La Orden del Dragón? ¿Qué orden es esa?

—La *Societas Draconistrarum*, fundada por el emperador Segismundo de Hungría. Son los caballeros más sanguinarios de la historia.

—¿Ah, sí? —dijo Galeazzo Maria con tono de burla—. Pues yo mandaré dos mil hombres. El doble que los Este. ¡Ya veremos si el caballero del Dragón puede con ellos! ¿Qué va a hacer? ¿Escupir fuego? —se burló. Y soltó una carcajada grosera.

Cicco Simonetta no se inmutó. Gaspare da Vimercate y Braccio Spezzato sonrieron.

—No hay un momento que perder.

—Temo que sea una solución demasiado arriesgada.

—Lamento que lo penséis, Cicco, porque así lo he decidido y deberíais matarme para hacerme cambiar de idea —exclamó Galeazzo Maria, clavando sus ojos en los del consejero.

—Me guardaría muy bien, mi señor. Si consideráis que es lo correcto, vuestra palabra es ley.

—Bien, mejor así. ¡Y ahora, basta de perder tiempo! Braccio, por favor, organizad los preparativos. Señores, ¡podéis retiraros! Vos no, Gaspare.

Mientras los otros dos se dirigían a la puerta, el guerrero gigante se detuvo.

El duque esperó unos instantes antes de hablar.

—¿Qué opináis? —preguntó en cuanto tuvo la seguridad de que no lo oirían.

—¿De qué?

—De Cicco Simonetta.

—¿Qué queréis decir, alteza?

—Ya me habéis oído.

Gaspare da Vimercate sacudió la cabeza.

—¿Qué puedo deciros, mi señor? Cicco Simonetta fue el consejero más fiel de vuestro padre. Creo que está por encima de toda sospecha y añado que es un colaborador indispensable del ducado.

—Directo y sincero.

—Mi única manera de ser.

—Por eso me gustáis, Gaspare.

—Gracias, señor.

—No me deis las gracias. Vos estaréis al mando de los hombres que voy a enviar a Florencia.

Vimercate hincó la rodilla.

—Mi señor, no puede haber mayor honor.

—¡Tonterías! Me doy perfecta cuenta de que estáis cansado. Y tenéis razón. Ya habéis luchado bastante. Os pido un último esfuerzo. Después podréis retiraros. Sé que habéis donado a los dominicos un terreno cercano a Porta Vercellina.

—Tengo la intención de hacer construir una iglesia —respondió Vimercate.

—Un propósito que os honra. ¿Ya sabéis quién dirigirá las obras?

—Guiniforte Solari.

—Muy bien. Pues a vuestro regreso os recompensaré con dinero suficiente para construir otras tres iglesias, si os place.

—Gracias, mi señor.

—Retiraos ahora. Luca Pitti y Diotisalvi Neroni no perderán tiempo. Tendréis que cabalgar a matacaballo para no llegar demasiado tarde.

—No sería la primera vez, mi señor.

—Tenéis razón —dijo Galeazzo Maria, recordando el asedio a la iglesia por parte de los mesnaderos al servicio de los Saboya.

107

La derrota de los conspiradores

República de Florencia, palacio Médici

Piero de Médici sabía que la parte más importante estaba hecha. Luca Pitti se había desentendido astutamente del grupo de los conspiradores dando muestra del transfuguismo más descarado que lo caracterizaba. Y ahora, gracias a la llamada que había hecho llegar a Galeazzo Maria Sforza, Piero confiaba en que un contingente de soldados milaneses llegaría pronto en su ayuda.

Con toda probabilidad, Diotisalvi Neroni y los Este no dejarían correr el asunto, sobre todo Ercole de Este, que se había desplazado hasta allí y sin duda no tenía intención de perder el tiempo. Era, pues, de vital importancia que los soldados de Sforza llegaran lo antes posible. El duque de Milán le había hecho saber por carta que Gaspare da Vimercate había partido hacia Florencia con dos mil soldados y que llegaría pronto.

Mientras tanto, Piero y su familia se habían refugiado en el palacio. Michelozzo lo había construido años atrás para su padre, Cosimo. Por suerte, poseía todas las características de una fortaleza.

A pesar de ello, empezó a oír un fragor de trueno a intervalos regulares. Alguien trataba de forzar la puerta de entrada, probablemente con un ariete o algo parecido.

La llegada de Lorenzo con malas noticias confirmó sus temores.

—Padre —dijo—, un grupo de hombres está intentando sitiar nuestro palacio. Otro golpea con rabia un ariete contra nuestra puerta. ¿Qué podemos hacer?

—¡Es inconcebible! Pero no os preocupéis, Lorenzo, yo me encargo de eso. Ya habéis hecho bastante en estos días. Quedaos con vuestro hermano pequeño, Giuliano, y con vuestra madre, Lucrecia.

—¿Y vos?

—Escucharé lo que Neroni tiene que decirme.

—Pero...

—¡Basta! ¡Obedeced! —rugió Piero.

Lorenzo hizo una reverencia y se reunió con su madre en sus aposentos. Se lo veía decidido, y Piero tuvo la seguridad de que, si las cosas se torcían, daría hasta la última gota de sangre para defender a su familia.

Cuando se hubo marchado, Piero se asomó a las ventanas que daban directamente a la entrada de via Larga. Braccio Martelli, a su lado, controlaba que la situación no fuera a más bajo los muros del palacio.

Cuando Piero se asomó vio corazas de cuero y hierro, yelmos y espadas desenvainadas. Algunos hombres sujetaban por las ramas un pesado tronco de roble con el que ya habían golpeado varias veces las puertas del palacio, causando daños evidentes. Todavía no habían podido derribarlas ni iban a poder hacerlo de inmediato. No tomarían fácilmente el palacio. Piero había ordenado que sus hombres, armados de arcos y ballestas, se colocaran en las ventanas; a su señal disparerían una lluvia de dardos sobre la marea herrada que se movía a sus pies.

—*Messer* Neroni —dijo con voz firme—. ¿Qué queréis?

—La situación es simple, *messer* Médici: a mi modesto entender, y también en el de Niccolò Soderini, Angelo Acciaiuoli y el duque de Este, desde la muerte de vuestro padre os comportáis como el señor de esta ciudad. No hay ninguna ley que os reconozca esa prerrogativa. Por eso estamos hoy aquí, para restablecer el orden. ¿Acaso lo negáis?

Piero lo miró a los ojos. Se esperaba algo parecido.

—*Messer* Neroni —replicó, asomándose justo lo necesario para mirarlo a la cara—. No solo no me considero el señor de esta ciudad, sino que me defino su servidor. Mi familia siempre ha financiado obras y actividades y ha contribuido de manera determinante al esplendor de la ciudad de Florencia. Y ahora, en nombre de quién sabe qué interés, ¿venís aquí con acusaciones infundadas que no se sustentan en otra cosa que en vuestra palabra?

—¡Basta! —tronó Ercole de Este—. ¡Me he hartado de tanta palabrería! Lo que dice *messer* Neroni es conocido por todos. ¡Abridnos las puertas y quizá os perdonemos la vida!

—Vos, *messer* —Piero pronunció la palabra como si fuera el peor insulto—, sois sin duda el que menos voz tiene en este asunto, pues no sois más que un invasor. ¿Con qué título habláis en nombre de Florencia? ¡No me consta que hayáis nacido aquí ni que forméis parte de esta comunidad! ¿Por qué debería abriros? ¿Para que matéis a mis hombres y a mi familia? ¿En nombre de quién? ¿Del duque de Ferrara? —Mientras lo decía, Piero vio algo que por fin lo hizo sonreír en esa maldita jornada.

La guardia no los había detenido. Cuando Gaspare da Vimercate llegó a Porta San Gallo le habían abierto porque los florentinos sabían que Piero de Médici estaba en peligro. Después de que la entrada fuera autorizada por los soldados de la torre de garita, Vimercate había lanzado su caballo a galope tendido para tratar de llegar lo antes posible a via Larga. Sabía que debía apresurarse porque le habían llegado noticias de que Ercole de Este ya estaba allí y de que, a pesar de la traición de Luca Pitti, Neroni, Soderini y Acciaiuoli no habían desistido de su propósito de acabar con los Médici.

Subieron en tromba por via San Gallo. Otra parte del contingente cubría via Larga. De este modo, Vimercate y sus hombres cercarían a los rebeldes en tenaza. El rimbombo de los cascos de los caballos sobre la calzada parecía anunciar una tormenta. El cielo estival de fuego se había vuelto gris como el plomo. Vimercate estaba cansado. Los años empezaban a pesarle, pero Galeazzo Maria había sido claro: esa era su última misión. Más valía concluirla rápidamente y gozar del merecido descanso. Esa idea lo volvía aún más combativo y resuelto: iba a solventar rápidamente ese lío. Si alguien se interponía en su camino, lo quitaría de en medio sin piedad. En cuanto llegó cerca de la meta, vio a una multitud de hombres armados rodeando el palacio. Casi todos eran infantes. El hecho de que ellos fueran a caballo les proporcionaba una ventaja. Cierto, las calles estrechas de la ciudad podían ser un problema, pero al menos él y sus hombres dominaban al enemigo desde lo alto de sus caballos. Podían hendir a esa chusma y asestarles mandobles desde arriba. Notó que Piero de Médici había colocado oportunamente a sus arqueros y ballesteros en la doble fila de ventanas que daba a via Larga.

El hijo de Cosimo no era tan ingenuo como muchos pretendían hacer creer.

Al oír el fragor de los caballos, los soldados se giraron hacia él. Vio rostros alarmados y algunos soltaron imprecaciones y exclamaciones de sorpresa.

Levantó la mano para detener a los hombres que lo seguían. Después avanzaron lentamente hacia los enemigos un metro más y enristraron las lanzas. Llegados a ese punto, el jefe milanés se aseguró de que la otra mitad del contingente se aproximara por el lado opuesto. En cuanto los vio llegar, con gran rumor de armas y corazas, levantó el brazo y se puso de pie sobre los estribos.

Piero pensó que a sus enemigos aquel hombre debía de antojárseles gigantesco. Era de gran estatura y montaba un caballo imponente, un bayo cuya mole era el doble que la de una montura normal. Tras él, un grupo numeroso de caballeros. Lo mismo podía decirse de los que avanzaban por el lado opuesto de via Larga: procedían con las filas cerradas y llenaban toda la calle hasta donde alcanzaba la vista. Con semejante formación, atraparían entre dos fuegos a los hombres de Diotisalvi Neroni y Ercole de Este. Sin contar con sus arqueros y ballesteros.

—Señores —tronó el capitán desde lo alto de su caballo—, me llamo Gaspare da Vimercate y vengo en nombre de Galeazzo Maria Sforza, duque de Milán. Estoy al mando de más de dos mil hombres y como veis estáis rodeados. Tengo la firme intención de ayudar y apoyar a Piero de Médici. Vista la situación, os aconsejo que depongáis las armas y abandonéis Florencia. A excepción, naturalmente, de los traidores a la patria, que se quedarán aquí y serán juzgados por las instituciones de esta República. Pero será Piero de Médici quien se ocupará de ese asunto.

Gaspare da Vimercate calló por un instante para asegurarse de que todos lo habían entendido.

La escena pareció congelarse. Un momento después, Diotisalvi Neroni abrió mucho los ojos, pero no profirió palabra alguna. Ercole de Este escupió al suelo.

—No tengo ninguna intención de dejarme matar ni de hacer pagar a mis hombres el precio de esta locura. ¿Me habéis oído? —declaró, dirigiéndose a ellos—. Deponed las armas. Nos retiramos. Algún día nos desquitaremos, pero no tiene sentido que ahora nos dejemos masacrar por una ciudad que no es la nuestra.

Gaspare da Vimercate asintió.

Después de que Ercole de Este diera la orden, sus hombres tiraron al suelo las espadas, lanzas, alabardas, cuchillos y escudos. Acto seguido, levantaron los brazos en señal de rendición.

—Se acabó, *messer* Neroni —dijo Piero desde la ventana—. Me habéis desafiado y habéis perdido. No temáis, se os juzgará según la ley. No tengo la intención de ensañarme con vos ni con vuestros aliados. Quien pone en peligro la vida de un florentino, pone en peligro a Florencia y será Florencia la que pronunciará su veredicto contra vos.

Diotisalvi Neroni bajó la mirada.

«Se acabó», pensó.

108

Bianca Maria y Lucrecia

Ducado de Milán, castillo Sforza, 1468

Bianca Maria estaba preocupada. A pesar de sus advertencias, su hijo seguía adoptando una conducta peligrosa. Su desaforada inclinación por el lujo, la caza y la violencia, por no hablar de sus continuas aventuras sentimentales, lo alejaban del pueblo milanés día tras día. Como Filippo Maria Visconti, o incluso más, era considerado un hombre funesto, en una palabra, un tirano. Bianca Maria sabía lo mucho que le podía perjudicar una fama tan siniestra y había intentado hablar con él en repetidas ocasiones. Pero desde que dos años antes entrara en la ciudad entre gritos de júbilo, después de que ella obtuviera su liberación, Galeazzo Maria se había mostrado arrogante, injusto y derrochador.

Cicco Simonetta, alarmado, la había informado más de una vez del gasto desorbitado que suponía mantener a sus numerosas amantes, sin contar con el gran número de hijos que había engendrado y que probablemente pretenderían en el futuro el trono que ahora ocupaba.

Pero lo peor era que Galeazzo Maria se había distanciado de ella completamente, es más, tomaba decisiones que tenían como única finalidad faltarle al respeto. El último agravio que había querido infligirle había sido confirmar el acuerdo matrimonial con Bona de Saboya, con la que pretendía casarse a finales de año a sabiendas de que ella detestaba a la dinastía piamontesa, sin contar con que él también debería haberla detestado a la luz de la emboscada que le habían tendido tan solo dos años antes. Pero para un cabeza loca como Galeazzo Maria, evidentemente los Saboya debían de representar una extravagante forma de alianza.

Bianca Maria no contaba con convencerlo para que desistiera, pero al menos debía intentarlo, aunque antes de humillarse por enésima vez quería hablar con su favorita, Lucrecia Landriani, para sopesar si existía alguna posibilidad de atenuar el carácter agresivo y vehemente de su hijo.

Con este propósito había llegado a los aposentos de Lucrecia, que vivía en el castillo Sforza. Otra elección discutible. Además, ahora Galeazzo Maria tenía la intención de reconocer como legítimos a los hijos que le había dado, lo cual hacía difícil el éxito de cualquier matrimonio, prescindiendo de quién fuera la esposa. Convivir bajo el mismo techo con la esposa y la amante no era juicioso. Hasta el loco de su padre lo sabía. Naturalmente, ella no tenía nada en contra de los magníficos hijos de Lucrecia, que no tenían culpa alguna y eran adorables. Los quería como sus nietos que eran y estaba pendiente de ellos, los educaba en las letras, las artes e incluso las armas. Su preferida era Caterina.

Fue precisamente ella la que corrió a su encuentro cuando la vio. Bianca Maria la cogió en brazos.

—¡Cada día estáis más mayor, Caterina! —le dijo—. ¡Os estáis poniendo guapísima!

La pequeña le dedicó una amplia sonrisa. La miró y abrió mucho sus grandes ojos azules.

—¡Qué alegría que hayáis venido, abuela!

—No estéis tan segura. ¿Habéis estudiado para mañana?

—¡Sí! —respondió la niña, casi ofendida por la falta de confianza de su abuela—. Ya sabéis que el estudio es la primera actividad a la que me dedico, después de lavarme y vestirme.

Bianca Maria sonrió.

—¡Muy bien! Sois una niña juiciosa, pequeña. —Mientras lo decía, apareció Lucrecia. Era de una belleza extraordinaria, pensó Bianca Maria. No era de extrañar que su hijo hubiera perdido la cabeza por ella. Iba vestida con sencillez: una gamurra ligera de color azul cielo que resaltaba sobremanera sus magníficos ojos. Sus largos cabellos rubios estaban recogidos en una trenza adornada con perlas brillantes que resaltaban sus espesos mechones dorados. Una piel nívea y unos labios de coral exaltaban los rasgos regulares de un rostro de óvalo perfecto.

—Mi señora —dijo Lucrecia—, ¿a qué debo vuestra visita, que me llena de alegría, pero que es completamente inesperada? —El tono de voz, dulce y amable, no lograba celar del todo su preocupación.

Bianca Maria la saludó con un gesto de la cabeza.

—Vamos —indicó luego a Caterina—, volved a vuestros libros, mañana comprobaremos vuestra preparación. Ahora tengo que hablar con vuestra madre. —La niña le dio un beso en la mejilla y se retiró inmediatamente—. ¡Qué niña tan obediente!

—Así es. Confieso, mi señora, que me llena de orgullo, aunque a veces su temperamento me pone a prueba.

—No lo pongo en duda, Lucrecia. La conozco muy bien. Tiene mucha voluntad y ganas de aprender. Ninguno de mis hijos se puede comparar con ella ni en el estudio ni en el duelo.

—Sí. Está especialmente dotada para las dos actividades.

Pero ahora, mi señora, decidme qué os aflige —dijo Lucrecia—. Leo el turbamiento en vuestra mirada.

—¿Tanto se nota? —preguntó Bianca Maria. Después prosiguió—: Tenéis razón, Lucrecia, es inútil que lo niegue. La razón es simple: estoy preocupada por Galeazzo Maria. Su conducta es como mínimo vergonzosa. El pueblo lo considera un tirano. Habían depositado en él sus esperanzas, pero mi hijo está poniendo en peligro su fidelidad y gratitud con sus continuos disparates. ¡Y ahora este matrimonio!

Lucrecia suspiró.

—Entiendo vuestro tormento, que os confieso, señora, es también el mío. Sin embargo, como comprenderéis, no hay mucho que yo pueda hacer.

Bianca Maria no pudo contener un arranque de impaciencia.

—Pero ¿qué decís? —exclamó, fastidiada—. ¡No os subestiméis! Está claro que Galeazzo Maria os ama. ¡Habéis tenido cuatro hijos con él! ¡Y aunque no seáis su esposa, es como si lo fuerais! ¡Os lo dice una mujer que es hija de la amante del duque de Milán!

Lucrecia bajó la cabeza. Después la levantó. Su mirada hablaba por sí sola.

—Sabía que tarde o temprano llegaríamos a esto. Es más, para ser sincera me maravilla que hayáis tardado tanto. Mi señora, sé que no debe de haber sido fácil para vos aceptarme, y la manera en que amáis a nuestros hijos me conmueve. También sé que el duque tiene otras muchas amantes. Si dijera que son una cohorte no exageraría. Pero, como vos misma habéis afirmado, no atiende a razones. Afirma que no tengo derecho a decirle lo que puede o no puede hacer. Y en cierto sentido tiene razón. Todo lo que tengo lo he obtenido perjudicando a alguien. Y ahora, mi señora, estoy cansada de luchar. Acepto lo que viene, consciente de haber obtenido mucho y de no pretender más.

—Bonitas palabras, es innegable —dijo Bianca Maria con la voz a punto de quebrarse—. Pero hay un problema, Lucrecia. Lo habéis dicho vos misma: habéis obtenido mucho y me alegro de que seáis consciente de ello. Y ahora os pido que devolváis algo. Cuando habéis tenido que luchar, lo habéis hecho. ¡Por eso os prohíbo que os retiréis ahora! Tratad de hacer razonar a Galeazzo Maria, ¡hacedle una escena de celos!, ¡oponeos a ese matrimonio! No os lo pido, os lo ordeno, ¿queda claro?

Lucrecia miró a Bianca Maria, que vio en sus ojos una sombra que parecía anunciar un sentimiento de derrota.

—¿No lo entendéis, mi señora? Para vuestro hijo, vos y yo representamos el pasado. Vos, perdonad mi franqueza brutal, ya no tenéis ninguna autoridad sobre él y yo la pierdo cada día que pasa. Puesto que me lo ordenáis, haré como decís, pero no confío en tener éxito. Sin contar con que no siento deseo alguno de pelearme con un hombre que podría legitimar a mis hijos si se casara con la mujer apropiada.

—¿Y vos creéis que Bona es esa mujer? ¿Que aceptará que Galeazzo Maria reconozca a vuestros hijos como Sforza?

—No estoy segura, pero vuestro hijo está convencido de que Bona no se opondrá.

—¡Sois una ilusa! —soltó Bianca Maria, enfadada.

—Puede ser, *madonna*. Probablemente vos estéis en lo cierto y yo me equivoque. Pero vale la pena que lo intente. También creo que juzgáis a esa mujer influida por el odio que vuestra madre os ha inculcado por los Saboya. No digo que estuviera equivocada, no me permitiría ni siquiera pensarlo, pero es un hecho que Agnese del Maino odiaba a María de Saboya.

—No pronunciéis el nombre de mi madre, Lucrecia, no os lo permito.

—Perdonadme, mi señora. Pero me temo que el fondo de la cuestión sigue siendo el mismo.

—Vos —dijo Bianca Maria, cegada por la rabia que le crecía dentro como un fruto espinoso—, vos hacéis que todo parezca irreparable. Sin embargo, fuisteis vos la que hizo de mi hijo su juguete, la que lo alejó de Dorotea Gonzaga cuando todavía había una posibilidad de que se casara con ella, fuisteis vos la que se convirtió en la primera de sus concubinas. ¡Y ahora vivís en este castillo como si fuerais su esposa! He sido una tonta acudiendo a vos... ¡Hasta podríais haber sido vos la que ha convencido a Galeazzo Maria de que se case con Bona! Pero ¡me las pagaréis! ¡Os lo prometo!

Bianca Maria se volvió de espaldas sin esperar a que Lucrecia se explicara o respondiera. Las lágrimas le resbalaban por las mejillas.

Se marchó sin dignarse a mirarla. Pero temía que sus amenazas no fueran más que palabras vacías, puesto que le había quedado claro que, a esas alturas, ya no contaba nada en la corte.

109

Un abismo irremediable

Ducado de Milán, castillo Sforza

Miró a su madre con odio. ¿Cómo había osado hablar así a Lucrecia? Se empecinaba en dar órdenes, pero ahora no tendría más remedio que aceptar que a nadie le importaba lo que pensara. A él no, por descontado. Y desde hacía tiempo. Hasta la había hecho esperar en la antesala.

—¿Por qué habéis ido a hablar con Lucrecia? ¿Qué esperabais conseguir?

Bianca Maria abrió mucho los ojos.

—¿Qué esperaba conseguir? Que os hiciera entrar en razón, hijo mío. Pero, por lo que veo, eso ya es imposible. Esa tonta os lo ha contado todo sin darse cuenta de que así os perjudica.

—Tened cuidado con lo que decís. ¿Cuántas veces debo repetiros que ya no necesito vuestros consejos? Os agradezco todo lo que habéis hecho por mí, pero eso forma parte del pasado.

—Si os oyera vuestro padre...

—Pero no puede, ¿no es cierto? Y si estuviera entre nosotros, os juro que se pondría de mi parte.

—Lo dudo mucho. Francesco, a diferencia de vos, escuchaba a los demás. Era un hombre de valía, coraje e inteligencia. Vos, en cambio, sois su mayor fracaso, y el mío. Habéis tascado el freno para deshaceros del vínculo matrimonial con Dorotea Gonzaga. Y ahora que ha muerto habéis decidido casaros con una Saboya, ¡a sabiendas de lo equivocada que es vuestra elección!

—¿Y por qué debería serlo? ¿Acaso la conocéis? En absoluto. Lo único que sabéis hacer es insultarla.

—¿Tengo que recordaros que fue su familia la que os asedió en la iglesia de Novalesa cuando vuestra única culpa era volver de Francia a Milán para despediros de vuestro padre fallecido?

—¿Otra vez? ¡No entendéis nada! Los Saboya no se han portado bien con nosotros, es cierto, pero al fin y al cabo, ¿qué hicimos nosotros por ellos? ¡Nada! Además, ¡Bona no es como el imbécil epiléptico de Amadeo IX o el idiota de Filippo! Es una mujer muy hermosa, de modales exquisitos, la madre perfecta para una descendencia. Y, contrariamente a lo que vais diciendo con mala intención, aceptará que legitime a los hijos que he tenido con Lucrecia.

—¡Ah! ¿Y vos creéis que semejante admisión tendrá lugar de manera indolora? ¿Que no sufrirá al saber que tenéis una cohorte de amantes? Pero ¡qué clase de mujer puede desear a un hombre como vos!

—Una como vos seguro que no. Sé perfectamente lo que hicisteis a las mujeres de mi padre.

—¡Cómo os atrevéis! ¡No habléis de lo no que sabéis, ingrato! —gritó Bianca Maria fuera de sí—. He perdido la cuenta de vuestros errores. Metéis al enemigo en casa. ¡Los Saboya! Habéis ridiculizado en público al rey de Nápoles, Ferrante de Aragón, solo porque os ha prestado menos dinero del que le pedisteis y ahora os estáis enemistando con él por un motivo fútil. ¿Y qué decir de vuestros torpes intentos de poner al papa de vuestra parte? ¿Acaso no sabéis que es veneciano y como tal siempre será una persona ambigua de poco fiar? ¿Creéis que favorecerá un conflicto en el que tenga que inclinarse contra la Serenísima? Me pregunto por qué sigo perdiendo el tiempo con vos.

—¡Callaos! —la amenazó—. ¡Callaos o vive Dios que no respondo de mis actos!

—¿Osareis levantar la mano contra vuestra madre? —le preguntó Bianca Maria con ojos de hielo, ofreciéndole la mejilla con desafío.

El joven duque apretó los puños.

—No, naturalmente —contestó. Pero su voz discordaba con lo que expresaban sus ojos—. Por lo que veo, no tenéis ninguna estima por mí. Me pregunto por qué insistís en hacerme entrar en razón —dijo, sonriendo esta vez de manera cruel.

—¿Sabéis lo que os digo? Que tenéis razón. Es perder el tiempo. Me marcho. No quiero saber nada de vos, y mucho menos de vuestra esposa.

—Vuestras palabras me hacen feliz.

—Bien, ¡está decidido! Me voy a Cremona. Y me llevaré a Ippolita, por la que mostráis la misma estima que me tenéis a mí. No os buscaré, os doy mi palabra. ¡Para mí estáis muerto!

—Ahorraos vuestro ridículo teatro: soy yo quien no quiere veros.

Bianca Maria miró a su hijo por última vez. La había herido como nunca habría imaginado.

Esa era su última palabra. No volvería atrás.

110

Campos Flégreos

Reino de Nápoles, Labor

Don Rafael miró al frente: nunca había visto una tierra como esa. Ahora entendía por qué el rey se había enamorado de ella y por qué su hijo había luchado hasta la última gota de sangre para conservar el dominio de un lugar así. Labor, antaño conocida como *Campania Felix*, era un rincón de paraíso. Miró, más allá de las empalizadas, la llanura volcánica, parda y suave, dócil a los aperos y generosa por vocación. Estaba engastada como un anfiteatro natural bajo las pétreas pendientes flégreas. Parecía extenderse hasta el límite del horizonte. El sol de oro y fuego saturaba el cielo azul y ni siquiera una nube salpicaba de blanco la perfección de la bóveda celeste.

Dirigió la mirada hacia los huertos. Vislumbró los olivos de troncos nudosos y sólidos, con olivas duras y carnosas bajo las hojas ovales, y percibió, divertido, su aroma intenso, acre. Más allá se extendía el huerto de frutales con melocotoneros cargados de jugosos frutos rojos y amarillos.

La mirada se desplazó después a la fachada de la casa rústica en que había decidido retirarse con Filomena y sus cinco hijos. Vio los arcos de toba blanca, rematados por ménsulas de tufo volcánico que sostenían el balcón, la escalera de acceso a los pisos superiores y los cuerpos laterales, más pequeños, destinados a guardar los aperos.

Filomena salió al balcón. Don Rafael la observó como cada mañana. Era una especie de rito silencioso que tenía lugar en su mente, al que no podía renunciar, como si quisiera dar las gracias a diario al buen Dios por haberle hecho encontrar a esa mujer misteriosa y bellísima. Y pensar que fue ella, veinticinco años atrás, la que le reveló el secreto para conquistar Nápoles.

La mirada de Filomena se cruzó con la suya. Le sonrió. A pesar del tiempo, sus largos cabellos se mantenían profundamente negros, como si hubieran capturado los reflejos brillantes del carbón de los volcanes, los ojos eran como pozos donde perderse y su pecho generoso asomaba por el escote del sencillo traje de campesina: si existía la reencarnación de Venus, solo podía ser ella.

Don Rafael suspiró.

Desde que se había retirado del oficio de las armas, la jornada tenía para él un ritmo lento, gobernado por el sol y las necesidades de los animales y las plantas.

Estaba pensando en ir al establo para planear las labores con los campesinos cuando, justo delante de sus ojos, más allá de la empalizada y de los muretes de piedra seca, don Rafael divisó lo que le pareció un grupo de caballeros todavía lejano.

Se llevó la mano al cinto instintivamente, pero no encontró la espada ni el cuchillo. Le había prometido a Filomena que no iría armado. Ya había luchado bastante, le recordaba siempre, y ahora, tras todos esos años de sangre y violencia, quería que dedicara su vida a la familia. Él había obedecido de buen grado.

Tampoco le había costado tanto.

Aunque le gustaba luchar, había deseado ardientemente durante toda su vida que llegara ese momento y cuando por fin el rey Ferrante lo licenció para que se retirara donde quisiera y llevara una vida pacífica, no hubo nadie más feliz que él.

Eligió la llanura flégrea porque allí había hecho el amor con Filomena y porque no recordaba una tierra más hermosa.

Pero ahora no había tiempo que perder. Entró en casa.

—Filomena —le gritó a su mujer—, llegan hombres a caballo, id a vuestra habitación. Voy a ver qué quieren.

Se dirigió a un cofre que conocía muy bien. Lo abrió y sacó la *schiavona*, la espada que le había regalado Francesco Foscari, dogo de Venecia, años atrás. La desenvainó y salió a ver qué pasaba.

Cuando llegó al límite de su propiedad y vio quién se aproximaba a su casa, se echó a reír. Cómo había envejecido. Los estandartes del rey Ferrante ondeaban en el aire. El rey había venido a verlo. Y él ni siquiera lo había reconocido.

Corrió hacia la casa.

—¡Filomena! —gritó—. ¡Aprestaos! Es el rey Ferrante que viene a visitarnos. Decid a las mujeres que preparen la mesa en el jardín. Agua y vino. Y olivas y quesos.

Su mujer apareció en la balconada.

—No temáis, amor mío, todo estará listo en un abrir y cerrar de ojos, ¡yo me ocuparé de todo!

Tranquilizado por sus palabras, don Rafael se quedó esperando en el gran patio delante de la granja. Llamó a los criados para que se ocuparan de los caballos del soberano. Cuando finalmente el rey Ferrante y sus hombres estuvieron ante él, el monarca soltó una risotada al ver a don Rafael con la espada en la mano y los ojos fuera de las órbitas.

—Pero ¿cómo? ¿El hidalgo de Medina del Campo se arma contra su rey? Don Rafael, ¡esto no me lo esperaba! ¿Cómo vais, viejo amigo? —Desmontó de la silla para abrazar a su mentor—. Tranquilizaos, no hay nada que temer. Dadme de beber y de comer y contadme cómo maduran vuestros melocotones. Juro por Dios que no tengo la intención de romper vuestro idilio. ¡Solo quería saludaros!

—Majestad —dijo don Rafael—, os doy mi palabra de que al principio no os había reconocido. Mi vista...

—¿Ya no es la de antes? ¡Pues en Troia hicisteis trizas a los adversarios! ¡Me acuerdo muy bien!

—Mi corazón aguanta, la vista un poco menos.

—¡Pues nos contentaremos con el corazón! —exclamó Ferrante—. Adelante, conducidme a vuestra mesa, quiero saborear un poco de Lacryma Christi. Si me prometéis que no vais a traspasarme con vuestra espada, os contaré cuál es la situación del reino.

—Por supuesto, majestad. Por aquí... —indicó don Rafael, abriendo paso al rey.

¿Así que era cierto? ¿La paz no abandonaría los Campos Flégreos? Don Rafael lo esperaba ardientemente en su fuero interno.

111

Elegir la paz

Reino de Nápoles, Labor

Mientras sus caballeros engullían queso, carne de cabrito y pastel real de pichón, el rey saboreaba un exquisito Lacryma Christi de intenso color rubí. El sabor fuerte, con cuerpo, lo entusiasmaba y le soltaba la lengua cada vez más.

Estaba claro que el rey había ido a ver a su maestro de armas con la finalidad de saber lo que pensaba acerca de la situación que se disponía a afrontar. Tras haber sofocado con sangre la sublevación de los barones y haber triunfado en Troia y en otros enfrentamientos de menor importancia, que habían acabado definitivamente con las veleidades de la nobleza napolitana, Ferrante tenía ahora el deber de devolver el favor a Galeazzo Maria Sforza o, mejor dicho, ya había empezado a devolvérselo, con intereses, desde hacía tiempo.

—Mirad, don Rafael —dijo—, no puede negarse que hace unos pocos años Francesco Sforza nos hizo un gran favor enviándonos a su hermano Alessandro a la cabeza de dos mil hombres para derrotar a los insidiosos barones y al Anjou. No lo pongo en duda. Pero Galeazzo pretende de mí lo que no tengo. Cuando, hace unos meses, Bartolomeo Colleoni invadió la

Romaña y amenazó el contiguo ducado milanés, envié inmediatamente a nuestro Roberto Orsini con doce escuadras de caballeros. Acto seguido, ordené a Alfonso de Ávalos y a Alfonso de Aragón, duque de Calabria, que se unieran a él. En Romaña aporté cuatro mil hombres en apoyo de los caballeros de Galeazzo Maria Sforza. Pero no pareció satisfecho. Fuimos los primeros en garantizar la defensa de Milán con Federico da Montefeltro, condotiero de la Liga Itálica. Pero al duque de Milán no le pareció suficiente y me exigió que le diera veintisiete mil ducados para la guerra contra Bartolomeo Colleoni en nombre de nuestra alianza. Logré enviarle quince mil y él me llamó traidor. Usó palabras realmente ofensivas. Sostiene que hace meses que no quiero ayudarlo, pero no es así. En absoluto. Los hechos lo demuestran. Sin contar con que la victoria en la batalla de la Riccardina ha puesto fin a las pretensiones de Colleoni.

—Majestad —dijo don Rafael—, está muy claro que habéis sido inmensamente generoso. Nadie puede criticaros de buena fe.

Ferrante asintió.

—Sinceramente, yo también lo pienso y creo que decís bien. Me parece que el joven Sforza, en cambio, obra de mala fe. Sin contar con que, en vez de presentar batalla, habría podido simplemente hacer una aparición en tierras de Romaña y después volver a Milán.

—Por lo que he oído, Saboya le ha declarado la guerra.

—Precisamente. Los piamonteses no son de fiar. Lograron que se casara con Bona, pero antes le hicieron la guerra. Desde que el joven duque no escucha a su madre, comete una necedad detrás de otra y Milán se ha convertido en un polvorín a punto de explotar.

—*Mala tempora currunt!*

—Temo que sí.

—Pero os diré algo, majestad.

—Os escucho. Es más, como habréis comprendido, me he presentado sin anunciarme en vuestra hermosa granja para saber qué opináis.

—Me honráis, mi señor. Pues bien, os diré lo que pienso. En primer lugar, que hoy por hoy sois el soberano más experto de la Liga Itálica. Lo habéis dicho vos mismo: Galeazzo Maria, por desgracia, no es de la misma pasta que su padre y el hecho de que ya no le pida consejo a su madre, de la que solo he oído maravillas, demuestra su temeridad, a la que hay que añadir la arrogancia y la mala educación, rasgos distintivos de la juventud. Sin contar con que se trata del nieto de Filippo Maria Visconti, un hombre que había hecho de la locura su compañera. Es evidente que debe de haber heredado algo del abuelo. Venecia siempre ha sido ambigua y no representa una realidad con la que contar. Lo demuestra el hecho de que, oficialmente, los venecianos se han declarado neutrales y contrarios a la campaña de Colleoni, pero por detrás son ellos los que financian las compañías. Es más, por lo que parece los hombres de la Serenísima hacen todo lo posible para alterar los equilibrios políticos de Italia. En cuanto a Florencia, su gobernante, Piero de Médici, es sin duda un hombre de ingenio, pero poco experto en cuestiones militares y muy enfermo. Su hijo Lorenzo podría llegar a ser un gran político y estratega, pero todavía es demasiado joven. El papa es veneciano, no hace falta añadir nada más. De los Saboya ya está todo dicho. Todo esto para concluir que resulta evidente que las responsabilidades de la Liga recaerán en gran parte sobre vos. El segundo aspecto que tendría presente es que la Liga nació con el objetivo de mantener la paz. Si, en cambio, fuera utilizada con fines de expansión, es evidente que faltaría a su objetivo. Está claro que en este momento el duque de Milán está bajo ataque, pero ¿cuánta de esa agresividad contra él es una consecuencia de los errores que ha cometido? Resulta evidente que no cuenta con muchos aliados a causa de su comportamiento y eso es culpa suya. Por eso, si tira demasiado de la cuerda, quizá la solución sea salir de la Liga y ocuparse del propio reino, que, después de tanta sangre, se merece un periodo de paz, digo yo. ¿No creéis?

—¿Me proponéis que abandone la Liga?

—No inmediatamente. Pero sería buena idea hacer comprender a Galeazzo Maria Sforza que no estáis dispuesto a someteros a sus caprichos.

—No cabe la menor duda.

—Este reino atormentado por las guerras necesita paz, majestad. Ahora que habéis sofocado la sublevación de los barones y habéis logrado emprender algunas reformas, entre ellas la de tener por fin un ejército real que no dependa de los cambios de humor de los condotieros, haced sentir al pueblo el afecto de su soberano. Esta tierra es generosa con quien le demuestra su amor —dijo don Rafael, casi conmovido, mirando el jardín que los rodeaba y pensando en la tierra parda que se extendía hasta donde alcanzaba la vista, hasta las laderas volcánicas.

—Por lo que veo, la tranquilidad os ha sentado bien, don Rafael. Antes anhelabais la sangre y ahora os habéis vuelto casi un sentimental. Me alegro por vos, creedme.

—Esa gran mujer me ha cambiado la vida, majestad —afirmó don Rafael, indicando con la cabeza a Filomena, que estaba sirviendo vino en las jarras de los caballeros aragoneses.

—Os comprendo, amigo mío.

—Creedme si os digo, majestad, que tengo la impresión de haber malgastado buena parte de mi vida. Servir a vuestro padre y a vos ha sido un honor y un privilegio y si volviera atrás volvería a hacerlo, pero ahora soy consciente de la sencillez de la vida en el campo, de la belleza de la tierra, de la lentitud de la vida marcada por el ritmo de plantas y animales; son una bendición para un hombre como yo.

—Os envidio, don Rafael.

—No me envidiéis. Soy viejo. Y no veo más allá de mis narices. Vos tenéis la juventud. Y una vida por delante.

—Ya, pero permitidme que os diga que anhelo vuestra tranquilidad. Una vez más, habéis sabido aconsejarme lo mejor.

—Bien. Si es así, he cumplido con mi deber.

—Siempre habéis cumplido con vuestro deber, don Rafael.

—E, imitando a su antiguo maestro de armas y consejero, el rey levantó la mirada y admiró los colores de la tierra de Labor incendiada por el sol.

112

La promesa

Ducado de Milán, castillo de Pavía

—Venid, pequeña —dijo Bianca Maria.

Caterina se acercó. Vio que había algo extraño en la mirada de su abuela, una especie de amargura, una luz que se iba apagando en la sombra, como si de repente hubiera decidido dejar de luchar.

Se entristeció profundamente.

—¿Qué pasa, abuela? ¿Os encontráis bien? —preguntó con voz temblorosa.

—Sí, pequeña, pero os he mandado llamar porque pronto llegará mi hora. Soy vieja y he luchado mucho, quizá demasiado. Como lo sé, quería estar a solas con vos para deciros algunas cosas que quiero que recordéis siempre, toda vuestra vida.

—Lo haré —respondió la niña.

—En primer lugar, escuchad lo que he de deciros. Venid, sentaos delante de mí. —Bianca Maria indicó a su nieta la butaca que estaba frente a la suya.

Mientras Caterina se sentaba, la duquesa suspiró. Tenía el corazón roto y el alma partida por lo que había sucedido en el último periodo.

Esperó que la pequeña la mirara a los ojos, como solía hacer, y después habló:

—Mirad, Caterina, he querido teneros hoy aquí porque de todos mis nietos sois la que más se parece a mí y me da más alegrías. Creo que Dios me perdonará si en un momento de debilidad como este me permito hacer una excepción a la regla de no tener preferencias. Ninguno tiene vuestra valentía, Caterina, ni vuestra perseverancia y generosidad. Sois la mejor en el duelo y en la caza, pero también en las letras y en las artes, porque os entregáis a fondo y os sacrificáis cuando es necesario. Y Dios sabe que en estos tiempos infaustos una mujer debe saber hacer bien ambas cosas. Gracias a la primera, descubre las pasiones que la ayudarán a sobrevivir a lo largo de los años; con la segunda, cumple con las obligaciones que su marido le impone, y, creedme, los hombres saben muy bien cómo imponerse. No siempre serán de vuestro agrado, no podría ser de otro modo, pues no se os exigirán según reciprocidad, sino que os serán impuestas y exigidas con la arrogancia más vil.

—¿De qué obligaciones habláis, abuela? —se limitó a preguntar la niña, que estaba pendiente de sus palabras.

—Pronto lo descubriréis. Pero recordad esto, Caterina: aunque os ordenen obedecer, no os dobleguéis, ¿estamos? Nunca. Por ningún motivo. Cumplir con vuestros deberes de esposa y madre es vuestro deber siempre y cuando se trate de obligaciones razonables y dignas, pero permaneced fiel a vuestros principios y rebelaos si la orden se convierte en atropello. Sin miedo, sin temor por lo que pueda ocurrir. Leo el valor en vuestra mirada y he hecho lo que estaba en mis manos para que crecierais como un cachorro de tigre. Os acordáis de lo que habéis estudiado en el bestiario, ¿no es cierto? La leyenda que nació en las lecciones de Aristóteles, ¿os acordáis?

La pequeña asintió.

—Contádmela, por favor.

—Cuando los cazadores quieren raptar a un cachorro de tigre, utilizan una estratagema —dijo Caterina—. Para que su madre no los ataque y los mate con ferocidad inaudita, no solo huyen rápidamente, sino que arrojan tras de sí unas pequeñas esferas reflectantes, como espejos con forma de globo. El tigre emprende la persecución de los cazadores que han raptado a su cachorro, pero se topa con las esferas que reflejan su imagen empequeñecida y cree que lo ha encontrado. Entonces se detiene a atenderlo y deja de perseguir a los cazadores.

—¿Qué significa todo esto?

—La leyenda es una alegoría: el cazador es el demonio que mediante la tentación y los trucos induce a error al tigre, que simboliza la justicia, para desorientarlo.

—Muy bien. Debéis saber, Caterina, que algún día un hombre podría revelarse un demonio: podría ser alguien que os odia abiertamente, pero también quien dice que os ama pero no os respeta ni os escucha; podría ser incluso vuestro marido, que solo pretende obediencia sin dar nada a cambio. O vuestro hijo, que después de haber recibido todo de vos os trata como a una extraña. A esos hombres que creen que pueden engañaros con sus palabras, sus falsas promesas y sus excusas respondedles como un tigre que no cae en la trampa de las esferas. Yo estaré siempre con vos. Creo en vos desde que nacisteis, acordaos, y aunque un día abandone este mundo, sabéis dónde encontrarme.

—Lo sé, abuela —dijo Caterina con lágrimas en los ojos.

—¿Dónde, pequeña? ¿Dónde me encontraréis?

—En mi corazón.

—¿Cómo encontraréis el camino que os conduce hasta él?

—Buscando el silencio y escuchándolo —contestó la niña con la voz rota por los sollozos.

—¿Por qué lloráis ahora?

—Porque sé que os han hecho daño —murmuró Caterina.

—¿Por qué decís eso?

—Lo he oído.

—¿Qué habéis oído?

—¡He oído a mi padre gritaros!

Bianca Maria se acercó a ella y le acarició la mejilla.

—Debéis querer a vuestro padre, Caterina, ¿me lo prometéis? Lo que ha sucedido entre nosotros es asunto nuestro. Lamento que lo hayáis oído. Ni siquiera quiero saber cómo ha podido ocurrir. Pero puedo deciros que he querido y sigo queriendo a Galeazzo Maria. Y soy la primera que no ha sabido poner en práctica lo que acabo de aconsejaros porque no me opuse a sus errores. Cuando era pequeño frecuentó a hombres equivocados que lo apartaron del buen camino. En vez de reprenderlo y defenderlo de las malas influencias, me dejé engatusar por el fasto, la riqueza, el esplendor cegador de las cortes y las alianzas. Y me extravié. Y lo perdí a él. Sin embargo, quiero a vuestro padre con locura. Pero ahora, Caterina, mi tiempo ha acabado. Ahora viene el vuestro, creedme. Pero vos sois mejor que yo y no fallaréis como yo.

—¿Por qué decís eso? —le preguntó la niña, desesperada.

—Porque ya no soy más que una mujer vieja y cansada, decepcionada de la vida y de las personas que más he querido. Sois mi única esperanza, pequeña.

Caterina se puso de pie y se secó los ojos con las manitas.

—Yo no os decepcionaré, abuela, os lo prometo —dijo la niña en tono solemne, haciendo acopio de todas sus fuerzas para sobreponerse.

—Venid aquí, pequeña. Dejad que os abrace.

Bianca Maria la estrechó contra ella y supo que cuando algún día no muy lejano faltara, Caterina se convertiría en el tigre que ella fue tiempo atrás.

La dinastía seguiría viviendo en esa niña guapa, inteligente y valiente.

Sonrió.

113

Descontento

Ducado de Milán, castillo Sforza, 1471

—Pero ¿no comprendéis, mi señor? ¡Vuestra actitud pone al pueblo contra vos! ¡Se pasman solo de saber que habéis gastado la exorbitante suma de doscientos mil florines para viajar a Florencia! ¡Sin contar con los doce carros cubiertos de paños de oro, los mil quinientos cortesanos de vuestro séquito, los cien hombres de armas y los quinientos criados vestidos de seda y plata! Por no mencionar la plaza de la ciudad, que habéis hecho adoquinar con mármol a costa de aumentar seis denarios la gabela de entrada de los carros a la ciudad. —La voz de Cicco Simonetta se rompía a medida que mencionaba esas cifras de vértigo—. El ducado está en la miseria, las arcas del tesoro están vacías —se quejaba, desesperado.

—Pues aumentemos los impuestos a los ciudadanos —rugió el duque.

—Eso es lo peor que podríamos hacer, como vos mismo sabéis. Por si fuera poco, está la infausta idea del castillo.

—¿También debo renunciar a eso, según vos?

—Mi señor, comprendo vuestras necesidades y las de la duquesa, pero os estáis enemistando al pueblo.

—El pueblo, el pueblo... —refunfuñó Galeazzo Maria—. ¿Por qué debería odiarme?

—¡Porque el castillo es el símbolo de la tiranía! Fue el emblema del poder de vuestro abuelo, Filippo Maria Visconti.

—Un hombre al que admiro profundamente, puesto que sabía cómo ejercerlo.

—Mi señor, ¿por qué no seguís los pasos de vuestro padre? Él y vuestra madre, que Dios la bendiga, vivieron siempre en el palacio del Arengo, ¡precisamente para no dar la impresión de volver a someter a Milán bajo el yugo de la tiranía!

—¿Mi padre, decís? Pero ¿por qué lo mencionáis continuamente? ¡Yo soy diferente! ¡No soy Francesco Sforza! ¡Soy Galeazzo Maria! Además, al fin y al cabo fue él quien acudió a Filarete para que reconstruyera el castillo de Porta Giovia desde los cimientos. ¿Por qué iba a hacerlo si no tenía la intención de transformar el castillo en palacio? Por eso ahora es mi morada. Y si el pueblo no lo aprueba, peor para ellos.

—Y los nobles, mi señor...

—¿Qué pasa con ellos? ¿También se quejan?

—¡Un ejército de cuarenta mil hombres nos cuesta ochocientos mil ducados al año! También están las joyas que regaláis a vuestra esposa y, perdonad, mi señor, a vuestras amantes, que no son pocas. Y los feudos que les regaláis...

—¡Cómo osáis, Cicco! ¿Lleváis la cuenta de los regalos que hago a las mujeres que amo? —Los ojos del duque destellaron de ira.

—En absoluto, mi señor —respondió Cicco Simonetta con voz temblorosa—, pero debéis comprender que vuestra munificencia para con vuestras amantes, el parentesco con el rey de Francia y la concepción, cómo diría, centralizadora del ejercicio del poder os crean muchos enemigos también entre los nobles.

—¡Que se vayan al diablo!

—Pero eso no es todo, mi señor.

—¿Aún hay más?

—Sí, por desgracia.

—Decidme, Cicco, os escucho —lo animó Galeazzo Maria, que parecía estar deseando conocer por boca de su consejero los rumores que corrían sobre él.

—Pues bien, ¿recordáis a Nicola Capponi da Gaggio, conocido como Cola Montano?

—¡Por supuesto! Gracias a mí es titular de una cátedra de Elocuencia, si no me equivoco.

—No, no os equivocáis. Pues bien, he asistido a algunas de sus clases. No en persona, claro, sino...

—Por medio de vuestros espías —completó la frase el duque, sonriendo.

—Pues en cierto sentido, sí... —respondió Cicco, esquivo.

—Habéis hecho bien, no os preocupéis. ¿Qué habéis descubierto?

—Bien, por ejemplo que Cola Montano hace estudiar a sus alumnos la Roma republicana y exalta la conjura para destituir al tirano como medio de conquistar la fama imperecedera, lo cual, en teoría, no tendría nada de malo, pero comprenderéis perfectamente que semejantes lecciones son potencialmente explosivas para los jóvenes nobles ambiciosos que sueñan con conquistar el poder algún día.

—Me doy perfecta cuenta —dijo el duque—, a tal punto que os agradezco lo que me contáis y lo tendré muy presente.

—Mi señor, espero que ahora no queráis castigar...

—No temáis, Cicco, me ocuparé personalmente de hacer lo que considere oportuno.

—Naturalmente, mi duque.

—Si alguien cree que puede amenazarme impunemente, se equivoca —concluyó fríamente Galeazzo Maria.

114

Las preocupaciones de un pontífice

Estados Pontificios, palacio Barbo

Antonio Condulmer estaba nervioso. Sabía que su primo, el papa, era un hombre irascible y vehemente. Pero la decisión de seguir sustrayendo tierras y feudos a los Colonna, como había hecho antes su tío Gabriele, si por una parte reforzaba la posición de los Estados Pontificios, por otra amenazaba con reavivar peligrosamente el odio de Antonio Colonna, que nunca se había extinguido.

Antonio miró a su alrededor y se sorprendió al ver lo que podía considerarse una colección vastísima de objetos de valor: copas de jaspe, monedas de oro y plata, medallas, iconos bizantinos, tapices flamencos, relicarios, marfiles y piedras preciosas de todas clases y tamaños. A ellos se añadían los muebles y los enseres elegantes. Antonio tuvo la sensación de ahogarse, a pesar de que el tamaño del salón era como mínimo imponente.

Así que era cierto. El pontífice vivía en el mito de sí mismo y perseguía un esplendor muy poco espiritual. Mejor para él, que además de ser su pariente, se había convertido también en un aliado de Venecia desde el momento en que

Ferrante de Aragón había pedido que se abolieran los deberes de vasallaje, consistentes en una tasa anual de ocho mil marcos, lo que el pontífice se había guardado muy bien de conceder.

—Primo —dijo el pontífice, entrando en el salón. Antonio hizo una profunda reverencia y amagó con arrodillarse para besar la pantufla pontificia, pero Paulo II se lo impidió.

—Faltaría más. Somos familia y ahora os necesito más que nunca. Dejemos aparte las formalidades —dijo el papa.

—¿Cómo estáis, Santidad?

—Regular. Bien porque las obras de la *renovatio urbis* proceden con celeridad, pero mal porque echo de menos a mi madre. No pasa un día sin que la añore. Perdonadme, pues, si os he hecho esperar, pero, como de costumbre, la estaba recordando con la oración.

—Polissena era una mujer extraordinaria, Santidad. Todos la echamos de menos.

—Así es.

—No dudéis en ordenar lo que pueda hacer por vos.

—Os lo diré simple y llanamente, primo. He sabido que habéis sido nombrado recientemente embajador veneciano en la corte del rey de Francia.

—Lo confirmo.

—Bien. Quiero pediros lo siguiente: puesto que os dirigiréis a París, os agradecería que me ayudarais a mejorar mi difícil relación con Luis XI. Ya que representáis a Venecia y que la Serenísima es el aliado principal de los Estados Pontificios, quisiera que lo aconsejarais con respecto a la posible alianza con el rey de Bohemia, Jorge de Podiebrad.

—Naturalmente. ¿Por qué os preocupa esa alianza?

—La respuesta es simple: el rey bohemio parece alentar la herejía husita. No creo que pueda salir nada bueno de un entendimiento como ese. Naturalmente, deberéis aconsejarlo a nuestro favor con la mayor prudencia. Mirad, primo, temo que la Iglesia de Roma corra el peligro de quedarse aislada en el tablero político. Si no hubiera sido por Lorenzo de Médici, no me habría enterado de que Milán, Nápoles y Florencia estaban tramando algo contra mi Estado y fraguando acuerdos secretos para formar una Liga. Por suerte, al menos Venecia ha permanecido neutral.

—Naturalmente, Santidad. Me prodigaré en ese sentido.

—Os lo agradezco mucho, primo. Es una tarea extremadamente delicada. Confío plenamente en que Matías Corvino, rey de Hungría, que siempre ha luchado por la fe cristiana, prevalecerá sobre él. Pero quisiera evitar a toda costa un efecto de difusión de la herejía husita. ¡Lo último que el mundo necesita son esas tonterías del retorno de la Iglesia a la pureza! ¿Por qué debería? ¿Acaso la hemos perdido? No lo creo, en absoluto. Sin embargo, un pontífice no puede prescindir de las circunstancias políticas, pues no hay un solo soberano cristiano, aparte de Corvino y Vlad de Valaquia, que esté dispuesto a tomar las armas contra el sultán otomano. Así pues, ¿cómo podría un pontífice pensar en dedicarse exclusivamente a la guía espiritual de su rebaño?

—Os comprendo perfectamente, Santidad.

—Entonces, si me comprendéis, cosa que no dudo en absoluto, que quede claro, os ruego que me ayudéis a impedir que esta lepra del alma se difunda como una mancha de aceite.

—Lo haré.

—Gracias, primo. Sabed que mi madre os recompensará desde el cielo.

—Partiré inmediatamente —dijo Antonio Condulmer—. A partir de ahora cada minuto que pasa es decisivo.

—No podríais haberlo expresado mejor.

—Con vuestro permiso, Santidad...

El papa le ofreció el anillo para que lo besara. Después, Antonio Condulmer se eclipsó.

115

Gerico

Ducado de Milán, reserva de caza de Cusago

Caterina cabalgaba por el bosque. La primavera era su estación preferida porque le parecía ser testigo del despertar de los árboles, los animales, el sol y el cielo. No había una sensación que superara la de cabalgar. Por eso le gustaban las batidas de caza, en las que destacaba. Como en la esgrima.

Las enseñanzas de su abuela Bianca Maria se habían revelado fundamentales. Desde que su padre la había introducido en la corte para mejorar su conocimiento de esas actividades, además de las letras y las artes, tenía la impresión de volar.

Nunca tenía miedo, era la primera en lanzarse cuando soltaban a los galgos para que persiguieran a la presa. Tenía poca experiencia, es cierto. Solo hacía un año que su padre le permitía que lo acompañara a las batidas, pero ella intuía el orgullo que sentía al verla cabalgar con tanta gracia y energía. Una luz clara, un destello brillaba en los ojos del duque como una llama inextinguible, y cuando la notaba sentía que su corazón se llenaba de dicha. Su padre era un hombre guapo y fascinante y ahora, mientras galopaban el uno junto al otro, Caterina también sentía que algo le inflamaba el pecho.

Ese día habían decidido dedicarse a la caza con halcón. Las garras afiladas de Gerico estaban profundamente hundidas en la piel del guante. Era su halcón preferido, el más formidable, el que nunca fallaba.

Cuando planeaba en el cielo para cernerse de manera infalible sobre la presa, la perfección y la belleza de su vuelo, su gracia letal, la seducían profundamente y la dejaban pasmada. Sabía que el halcón mataría a un pobre pájaro, pero era consciente de que su naturaleza de predador obedecía a un instinto puro al que no podía resistirse.

No lo guiaban el placer o el deseo de matar, que pertenecían exclusivamente al ser humano. Por eso prefería esa caza a la otra, con perros, en la que hombres sedientos de sangre masacraban ciervos y jabalíes no siempre y no solo para alimentarse, sino por el puro placer de hacerlo.

Había leído cada página del maravilloso tratado de Federico II Hohenstaufen: *De arte venandi cum avibus*. Lo había estudiado meticulosamente y conocía todas las especies de aves: de agua, de tierra, rapaces. Había aprendido de memoria las reglas para ser un buen cetrero y las fases del adiestramiento del halcón a pie, a caballo y al señuelo.

Entre todas las aves, la que más la había impresionado era el gerifalte peregrino. Por eso había elegido a Gerico. Su plumaje pálido, la larga cola, los ojos amarillos y vivaces, la vista extraordinaria: todo en él tenía una belleza tan noble que le cortaba la respiración.

Su padre y ella llegaron a un prado pantanoso. Sobre sus cabezas se abría un cielo azul y terso. Su perro, un perdiguero, inspeccionaba el campo y había llegado al borde en que el prado descendía hacia un cañizal enlodado. Debió de olfatear algo y al acercarse hizo emprender el vuelo a una perdiz grande y veloz.

Caterina le quitó la capucha de cuero a Gerico, que previó al instante, mucho antes que ella y que nadie, la trayectoria que la presa seguiría en el cielo.

Hundió las garras como si quisiera llamar su atención. Caterina levantó el brazo para acompañar el movimiento de Gerico al emprender el vuelo.

Batió sus grandes alas y se elevó. Lo hizo a una velocidad moderada, incluso podría decirse que se lo había tomado con calma. Realizó un vuelo circular sobre Caterina, trazando un amplio círculo en el cielo para empezar a planear acto seguido con un vuelo rasante, siguiendo a la perdiz que, evidentemente, había notado su presencia demasiado tarde.

Esta última intentó eludir la persecución con una desesperada fuga aérea, pero las trayectorias del gerifalte eran tan perfectas que se le acercó progresivamente sin mucho esfuerzo.

Al final, la perdiz descendió hacia el suelo, agotada. Fue entonces cuando Gerico se lanzó en picado. Cuando la perdiz estaba a punto de tocar el suelo, la atrapó al vuelo y plantó sus garras en su cuerpo robusto y suave. Por último, se posó a poca distancia de Caterina con la presa sangrante entre las garras.

—¡Qué acción extraordinaria! —dijo el duque a su hija. Caterina se ruborizó de orgullo y emoción. Gerico había estado increíble—. Lo habéis adiestrado asombrosamente bien, a pesar de vuestra edad.

—Padre, solo he tratado de sacar provecho de vuestras enseñanzas y de las de la abuela Bianca Maria.

—Habéis hecho bien, Caterina. Vuestra abuela era una persona extraordinaria a pesar de todo.

—Sí —confirmó la niña—, le debo mucho.

—Todos nosotros, pequeña. —Caterina creyó notar una nota de amargura y arrepentimiento en la voz de su padre.

—¿El tiempo ha borrado el rencor que le guardabais?

—Fui un estúpido, cariño. Sigo sin perdonarme las últimas palabras que le dije, pronunciadas con rabia.

—Estoy segura de que vuestra madre os ha perdonado, padre. Era una mujer fuerte y generosa. Y os quería muchísimo.

—¿Y vos cómo lo sabéis?

—Me lo dijo antes de morir.

Caterina tuvo la sensación de que su padre estaba a punto de emocionarse. Los ojos le brillaron por un instante.

—Vámonos ahora —le dijo— o de lo contrario vuestro gerifalte se comerá toda vuestra presa.

—Es justo, padre, la presa es suya.

—Tenéis razón —convino al cabo el duque.

116

El suplicio público

Ducado de Milán, plaza Vetra, 1474

Cola Montano estaba atado a la picota. Había acudido numeroso público y plaza Vetra estaba abarrotada. Galeazzo Maria Sforza observaba desde una balconada de madera al verdugo que estaba a punto de castigar ejemplarmente al autor del crimen.

—Cola Montano —gritó Cicco Simonetta, poniéndose en pie en el sitial que ocupaba al lado de Sforza—. ¡Hoy es un día triste para esta ciudad! Somos testigos de vuestra ingratitud para con el duque de Milán, que hace seis años os confió la cátedra de Elocuencia en la universidad. ¿Y cómo se lo habéis agradecido? —Cicco esperó a que sus palabras surtieran efecto en la multitud, hombres y mujeres con los ojos muy abiertos que contenían la respiración. Naturalmente, no tenía intención de obtener una respuesta de ese intelectual peligroso que se había empeñado en desacreditar al duque y en sembrar odio y resentimiento contra él. Por lo que prosiguió sin esperar a que el otro pudiera responder—: ¡Yo os lo diré! Inculcando el rencor y la envidia, cultivando los celos y la rabia. ¿Acaso no fuisteis vos el que pronunció estas palabras?: «Animo gravi et fortissimo aliquod praeclarum facinus cogitare inciperem quamplurimorum Atheniensium, Carthaginiensium et Romanorum vestigia imitando quos pro patria fortissime facientes fusse laudem aeternam consequutos!». ¡Sabéis muy bien lo que significa! Al fin y al cabo, el maestro sois vos. —Sonrió burlonamente—. Pero para que todos lo entiendan, os refrescaré la memoria y explicaré en cuatro palabras la parrafada que habéis pronunciado en latín durante vuestras clases: significa que, a la luz de los antiguos, llevar a cabo acciones infames por la patria merecería la gloria. Es evidente que semejantes afirmaciones tienen como única finalidad fomentar el resentimiento contra nuestro amado duque Galeazzo Maria Sforza y subvertir su buen gobierno. Y puesto que eso no puede tolerarse, el tribunal de este ducado ha sentenciado que recibáis el castigo ejemplar de treinta latigazos en la espalda para que el dolor y la humillación os ayuden a recordar que enaltecer la sedición es un delito muy grave que se puede castigar con la muerte, ¡y que solo la intercesión del duque, que ya os demostró su afecto cuando os asignó la cátedra desde la cual, de manera mezquina y solapada, habéis tratado de arengar contra él, os ha salvado la cabeza! ¿Habéis oído?

Cola Montano, que ofrecía la espalda desnuda al público y tenía los brazos atados al poste, respondió con un hilo de voz. Con la ropa hecha jirones y las vértebras a la vista, era la víctima sacrificial perfecta. Habló lentamente, postrado por los días de reclusión que había sufrido antes de ser conducido al lugar de la tortura:

—Yo digo que hoy se me castiga injustamente, pues jamás he pronunciado esas palabras...

—¿Nos estáis llamando mentirosos? —preguntó Cicco—. ¿Sostenéis que el duque se lo ha imaginado?

Cola Montano suspiró. Se notaba que le costaba hablar.

—Solo digo que ha habido un malentendido.

—No creo —replicó Cicco—. Más de un alumno ha testimoniado y ha confirmado lo que acabo de decir. Por lo tanto, no solo habéis fomentado el odio, ¡sino que también negáis vuestra responsabilidad! Si esta es vuestra manera de mostrar arrepentimiento, ¡que Dios se apiade de vos! ¡Dad inicio al suplicio! —confirmó el consejero.

Cuando se sentó, Galeazzo Maria Sforza hizo un gesto de asentimiento con la cabeza. El discurso le había gustado.

Mientras tanto, la muchedumbre murmuró, deseosa de asistir a la ejecución de la pena. Alguien imprecó contra Cola Montano. Azuzados por esas palabras, los demás lo cubrieron de insultos. Al cabo de un momento, se levantó un coro unánime de improperios y amenazas. El duque estaba visiblemente satisfecho.

El verdugo levantó el látigo y lo hizo chasquear en la espalda de Cola Montano. Muy pronto arcos rojos de sangre marcaron la piel blanca. La víctima lloraba y se abandonaba a gritos desgarradores.

Los coros se apagaron y la muchedumbre enmudeció a medida que el látigo silbaba en el aire y golpeaba la espalda de Cola Montano.

Un silencio terrible cerró las bocas. Los miles de ojos que antes se abrían como platos, sedientos de violencia, ahora apenas soportaban la vista de ese tormento.

Al final el suplicio acabó.

Cola Montano había perdido el conocimiento. El verdugo se acercó a la picota para soltarlo.

El *magister* cayó sobre las tablas del patíbulo como un saco de patatas.

117

Propósitos oscuros

Ducado de Milán, Legnano, castillo Lampugnani

—Os digo que no es posible seguir así. ¿Habéis visto lo que le ha ocurrido a nuestro maestro? ¡El duque está completamente loco! Sediento de sangre y convencido de que puede hacer lo que quiera en esta ciudad. Yo digo que debemos oponernos. De lo contrario, la próxima vez nos tocará a nosotros. ¿Cuántas afrentas más debemos soportar antes de tomar cartas en el asunto? ¿Antes de rebelarnos contra el poder exorbitante de ese hombre? —Giovanni Andrea Lampugnani estaba furibundo. Se había puesto de pie y apretaba los puños. No podía creer que Girolamo y Carlo dudaran tanto.

Fue precisamente el primero el que dejó vislumbrar un atisbo de esperanza.

—Entiendo lo que decís, Giovanni Andrea. Sois un hombre estimado y con recursos. Tenéis hombres y pertenecéis a un linaje poderoso. Y sois el señor de Legnano, como testimonia este castillo inexpugnable —dijo, indicando el gran salón en que se encontraban—. Estoy de acuerdo con vos en que Cola Montano ha sido humillado y castigado injustamente de una manera tan dolorosa que solo de pensarlo... —Girolamo Olgiati dio a entender perfectamente lo que quería decir sin añadir nada más.

—Pero —intervino Carlo Visconti— ¿por qué habláis de afrentas? Lo que le ha ocurrido al maestro es terrible, pero no os concierne directamente.

—¿Queréis que sea más explícito? Pues aquí tenéis: Galeazzo Maria no solo ha hecho azotar despiadadamente a Cola Montano en la plaza, no solo empobrece al pueblo e impone cada día tasas nuevas y abusivas con la única finalidad de costear sus embrollos con las rameras, sino que intenta seducir a las mujeres de virtud modélica, consumido por una lujuria desenfrenada que lo empuja a desear a todas las mujeres en las que se fija. Hace unos días trató de violar a mi esposa, ¿comprendéis? ¡Solo hay un modo de borrar semejante ofensa!

—Con la sangre —apuntó Visconti, sombrío.

—Precisamente. Con la sangre. Por otra parte, tenemos suficientes motivos, ¿no creéis?

—Y precedentes —agregó Olgiati, sibilino—. Pensad en Giovanni Maria Visconti: lo mataron a puñaladas en la plaza de la iglesia de San Gottardo in Corte. Y era la mitad de injusto y cruel que este maldito duque.

—¡Exacto! Ahora empezamos a entrar en razón —dijo Giovanni Andrea Lampugnani con tono victorioso—. Recordad, si lo asesinamos no cometeremos un delito, será una liberación. Pensad en César: Bruto, Casio y los demás conjurados lo mataron entre todos para liberar a la república de un tirano. ¡No fue un delito, sino una revolución!

—Pero su empresa fracasó miserablemente —observó Visconti—. Recordad, amigos míos, que los conspiradores fueron acusados de traición y contribuyeron al nacimiento del que fue el imperio de Augusto.

—Ya. Pero ¿qué sucedió cuando murió el abuelo del que

ahora ocupa el trono de los Sforza? ¿Os acordáis? Después de su muerte, el pueblo se sublevó contra la dinastía y proclamó la Áurea República Ambrosiana. Os digo que podemos encontrar una alternativa. Querer es poder —prosiguió Lampugnani, inflexible.

—Sí —se hizo eco Olgiati—, sin contar con que en este caso podríamos estudiar la posibilidad de un triunvirato. Una oligarquía ilustrada que suprima la voluntad absoluta del tirano, ensoberbecido por sus parentescos reales.

—Eso también es cierto —observó Visconti—. Galeazzo Maria parece haber perdido completamente la cabeza tras el matrimonio con Bona de Saboya.

—No me importa saber cuál es la causa de su anhelo de poder. Lo que quiero es quitarlo de en medio —dijo Lampugnani con frialdad—. Cuando caiga a nuestros pies, sometido a las hojas de nuestros puñales, Milán nos aclamará como libertadores. —Visconti emitió un golpe de tos—. ¿Qué ocurre? —preguntó impaciente Lampugnani, fulminándolo con la mirada.

—Para vos es fácil hablar, amigo mío. Pero ni Girolamo ni yo estamos en vuestra situación. ¡No tenemos vuestros títulos ni vuestras rentas!

—¿Y eso qué tiene que ver? Aunque así fuera, significaría que tenéis menos que perder que yo.

—¡No hay forma de haceros renunciar a vuestros propósitos sanguinarios! —exclamó Visconti, exasperado.

Lampugnani se acercó a la chimenea y aferró el atizador. Después golpeó los troncos en un arrebato de rabia. Una constelación de chispas rojizas se alzó, silbando. Sus compañeros abrieron mucho los ojos.

—¿Cómo es posible que no logre haceros entender que si no intervenimos Milán acabará cayendo en el abismo? Mientras nos preguntamos qué hacer, el proceso de disgregación del ducado no conoce tregua. A este paso acabaremos desangrados por ese hombre o, en el mejor de los casos, ¡ajusticiados por el mero hecho de tener ideas diferentes de las suyas!

Visconti levantó las manos pidiendo calma.

—No entiendo este arranque de rabia, Giovanni Andrea. No debéis tomarla con nosotros. Puedo estar de acuerdo con vos, pero creo que deberíamos actuar con mucha cautela. Este no es el momento apropiado para intentar una acción así. Galeazzo Maria acaba de castigar duramente a Cola Montano y ahora tiene la atención puesta en estos focos de revuelta, también a causa de las diabólicas alusiones de su maldito consejero, Cicco Simonetta. Yo digo que debemos esperar.

—Lo siento, Giovanni Andrea. Pero Carlo tiene razón —se hizo eco Olgiati—. En este momento Galeazzo Maria Sforza ha desplegado una vigilancia estrecha y cualquier acción que lleváramos a cabo probablemente sería descubierta o neutralizada por las defensas aprestadas por el duque. Pero si sabemos esperar y dejamos pasar el tiempo, si dejamos creer a Galeazzo Maria Sforza que la rabia y el rencor se han aplacado, quizá tengamos una oportunidad.

—No solo eso —prosiguió Visconti—. Deberíamos asegurarnos de que el maestro Montano no se muestre hostil al duque. Yo me ocuparé de eso. Dejemos que Galeazzo Maria crea que está a salvo. Hagámosle creer que ha ganado. Y cuando esté más confiado, atacaremos. En el momento preciso en que crea que el peligro ha cesado y baje la guardia, nos presentaremos armados de puñales y le cortaremos el cuello.

Giovanni Andrea Lampugnani se quedó muy impresionado.

—Tenéis razón, amigos míos —dijo al final—, el resentimiento ha enturbiado mi razonamiento. Pero lo que decís es lógico y correcto. Hagámoslo así, pues. Carlo, vos os encargaréis de apaciguar a Cola Montano. En primer lugar, os mostraréis solidario, y dentro de un tiempo iremos a verlo y hablaremos de política. Entonces dejaremos caer, con medias palabras, que tarde o temprano podríamos entrar en acción y librarnos del duque. Hasta entonces, vuestra tarea será que no empeore su ya deteriorada relación con él.

—Eso haré —confirmó Visconti.

—Trato hecho, amigos míos, démonos la mano —propuso Olgiati. Y cuando se estrecharon la diestra fueron conscientes de que estaban sellando un pacto de hermandad.

—Hasta el final —dijo Lampugnani.

—Hasta el final —repitieron los otros dos.

118

Pasión arrolladora

Ducado de Milán, castillo Sforza

—Os lo imploro, duque, es una locura —dijo Lucia Marliani, desesperada, mientras Galeazzo Maria no daba señales de recuperar el control. Sentía sus manos por todas partes y trataba de eludir sus caricias. No podía salir nada bueno de un amor como ese. Bona de Saboya era una mujer tolerante, había aceptado sin rechistar a los hijos de Lucrecia Landriani, acogiéndolos entre los suyos, pero con ella sería diferente, estaba segura. Sin contar con que el duque tenía tantas amantes que una de ellas, o quizá varias, intentarían matarla si se enteraban de lo que estaba a punto de suceder. De lo que sin duda sucedería.

El duque la acosaba desde hacía tiempo y Lucia temía que su enamoramiento no fuera pasajero. Pero al mismo tiempo esperaba que durara para siempre y que él la arrancara de los brazos de su marido, un hombre gris y viejo que la aburría infinitamente.

Por eso Lucia trataba de alejar de todas las maneras esas manos ávidas que intentaban robarle la respiración y la virtud. No quería hacerlo por nada del mundo porque sabía que esas manos podían seducirla si saciaban el deseo desgarrador que sentía por él. Y él por ella.

Era equivocado y, sobre todo, peligroso.

—Os lo ruego, Galeazzo Maria —repitió, desconcertada. Pero qué dulces eran sus labios y su pecho. Y su cabello negro, que tenía el tacto de la seda. ¿Había en el mundo un hombre más apuesto que él? ¿Cómo podía resistir a una pasión semejante? Un asalto a los sentidos que no cesaba ni siquiera ante sus súplicas más desesperadas.

Intentó levantar su rostro, cogiéndolo entre sus manos y susurrándole una vez más que la dejara marchar. Pero el joven Sforza no atendía a razones y arramblaba con todo lo que podía como un amante apasionado, como si estuviera al borde de un precipicio. Como si su oportunidad de amarse estuviera a punto de esfumarse, de hacerse añicos por culpa de un hechizo extraño o de una maldición.

—Bailamos al borde del abismo —dijo él con voz ronca—. ¿Por qué queréis negarme este placer, Lucia?

La pobre muchacha se sentía atrapada, pues era incapaz de sustraerse al asalto del señor de Milán. ¿Qué más podía hacer, incendiada como estaba por ese sentimiento devorador que parecía fluir como una llama por sus venas, como si su carne de marfil estuviera a punto de arder?

—Piedad, mi señor, piedad —insistió por última vez, aun sabiendo que a esas alturas el duque no se la concedería. Él le mordió los labios. Ella sintió el sabor de la sangre en la boca. Se le antojó dulce y amargo a la vez—. Mi marido... —murmuró finalmente.

—Le diré que ya no puede tocaros —susurró con su voz grave y profunda—, y para acallarlo le daré el cargo de *podestà* en alguna ciudad que se me ocurra... Varese o quizá Como. Pero vos, Lucia, seréis mía ahora y para siempre.

La promesa le provocó una especie de arrobamiento. La cabeza le daba vueltas mientras él la levantaba con sus brazos poderosos. Sintió su pecho henchido, fuerte, formidable, casi un escudo de alabastro. Después, ambos se abandonaron entre los encajes y el lino de la alcoba.

Lucia se dejó llevar por esa especie de naufragio, por esa maravilla, ese incendio que la asediaba y le capturaba el alma y el corazón y parecía querer arrancárselo del pecho.

Dio rienda suelta a sus besos, acogió en sus labios los de él, sedienta del amor que nunca había conocido y que ahora emprendía el vuelo, poderoso como un dragón, dejándola al fin feliz y postrada en el candor de los encajes, en el rojo fuego de la pasión.

119

Belleza y crueldad

Ducado de Milán, castillo Sforza

—Os he mandado llamar porque a partir de ahora quiero ser clara: ¡no creáis que porque he aceptado a los hijos de Lucrecia también aceptaré a los vuestros! —rugió la duquesa.

Hermosa, digna, alta, espléndida con su vestido rojo, Bona de Saboya no atendía a razones. Estaba cara a cara con la nueva favorita del duque y no cabía duda de que quería declararle la guerra.

—¡Nunca legitimaré a vuestros hijos! ¡Jamás! ¿Me habéis entendido?

Lucia Marliani sabía que llegaría ese momento. Y como había comprendido desde el principio que no podría evitarlo, lo afrontó con todo el orgullo que pudo.

—No me importa. Lo que cuenta es la voluntad del duque. Y es evidente que no la domina Lucrecia Landriani ni mucho menos vos, prescindiendo del vínculo de matrimonio que os une. Deberíais saber que hay cadenas más sólidas que un trozo de papel.

—¿Cómo os atrevéis a hablarme así? La unión entre Galeazzo Maria y yo fue celebrada en una iglesia, es un vínculo sagrado que vos no tenéis derecho a romper. Y que nunca tendréis por la sencilla razón de que no sois digna de él. Lo demuestra vuestra manera de hablar. Vulgar y grosera, apropiada para lugares muy distintos a la corte de los Sforza.

—Habéis sido vos la que me ha mandado llamar. Así que yo también prefiero ser clara: no os pediré piedad, nunca. De ahora en adelante, tomaré todo lo que pueda. —Lucia estaba roja de rabia. Si esa piamontesa tan diáfana y algo entrada en carnes esperaba amedrentarla solo un poco, se equivocaba de medio a medio.

Si la duquesa la había llamado para declararle la guerra, pues bien, se encontraría con un hueso duro de roer.

—Sois descarada para ser una ramera —la acalló Bona. Había hecho todo lo posible para comportarse correctamente, pero esa mujer tenía el don de alterarla. Y no eran muchos los que lo lograban—. La nobleza corre por mis venas desde hace siglos. Y vos, que no sois más que la hija de un aventurero milanés que se hizo pasar por un hombre de alto linaje, ¿creéis que podéis amenazarme? ¡De acuerdo! Hacedlo si queréis, pero sabed que sé muy bien cómo conservar a mi marido.

—Sinceramente, ¡no lo parece!

—¡Insistís!

—Si creíais que me iba a dejar insultar impunemente, ¡andáis muy errada! —exclamó Lucia con la cara roja.

—Veo, en efecto, que ser una mujer demasiado fácil no es vuestro único defecto: ¡la arrogancia y la imprudencia tampoco os faltan! Como os he dicho, no esperéis ni ayuda ni comprensión por mi parte. Sois mi enemiga. De ahora en adelante y para siempre. No os permitiré quedaros en la corte. Seréis alejada y obligaré a mi marido a desterraros de este castillo. Mi único objetivo será perseguiros. Lo haré con todos los medios a mi alcance y, prestad atención, será una lucha sin cuartel.

Bona estaba furiosa. Debía pararle los pies a esa mujer antes de que fuera demasiado tarde. Su influencia sobre Galeazzo Maria y su corte estaba creciendo de manera desmedida. Ya había tenido que aceptar a Lucrecia. Pero ella era otra clase de mujer. No tenía la presunción y la altanería de esa joven advenediza.

Cierto es que no se podía decir que el vestido azul cielo que llevaba le sentara mal. Los largos cabellos castaños recogidos con hilos de perlas, el tipo esbelto, sinuoso, los profundos ojos oscuros y los pómulos altos le daban la belleza agresiva que tanto le gustaba a su marido. Lo sabía demasiado bien.

Pero ¡ella era una Saboya! Era hermana de Carlotta y cuñada del rey de Francia. ¿Cómo podía esa mujerzuela soñar siquiera con asustarla?

Se ocuparía de ella inmediatamente. Estaba cansada de soportar los vicios y los caprichos de Galeazzo Maria.

¡No acabaría como Maria! Encerrada en una torre, rezando a la espera de poder salir para entrar en un convento. Humillada por Filippo Maria Visconti. ¡Jamás de los jamases!

—Y ahora —concluyó—, marchaos de aquí antes de que llame a la guardia. Y disponeos a abandonar el castillo mañana por la mañana o enviaré a alguien a buscaros. Y, creedme, no mostrará la misma piedad que yo he tenido hoy.

—¿Me estáis amenazando?

—Precisamente —replicó sin poder contener una sonrisa.

—¡Me las pagaréis! —exclamó con una voz terrible.

Loca de ira y rencor, Lucia Marliani dio media vuelta y salió sin añadir nada más, dando un portazo que hizo temblar la puerta.

Su promesa quedó flotando en el aire como un mal presagio.

120

Decadencia

República de Venecia, laguna

¿Qué había sido de su familia? Polissena había fallecido hacía tiempo. Y su primo había muerto inesperadamente poco después de su último encuentro, cuando le pidió que intercediera ante el rey francés para que reconsiderara su alianza con el soberano bohemio.

Con la muerte de Gabriele y de su hermana, los Condulmer de la rama de Angelo di Fiornovello parecían destinados a interpretar un papel secundario en la historia de Venecia.

¿Sería él quien recogería su legado?

Mientras la barca se mecía sobre la superficie brillante de la laguna, Antonio Condulmer se preguntaba qué podía hacer. Tenía un patrimonio considerable y un hermoso palacio en Santa Croce, es cierto. Y, a pesar de su juventud, era embajador de la Serenísima República en la corte de Luis XI, cargo que lo había puesto en contacto con una realidad indudable: los soberanos de Francia y España, e incluso el emperador, consideraban que la conquista de Italia era la clave para la conquista de toda Europa.

Ese era el único motivo que había empujado a Luis XI a

conceder a Galeazzo Maria Sforza la mano de su cuñada Bona de Saboya. De este modo había puesto un pie en Milán y el duque había sido tan ingenuo que ni siquiera se había dado cuenta. Probablemente estaba demasiado ocupado en disfrutar de sus muchas amantes.

En cuanto a Nápoles, no era un secreto que estaba en manos de los aragoneses españoles. Aunque la casa de Anjou tarde o temprano reclamaría sus derechos.

El Piamonte y Nápoles estaban en manos de extranjeros, Milán sufría una gran presión por parte de Francia y Roma lograba mantener su independencia solo gracias al papel espiritual que revestía su monarca. Siempre y cuando la palabra «espiritual» siguiera teniendo significado, pues Aviñón primero y la herejía husita después habían puesto en evidencia la fragilidad de la autonomía papal. Gabriele la había sufrido en su propia piel, huyendo en barca gracias a la intercesión de Cosimo de Médici.

¿Y Florencia? A pesar de la inteligencia de Lorenzo de Médici, era demasiado pequeña e insignificante desde el punto de vista militar para jugar un papel decisivo.

Solo Venecia se pertenecía a sí misma.

Solo Venecia, desaprensiva, cambiante y líquida como las aguas de esa laguna esmeralda, lograba reafirmar su propia independencia y autonomía gracias a su pragmatismo y oportunismo. Tras la pérdida de Constantinopla, el Senado de la Serenísima se había preocupado, con éxito, de negociar nuevas condiciones con el sultán para poder reconstruir el barrio veneciano que había sido arrasado. Los aranceles y los impuestos no eran tan ventajosos como antes, pero poco a poco volverían a dar beneficios. No había que desanimarse.

Y él era veneciano. Y como tal reconstruiría el esplendor de su familia. Se guiaría por los principios de oportunismo y pragmatismo, con los ojos puestos en la perspectiva europea gracias a su cargo de embajador, a su dominio de las lenguas y de las costumbres y a la cultura entendida como un instrumento.

Se lo juró a sí mismo.

La estrella de los Condulmer volvería a brillar. Miró los palacios magníficos que desfilaban a ambos lados del canal.

Aprovecharía las relaciones afianzadas durante esos años y las utilizaría para contribuir a la gloria de Venecia por la que su corazón latía desde que nació.

Había tanto por reconstruir... Nunca se daría por vencido. Siguió remando. El remo se levantaba en el aire para caer después en el agua transparente. Le gustaba pasar el tiempo entre los canales de la laguna. Solo consigo mismo, lograba pensar con claridad.

Cuando finalmente el sol se sumergió en la superficie líquida, irradiando una luz que parecía pintada en pan de oro como los polípticos de Antonio Vivarini, creyó oír una voz que lo llamaba. Era dulce y persuasiva, como transportada por la espuma blanca del agua que se formaba bajo la pala del remo.

La oscuridad cayó sobre la laguna y Antonio encendió los faroles. Embocó la Giudecca iluminado por su luz roja y ondeante. Inspiró profundamente el olor a sal y a mar.

Pronto, se dijo, recuperaría el honor de su familia.

121

Paolo

República de Florencia, casa de Paolo di Dono

Lorenzo estaba sorprendido. La casa era pequeña y sucia. Solo dos velas iluminaban la habitación. Las telas que cubrían las ventanas estaban desgarradas y el aire frío que penetraba amenazaba con apagarlas de un momento a otro. La chimenea estaba apagada porque Paolo no tenía ni para leña.

Lorenzo lo miró con lágrimas en los ojos.

¿Cómo era posible que Florencia olvidara a sus artistas? ¿A quienes le habían dado la gloria eterna en el pasado y que, estaba seguro de ello, todavía podían seguir haciéndolo en los años venideros gracias al valor inmenso de sus obras? Era una ciudad ingrata, con mala memoria, que solo pensaba en sí misma.

Pero Lorenzo no lo sabía. No podía imaginar que un pintor famoso como él, capaz de pintar obras maestras como *La batalla de San Romano*, que su abuelo le había mostrado años atrás en casa de *messer* Leonardo Bartolini Salimbeni, pudiera vivir en la miseria.

No era justo, se dijo. No debería haber ocurrido.

—Perdonad mi pobreza, mi señor —dijo Paolo con un hilo

de voz—, pero ya soy viejo y estoy enfermo. Mi mujer murió el año pasado. No tengo mozos en el taller, a decir verdad, ni siquiera tengo un taller. Me ayuda mi hijo Donato cuando puede venir a verme. Por lo demás, mi vida es oscuridad y silencio.

—Maestro —dijo Lorenzo mientras las lágrimas le resbalaban por las mejillas, apenado por la poca consideración que los ciudadanos de Florencia tenían por Paolo—, perdonadme si he tardado tanto en venir a veros. Me siento avergonzado de no haberme informado acerca de vuestras condiciones, pero ahora que conozco la verdad no debéis temer nada más. Yo me ocuparé de vos, pues conozco vuestro trabajo y lo admiro incondicionalmente. Mi abuelo Cosimo me hablaba de vuestras obras con tanta pasión que ya las adoraba antes de verlas.

—Vuestro abuelo era un buen hombre, Lorenzo. Pero vos también tenéis un futuro radiante por delante —afirmó Paolo—. Ya no veo casi nada, incluso vos sois como una sombra delante de mis ojos. No os preocupéis en demasía. Con un poco de leña para el fuego y que vengáis a verme una vez a la semana para leerme un buen libro tengo bastante. Para mí sería más que suficiente.

—Pero también necesitáis algo de comer y un poco de buen vino.

—En cuanto a la comida, os lo agradezco, pero no es necesario; nunca ha sido muy importante en mi vida, y ahora que toca a su fin prefiero renunciar a ella. Tengo bastante con unas cebollas estofadas y pan. Un poco de vino sí que me gustaría.

—Da la casualidad de que hoy he traído un Chianti robusto —comentó Lorenzo. Se acercó a la mesa que había en el centro de la habitación, donde brillaba uno de los dos cabos de la vela, y dejó encima la garrafa que había sacado de debajo de la capa.

—En ese aparador —indicó Paolo— encontraréis copas de nácar. Uno de los últimos créditos que logré cobrar.

Lorenzo fue a buscarlas inmediatamente y las colocó en los dos extremos de la mesa. Después sirvió el vino. Mientras tanto, Paolo se había sentado frente a una de las copas.

—Qué aroma —dijo.

—Ordenaré que vayan a buscar leña enseguida para que os la traigan mañana por la mañana. Mientras tanto, esta noche podréis entrar en calor con el vino.

—No sé cómo agradecéroslo, mi señor.

—Soy yo quien os da las gracias, maestro. Sin vuestras magníficas telas, Florencia sería mucho más pobre. Todavía recuerdo los colores maravillosos de *La batalla de San Romano*...

—Ah —exclamó Paolo—, ese cuadro era la obsesión de vuestro abuelo.

—Lo sé. No tenéis ni idea de las veces que me dijo que me hiciera con él.

—Lo imagino.

—¿Sabéis dónde está ahora?

—Por lo que sé —respondió Paolo— sigue en casa de *messer* Leonardo Bartolini Salimbeni.

—¿Tendríais algo en contra si hiciera una oferta a *messer* Leonardo para adquirir el tríptico?

—En absoluto. Pero creo que no os lo venderá fácilmente. Estaba tan secretamente contento de habérselo quitado a vuestro abuelo...

—Lo sé.

—Ese hombre siempre tuvo buena vista, pero no tanto como Cosimo. Aunque en esa ocasión quizá sí.

—Creo que sí —contestó Lorenzo, sonriendo. Probó el vino. Y hablando con Paolo supo lo que haría en los años venideros: no olvidar que el legado de su padre y de su abuelo era lo más importante. Su gobierno se fundaría en ese patrimonio de belleza, arte y cultura. Cosimo solía decir que la dinastía contaba más que la persona. Y la familia más que los hijos.

Innovaría, se arriesgaría y experimentaría, pero sin perder de vista de dónde venía, de quién era hijo y nieto.

Era un Médici, era Florencia.

El maestro Paolo Uccello se lo había recordado.

122

Conspiradores

Ducado de Milán, cercanías de Novara, 1476

Las cosas habían ido demasiado lejos. El tiempo de la venganza había llegado. Giovanni Andrea Lampugnani tenía delante a Girolamo Olgiati.

—Estoy harto —le dijo, mirando la escudilla con la sopa humeante. Estaban en una posada, sentados en una mesa esquinera que les proporcionaba la discreción necesaria. Se habían reunido lo más lejos posible de Milán. Giovanni Andrea estaba en Novara para despachar unos asuntos personales y Girolamo lo había seguido hasta allí. Carlo había tenido un contratiempo en el último momento—. ¿Visconti está con nosotros? —preguntó.

—Absolutamente.

—No tengo la intención de seguir esperando, os lo advierto. Ver como Lucia Marliani acumula cargos y títulos, se convierte en señora de Melzo y Gorgonzola y recibe joyas que mi esposa nunca podrá poseer, y ser testigo de la dilapidación del tesoro ducal para seducir a un puñado de rameras me hace perder el juicio.

—Pues ese no debéis perderlo. Permaneced lúcido, vigilante —replicó Girolamo Olgiati—. Es un hecho. Actuaremos.

—¿Cuándo? —preguntó Giovanni Andrea, sorprendido por tanta temeridad.

—El día de San Esteban por la mañana.

—¿Después de Navidad?

—Precisamente.

—¿Dónde?

—En la iglesia de Santo Stefano.

Esta vez Giovanni Andrea no pudo contener una sonrisa.

—Es perfecto —aseveró.

—Ya.

—Nunca podrán imaginar que lo atacaremos allí.

—Tenéis razón —confirmó Lampugnani—. Ha sido una idea excelente. ¿De quién ha sido?

—De Carlo. Con la complicidad de Cola Montano. El maestro le guarda un odio atávico a Galeazzo Maria.

—Lo comprendo.

—Pero ha sabido esperar.

—Sin duda —dijo Lampugnani recordando el día en que el *magister* fue azotado públicamente en la picota de plaza Vetra.

—Pero ha llegado la hora —concluyó Olgiati, bebiendo vino.

—El pueblo nos aclamará como héroes.

—¿De cuántos hombres disponéis?

—De unos cien.

—Con los míos y los de Visconti llegamos a menos de doscientos.

—No son muchos —confirmó Lampugnani—, pero serán suficientes.

—Qué remedio. Confío en que Milán se subleve apenas se

conozca la noticia de la muerte del duque. Como pasó cuando murió Filippo Maria Visconti.

—Yo también lo espero. Nos aclamarán como libertadores —observó Lampugnani sin lograr contener su entusiasmo—. Muerte al tirano —añadió.

—Muerte al tirano —repitió Olgiati—. Pero bajemos la voz o será la conjura más breve de la historia —agregó, haciendo una mueca.

Lampugnani se llevó la cuchara a los labios y sorbió la sopa caliente.

—No está nada mal —dijo—. En esta posada se come bien.

—Por eso la he elegido. Pero decidme, amigo mío, ¿qué haremos?

—¿Cuándo?

—Cuando hayamos derrocado la dinastía de los Sforza.

—Creo que estábamos de acuerdo en eso —repuso Lampugnani—. Carlo, vos y yo formaremos un triunvirato que establecerá las condiciones políticas para la formación de un órgano republicano. Asumiremos tareas de coordinación y dirección y devolveremos al pueblo el gobierno de Milán a través de sus representantes.

—Tareas de coordinación y dirección —repitió Olgiati—. Suena realmente bien.

—Lo sé. Deberemos tener cuidado, amigo mío. En ningún caso nuestros ciudadanos deben percibirnos como usurpadores del poder. Les explicaremos que nuestra única y principal preocupación es devolverles la autonomía y la facultad decisoria. Cola Montano estará a nuestro lado para legitimar nuestra elección. Una buena parte de la nobleza tiene en gran estima al *magister* y no ha asimilado su humillación pública. Solo así nos convertiremos en inspiradores y protectores de la reforma. Y solo así la reforma será aceptada como tal. Si fracasamos en eso, perderemos la credibilidad. Y no podemos permitírnoslo.

—Entiendo perfectamente lo que decís. Si no logramos transmitir ese sentimiento, nos lincharán como a traidores.

—Precisamente. Pero si matamos al duque gritando «Muerte al tirano!», seremos fuente de inspiración para todos los presentes que odian a Galeazzo Maria Sforza —murmuró Lampugnani—. Y, animados por nuestros sostenedores, que habrán acudido a la iglesia, los demás nos seguirán. Desenvainarán sus espadas y ganaremos la batalla rápidamente.

—Que así sea —sentenció Olgiati.

—Y ahora —dijo Giovanni Andrea con tono resuelto—, a esperar San Esteban.

123

Presentimiento

Ducado de Milán, castillo Sforza

A Ludovico lo invadía la preocupación. Su hermano se comportaba con un descaro que resultaba peligroso. Se daba perfecta cuenta. Había enviado a sus espías a todas las tabernas, mercados y burdeles de la ciudad y los rumores que corrían siempre eran los mismos: el duque estaba considerado como un tirano codicioso, un hombre sin escrúpulos, el exponente de una dinastía que, tras haber vivido con el pueblo y para el pueblo, ahora se había endiosado. Algunos decían que se había echado a perder por culpa de su matrimonio. A los milaneses no les gustaba la idea de que el duque se hubiera casado con una piamontesa, pese a estar emparentada con el rey de Francia.

En cuanto a la nobleza, la situación era todavía peor. Cierto es que la clase más pudiente siempre estaba descontenta por principio. Nadie parecía considerarse lo suficientemente favorecido. Todos reclamaban feudos y prebendas, títulos y privilegios. Pero algo peor y más profundo parecía insinuarse.

Sin contar con que el significativo círculo de intelectuales también tenía algo que objetar. Fue su preceptor, Francesco

Filelfo, que acababa de volver de Roma, adversario acérrimo de Cola Montano, el que le confesó que en el ambiente académico de Bolonia, donde Montano se había refugiado, se rumoreaba que este último tenía la intención de vengarse de la humillación sufrida dos años antes en la plaza Vetra.

Con ese peso de odio y amenazas sobre los hombros, Ludovico creyó oportuno hablar con Bona de Saboya y Cicco Simonetta. Sabía que si había alguien a quien el duque estaba dispuesto a escuchar, eran ellos.

En efecto, ahora se encontraba en la antesala de la duquesa.

Justo mientras pensaba en lo que iba a decirles, llegó Cicco. Al poco, Bona de Saboya también hizo su aparición en la salita. Alta y esbelta, elegantemente vestida, Bona poseía una belleza regia y austera. Ludovico sonrió al verla.

—Mi señora —dijo—, consejero —añadió, dirigiéndose a Cicco—, me presento ante vos con el corazón en un puño. —Bona lo miró y Ludovico comprendió que compartía su estado de ánimo.

—*Messer* Ludovico, entiendo perfectamente a qué os referís y todos los días rezo por la salvación de mi marido. Me pregunto cómo no se da cuenta de que no puede seguir así. Sin embargo, y pongo a Cicco por testigo, yo le he consentido mucho más de lo que cabe esperar de una esposa.

Cicco asintió.

—*Madonna*, sabéis muy bien que he manifestado mi preocupación al duque en más de una ocasión y le he aconsejado discreción y prudencia. La situación es caótica y puedo imaginar lo que Ludovico tiene que decirnos. Pero os adelanto que en la ciudad y en palacio todos hablan mal de él y se quejan de su comportamiento. Sin embargo, no hay manera de hacerlo cambiar de actitud.

Ludovico se quedó desconcertado.

—¿Me estáis diciendo, aun antes de que os hable del odio que cunde en tabernas, plazas y mercados de Milán, que no hay manera de hacerlo entrar en razón? ¿Sabéis que mi maestro, Francesco Filelfo, me ha referido que en los ambientes académicos boloñeses se murmura que Cola Montano ansía vengarse del duque por lo que sucedió en plaza Vetra?

—Lo sabemos muy bien —respondió Cicco—. Por eso huyó de Milán y se refugió en el *Studium* boloñés. Porque el duque le hizo saber que no toleraría ulteriores agitaciones. Pero, evidentemente, Cola Montano no es la clase de hombre que acepta doblegarse. En él anida el rencor, y tiene una vocación natural a la sedición que no logro explicarme. Aunque también es cierto que no puede perjudicarnos desde Bolonia.

—De eso no estoy seguro —observó Ludovico.

—Yo tampoco —convino Bona—. Por otra parte, no hay manera de hablar con Galeazzo Maria, ¡al contrario! Cuanto más le pido que modere sus apetitos, de cualquier clase e inclinación, más se encona en llevarme la contraria. Con el tiempo he aprendido que dejándolo hacer se obtienen mejores resultados.

Cicco miró a Ludovico.

—Por desgracia, la duquesa tiene razón. Cuanto más se le dice, más se opone, niega la evidencia, ridiculiza, subestima. Y así se expone. Y cuanto más se expone, más vulnerable es.

—Si realmente queréis que modere su comportamiento, solo podéis hacer una cosa, Ludovico —dijo Bona finalmente—, y no sabéis lo que me cuesta decíroslo, pero no tengo un consejo mejor.

—¿Cuál es?

—Hablad con Lucia Marliani.

—¿Estáis segura?

—Me duele admitirlo, pero ella es la única que en este momento puede obtener algo de mi marido. Yo renuncié hace tiempo. Puede que cometiera un grave error cuando la alejé de la corte y negué la legitimación a sus hijos.

—Era lo mínimo que podíais hacer —repuso Ludovico.

—Yo también lo creí, pero ahora sé que me equivoqué, porque si estamos en esta situación, es también a causa de eso.

—¿Qué me aconsejáis hacer, pues?

—Lo que acabo de deciros. Id a Melzo y hablad con Lucia. A vos os escuchará.

—¿Por qué creéis que debería hacerlo?

—Porque fuisteis vos el que unió Cremona y las demás ciudades bajo el nombre de Galeazzo Maria cuando Francesco Sforza murió. Vos lo proclamasteis duque de Milán.

—¿Y vos cómo lo sabéis? —preguntó Ludovico, sorprendido.

—Porque el duque me lo ha contado muchas veces.

—¿De verdad?

—Os quiere mucho. O, mejor dicho, apreció mucho vuestra actitud.

—La duquesa tiene razón. Id. Sois nuestra última esperanza. Puede que Lucia Marliani os haga caso.

Ludovico lo miró perplejo.

—No creo...

—Hacedlo —dijo Bona—. Sois el único que quizá todavía pueda salvar al duque de Milán de sí mismo.

124

La señora de Melzo

Ducado de Milán, castillo de Melzo

Ludovico se hallaba en un salón de magnífica belleza. Observando a su alrededor, lo impresionó su refinada decoración: copas de diaspro, mesas de maderas preciosas ricamente taraceadas, el techo artesonado, los maravillosos tapices que cubrían las paredes. Había acudido prestamente a Melzo tras la conversación con Bona de Saboya y Cicco Simonetta. Esperaba lograr su propósito porque tenía la desagradable sensación de que tarde o temprano el descontento causado por el duque explotaría de manera incontrolable.

Y entonces sería demasiado tarde.

Lucia Marliani, señora de Melzo, le daba la espalda. Estaba frente a la chimenea, al fondo del salón.

Cuando por fin se dio la vuelta, Ludovico comprendió por qué el duque de Milán había perdido la cabeza por ella. Aun no siendo especialmente alta —era más bien menuda y delicada—, el óvalo de su rostro era perfecto y sus hermosos rasgos parecían cincelados. La nariz pequeña y respingona, los pómulos marcados y los ojos profundos y maliciosos cortaban la respiración. En cuanto se dirigió a él, Ludovico intuyó que debía de ser una mujer extraordinariamente resuelta.

—*Messer* Sforza —le dijo con frialdad—, no conozco el motivo de vuestra visita, pero quizá puedo imaginarlo. A tal propósito, permitidme que os haga una advertencia: si es un intento de que interceda ante el duque, habéis venido para nada.

Ludovico suspiró. Si empezaban así, no había nada que hacer, no tenía ninguna posibilidad. Pero debía intentarlo.

Trató de no desanimarse.

—*Madonna* —empezó diciendo—, comprendo perfectamente lo que me decís y os pido perdón si os he dado esa impresión.

Lucia Marliani pareció sinceramente sorprendida.

—¿Así que no habéis venido a obtener un favor?

—En absoluto. Es más, para ser sinceros, quizá vengo a haceros uno.

—¿Habláis en serio? —preguntó. Sus ojos brillaron por un instante.

—Ciertamente. Os lo explico simple y llanamente: temo por la vida del duque de Milán.

Por segunda vez en poco tiempo, la señora de Melzo pareció sorprenderse.

—¿Estáis seguro? ¿Y por qué debería estar en peligro? ¿Alguien lo amenaza?

Ludovico sacudió la cabeza. ¿Cómo era posible que esa mujer no se diera cuenta de lo que sucedía a su alrededor? Todo en ella daba a entender lo contrario.

—No existe un solo lugar en la ciudad donde los milaneses no manifiesten su decepción por la conducta del duque: las fiestas excesivas, las campañas militares frustradas, el derroche, el ejercicio exclusivo y absoluto del poder, las tasas. Y lo mismo sucede entre los nobles.

—¿Eso es todo? —preguntó Lucia Marliani. Y esta vez, Ludovico percibió en su voz una arrogancia casi exhibida.

—Eso es todo —respondió él—, pero un duque odiado es un duque que pierde el afecto de su pueblo, al que sus súbditos abandonan, un duque que corre el peligro de ser derrocado.

—Quizá —prosiguió ella en el mismo tono de antes—, pero creo que Galeazzo Maria también es un duque temido por su valor, gallardía y carisma.

—Puede ser. Pero en cierto sentido —subrayó Ludovico—, quizá sea peor. Un duque odiado y temido tarde o temprano acaba siendo víctima de los sentimientos que inspira.

—¿Estáis amenazando a vuestro hermano?

—¡En absoluto! Lo pongo en guardia. Y como sé que no me escuchará, que considerará mis palabras simples fantasías conspiratorias, me he permitido acudir a vos, a quien, en cambio, dará crédito.

Lucia Marliani suspiró. Su belleza pareció ofuscarse por un momento.

—Querido Ludovico, sobreestimáis mi poder. Yo soy solo una de las muchas amantes del duque. Nada más.

—No lo creo. No recuerdo que haya dado a sus amantes lo que os ha concedido a vos. Es evidente que, de un modo u otro, os considera especial. Y si me permitís, *madonna*, al veros hoy puedo entender por qué.

—¿De verdad? ¿Y por qué? —preguntó ella, fingiéndose incrédula.

—Vamos, no inflijáis un agravio a vuestra belleza. Porque sois una mujer sumamente hermosa, ¡por eso! —concluyó Ludovico, suspirando, harto de que se burlara de él—. Decidme más bien: ¿a qué juego jugáis?

—No os entiendo.

—Vamos, es tan evidente... Una mujer como vos sabe muy

bien el efecto que causa en los hombres. Así que dejad de fingir que no lo sabéis. ¿No queréis ayudarme? O, mejor dicho, ¿no queréis ayudar a mi hermano y a vos misma? De acuerdo. Decídmelo y me iré ahora mismo.

—¡Sois un impertinente! Os entrometéis en mi casa, habláis de odio y de conjuras, de los errores del duque, ¿y pretendéis que os ayude?

—Yo no pretendo nada. Pero creo que Galeazzo Maria está en peligro. Y si su vida lo está, ¡la vuestra también!

—Suposiciones. Ideas extravagantes. ¿Por qué debería tomaros en serio? ¿Qué habéis hecho vos por el duque hasta ahora? ¿Creéis que sois el primero que me cuenta esas cosas? ¿Semejantes habladurías? Pero ¡no es dando crédito a esa clase de rumores como Galeazzo Maria dominará Milán! —El rostro de Lucia Marliani cambió de expresión y reveló a Ludovico quién era realmente esa mujer: una criatura despiadada y egoísta que solo actuaba por interés.

Fue entonces cuando comprendió que todo estaba perdido. Si alguien tenía realmente intención de atentar contra la vida del duque lo cogería por sorpresa, puesto que su arrogancia y la de los que gozaban de su confianza era tan profunda que los volvía ciegos.

Tomar conciencia de ello no atenuó su dolor.

—De acuerdo —dijo finalmente Ludovico—, os agradezco de todas formas que me hayáis recibido.

Mientras se inclinaba, Lucia Marliani no se dignó mirarlo.

Ludovico salió de la sala con la certeza atroz de que iba a ocurrir algo terrible.

125

San Esteban

Ducado de Milán, iglesia de Santo Stefano

La mañana de San Esteban, Giovanni Andrea Lampugnani se despertó temprano. Se lavó, se vistió, se metió un puñal en el bolsillo interior del jubón y se dirigió a la cuadra. Montó a caballo y partió de su castillo de Legnano antes de que amaneciera.

Llegó con antelación a la iglesia de Santo Stefano, escoltado por unos diez hombres vestidos de nobles. Nevaba. Sus soldados también ocultaban las armas bajo la ropa. Copos cándidos caían del cielo y la plaza de la iglesia estaba salpicada de blanco.

Lampugnani se detuvo al entrar en el pórtico y dejó que sus hombres se mezclaran entre los fieles.

Esperó la llegada de Girolamo Olgiati y Carlo Visconti. El primero llegó al cabo de poco. Solo. El segundo algo más tarde.

En cuanto Carlo Visconti entró, Lampugnani advirtió que iba seguido por un puñado de hombres de su séquito. A juzgar por sus ropas hinchadas, ellos también debían de esconder armas.

—Quedémonos a la altura del pórtico —dijo en voz baja a sus dos compañeros—. Cuando Galeazzo Maria llegue encabezando la procesión, se entretendrá a dar conversación a algunos de sus fieles, yo me detendré ante él y fingiré que le presento mis respetos. Hincaré la rodilla y en cuanto se incline sobre mí asestaré el primer golpe. Acto seguido, vosotros haréis lo mismo.

—De acuerdo —dijo Olgiati.

—Contad con nosotros —se hizo eco Visconti. Después se colocaron en sus puestos.

No tuvieron que esperar mucho, pero a Giovanni Andrea Lampugnani esos minutos se le antojaron siglos. La nieve seguía cayendo. Los ciudadanos iban entrando en la basílica a medida que llegaban. Nobles y cortesanos, en cambio, esperaban al duque de Milán para presentarle sus respetos y abarrotaban los pórticos.

Finalmente, cuando la basílica estaba repleta, abrieron de par en par las hojas del portón principal. Galeazzo Maria Sforza apareció en toda su majestuosidad. Ricamente vestido, parecía absolutamente ajeno a lo que estaba a punto de pasar: su rostro mostraba su acostumbrada expresión altanera, como si la supervivencia del mundo dependiera de él.

Como Lampugnani había pronosticado, al llegar al pórtico se entretuvo brevemente con nobles y damas.

Fue entonces cuando Giovanni Andrea se armó de valor y salió a su encuentro.

El duque pareció sorprendido, pero al ver que el cortesano hincaba la rodilla para presentarle sus respetos, lo dejó hacer.

Aprovechando que Galeazzo Maria era del todo inconsciente de lo que estaba a punto de ocurrir, el conspirador hizo un gesto fulminante. Se levantó de golpe, extrajo el puñal y se lo clavó al duque en el costado, hundiendo la hoja hasta la empuñadura. Simultáneamente, Lampugnani gritó: «¡Muerte al tirano!», y acto seguido le asestó una segunda puñalada en el estómago.

Galeazzo Maria trató de reaccionar, pero no sirvió de nada. Mientras se doblaba, hizo un gesto a su guardia, intentando pedir ayuda.

—Me matan —murmuró casi agonizante.

Los puñales de Olgiati y Visconti, que se habían abalanzado sobre él como fieras, le habían causado heridas más profundas en el cuello, la sien y la cabeza.

La sangre salpicó la nieve y la manchó.

Con un esfuerzo supremo, Galeazzo Maria logró darse la vuelta y caminó tambaleándose hacia su séquito, como si estuviera borracho. Finalmente, se desplomó en el centro del pórtico, acabado, buscando desesperadamente un lugar donde abrazar la muerte.

Durante un instante el tiempo pareció detenerse. Los presentes se quedaron inmóviles contemplando la enormidad de la tragedia. Inmediatamente después, la guardia del duque desenvainó sus espadas.

Las hojas brillaron a la luz del sol pálido mientras la nieve seguía cayendo: Milán estaba a punto de sucumbir.

Nota del autor

Mientras abordaba la tetralogía dedicada a los Médici y la novela sobre Miguel Ángel, me preguntaba de qué manera podría rendir otro homenaje al Renacimiento. Deseaba escribir otra gran saga que narrara las hazañas de las dinastías que fueron protagonistas absolutas de la que fue, de hecho, una grande e infinita lucha por el poder que duró cien años. La idea de contar la historia de Milán, Venecia, Roma, Florencia, Ferrara y Nápoles a través de sus familias era un proyecto aterrador y a la vez magnífico. Aterrador por su complejidad, magnífico porque el siglo de oro que va de la batalla de Maclodio al Saco de Roma —de 1427 a 1527— me daría la oportunidad de que mis lectores y lectoras encontraran, ya en el primer volumen, a personajes extraordinarios como Filippo Maria Visconti, Alfonso el Magnánimo, Paolo Uccello, Bianca Maria Visconti, Francesco Sforza, Polissena Condulmer, Eugenio IV, Petrus Christus y muchos otros protagonistas de esa época.

Pero tenía miedo. ¿Cómo abordar semejante desafío? ¿Cómo exponer con claridad la sucesión de eventos? ¿Cómo capturar el espíritu de aquella época espléndida y terrible?

Fue Raffaello Avanzini quien me sugirió empezar por Jacob Burckhardt: su obra *La cultura del Renacimiento en Italia* me proporcionaría un cuadro claro y completo. Fue, como siempre, un consejo valioso por el que todavía estoy en deuda con él. El trabajo del profesor suizo se reveló una obra maestra, un retrato fascinante y culto de una época, y se convirtió en la estrella polar de mi nuevo libro.

Empecé por él y por otras relecturas imprescindibles, como *Los novios* y, naturalmente, *Historia de la columna infame* de Alessandro Manzoni y *Renacimiento privado* de Maria Bellonci. Es decir, después de leer a Burckhardt continué con la tradición italiana de la novela histórica. No podía ser de otro modo.

A estas primeras lecturas se añadió un larguísimo trabajo de investigación que bebió de muchas fuentes.

Sabía que Milán, una ciudad de la que me he enamorado con desesperación en estos últimos años, sería una de las grandes protagonistas de esta saga. Para abordar la compleja historia de la dinastía Visconti-Sforza, he aquí algunos de los textos fundamentales que, entre los muchos que he leído, cito a título de ejemplo: *Vita di Filippo Maria Visconti*, Pier Candido Decembrio, Milán, 1996; *Immagine di potere e prassi di governo. La politica feudale di Filippo Maria Visconti*, Federica Cengarle, Roma, 2009; *Feudi e feudatari del duca Filippo Maria Visconti. Repertorio*, Federica Cengarle, Milán 2009; *I Visconti, storia di una famiglia*, Francesco Cognasso, Bolonia, 2016; *I signori di Milano. Dai Visconti agli Sforza. Storia e segreti*, Guido Lopez, Roma, 2016; *La signora di Milano. Vita e passioni di Bianca Maria Visconti*, Daniela Pizzagalli, Milán, 2009; *Gli Sforza. Il racconto della dinastia che fece grande Milano*, Carlo Maria Lomartire, Milán, 2018; *Francesco Sforza*, Franco Catalano, Milán, 1983; *Gli Sforza. La casata nobiliare che resse il ducato di Milano dal 1450 al 1535*, Caterina Santoro, Milán, 2000; *I condottieri di ventura nei documenti dell'Archivio Se-*

greto Vaticano. Erasmo da Narni, Bartolomeo Colleoni, Nicolò Piccinino, Francesco Sforza, Simone Biondini y Luisa Sangiorgio, Foligno, 2017.

Naturalmente, esta saga también habla y hablará de otras dinastías y ciudades importantes. Por lo que respecta a la Nápoles aragonesa aconsejo, por lo menos: *Historia della Guerra di Napoli*, Giovanni Gioviano Pontano, Nápoles, 1590; *Alfonso il Magnanimo*, Giuseppe Caridi, Roma, 2019; *Per la storia del regno di Ferrante I d'Aragona re di Napoli*, Ernesto Pontieri, Nápoles, 1946; *Poteri, relazioni, guerra nel regno di Ferrante d'Aragona*, Francesco Senatore y Francesco Storti, Nápoles, 2011; *Maiestas. Politica e pensiero politico nella Napoli aragonese*, Guido Cappelli, Roma, 2009. Por lo que se refiere a Venecia, he leído, entre otros: *La repubblica del Leone. Storia di Venezia*, Alvise Zorzi, Milán, 2001; *Storia della Repubblica di Venezia. La Serenissima dalle origini alla caduta*, Riccardo Calimani, Milán, 2019; *Storia di Venezia*, Frederic C. Lane, Turín, 2015; *Una città, una repubblica, un impero. Venezia 697-1797*, Alvise Zorzi, Cittadella, 2016; *Storie segrete della storia di Venezia*, Francesco Ferracin, Roma, 2017; *Storia di Venezia. Dalle origini al 1400. Dal 1400 alla caduta della Repubblica*, John Julius Norwich, Milán, 1986; *L'organizzazione militare di Venezia nel '400*, Michael E. Mallett, Sesto San Giovanni, 2015.

Sobre Ferrara y los Este, me permito citar los siguientes entre los muchos textos consultados: *Ferrara estense: lo stile del potere*, Werner L. Gundersheimer, Módena, 2005; *Estensi. Storia e leggende, personaggi e luoghi di una dinastia millenaria*, Riccardo Rimondi, Ferrara, 2005; *Land and Power in Late Medieval Ferrara: The Rule of the Este 1350-1450*, Trevor Dean, Cambridge, 2002; *Herculean Ferrara: Ercole d'Este (1471-1505) and the Invention of a Ducal Capital*, Thomas Tuohy, Cambridge, 2002; *Le ville di Leonello d'Este. Ferrara e le sue campagne agli albori dell'età moderna*, Maria Teresa Sambin de Norcen, Venecia, 2013.

En cuanto a Florencia, partía con ventaja por el estudio precedente sobre los Médici. En este sentido, aconsejo vivamente la lectura de *Historia de Florencia* de Nicolás Maquiavelo, y de *Storia d'Italia* de Francesco Guicciardini, auténticos puntos de referencia. A ellos hay que añadir, como mínimo: *Cosimo de' Medici il vecchio*, Curt Gutkind, Florencia, 1982; *Lorenzo de' Medici. Una vita da Magnifico*, Giulio Busi, Milán, 2016; *Lorenzo il Magnifico*, Ivan Cloulas, Roma, 1988; *Il Magnifico, vita di Lorenzo de' Medici*, Jack Lang, Milán, 2003; *I Medici. Una famiglia al potere*, Marcello Vannucci, Roma, 2018; *I Medici. Storia di una famiglia*, Umberto Dorini, Bolonia, 2016; *I Medici. Luci e ombre della dinastia medicea sullo sfondo di quattro secoli di storia fiorentina*, George Frederick Young, Milán, 2016; *I Medici. Potere e affari nella Firenze del Rinascimento*, Volker Reinhardt, Roma, 2002; *La vita quotidiana a Firenze ai tempi dei Medici: mestieri, amori, vizi nella città splendente*, Jean Lucas-Dubreton, Milán, 2017.

Respecto a Roma y la familia Colonna, he de citar: *La vita quotidiana nella Roma pontificia ai tempi dei Borgia e dei Medici*, Jacques Heers, Milán, 2017; *Roma segreta e misteriosa. Il lato occulto, maledetto, oscuro della capitale*, Fabrizio Falconi, Roma, 2015; *La vita quotidiana delle cortigiane nell'Italia del Rinascimento*, Paul Larivaille, Milán, 2017; *Le grandi famiglie di Roma*, Claudio Rendina, Roma, 2007; *Una gloriosa sconfitta. I Colonna tra papato e impero nella prima età moderna*, Alessandro Serio, Roma, 2008.

Debo mencionar que la historia de los Estados Pontificios y de los pontífices que se sucedieron tras Martín V ha requerido un estudio aparte a causa de su complejidad. Desde este punto de vista, puedo afirmar sin miedo a equivocarme que las lecturas contemporáneas han representado un estudio dentro del estudio. Cito una serie de monografías indispensables para orientarse en el difícil e insidioso terreno literario y a la vez historiográfico del papado: *El sovrano pontefice. Un corpo e due anime: la monarchia papale nella prima età moderna*, Paolo Prodi, Bolonia, 2013; *Vassalli del papa. Potere pontificio, aristocrazie e città nello Stato della Chiesa (XII-XV sec.)*, Sandro Carocci, Roma, 2010; *Il papato nel Rinascimento*, Marco Pellegrini, Bolonia, 2010; *La Roma segreta dei papi*, Gabriela Häbich, Roma, 2017; *Segreti e tesori del Vaticano*, Massimo Polidoro, Milán, 2017; *Società e cultura a Firenze al tempo del concilio. Papa Eugenio IV tra curiali, mercanti e umanisti*, Luca Boschetto, Roma, 2012; *Eugenio IV. Papa de la unión de los cristianos*, Joseph Gill, Madrid, 1992; *La cappella di Niccolò V del Beato Angelico*, Antonella Greco, Roma, 1980; *Enea Silvio de' Piccolomini, als Papst Pius der Zweite und sein Zeitalter*, Georg Voigt, Berlín, 1900; *Il «cardinale tedesco». Enea Silvio Piccolomini fra impero, papato, Europa (1442-1455)*, Barbara Baldi, Milán, 2013; *Paolo II Barbo. Dalla mercatura al papato (1464-1471)*, Anna Maria Corbo, Roma, 2004.

Una reflexión aparte merece la obra maestra de Enea Silvio Piccolomini, *I commentarii*, Milán, 2008, un texto que ofrece una visión amplia, suntuosa e irrenunciable del siglo XV. Aconsejo una lectura razonada, meticulosa y atenta de este libro extraordinario a todos aquellos que, estimulados por esta obra, deseen profundizar en el tema. No han faltado, por supuesto, lecturas sobre vidas de artistas que me importaban de manera especial por motivos literarios o personales. En este caso, empezando por el imprescindible Giorgio Vasari, *Le vite dei più eccellenti pittori, scultori e architetti*, ed. integral, Roma, 2015, cito los siguientes: *Paolo Uccello*, Stefano Borsi, ed. ilustrada, Florencia, 1993; *Paolo Uccello*, Mauro Minardi, ed. en color,

Milán, 2017; *Paolo Uccello*, Philippe Soupault, Milán, 2009; *La battaglia di San Romano*, Diletta Corsini, Florencia, 1998; *Beato Angelico*, Timothy Verdon, ed. ilustrada, Milán, 2015; *Beato Angelico. Figure del dissimile*, Georges Didi-Huberman, ed. ilustrada, Milán, 2014; *Donatello*, Beatrice Paolozzi Strozzi, Florencia, 2017; *Donatello. Il David restaurato*, Beatrice Paolozzi Strozzi, ed. ilustrada, Florencia, 2008; *Petrus Christus: Renaissance Master of Bruges*, Maryan W. Ainsworth, Nueva York, 1994.

En términos de modalidad narrativa, he seguido adoptando el sistema de bloques que, por otra parte, es la mejor manera de que el lector conozca el cuadro narrativo e histórico.

Sobre el tema peliagudo y contradictorio de los capitanes de fortuna, le debo mucho a críticos como Ghimel Adar, *Storie di mercenari e di capitani di ventura*, Ginebra, 1972; Paolo Gazzara, *Gattamelata. Storia di Erasmo da Narni e dei più valorosi capitani di ventura*, Foligno, 2014; Carlo Montella, *Grandi capitani di ventura*, Milán, 1966; Claudio Rendina, *I capitani di ventura. Storia e segreti*, Roma, 2011.

También esta vez, las escenas de duelo están en deuda con los manuales de esgrima histórica: el de Giacomo di Grassi, *Ragione di adoprar sicuramente l'arme si da offesa, come da difesa ma, Con un Trattato dell'inganno, et con un modo di esercitarsi da se stesso, per acquistare forsa, giudizio, et prestezza*, Venecia, 1570 y el de Francesco di Sandro Altoni (a cargo de Alessandro Battistini, Marco Rubboli y Iacopo Venni), *Monomachia. Trattato dell'arte di scherma*, San Marino, 2007.

Berlín, 25 de agosto de 2019

Agradecimientos

Gracias a mi editor, Newton Compton, el mejor que podía desear, que en muchos aspectos se adapta perfectamente a mi carácter.

Una vez más mi más profundo y sincero agradecimiento a Vittorio Avanzini, que siempre me sugiere anécdotas y episodios que encienden mi fantasía y estimulan la investigación. El conocimiento de Avanzini acerca de la historia de Italia y del Renacimiento es poco menos que ilimitado. Gracias a Maria Grazia Avanzini por el afecto, la inteligencia y la elegancia con que me acogió en la editorial.

Raffaello Avanzini es desde siempre un guía extraordinario. Saber que comparte plenamente mi elección de tratar el siglo de oro del Renacimiento italiano es para mí motivo de alivio y satisfacción. La confrontación con él, fértil y constante, me ha ayudado a crecer como hombre y como autor.

Junto con mis editores, no podía olvidar a mis agentes, Monica Malatesta y Simone Marchi, sin los cuales hoy ni siquiera podría pensar en aventurarme en ese mundo magnífico pero lleno de insidias del sector editorial italiano. Es una satisfacción trabajar juntos.

Alessandra Penna, mi editora, es una persona con la que

comparto todo. La novela es una criatura loca, extravagante y peligrosa que hay que domar lectura a lectura. La amabilidad y la atención que me demuestra son la ayuda más grande que un novelista puede desear.

Gracias a Martina Donati por haber hablado conmigo de los temas de la novela, los que más me interesan y que por ello deben encontrar una orientación correcta en sus páginas. ¡Eres espléndida!

Gracias a Antonella Sarandrea por su extraordinaria capacidad para inventar soluciones cuando no parece que las haya. ¡Sorprendente!

Gracias a Clelia Frasca, Federica Cappelli y Gabriele Anniballi por su atención y su sensibilidad.

Gracias a todo el equipo de Newton Compton Editori por su extraordinaria profesionalidad.

También quiero dar las gracias a mis traductores, mis «voces» en el extranjero. En especial a los que he tenido la suerte de conocer personalmente: Gabriela Lungu, traductora al rumano; Maria Stefankova al eslovaco; Eszter Sermann al húngaro y Bozena Topolska al polaco. A los demás, espero conoceros pronto.

Gracias, naturalmente, a *Sugarpulp*: Giacomo Brunoro, Valeria Finozzi, Andrea Andreetta, Isa Bagnasco, Massimo Zammataro, Chiara Testa, Matteo Bernardi, Piero Maggioni, Carlo «Charlie Brown» Odorizzi.

Gracias a Lucia y Giorgio Strukul, que me han regalado el sueño de convertirme en novelista.

Gracias a Leonardo, Chiara, Alice y Greta Strukul por Berlín y los días felices que pasamos juntos.

Gracias a los Gorgi: Anna, Odino, Lorenzo, Marta, Alessandro y Federico.

Gracias a Marisa, Margherita y Andrea «il Bull» Camporese.

Gracias a Caterina y a Luciano por ser, desde siempre, un faro en la noche.

Gracias a Oddone y Teresa y a Silvia y Angelica.

Gracias a Jacopo Masini & los Dusty Eye.

Gracias a Mauro Corona, Andrea Mutti, Francesca Bertuzzi, Marilù Oliva, Romano de Marco, Nicolai Lilin, Barbara Baraldi, Ilaria Tuti, Marcello Simoni, Francesco Ferracin, Gian Paolo Serino, Simone Sarasso, Antonella Lattanzi, Alessio Romano, Mirko Zilahi de Gyurgyokai, porque no puedo prescindir de vosotros.

Gracias a los Creed por haber escrito canciones magníficas que han sido la música de fondo de mis largos días de escritura.

Para finalizar, muchísimas gracias a Alex Connor, Conn Iggulden, Simon Scarrow, Oliver Pötzsch, Paula Hawkins, Victor Gischler, Sarah Pinborough, Jason Starr, Allan Guthrie, Ferruccio Clerino, Gabriele Macchietto, Elisabetta Zaramella, Lyda Patitucci, Francesco Invernizzi, Mary Laino, Leonardo Nicoletti, Rossella Scarso, Federica Bellon, Gianluca Marinelli, Alessandro Zangrando, Francesca Visentin, Anna Sandri, Leandro Barsotti, Sergio Frigo, Massimo Zilio, Chiara Ermolli, Giulio Nicolazzi, Giuliano Ramazzina, Giampietro Spigolon, Erika Vanuzzo, Thomas Javier Buratti, Andrea Kais Alibardi, Marco Accordi Rickards, Raoul Carbone, Francesca Noto, Daniele Falcone, Alessia Padula, Micaela Romanini, Daniele Cutali, Stefania Baracco, Piero Ferrante, Tatjana Giorcelli, Giulia Ghirardello, Gabriella Ziraldo, Marco Piva alias «il Gran Balivo», Paolo Donorà, Massimo Boni, Enrico Barison, Federica Fanzago, Nausica Scarparo, Luca Finzi Contini, Anna Mantovani, Laura Ester Ruffino, Renato Umberto Ruffino, Livia Frigiotti, Claudia Julia Catalano, Piero Melati, Cecilia Serafini, Tiziana Virgili, Diego Loreggian, Andrea Fabris, Sara

Boero, Laura Campion Zagato, Elena Rama, Gianluca Morozzi, Alessandra Costa, Và Twin, Eleonora Forno, Maria Grazia Padovan, Davide De Felicis, Simone Martinello, Attilio Bruno, Chicca Rosa Casalini, Fabio Migneco, Stefano Zattera, Marianna Bonelli, Andrea Giuseppe Castriotta, Patrizia Seghezzi, Eleonora Aracri, Mauro Falciani, Federica Belleri, Monica Conserotti, Roberta Camerlengo, Agnese Meneghel, Marco Tavanti, Pasquale Ruju, Marisa Negrato, Serena Baccarin, Martina De Rossi, Silvana Battaglioli, Fabio Chiesa, Andrea Tralli, Susy Valpreda Micelli, Tiziana Battaiuoli, Erika Gardin, Valentina Bertuzzi, Walter Ocule, Lucia Garaio, Chiara Calò, Marcello Bernardi, Paola Ranzato, Davide Gianella, Anna Piva, Enrico «Ozzy» Rossi, Cristina Cecchini, Iaia Bruni, Marco «Killer Mantovano» Piva, Buddy Giovinazzo, Gesine Giovinazzo Todt, Carlo Scarabello, Elena Crescentini, Simone Piva & i Viola Velluto, Anna Cavaliere, AnnCleire Pi, Franci Karou Cat, Paola Rambaldi, Alessandro Berselli, Danilo Villani, Marco Busatta, Irene Lodi, Matteo Bianchi, Patrizia Oliva, Margherita Corradin, Alberto Botton, Alberto Amorelli, Carlo Vanin, Valentina Gambarini, Alexandra Fischer, Thomas Tono, Ilaria de Togni, Massimo Candotti, Martina Sartor, Giorgio Picarone, Cormac Cor, Laura Mura, Giovanni Cagnoni, Gilberto Moretti, Beatrice Biondi, Fabio Niciarelli, Jakub Walczak, Lorenzo Scano, Diana Severati, Marta Ricci, Anna Lorefice, Carla VMar, Davide Avanzo, Sachi Alexandra Osti, Emanuela Maria Quinto Ferro, Vèramones Cooper, Alberto Vedovato, Diana Albertin, Elisabetta Convento, Mauro Ratti, Mauro Biasi, Nicola Giraldi, Alessia Menin, Michele di Marco, Sara Tagliente, Vy Lydia Andersen, Elena Bigoni, Corrado Artale, Marco Guglielmi, Martina Mezzadri.

Si me olvido de alguien..., como suelo decir: te mencionaré en el próximo, ¡lo prometo!

Un abrazo y un gran gracias a todos los lectores y lectoras, los libreros, las libreras y los comerciales que confiarán en mi novela.

Dedico este libro a mi mujer, Silvia: eres mi Norte y mi Sur, mi Oriente y mi Occidente, mi cielo estrellado, la esencia misma de mi vida.

Índice

SEGUNDA PARTE
1441

1442

CUARTA PARTE
1466

1468

1471

1474

1476